春秋战国名人故事灯谜

陈清泉 编著

学苑出版社

图书在版编目（CIP）数据

春秋战国名人故事灯谜 / 陈清泉编著 . — 北京：学苑出版社，
2019.12
　ISBN 978-7-5077-5864-1

　Ⅰ . ①春… Ⅱ . ①陈… Ⅲ . ①灯谜—汇编—中国②中国历史—
春秋战国时代—通俗读物 Ⅳ . ① I277.8 ② K225.09

　中国版本图书馆 CIP 数据核字（2019）第 267722 号

责任编辑：李蕊沁　战葆红
出版发行：学苑出版社
社　　　址：北京市丰台区南方庄 2 号院 1 号楼
邮政编码：100079
网　　　址：www.book001.com
电子信箱：xueyuanpress@163.com
联系电话：010-67601101（营销部）、010-67603091（总编室）
印 刷 厂：北京建宏印刷有限公司
开本尺寸：710mm×1000mm　1/16
印　　张：29.25
字　　数：470 千字
版　　次：2020 年 1 月第 1 版
印　　次：2020 年 1 月第 1 次印刷
定　　价：79.00 元

序

老朋友陈清泉先生告诉我,他的一本叫《春秋战国名人故事灯谜》的新书又将出版,我不禁为他的新著高兴,也为灯谜界有这位不知疲倦的高产谜家高兴。清泉兼爱中国古典文学和中国传统灯谜艺术,已经出过好几本古典文学灯谜书籍。在灯谜与古典文学的结合上,走出了一条新路子,做出了很大成绩。

创作古典故事灯谜著作,起码要具备两个基本条件:谙熟古代历史和古典文学,掌握灯谜艺术的规律和方法,缺一不可,还要善于找出古典文学和灯谜艺术之间的某种联系。许多谜人也制作过古典文学题材的灯谜作品,但就数量和质量而言,清泉显然是其中的佼佼者,他认真、系统地做这项研究工作,而且是一位在这方面取得成就的谜家。

我读过许多清泉的灯谜著作,感触很多,一是为他的道德文章所敬佩,二是为他大量灯谜作品和书籍表现的才思所吸引。自从1989年1月《〈西游记〉故事灯谜》出版以来,陈清泉先后有12部灯谜专著,被兰州大学出版社、学苑出版社、浙江古籍出版社公开出版发行。其中,古典文学题材的故事灯谜著作就有《〈西游记〉故事灯谜》(两种版本)、《〈三国演义〉故事灯谜》《〈红楼梦〉故事灯谜》《〈水浒全传〉故事灯谜》《〈聊斋志异〉故事灯谜》《〈封神演义〉故事灯谜》《趣谜故事会》。另外,他还在报刊上发表过十几万字的含谜小说(故事新编),如《西游怪记》《悟空打假》《孟姜女与扶苏》《东郭先生新传》等。这次《春秋战国名人故事灯谜》的出版,使他的"古典文学故事灯谜"形成了一套谜语故事系列。他的这些细致工作，将古典文学与灯谜艺术巧妙地有机地结合在一起，受到广大读者和全国谜界的欢迎。清泉的灯谜作品注重文学性，充满趣味性，处处都是中国文化元素。这些作品耐人品味，启迪思维，富有中国式的机智和灵巧，蕴藏着中国传统文化特有的思辨和情趣，不啻在灯谜领域具有一定的创新意义，也为传播中国传统文化和灯谜艺术做了有益的尝试。

《春秋战国名人故事灯谜》采用公元前771年至公元前221年这一历史时期的素材，取自《史记》《左传》《国语》及《战国策》，还有《东周列国志》等典籍和小说，涉及的内容是中国历史上思想文化十分活跃的春秋战国。据记载，春秋战国时期百家争鸣，数得上名字的有189家，著作4324篇。还有说"诸子百家"实有上千家，其中最为著名的有十几家，有些发展成学派，如：儒家、道家、阴阳家、法家、名家、墨家、杂家、兵家、纵横家等。春秋战国时期也是中国成语产生最多的时期，本书所讲故事，有好多都是成语。这些故事和成语流传千年，被后代广为应用，含义深刻，富于哲理，承载着丰富的知识信息、丰富的思想文化和典实故事，也为作者灯谜创作提供了取之不竭的素材。

陈清泉把春秋战国故事烂熟于胸，将齐桓公小白、晋文公重耳、齐相管仲、吴臣伍员、越王勾践、赵将廉颇、秦王嬴政等历史人物、事件，重新编写了75篇短小精悍、引人入胜的故事，娓娓道来，勾起读者的阅读兴趣。一般来说，猜涉典故谜时，总是先释典再解谜，读典是关键。清泉特别会讲故事，采取先讲故事再猜灯谜的办法，把制谜和猜涉所需的资料，以讲故事的方式展现在读者面前。这就省却了查书释典的麻烦，使读者能轻松地从阅读本书中获得历史知识和猜灯谜的乐趣，读者何乐而不为呢？所以说，清泉著述方式确实是普及涉典灯谜的好办法。

30多年来，陈清泉创作了大量灯谜作品，他文字功底深厚，各种灯谜法门纯熟，所制灯谜作品典雅、厚重、富含知识性和趣味性，很多灯谜作品在全国各地各种灯谜创作赛上屡屡获奖，其中古代题材的谜作占了很大比重。笔者曾做过粗略统计，截至2013年9月，他的谜作获奖98次，其中古典题材的87则，占获奖比重的88%。可见他的谜作，尤其是古典题材谜作在谜界的受认可程度。

陈清泉对中国典籍和古典小说名著中的人物、时间、地点、事件、细节了如指掌,充分发挥自己的联想思维,制起谜来得心应手,拈来一则故事稍加摆弄便成佳作。如以"烽火戏诸侯"故事为素材制的一谜:"立褒姒为后,伯服为太子(《聊斋志异》篇目三)《王者》《冷生》《申氏》"。典见《史记·周本纪》:"褒人有罪,请入童妾所弃女子者于王以赎罪。弃女子出于褒,是为褒姒。当幽王三年,王之后宫见而爱之,生子伯服,竟废申后及太子,以褒姒为后,伯服为太子。"此条谜作采用正面会意体裁,将《史记》中的人物故事和《聊斋志异》中的人物故事联想在一块儿。又如"周天子看见美人才高兴(《三国演义》人物三)王观、颜良、方悦",将周代故事和三国故事联系在一块儿。这两则谜作虽然底、面都是古代题材,但都是百姓耳熟能详的传统谜材。

许多人都说搞灯谜的人是"杂家",因为无论是制谜还是猜谜都需广博的知识,天文地理、古今中外、声光电化都得略知一二。陈清泉就是这样的"杂家",他春秋战国故事谜的谜面和谜底,不仅有古代对古代,还有许多古代对现代,古典文学对现代科技,历史典故对日常生活的谜作。例如,他把春秋战国题材的谜面和地名、成语等熟底联系起来的谜作:"褒人赎罪献靓女(滇、川、陕地名各一,掉尾格)呈贡、美姑、周至"。按灯谜掉尾格规定,谜底为三字以上,谜底最后二字须调换位置扣合谜面,于是有"呈贡美姑至周",谜中"美姑"是指褒姒。"夹于晋楚两国之间,城濮之战后虽与晋国订了盟约,但是暗中又跟楚国结盟(成语)郑重其事"。谜用"弦高犒师"典,谜底意思为:郑国是重复地事奉于两个大国(晋国、楚国),谜中的"重"字由原音 zhòng 改读 chòng 音。

他把春秋战国题材和现当代题材联系起来的谜作,就很有现实感,如"今以君之下驷与彼之上驷,取君之上驷与彼中驷,取君之中驷与彼下驷(CCTV 电视栏目)《午间奥运》"。把春秋战国题材和日常生活联系起来谜作,如"蔺相如不辱使命(牙膏名二)白玉、当归","蔺卿行道避廉颇(象棋术语三)照将、上相、让车"。

请看这条谜,"赵胜选士未足额,休罢去,当天有人来凑数(故事片名)《一九四二》",虽然是电影《一九四二》,还真能从春秋战国故事找到关联。谜面前句"赵胜选士未足额"即原定 20 人中尚缺 1 人,可得谜底前两字"十九"。中间句"休罢去"即"罢"字去(休)"去",余谜底第三字"四"。后句"当天有人来凑数"，可从"天"字中去掉凑数之"人"，得出谜底最后一字"二"。

这些谜作立意美好，扣合准确，饱含学问，充满韵味。本书中这样的谜作共有近1600条，其中450多条是陈清泉自己创作的。

陈清泉的灯谜著作形成了自己的特色，有的再版，有些被中国国家图书馆收藏，还有的作为"农家书屋文库"书籍。所以，有这样的成绩是由于他不断地在学习中充实自己，不停地在创作中自我革新。他勤于思索，撰写了许多灯谜论文以总结自己的创作经验，阐述自己的灯谜艺术主张。有研究古典文学名著与灯谜关系的《〈史记·李将军列传〉故事灯谜——兼论李广与灯谜的亲缘关系》《四大古典文学名著故事灯谜刍议》，有研究典故谜的《典实入谜路变宽》，有研究灯谜美学的《品谜八感》《蚶江典谜别样美——兼论苏温才先生的"〈史记〉故事灯谜"》等。这些论文都有陈清泉自己的独到见解。有道是：世事洞明皆学问，人情练达即文章。锲而不舍的创作和思索，让陈清泉创造了一种古典文学与灯谜艺术交融的灯谜艺术新样式。

笔者东拉西扯说了以上许多话，总结成一句就是：读陈清泉先生的这本书会让你长点学问，得点乐子，变得越来越聪明。

苏德友

中华灯谜学术委员会顾问

宁夏灯谜学会会长

前　言

中国历史悠久，从盘古、女娲等神话时代算起约有5000年；从三皇五帝算起约有4600年；自夏朝算起约有4100年；从中国第一次大一统的中央集权制的秦朝算起约有2200年。

从公元前770年周平王迁都洛邑，到公元前221年秦统一六国，是我国历史上的春秋战国时期。

春秋时期，简称春秋，公元前770年—前476年（另一说，公元前770年—前403年），属于东周的一个时期。春秋时代周室势力减弱，诸侯群雄纷争，齐桓公、晋文公、宋襄公、秦穆公、楚庄王相继称霸，史称"春秋五霸"（一说是齐桓公、晋文公、楚庄王、吴王阖闾、越王勾践）。春秋时期的得名，是因孔子修订《春秋》而得名。这部书记载了从鲁隐公元年（前722）到鲁哀公十四年（前481）的历史。现代的学者为了方便起见，一般把从周平王元年（前770）东周立国起，到周敬王四十四年（前476）为止的这一时期，称为"春秋时期"。

春秋之后，也就是东周的后半期，进入了七国争雄的时代，因后来西汉末年刘向编著的《战国策》中记载了这一时期，所以人们称之为"战国时期"。《史记·六国年表》记载，战国始于公元前475年（周元王元年），或者从韩赵魏三家分晋开始算起（前403），至公元前221年（秦始皇二十六年）秦始皇统一六国。

春秋战国时期，社会发生了巨大的变化（主要表现在"民族融合得到加强；社会经济迅速发展；国家从分裂逐步走向统一；社会制度实现新旧交替；思想领域百家争鸣"这几个方面），因而对中国历史的进程产生了承先启后、继往开来的极其深远的影响。就拿人们至今仍在日常生活及学习中经常使用的一些成语，如唇亡齿寒、退避三舍、围魏救赵、纸上谈兵等来说吧，都可以在"春秋战国"这一历史大变革时期里寻觅到它们的出处和身影。

毫无疑问，作为中华民族历史长河中波澜壮阔的春秋战国时期，涌现出了不少能够反映及代表这一时代特色的栩栩如生的杰出人物。两千多年来，有关他们的或喜或悲、可歌可泣的故事一直为人们所津津乐道。本书即取材于司马迁的《史记》、左丘明的《左传》及《国语》、刘向的《战国策》，以及冯梦龙、蔡元放的《东周列国志》等书，从中撷取出齐桓公小白、晋文公重耳、齐国贤相管仲、吴国忠臣伍子胥、越王勾践、赵国老将廉颇、信陵君魏无忌、秦王嬴政等人，重新编写了75篇短小精悍的有趣故事。而且，还分别利用每篇的故事情节来提纲挈领，在每篇故事的其后附以内中所融入的各类相关灯谜。

每条灯谜的编排顺序为：谜面、谜目、谜底。其中，少数使用到谜格的灯谜，则将这二字加在谜目之后的括号内；部分灯谜若需再做简单说明时，则辅以"简析"。对于本书中使用到的谜格，则以"谜格简介"为标题，将其以附录的形式列于本书正文之后。

本书中的故事灯谜总数约为 1600 条。其中的 450 多条系本人自己创作；除此之外，还在取得其中多数灯谜作者认可的前提下，又选用了别人的近 1150 条灯谜。入书时，则在每条灯谜的相应谜底后，于括号内注明了该条灯谜的作者姓名（别号、网名）。作者不止一人的，则注以"多人"；个别考证不清的，则注以"佚名"。

本书的最大特点是集历史故事的普及性、知识性、可读性和灯谜活动的趣味性于一体：既有历史故事通博精深、引人入胜的艺术魅力，又有灯谜作品扑朔迷离、回互其词、形神兼备的特有艺术效果；既可以借助灯谜知识来加深人们对历史故事更深层次和别样意境的理解能力，又可以反过来借用历史典故，普及和提高灯谜活动的猜制水平，从而使二者臻于相得益彰的艺术境地。

目录

一、烽火戏诸侯 …………… 001
二、"黄泉"见母 …………… 008
三、大义灭亲 ……………… 015
四、文姜乱伦 ……………… 019
五、管鲍之交 ……………… 023
六、曹刿论战 ……………… 032
七、老马识途 ……………… 038
八、好鹤亡国 ……………… 043
九、病榻论相 ……………… 046
十、假途灭虢 ……………… 050
十一、五羖大夫 …………… 054
十二、泓水之战 …………… 062
十三、重耳去齐 …………… 066
十四、退避三舍 …………… 073
十五、弦高犒师 …………… 077
十六、晋襄公纵囚 ………… 084
十七、赵盾弑主 …………… 090
十八、楚庄王纳谏 ………… 099

十九、染指于鼎 …………… 104
二十、齐晋鞍之战 ………… 110
二十一、搜孤救孤 ………… 117
二十二、齐相晏婴 ………… 124
二十三、二桃杀三士 ……… 130
二十四、毁车斩骖 ………… 136
二十五、伍尚赴死 ………… 141
二十六、伍员出昭关 ……… 146
二十七、专诸刺王僚 ……… 157
二十八、演阵斩美姬 ……… 165
二十九、申包胥哭秦庭 …… 173
三十、周游列国 …………… 181
三十一、夫差允和 ………… 190
三十二、卧薪尝胆 ………… 197
三十三、勾践灭吴 ………… 208
三十四、范蠡泛湖 ………… 214
三十五、豫让击衣 ………… 218
三十六、乐羊灭中山 ……… 223

三十七、西门豹治邺 …………… 229	五十八、长平之战 …………… 357
三十八、吴起求将 …………… 233	五十九、冤死杜邮 …………… 363
三十九、聂政刺侠累 …………… 241	六十、毛遂自荐 …………… 369
四十、商鞅变法 …………… 247	六十一、礼敬侯嬴 …………… 377
四十一、田忌赛马 …………… 255	六十二、窃符救赵 …………… 381
四十二、马陵之战 …………… 259	六十三、奇货可居 …………… 386
四十三、燕昭筑台 …………… 263	六十四、一字千金 …………… 392
四十四、张仪欺楚 …………… 271	六十五、放逐仲父 …………… 396
四十五、六国封相 …………… 278	六十六、客死寿春 …………… 399
四十六、胡服骑射 …………… 285	六十七、自取其祸 …………… 407
四十七、田文三千客 …………… 290	六十八、李牧之死 …………… 411
四十八、鸡鸣狗盗 …………… 295	六十九、王翦灭楚 …………… 417
四十九、冯驩市义 …………… 303	七十、李斯叹鼠 …………… 421
五十、乐毅伐齐 …………… 312	七十一、李斯上书 …………… 425
五十一、火牛阵 …………… 317	七十二、韩非被害 …………… 430
五十二、爱国诗人屈原 …………… 325	七十三、易水送别 …………… 433
五十三、完璧归赵 …………… 332	七十四、荆轲刺秦 …………… 439
五十四、负荆请罪 …………… 337	七十五、统一六国 …………… 446
五十五、范雎入秦 …………… 343	
五十六、须贾赠袍 …………… 348	附录 谜格简介 …………… 454
五十七、赵奢与赵括 …………… 353	

一、烽火戏诸侯

　　公元前 782 年，西周王朝的最高统治者——周宣王姬静死后，其子姬宫涅继立为天王，史称周幽王。当时，周室王畿镐京（今陕西西安市长安区西北）一带发生了大地震，加上连年旱灾，民众因饥寒交迫而四处流亡，整个国家动荡不安。而偏偏这个周幽王又是个荒淫无道的大昏君，他不仅不思挽救周朝于危亡，反而重用佞臣虢石父，盘剥百姓，激化了社会矛盾；又对外攻伐西戎而大败。幽王手下有位名叫褒珦的大夫，劝谏幽王，幽王非但不听，反而把褒珦长期关押了起来。

　　褒珦的族人听说周幽王喜好美色，正下令广征天下美女入宫，就借此机会寻访美女。后来在褒城内还真找到一位姒姓女子，于是就教她学歌舞，然后把她打扮起来，起名为褒姒，献于幽王，借此来替褒珦赎罪。

　　周幽王一见褒姒，眼睛都惊呆了，马上立她为妃，并下令立即释放褒珦。奇怪的是褒姒虽然生得艳如桃李，但却冷若冰霜，自进宫以后，尽管每日锦服玉食，可就是从来没有笑过一次。幽王为了博得褒姒的开心一笑，用尽了一切办法，可褒姒还是终日不笑。万般无奈，幽王竟然悬赏求计，说是若有人能引得褒姒一笑，就当下赏金千两。还是那个最会拍马溜须的虢石父，替周幽王想了一个主意，提议用烽火台来试一试。

　　烽火本是古代敌寇侵犯时的紧急军事报警信号。由国都到边镇要塞，沿途都遍设烽火台。西周为了防备犬戎的侵扰，在镐京附近的骊山（今陕西临潼东南）一带修筑了二十多座烽火台，每隔几里地就是一座。一旦犬戎进袭，首先发现敌情的哨兵立刻在台上点燃烽火，邻近烽火台看到后也相继点火，向附近的诸侯报警。诸侯见了烽火，知道京城告急，天子有难，必须起兵勤王，赶来救驾。虢石父献的计就是令人在烽火台平白无故点起烽火，招引诸侯前来白跑一趟，以此逗引冷美人褒姒发笑。

　　"烽火戏诸侯"的事情发生在公元前 779 年（周幽王三年）。那天，当毫无一丝政治头脑的周幽王高兴得当下采纳了虢石父的建议后，立刻就带着褒姒从王宫动身，由虢石父陪同登上了骊山烽火台。守兵遵命点燃了烽火，霎时狼烟四起，渐渐烽火冲天。远离骊山的周室分封的各地诸侯一见警报，全都以为犬戎打过来了，纷纷带领本部兵马急速赶来救驾。

等到诸侯们气喘吁吁地赶到了骊山脚下，却连一个犬戎兵的影儿也没有，只听到山上一阵阵奏乐和唱歌的声音。抬头一看，却是周幽王和褒姒高坐台上饮酒作乐。就在他们疑惑不定之际，周幽王仅派人轻描淡写地告诉他们说："这儿没什么事，不过是大王和王妃放烟火取乐而已。你们还是自行回去吧。"诸侯们这才知道自己被天王当猴耍了。奔忙了好久却连一句慰劳的话也得不到，他们不由得一个个都气得吹胡子瞪眼，可是碍于身份又不能对天王表示任何不满，只好垂头丧气地率各自部下原路返回。

这时，山上的褒姒见到千军万马招之即来，挥之即去，尘土飞扬处那么多兵车乱哄哄地转来转去……不由得感到这一切如同儿戏般十分好玩，便禁不住嫣然一笑。周幽王见状大喜，立刻赏给虢石父千金。

有了第一次必然会有第二次，没过多久，周幽王又故技重演，再次无端举起烽火戏弄诸侯们。诸侯们虽然有第一次的教训，但心里毕竟仍然担心天王的安危，所以还是不辞辛劳地驱兵赶来护驾。谁知这位糊涂到底的周幽王并不见好就收，反而又接连着戏弄了诸侯们好多次。后来诸侯们习以为常了，来救驾的人也就变得越来越少了。

公元前 774 年（周幽王八年），周幽王为了进一步讨褒姒欢心，公然不顾老祖宗一直传下来的立嫡立长规矩，废黜掉原来的王后——申后，同时还废掉了申后所生的儿子宜臼的太子名分，册封褒姒为王后，并把褒姒所生的儿子伯服立为太子。就这样，周幽王还不肯善罢甘休，又得寸进尺地下令废去原王后的父亲申侯的爵位。这时，虢石父在朝廷擅权用事，在他的唆使下，周幽王接着便准备要出兵攻伐申侯了。

不甘束手待毙的申侯得到这个消息后先发制人，马上联合缯侯及西北夷族——犬戎之兵，于公元前 771 年大举进攻镐京。周幽王听到这个消息，立刻吓得面无人色，惊慌失措中急忙命令烽火台点燃烽火。这回，"狼"是真的来了！烽火是

一、烽火戏诸侯

及时点起来了,可是诸侯们都因往年多次受过愚弄,谁也不再理会这把大火了。

烽火台上白天浓烟滚滚,夜里更是火光冲天,镐京城里周幽王左盼右盼,就是没有一个救兵到来。镐京守兵本就怨恨周幽王的昏庸,又不满将领经常克扣粮饷,值此国家存亡之际,没人愿意真正拼命。所以犬戎兵马一到后,他们在幽王的驱赶之下,只是勉强招架了一阵,便一哄而散了。尽管时任周司徒的郑伯友(周宣王之弟)舍命和来敌作战,毕竟因寡不敌众,最后还是被犬戎的乱箭射死了。

看到犬戎兵马蜂拥入城,周幽王被迫带着褒姒、伯服,仓皇从后门出逃,径奔骊山。途中,他再次命令点燃烽火。烽烟虽直透九霄,却还是不见一个诸侯救兵前来。犬戎兵紧紧追逼,周幽王的人在一路上也纷纷逃散,只剩下一百余人逃进了骊宫。

周幽王采纳臣下的意见,命令放火焚烧前宫门,以迷惑犬戎兵,自己则从后宫门逃走。逃不多远,犬戎兵又追了上来,一阵乱杀,只剩下周幽王、褒姒和伯服三人。他们早已被吓得瘫痪在车中,犬戎兵看见周幽王穿戴着天子的服饰,知道就是周天子,二话没说就当场将他砍死了。犬戎兵又从褒姒手中抢过太子伯服,一刀将他砍为两段。"爱美之心,人皆有之!"看着那个全身颤抖的冷美人褒姒,犬戎兵的刀砍不下去了,便将她当成战利品掳掠而去(一说被杀)。至此,西周正式灭亡。

直到这时,诸侯们才知道问题严重了,便纷纷行动起来,带着大队人马来救援。犬戎头头看到诸侯们的大军快到了,在把周朝多年聚敛起来的宝贝财物全部抢光后,临撤前又不甘心地放了一把大火,把整个镐京城烧得一塌糊涂。

犬戎退走后,申侯、鲁侯、许文公等共立原来的太子姬宜臼为天子,在申(今河南南阳市北)即位,是为周平王。因镐京已遭战争破坏,而周朝西边大多数土地都被犬戎所占,周平王恐镐京难保,于公元前770年在秦襄公、郑武公等人的护送下迁都洛邑(今河南洛阳),在郑、晋等诸侯国辅助下立国。从此,东迁后的周朝,就被史学家称为了东周。西周自武王(姬发)灭殷,以至幽王,凡257年。

2012年初,清华大学整理获赠的战国竹简(清华简)时,发现竹简上的记述与"烽火戏诸侯"相左。清华大学收藏的战国竹简记载,周幽王主动进攻原来的申后外家——申国,申侯联络戎族打败周王,西周因而灭亡。竹简上并没有"烽火戏诸侯"的故事。清华大学出土文献研究与保护中心刘国忠教授称，史学界就此可以断定"烽火戏诸侯"并非西周灭亡的原因，甚至可以断定这个故事根本就是编造的。

其实，就算历史上那位喜好"千金买笑"的周幽王并没有真正演出过这场荒唐闹剧，西周早晚也会无法挽回地在其他事件中灭亡。因为当时的社会问题急剧积累到一定程度后，西周政权本质上早已摇摇欲坠了。如果不发生这件事，也还是会有其他"由量变到质变的"诱因出现的。

读者朋友，本篇故事内含有以下多则灯谜，您有兴趣一观否？

1. 【谜面】立褒姒为后，伯服为太子。

    谜目：《聊斋志异》篇目三　　　　　　谜底：《王者》《冷生》《申氏》（陈清泉）

    简析：会意正猜。典见《史记·周本纪》这段内：褒人有罪，请入童妾所弃女子者于王以赎罪。弃女子出于褒，是为褒姒。当幽王三年，王之后宫见而爱之，生子伯服，竟废申后及太子，以褒姒为后，伯服为太子。

2. 【谜面】褒人赎罪献靓女

    谜目：滇、川、陕地名各一（掉尾格）　　谜底：呈贡、美姑、周至（陈清泉）

    简析：会意正猜。谜底依格应读为"呈贡美姑至周"。不言而喻，"美姑"当指靓女褒姒。

3. 【谜面】当幽王三年，王之后宫见而爱之。

    谜目：离合字二　　　　　　　　　　谜底：姒女以、色丰艳（陈清泉）

    简析：会意正猜。谜面为《史记·周本纪》内的原文句子。在汉字里边，有些"母字"拆开后是几个可以单独成立的汉字，比如"姒"字，就可以拆解为"女、以"这两个字。具体到灯谜猜制中，类似"姒"字这样可以拆开为单独几个汉字的字就叫"合字"；而类似"女、以"这两个单独成字的独立部分，相对其"合字"就被叫成了"离字"。谜目标为"离合字"时，就要求你猜出的谜底必须要由某个"合字"及其"离字"部分共同构成。本谜谜底应顿读为"姒女（褒姒）/以/色丰/艳"。

4. 【谜面】周天子看见美人才高兴

    谜目：《三国演义》人物三　　　　　谜底：王观、颜良、方悦（陈清泉）

一、烽火戏诸侯

5.【谜面】幽王废太子宜臼

谜目：《三字经》句　　　　　　　　　　　谜底：寓褒贬（郑永禧）

简析：谜底从侧面道出：正是由于周幽王将所有怜爱予以了褒姒，这才使原来的太子宜臼遭到了不公正的贬废。

6.【谜面】幽王烽火戏诸侯

谜目（1）：词牌名　　　　　　　　　　　谜底：《调笑令》（李皋如）

谜目（2）：《聊斋志异》篇目三　　　　　谜底：《周生》《局诈》《博兴女》（佚名）

简析：会意正猜。两个谜底都点明了"幽王烽火戏诸侯"的真实目的，不外就是叫美人开口一笑而已。其对应典实见于《史记·周本纪》这段内：褒姒不好笑，幽王欲其笑万方，故不笑。幽王为烽燧大鼓，有寇至则举烽火。诸侯悉至，至而无寇，褒姒乃大笑。幽王说之，为数举烽火。其后不信，诸侯益亦不至。幽王以虢石父为卿，用事，国人皆怨。石父为人佞巧，善谀好利，王用之。又废申后，去太子也。申侯怒，与缯、西夷犬戎攻幽王。幽王举烽火征兵，兵莫至。遂杀幽王骊山下，虏褒姒，尽取周赂而去。于是诸侯乃即申侯而共立故幽王太子宜臼，是为平王，以奉周祀。平王立，东迁洛邑，辟戎寇。平王之时，周室衰微，诸侯强并弱，齐、楚、秦、晋始大，政由方伯。(2)谜谜底中，"博"取"换取、取得"义。

7.【谜面】幽王长太息，褒姒未开颜。

谜目：故事片名　　　　　　　　　　　　谜底：《我的美女老板》（施奕盛）

8.【谜面】周幽王戏诸侯

谜目（1）：故事片名　　　　　　　　　　谜底：《烽火列车》（多人）

谜目（2）：美国惊险故事片名　　　　　　谜底：《空军一号》（杨继述）

9.【谜面】烽火戏诸侯

谜目：三字口语　　　　　　　　　　　　谜底：闹着玩（谢云河）

简析：谜底系正面会意谜面而得出。其中，多音字"着"由zhuó音改读zháo音，当"燃烧"用。

10.【谜面】褒姒戏诸侯

谜目（1）：故事片名　　　　　　　　　　谜底：《玩火的女人》（杨炎木）

谜目（2）：故事片名　　　　　　　　　　谜底：《一个女人的命运》（佚名）

11. **【谜面】**烽火台上狼烟起

    谜目：公共设施名　　　　　　　　　　　　　谜底：报警点（王永修）

12. **【谜面】**骊山举烽

    谜目：词牌名　　　　　　　　　　　　　　　谜底：《调笑令》（袁薇生）

13. **【谜面】**诸侯悉至，至而无寇。

    谜目：股票名称　　　　　　　　　　　　　　谜底：烽火通信（昌庆锋）

14. **【谜面】**幽王因何戏诸侯

    谜目：电视剧《还珠格格》人物二　　　　　　谜底：令妃、杜老板（陈清泉）

15. **【谜面】**何故烽火戏诸侯，幽王据实说缘由。

    谜目：故事片名　　　　　　　　　　　　　　谜底：《我的美女老板》（陈振凡）

    简析：会意正猜。因褒姒是位整天板着棺材脸的冷面美人，正巧谜底是以幽王玩世不恭般的口吻，准确地回答了谜面前句"何故烽火戏诸侯"的原因，从而得以使全谜以清新俏皮的特点而跻身于趣味谜之列。

16. **【谜面】**幽王戏诸侯，当年狼烟起。

    谜目：六字俗语　　　　　　　　　　　　　　谜底：玩笑开过了火（佚名）

17. **【谜面】**为博褒姒笑，烽火戏诸侯。

    谜目：四字传媒用语　　　　　　　　　　　　谜底：娱乐看点（谢亚芦）

18. **【谜面】**褒姒笑得真高兴

    谜目：文艺名词二　　　　　　　　　　　　　谜底：美声、音乐（陈清泉）

19. **【谜面】**可怜列国奔驰苦，止博褒妃笑一场。

    谜目：股票名称二　　　　　　　　　　　　　谜底：烽火通信、美欣达（叶冠华）

    简析：会意正猜。谜面为《东周列国志》第二回内诗句。

20. **【谜面】**止博褒姒笑一场

    谜目（1）：气象名词　　　　　　　　　　　　谜底：圣爱尔摩火（王嘉宾）

    谜目（2）：四字传媒用语　　　　　　　　　　谜底：娱乐看点（苗恩培）

21. 【谜面】千金买一笑

　　谜目:《聊斋志异》篇目　　　　　　　　　谜底:《博兴女》(赵首成)

22. 【谜面】周幽王再燃烽火

　　谜目:《孙子兵法》句　　　　　　　　　　谜底：则诸侯之难至矣(马啸天)

23. 【谜面】犬戎临阵诛幽王

　　谜目：六字商业用语　　　　　　　　　　谜底：周末打九五折(汪寿林)

　　简析：会意正猜。古人认为，九在阳数（奇数）中最大，有最尊贵之意，而五在阳数中处于居中的位置，有调和之意。这两个数字组合在一起，既尊贵又调和，无比吉祥，实在是帝王最恰当的象征，故古文中常以"九五"二字直接代指帝王本身。本谜中的"九五"当指周幽王本人，他死于西周末年。

24. 【谜面】姬宫湦之后，谁继大位？

　　谜目:《三国演义》人物二　　　　　　　　谜底：周平、王立(陈清泉)

　　简析：会意体问答式谜。周幽王姓名为姬宫湦，"姬宫湦"有的古文中写作"姬宫涅（读音仍为shēng）"。周幽王死后，其子周平王姬宜臼继立。"平王立，东迁洛邑，辟戎寇"这一举动也标志着西周的结束与东周的开始。

25. 【谜面】迁都洛邑

　　谜目：汉代藩王名　　　　　　　　　　　　谜底：东平王(郑永禧)

　　简析：会意正猜。中国历史上的东平王有很多，但其中最出名的还是明代靖难名将朱能。汉宣帝的第三子刘宇，曾受封为东平王，建都无盐（今山东东平县东）。

二、"黄泉"见母

郑庄公(前757—前701),名寤生,郑国第三代国君,公元前743年至前701年在位。他的祖父郑桓公是周宣王之弟,受封于郑(今陕西华县东),周幽王时任司徒,在西周末的骊山之难时为幽王护驾,被犬戎攻杀于战场。他的父亲郑武公在平定犬戎之乱、迎立周平王及护驾周平王东迁时立有大功,被封为周朝卿士。其间,兼并郐(今河南新密东南)和东虢(今河南荥阳东北),建立郑国,并设关筑城,郑自此逐渐强大。郑庄公继位后,仍代父为周卿士,但他把主要精力用于主持本国国事上。

郑国是东周初期政治上最为活跃的诸侯国,郑庄公是郑国活跃时期领导集团中的核心人物,他在祭足等人的辅佐下,用武于列国,争做诸侯领袖。郑庄公的创业作为,开始显现了东周之世的政治趋势,拉开了春秋争霸的历史序幕。

在政治斗争的具体环节上,郑庄公凭借他丰富的经验和高超的智力,常常能准确地预料事情的变化趋向,从而提早制定出应对策略,在斗争中立于不败之地。还在自己的弟弟段与母亲姜氏沆瀣一气谋图作乱时,手下大臣劝郑庄公当机立断,予以制裁,他私下对亲信讲:"这件事我已筹划好久了。段虽胡作非为,但没公开叛逆。我若对他加诛,姜氏必然从中阻挠,这样反会徒惹外人议论,不但说我不友,又会说我不孝。我今置之度外,任其所为,段必恃宠得志,肆无忌惮。等到段公然反叛,那时明正其罪,则国人必不敢助,而姜氏也就无话再说了。"郑庄公料定了段多行不义必自毙的结局。《东周列国志》第四回"郑庄公掘地见母"一节中,将其经过演义得十分生动,现将有关部分详叙于下:

郑武公夫人姜氏是申侯的女儿,她生有两个儿子,长子叫寤生,次子叫段。生寤生时,是脚先出来的,算是难产。姜氏由于受到了惊吓,因此便给他取名叫"寤生",并从心眼里就厌恶这个大儿子。而二儿子段,长大后一表人才,面如傅粉,唇若涂朱,又加多力善射,武艺高强,姜氏心中一直就偏爱于他。

二、"黄泉"见母

姜氏多次在其夫武公面前说段的好话,希望武公能改立他为世子。武公回答说:"自古长幼有序,不可乱来。何况寤生并没有过错,怎么能随便废长而立幼呢?"坚持原则的武公只以小小的共城(今河南辉县境内)为段的食邑,号曰共叔。姜氏心中虽不高兴,但没一点办法。后来武公薨后,世子寤生即位,是为郑庄公,仍代父为周卿士。

姜氏夫人见共叔因无权而常心中不快,就对庄公说:"你继承了父位,享地数百里,而你的同胞之弟,只在弹丸之地共城安身,你难道于心能忍吗?"庄公回答说:"母亲有何要求?尽管吩咐就是。"姜氏说:"那就把制邑(今河南荥阳市汜水镇西)封给你弟弟吧!"庄公说:"制邑是很险要的地方,先王遗命,不许分封。除此之外,别的地方都行。"姜氏发话:"那就退一步好了,你把京邑(今河南荥阳市东南)封他。"庄公默然不语。姜氏变脸说:"再若不答应,你干脆就把你弟弟赶到其他国家去,让他到那里去糊口吧。"庄公连声说:"不敢,不敢!"

次日升殿,庄公即宣共叔段,打算封他。大夫祭足见状立即劝谏说:"不可。天无二日,民无二君。京邑有百雉之雄,地广民众,与荥阳相等。况且共叔是先王夫人的爱子,若给他封之大邑,是国有二君啊!他恃其内宠,恐怕以后必生内乱。"庄公叹了口气说:"我母之命,怎敢拒绝呢?"遂封共叔于京邑。

共叔谢恩已毕,入宫来辞姜氏。姜氏屏去左右,私下对段说:"你兄全然不念同胞之情,待你甚薄。今日之封,是我再三恳求才勉强争来的。你到京邑后,应该聚兵搜乘,背地早做准备。倘有机会可乘,我会及时通知你。那时你就发兵来袭,有我当内应,国家不难夺到你手。你若取代寤生当了国君,我就死而无憾了!"共叔领命,遂往京邑居住。自此国人改口,俱称他为京城太叔。

太叔段开府之日,郑国西鄙、北鄙的邑宰,都来称贺。太叔段对他俩说:"你二人所掌之地,如今属于我的封土,自今贡税,全要到我处交纳,兵车也要听我征调,不可违误。"二人久知太叔为国母爱子,有嗣位的希望。今日又见他丰采昂昂,人才出众,不敢违抗,且自应承。太叔托名射猎,逐日出城训练士卒,并收这两个边城的民众,一齐造入军册。不久,又假借出猎为由,袭取了鄢(今河南鄢陵县境内)及廪延(今河南延津县北)两地。

两地邑宰逃入国都,遂将太叔引兵取邑之事,详细奏闻庄公。庄公只是微笑不言。这时，班部中走出一位官员，高声叫道："段可诛也！"庄公抬头观看，原来是上卿公子吕。庄公便问："子封（公子吕字子封）有何高论？"公子吕奏道："臣闻'人臣无将，将则必诛。'今太叔内挟母后之宠，外恃京城之固，日夜训兵讲武，其志看来是不篡大位绝不罢休！主公不如给我一支军队，直达京城，缚他而归，方可永绝后患。"庄公说："段恶并未昭著，怎么好对他加诛啊？"公子吕道："今两鄙之地已被太叔私下占走了，目标直至廪延仍不罢手，先君的土地，岂容日割？"庄公笑着回应："段是国母的爱子，我的爱弟。我宁可失地，岂可伤兄弟之情，拂国母之意！"公子吕进而说道："臣不光是担忧土地一寸寸被占，而是忧虑这样下去，整个国家都会丢了。如今人心惶惶，见太叔势大力强，尽怀观望。不久都城之民，亦将二心。主公今日能容太叔，恐怕异日太叔不能容主公，那时悔之何及？"庄公说："你不要往下说了，你让我好好想想！"

次日早朝，庄公假传一令，使大夫祭足监国，说是自己要往周朝去面君辅政。姜氏闻知这个消息不由心中大喜，连忙赶写密信一封，立遣心腹送到京城，约太叔五月初，兴兵袭郑。这是四月下旬的事情。

早就奉命行事的公子吕预先差人伏于要路，捉获姜氏派出的赍书之人后顿时杀了，又将书密送庄公。庄公启缄看毕，重新加以封固，另外派人假做姜氏所差，送达太叔，并索有回书。约定以五月初五日为期，立白旗一面于城楼，作为接应之处。庄公得书，高兴地说："段之供招在此，看她姜氏到时怎好庇护！"于是，庄公入宫辞别姜氏，只说往周，却望廪延一路徐徐而进。公子吕率兵车二百乘，于京城邻近埋伏。自不必说。

却说太叔接了母亲姜氏的密信后，与其子公孙滑商议，使滑往卫国借兵，许以重赂。自家尽率京邑及二鄙之众，托言奉郑伯之命，使段监国，祭纛犒军，扬扬出城。公子吕预遣兵车十乘，扮作商贾模样，潜入京城。只等太叔兵动，便于城楼放火。公子吕望见火光，即便杀来。城中之人，开门纳之。不劳余力，得了京城。即时出榜安民，榜中备说庄公孝友，太叔背义忘恩之事。满城人都说太叔不是。

再说太叔出兵，不上二日，就听到了京城失事之信。心下慌忙，星夜回辕。屯扎城外，打点攻城，只见手下士卒纷纷耳语。原来军伍中有人接了城中家信，说庄公如此厚德，太叔不仁不义。一人传十，十传百，都说"我等背正从逆，天

二、"黄泉"见母

理难容",哄然而散。

太叔点兵,大半未到,方知人心已变,急望鄢邑奔走,再欲聚众。不曾想庄公这时已在鄢了,只好被迫走入旧时封地共城,闭门自守。那共城本是区区小邑,怎挡得住庄公、公子吕两路大军如泰山压顶一般的进攻,须臾城破。太叔闻知庄公将至,叹曰:"姜氏误我!我有何面目再见兄长啊!"遂自刎而死……

庄公抚尸大哭不止,一副痛断肝肠的样子,不少人都被庄公痛失兄弟的自责场面感动了。庄公检查太叔行装,姜氏所寄之书尚在。然后就将太叔回书,总作一封,使人驰至郑国,叫祭足呈与姜氏观看。即命将姜氏送去城颍(今河南临颍县西北)安置,并且发誓说:"不到黄泉(不到死后埋在地下),不再见面!"姜氏见了二书,十分羞惭,自觉无颜再与庄公相见,当下就离了官门。庄公回至国都,因为没有看到姜氏,不觉良心顿萌,伤感地说:"我是不得已而杀弟弟,为什么又放逐了母亲啊?真是堕落成了个有丧天伦的罪人了!"

却说有位在边邑管理疆界的官员,名叫颍考叔,为人正直无私,素有孝友之誉。他见庄公这样安置姜氏,便对人说:"母亲虽有不对,儿子却不能不像儿子,主公此举,太伤风化了!"就找了几只猫头鹰,以进贡野味为名,来见庄公。

庄公问他:"这是什么鸟啊?"颍考叔说:"这叫猫头鹰,白天虽连泰山都看不见,夜晚却能洞察秋毫,真是日夜颠倒,大小事非不分啊。小的时候,母鸟辛苦喂它,等到长大了,反而把它妈啄食吃了,这等不孝之鸟,所以才将它逮来吃掉。"庄公默然不语。

正巧厨子来进蒸羊,庄公命割一肩,赐给颍考叔来吃。颍考叔只拣好肉,用纸包好后藏于袖内。庄公感到奇怪而发问,颍考叔回答:"小臣家贫,小臣老母从未尝过这种美味。刚才主公赐及小臣,而老母不沾一脔之惠,小臣念及老母,怎能一人独自下咽?因而准备将其携归,欲做羹汤以进母亲。"庄公说:"卿真是个孝子啊!"言罢,不觉凄然长叹。颍考叔追问:"主公为何感叹?"庄公说:"你有母奉养,得尽人子之心。我贵为诸侯,却反不如你!"颍考叔佯为不知,又问:"太夫人不是很健康吗?主公怎么说不能奉养她呢?"庄公乃将姜氏与太叔共谋袭郑,及安置城颍之事,细述一遍。"已经设下黄泉之誓,现在是悔之无及!"颍考叔连忙说道:"太叔已亡,太夫人止存主公一子,又不奉养,这与猫头鹰有何区别？虽说主公起过黄泉之誓，臣有一计，可以解除。"庄公问："何计可解？"颍考叔对答："掘地见泉，建一地室，先迎太夫人在内居住。告知主公想念之情，臣料太夫人念子，不减主公之念母。主公在地室中见母，就不违背黄泉之誓了。"

庄公大喜，于是命颍考叔带领壮士五百人，于牛脾山（今河南长葛市董村北）下，掘地深十余丈，泉水涌出后就在泉侧架木为室。室成，设下长梯一座，颍考叔先去见姜氏太夫人，委婉叙述了庄公悔恨之意，如今打算迎归孝养。姜氏且悲且喜。颍考叔先接武姜至牛脾山地室中，庄公乘舆也至，从梯而下，拜倒在地，口称："寤生不孝，久缺定省，求母亲恕罪！"姜氏连忙用手扶起儿子，并说："这是老身的罪过，哪能怪你啊！"母子抱头大哭。接着升梯出穴，庄公亲扶母亲登上辇车，自己执辔随侍。国人见庄公母子同归，无不以手加额，齐赞庄公之孝。

本篇内含有以下多则灯谜：

1.【谜面】庄公寤生，惊姜氏，故名曰寤生。

谜目：四字储蓄用语　　　　　　　　　　谜底：恶意取款（王麟）

简析：会意正猜。谜面出于《左传·隐公元年·郑伯克段于鄢》这段内：初，郑武公娶于申，曰武姜。生庄公及共叔段。庄公寤生，惊姜氏，故名曰寤生，遂恶之。爱共叔段，欲立之。亟请于武公，公弗许。"寤"通"牾"，可取"逆、不顺"义。郑庄公出生时先出脚，其母姜氏因此心生厌恶，故取名"寤生"。款：器物上刻的字，书画、信件头尾上的名字，此处仅将其引申为"人名"。

2.【谜面】寤生

谜目：《左传·襄公八年》句　　　　　　谜底：唯子产不顺（聂得盦）

3.【谜面】姜氏恶寤生

谜目：昆曲名二　　　　　　　　　　　　谜底：《惊梦》《产子》（顾震福）

4.【谜面】京城太叔不防庄公

谜目：语文名词　　　　　　　　　　　　谜底：段落大意（陈清泉）

简析：会意正猜。典出《左传·隐公元年·郑伯克段于鄢》这段内：及庄公即位，为之请制。公曰："制，岩邑也，虢叔死焉，佗邑唯命。"请京，使居之，谓之京

二、"黄泉"见母

城大叔。祭仲曰:"都城过百雉,国之害也。先王之制:大都不过三国之一,中五之一,小九之一。今京不度,非制也,君将不堪。"公曰:"姜氏欲之,焉辟害?"对曰:"姜氏何厌之有?不如早为之所,无使滋蔓,蔓难图也。蔓草犹不可除,况君之宠弟乎?"公曰:"多行不义必自毙,子姑待之。"既而大叔命西鄙、北鄙贰于己。公子吕曰:"国不堪贰,君将若之何?欲与大叔,臣请事之;若弗与,则请除之。无生民心。"公曰:"无庸,将自及。"大叔又收贰以为己邑,至于廪延。子封曰:"可矣,厚将得众。"公曰:"不义不昵,厚将崩。"大叔完聚,缮甲兵,具卒乘,将袭郑。夫人将启之。公闻其期,曰:"可矣!"命子封帅车二百乘以伐京。京叛大叔段,段入于鄢,公伐诸鄢。五月辛丑,大叔出奔共。谜底应顿读为"段/落/大意"。其中,"段"即共叔段,也就是京城太叔(又可叫"京城大叔");落:落得。

5.【谜面】克段于鄢

谜目:《左传·庄公十一年》句　　　　　　谜底:京师败(懒云子)

6.【谜面】阙地及泉,隧而相见,遂为母子如初。

谜目:《诗经·大雅·下武》句二　　　　　谜底:下土之式,永言孝思(勉盒)

简析:会意正猜。谜面典出《左传·隐公元年·郑伯克段于鄢》这段内:(庄公)遂置姜氏于城颍,而誓之曰:"不及黄泉,无相见也。"既而悔之。颍考叔为颍谷封人,闻之,有献于公,公赐之食,食舍肉。公问之,对曰:"小人有母,皆尝小人之食矣,未尝君之羹,请以遗之。"公曰:"尔有母遗,繄我独无!"颍考叔曰:"敢问何谓也?"公语之故,且告之悔。对曰:"君何患焉?若阙地及泉,隧而相见,其谁曰不然?"公从之。公入而赋:"大隧之中,其乐也融融。"姜出而赋:"大隧之外,其乐也泄泄。"遂为母子如初。

7.【谜面】遂置姜氏于城颍

谜目:山西地名　　　　　　　　　　　　谜底:娘子关(蔡金水)

8.【谜面】不及黄泉,无相见也。

谜目(1):电力名词　　　　　　　　　　谜底:绝缘子(陶维松)

谜目(2):劳动法名词　　　　　　　　　谜底:死亡待遇(胡根宇)

谜目(3):刊物名　　　　　　　　　　　谜底:《故事会》(兴山柏)

9. 【谜面】颍考叔献肉

　　谜目:《孟子·滕文公下》句　　　　　　　　谜底:以母则不食（张鸿钰）

10. 【谜面】颍考叔留羹

　　谜目:中药名三　　　　　　　　　　　　　谜底:使君子、知母、当归（苏温才）

11. 【谜面】繄我独无

　　谜目:河南名胜　　　　　　　　　　　　　谜底:启母阙（赵首成）

　　简析:会意正猜。谜面出于《左传·隐公元年·郑伯克段于鄢》中郑庄公语内。"阙"取"空缺"义。

12. 【谜面】郑庄入隧

　　谜目:十二画字　　　　　　　　　　　　　谜底:窜（佚名）

13. 【谜面】郑庄公黄泉践誓

　　谜目:电视剧名二　　　　　　　　　　　　谜底:《地下行》《母子情》（张来苏）

14. 【谜面】公入而赋:"大隧之中,其乐也融融。"姜出而赋:"大隧之外,其乐也泄泄。"

　　谜目（1）:陕西古迹　　　　　　　　　　　谜底:甘泉宫（陈清泉）

　　谜目（2）:影视名词　　　　　　　　　　　谜底:穿越喜剧（吴融杭）

15. 【谜面】公入而赋大隧之中

　　谜目:表演组织种类　　　　　　　　　　　谜底:地下乐团（吴世雄）

三、大义灭亲

西周初年，周武王姬发封自己的弟弟卫康叔——姬封建立卫国，地域大致在黄河北岸，太行山脉东麓的河南省黄河北部、河北省邯郸市及邢台市一部分、山东省聊城市一带。先后建都于朝歌、楚丘、帝丘、野王。卫武公时一度强盛，周平王东迁时，卫武公曾出兵助周平戎。

公元前758年，卫武公死去，卫庄公继立。庄公有一个爱妾生了个儿子叫州吁。州吁因受到庄公宠爱，养成了残忍暴戾的性格，无恶不作，成为朝歌（今河南淇县）的大害。

当时，老臣石碏，为人耿直，体恤百姓疾苦。他数次劝庄公管教州吁。他曾劝庄公说："我听说疼爱孩子应当用正道去教导他，不能使他走上邪路。骄横、奢侈、淫乱、放纵是导致邪恶的原因。这四种恶习的产生，是给他的宠爱和俸禄过了头。如果您想立州吁为太子，就应确定下来；如果定不下来，就会酿成祸乱。受宠而不骄横，骄横而能安于下位，地位在下而不怨恨，怨恨而能克制的人，是很少的。况且低贱妨害高贵，年轻欺凌年长，疏远离间亲近，新人离间旧人，弱小压迫强大，淫乱破坏道义，这是六件背离道理的事。国君仁义，臣下恭行，为父慈爱，为子孝顺，为兄爱护，为弟恭敬，这是六件顺理的事。背离顺理的事而效法违理的事，这就是很快会招致祸害的原因。作为统治民众的君主，应当尽力除掉祸害，而现在却加速祸害的到来，这大概是不行的吧？"卫庄公不听劝告。

石碏的儿子石厚与州吁颇有交往，石碏当然禁止，但禁止不住。石厚常与州吁并车出猎，为非作歹。有一次，石碏大怒，用鞭子抽打石厚五十下后，还将他锁入房内。石厚越窗逃出，住进了州吁府内，从此再不回家，依旧天天跟着州吁祸害百姓。

庄公死后，州吁之兄姬完继位，史称卫桓公。石碏见卫桓公生性懦弱无为，不愿再继续当官，便告老还乡。此时，州吁更加横行霸道。公元前719年，州吁听计于石厚，杀害了桓公而自立为卫君，并封石厚为上大夫。

州吁、石厚为制伏国人，立威邻国，就贿赂鲁、陈、蔡、宋等国，大征青壮年去打郑国，弄得劳民伤财。当时，朝歌有民谣云："一雄毙，一雄兴。歌舞变刀兵，何时见太平？恨无人兮诉洛京！"州吁见百姓不拥戴自己，甚忧。石厚又让州吁去请其父石碏出来共掌国政。州吁派大臣带白璧一双、白粟五百钟去请。石碏拒收礼品，推说病重回绝，因此石厚只得亲自回家去请老父。

石碏早想除掉祸根，为国为民除害。他趁石厚请他参政，假意出了个主意说："新君即位，若能朝见周天子，得到天子的赐封，国人才肯服从。陈国国君因忠顺而极得周天子赏识，你应该和新君一同去陈国，请陈桓公出面向周天子说情，周天子肯定会乐意接见你们。"石厚十分高兴，便备厚礼赴陈，求陈桓公向周王通融。

石碏割破手指，写下血书，派人事先送到陈国。血书写道："我们卫国民不聊生，固是州吁所为，但我逆子石厚助纣为虐，罪恶深重。二逆不诛，百姓难活。我年老体衰，力不从心。现二贼已驱车前往贵国，实老夫之谋。望贵国将二贼处死，此乃卫国之大幸！"

陈国大夫子鍼，与石碏有深交，见血书，奏知陈桓公。桓公命将州吁、石厚抓住，正要斩首，群臣奏说："石厚是石碏亲生儿子，应慎重行事，请卫国自己来问罪为宜。"

石碏知二贼被捉，急忙派人去邢国接姬晋（州吁另一兄长）就位，即卫宣公，又请大臣议事。众臣皆曰："州吁首恶应杀，石厚从犯可免。"石碏正色道："州吁之罪，皆我不肖子酿成，从轻发落他，难道使我因徇私情而弃大义吗？"众臣默然。石碏家臣獳羊肩说："国老不必发怒，我愿代您赴陈办理此事。"

獳羊肩到达陈国后立即去杀石厚，石厚心存侥幸说："我是该杀。但请你将我囚禁后先带回卫国，容我见到父亲后再死吧！"獳羊肩阴沉着脸回答说："我奉你父之命专程来诛逆子，你既想见你父，还是让我把你的头带回去见吧！"说完这话就杀掉了石厚。

被陈国囚禁在另一地方的州吁，是被石碏从卫国派出的右宰丑下手杀掉的。

石碏的这种做法得到后人的赞许，后来人们称这种行为是"大义灭亲"。

三、大义灭亲

本篇内仅含以下数则灯谜：

1.【谜面】助纣为虐，结识州吁系谁人。

　　谜目：古代称谓　　　　　　　　　　　　谜底：石交（陈清泉）

　　简析：会意体问答式谜。"石交"亦作"硕交"，犹"石友"，专指交谊坚固的朋友。入谜后，"石"字别解为石厚。

2.【谜面】将厚鞭责五十，锁禁空房，不许出。厚逾墙而出，遂住州吁府中。

　　谜目：《东周列国志》人物三　　　　　　谜底：石恶、管至父、杜回（陈清泉）

　　简析：会意正猜。谜面摘自《东周列国志》第五回内。谜底断读为"石恶管，至父杜回"后，表明：石厚由于厌恶父亲的严管，竟至私逃后再也不回其父石碏的府中了。

3.【谜面】州吁弑桓公，国人岂罢手。

　　谜目：四字常言　　　　　　　　　　　　谜底：没完没了（陈清泉）

　　简析：会意分扣。谜面前句"州吁弑桓公"可扣出"没完"二字。卫桓公姓名为姬完；"没"同"殁"。谜面后句"国人岂罢手"可扣出"没了"二字。

4.【谜面】欲除州吁，赖谁为首筹良谋。

　　谜目：考古名词　　　　　　　　　　　　谜底：石头设计（陈清泉）

　　简析：会意体问答式谜。石：石碏。

5.【谜面】卫石碏大义灭亲

　　谜目：外国政府机构　　　　　　　　　　谜底：厚生省（陈清泉）

　　简析：会意正猜。谜面为《东周列国志》第六回回目前句。厚生省为日本政府机构，"省"读 shěng 音。入谜后，多音字"省"虽仍读原音，但其含义已转为"减少、省略"，可引申为"没有、光了"，以对应石厚这时生存希望已荡然无存了的谜底之内蕴。

6.【谜面】州吁之恶，皆逆子所酿成。诸君请从轻典，得无疑我有舐犊之私乎？老夫当亲自一行，手诛此贼。

　　谜目（1）：成语（白头格）　　　　　　　谜底：十恶不赦（陈清泉）

　　谜目（2）：《东周列国志》人物三　　　　谜底：石恶、石申父、屠击（陈清泉）

　　简析：会意正猜。谜面与《东周列国志》第六回内这段中的有关句子略有出入：却说石碏自告老之后，未曾出户。见陈侯有使命至，即命舆人驾车伺候，一面请诸大夫朝中相见。众各骇然。石碏亲到朝中，会集百官，方将陈侯书信启看。知吁厚已拘执在陈，专等卫大夫到，公同议罪……诸大夫皆曰："右宰足办此事矣。但首恶州吁既已正法，石厚从逆，可从轻议。"石碏大怒曰："州吁之恶，皆逆子所酿成。诸君请从轻典，得无疑我有舐犊之私乎？老夫当亲自一行，手诛此贼。不然，无面目见先人之庙也！"

（1）谜谜底依格当顿读为"石（石厚）恶/不赦"。（2）谜谜底断读为"石恶石，申父屠击"后，掷地有声地表明：由于石碏非常厌恶逆子石厚，所以才向众人声明了身为其父的自己，愿去陈国亲手来诛灭他的大义凛然态度。两个"石"字由于借代对象的截然不同，使全谜充满了机趣。

7.【谜面】老夫当亲自一行，手诛此贼。

谜目：《史记》人物三　　　　　　　　谜底：石申、子我、终生（陈清泉）

简析：会意正猜。谜面为《东周列国志》第六回内原句。谜底应断读为"石（石碏）申：'子（石厚），我（石碏）终生'"。石申为天文学家，战国时魏人，名见《史记·天官书》内；孔子弟子宰予字子我，始见《史记·齐太公世家》内；曹桓公名终生，见于《史记·管蔡世家》内。

8.【谜面】死吾分内。愿上囚车，一见父亲之面，然后就死。

谜目：《东周列国志》人物二　　　　　谜底：石乞、归生（陈清泉）

简析：会意正猜。谜面出自《东周列国志》第六回内这段中：再说右宰丑同獳羊肩同造陈都，先谒见陈桓公，谢其除乱之恩，然后分头干事。右宰丑至濮，将州吁押赴市曹。州吁见丑，大呼曰："汝吾臣也，何敢犯吾？"右宰丑曰："卫先有臣弑君者，吾效之耳！"州吁俛首受刑。獳羊肩往陈都，莅杀石厚。石厚曰："死吾分内。愿上囚车，一见父亲之面，然后就死。"獳羊肩曰："吾奉汝父之命，来诛逆子。汝如念父，当携汝头相见也！"遂拔剑斩之。石：石厚。不言而喻，石厚要求活归卫国的目的，不外是希冀自己能够死里逃生罢了。

9.【谜面】九月，卫人使右宰丑，莅杀州吁于濮。

谜目：七字俗语　　　　　　　　　　谜底：一块石头落了地（陈清泉）

简析：谜面为《左传·隐公四年》句，其后句为"石碏使其宰獳羊肩，莅杀石厚于陈"。极具黑色幽默的是，谜底从侧面道出：虽然分死两地，但因同于九月被杀，石厚的脑袋可以说是与州吁一块落于地上的。

四、文姜乱伦

齐国早在西周时期就已出现，当时周武王为了酬谢周朝的功臣和宗室，大行封建制度，首封身为师父的功臣吕尚于营丘（后改称临淄），国名为齐。因国君为姜姓，故又称为姜姓齐国，史称姜齐。

公元前391年，田成子四世孙田和迁逐齐康公，并于前386年放逐齐康公于海上，自立为国君，同年被周安王册命为齐侯。田氏仍以"齐"做国号，故又称田氏齐国，史称田齐。齐国成为战国七雄之一，直至前221年被秦国所灭。

春秋时代初期，齐国的第十三代君主齐僖公（？—前698）的两个女儿宣姜、文姜由于长得非常漂亮，成了当时各诸侯国君主、世子竞争的对象，他们纷纷借机前往齐国都城临淄（今山东淄博市临淄区）攀扯关系，讨好齐僖公，以便达到如愿娶走大美人的目的。

单说次女文姜，生得秋水为神，芙蓉如面，比花花解语，比玉玉生香，真乃绝世佳人，古今国色。兼且通今博古，出口成文，因此号为文姜。在众多的追求者中，文姜特别欣赏郑国世子姬忽，于是齐、郑两国便为儿女缔结了秦晋之好。然而姬忽出于"齐大非偶"的考虑，突然又提出了退婚的要求。这一晴天霹雳般的消息，无疑对文姜来说是莫大的耻辱，她终于怏怏成病了。

姜诸儿是文姜同父异母的哥哥，长于文姜只二岁，与文姜从小就在一起游玩。俩人虽已长大，但是彼此却不顾忌男女有别，照常往来。这一次，姜诸儿知道文姜病了，就来得比平常更加勤快了。他本性原是个酒色之徒，见文姜如此才貌，不免举动轻薄，每有调戏之意。那文姜骨子里妖淫成性，亦是个不顾礼义的人，语言戏谑，时及闾巷秽亵，全不避忌。时日久了，两人本来的兄妹之情，竟然转变成为儿女私情。也是齐侯夫妇溺爱子女，不预为防范，以至儿女成禽兽之行。

某天，齐僖公偶然去看文姜，正好看到诸儿在文姜的屋里胡闹。齐僖公认为这事有伤风雅，痛责儿子后，他从此便严禁姜诸儿再与文姜接触。不久，齐僖公还为诸儿娶了宋国之女为妻。

当时，恰好邻国鲁桓公新立，一心想要与大国攀亲，以争取援助，就派遣公子翚赴齐说媒，齐僖公当即允诺。齐鲁选择吉期，商妥婚嫁事宜，齐僖公还亲自将女儿送往鲁国成亲。

文姜出嫁的前夕，姜诸儿与文姜虽然无法见面，却以诗传情。姜诸儿写道："桃树有华，灿灿其霞，当户不折，飘而为直，吁嗟复吁嗟！"文姜答曰："桃树有英，烨烨其灵，今兹不折，证无来者？叮咛兮复叮咛！"

齐僖公二十二年，即鲁桓公三年（前709），文姜被如期送往鲁国，成为鲁桓公的夫人。文姜在鲁国后生下了两个儿子，长子名姬同，次子名姬季友。

鲁桓公十四年（前698），齐僖公寿终正寝。姜诸儿继位当上了国君，即历史上的齐襄公。文姜所生的儿子姬同也已经十三岁了。

转眼又过了四年，文姜要求鲁桓公带她一起到齐国，看一看家中的亲人。鲁桓公就偕同文姜，前往齐都临淄访问。齐襄公听说鲁桓公夫妇来访，大喜过望，亲自到边境迎接。齐襄公借口后宫的嫔妃们想与小姑文姜见面，又将文姜迎进了自己的后宫。

鲁桓公被冷落在馆驿里，心生疑虑，就派人到齐襄公的宫门口打探消息，探子回报时说出了文姜和齐襄公苟欢的情景。鲁桓公身在齐国，无可奈何，跟出宫的文姜争辩之后，立刻派遣人去跟齐襄公告辞，要回鲁国。

齐襄公在文姜出宫的时候，密遣心腹力士跟随，打听鲁桓公夫妇相见有何言语。心腹回复："鲁侯与夫人发生口角。"襄公大惊，知道奸情泄露，于是坚持邀请鲁桓公去牛山游玩，当作饯行。鲁桓公只得随齐襄公去郊区，把文姜留在邸舍。

鲁桓公在宴会上喝醉了，告别的时候已经不能行礼。齐襄公命公子彭生抱鲁桓公上车，送鲁桓公回住处，又偷偷吩咐公子彭生要在车中结果鲁桓公性命。在距离齐国国门约有二里的地方，彭生见鲁桓公熟睡，用手臂拉断鲁桓公的肋骨，鲁桓公大叫一声，血流满车而死。

文姜听到丈夫突然去世的消息，假装啼哭，并命令暂时停止行程，就地扎营

四、文姜乱伦

护丧。齐襄公假作悲痛模样,命令厚殓妹夫,并以"酒后中毒,伤其肝脏而死"的说法向鲁国报丧。

鲁桓公的灵柩被运回鲁国后,文姜并没有随鲁桓公的灵柩回国,而是仍然滞留在临淄。文姜照样服饰光鲜地与齐襄公朝夕共处,还曾同车出游,招摇过市。

文姜的儿子鲁庄公派遣大臣前来迎接母亲归返鲁国,文姜心中却舍不下情人哥哥,又愧对鲁国臣民,便找了个借口暂住边境地区而没有归国。出于孝道,鲁庄公派人在齐鲁两国边境祝丘建造宫室,让母亲居住。齐襄公听说后,也派人在祝丘附近的阜建造离宫,供他来游玩。两处宫室美轮美奂,遥遥相对,格外引人注目。文姜有时住在祝丘,有时越境住进阜;齐襄公借出猎为名,继续与妹妹文姜幽会。

鲁庄公二十二年(前672)春正月,文姜去世。

纵观文姜一生,她的婚姻一波三折。她的风流韵事,曾轰动了天下各国,人们一面讽刺她的荡妇淫乱行径,一面又歌颂她的绝世艳丽,《诗经》上就留下了许多有关文姜的篇章,有毁有誉。

本篇故事中,仅含以下几则灯谜:

1.【谜面】文姜生二子,小儿名季友。

谜目:山西地名 谜底:大同(陈清泉)

简析:会意侧扣。文姜的大儿子名叫姬同。

2.【谜面】夫妇同行,车至泺水,齐襄公早先在矣。

谜目:五字新词 谜底:与国际接轨(陈清泉)

简析:会意正猜。谜面语出《东周列国志》第十三回这段内:却说鲁夫人文姜,见齐使来迎,心下亦想念其兄,欲借归宁之名,与桓公同行。桓公溺爱其妻,不敢不从……夫妇同行,车至泺水,齐襄公早先在矣。殷勤相接,各叙寒温。一同发驾,来到临淄,鲁侯致周王之命,将婚事议定。齐侯十分感激,先设大享,款待鲁侯夫妇。然后迎文姜至于宫中,只说与旧日宫嫔相会。谁知襄公预造下密室,另治私宴,与文姜叙情。饮酒中间,四目相视,你贪我爱,不顾天伦,遂成苟且之事。两下迷恋不舍,遂留宿宫中,日上三竿,尚相抱未起。谜底应断读为"与国际,接轨"。齐襄公因为专程迎接鲁桓公夫妇的缘故，才提前住在了国境附近的泺水。鲁桓公名轨。

3.【谜面】齐国边境迎来鲁桓公

谜目：四字新词　　　　　　　　　　　　谜底：国际接轨（陈清泉）

4.【谜面】使公子彭生乘公

谜目：历史名词　　　　　　　　　　　　谜底：车同轨（陈清泉）

简析：会意正猜。谜面句出《左传·桓公十八年》这段内：十八年春，公（鲁桓公）将有行，遂与姜氏如齐。申繻曰："女有家，男有室，无相渎也，谓之有礼。易此，必败。"公会齐侯于泺，遂及文姜如齐。齐侯通焉。公谪之，以告。夏四月丙子，享公。使公子彭生乘公，公薨于车。鲁人告于齐曰："寡君畏君之威，不敢宁居，来修旧好。礼成而不反，无所归咎，恶于诸侯。请以彭生除之。"齐人杀彭生。在《史记·齐太公世家》这段内是这样记载鲁桓公之死的：四年，鲁桓公与夫人如齐。齐襄公故尝私通鲁夫人。鲁夫人者，襄公女弟也，自釐公（有的书写成"僖公"）时嫁为鲁桓公妇，及桓公来而襄公复通焉。鲁桓公知之，怒夫人，夫人以告齐襄公。齐襄公与鲁君饮，醉之，使力士彭生抱上鲁君车，因拉杀鲁桓公，桓公下车则死矣。鲁人以为让，而齐襄公杀彭生以谢鲁。鲁桓公名轨。

5.【谜面】齐杀公子彭生

谜目：《左传·成公十七年》句　　　　　　谜底：御轨以刑（张起南）

简析：会意正猜。谜底道出了公子彭生之所以被齐襄公当作替罪羊杀掉的原因，乃是驾驭了载有鲁桓公的车辇，而加害了鲁桓公。鲁桓公名轨。

五、管鲍之交

管仲（前719—前645），姬姓，管氏，名夷吾，字仲，谥敬，春秋时期法家代表人物。他被称为管子、管夷吾、管敬仲，颍上（今安徽省颍上县）人，周穆王的后代，是中国古代著名的经济学家、政治家、军事家，被誉为"法家先驱""圣人之师""华夏文明的保护者""华夏第一相"。

"管鲍之交"这个成语，起源于管仲和鲍叔牙之间深厚友谊的故事，最初见于《列子·力命》这段内："管仲尝叹曰：'吾少穷困时，尝与鲍叔贾，分财多自与，鲍叔不以我为贪，知我贫也。吾尝为鲍叔谋事而大穷困，鲍叔不以我为愚，知时有利不利也。吾尝三仕三见逐于君，鲍叔不以我为不肖，知我不遭时也。吾尝三战三北，鲍叔不以我为怯，知我有老母也。公子纠败，召忽死之，吾幽囚受辱，鲍叔不以我为无耻，知我不羞小节而耻功名不显于天下也。生我者父母，知我者鲍叔也！'此世称管鲍善交者，小白善用能者。"管仲和鲍叔牙之间深厚的友情，已成为中国代代流传的佳话。至今，人们仍常常用"管鲍之交"，来形容自己与好朋友之间彼此真诚信任的关系。

平王东迁以后，虽然这时候的周天子已经是一个空架子了，但是天王的名义还是至高无上的，所以那些比较强大的诸侯国，总是打着维护周天子的幌子，来扩大自己的势力，达到称霸的目的。什么叫称霸呢？原来在混战兼并的过程中，最强的国家成为霸国，霸国的国君就是霸主。霸主在他的势力范围内发号施令，说一不二。被征服的诸侯国要向霸主送礼进贡，对霸主要按时朝见，霸主要举行会议或调兵去打仗，也必须服从。这样一来，实际上霸主同天子已经没有多少区别了。

据说，周初分封了几百个诸侯国，到春秋时期只剩下一百多个了，其中比较大的只有齐、晋、楚、秦、鲁、卫、燕、宋、陈、蔡、郑、曹、吴、越等十几个国家。这些诸侯国，都想自己当上霸主。因此，大国争霸成为春秋时期的主要特点。十几个大国，你争我夺，斗争结果先后出现了五个霸主，这就是历史书上所说的春秋五霸。春秋五霸是指哪几个呢？一种说法是：齐桓公、晋文公、宋襄公、秦穆公、楚庄王。另一种说法是：齐桓公、晋文公、楚庄王、吴王阖庐、越王勾践。因为齐桓公最先当上了霸主，所以我们就从齐国称霸的故事讲起。

要讲齐国称霸，首先要讲齐国的大政治家管仲，因为齐桓公称霸主要靠了他的帮助。要讲管仲，又得从"管鲍之交"讲起，因为把管仲推荐给齐桓公的，正是鲍叔牙。

管仲二十来岁时就结识了鲍叔牙，并和鲍叔牙合伙做买卖。管仲家里穷，出的本钱没有鲍叔牙多，可是到分红的时候，他却要多拿。鲍叔牙手下的人都很不高兴，骂管仲贪婪。鲍叔牙却解释说："他哪里是贪这几个钱呢？他家生活困难，是我自愿让给他的。"

管仲曾经带兵打仗，进攻的时候他躲在后面，退却的时候他却跑在最前面。手下的士兵全都瞧不起他，不愿再跟他去打仗。鲍叔牙却说："管仲家里有老母亲，他保护自己是为了侍奉母亲，并不真是怕死。"

鲍叔牙替管仲辩护，极力掩盖管仲的缺点，完全是为了爱惜管仲这个人才。管仲听到这些话，非常感动，叹口气说："生我的是父母，了解我的是鲍叔牙啊！"管仲和鲍叔牙就这样结成了生死之交。

当时，齐国的国君齐襄公没有儿子，只有两个异母兄弟。一个是公子纠，母亲是鲁国（今山东省西南部）人；一个是公子小白，母亲是卫国（今河南省北部）人。有一天，管仲对鲍叔牙说："依我看，将来继位当国君的，不是公子纠就是公子小白，我和你每人辅佐一个吧。"于是管仲和另外一个名叫召忽的人就当了公子纠的老师，鲍叔牙做了公子小白的老师。

齐襄公不仅非常荒淫无耻，而且十分残暴昏庸，管仲、鲍叔牙知道他终究不会有好结果，就找了个机会，一个带着公子纠躲到鲁国去了，一个带着公子小白躲到莒国（今山东省莒县）去了。

周庄王十二年（前685），公孙无知杀死了齐襄公，夺了君位。不到一个月，公孙无知又被大臣们杀死了。齐国有些大臣暗地派使者去莒国迎接公子小白回齐国即位。鲁庄公听到这个消息后，决定亲自率领三百辆兵车，用曹沫为大将，护

五、管鲍之交

送公子纠回齐国。他先让管仲带一部分兵马在路上去拦截公子小白。

管仲带着三十辆兵车,日夜兼程,追赶公子小白。他们追到即墨(今山东省平度市东南),听说莒国军队已经过去半天了,就接着赶路,一口气又追了三十多里。他们远远看见莒国军队正在小树林边生火做饭,公子小白端坐车中。管仲跑上前去,说:"公子,您这是上哪儿去?"小白说:"去办理丧事啊。"管仲又说:"公子纠比您年龄大,有他办理丧事就行了,您何必急急忙忙赶路呢!"

鲍叔牙知道管仲的用心,很不高兴地对管仲说:"管仲,你快回去吧。各人有各人的事,你就不必多管闲事了!"管仲朝鲍叔牙左右一看,那些随从的人,一个个横眉立目,摩拳擦掌,好像要和他拼命似的,再看看自己的人,比他们少多了,心想硬碰硬非吃亏不可,便假装答应,退了下去。没走几步,突然回过身来,弯弓搭箭,瞄准小白,一箭射去。只听小白大叫一声,口吐鲜血,倒在车上。周围的人一窝蜂跑去救护,其中有人大叫"不好了!"接着,很多人就大哭了起来。

管仲看到这个情景,认为小白一定死了,便驾车飞跑回去,向鲁庄公报告。鲁庄公听说小白已经死了,马上设宴庆贺,然后带着公子纠,慢慢悠悠地向齐国进发。其实管仲这一箭并没射死公子小白,只是射中了小白的衣带钩。

小白怕管仲再射箭,急中生智,把舌头咬破,假装吐血而死。忙乱中大家也都被他瞒住了。直到管仲走远了,小白才睁开眼,坐了起来。鲍叔牙说:"我们得快跑,说不定管仲还会回来。"于是,公子小白换了衣服,坐在有篷的车里,抄小路赶到了齐国都城临淄。这时候,鲁庄公和公子纠还在半路上呢。

齐国原来主张立公子纠为国君的大臣们,见公子小白先回来了,就对鲍叔牙说:"你要立公子小白为国君,公子纠回来了可怎么办呢?"鲍叔牙说:"齐国连遭内乱,非得有个像公子小白这样贤明的人来当国君,才能安定。现在公子小白比公子纠先回来了,这不正是天意吗?你们再想一想,鲁庄公护送公子纠回来,要是公子纠当了国君,鲁庄公肯定要勒索财物,齐国本来就够惨的了,那样一来,怎么受得了呢?"大臣们听鲍叔牙说得有理,便都同意让公子小白即位,他就是历史上有名的齐桓公。

过了好几天,鲁庄公才率领大军到达齐国的边境。他听说公子小白并没有死,而且已经当上了国君,顿时大怒,马上向齐国发动进攻。齐桓公只好发兵应战。两军在齐都临淄以西的乾时混战一场，鲁军被打得大败，鲁庄公弃车逃跑，才保住了一条性命。鲁国的汶阳之田也被齐国占领了。

鲁庄公大败回国，还没喘过气，齐国大军又打上门来了，强令鲁庄公杀死公子纠，交出管仲。鲁庄公一看，大兵压境，便不愿意再为一个公子纠冒亡国的风险，就急忙下令将公子纠杀死，召忽跟着亦自杀了。管仲甘愿为阶下囚，鲁桓公就又叫人把管仲抓起来，准备送给齐国。谋士施伯对鲁庄公说："管仲是天下奇才，如果齐国用了他，富国强兵，对咱们是莫大的威胁，我看还不如把他留在鲁国。"鲁庄公却说："那怎么行！齐桓公的仇人，我们反而重用，齐桓公是不会饶过我们的。"施伯说："既然不想用管仲，那就干脆把他杀了，也免得齐国用他。"鲁庄公动了心，打算杀死管仲。

鲍叔牙派到鲁国去接管仲的隰朋，听说鲁庄公要杀管仲，慌急中跑去对鲁庄公说："我们国君对管仲恨之入骨，非要亲手杀了他才解恨。你们把他交给我吧！"鲁庄公只好将公子纠的头连同管仲都交给隰朋带回齐国。

管仲进了齐国的地界，鲍叔牙早就等在那里了。他一见管仲，如获至宝，马上让人将囚车打开，把管仲放了出来，一同回到临淄。鲍叔牙把管仲安排在自己家里住下，随后去向齐桓公推荐管仲。

齐桓公说："管仲不就是射我衣带钩的那个家伙吗？他射的箭至今我还留着呢，我恨不得剥了他的皮，吃了他的肉，想不到你还想让我重用他！"鲍叔牙说："那时各为其主嘛！管仲射您的时候，他心中只有公子纠。再说，您如果真要富国强兵，建立霸业，没有一大批贤明的人是不行的。"齐桓公说："我早已经想好了，在我的大臣中，你是最忠心最能干的了，我要拜你为相，帮助我富国强兵。"鲍叔牙说："我的本事比管仲差远了，我不过是个小心谨慎、奉公守法的臣子而已，管仲才是治国图霸的人才啊。您要是重用他，他将为您射得天下，哪里只射中一个衣带钩呢！"

齐桓公见鲍叔牙这么推崇管仲，就说："那你明天带他来见我吧。"鲍叔牙笑了笑说："您要得到有用的人才，必须恭恭敬敬以礼相待，怎么能随随便便召来呢？"于是，齐桓公选了一个好日子，亲自出城迎接管仲，并且请管仲坐在他的车上，一起进城。

五、管鲍之交

管仲到了宫廷,急忙跪下向齐桓公谢罪。齐桓公亲自把管仲扶起来,虚心地向他请教富国强兵、建立霸业的方法。管仲讲得一清二楚。两人越谈越投机,一直谈了三天三夜,真是相见恨晚。齐桓公接着就任命管仲为相。

本篇故事中,含有以下多则灯谜:

1. 【谜面】吾始困时,尝与鲍叔贾,分财利多自与。

    谜目:公共场所提示语　　　　　　　　谜底:管好钱物(陈清泉)

    简析:会意正猜。谜面出自《史记·管晏列传》中管仲这段话语内:吾始困时,尝与鲍叔贾,分财利多自与,鲍叔不以我为贪,知我贫也。吾尝为鲍叔谋事而更穷困,鲍叔不以我为愚,知时有利不利也。吾尝三仕三见逐于君,鲍叔不以我为不肖,知我不遭时也。吾尝三战三走,鲍叔不以我为怯,知我有老母也。公子纠败,召忽死之,吾幽囚受辱,鲍叔不以我为无耻,知我不羞小节而耻功名不显于天下也。生我者父母,知我者鲍子也。谜底中,"好"改读hǎo音,当"爱、喜欢"用。

2. 【谜面】鲍叔不以我为贪

    谜目:鸟名三(卷帘格)　　　　　　　谜底:多花子、金吾、夷由(任焕长)

    简析:谜面为《史记·管晏列传》句。谜底应依格倒读为"由夷吾金子花多"。管仲名夷吾。鹦鹉别名多花子;乌鸦别名为金吾;古人曾将鼯鼠误以为鸟类,其别名为夷由。

3. 【谜面】管鲍分金

    谜目:QQ空间游戏　　　　　　　　　谜底:好友买卖(绣球虎)

4. 【谜面】鲍叔牙多金赠夷吾

    谜目:金融名词　　　　　　　　　　　谜底:钱账分管(柯国臻)

5. 【谜面】吾尝三仕三见逐于君

    谜目(1):交通名词　　　　　　　　　谜底:管道运输(任焕长)

    谜目(2):中药名　　　　　　　　　　谜底:杜仲(卢山夫)

6. 【谜面】三仕三见逐于君,鲍叔不以我为不肖。

    谜目:物资类别　　　　　　　　　　　谜底:管道器材(张志有)

7. 【谜面】吾尝三战三走，鲍叔不以我为怯。

　　谜目（1）:《答苏武书》句　　　　　　　　谜底：上念老母（杨志远）
　　谜目（2）：中药名二　　　　　　　　　　谜底：知母、苍耳（李牧雏）
　　简析：会意正猜。谜面为《史记·管晏列传》句，谜底启谜面下文句"知我有老母也"意而得。

8. 【谜面】吾尝三战三走，鲍叔不以我为怯，知我有老母也。

　　谜目：鲁迅作品篇目　　　　　　　　　　谜底：《逃的辩护》（陈清泉）

9. 【谜面】鲍叔不以我为怯，知我有老母也。

　　谜目（1）：京剧名　　　　　　　　　　　谜底：《战北原》（鲍恩绶）
　　谜目（2）：《西厢记》句　　　　　　　　谜底："管甚么拘束亲娘"（林仲杰）

10. 【谜面】管鲍之交重相知

　　谜目：五金名词　　　　　　　　　　　　谜底：轻金属（吴涛）

11. 【谜面】管鲍始终互挂念

　　谜目：二字典故　　　　　　　　　　　　谜底：竹苞（白超谦）
　　简析："管鲍始终"即取"管"字始端"竹"及"鲍"字后半部"包"；再"挂"上"艹（念）"，最后组成"竹苞"二字。《清朝野史大观》记载：和珅在宰相府内修建凉亭一座，需要一幅亭额，便求纪昀题字，结果纪昀爽快答应，题以大字"竹苞"。这二字出自《诗经·小雅·斯干》中"如竹苞矣，如松茂矣"句，人们常以"竹苞松茂"颂扬华屋落成，家族兴旺。和珅得到纪昀的题字，大为高兴，就高高挂在书亭上。乾隆偶尔临幸和珅宅第，一见纪昀题字，马上就知道了纪昀是在捉弄和珅。他笑着对和珅说："纪昀是在骂你们一家'个个草包'呢。"结果和珅对纪昀恨之入骨，几次进谗言，参奏纪昀。

12. 【谜面】管夷吾胸有抱负

　　谜目：七画字　　　　　　　　　　　　　谜底：伸（张伯人）
　　简析：会意兼离合体谜。由"管夷吾"可得其字"仲"；"负"则会意为数学符号"一"。"胸有抱负"当理解为"一"抱合于"仲"字胸部（中间部位），如此构思后，"伸"字焉不跃然而出！

五、管鲍之交

13.【谜面】中小白带钩

　　谜目：通讯器材　　　　　　　　　　　　谜底：发射管（周问萍）

14.【谜面】恐他又射，一时急智，嚼破舌尖，喷血诈倒，连鲍叔牙都骗过了。

　　谜目：离合字四　　　谜底：原小白、伪为人、口知矢、身尚躺（陈清泉）

　　简析：会意正猜。谜面为《东周列国志》第十五回内原文，其前句为"小白知夷吾妙手"。在管仲（名夷吾）突然袭射小白之后，原来小白并没真正中箭身亡，他的诚如谜面所叙的"嚼破舌尖，喷血诈倒"之举动，都是故意作伪给必欲置自己于死地的管仲来看的，因为只有这样管仲才不会再向自己射来第二支箭啊。

15.【谜面】小白知夷吾妙手

　　谜目：医学名词　　　　　　　　　　　　谜底：射精管（陈清泉）

16.【谜面】认为小白中箭已死，便再不多说，立即抬脚疾奔。

　　谜目：六字保健常用语　　　　　　　　　谜底：管住嘴，迈开腿（陈清泉）

　　简析：会意正猜。谜面虽系自撰，但却入情合理。"管"字入谜后，须别解为管仲。一字带活全谜，功当不可灭矣。

17.【谜面】召忽独殉公子纠

　　谜目：四字新词　　　　　　　　　　　　谜底：管而不死（陈清泉）

　　简析：会意侧扣。谜底表明：在召忽因主子公子纠被杀而殉身的同时，公子纠的另一位老师管仲却不愿去死，而仅仅是"请囚"而已。

18.【谜面】管仲请囚

　　谜目：《左传·庄公二十八年》句　　　　谜底：夷吾居屈（聂得盦）

　　简析：会意正猜。谜面为《史记·齐太公世家》句。谜底出于《左传·庄公二十八年》这段内：夏，使大子居曲沃，重耳居蒲城，夷吾居屈。群公子皆鄙，唯二姬之子在绛。二五（晋献公嬖人梁五、东关五）卒与骊姬谮群公子而立奚齐，晋人谓之二五耦。由此可知，此夷吾（晋献公之子）已非谜面之管仲（管仲名夷吾）。

19.【谜面】于是庄公使束缚以予齐使

　　谜目：四字机关用语，含带姓简称　　　　谜底：鲁处分管（昌庆锋）

简析：会意正猜。谜面出于《国语·齐语·鲍叔荐管仲》这段内：庄公以问施伯，施伯对曰："此非欲戮之也，欲用其政也。夫管子，天下之才也，所在之国则必得志于天下，令彼在齐，则必长为鲁国忧矣。"庄公曰："若何？"施伯对曰："杀而以其尸授之。"庄公将杀管仲，齐使者请曰："寡君欲亲以为戮，若不生得以戮于群臣，犹未得请也，请生之。"于是庄公使束缚以予齐使，齐使受之而退。谜底应顿读为"鲁（鲁庄公）/处分/管（管仲）"。

20. 【谜面】释槛囚鲍叔荐仲

　　谜目：电力名词三　　　　　　　　　　谜底：保险管、上导、主用（张广发）

　　简析：会意正猜。谜面显系借用《东周列国志》第十六回回目前句。管仲名夷吾。《史记·管晏列传》首段写道：管仲夷吾者，颍上人也。少时常与鲍叔牙游，鲍叔知其贤。管仲贫困，常欺鲍叔，鲍叔终善遇之，不以为言。已而鲍叔事齐公子小白，管仲事公子纠。及小白立为桓公，公子纠死，管仲囚焉。鲍叔遂进管仲。管仲既用，任政于齐，齐桓公以霸，九合诸侯，一匡天下，管仲之谋也。谜底断读为"保险管，上导主用"。管：管仲；主：齐桓公。

21. 【谜面】管仲入齐谁得利

　　谜目：《百家姓》句　　　　　　　　　谜底：盖益桓公（王思真）

22. 【谜面】鲍叔言管夷吾可相

　　谜目：古文篇目　　　　　　　　　　　谜底：《纵囚论》（郑永禧）

23. 【谜面】鲍叔请齐桓公赦射钩仇人

　　谜目：乐器名　　　　　　　　　　　　谜底：巴松管（陈清泉）

24. 【谜面】叔牙因不怀疑夷吾能力，甘愿自己退居下位。

　　谜目：《三国演义》人物三　　　　　　谜底：鲍信、管宁、边让（陈清泉）

　　简析：会意正猜。谜底应断读为"鲍（鲍叔牙）信管（管仲，名夷吾），宁边让"。

25. 【谜面】小白赦免射钩人

　　谜目：四字新词　　　　　　　　　　　谜底：管而不死（陈清泉）

26. 【谜面】赦夷吾齐桓揽才

　　谜目：三字常言（卷帘格）　　　　　　谜底：管得宽（陈清泉）

简析：会意正猜。谜底依格倒读为"宽得管"。

27. 【谜面】齐桓公专任夷吾，尊其号曰仲父。

　　谜目：电视器件名（卷帘格）　　　　　谜底：显相管（黄继钊）

　　简析：会意正猜。谜面系改造《东周列国志》第十六回相关话语（桓公曰："善。"于是专任夷吾，尊其号曰仲父，恩礼在高国之上）而得。谜底依格倒读为"管相显"。管仲名夷吾。

28. 【谜面】仲父当年独制齐

　　谜目：消防法名词　　　　　　　　　　谜底：统一管理（方龙铭）

　　简析：会意正猜。谜面为《东周列国志》第十七回内引诗句。

29. 【谜面】夷吾相齐主法度

　　谜目：法律名词　　　　　　　　　　　谜底：仲裁章程（黄邓财）

30. 【谜面】以区区之齐，在海滨，通货积财。

　　谜目：工会法名词　　　　　　　　　　谜底：管理经济（郭炳茂）

　　简析：会意正猜。谜面出于《史记·管晏列传》这段内：管仲既任政相齐，以区区之齐在海滨，通货积财，富国强兵，与俗同好恶。

31. 【谜面】寡人于仲父，犹身之有股肱也。

　　谜目：四字教育机构　　　　　　　　　谜底：托管中心（陈浩群）

　　简析：会意正猜。齐桓公对管仲的信任程度，可从《东周列国志》第十七回中的这段原文得到证实：自此竖刁、易牙内外用事，阴忌管仲。至是，竖刁与易牙合词进曰："闻'君出令，臣奉令'；今君一则仲父，二则仲父，齐国疑于无君矣！"桓公笑曰："寡人于仲父，犹身之有股肱也。有股肱方成其身，有仲父方成其君。尔等小人何知？"二人乃不敢再言。管仲秉政三年，齐国大治。

六、曹刿论战

《曹刿论战》出自《左传·庄公十年》内。文章记叙的是发生在公元前684年的齐鲁长勺（今山东莱芜东北）之战，是鲁国抵抗齐国进攻的一次战役。虽然是一个不大的战役，但却说明了战略防御的原则——只有"取信于民"，实行"敌疲我打"的正确方针，选择反攻和追击的有利时机，才能以小敌大，以弱胜强。

鲁庄公十年的春天，齐国军队攻打鲁国。鲁庄公将要迎战。曹刿请求拜见鲁庄公。他的同乡说："当权的人自会谋划这件事，你又何必参与呢？"曹刿说："当权的人目光短浅，不能深谋远虑。"于是入朝去见鲁庄公。

曹刿问鲁庄公："您凭借什么作战？"鲁庄公说："衣食这一类养生的东西，我从来不敢独自专有，一定会把它们分给别人。"曹刿回答说："这种小恩小惠不能遍及百姓，老百姓是不会顺从您的。"鲁庄公又说："祭祀用的猪牛羊和玉器、丝织品等祭品，我从来不敢虚报夸大数目，一定对上天说实话。"曹刿说："小小信用，不能取得神灵的信任，神灵是不会保佑您的。"鲁庄公说："大大小小的诉讼案件，即使不能一一明察，但我一定根据实情来合理裁决。"曹刿回答说："这才是为民着想的尽职之事，凭此是可以打上一仗的。如果作战，请允许我跟随您一同去。"到了那一天，鲁庄公和曹刿同坐一辆战车，在长勺和齐军作战。

鲁庄公将要下令击鼓进军。曹刿说："现在不行。"等到齐军三次击鼓之后，曹刿才说："可以击鼓进军了。"齐军大败。鲁庄公又要下令驾车马追逐齐军，曹刿制止说："现在还不行。"说完就下了战车，亲自俯身察看齐军车轮碾出的痕迹，然后又登上战车，扶着车前横木远望齐军的队形，这才发话说："可以追击了！"于是追击齐军。

打了胜仗后，鲁庄公问他取胜的原因。曹刿回答说："作战，靠的是士气。第一次击鼓能够振作士兵们的士气，第二次击鼓士兵们的士气就开始低落了，第三次击鼓士兵们的士气就耗尽了。他们的士气已经消失，而我军的士气正旺盛，所以才战胜了他们。像齐国这样的大国，他们的情况是难以推测的，我怕他们在后退时设有伏兵。后来,我看到他们的车轮的痕迹是真乱了,望见他们的旗帜也倒下了,所以才下令追击他们。"

《东周列国志》第十六回中的有关章节,更是将长勺之战的起始阶段演绎得非常到位。在冯梦龙的笔下,曹刿不是自己求上门去为鲁庄公出主意的,而是因施伯推荐才被正式请来。其详情概述如下:

鲁庄公听到齐国拜管仲为相,十分生气地说:"真是后悔当初没有听从施伯之言,如今反受管仲的欺辱了!"于是便整军备战,准备讨伐齐国,以报上次乾时败仗的那仇。

齐桓公听知鲁国举动,就对管仲说:"我才当上国君,不想再受战争祸害,既然鲁国蠢蠢欲动,不如我们先去伐他如何?"管仲回答:"军政未定,不可轻易用兵啊。"桓公不听,遂拜鲍叔牙为大将,率军直犯长勺。

鲁庄公便向大臣施伯问计:"齐国欺我太甚,我们应该怎么对付它?"施伯说:"我推荐一人,准能对付齐国。"庄公急问:"他是何人?"施伯回答:"这人姓曹名刿,文武双全,从未当过官。只要真心去请,我想他会来的。"

庄公命施伯前去请人,见到曹刿后,曹刿却说:"你们做大官的人,大鱼大肉吃惯了,还要找我们吃野菜的小百姓商量国家大事吗?"施伯赔笑说:"像你这样的百姓当然是可以为国家出谋划策的,这次只要你愿意出山,何愁没有高官可当!"于是曹刿就随着施伯同去见了庄公。

庄公问曹刿:"请先生教我,应该如何和齐军作战呢?"曹刿回答:"打仗这事应当临机制胜,哪能随便预言!我愿能得战车一乘,到战场上去根据实际情形为国君决断。"庄公很欣赏这番话,便让曹刿坐在自己车上,共奔长勺。

后来鲁国赢了这仗后,庄公除了更加佩服曹刿外,还拜他当了大夫。

本篇内含有的灯谜很有意思,请读者朋友欣赏:

1. 【谜面】肉食者鄙,未能远谋。

谜目(1):湖南旧地名　　　　　　　　　谜底:上庸(陈昌年)

谜目(2):房地产名词　　　　　　　　　谜底:小高层(陈昌年)

谜目(3):美国电影　　　　　　　　　　谜底:《小贵族》(吴凌涛)

谜目(4):政治经济名词　　　　　　　　谜底:高层次(袁廷福)

谜目（5）：清代官职　　　　　　　　　　　谜底：朝鲜通事（周跃建）

谜目（6）：财会名词　　　　　　　　　　　谜底：会计要素（陈盛强）

谜目（7）：歌曲名　　　　　　　　　　　　谜底：《小小大人物》（王祥方）

谜目（8）：五言宋诗句　　　　　　　　　　谜底：高官何足论（杨志远）

谜目（9）：六字口语　　　　　　　　　　　谜底：不是当官的料（苏江树）

谜目（10）：军事产品冠国名简称　　　　　　谜底：朝·无人机（李创龙）

谜目（11）：烈士文章篇目连作者　　　　　　谜底：《清贫》·方志敏（郭少敏）

简析：会意正猜。谜面见于《左传·庄公十年·曹刿论战》内：十年春，齐师伐我。公将战，曹刿请见。其乡人曰："肉食者谋之，又何间焉？"刿曰："肉食者鄙，未能远谋。"乃入见。问："何以战？"公曰："衣食所安，弗敢专也，必以分人。"对曰："小惠未遍，民弗从也。"公曰："牺牲玉帛，弗敢加也，必以信。"对曰："小信未孚，神弗福也。"公曰："小大之狱，虽不能察，必以情。"对曰："忠之属也，可以一战。战则请从。"公与之乘。战于长勺。公将鼓之。刿曰："未可。"齐人三鼓。刿曰："可矣。"齐师败绩。公将驰之。刿曰："未可。"下视其辙，登轼而望之，曰："可矣。"遂逐齐师。既克，公问其故。对曰："夫战，勇气也。一鼓作气，再而衰，三而竭。彼竭我盈，故克之。夫大国，难测也，惧有伏焉。吾视其辙乱，望其旗靡，故逐之。"这是一组难得的扣合严谨的同面多目典故灯谜，11个谜底均可用正面会意法门而得出。（7）谜谜底应顿读为"小小/大人物"。相对大人物（即"肉食者"），此时的曹刿身份还是小人物，故可将其内的第一个"小"字借代为他。第二个"小"字取"小看、鄙视"义。（8）谜谜底为南宋文天祥《第一百九十一》诗句，其全诗为："高官何足论，寂寞身后事。物理固自然，愿闻第一义。"

2.【谜面】肉食者鄙

谜目（1）：《聊斋志异》篇目　　　　　　　谜底：《小官人》（毕克东）

谜目（2）：三字泛称　　　　　　　　　　　谜底：小大人（浮香）

谜目（3）：宋词句　　　　　　　　　　　　谜底：口腹安然岂远谋（许权）

谜目（4）：京剧名　　　　　　　　　　　　谜底：《刺王僚》（佚名）

简析：会意正猜。谜面为《左传·庄公十年·曹刿论战》句。（3）谜谜底为南宋陈亮《鹧鸪天·怀王道甫》词句。

3.【谜面】公将鼓之。刿曰："未可。"

谜目：八字俗语　　　　　　　　　　　　　谜底：一个愿打，一个愿挨（王醒宇）

简析：会意正猜。谜面为《左传·庄公十年·曹刿论战》句。入谜后，"挨"由原义"遭受"改取"拖延"义。

4. 【谜面】齐人三鼓，刿曰："可矣。"

   谜目（1）：《红楼梦》诗句　　　　　　　谜底：一战再战不成功（许友金）

   谜目（2）：北京地名二　　　　　　　　谜底：劲松、宣武（武骝）

   简析：会意正猜。谜面为《左传·庄公十年·曹刿论战》句。(1)谜谜底为《红楼梦》第七十八回中贾宝玉所作《姽婳词》诗句。

5. 【谜面】齐人三鼓，刿曰："可矣。"齐师败绩。

   谜目：奥地利城市　　　　　　　　　　谜底：因斯布鲁克（韩宇琼）

6. 【谜面】齐人三鼓疲，公盈故克之。

   谜目：成语　　　　　　　　　　　　　谜底：竭尽全力（佚名）

7. 【谜面】齐人三鼓后再进攻

   谜目：西药名　　　　　　　　　　　　谜底：可立克（汪良淦）

8. 【谜面】齐师败绩。公将驰之。刿曰："未可。"下视其辙，登轼而望之，曰："可矣。"

   谜目：五子棋术语（卷帘格）　　　　　谜底：追准胜（石爱民）

   简析：会意正猜。谜面为《左传·庄公十年·曹刿论战》句。谜底依格倒读为"胜准追"。

9. 【谜面】公将驰之。刿曰："未可。"

   谜目：香港动作警匪片名　　　　　　　谜底：《冲锋战警》（石爱民）

10. 【谜面】刿曰："未可。"下视其辙，登轼而望之，曰："可矣。"

    谜目：七字交通用语　　　　　　　　　谜底：一慢二看三通过（佚名）

11. 【谜面】下视其辙，登轼而望，曰："可矣。"

    谜目：《左传·隐公七年》句　　　　　谜底：亦知陈之将乱也（张超南）

    简析：会意正猜。谜面与《左传·庄公十年·曹刿论战》原文句子相比，仅少了一个"之"。"陈"为"阵"的古字。

12. 【谜面】下视其辙，登轼而望之，曰："可矣。"遂逐齐师。

    谜目：网络游戏　　　　　　　　　　　谜底：《警察追击》（赵可东）

简析：会意正猜。谜面为《左传·庄公十年·曹刿论战》句。

13. 【谜面】下视其辙，登轼而望之，曰："可矣。"

  谜目（1）：五字英语语法名词　　　　　　谜底：现在进行时（陈浩）

  谜目（2）：唐代高僧冠本名　　　　　　　谜底：张遂·一行（许友金）

14. 【谜面】下视其辙，登轼而望之。

  谜目：河北地名　　　　　　　　　　　　谜底：张北（青霜）

15. 【谜面】既克，公问其故。

  谜目：四字常用语　　　　　　　　　　　谜底：蒙在鼓里（赵首成）

16. 【谜面】夫战，勇气也。一鼓作气，再而衰，三而竭。

  谜目（1）：物理名词　　　　　　　　　　谜底：角动量（许友金）

  谜目（2）：四字甘肃旅游用语　　　　　　谜底：武威风光（苏剑）

17. 【谜面】一鼓作气，再而衰。

  谜目：动画片《熊出没》系列角色二　　　谜底：光头强、熊二（麻样）

18. 【谜面】一鼓作气，再而衰，三而竭。

  谜目（1）：化学名词　　　　　　　　　　谜底：克当量数（许友金）

  谜目（2）：洗涤用品品牌　　　　　　　　谜底：威猛先生（郑裕国）

  谜目（3）：辛亥革命时期名著（卷帘格）　谜底：《猛回头》（魏强）

19. 【谜面】一鼓作气，再而衰。

  谜目（1）：环保词语　　　　　　　　　　谜底：三废（佚名）

  谜目（2）：二字贬称　　　　　　　　　　谜底：瘪三（王亮）

20. 【谜面】三鼓而竭

  谜目：五字考核后报喜语　　　　　　　　谜底：通通通过了（林敏）

  简析：会意正猜。"鼓声"似"通"，是本谜构思时的着眼之处。

21. 【谜面】夫大国难测也，惧有伏焉。吾视其辙乱，望其旗靡，故逐之。

  谜目：网络游戏　　　　　　　　　　　　谜底：《警察追击》（王文来）

六、曹刿论战

22. **【谜面】** 吾视其辙乱，望其旗靡，故逐之。

    谜目（1）：首都　　　　　　　　　　　　谜底：明斯克（杨耀学）

    谜目（2）：体育器材　　　　　　　　　　谜底：跑步机（陈昌年）

    谜目（3）：离合字　　　　　　　　　　　谜底：逃走之兆（林凯胜）

    谜目（4）：税务名词二　　　　　　　　　谜底：输估、追征（石爱民）

    谜目（5）：京剧名二（卷帘格）　　　　　谜底：《驱车战将》《北极观》（史东山）

    简析：会意正猜。谜面为《左传·庄公十年·曹刿论战》句。（5）谜谜底依格顿读为"观/极北/将/战车驱"。

23. **【谜面】** 吾视其辙乱，望其旗靡。

    谜目（1）：海关名词　　　　　　　　　　谜底：可以追征（陈昌年）

    谜目（2）：河北地名　　　　　　　　　　谜底：张北（杨声远）

    谜目（3）：西药名　　　　　　　　　　　谜底：可立克（易广昌）

    谜目（4）：逻辑名词　　　　　　　　　　谜底：负判断（何秀礼）

    谜目（5）：鲁迅作品篇目　　　　　　　　谜底：《我观北大》（陈继耿）

    谜目（6）：《水浒全传》人物二　　　　　谜底：张清、武松（阿湖）

24. **【谜面】** 曹刿论战

    谜目：水暖零件（粉底格）　　　　　　　谜底：三通阀（黄有材）

    简析：会意正猜。谜底依格应顿读为"三通/伐"；意即：齐军三通战鼓擂毕后，鲁军才会攻打他们。

25. **【谜面】** 庄公曰："卿可谓知兵矣！"乃拜为大夫。

    谜目：《水浒全传》人物四　　　　　　　谜底：宣赞、曹正、武能、施恩（陈清泉）

    简析：会意正猜。谜面为《东周列国志》第十七回中的句子。"卿可谓知兵矣！"这是庄公表彰曹刿用兵真行的感叹之语；"乃拜为大夫"这一举措，无疑当是庄公对曹刿施加的恩惠。

26. **【谜面】** 长勺之战齐谋浅

    谜目：《水浒全传》人物　　　　　　　　谜底：鲁智深（陈清泉）

27. **【谜面】** 长勺鲁后发，藏锋终得逞。

    谜目：休闲活动　　　　　　　　　　　　谜底：钓鱼（刘精耕）

七、老马识途

齐桓公（？—前643），春秋五霸之首，公元前685年至前643年在位，春秋时代齐国第十五位国君，姜姓，吕氏，名小白。他任管仲为相，推行改革，实行军政合一、兵民合一的制度，齐国逐渐强盛。

齐桓公于前680年在甄（今山东鄄城）召集宋、陈、郑、卫这四国诸侯会盟，是历史上第一个充当盟主的诸侯。当时中原华夏各诸侯苦于戎狄等部落的攻击，于是齐桓公打出"尊王攘夷"的旗号，北击山戎，南伐楚国，成为中原第一个霸主，受到周天子赏赐。但其晚年昏庸，管仲去世后，任用易牙、竖刁等小人，最终在内乱中饿死。

下面的"老马识途"即是发生在"北击山戎"中的一个传奇故事：

公元前663年，虽然中原各国逐渐承认了齐国的盟主地位，但居住在边远地区的某些少数民族部落却不理会这一套。有一天，齐桓公正与管仲议事，有人来报告说北方的一个叫山戎的少数民族又侵犯了燕国，劫夺粮食、牲畜和财物，燕国派人来求救了。齐桓公征求管仲的意见，管仲说："山戎经常骚扰中原，是中原安定的忧患，一定要征服。"齐桓公听从了管仲的话后，亲率大军援救燕国。

齐国大军到了燕国后，才知山戎早就带着抢到的人口和财物跑了。管仲说："山戎虽然跑了，但以后还会来骚扰。我们不如一追到底，彻底打垮他们，实现北方的长治久安。"齐桓公觉得管仲的意见很有道理，于是就挥兵向北追击山戎。

燕国的君主燕庄公又对齐桓公说："附近有个无终国（今河北省玉田县），与我们素有往来，他们也和山戎有仇，可否请他们给我们带路，一同攻打山戎？"齐桓公立刻派人带着礼物去无终国求助。无终国就派了一支军队前来参加战斗。

山戎的首领叫密卢，他听说齐、燕、无终三国联合讨伐，知道打不过，就带着一些亲信和金银财宝向北方逃跑了。来不及跑的山戎百姓和士兵都投降了。齐桓公为了使山戎真正心服，传令不许伤害山戎降兵和百姓。他们受到宽待后都很

七、老马识途

感激齐桓公，齐桓公就又问他们："你们的首领跑到哪里去了？"他们说："一定是去孤竹国借兵去了。"齐桓公决定跟踪追击，捉拿密卢，征伐孤竹国，彻底消除北方动乱的隐患。

再说密卢逃到孤竹国，向国君答里呵求援。答里呵派大将黄花率兵跟密卢前去迎战齐军，不料，黄花一出阵就被齐军打得大败。黄花逃回去对答里呵说："齐侯率军前来，不过是要捉拿密卢，与我国毫无关系。我看不如杀了密卢，与齐侯讲和，方能保全我们自己。"另一位大臣则献计说："北方有个地方叫'旱海'，又称'迷谷'，那里茫茫沙漠无边，路途难辨。如果能把齐军引入进去，不用一兵一卒，就能使齐侯人马全军覆没。"黄花听到这里动了心眼。于是杀了密卢，割下了首级，直到齐桓公军中，献上密卢首级，并称答里呵已经率军逃跑，自己愿归顺齐侯，为齐军引路，追击答里呵。

齐桓公见黄花献上密卢首级，便信以为真，率领大队人马跟着黄花向北追击。黄花在前面带路，齐桓公人马随后紧跟。进了沙漠，才拐了几个弯就找不到路了。茫茫无垠的黄沙，好似静静的大海，既分不清东西南北，也辨不出前后左右。

齐桓公想找黄花来问一问究竟是怎么回事，但哪里还有他的影子？这才知道中了黄花的奸计。这时太阳已经下山，夜幕笼罩着大地，四周漆黑一片，西北风一个劲地刮，冻得士兵瑟瑟发抖。好不容易挨到天亮，才发现人马已零散不全。齐桓公命令赶快寻找出去的道路，但大队人马转来转去，怎么也走不出这个迷谷。

这时，管仲猛然想起老马大多认识归途，便对齐桓公说："老马识途，无终国的马很多是从漠北弄来的，不如挑选几匹无终国的老马，让它们在前边走，兴许可以找到出去的路。"齐桓公虽然将信将疑，但又没有别的办法，就同意试一试。就这样管仲挑了几匹老马，让它们在前边走，大队人马跟在后头。几匹老马不慌不忙地走着，果然走出了迷谷，回到了原来的路上。大家死里逃生，都佩服管仲足智多谋。从此，"老马识途"也成为一句广为流传的成语流行于后世。

孤竹国国君答里呵自见齐燕大军被诱入沙漠，便举兵攻进无棣城（孤竹国国都，时为齐燕军队所占），赶走了守城的燕兵，躲避在山谷中的百姓也随着回城。齐桓公的大队人马出了迷谷后，管仲见此情形，灵机一动，计上心来。他命令将士数人扮作百姓混入城中，半夜举火为应。然后，又分三路攻打无棣城的东南西三门，只留下北门让敌军逃跑，教王子成父和隰朋率一队兵马埋伏在北门之外。

当天夜里、忽见城中四五处火起，齐军内应砍开城门，放齐军兵马入城。答里呵见势不妙，率众夺路而逃，直奔北门。谁知一行人刚刚冲出北门，路旁突然伏兵四起，截住了孤竹国的君臣等数人。两军厮杀，黄花和答里呵都死于乱军之中。

齐桓公班师时，心怀感激的燕庄公将齐桓公一直送到了齐国的境内。桓公说："不是天子，诸侯相送不能出境，我不可以对燕无礼。"于是把燕君所到的地方割给了燕国，叮嘱燕君学习召公为政，像周成王周康王时一样给周朝纳贡。诸侯听说此事，都拥护齐国。

本篇内含有以下多则灯谜，请感兴趣的朋友一块来欣赏：

1.【谜面】九合诸侯，一匡天下。

谜目：中药名三　　　　　　　　　谜底：十大功劳、当归、管仲（吴光绶）

简析：面句见于《史记·齐太公世家》这段内：是时周室微，唯齐、楚、秦、晋为强。晋初与会，献公死，国内乱。秦穆公辟远，不与中国会盟。楚成王初收荆蛮有之，夷狄自置。唯独齐为中国会盟，而桓公能宣其德，故诸侯宾会。于是桓公称曰："寡人南伐至召陵，望熊山；北伐山戎、离枝、孤竹；西伐大夏，涉流沙；束马悬车登太行，至卑耳山而还。诸侯莫违寡人。寡人兵车之会三，乘车之会六，九合诸侯，一匡天下。昔三代受命，有何以异于此乎？吾欲封泰山，禅梁父。"管仲固谏，不听；乃说桓公以远方珍怪物至乃得封，桓公乃止。谜底明显将齐桓公"九合诸侯，一匡天下"的霸业功绩完全归了管仲一人。"九"加"一"合为"十"，这一运算使此谜出彩。

2.【谜面】九合诸侯，一匡天下。

谜目：职场称谓　　　　　　　　　谜底：小白领（闻春桂）

简析：会意正猜。齐桓公名小白。

3.【谜面】老马识途

谜目（1）：二字人事用语　　　　　谜底：记过（佚名）

七、老马识途

谜目（2）：二字常用词　　　　　　　　　谜底：知道（佚名）

谜目（3）：四字常言　　　　　　　　　　谜底：熟悉过程（佚名）

谜目（4）：麻将术语　　　　　　　　　　谜底：一路熟（陈昌年）

谜目（5）：四字常用语　　　　　　　　　谜底：懂得行情（佚名）

谜目（6）：2010年网络流行语　　　　　　谜底：你应该知道的（劲凤）

谜目（7）：中药名二　　　　　　　　　　谜底：生地、路路通（苏温才）

谜目（8）：中药名二　　　　　　　　　　谜底：路路通、熟地（陈振凡）

谜目（9）：中药名三　　　　　　　　　　谜底：生地、当归、熟地（陈世喜）

简析：会意正猜。典见《韩非子·说林上》：管仲、隰朋从于桓公而伐孤竹，春往冬反，迷惑失道。管仲曰："老马之智可用也。"乃放老马而随之，遂得道。

4.【谜面】老马之智可用也

谜目：环保设备名　　　　　　　　　　　谜底：清路机（高建川）

5.【谜面】老骥识途可用也

谜目：西汉名人二（蕉心格）　　　　　　谜底：将行、马通（陈清泉）

简析：会意正猜。"将行"为汉武帝时博士，其名见于《史记·三王世家》内；马通即"莽通"，因功被汉武帝封为重合侯。谜底依格应读为"将马行通"。

6.【谜面】桓公冬归陷迷谷，管仲献计欲如何。

谜目（1）：六字外国政要称谓　　　　　　谜底：巴拿马领导人（邱宁）

谜目（2）：桂、湘地名各一　　　　　　　谜底：巴马、通道（陈清泉）

7.【谜面】管仲进曰："……观其所往而随之，宜可得路也。"

谜目：六字二手车交易语　　　　　　　　谜底：转让老马自达（李牧雏）

简析：会意正猜。谜面摘自《东周列国志》第二十一回这段内：管仲见山谷险恶，绝无人行，急教寻路出去。奈东冲西撞，盘盘曲曲，全无出路。桓公心下早已著忙。管仲进曰："臣闻老马识途，无终与山戎连界，其马多从漠北而来，可使虎儿斑择老马数头，观其所往而随之，宜可得路也。"桓公依其言，取老马数匹，纵之先行，委委曲曲，遂出谷口。髯翁有诗云：蚁能知水马知途，异类能将危困扶。堪笑浅夫多自用，谁能舍己听忠谟？

8. 【谜面】臣闻老马识途,无终与山戎连界,其马多从漠北而来,可使虎儿斑择老马数头,观其所往而随之,宜可得路也。

　　谜目:市政名词二　　　　　　　　　　谜底:管道、疏通盲道（陈清泉）

　　简析:会意正猜。谜面为《东周列国志》第二十一回内管仲所说的原话。谜底中,管:管仲;第一个"道"字当动词"说"用,第二个"道"字当名词"道路"用。

9. 【谜面】蚁能知水谁知途？异类能将危困扶。

　　谜目:《水浒全传》人物三　　　　　　谜底:应明、司行方、马灵（陈清泉）

　　简析:谜面将《东周列国志》第二十一回内的引诗句"蚁能知水马知途,异类能将危困扶"中的"马"字故意隐去,而代之以发问式的"谁"字,从而借用顿读后的谜底,回答说"应该明白:在用以识别道路的本事方面,那还是异于人类的马匹灵验啊！"

10. 【谜面】管仲迷途怎出困

　　　谜目:体育名词　　　　　　　　　　谜底:托马斯回旋（刘旭）

11. 【谜面】管仲迷途用何畜？亟盼通道能显现。

　　　谜目:《三国演义》人物二　　　　　谜底:司马望、路昭（陈清泉）

12. 【谜面】孤竹班师赖老骥

　　　谜目:体育名词　　　　　　　　　　谜底:托马斯回旋（赵首成）

八、好鹤亡国

卫懿公，姬姓，卫氏，名赤，卫国第十八代国君，公元前668年—前660年在位。他是卫惠公之子，卫戴公之堂兄。他嗜好养鹤，如痴如醉，不恤国政。公元前660年北狄入侵卫国，兵败被杀。卫国经此变故，由大国变为小国。

卫懿公当公子时，就爱好养鹤。当国君后他更加放纵自己，养鹤竟成了嗜癖。他为鹤建造豪华的窝笼，从全国各地请来名师专门为鹤制作精食细料；还请名医为鹤治病防疫；又招来宫女伺仆，为鹤梳毛理羽。

卫懿公每逢饮餐，必须有鹤陪食才能下箸。凡是出门，有鹤紧随。上朝有鹤做伴，下殿有鹤欢送。他饲豢的每只鹤，都有"仙马、神乘、玉女、银童、黑龙、丹凤、大元帅、二将军"这般的雅号。所有的鹤都要学会高唱、清鸣、群舞、独跳。鹤死后不仅有棺有椁，还要举行隆重的鹤葬。尤其叫人好笑及可气的是：卫懿公还叫将军们把战车让给鹤乘坐，把士兵们的战马让鹤来骑，把练兵场当成了训鹤场，把军需粮秣当鹤饲料来挥霍。一时，不论是苑囿还是宫廷，到处有丹顶白胸的仙鹤旁若无人般地昂首阔步。许多人投其所好，纷纷进献仙鹤，以求重赏。

为了养鹤，卫国每年要额外耗费大量的资财，为此向老百姓加派粮款，民众饥寒交迫，怨声载道。大夫石祁子，是石碏之后，石骀仲之子，为人忠直有名，与宁庄子（名速），同秉国政。二人屡次向卫懿公进谏，懿公俱不听从。

鹤色洁形清，能鸣善舞，确实是一种高雅的禽类，浮邱伯《相鹤经》这样描述它："体尚洁，故其色白。声闻天，故其头赤。食于水，故其啄长。栖于陆，故其足高。翔于云，故毛丰而肉疏。大喉以吐故，修颈以纳新，故寿不可量。行必依州渚，止不集林木。盖羽族之宗长，仙家之骐骥也。"

卫懿公喜欢高贵典雅的仙鹤，本来无可厚非，但因此而荒废朝政，不问民情，横征暴敛，那就难免要遭祸殃了。周惠王十七年（前660）冬，北狄（今山西大同一带）人聚两万骑兵向南进犯，直逼卫国都城朝歌（今河南淇县）。

卫懿公正欲载鹤出游，突然听到敌军大兵压境的消息，惊恐万状中急忙下令招兵抵抗。谁知国中的老百姓纷纷躲藏起来，说什么也不肯充军。朝廷里的大臣都说："君主但用一种东西，就足以抵御狄兵了，哪里用得着我们呢！"懿公忙问："这是什么神奇东西？"众人齐声说："鹤！"懿公手摸脑袋，不明白地说："鹤怎么能打仗御敌呢？"众人反问："鹤既然不能打仗，没有什么用处，为什么君主给鹤加封供俸，而不顾老百姓死活呢？"说完这些话后，有些大臣还没等卫懿公发话散朝，就自行散去了。

到了这时，卫懿公才总算弄明白了：自己为了养鹤，原来早已失去了全国臣民之心。他不由得悔恨交加，落下眼泪说："我知道自己的错了。"卫懿公立即命令卫士把平昔常聚朝堂上下的仙鹤都赶散。为了表示自己的认错态度是真诚的，卫懿公还亲手掐死了一只赖在自己身边怎么都轰不走的最宠爱的仙鹤。

剩下的大臣看到事到临头的卫懿公这回不像是装样子，这才分头到老百姓中间去讲述懿公的悔过之意，好不容易才有一些人聚集到招兵旗下。卫懿公把代表国家权力的玉块交给大夫石祁子，委托他与大夫宁速守城。然后，懿公披挂后打开城门，亲自带领着刚刚凑合在一块的将士北上迎战，并发誓不战胜狄人，决不重回朝歌城。

卫懿公拿着长矛，带头与狄人拼命，最初还真打得不错。可是这支卫国军队毕竟人数太少，加上又在朝歌北面的（今河南浚县西）中了北狄的埋伏，很快就全军覆没了。卫懿公多少还算是位有些骨气的君主，他不顾手下人的劝阻，说什么都不肯化装成老百姓逃命，最终被敌人砍成了肉泥。狄人攻占了朝歌城，石祁子等人护着公子申向东逃到漕邑，他们接着又拥立公子申为卫戴公。

古人云"玩物丧志"，过于沉迷所玩赏的事物，必然就会丧失积极进取的壮志。以上的卫懿公好鹤而亡国的故事，可以说是"玩物丧志"（甚至是丧命）的极端典型了。

本篇内含有以下几则意味深长的灯谜：

1.【谜面】一鹤谁知便丧邦

　　谜目：《聊斋志异》篇目三　　　　谜底：《鸟使》《王成》《黑鬼》（任焕长）

八、好鹤亡国

简析：会意正猜。典见《史记·卫康叔世家》内这段：懿公即位，好鹤，淫乐奢侈。九年，翟伐卫，卫懿公欲发兵，兵或畔。大臣言曰："君好鹤，鹤可令击翟。"翟于是遂入，杀懿公。另外，《东周列国志》第二十三回内，髯翁有诗云："曾闻古训戒禽荒，一鹤谁知便丧邦。荥泽当时遍磷火，可能骑鹤返仙乡？"谜面即是借用了其中的一句。谜底意为：正是仙鹤这种所谓的高贵鸟类，才使卫懿公这个卫国君王级人物最终落了个不明不白的死鬼下场。

2.【谜面】君用一物，足以御狄，安用我等。

谜目：对联术语　　　　　　　　　　　　谜底：鹤顶格（郑志民）

简析：会意正猜。面文借用《东周列国志》第二十三回内众人回应卫懿公语。

3.【谜面】卫懿公朝罢群臣散

谜目：《二十四诗品》句　　　　　　　　谜底：独鹤与飞（卞六吉）

简析：谜底从侧面表露出：既然群臣走散了，那么好鹤的卫懿公身旁，也就独独剩下那些翩翩飞舞的仙鹤来与他做伴了。

4.【谜面】卫懿公众叛亲离

谜目：古龙小说人物　　　　　　　　　　谜底：独孤一鹤（汪炜文）

简析：会意侧扣。独孤一鹤为《陆小凤传奇》人物。

5.【谜面】卫懿公好鹤亡国

谜目：《聊斋志异》篇目四　　谜底：《鸟使》《外国人》《武夷》《王者》（陈清泉）

简析：会意正猜。谜面为《东周列国志》第二十三回回目前句。相对卫国人来说，杀死卫懿公的北狄人当然就是"外国人"了。另外，"王者"二字可别解为卫国君主卫懿公本人。

九、病榻论相

齐桓公四十一年（前645），管仲病死。这时，齐国的另外两位贤臣宁戚、宾须无也先后都死了。

在此之前，当管仲病重时，齐桓公亲自到他家中去探望他。他看见病榻上的管仲已经瘦得失去了人形，便抹抹眼泪，双手紧紧握住管仲垂在床边的那只手问道："想不到仲父会病成这个样子啊！万一您要是撇下我先走一步了，那时我将把朝政交给谁料理才好呢？"管仲费力地叹了口气后，才说："太可惜了，要是宁戚还在那该多好！"

桓公心有不甘地说："宁戚之外，难道还没有其他人能胜任这一重任吗？我打算启用鲍叔牙，您看看可否？"管仲认真回答说："鲍叔牙固然是位标准的正人君子，但是却不适宜主持国家大政。因为他这个人善恶过于分明。好善还好说，可那么嫉恶如仇的话，有多少人能接受他？鲍叔牙只要见到别人有一点不好，便终身不忘，这正是他的短处所在啊。"

桓公又问："既然如此，您看隰朋能行不？"管仲答说："应该可以吧。隰朋不耻下问，居其家而不忘公门！"管仲又感叹说："天生隰朋这人来帮助我，就好像是我的舌头一样，和我一体相处而感情极深。我若身死，舌头怎能独存？我只怕主公没福气能长久使用隰朋啊！"

桓公又试探性地问道："如此说来，您看易牙怎么样？"管仲回应说："主公就是不问，我也会接着说他。对于易牙、竖刁、开方这三人，请主公务必不可再亲近他们了！"桓公不大明白地说："易牙烹其子，以迎合寡人的口味，是爱寡人胜于爱子，难道还有可疑的吗？"管仲接过桓公的话头说："人情莫爱于子。易牙对待亲生儿子尚且如此残忍，主公还能指望他对待别人又会怎么不同呢？"

桓公继续往下询问说："竖刁自残其身以事寡人，是爱寡人胜于爱己身，这件事也有怀疑的地方吗？"管仲说："人情莫重于身。竖刁对待自身都这么无情，还会再怎么去亲爱别人呢?"

桓公又说:"卫国的公子开方,放着千乘之国的现成太子不当,而臣事于寡人,就连父母死了都不回去奔丧,他可是真爱寡人胜过爱自己父母,这应是确凿无疑的了。"管仲仍不迎合桓公,认真说:"人情莫亲于父母。对父母都这么残酷无情,别人还能指望他干啥?何况千乘之封,乃是人之大欲。舍弃千乘之国的宝座来低三下四地俯就别人,他的内心私处所藏的觊觎目标肯定是有过于一般千乘之国的。请主公一定要远离他,近必乱国!"

听了管仲的剖析后,桓公不免犯疑说:"这三个人,在我手下做事都是很长时间了,仲父平日为什么不闻有一言来评说他们呢?"管仲多少有点无奈地说:"我所以在过去不提他们,主要还是为了让主公您心里不致因之而不畅快罢了。譬之于水,我早就为之设堤,而防其泛滥啊。今天我说出自己的肺腑之言,就是因为我快死了,国家的堤防没有专人预为经营了,为此我才提醒您对于将要发生的横流之患,务必要提早防而远离之!"桓公默然而退。

墙外有耳,管仲于病中叮嘱桓公斥远易牙、竖刁、开方三人,并力荐隰朋主政的这件事,被有些人听到了,就专门去向易牙献媚告发。于是,易牙见到鲍叔牙后,就别有用心地说:"想当初管仲拜相,还不是多亏您极力推荐。如今管仲病重,主公亲往探问,他竟然反对您继任为相,而荐举的却是隰朋。人人都说你俩交情极好,这件事上连我这个外人都要忍不住为您抱不平了!"鲍叔牙哈哈一笑说:"当初我为什么要举荐管仲?还不是因为管仲忠于国家,不私其友!实话实说吧,要是使我鲍叔牙官为司寇,驱逐佞人,我的能力应该是绰绰有余。但若使我当国为政,恐怕尔等宵小之辈就连个容身之处都没有了!"易牙大惭而退。

才过了一日,桓公再去探望管仲时,管仲已口不能言。鲍叔牙、隰朋莫不垂泪。当夜,管仲病卒。桓公念管仲遗言,就使隰朋为相主政。不到一月,隰朋病卒。桓公不由对此感慨说:"仲父真是圣人啊,要不他怎么能知道隰朋主政的时间这么短暂呢?"

桓公使鲍叔牙接替隰朋之位,鲍叔牙坚决推辞,桓公诚恳地对他说:"眼下满朝没有一个人能超过你,你欲将相位让给何人?"鲍叔牙这才讲条件说:"臣之好善恶恶,主公是一清二楚的。主公必欲用臣,请先远斥易牙、竖刁、开方三人,臣才敢奉命。"桓公点点头说："仲父早就说过这些，寡人敢不听从！"即日便罢斥三人，不许入朝相见，鲍叔牙这才接受了相位。

本篇内含有的多则灯谜见下：

1. 【谜面】管夷吾病榻论相

    谜目：劳动合同法词语二　　　　　　　　谜底：仲裁、当事人（任焕长）

    简析：会意正猜。典见《史记·齐太公世家》这段内：管仲（名夷吾）病，桓公问曰："群臣谁可相者？"管仲曰："知臣莫如君。"公曰："易牙如何？"对曰："杀子以适君，非人情，不可。"公曰："开方如何？"对曰："倍亲以适君，非人情，难近。"公曰："竖刁如何？"对曰："自宫以适君，非人情，难亲。"管仲死，而桓公不用管仲言，卒近用三子，三子专权。谜面借《东周列国志》第二十九回回目后句成文。裁：决定、判断。

2. 【谜面】易牙杀儿以媚君

    谜目：《论语·先进》句　　　　　　　　谜底：宰我、子贡（颜仲齐）

    简析：会意正猜。关于易牙"杀子以适君"的有悖人伦的至恶之事，《战国策·魏策二》写道："齐桓公夜半不嗛，易牙乃煎熬燔炙，和调五味而进之，桓公食之而饱，至旦不觉。"谜底仿以易牙口吻，应顿读为"宰/我子/贡"。《论语·先进》载：子曰："从我于陈蔡者，皆不及门也。"德行：颜渊、闵子骞、冉伯牛、仲弓；言语：宰我、子贡；政事：冉有、季路；文学：子游、子夏。"嗛"通"歉"后，当"不满足"用。

3. 【谜面】易牙煎熬燔炙，和调五味而进。

    谜目：民初坤伶名　　　　　　　　　　　谜底：小白菜（顾震福）

    简析：会意正猜。小白菜魏喜奎（1926—1996），女，著名曲艺表演艺术家，奉调大鼓和北京曲剧演员。

4. 【谜面】齐桓公夜半不嗛

    谜目：二字职业　　　　　　　　　　　　谜底：牙医（黎国廉）

5. 【谜面】桓公无缘尝美食，易牙真把亲儿烹。

    谜目：六字常用语　　　　　　　　　　　谜底：没有好果子吃（佚名）

九、病榻论相

6. **【谜面】易牙乃煎熬燔炙**

    谜目：药名　　　　　　　　　　　　　　　　谜底：五味子（张起南）

7. **【谜面】易牙调异味以献齐桓**

    谜目：《诗经·国风·陈风》句　　　　　　　谜底：子之汤兮（勉盦）

8. **【谜面】易牙图媚君**

    谜目：象棋术语　　　　　　　　　　　　　　谜底：弃子取势（郑百川）

9. **【谜面】易牙媚君**

    谜目（1）：《论语·先进》句　　　　　　　　谜底：宰我、子贡（章祖泰）

    谜目（2）：《红楼梦》人物二　　　　　　　　谜底：舍儿、赖尚荣（林富杰）

10. **【谜面】易子而食**

    谜目：农产品名　　　　　　　　　　　　　　谜底：小白菜（多人）

11. **【谜面】易牙定是烹儿媚桓公**

    谜目：骊珠格　　　　　　　　　　　　　　　谜底：主食·包子（一阵风）

    简析：会意正猜。本谜中，"主食"是谜目，"包子"是谜底。"主"字应别解为齐国君主齐桓公；子：易牙的儿子。

12. **【谜面】易牙烹子**

    谜目：刊物名　　　　　　　　　　　　　　　谜底：《幼儿故事大王》（张成年）

    简析：会意正猜。谜底应断读为"幼儿故，事大王"。故：死。

13. **【谜面】杀子以适君，非人情。**

    谜目：建材连评价　　　　　　　　　　　　　谜底：管道·易坏（青霜）

    简析：会意正猜。谜面出于《史记·齐太公世家》管仲对易牙惨绝人寰本性的定评语中。

14. **【谜面】烹子媚君谁作俑**

    谜目：基金名称　　　　　　　　　　　　　　谜底：易方达（魏育涛）

15. **【谜面】管仲遗嘱，竖刁、易牙、开方三子不可近，是为谁？**

    谜目：《百家姓》句　　　　　　　　　　　　谜底：盖益桓公（胡慈丹）

十、假途灭虢

晋国（前1033—前376），春秋时期由华夏族（汉族别称）在中国北方建立的姬姓诸侯国，春秋五霸之一。国君出自周成王姬诵（周武王之子）之弟唐叔虞。唐叔虞之子晋侯燮父徙居晋水，至晋孝侯时，国都名翼（今山西翼城县）；曲沃代翼之后，晋献公迁都绛（今山西翼城县东南），别都曲沃（今山西闻喜县东）。晋景公时迁都于绛山之北汾河、浍河会合处的新田，称之为新绛。

周贞定王十六年（前453），晋国卿大夫赵氏联合韩氏、魏氏击败智氏，奠定了三家分晋的基础。周威烈王二十三年（前403），周天子册封晋国三位卿大夫韩虔、赵籍、魏斯为诸侯，战国时代开始，晋国名存实亡。周安王二十六年（前376），韩、赵、魏三国废晋静公，彻底瓜分晋地，晋国灭亡。

晋国是整个春秋时期称霸时间最长的诸侯国。春秋初期，诸侯并立，兼并无已。位处中原地带的晋国，在这场弱肉强食的大混战中不断兼并征服小国，势力迅速崛起。晋献公在位期间（前676—前651），又把其南面的两个小国——虢国和虞国预定为吞并的目标。

可是，晋国要顺利实现这一目的也不是那么容易。虢、虞两国虽然地狭人稀，国力弱小，但却是同姓毗邻，结有同盟。晋国同其中任何一国开启战端，都意味着要同时和两国之师相抗衡。如何拆散虢、虞两国的同盟关系，使自己避免陷于两线作战，这是晋国在吞并两国军事行动中首先必须解决的问题。

终于，晋国大夫荀息想出了一条一箭双雕的妙计：用厚礼重宝贿赂收买虞公，拆散虢、虞之间的同盟，向虞国假道攻打虢国，待虞国中计、虢国败亡后再图后举。晋献公听了荀息这一妙计后，对其认可之外还存有一定的顾虑，一是有些舍不得自己的珍宝，二是忌惮虞国那位贤臣宫之奇会揭穿晋国的用心。

针对晋献公的犹豫，荀息一一予以妥善的解释，指出珍宝送给虞国，等于是将它暂时存放在那里，迟早还会收回的；至于宫之奇，虽有些能耐，但他的意见

十、假途灭虢

虞公不一定会采纳，未足为惧。这一番话彻底打消了晋献公的心中顾虑，他决定依照荀息的计谋展开行动。

不久，荀息携带着良马、美玉等奇珍异宝出使虞国。到了那里后，荀息立即晋见虞公，献上珍宝，并向虞公正式提出借道攻虢的要求。虞公既贪图眼前利益，收下了良马、美玉，又不敢轻易开罪于晋国，于是便应允晋国军队通过虞国土地去征伐虢国，并表示愿意出兵协助晋国作战。宫之奇认为此事大为不妥，在一旁加以谏阻，但虞公根本听不进去，只是一意孤行，硬朝着晋人的圈套里钻去。

公元前 658 年夏，晋大夫里克、荀息统率晋国军队，通过虞国的土地去攻打虢国。虞公践约派出军队同晋军会师，然后协同晋军展开军事行动。晋军在虞军的积极配合下，进展顺利，很快攻占了虢国的下阳（今山西平陆北），一举控制了虢、虞之间的战略要地，并通过此事进一步摸清了虢、虞两国的虚实，为下一步行动创造了条件。

时隔三年，晋献公又一次向虞国提出了借道伐虢的要求。这时虞国大夫宫之奇更透彻地看清了"假道"背后所包藏的险恶用心，苦心指出"虢国如果灭亡，虞国必然跟着完蛋"的必然结果，并郑重警告虞公"晋不可启，寇不可玩"，力图以虢、虞两国"辅车相依，唇亡齿寒"的利害关系劝阻虞国假道于晋。谁知虞公利欲熏心，这时根本听不进宫之奇的建议，反而以晋为自己的同姓国必不会害己为理由，再次答应了晋国借道的要求。宫之奇见虞国灭亡近在旦夕，为避祸计，便率领族人逃离了虞国。

这次晋献公亲自统军借道虞国攻打虢国，声势远较前一次为大，可见其志在于必得。晋军进展迅速，很快兵临虢都上阳城（上阳城遗址位于今河南三门峡市区青龙涧河北岸的李家窑村一带）下，将其加以团团围困。虢国弱小无援，数个月后即为晋军所灭，虢公丑率公族家眷突围奔周朝京师（今洛阳）去了。晋军随即凯旋回师，行经虞地驻扎时，即乘其不备发动突然袭击，生俘虞公，轻而易举地灭亡了虞国，最终达到了吞并两国的目的。

晋军的胜利，在于它能够做到"必胜之兵必隐"这一点，以借道的假象巧妙掩盖自己各个攻灭虢、虞的真实企图。"兵不厌诈"，晋国君臣深谙此中奥秘，故能确保自己以强击弱、以大攻小战略意图的实现。在实施"借道"这一计谋过程中，晋国君臣还能针对虞公贪利爱财的弱点，诱之以利，迷惑其心智，使敌人始终由自己牵着鼻子走，无所作为。

虞国的失败，首先是国力、军力远不逮人，故成为晋国敢于觊觎的对象。其次是其最高统治者虞公昏聩庸劣，贪图眼前小利，破坏与虢国的战略同盟关系；又文过饰非，拒纳谏言，终于引狼入室，自取咎殃。再次，与上两点相联系的是，虞国对晋国灭虢后的战略新动向毫无察觉，放松警惕，不做戒备，以至晋军发动突然袭击之时，无暇抵抗，束手就擒。

假道灭虢之战体现了相当丰富、深刻的军事斗争艺术，因此受到历代兵家的广泛重视。著名兵书《三十六计》还曾将它立为一计，以概括军事斗争中这样一条重要规律：战争指导者有意掩盖自己的真实意图，利用敌人贪利、畏怯等弱点，借攻击第三者为由，顺势渗透自己的势力，控制对方。一俟时机成熟，即以迅雷不及掩耳之势发起攻击，一举消灭或制伏对手，达到一石二鸟的目的。

在历史上，假道伐虢也经常为一些人所仿效，而成为强兼弱、大吞小过程中所惯用的策略手段。比如公元963年，北宋赵匡胤"假道荆湖"，袭占荆、湖，并灭南平、武平两地割据势力，就是显著一例。当然，此战中所反映的唇亡齿寒的另一层道理，也为后世弱国联合以抗击强国的斗争实践提供了有益的启迪。

本篇内仅含下列数则灯谜：

1.【谜面】假途灭虢

谜目（1）：《书经·周书·君陈》句　　　　　谜底：出入自尔师虞（张瑜）

谜目（2）：数学名词二　　　　　　　　　　谜底：归除、邻域（郭庆云）

简析：会意正猜。谜典出于《史记·晋世家》这段内：是岁也，晋复假道于虞以伐虢。虞之大夫宫之奇谏虞君曰："晋不可假道也，是且灭虞。"虞君曰："晋我同姓，不宜伐我。"宫之奇曰："太伯、虞仲，太王之子也，太伯亡去，是以不嗣。虢仲、虢叔，王季之子也，为文王卿士，其记勋在王室，藏于盟府。将虢是灭，何爱于虞？且虞之亲能亲于桓、庄之族乎？桓、庄之族何罪，尽灭之。虞之与虢，唇之与齿，唇亡则齿寒。"虞公不听，遂许晋。宫之奇以其族去虞。其冬，晋灭虢，虢公丑奔周。还，袭灭虞，虏虞公及其大夫井伯百里奚以媵秦穆姬，而修虞祀。荀息牵襄所遗虞屈产之乘马奉之献公,献公笑曰:"马则吾马,齿亦老矣!"(2)谜谜底断读为"归,除邻域",意为:晋献公在灭掉虢国的归途中,又顺势灭掉了其邻邦虞国。可悲的是虞国之亡完全是祸由自起,若没有它允许晋国借道灭虢,后来的噩梦就没有出现的可能。

2. 【谜面】唇亡齿寒

谜目(1):四字俗语　　　　　　　　　谜底:口没遮拦(俞象观)

谜目(2):《西厢记》句二　　　　　　　谜底:樱桃红破,玉粳白露(徐光)

简析:此谜完全撇掉谜面典故,纯以字面含义直接来引出谜底。口外的嘴唇没了,牙齿当然就毕露无遗了。

3. 【谜面】宫之奇以族行

谜目:《孟子·万章下》句　　　　　　　谜底:奚不去也(王步蟾)

简析:会意侧扣。因宫之奇与百里奚在晋献公灭虞之前,同为虞国大夫;宫之奇带领全族逃离虞国之际,百里奚并没有同去而仍留守虞国,所以他才与虞公一道被晋国俘虏。

4. 【谜面】晋灭虢。师还,馆于虞。遂袭虞,灭之。

谜目:地名连贬称谓　　　　　　　　　谜底:旅顺·路霸(边界)

简析:会意正猜。谜面借用《左传·僖公五年》句。谜底应顿读为"旅/顺路/霸"。

5. 【谜面】假途灭虢终亡虞

谜目:多字成语　　　　　　　　　　　谜底:反其道而行之(佚名)

简析:会意正猜。谜底意为:晋国灭亡虞国的举措是在灭虢之后返回的途中顺便而行的。"反"同"返"。

十一、五羖大夫

秦国是周朝时华夏族在中国西北建立的一个诸侯国,秦人是华夏族西迁的一支。其先祖嬴氏部族早在殷商时期就是商朝镇守西戎的得力助手,颇受商朝重视,为商朝贵族。后因嬴氏部族卷入了武庚挑唆的叛乱而遭到西周统治者的惩罚,被迫西迁,嬴氏部族因此沦为奴隶。

周孝王时,秦先祖秦非子因养马有功被周天子封为附庸。秦人此后世代为周王室养马,并在戍边时对抗西戎。周夷王以后,周王室越来越衰败,不得不依靠秦人来稳定西部疆域的和平。

公元前821年,秦庄公击败西戎,被周宣王封为西陲大夫,赐以原大骆之族所居的犬丘(今甘肃天水市西南的礼县一带)之地。公元前771年,周幽王被西戎所攻杀,秦襄公因率兵救周有功,而得到周平王的赏识。公元前770年,秦襄公派兵护送周平王东迁,被封为诸侯,又被赐封岐山以西之地。自此,秦国正式成为周朝的诸侯国。

秦国最初由于地处偏僻,不被其他诸侯国重视。直到秦穆公时先后灭掉西方戎族所建立的十二个国家,开辟国土千余里并稳定大后方以后,才奠定了其作为春秋四大强国的基础。秦国多位君王死于讨伐西戎,秦人与戎人常年交战造就了秦人能征善战的显著特点。

战国初,魏国连年进攻秦国,夺取了河西之地,秦国被迫退守洛水以西。秦孝公时,任用商鞅进行变法,秦国因此与日俱强,逐渐成为战国中后期最强大的国家。公元前325年秦惠文王称王。公元前316年秦灭蜀国,从此秦国正式成为战国七雄中版图最大的国家。

公元前247年,秦王嬴政即位,于前230年至前221年十年间灭掉六国,建立秦朝。

秦穆公(?—前621),一作秦缪公,嬴姓,赵氏,名任好,秦德公少子,秦宣公、秦成公之弟，春秋时期秦国国君，公元前659年—前621年在位。在《史记》中被认定为春秋五霸之一，还是缪氏先祖。

秦穆公继位后任用百里奚、蹇叔、由余为谋臣，击败晋国，俘晋惠公，灭梁、芮两国。扶持晋文公，实现秦晋联盟。晋文公死后，联盟瓦解，秦晋对抗。后分别在公元前627年崤之战（今河南三门峡东南）和公元前625年彭衙之战（今陕西白水东北）中两次被晋军击败，秦国东进的路被晋牢牢地扼住。

秦穆公非常重视人才，其任内获得百里奚、蹇叔、由余、孟明视、西乞术、白乙丙等贤臣良将的辅佐。还曾协助晋文公回到晋国夺取君位。周襄王时出兵攻打蜀国和其他位于函谷关以西的国家，开地千里。因而周襄王任命他为西方诸侯之伯，遂称霸西戎，为日后秦统一中国奠定了基石。

下面这个故事，讲述的就是百里奚的一生曲折故事，其中不乏出彩亮点：

百里奚是虞国人，字井伯，年三十余，娶妻杜氏，生有一子叫孟明视（姓百里，名视，字孟明）。由于家里贫寒，百里奚打算外出找点事做，可是又舍不得离开媳妇和儿子。杜氏鼓励他说："大丈夫应该志在四方，你正当壮年，岂能整天守着我们坐受困苦呢？我也长有一双手，你就放心走吧！"杜氏把家里仅有的那只正孵小鸡的母鸡杀了给丈夫饯行。灶下缺柴烧，干脆就把门闩烧了，又煮些小米饭，熬了点白水菜。百里奚痛痛快快地吃了一顿饱饭后，这才上路。临别，杜氏怀抱孟明视，扯着他的袖子抽泣说："你要是富贵了，千万别忘了我们娘儿俩！"

百里奚先是到了齐国，想求事于齐襄公，却苦于无人荐引。时间长了，他穷困得竟然向铚地的人乞食，这时他已四十岁了。铚地有位叫蹇叔的人，很惊奇其貌，对他说："我看你不像是个一般的要饭之人啊！"便请他留下用饭。二人交谈时事，百里奚应对如流，指画井井有条。蹇叔不由感叹曰："以你的才干，而穷困如此，这难道不是命吗？"从此便将百里奚留在了自家，二人还结为了兄弟。蹇叔长百里奚一岁，百里奚遂呼蹇叔为兄。

蹇叔家亦贫，百里奚就去村中养牛，多少可给蹇叔减轻一点负担。这时正值公子无知弑了襄公，新立为君，悬榜招贤。百里奚意欲前往应招。蹇叔说："我们齐国的先君有子在外，无知私窃君位，终必无成。"百里奚就没有再去。

后来听说周天子的庶子王子颓爱牛成癖，凡是给他养牛的人待遇都很丰厚，百里奚就想去投奔王子颓。蹇叔劝诫说："丈夫不可轻易失身于人。仕而弃之，则不忠；与同患难，则不智。此行弟其慎之！"百里奚至周，谒见王子颓，并献上了自己的那套养牛经验。王子颓大喜，打算让百里奚给自己当家臣。

蹇叔自铚而至，百里奚和他一块去见王子颓。蹇叔对百里奚说："颓志大而才疏，他交结的皆是谀谄之人，必有觊觎非望之事，我看他很快就会出事。不如离开他好！"百里奚因久别妻子，打算仍回虞国。蹇叔说："虞国贤臣宫之奇是我的老朋友，相别已久，我一直想去看看他。弟若还虞，我就和你一块去。"二人同至虞国。

这时百里奚的老妻杜氏，因贫极不能自给，已流落他方，不知去处。百里奚感伤不已。蹇叔与宫之奇相见，向他谈及百里奚之贤。宫之奇便将百里奚举荐给了虞公，虞公便拜百里奚为中大夫。蹇叔却对百里奚说："我看虞君见小而自用，不是位有作为的主儿。"百里奚回答说："我久贫困，譬之鱼在陆地，急于得到一勺水而润湿身子啊！"蹇叔只好说："因为太穷而走仕途，我也不好再阻拦你了。异日你若寻我，当于宋国的鸣鹿村。其地幽雅，我将卜居于此。"蹇叔辞去。这样，百里奚就留下来臣事虞公了。

待到晋献公灭掉虞国后，百里奚和虞公一块当了晋国的俘虏。后来，晋国又将百里奚作为秦穆公夫人陪嫁的奴仆，准备发落到秦国去。对此百里奚不由感叹："我虽抱济世之才，苦恨不遇明主而难展大志！老了老了，想不到还成了给人家陪嫁的奴仆，唉！这种耻辱真是太大了。"因此在行至中途的时候，便找了个机会开溜了。

本来百里奚想去宋国，由于道路不通却没去成，就改而去了楚国。到了宛城，被当地猎人疑为奸细，捉住并捆了。百里奚说出自己的来历及养牛特长后，宛人松绑并叫他给自己喂牛，牛日肥泽。

楚王知道这件事后，特地问百里奚说："你的牛喂得比别人好，莫非有什么窍门吗？"百里奚回答说："时其食，恤其力，心与牛而为一。"楚王说："说得好！你的这番话不光对牛是这样，亦可通用于马身上啊。"言讫，便使百里奚为圉人，替自己牧马于南海。

却说秦穆公见晋国的陪嫁人员里列有百里奚之名，而事实上却不见其人，便查问去向。负责经办这事的公子繁回答说:"这是个虞国的亡国大夫,已经在路上逃亡了。"穆公转问公子挚这次从晋国带回来的大力士公孙枝说:"你在晋国时,想必知道百里奚的大概情况吧,他究竟是一个怎样的人?"公孙枝回答说:"是位贤人。他知道虞公之不可谏而不谏,这是其智;陪虞公到晋国一块当俘虏,而义不臣晋,这是其忠。何况其人有经世之才,但恨不遇其时!"穆公急切地坦露心迹说:"那你看看,寡人怎样才能得百里奚而用之?"公孙枝说:"我听说百里奚的妻子在楚国,他肯定会逃往那里,主公何不使人前往寻访?"

秦穆公派出的使者从楚国回来后,禀报说:"百里奚今在海滨,正为楚王牧马。"穆公高兴地说:"寡人倘以重币来求百里奚,楚国应该会放人吧?"公孙枝却泼凉水说:"这样做,百里奚肯定是来不了的!"穆公问:"为什么?"公孙枝分析说:"楚人叫百里奚牧马,是因不知他的本事有多大。主公倘以重币求之,这不分明是要告知百里奚之贤吗?楚王若知百里奚之贤,必然会自己重用他,又岂肯将他让给我们秦国?为今之计,主公不如以逃奴之罪,而用贱价将其赎回。"穆公便使人拿了五张黑颜色的公羊皮,去见楚王说:"敝国有个叫百里奚的贱奴,逃在贵国,请让我们以五张羊皮赎归治罪,免得让别的人学他的坏样子。"楚王满口答应,立即下令拘囚百里奚。

百里奚的囚车刚入秦境,秦穆公早就使公孙枝来迎接他。正式见面后,一瞧百里奚连胡子都全白了,秦穆公不由得先问起了他的年龄。百里奚回答说:"我才七十岁。"穆公叹了口气说:"可惜真老了!"百里奚不服气地说:"您若使我去逐飞鸟,搏猛兽,那我当然是老了;但若使我坐下来筹划国事,我还年轻着哩。当年姜太公高龄八十,钓于渭滨,文王载之以归,拜为尚父,卒定周鼎。我今日遇到您,比姜太公还小十岁呢!"穆公壮其言,肃然起敬道:"敝国地处戎狄,不与中原诸国会盟,您何以教寡人?才能使敝国不致落后于诸侯。"百里奚胸有成竹地说:"您不以我为亡国之俘,衰残之年,来虚心下问,老朽我敢不竭其愚!说起雍岐之地,本是文王、武王发祥之地,山如犬牙,原如长蛇。周不能守,而将其界与于秦,这真是天意要使秦国兴盛啊。由于地处戎狄的缘故,秦国一向兵强马壮。依我之见,秦国不必急于与中原诸国会盟。今西戎之间,为国不啻数十,并其地足以耕,籍其民可以战,这点正是中原诸侯所不能与秦来争其利之处。您若以德抚之，再加而以力征之，既可全有西陲，然后扼山川之险，以临中原。俟隙而进，则恩威在您掌中，而伯业可成矣。"穆公不觉起立说："寡人之有井伯，犹齐之得仲父也。"一连交谈三日，言无不合。遂爵百里奚为上卿，任以国政。因此秦人都称百里奚为"五羖大夫"。

对于秦穆公的重用，百里奚谦让说："我还比不上我的朋友蹇叔有才能！我曾外出游学求官，被困在齐国，向铚地的人讨饭吃，蹇叔收留了我。当我想事奉齐国国君无知时，蹇叔阻止了我，我才得以躲过了齐国发生内乱的那场灾难。周朝的王子颓喜爱牛，我凭着养牛的本领去求取禄位，又是蹇叔劝阻我，我才离开了王子颓，没有跟他一起被杀。事奉虞君时，蹇叔亦劝阻过我。我虽知道虞君不能重用我，但实在是心里割舍不下利禄和爵位，就暂时留下了。我两次听了蹇叔的话，都得以逃脱险境；一次没听，就遇上了这次因虞君亡国而遭俘的灾难：因此我知道蹇叔有才能。"于是，穆公派人带着厚重的礼物去迎请蹇叔，让他当了上大夫。

本篇内含有以下一些灯谜：

1.【谜面】非子

谜目：孔门弟子名　　　　　　　　　　　谜底：秦祖（郑永禧）

简析：会意正猜。关于非子是秦人祖先之事，《史记·秦本纪》中有关记载为：恶来革者，蜚廉子也，早死。有子曰女防。女防生旁皋，旁皋生太几，太几生大骆，大骆生非子。以造父之宠，皆蒙赵城，姓赵氏。非子居犬丘，好马及畜，善养息之。犬丘人言之周孝王，孝王召使主马于汧渭之间，马大蕃息……于是孝王曰："昔伯翳为舜主畜，畜多息，故有土，赐姓嬴。今其后世亦为朕息马，朕其分土为附庸。"邑之秦，使复续嬴氏祀，号曰秦嬴。秦祖见于晚明大儒冯从吾所撰的《关学编》内。《关学编》是一部具有国学史价值的儒家理学著作，它总结了关中理学的发展，所传始于孔门弟子秦祖，终于明代王之士，共四十七名儒传，汇于此集，撰其生平传略及其学术思想，着重记述宋金元明关内理学学术流传，至此"关学史"梗概已具。撰者借史传以阐发儒家学统道统，为后人了解、学习、研究理学提供了一部言简意赅的珍贵文献，被世人视为探索宋明理学，研究"关学史"之入门教材。

十一、五羖大夫

2.【谜面】非子受封

谜目:《东周列国志》人物　　　　　　　　谜底:侯嬴（顾震福）

简析:会意正猜。由于非子这时仅被周孝王封为附庸,所以还未正式跻身于当世诸侯之列,故谜底中的这个"侯"字就并非实指五等封爵"公侯伯子男"中的侯爵,而应将其视为"有国者的通称"才对,毕竟自非子起才因取得了周室的封地而初具了国家的规模。

3.【谜面】襄公崛起后秦才正式列为诸侯

谜目:年号二　　　　　　　　　　　　　谜底:开兴、始建国（陈清泉）

简析:会意正猜。秦襄公(? —前766)嬴姓,名开。先秦时男子称氏不称姓,虽为嬴姓,却不叫嬴开。是秦国列为诸侯的第一代君主。周幽王时,申侯联合犬戎进攻镐京,秦襄公以兵救之。周幽王被杀后,襄公率兵救周有功,复派兵护送周平王东迁。次年,他被周平王封为诸侯,又被赐封岐山以西之地,命其将此处戎人赶走。自此,秦国开始成为西周的诸侯国。前766年,襄公在战场阵亡,葬于故地西垂。《史记·秦本纪》这样记载秦襄公生平:庄公立四十四年,卒,太子襄公代立。襄公元年,以女弟缪嬴为丰王妻。襄公二年,戎围犬丘,世父(世父为庄公长男,襄公之兄)击之,为戎人所虏。岁余,复归世父。七年春,周幽王用褒姒废太子,立褒姒子为嫡,数欺诸侯,诸侯叛之。西戎犬戎与申侯伐周,杀幽王郦山(骊山一作郦山)下。而秦襄公将兵救周,战甚力,有功。周避犬戎难,东徙洛邑,襄公以兵送周平王。平王封襄公为诸侯,赐之岐以西之地。曰:"戎无道,侵夺我岐、丰之地,秦能攻逐戎,即有其地。"与誓,封爵之。襄公于是始国,与诸侯通使聘享之礼,乃用骝驹、黄牛、羝羊各三,祠上帝西畤。十二年,伐戎而至岐,卒。

4.【谜面】将兵救助姬宜臼,战甚力。

谜目:《三国演义》人物三　　　　　　　谜底:张卫、周平、王累（陈清泉）

简析:谜面从《史记·秦本纪》句(而秦襄公将兵救周,战甚力)衍化而出。谜底应顿读为"张卫/周平王/累"。周平王姓名为姬宜臼。以"累"字来形容"战甚力"的程度,可谓分寸掌控甚准。

5.【谜面】百里奚生孟明视

谜目:《礼记·檀弓下》句　　　　　　　谜底:斯其子为卯也大矣（薛宜兴）

简析:会意正猜。卯为兔,兔古名曰"明视";孟:大也。

6.【谜面】孟明视

谜目：《诗经·小雅·瓠叶》句　　　　　　　　谜底：有兔斯首（企杜）

简析：与大多数谜底别解的正猜会意谜相比，这是一则典型的谜面别解谜。孟明视，春秋时期虞国（今山西平陆县）人，姜姓，百里氏，名视，字孟明，是百里奚的儿子，也是秦穆公的主要将领。谜面出人意料地舍弃人名原意内涵，而主要取"明视"二字为兔的别名而别解成谜。 明视——在《礼记·曲礼》中，把兔子叫作"明视"，古人孔颖达注释说，这是因为兔子"兔肥则目开而视明也"，于是"明视"成了古代祭祀中专用兔子的称呼，后来也可以用在一般兔子身上了。孟：大。

7.【谜面】百里奚到秦，凭的啥换回？

谜目：商品带量　　　　　　　　　　　　谜底：人造革·五张（陈清泉）

简析：会意正猜。《史记·秦本纪》记载道：（秦穆公）五年，晋献公灭虞、虢，虏虞君与其大夫百里傒（"傒"一作"奚"），以璧马赂于虞故也。既虏百里傒，以为秦缪公夫人媵于秦。百里傒亡秦走宛，楚鄙人执之。缪公闻百里傒贤，欲重赎之，恐楚人不与，乃使人谓楚曰："吾媵臣百里傒在焉，请以五羖羊皮赎之。"楚人遂许与之。当是时，百里傒年已七十余。缪公释其囚，与语国事。谢曰："臣亡国之臣，何足问！"缪公曰："虞君不用子，故亡，非子罪也。"固问，语三日，缪公大说，授之国政，号曰五羖大夫。百里傒让曰："臣不及臣友蹇叔，蹇叔贤而世莫知。臣常游困于齐而乞食铚人，蹇叔收臣。臣因而欲事齐君无知，蹇叔止臣，臣得脱齐难，遂之周。周王子穨好牛，臣以养牛干之。及穨欲用臣，蹇叔止臣，臣去，得不诛。事虞君，蹇叔止臣。臣知虞君不用臣，臣诚私利禄爵，且留。再用其言，得脱，一不用，及虞君难：是以知其贤。"于是缪公使人厚币迎蹇叔，以为上大夫。由于"傒"通"奚"，典籍中百里傒亦作百里奚。由于"缪"通"穆"，故秦穆公也作秦缪公。"穨"为"颓"的异体字，故王子穨也作王子颓。谜底断读为"人（百里奚）造（到），革五张"后，分扣谜面前、后两句。"革五张"由于是回答谜面设问，从而使全谜顿扫呆滞之气。

8.【谜面】穆公本身因敬佩而重视虞国亡臣，期望他能从东土迁移而来。

谜目：同音字二组　　　　　　　　　　　谜底：秦亲钦、惜奚希徙西（陈清泉）

简析：会意正猜。谜底应断读为"秦亲钦惜奚，希徙西"。在百里奚为秦所用之前，其名分当为"虞国亡臣"。当时，相比中原地区的其他诸侯国家，秦国应是地处华夏西陲了。同音字就是现代汉语里语音相同但字形、意义不同的字，所谓语音相同,一般是指声母、韵母和声调完全相同。如"真—甄""轩—萱""话—桦"等,就是同音字。但是,具体到灯谜,若是谜目标为"同音字"时,一般则从宽到仅要求谜底中的同音字只要声母、韵母完全相同即可;而没有强调它们之间连声调都非要完全相同不可。

9.【谜面】五张羊皮携子归

谜目:国家森林公园名　　　　　　　　　　谜底:百里杜鹃(王兆贵)

简析:会意分扣。谜面说的是秦以五羊皮换百里奚的故事。谜底前二字意会谜面前四字"五张羊皮",可扣出"百里"两字,因为百里奚号曰"五羖大夫",故二者在某种意义上可画等号。"子"字系古代对人的尊称,称老师或称有道德、有学问的人,谜面中实指其为百里奚。杜鹃鸟的别名叫子归,故谜面后三字"携子归"摒弃典义后,其中的"子归"二字就可直接扣出谜底的"杜鹃"二字来。传说古蜀国有一位皇帝叫杜宇,与他的皇后恩爱异常,后来他遭奸人所害,凄惨死去,灵魂就化作一只杜鹃鸟,每日在皇后的花园中啼鸣哀嚎。它落下的泪珠是一滴滴红色的鲜血,染红了皇后园中美丽的花朵,所以后人就叫它"杜鹃花"。那皇后听到杜鹃鸟的哀鸣,见到那殷红的鲜血,这才明白是丈夫灵魂所化,悲伤之下,日夜哀嚎着"子归、子归",终究郁郁而逝。她的灵魂化为火红的杜鹃花开满山野,与那杜鹃鸟相栖相伴,所以,这杜鹃花又叫"映山红",这便是"杜鹃啼血,子归哀鸣"的典故。

10.【谜面】固问,语三日,缪公大说,授之国政,号曰五羖大夫。

谜目:成语二　　　　　　　　　　谜底:百里之才、相知恨晚(陈清泉)

简析:会意正猜。谜面为《史记·秦本纪》句。谜底道出了秦穆公三日交谈后,立即对百里奚委以重用的原因,乃是由于百里奚的才能太突出了,秦穆公只恨相识他太迟了。

11.【谜面】谁人唯向穆公荐蹇叔

谜目:成语　　　　　　　　　　谜底:百里挑一(陈清泉)

12.【谜面】论交只许五羊皮

谜目:《孟子·万章下》句　　　　　　谜底:奚可以与我友(徐宾华)

简析:会意正猜。因百里奚号曰"五羖大夫",故某种意义上面、底中的"五羊皮、奚"可互扣。谜底"奚可以与我友",仿佛是蹇叔以第一人称的身份在感念百里奚与自己的真挚友谊。

十二、泓水之战

宋国（前1040—前286），周朝时期由华夏族建立的一个诸侯国。初被封时为公爵，国君子姓，位于今河南商丘一带。

到宋襄公之时，宋国国力渐盛，宋襄公成为春秋五霸之一。公元前286年，齐国、楚国与魏国灭掉宋国，三家瓜分宋。

宋襄公（？—前637），春秋时期宋国国君。子姓，名兹甫（又作"兹父"）。公元前650年至前637年在位。

公元前651年（周襄王元年），兹甫的父亲宋桓公病重。按照当时的嫡长子继承制，兹甫本应是继位之人，可是兹甫在父亲面前恳求，要把太子之位让贤于庶兄目夷，还说："目夷年龄比我大，而且忠信仁义，请立目夷为国君吧。"于是，宋桓公把兹甫的想法讲给目夷听，目夷听后不肯接受太子之位，说："能够把国家让给我，这不是最大的仁吗？我再仁，也赶不上弟弟啊！况且废嫡立庶，也不合制度啊。"为了躲避弟弟的让贤，目夷逃到了卫国，兹甫的太子之位没有让出去。不久宋桓公去世，太子兹甫即位，是为宋襄公。宋襄公即位后，任用庶兄目夷为相、贤臣公孙固为司马，内修国政，仁义治国，国力有较大的提升。

公元前643年（周襄王九年），春秋时代第一位霸主齐桓公逝世后，齐国因君位继承而引发内乱。次年，宋襄公出兵协助齐孝公取得君位。同时，楚成王借齐国中衰、中原无霸的机会将势力渗入中原地区。宋襄公不顾宋国国力尚弱，希望能以宋国的公爵地位压制各诸侯国，与楚国争夺中原霸主的位置。

公元前639年（周襄王十三年）春，宋、齐、楚三国君主会于齐，在宋襄公的强烈要求下，三国同意于同年秋在宋国召开诸侯大会。同年秋，宋襄公以盟主身份约楚成王以及陈国、蔡国、郑国、许国、曹国之君在盂（今河南省睢县西北）会盟，齐国和鲁国借故未到。宋襄公不顾公子目夷的建议，轻车简从赴会，以争取与会诸侯的信任，结果在会场上遭到楚成王的突袭而被擒。楚成王挟之进攻宋都商丘（今河南省商丘市西南），宋军坚守，数月未下。不久，在鲁僖公的调停下，楚成王于同年冬释放宋襄公。

宋襄公回国后，不甘受楚之辱，同时也不愿放弃争霸之心，便不顾公子目夷和公孙固的劝说，于公元前638年（周襄王十四年）夏，联合卫国、许国、滕国三国进攻附楚的郑国。楚成王为救郑率军攻宋，宋襄公遂由郑撤回迎战。

公元前638年（周襄王十四年）十一月初一，楚军进抵泓水（古河流名，故道约在今河南省柘城县西北）南岸时，宋军已占有利之地，在泓水北岸列阵待敌。楚军开始渡河后，公孙固鉴于楚宋两军众寡悬殊，在宋军已占有先机之利的情况下，向宋襄公建议应趁楚军半渡而击之。宋襄公拒不同意，指着立在自己军中的那面绣着"仁义"两个大字的大旗，坚持自己"不推人于险，不迫人于陀"的所谓原则，从而使楚军得以全部顺利渡过泓水。

楚军渡河后开始布列阵势，这时公孙固又奉劝宋襄公趁楚军列阵未毕、行列未定之际发动攻击。这次宋襄公真动气了，"呸！你这个不讲仁义的小人，别人队伍还没排好，怎么可以乘人之危去出击呢！"一直等到楚军布阵完毕，一切准备就绪之后，宋襄公这才击鼓向楚军进攻。

可是，这时一切都已经晚了，弱小的宋军哪里是强大楚师的对手，一阵厮杀后，宋军受到重创，宋襄公本人的大腿也受了重伤，其精锐的禁卫军悉为楚军所歼灭。只是在公子荡、公孙固等人的拼死掩护下，宋襄公才得以突出重围，狼狈逃回宋国。泓水之战就这样以楚胜宋败降下了帷幕。

战后，国人皆怨襄公指挥不当，但宋襄公并未认识到自己的错误，反而向臣民辩解说："君子不再次伤害受伤的敌人，不擒捉头发花白的敌人。古代的作战，不阻敌人于险隘中取胜。寡人虽然是殷商亡国的后裔，也不主动攻击尚未列好战阵的敌人。"从而坚持认为自己遵守古训行事并无不当。

公元前637年（周襄王十五年）五月，宋襄公伤重而死。

泓水之战后，楚国在中原的扩张已无阻力。在其后数年间，楚国势力一度达到黄河以北，直到晋楚城濮之战后，楚国的扩张势头才得到遏制。宋国在泓水之战战败后沦为二流国家，从此再未能在历史中发挥重要作用。

司马迁在《史记·宋微子世家》篇末写道："襄公既败于泓，而君子或以为多。伤中国阙礼义，褒之也，宋襄之有礼让也。"现代毛泽东却评述道："我们不是宋襄公，不要那种蠢猪式的仁义道德。"

由此可知，宋襄公本人应是历史上颇富争议的一个人物，赞美者认为他仁义有信，具有贵族精神；批评者认为他虚伪残暴，是假道学的典型。值得强调的是：宋襄公虽然被后人列为春秋五霸之一，但实际上他并没有真正地得到过诸侯霸主的地位，泓水惨败更是让他贻笑千年于后世。不过，随着人们认知能力的与时俱进与提高，今天我们从多角度来反思及重新厘定古人的"仁义道德观"，兴许对于提升整个中华民族素质来说还是件不无裨益的好事情。

本篇内仅仅含有以下几则意蕴不俗的灯谜：

1.【谜面】襄公说及动手时，要等楚军全过河。

谜目：《三国演义》人物三　　　　　　　谜底：宋白、成济、陈武（陈清泉）

2.【谜面】泓水之战楚国胜

谜目：朝代名（秋千格）　　　　　　　　谜底：北宋（陈清泉）

简析：会意反猜。谜底依格应读为"宋北"。北：败走、败逃。

3.【谜面】不擒二毛

谜目（1）：军事史名词　　　　　　　　谜底：抓壮丁（佚名）

谜目（2）：《诗经·大雅·生民》　　　　谜底：释之叟叟（石爱民）

谜目（3）：当代作家　　　　　　　　　谜底：老舍（李守忠）

简析：会意反猜。典出《左传·僖公二十三年》这段内：冬十一月己巳朔，宋公及楚人战于泓。宋人既成列，楚人未既济。司马（公孙固）曰："彼众我寡，及其未既济也，请击之。"公（宋襄公）曰："不可。"既济而未成列，又以告。公曰："未可。"既陈而后击之，宋师败绩。公伤股，门官歼焉。国人皆咎公。公曰："君子不重伤，不禽（'禽'通'擒'）二毛。古之为军也，不以阻隘也。寡人虽亡国之余，不鼓不成列。"

4.【谜面】君子不重伤，不擒二毛。

谜目：近代史人　　　　　　　　　　　　谜底：宋教仁（杨耀学）

十二、泓水之战

5. **【谜面】昔年司马子长,襃扬兹甫让国情。**

谜目:《水浒全传》人物三(折胫格)　　谜底：时迁、宣赞、宋太公（陈清泉）

简析：会意正猜。本篇故事内引用的司马迁（字子长）在《史记·宋微子世家》篇末的那段话，译为白话文后就是：宋襄公（名兹甫）固然在泓水一战，是打了败仗，但是世之君子对他仍是颇多赞美。其原因不外是：大家早就有感于中国礼义沦丧，莫不为之扼腕叹息；而襄公居然能够将天下让予其庶兄公子目夷，并且临大事而不忘大礼，所以才会这样的倾情去襃扬他啊！谜底依格读为"时迁宣赞宋公"后，意为：当年司马迁宣扬及赞颂的正是宋襄公的这种极度大公无私精神啊。宋公即宋襄公。

十三、重耳去齐

晋文公(《左传》载：前671—前628；《史记》载：前697—前628)，华夏族，姬姓，名重耳。初为公子，谦而好学，善交贤能智士。后受迫害离开晋国，游历诸侯。漂泊十九年后在秦穆公的支持下终复国，杀怀公而立。

晋文公对内，拔擢贤能：以狐偃为相；先轸为帅；赵衰（赵国先祖）、胥臣辅其政；栾枝、冀缺佐其事；郤溱、霍伯将其兵；贾佗、阳子制其礼；魏犨（魏国先祖）、荀伯御其戎。晋民各执其业，吏各司其职。晋国由此大治。对外，联秦合齐，保宋制郑，尊王攘楚。作三军六卿，勤王事于洛邑，败楚师于城濮，盟诸侯于践土，开创晋国长达百年的霸业。

晋文公与齐桓公并称"齐桓晋文"，是春秋五霸中第二个称霸的霸主。其文治武功，昭明后世，显达千秋，亦为后世儒家、法家等学派称道。

晋文公从年轻时就好学不倦，十七岁曾结交五个贤士，在国外逃亡十九年，经历过各种艰难险阻，积累了丰富的治国治民经验，终于返回晋国荣登君主宝座。在执政期间，他修明政务、施惠百姓、奖惩分明、实行了一系列改革政策，成为世代公认的圣贤君王、春秋五霸之一。毫无疑问，撇开其他因素姑且不论，晋文公之所以能从一名"居无定所"的老牌"国际难民"，而成为列国服膺的一代贤君，在很大程度上得益于他本人在长期的残酷政治环境里所逐步磨砺及涵养成的一些优秀品格。

晋文公曾犯过两个错误：首先是在逃亡途中，他爱恋在齐国娶的妻子，贪图安乐，竟忘记重任，放弃理想，不再奋发向前。他的妻子与从亡众人用计灌醉他，抱他上车，离开齐国。醒后，他知中计，竟想杀死力主自己离开齐国的舅父。再如：当他返回晋国后，奖赏与他同舟共济的有功之臣时，因忘记了曾经割股啖已的介子推，引起一些人的不满。

但晋文公终归不愧为贤君，他知错必改，有错必纠，当认识到从亡众人用计

十三、重耳去齐

使他离开齐国是正确的做法时,他并没有杀死舅父而是与他们一起前行了。当他认识到未及时给介子推行赏之错时,便派人到处寻找介子推。当听说介子推已进入绵山时,他便下令把整座山作为"介推田"封给介子推,改绵山为介山,"以记吾过,且旌善人"。这些做法都争得了民心,巩固了他的地位。

下面这个故事就详细讲述了晋文公当年离开齐国的过程:

晋国公子重耳,自周襄王八年(前644)流亡到齐国,已经有七年之久了。时值齐桓公去世,诸子争立,国内大乱。及至孝公嗣位,又一反先人之所为,附楚仇宋,因而诸侯多与齐国不睦。

一直追随重耳流亡的赵衰等人不由得在私下商议说:"我们当初投奔齐国,还不是想借齐桓公的霸主地位,来为公子(重耳)图谋大业。如今新立的齐君已经没能力像他父亲那样来帮助公子,这是明摆着的事情嘛。与其无所作为地坐以待老,还不如换个另外国家去投奔!"于是便准备下次见到重耳时,向他挑明此事。

谁知公子重耳溺爱娇妻齐姜,朝夕欢宴,不问外事。众豪杰伺候十日,他都拒不相见。终于,魏犨发脾气了,说:"我们大家还不是因为公子有为,这才不惮劳苦,执鞭从游。今留齐七载,偷安惰志,日月如流。等了他十日还不能见上一面,照此下去还能成就什么大事啊?"狐偃见状劝说:"小声点!这里不是聚谈之处,诸君都随我来。"

大家共出东门外里许,其地名曰桑阴。一望都是老桑,绿荫重重,日色不至。赵衰等九位豪杰,打一圈儿席地而坐。赵衰曰:"子犯(狐偃是晋文公的舅舅,姬姓,狐氏,字子犯,又称舅犯、咎犯、臼犯)有什么好办法吗?"狐偃说:"公子之行,在我而已。我等商议停妥,预备行装,一等公子出来,只说邀他郊外打猎,出了齐城,大家齐心劫他上路便是了。但不知此行前去,究竟哪个国家对我们最有帮助?"赵衰想想说:"宋国正在图谋霸业,其君襄公更是个好名之人,先去投他为宜。如不得志,再改去秦、楚二国,必定会有收益的。"……众人商议许久方散。

只道幽僻之处,无人知觉,却不道"若要不闻,除非莫说;若要不知,除非莫作"。其时齐姜的一个婢女,正在树上采桑喂蚕。见众人环坐议事,就停下了手中活计专门来听他们说话。回宫后，如此恁般，把所听的一切都述于齐姜知道。齐姜听毕，斥指说："哪有此话，你不要再对别人乱说！"到了半夜，她先是叫人偷偷杀死了这个婢女。然后急唤公子重耳起床，对他说："你的追随者将要胁迫你离开齐国，正巧被我的采桑婢女听到了。我恐泄漏其机，对你们的事情或有不便，已经将这个婢女杀掉灭口了。下步究竟该怎么办？公子还是早点拿定主意好！"重耳揉揉睡眼，不以为然地笑着说："人生一世，图个安乐就够了。我就老死在齐国好了，哪都不去！"齐姜劝说："自公子出亡以来，晋国没有一天安宁日子。夷吾（晋惠公）无道，兵败身辱。如今全国人都不喜欢他，邻国亦对他不亲，这是老天特意赐你的良机啊。公子此行，必得晋国，万勿迟疑！"重耳迷恋齐姜，执意不愿动身。

第二天一大早，赵衰、狐偃、胥臣、魏犫四人，立在宫门之外，托侍者向里传语"请公子郊外射猎！"谁知重耳只是贪睡不起。齐姜闻言，急使人单召狐偃入宫，屏去左右后询其来意。狐偃回答说："公子过去在翟国，成天不是驰车骤马，就是伐狐击兔。今在齐国，久不出猎，恐其四肢懒惰，我们故来相请，别无他意。"齐姜微笑说："此番出猎，不是宋国就是秦、楚吧？"狐偃故作镇静说："打一次猎怎么会走如此之远呢？"齐姜沉下了脸，认真说："你们打算劫持公子逃归，所谋我已尽知，还有必要隐瞒吗？我昨夜还曾苦劝过公子，奈何他只是执意不从。今晚我当设宴，灌醉公子，你们就可以用车连夜载他出城了。"狐偃不由感激说："夫人割房闱之爱，以成公子之名，贤德千古罕有！"

狐偃辞出，与赵衰等说知其事。凡车马人及路上所需粮秣被褥等生活用品，收拾一一完备，赵衰、狐毛等先押往郊外停泊。只留狐偃、魏犫、颠颉三人，将小车二乘，伏于宫门左右。专等姜氏送信，即便行事。

当日晚上，齐姜置酒宫中，与重耳把盏说："妾知公子有四方之志，特具一杯为您饯行。"重耳笑着说："人生如白驹过隙，此处就是我的安乐窝，我何必他求！"齐姜说："纵欲怀安，这不是大丈夫所为。您的追随者全是忠心为您，您应该听从他们！"重耳勃然变色，搁杯不饮。齐姜问："您是真的不欲离开这里？还是故意和我说笑？"重耳说："我真不走，谁诳你！"齐姜带笑说："离齐远行，这是公子之志；不行，这更是公子对妾的深情。此酒原为饯送公子，今儿反而留住

十三、重耳去齐

了公子，为此妾愿与公子尽欢而饮！"重耳大喜，夫妇交酢，更使侍女歌舞进觞。重耳已不胜饮，再四强之，不觉酩酊大醉，倒于席上。

齐姜连忙给重耳身上覆之以衾，使人急召狐偃。狐偃知公子已醉，急引魏犨、颠颉二人入宫，和衾连席，抬出宫中。先用重褥衬贴，安顿车上停当。狐偃一众拜辞，齐姜不觉泪流。

狐偃等催趱小车二乘，离城后与赵衰等会合，连夜驱驰。约行五六十里，但闻得鸡声四起，东方微白。重耳方才在车儿上翻身，唤宫人取水解渴。这时狐偃执辔在旁，回答说："要水须待天明。"重耳自觉摇动不安，说："可先扶我下床。"狐偃说："这不是床，是车。"重耳睡眼惺忪，问："你是谁？"狐偃回应："我是狐偃。"重耳心下恍然，这才知道为狐偃等所算，推衾而起大骂道："你等如何不通知我，将我劫持出城，究竟想干什么？"狐偃赔笑说："将以晋国送给公子。"重耳恨恨地说："未得晋，先失齐，我不愿行！"狐偃诳他说："离齐已经百里了，齐侯知道公子出逃，必定发兵来追，怎么还能返回呢？"

重耳勃然发怒，瞅见魏犨执戈侍卫，一把夺过其戈便刺狐偃。狐偃急忙下车走避，重耳跟着跳下车挺戈追逐。赵衰、胥臣、狐射姑、介子推等，一起下车解劝。重耳投戈于地，犹自余怒难息。狐偃叩首请罪说："如果杀了我狐偃能够成就公子，狐偃死愈于生矣！"重耳咬着牙说："此行有成则已，如无所成，我一定要生啖你这个舅舅的肉才能解恨！"狐偃笑而回答说："事若不济，狐偃不知死在何处，怎么会专门留着等您来食啊？如果大事有成，公子当列鼎而食鲜美。那时我的肉腥臊，怎么配您下口啊？"

赵衰等人见机共同进言说："我等以公子负大有为之志，故舍骨肉，弃乡里，奔走道途，相随不舍，还不是盼着能青史垂名！今晋君无道，晋国之人有谁不愿奉戴公子为君？公子自不求入，难道还要等谁专门来齐国而迎公子回国吗？今日之事，实出我等公议，非子犯一人之谋，公子勿错怪了他。"魏犨更是厉声直言说："大丈夫当努力成名，声施后世。奈何迷恋儿女子目前之乐，而不思终身之计？"重耳知错，改容说："事既如此，你们说咋办我就咋办。"于是，狐毛进干粮，介子推捧水以进。重耳与诸人各饱食，继续向前进发。

《烈女传·贤明·晋文齐姜》内"颂曰：齐姜公正，言行不怠，劝勉晋文，反国无疑。公子不听，姜与犯谋，醉而载之，卒成霸基"。遗憾的是：史书上并没有晋文公在得国遂志后出于感激而善待齐姜的记录，后人亦不便臆测了。

本篇内含有以下多则灯谜，请欣赏：

1.【谜面】穆公平定东邻乱

谜目：甘、冀地名各一　　　　　　　　谜底：秦安、宁晋（陈清泉）

简析：会意正猜。整个春秋时期，晋国是秦国的东邻。秦穆公时代，晋国曾数次发生内乱，包括护送晋国公子重耳渡过黄河使其为君的这次行动在内，都是由于获得了秦穆公的支持，晋国才重获安宁局面。谜底断读为"秦/安宁/晋"。

2.【谜面】火焚绵山

谜目：物理名词二　　　　　　　　　　谜底：介质、焦耳（陈清泉）

简析：会意正猜。对介子推割股奉君及晋文公下令焚山之说，过去有人怀疑此说仅"以左氏为据"，认为"理之所无"。然而，恰恰就在与《左传》同时代的《晋史乘》就有"文公待之不肯出，求之不能得，以谓焚山宜出，及焚山，遂不出而焚死"的记载。在距介子推生活年代不远的庄周《庄子·盗跖》中亦有"介子推至忠也，自割其股以食文公，文公后背之，子推怒而去，抱木而燔死"的记述。

3.【谜面】介子推不言禄

谜目（1）：农业名词　　　　　　　　　谜底：自留山（彭金元）

谜目（2）：电信名词　　　　　　　　　谜底：免提功能（武骝）

4.【谜面】晋文因何焚绵山

谜目：唐诗目　　　　　　　　　　　　谜底：《寻隐者不遇》（佚名）

5.【谜面】介子推守志焚绵上

谜目：地理名词　　　　　　　　　　　谜底：死火山（张俊德）

简析：会意正猜。谜面借《东周列国志》第三十七回回目前句为文。

6.【谜面】齐姜借酒遣重耳

谜目：词牌名三（脱帽格）　　谜底：《虞美人令》《醉公子》《行路远》（陈清泉）

十三、重耳去齐

简析：会意正猜。典见《史记·晋世家》这段内：(重耳)至齐，齐桓公厚礼，而以宗女妻之，有马十二乘，重耳安之。重耳至齐二岁而桓公卒，会竖刁等为内乱，齐孝公之立，诸侯兵数至。留齐凡五岁。重耳爱齐女，毋去心。赵衰、咎犯乃于桑下谋行。齐女侍者在桑上闻之，以告其主。其主乃杀侍者，劝重耳趣行。重耳曰："人生安乐，孰知其他！必死于此，不能去。"齐女曰："子一国公子，穷而来此，数士者以子为命。子不疾反国，报劳臣，而怀女德，窃为子羞之。且不求，何时得功？"乃与赵衰等谋，醉重耳，载以行。谜底依格断读为"美人（齐姜）令醉公子（重耳），行路远"。

7.【谜面】重耳

　　谜目（1）：八画字　　　　　　　　　　　谜底：耶（多人）

　　谜目（2）：电力名词　　　　　　　　　　谜底：双联开关（朱必捷）

8.【谜面】避祸终日随重耳

　　谜目：湖南地名　　　　　　　　　　　　谜底：祁阳（林凯胜）

　　简析："避祸终"即只要"祸"字开始部分"礻"，再加"日"随"阝阝（重耳）"，则合得谜底"祁阳"二字。

9.【谜面】日出心急见重耳

　　谜目：西汉文学家　　　　　　　　　　　谜底：邹阳（蔡建荣）

10.【谜面】齐姜醉遣晋公子

　　谜目：西汉名人　　　　　　　　　　　　谜底：灌夫（徐兆玮）

11.【谜面】齐姜谋醉而遣之

　　谜目：《龙文鞭影》句　　　　　　　　　谜底：灌夫使酒（韩芸谷）

12.【谜面】齐姜遣夫回晋国

　　谜目：中药名三　　　　　　　　　　　　谜底：使君子、当归、生地（陈清泉）

13.【谜面】孤身愿等重耳归

　　谜目：河北地名　　　　　　　　　　　　谜底：邯郸（陈清泉）

14.【谜面】又见重耳怒气生

　　谜目：同偏旁字二　　　　　　　　　　　谜底：取耶（陶维松）

简析：本谜弃典离合。仅从字面来看，"重耳"即重复的两个"耳"而已；再加上"又"及"火（怒气）"，则生成偏旁相同的"取耿"二字。

15.【谜面】重耳回晋为国君
　　谜目：唐代人物（蕉心格）　　　　　　　　谜底：文成公主（郝汉涛）
　　简析：会意正猜。谜底依格读应顿读为"文公／成主"。

16.【谜面】重耳归晋终获胜
　　谜目：《红楼梦》人物　　　　　　　　　　谜底：阴阳生（方龙铭）

十四、退避三舍

晋文公重耳即位以后，整顿内政，发展生产，把晋国治理得渐渐强盛起来。他也想能像齐桓公那样，做个中原的霸主。

这时候，正好周朝的天子周襄王派人来讨救兵。原来周襄王有个异母兄弟叫太叔带，联合了一些大臣，向狄国借兵，夺了他的王位。周襄王带着几十个随从逃到了郑国，他发出命令，要求各国诸侯护送他回洛邑去。列国诸侯有派人去慰问天子的，也有送食物去的，可就是没有人愿意发兵去打狄人。有人对周襄王说："现在诸侯当中，只有秦、晋两国有力量打退狄人，别人恐怕不中用。"周襄王才打发使者去请晋文公护送他回朝。晋文公马上发兵向东，把狄人打败了，又杀了太叔带和他那一帮人，护送天子回到了京城。

过了两年，又有宋襄公的儿子宋成公来讨救兵，说楚国派令尹成得臣（字子玉）率领楚、陈、蔡、郑、许五国兵马攻打宋国。

楚国，又称荆、荆楚，中国历史上春秋战国时代的一个诸侯国。楚国祖先族姓芈，熊氏。楚人是华夏族南迁的一支，最早兴起于汉江流域的丹水和淅水交汇的淅川一带，其全盛时的最大辖地大致为现在的湖北、湖南全部及重庆、河南、安徽、江苏、江西、浙江的部分地方。公元前223年被秦国所灭。

待到宋成公求救之时，东方齐国的霸权早已衰落，南方楚国的势力已经发展到了黄河流域。正是在这种大形势下，晋文公这才采用狐偃等人的建议，打起"尊王攘夷"的旗号，平定周王室内乱，在诸侯中树立了自己的威信；还把原来的两军扩大到三军，积极准备与楚国争霸中原。

听到宋国求救的消息，晋国大臣们都说："楚国老是欺负中原诸侯，主公要扶助有困难的国家，建立霸业，这可正是其时。"于是，晋文公就亲自率领三军，浩浩荡荡地去救宋国。公元前632年，晋军打下了归附楚国的两个小国——曹国和卫国，把两国国君都俘虏了。

楚国的国君楚成王本来并不想同晋文公交战，听到晋国出兵，立刻派人下命令叫成得臣退兵。可是成得臣以为宋国迟早可以拿下来，不肯半途而废。他派部将去对楚成王说："我虽然不敢说一定能打胜仗，但也要和晋军拼一个死活。"楚成王对这话很感不快，所以只给成得臣派去了少量增援兵力。

成得臣先派人通知晋军，要他们释放卫、曹两国国君。晋文公却暗地通知这两国国君，答应恢复他们的君位，但是要他们先跟楚国断交。曹、卫两国真的按晋文公的意思办了。成得臣本想救这两个国君，不料他们倒先来跟楚国绝交。这一来，真气得他双脚直跳，他嚷着说："这分明是重耳这个老贼逼他们做的。"他立即下令，催动全军赶到晋军驻扎的地方去。

楚军一进军，晋文公立刻命令往后撤。晋军中有些将士可想不开啦，说："我们的统帅是国君，对方带兵的是臣子，哪有国君让臣子的道理？"狐偃解释说："打仗先要凭个理，理直气就壮。当初楚王曾经帮助过主公，主公在楚王面前答应过：要是两国交战，晋国情愿退避三舍（每舍三十里）。今天后撤，就是为了兑现这个诺言啊。要是我们对楚国失了信，那么我们就理亏了。我们退了兵，如果他们还不罢休，步步进逼，那就是他们输了理，我们再跟他们交手还不迟。"

就这样晋军一口气后撤了九十里，到了城濮（今山东鄄城西南）才停下来，布置好了阵势。

楚国有些将军见晋军后撤，想停止进攻。可是成得臣却不答应，一步盯一步地追到城濮，跟晋军遥遥相对。成得臣还派人向晋文公下战书，措辞十分傲慢。晋文公也派人回答说："贵国的恩惠，我们从来都不敢忘记，所以退让到这儿。现在既然你们不肯谅解，那么就只好在战场上比个高低了。"

周襄王二十年（前632）四月初四清晨，在城濮原野上，晋、楚两国大军集结完毕。一场关乎晋文公政治生涯、关乎晋国命运、关乎春秋霸主归属、关乎华夏文明走向的大战即将来临。

晋文公登上高台，指挥晋军。先轸、郤溱率领中军，护卫在文公左右。狐毛、狐偃领上军居右，栾枝、胥臣率下军居左。

楚国方面，成得臣亲将中军，中军以若敖氏家族的亲兵为骨干，战斗力极强。斗宜申将左军，军中主要由楚国正规军以及王室亲卒为主。斗勃率领以陈、蔡以及蛮夷等国的杂牌军为主的右军。

战斗开始，下军佐胥臣便率领部分下军，猛冲楚国右军。斗勃命军士抵挡晋军的进攻，无奈，这只杂牌军很快就暴露了不善久战的弱点，开始溃散。先轸命栾枝向狐氏兄弟的上军靠拢，三人联手向楚国左军发起攻势。斗宜申英勇接战，刚刚交手不久，晋军便告失败，狐毛、狐偃、栾枝下令晋军撤退。狐毛、栾枝等人的战车后面捆上早已准备好的树木、柴草。战车疾驰而过，后面黄沙漫天，伸手几不见五指。斗宜申望见狼狈逃窜的晋国残兵败将，喜出望外，下令击鼓进军，追剿晋军。左军疯狂地向敌人扑去。

成得臣率领的中军还在静观战局，左军已孤军深入。先轸留下部分军力作为保卫晋文公的警卫后，便与郤溱率领着中军"救援"上军，遇上正追得起劲的斗宜申。先轸、郤溱以中军将敌人拦腰斩断，使楚国左军进退不得，狐毛、狐偃、栾枝亦率军掉头反攻。楚军左军因此在晋军主力的强力冲击下，不久就陷入瘫痪。

这一切的变换是如此之快，不由得使原本骄傲轻敌的成得臣顿时傻了眼。直到斗宜申、斗勃突围而出，面见他时告知左、右两军皆已溃败，成得臣才完全明白了大势已去，自己的败局已难逆转。为保住中军之精锐，成得臣迅速收罗了残兵，匆匆撤出了城濮战场、撤出中原。

获胜后的晋军占领了楚国营地，五万将士把楚军遗弃下来的粮食整整吃了三天，才凯旋而归。

城濮之战是春秋中期最大的一次战争，也是关系中原全局的战争，使中原小国摆脱了楚国的控制，归附了晋国。战后，晋文公提高了声望，周襄王亲自到践土（今河南原阳西南）慰劳晋军。晋文公趁机在践土给天子建了一座新宫，约各国诸侯，开了个大会，订立了盟约。这样，晋文公当上了名副其实的霸主。

本篇内仅仅含有以下几则灯谜：

1. 【谜面】退避三舍报楚恩

   谜目：《聊斋志异》篇目二　　　　　　　谜底：《晋人》《小谢》（黄友平）

   简析：会意正猜。典出《左传·僖公二十八年》这段内：子玉（成得臣）怒，从晋师。晋师退。军吏曰："以君辟臣，辱也。且楚师老矣，何故退？"子犯（狐偃）

曰:"师直为壮,曲为老。岂在久乎?微楚之惠不及此,退三舍避之,所以报也。背惠食言,以亢其仇,我曲楚直。其众素饱,不可谓老。我退而楚还,我将何求?若其不还,君退臣犯,曲在彼矣。"退三舍。楚众欲止,子玉不可。谜底意为:"退避三舍"是以晋文公为代表的晋国人,对当年曾有恩于己的楚国所回敬的一个小小感谢举动。

2. 【谜面】城濮之战时,得臣骨子里对敌国就很轻蔑。

谜目:《东周列国志》人物二(摘领格)　　　谜底:成大心、晋鄙（陈清泉）

简析:会意正猜。从《左传·僖公二十八年》这段内就可看出,骄傲自大的楚将成得臣从心眼里就极为蔑视对手晋国,否则就不会拒命请战、志在必胜了:楚子(楚成王)入居于申,使申叔去谷,使子玉(成得臣)去宋,曰:"无从晋师!晋侯在外十九年矣,而果得晋国。险阻艰难,备尝之矣;民之情伪,尽知之矣。天假之年,而除其害。天之所置,其可废乎?《军志》曰:'允当则归。'又曰:'知难而退。'又曰:'有德不可敌。'此三志者,晋之谓矣。"子玉使伯棼请战,曰:"非敢必有功也,愿以间执谗慝之口。"王怒,少与之师,唯西广、东宫与若敖之六卒实从之。谜底依格应顿读为"成（成得臣）心晋/鄙"。

3. 【谜面】城濮之战楚惨败

谜目:电视剧名　　　谜底:《晋中大捷》（陈清泉）

4. 【谜面】城濮之战赢敌国,晋师宏大且威武。

谜目:川、滇地名各一　　　谜底:武胜、楚雄（陈清泉）

5. 【谜面】得臣输于孤军突出这点上

谜目:六字常用语　　　谜底:成败在此一举（陈清泉）

6. 【谜面】子玉原曾善用谋

谜目:财经名词（双钩格）　　　谜底:会计成本（陈清泉）

简析:会意正猜。谜底依格读为"成本会计"。成:成得臣(字子玉)。

十五、弦高犒师

春秋时期,郑国出了一位有名的爱国商人弦高,他原本往来于各国之间做生意。在国家危难之时,弦高临危不惧,机智地用计骗了秦军,为保卫国家做出了很大的贡献。

"弦高犒师"的故事至今已流传了两千多年,它的详细经过是:

春秋五霸之一的晋文公在城濮之战打败楚国后,大会诸侯,连一向归附楚国的陈、蔡、郑三国的国君也都来了。表面上郑国虽然跟晋国订了盟约,但是由于骨子里仍然害怕楚国,暗地里就又跟楚国结了盟。

晋文公知道了这件事,很生气地打算再一次会合诸侯去征伐郑国。他手下的大将先轸劝他说:"会合诸侯已经好几次了。咱们本国兵马已足够对付郑国,何必去麻烦别人呢?"晋文公说:"话虽如此,别的国家可以不再约它;不过秦国跟我们原有约定:有事一起出兵,这次可不能不去请他!"

偏居西隅的秦穆公和晋文公一样早有称霸雄心,此刻正想向东扩张势力,就亲自带着兵车二百乘到了郑国。晋国的兵马驻扎在西边,秦国的兵驻扎在东边,联军声势十分浩大。郑国的国君郑文公慌了神,急忙派了位能说会道的老臣——年逾七十的烛之武去劝说秦穆公退兵。

夜色漆黑,烛之武悄然缒城而下,径奔秦营对秦穆公游说道:"如今秦晋两国一起攻打郑国,看来郑国准得要亡国了。请恕我直言:郑国和秦国本来就相隔遥远,郑国一旦灭亡,毫无疑问它的土地就会就近全归了晋国,这样一来晋国的势力就必然更大了。晋国既然今天在东边灭了郑国,明天也就有可能向西侵犯秦国啊。您作为秦国君主,可否认真想过?这样一来对您秦国有什么实际好处呢?"看到秦穆公多少有点动心了,烛之武又往深里继续说:"反过来要是秦国同意和我们郑国讲和,以后你们秦国若在东方有什么事了,我们也好照应啊。比如你们的使者来往经过郑国时,我们郑国还可以当个东道主接待使者。"于是,秦穆公不仅答应了跟郑国单独讲和，还特地派了自己手下的杞子、逢孙、杨孙三位将军带了两千秦国人马，替郑国守卫国都北门，然后给驻扎在西边的晋文公一声招呼也不打，就带领其余的兵马撤回秦国去了。

第二天一早，晋国人发现秦军走了，都有一种被人家出卖了的感觉。愤怒中有的主张追上去打一阵子，有的说干脆把留在北门外的两千秦兵消灭掉算了。顾全大局的晋文公却说："当年我在外流亡了十九年，要是没有秦君的帮助，怎么能够回国呢？"他不仅不同意攻打秦军，又想办法把郑国拉到晋国一边，订了盟约之后，也撤兵回去了。这是发生在周襄王二十二年，亦即公元前630年的事了。

留在郑国的三个秦国将军听到郑国又摇身一变投靠了晋国，气得吹胡子瞪眼，连忙派人赶到秦国向秦穆公报告，要求再次讨伐郑国。秦穆公得到消息后，虽然心里很不痛快，但是他权衡了当时的形势后，还是不愿立刻就跟晋文公扯破老脸，只好暂时隐忍着。

过了两年，也就是公元前628年，晋文公病死了，他的儿子襄公即位。秦国朝廷有人再次劝说秦穆公讨伐郑国，他们说："晋国国君重耳刚死去，还没举行丧礼。趁这个机会攻打郑国，晋国肯定不会插手。"刚巧留在郑国的将军杞子也派人送信给秦穆公说："郑国北门的防守掌握在我们手里，要是秘密派兵前来偷袭，有我等作为内应，保准就能拿下郑国。"

于是，秦穆公马上召集大臣们来商量怎样攻打郑国。谁想两个经验丰富的老臣蹇叔和百里奚都持坚决反对的态度。蹇叔不顾秦穆公的不悦，又说："调动大军想偷袭离我们这么远的国家，当我们赶得精疲力乏时，对方却是以逸待劳，这种情况怎么能够取胜啊？况且行军路线长达千里，说是偷袭行动，但是又能瞒得了谁呢？"秦穆公执意不听，遂派百里奚的儿子孟明视为大将，蹇叔的两个儿子西乞术、白乙丙为副将，率领三百辆兵车，偷偷地去打郑国。

大军出发的那一天，蹇叔与百里奚互相搀扶着来为儿子送行，俩人面对雄赳赳整装待发的将士车马，一边放声大哭一边高呼道："天哪！还有什么事情比今天这种场面叫人哀痛死了啊？现在我还能够看到你们一个个活着而出，可是却永远见不到你们能够活着返回秦国了……"秦穆公听到这些丧气话后勃然大怒，当下

十五、弦高犒师

就派人去谴责他俩:"在今天全军士气高昂誓师出征之际,你俩为何却唱反调哭哭啼啼个不休?难道是故意赶来涣散我大秦的军心不成!"蹇叔、百里奚止住啼声,共同对来人申辩道:"老臣怎敢对国君的军队号哭啊?老臣只是哭泣自己的儿子而已。"

第二年二月,秦国的大军才路过晋国的崤山和周天王都城的北门,进入到滑国(今河南省偃师东南)地界。忽然前方有人拦住秦军去路,说自己是郑国派来的使臣,要求与秦军主将见面。孟明视得报后大吃一惊,慌忙亲自接见那个自称使臣的人,并问他前来干什么?那位"使臣"立在孟明视兵车前,不卑不亢道:"我叫弦高。敝国国君听到三位将军要到郑国来,特地派我赶来送上一份微薄的礼物,慰劳贵军将士,借此来表达我们的一点心意。"说毕他鞭子一挥,将随身带来的十二头肥牛驱到秦人面前。孟明视原来打算在郑国毫无准备的时候,进行突然袭击,现在看来要偷袭是根本不可能了。他只好往肚里咽了咽涎沫,装作很高兴的样子收下了弦高送来的礼物,并对弦高说:"我们不是到贵国去的,你们何必这般费心啊。你回去后请代我向郑君多多致谢!"

弦高走了以后,孟明视对西乞术、白乙丙说:"看来郑国已经有了准备,偷袭没有成功的把握了,我们还是就此打住吧!"白乙丙不愿罢手道:"我们千里迢迢好不容易来到这里,空手而归如何对国君交代啊?"孟明视说:"这事你不要犯难!滑国近在咫尺,它对我们可是至今没有一丝防备之心,今夜三更趁黑攻其必能全胜。这样虽然我们没有拿下郑国,但是灭掉滑国所获的俘虏及物资足够我们给国君交差了。"接着,秦军果然在灭掉滑国后就掉头回国了。

其实,这回秦军主将孟明视还真的上了郑国冒牌"使臣"弦高的大当了。弦高是位郑国商人,一向以贩牛为生。这天赶了一大群牛到洛邑去做买卖,刚巧在半路上碰到秦军。很快他就探知了秦军的真实来意,要向郑国报告已经来不及了。情急之下他想出了个好办法,这就是除了派人连夜赶回郑国向国君报告之外,先由自己直接冒充郑国使臣来哄走孟明视。

郑国原来的国君郑文公这时已去世了,他的儿子——太子兰继立为君,是为郑穆公。郑穆公接到弦高的报急信后,慌忙派人到北门去伺察秦军动静。不瞧不要紧,一瞧还真发现:秦军个个都把刀枪磨得雪亮,马匹喂得饱饱的,显然是一派临战状态。这下郑穆公可找到了对秦军不再客气的理由了，他立刻派老大夫烛之武向秦国的杞子等三位将军下了逐客令，大意是"各位已在我们郑国住得太久，我们实在供应不起了。听说贵国的大将孟明视已带军队到了滑国地界，你们莫非是要离开这里去会合他？那就请便吧！"杞子他们知道秘密已经泄漏了，眼看郑国是再待不下去了，只好连夜灰溜溜地逃走了。

后来，当郑穆公要以重金奖赏弦高时，弦高却表情庄重地辞谢说："我身为一名商人，忠于自己的国家那是理所当然的本分责任。我如果接受了奖赏，您岂不是就把我当成外人了吗？"郑穆公深受感动，遂录弦高救国之功，将他拜为了军尉。

本篇内含有的多则灯谜是：

1.【谜面】夹于晋楚两国之间，城濮之战后虽与晋国订了盟约，但是暗中又跟楚国结盟。

谜目：成语　　　　　　　　　　　　　　谜底：郑重其事（陈清泉）

简析：会意正猜。谜底意为：郑国是重复地事奉于两个大国（晋国、楚国）的。"重"字由原音 zhòng 改读 chóng 音。

2.【谜面】摇舌保郑缺豪士，缒城说秦举圉正。

谜目：七字常用语　　　　　　　　　　　谜底：英雄无用武之地（佚名）

简析：会意正猜。典出《左传·僖公三十年》内：晋侯、秦伯围郑，以其无礼于晋，且贰于楚也。晋军函陵，秦军氾南。佚之狐言于郑伯曰："国危矣，若使烛之武见秦君，师必退。"公从之。辞曰："臣之壮也，犹不如人；今老矣，无能为也已。"公曰："吾不能早用子，今急而求子，是寡人之过也。然郑亡，子亦有不利焉！"许之。夜缒而出，见秦伯，曰："秦、晋围郑，郑既知亡矣。若亡郑而有益于君，敢以烦执事。越国以鄙远，君知其难也，焉用亡郑以陪邻？邻之厚，君之薄也。若舍郑以为东道主，行李之往来，共其乏困，君亦无所害。且君尝为晋君赐矣，许君焦、瑕，朝济而夕设版焉，君之所知也。夫晋，何厌之有？既东封郑，又欲肆其西封，若不阙秦，将焉取之？阙秦以利晋，唯君图之。"秦伯说，与郑人盟。使杞子、逢孙、杨孙戍之，乃还。谜底断读为"英雄无，用武之地"后，分扣谜面两句。武：烛之武。《东周列国志》第四十三回中，烛武（也就是烛之武）当时在郑国的官职为圉正。

3. 【谜面】缒而出见秦伯

谜目（1）：《礼记·内则》句　　　　　　　谜底：夜行以烛（张起南）

谜目（2）：古籍名　　　　　　　　　　　谜底：《夜行烛》（陈清泉）

简析：会意正猜。《夜行烛》系明代曹端撰。端有《太极图说述解》，已著录。明初理学，以端为冠。而其父崇事佛、老，端因采经传格言切于日用者，辑为此书。名《夜行烛》，以进其父。

4. 【谜面】秦伯说，与郑人盟。

谜目：离合音字二　　　　　　　　　　　谜底：之武嘱、击也解（武骝）

简析：所谓"离合音字谜"，是在分解汉字音韵结构的基础上，以字代音，求得切扣的一种字谜品种。"离合音字谜"谜底由两个子字、一个母字组成。猜制方法是，先将母字的读音分解成能独立表示声母和韵母读音的两个子字，然后再按表声子字在前、表韵子字在中、母字在后的顺序连缀起来，构成能表达一定意义的短语或句子作为谜底，去扣合谜面。这种谜和"离合字谜"（准确名称似乎应为"离合形字谜"）好似一对孪生姐妹。"离合形字谜"是从字形入手，拆"字部"而拼合；"离合音字谜"则是从字音入手，拆"声韵"而拼合。由于二者取底皆采用离合手法，有相似之处，颇具同工异曲之妙。本谜中，"嘱"及"解"是母字，"之武"及"击也"是子字。"之武"二字应别解为凭其说瓦解了秦晋盟军围击的烛之武其人。

5. 【谜面】蹇叔哭师

谜目（1）：外国文学名著　　　　　　　谜底：《感伤的旅行》（许友金）

谜目（2）：中药名二　　　　　　　　　谜底：预知子、北当归（苏温才）

谜目（3）：《幼学琼林》句　　　　　　谜底：预料行兵有失（杨志远）

谜目（4）：古文篇目（卷帘格）　　　　谜底：《过秦论》（李旭东）

简析：典出《史记·秦本纪》这段内：郑人有卖郑于秦曰："我主其城门，郑可袭也。"穆公问蹇叔、百里奚，对曰："径数国千里而袭人，希有得利者。且人卖郑，庸知我国人不有以我情告郑者乎？不可。"穆公曰："子不知也，吾已决矣。"遂发兵，使百里奚子孟明视、蹇叔子西乞术及白乙丙将兵。行日，百里奚、蹇叔二人哭之。穆公闻，怒曰："孤发兵而子沮哭吾军，何也？"二老曰："臣非敢沮君军。军行，臣子与往；臣老，迟还恐不相见，故哭耳。"二老退，谓其子曰："汝军即败，必于崤陀矣。"四个谜底均可用会意正猜法门而得出。(1)谜谜底为英国伤感文学的代表人物劳伦斯·斯泰因（1713—1768）的著名小说。"旅"字在谜底中当"军队"用。(2)谜谜底中，"子"当指蹇叔的儿子西乞术及白乙丙；北：败走、败逃。(4)谜谜底应依格倒读为"论秦过"，意为：蹇叔借"哭师"之举，道出秦军这次外出作战乃是错误行动。

6.【谜面】吾见师之出而不见其入也

谜目：惊悚电影名　　　　　　　　　　　　谜底：夺命旅行（多人）

简析：会意正猜。谜面句出《左传·僖公三十二年》，这段内：杞子自郑使告于秦曰："郑人使我掌其北门之管，若潜师以来，国可得也。"穆公访诸蹇叔。蹇叔曰："劳师以袭远，非所闻也。师劳力竭，远主备之，无乃不可乎？师之所为，郑必知之。勤而无所，必有悖心。且行千里，其谁不知？"公辞焉。召孟明、西乞、白乙使出师于东门之外。蹇叔哭之曰："孟子！吾见师之出而不见其入也。"

7.【谜面】弦高遇之，犒秦师，使告于穆公。

谜目：左传·隐公十一年　　　　　　　　　谜底：以报其入郑也（张超南）

简析：会意正猜。与《史记·郑世家》内的寥寥几笔（穆公元年春，秦穆公使三将将兵欲袭郑，至滑，逢郑贾人弦高诈以十二牛劳军，故秦兵不至而还，晋败之于崤）相比，"弦高犒师"在《左传·僖公三十三年》内就记载得十分详细生动了：（秦师）及滑，郑商人弦高将市于周，遇之。以乘韦先，牛十二犒师，曰："寡君闻吾子将步师出于敝邑，敢犒从者，不腆敝邑，为从者之淹，居则具一日之积，行则备一夕之卫。"且使遽告于郑。郑穆公使视客馆，则束载、厉兵、秣马矣。使皇武子辞焉，曰："吾子淹久于敝邑，唯是脯资饩牵竭矣。为吾子之将行也，郑之有原圃，犹秦之有具囿也。吾子取其麋鹿以闲敝邑，若何？"杞子奔齐，逢孙、杨孙奔宋。孟明曰："郑有备矣，不可冀也。"

8.【谜面】弦高犒师

谜目：文体界名人二　　　　　　　　　　　谜底：牛群、谢军（陈清泉）

9.【谜面】弦高犒秦师

谜目：财会名词　　　　　　　　　　　　　谜底：在途款（赵首成）

十五、弦高犒师

10. 【谜面】弦高何计退秦师

    谜目：二字谦辞　　　　　　　　　　　　　谜底：献丑（陈霄）

11. 【谜面】贾人弦矫郑伯命

    谜目：离合字　　　　　　　　　　　　　　谜底：高牛犒（武镏）

12. 【谜面】弦高犒师何所图

    谜目：国际象棋术语三　　　　　　　　　　谜底：思想着、过路兵、弃兵（魏育涛）

13. 【谜面】郑穆公的亡父

    谜目：河南地名　　　　　　　　　　　　　谜底：兰考（陈清泉）

十六、晋襄公纵囚

公元前 628 年，晋文公病死，其子驩立，是为晋襄公。

正在晋国上下为晋文公治丧期间，得到秦国偷袭郑国的情报，晋国内部出现了两种意见，中军元帅先轸认为："秦国违背蹇叔的意见，因为贪得无厌而使老百姓劳苦不堪，这是上天送给我们的好机会。送上门的好机会不能放弃，敌人不能轻易放过。放走了敌人，就会产生后患，违背了天意，就会不吉利。一定要讨伐秦军！"大夫栾枝反对说："没有报答秦国帮助先君（晋文公）复国的恩惠，而去攻打秦国的军队，难道心目中还有已死的国君吗？"先轸说："秦国不为我们的新丧举哀，却讨伐我们的同姓之国（郑国），秦国就是无礼，我们还报什么恩呢？我听说过：'一旦放走了敌人，会给后世几代人留下祸患。'为后世子孙考虑，可说是为了已死的国君吧！"

晋襄公采纳了先轸建议，发兵击秦，并联合姜戎一道行动。襄公穿着丧服亲自督军，梁弘为他驾车，莱驹做车右。晋与姜戎联军在崤函地区的东、西崤山（今河南陕县东）之间设下埋伏。公元前 627 年四月十三日这一天，袭灭滑国的秦军在返国必经途中，一头钻进了晋人的埋伏圈，在晋与姜戎夹击下，全军覆没，孟明视、西乞术、白乙丙等三帅被俘。

先且居诸将会集于东崤之下，将秦军三帅及小将褒蛮子，一一押上了囚车。并将俘获的军士、车马，及秦军从滑国掳掠来的许多子女玉帛，尽数解到晋襄公大营。襄公穿着黑色丧服受俘，军中欢呼胜利的声音惊天动地。襄公问了三帅姓名，又问："褒蛮子是个什么人？"梁弘回答说："此人虽则秦军牙将，却有兼人之勇，莱驹曾失利于他一阵，若非落于陷坑，亦难制缚。"襄公骇然说："既是如此骁勇，留之恐有他变！"唤莱驹上前："你前日战输与他，今日在寡人面前，可斩其头以泄其恨。"莱驹领命，将褒蛮子缚于庭柱，手握大刀，正要下手砍去之际，那蛮子大呼一声："你是我手下败将，怎敢犯我？"这一声，就如半空中起个霹雳

十六、晋襄公纵囚

一般，屋宇俱震动。蛮子接着将两臂一撑，麻索俱断。莱驹吃一大惊，不觉手颤，堕刀于地。蛮子便来抢这把大刀。有个小校，名曰狼曋，从旁观见，先抢刀在手，将蛮子一刀劈倒，再复一刀，将头割下，献于襄公面前。襄公高兴地赞扬说："莱驹之勇，竟不如一名小校啊！"便黜退莱驹不用，立狼曋为车右之职。

晋文公的夫人文嬴，本是秦穆公的女儿，她虽嫁到了晋国，但是内心深处仍然时时情系秦国。这次她因会葬亦在曲沃，得知秦军三帅被擒的消息后，故意问襄公说："听说我们的军队打了胜仗，孟明视等秦国将军全被俘虏后关起来了，这真是社稷之福啊。但不知已经将孟明视等人处死了没有？"襄公说："还没有。"文嬴便说："秦、晋二国世为婚姻，关系一向很好。孟明视贪功起衅，妄动干戈，使两国恩变为怨。我想秦国国君必然会因此而深恨此三人，我国杀之无益，不如将他们三人放还回秦，使他们的君主亲手加以诛戮，这样便可以释秦、晋二国之怨，这岂不是大美事！"襄公犹豫说："三帅用事于秦，若纵放回秦，恐怕要给我们晋国留下后患啊。"文嬴说："'兵败者死'，国有常刑。城濮之战时，楚兵一败，得臣伏诛。难道秦国独无军法吗？何况当年晋惠公被执于秦，秦国国君对其优礼相待，最后还放他归国，秦之有礼于我如此。今天区区几个败将，必欲自我行戮，这不是正好显得我国太无情了吗！"

襄公初时不肯，等听到放还惠公之事，悚然动心，当下便叫有关人员释放三帅之囚，纵归秦国。孟明视三人得脱囚系，更不入谢，抱头鼠窜而逃。

这时先轸正在家中用饭，听说晋侯已赦三帅，顾不上将嘴里的那口饭咽下，急急到行宫去见襄公。一见面任何客套都没有，怒气冲冲急问襄公："秦囚现在何处？"襄公回答说："母亲请放归他们回本国受刑，我听从后已经放了他们。"先轸不听则已，一听即怒，不由得向襄公脸上啐了一口涎沫，"呸！你这个傻小子，想不到如此不懂事！我等武夫千辛万苦，流了多少血汗，好不容易才从战场上俘逮了这三个敌人。如今就凭妇道人家的一句话，便把他们放了！放虎归山，必有后患，异日悔之晚矣！"襄公方才醒悟，一边擦着脸上的涎沫，一边向先轸正式认错说："千不该万不该，是我的不对啊！"遂问班部中："谁人敢追秦囚者？"大将阳处父愿往。先轸吩咐说："将军用心，若追得，便是第一功也。"阳处父驾起追风马，抡起斩将刀，出了曲沃西门，来追孟明视他们。

却说孟明视等三人得脱大难后，唯恐晋襄公后悔，使出吃奶的劲在路上狂奔疾跑。边跑边商议说："我等若能顺利渡过黄河，便是拣了一条命回来；否则，晋君要是追来，还会有好结果吗？"比及赶到河下，东张西望中看不到一条船只的影子，三人全都叹说："天绝我了！"叹声未绝，见一渔翁，荡着小艇，从西而来，口中唱歌曰："囚猿离槛兮，囚鸟出笼。有人遇我兮，反败为功。"

孟明视诧异其言，大声呼救："渔翁渡我！"渔翁驶近后看看他说："我渡秦人，不渡晋人！"孟明视急忙回答说："我等正是秦人，可速渡我！"渔翁说："将军莫非是崤山中的失事之人？"孟明视说："正是。"渔翁说："我奉公孙枝将军将令，特驶此舟在此相候，已非一日了。此舟小，不堪重载，前行半里之程有大舟，将军可以速往。"说罢，那渔翁反棹而西，飞也似去了。

三帅循河而西，未及半里，果有大船数只泊于河中。离岸有半箭之地，那渔舟早已在那里向他们招呼。孟明视和西乞术、白乙丙赤脚跳入船中，未及撑开，东岸上早有一位将官，乘车而至，乃大将阳处父也。阳处父远远便叫："秦将且住！"孟明视等俱各吃惊。

须臾之间，阳处父停车河岸。见孟明视他们已在舟中，心生一计，解下自家所乘左骖之马，假托襄公之命，说是将其赐与孟明视，"寡君恐将军归途不便，因此专程使处父将此良马，追赠将军，聊表相敬之意。伏乞将军俯纳！"阳处父本意要哄孟明视上岸相见，收马拜谢，乘机缚之。

那孟明视如漏网之鱼，"脱却金钩去，回头再不来"，心上也防这一着，如何再肯登岸。乃立于船头之上，遥望阳处父，稽首拜谢曰："承蒙晋君不杀之恩，为惠已多，岂敢复受良马之赐？此行寡君若不加戮，三年之后，当亲到上国，拜君之赐耳！"阳处父再欲开口，只见舟师水手运桨下篙，船已荡入中流去了。

阳处父惘然如有所失，闷闷而回，将孟明视之言一一奏闻于襄公。先轸忿然进言说："他们所说的'三年之后，拜君之赐'者，原来是要伐晋报仇啊。不如乘其新败丧气之日，先往伐之，以杜其谋。"襄公以为这话说得很对，遂商议伐秦之事。

话分两头。再说秦穆公听说孟明视等三帅为晋所获，又闷又怒，寝食俱废。过了数日，又闻三帅已释放还归，喜形于色。左右有很多人向他提议："孟明视

十六、晋襄公纵囚

等人丧师辱国,其罪当诛。昔楚杀得臣以警三军,主公亦当行此大法惩治败将才是。"穆公叹口气说:"是我没听蹇叔、百里奚之言,这才连累得三帅吃了败仗。罪在于我,不在他人!"于是身着素服,亲自到国都郊外迎接三帅。当年出发时,浩浩荡荡的兵车队列如今只剩三人狼狈而还,秦国老百姓捶胸顿足,那种哭唁自己阵亡亲人的悲怆场面一时几近失控。从此,秦穆公复用孟明视、西乞术、白乙丙主持全国军事,对他们比之过去更是愈加礼待。

本篇内含有以下多则灯谜,您感兴趣否?

1.【谜面】原轸看法不糊涂

谜目:成语　　　　　　　　　　　　　谜底:先见之明(陈清泉)

简析:会意正猜。先轸(?—前627),春秋时晋国卿大夫。姬姓,先氏。因采邑在原(今河南济源西北),又称原轸。他是中国历史上著名的军事将领,以谋略见称。在城濮之战与崤之战中,先轸多献奇策、屡立战功,成为中国历史上第一位同时拥有元帅头衔和元帅战绩的军事统帅。

2.【谜面】原轸出拳不示弱

谜目:五字成语　　　　　　　　　　　谜底:先下手为强(陈清泉)

3.【谜面】千里雄心一旦灰,西崤无复只轮回。休夸晋帅多奇计,蹇叔先曾堕泪来。

谜目:中药名三　　　　　　　　　　　谜底:白头翁、预知子、北当归(陈清泉)

简析:会意正猜。谜面借《东周列国志》第四十五回内髯翁诗句为文。谜底中的白头翁显然指的就是当初反对秦国千里袭郑的老臣蹇叔,他的两个儿子西乞术、白乙丙就是这支有去无回的远征军副帅。

4.【谜面】将蛮子一刀劈倒,再复一刀,将头割下,献于晋侯之前。

谜目:《聊斋志异》篇目三　　　　　　谜底:《狼》《武夷》《大力将军》(陈清泉)

简析:会意正猜。谜面为《东周列国志》第四十五回内原文,其前文为"有个小校,名曰狼瞫,从旁观见,先抢刀在手"。谜底中,"狼"字实指劈杀褒蛮子的晋军小校狼瞫其人。狼姓是一个非常古老的姓氏群体,在今中国大陆的姓氏排行榜上未列入百家姓前一千位,主要分布在今福建泉州、内蒙古、山西、青海、云南、贵州、广西、黑龙江、吉林、海南等地,但人口非常稀少。秦军小将褒蛮子力大无穷，本谜将其定位为"大力将军"，可谓扣合精准。

5. 【谜面】襄公放归孟明视、西乞术、白乙丙。

谜目：《聊斋志异》篇目五　　　　谜底：晋人、王者、保住、外国人、三生（陈清泉）

简析：会意正猜。谜典见于《左传·僖公三十三年》这段内：夏，四月，辛巳，败秦师于崤，获百里孟明视、西乞术、白乙丙以归，遂墨以葬文公。晋于是始墨。文嬴请三帅，曰："彼实构吾二君，寡君若得而食之，不厌，君何辱讨焉！使归就戮于秦，以逞寡君之志，若何？"公许之。谜底应顿读为"晋人王者/保住外国人三/生"。"晋人王者"无疑当指具有王者身份的晋国统治者——晋襄公；"外国人三"当指孟明视、西乞术、白乙丙这三员秦国将军，秦国在晋国人眼里当然是外国了。

6. 【谜面】晋襄公不杀孟明视数人

谜目：滇、赣地名各一　　　　　　谜底：三都、上饶（陈清泉）

简析：会意正猜。谜底意为：孟明视、西乞术、白乙丙这三人，都是有赖于晋国君主的饶恕而保住性命的。"数、三"二字一虚一实，笔花摇曳中，使面、底呼应有力。"上"字可专指帝王，本谜中将其踏实为晋襄公。

7. 【谜面】怒曰："武夫力而拘诸原。"

谜目：成语二　　　　　　　　　　谜底：先声夺人、不易之论（陈清泉）

简析：会意正猜。谜面摘自《左传·僖公三十三年》这段内：先轸朝，问秦囚。公曰："夫人请之，吾舍之矣。"先轸怒曰："武夫力而拘诸原，妇人暂而免诸国。堕军实而长寇仇，亡无日矣。"不顾而唾。谜底断读为"先声'夺人不易'之论"后，意为：先轸愤怒的声音道出了"奋力作战的将士们，从战场袭擒孟明视等人，那是非常不容易的"这一残酷事实。

8. 【谜面】武夫力而拘诸原

谜目：五字成语　　　　　　　　　谜底：先下手为强（赵首成）

9. 【谜面】荡着小艇，从西而来，口中唱歌曰："囚猿离槛兮，囚鸟出笼。有人遇我兮，反败为功。"

谜目：清代诗句　　　　　　　　　谜底：一枝一叶总关情（陈清泉）

简析：会意正猜。谜面借《东周列国志》第四十五回中原文句子为文。非常有意思的是，通过谜底中的"一枝一叶"这四个神来之字之别解，恰到好处地显现出：正是秦国的公孙枝将军凭借预为安排的那一叶小舟，才对生命濒危的孟明视等三人体现出了最大的关怀之情。谜底是郑板桥的《潍县署中画竹呈年伯包大中丞括》中的诗句，其全诗是："衙斋卧听萧萧竹，疑是民间疾苦声。些小吾曹州县吏，一枝一叶总关情。"

10.【谜面】孟明稽首曰："君之惠，不以累臣衅鼓，使归就戮于秦，寡君之以为戮，死且不朽。若从君惠而免之，三年将拜君赐。"

谜目：北京地名二　　　　　　　　　　　谜底：朝阳、宣武（陈清泉）

简析：会意正猜。谜面为《左传·僖公三十三年》中的原文，孟明视所说的这几句话绵里藏针，可以将其视作：这是他朝阳处父，公开在下"三年内必将以武力报复晋国"的挑战书。

11.【谜面】若从君惠而免之，三年将拜君赐。

谜目：甘、冀地名各一　　　　　　　　　谜底：秦安、宁晋（陈清泉）

简析：会意正猜。谜底顿读为"秦/安宁/晋"后，表明：秦国从此以后哪里会再给一分安宁于晋国呢！

十七、赵盾弑主

赵盾（前655—前601），即赵宣子，嬴姓赵氏，名盾，谥号"宣"，时人尊称其赵孟或宣孟。春秋中前期晋国卿大夫，赵衰之子，杰出的政治家、战略指挥家。晋文公之后，晋国出现的第一位权臣，集军政大权于一身，担任执政，号称正卿，法治晋国。他在晋国执政期间，权倾朝野，使晋国君权首次受到冲击与削弱，树赵氏之威，使赵氏一族独大晋国。一生侍奉三朝，令晋集举国之力与楚国争衡而不落下风，可谓"治世之能臣，乱世之雄才"。

就是这样一位对国家贡献极大，实际上并无真正篡位之举的政治强人，为什么生前就被晋国史官派上了"弑君"恶名呢？说来话长：

公元前620年，晋襄公生病死后，七岁的儿子夷皋做了国君，就是晋灵公。

谁知晋灵公长大后，荒淫暴虐，厚敛于民，广兴土木，好为游戏。他特别宠任一位大夫，名叫屠岸贾。屠岸贾阿谀取悦，言无不纳。晋灵公命屠岸贾于国都绛城内，专门修了一座花园，遍求奇花异草，种植其中。内中唯桃花最盛，春间开放，烂如锦绣，所以名曰"桃园"。园中筑起三层高台，中间建起一座绛霄楼。画栋雕梁，丹楹刻桷。四围朱栏曲槛，凭栏四望，市井俱在目前。灵公不时登临，或张弓弹鸟，与屠岸贾赌赛饮酒取乐。

一日，灵公召优人呈演百戏于台上，园外聚观的百姓很多。灵公对屠岸贾说："弹鸟怎能比得弹人有趣？今天换个花样玩。你我二人，凡射中台下他人眼睛者为胜；射中肩臂者不奖不罚；打不着人的则大杯罚酒。"屠岸贾当然拍手赞成。于是，随着台上高叫一声："看弹！"弓如月满，弹似流星，人丛中当即有一人被弹去了半只耳朵，还有一人被弹中了左胛。当下吓得众百姓乱叫乱跑，各自逃命。灵公见状大怒，索性让左右会放弹的，一齐都放。那弹如雨点一般飞去，百姓躲避不及，也有破头的，伤额的，弹出眼珠的，打落门牙的。啼哭号呼之声，耳不忍闻。又有唤爹的，叫娘的，抱头鼠窜的，推挤跌倒的。仓忙奔避之状，目不忍见。灵公在台上望见，投弓于地，呵呵大笑，对屠岸贾说："登台游玩以来，从没有这次叫人高兴！"自此百姓只要一望见台上有人，便不敢再在桃园前行走。

适逢周人献给晋灵公一只猛犬，名曰灵獒，身高三尺，色如红炭，能解人意。每当灵公左右侍奉之人小有过失，灵公便叫灵獒前去扑咬脖颈，直到咬死方肯松口。一到接见朝臣或出游时，灵公就叫专职饲养灵獒的獒奴以细链牵犬，立于自己旁边，因此见者无不悚然。其时列国离心，万民嗟怨，赵盾等屡屡进谏，劝灵公礼贤远佞，勤政亲民，灵公如瑱充耳，全然不听外，反对赵盾渐有疑忌之意。

某天，赵盾与大夫士会去宫里求见晋灵公。刚到宫门，只见两个内侍抬一竹笼，自内而出。赵盾心中诧异："宫中怎么会有竹笼出外？必有原因。"赵盾遥呼内侍："来，来！"内侍只是低头不应。赵盾心中愈疑，便和士会上前查看。但见人手一只，微露笼外。二人连忙掀笼细看，原来内中装有肢解过的一个死人。在赵盾的威逼下，内侍被迫讲出真相："这人是个厨子。主公命煮熊掌，急欲下酒，催促数次，献上后却嫌未熟，便以铜斗将他击杀，又砍为数段，命我等弃于野外。限时回报，迟则获罪！"赵盾便放内侍依旧扛抬而去。

赵盾对士会说："主上无道，视人命如草芥。国家危亡，只在旦夕。看来我与你只有苦谏一番才是！"士会说："假如我二人谏而不从，那就没有后继者了。还是让我先去入谏，要是不听，您就再来。"士会直入后，灵公望见，知其必有谏诤之言，就先开口说："大夫勿言，寡人已知自己过错了，今后定当改之！"士会退出后将这话转述于赵盾，赵盾说："主公若肯真正悔过，那就再好不过了。"

次日，灵公免朝，命驾车往桃园游玩。赵盾说："主公如此举动，岂像改过之人？我今日不得不说了！"遂先往桃园门外，候灵公至，上前参谒说："臣闻：'有道之君，以乐乐人；无道之君，以乐乐身。'今主公纵犬噬人，放弹打人，又以小过支解膳夫，此有道之君所不为也，而主公为之。人命至重，滥杀如此。百姓内叛，诸侯外离，桀纣灭亡之祸，将及君身！臣不忍坐视君国之危亡，故敢直言无隐。乞主公回辇入朝，改革前非，毋荒游，毋嗜杀。使晋国危而复安，臣虽死不恨！"灵公大惭，以袖掩面说："卿且退下，容寡人今日再玩一次，下次当依卿言。"

赵盾以身挡蔽园门，硬是不放灵公进去。屠岸贾在旁插话："相国进谏，虽是好意，不过车驾既已至此，岂可空回，被人耻笑？请相国方便方便吧！"灵公接口说："明日早朝，当召卿等共商国是。"赵盾不得已，狠狠瞪了屠岸贾一眼后，只得将身闪开，放灵公进园。

屠岸贾待晋灵公玩耍得很是高兴之际，忽然感叹说："唉！这般快乐的事情从明天便没第二回了。"灵公忿然作色说："自古臣制于君，不闻君制于臣。赵盾这个老东西常常与寡人作对，可恨！可恨！"屠岸贾说："臣有门客鉏麑力大无穷，家贫，臣常周济他，他感臣之惠，愿效死力。若使他行刺于相国，主公今后便可任意行乐了。"灵公拍手称快，说："此事若成，卿功非小！"

是夜，屠岸贾密召鉏麑，赐以酒食，告诉他："赵盾专权欺主，今奉晋侯之命，使你往刺。你可伏于赵相国之门，待其五更上朝前刺死！"鉏麑领命而行，扎缚停留，带了雪花般匕首，潜伏赵府左右。闻谯鼓已交五更，便趋到赵府门首，见重门洞开，乘车已驾于门外，望见堂上灯光影影。鉏麑乘间趋进中门，躲在暗处，仔细观看。但见：堂上有一位官员，朝衣朝冠，垂绅正笏，端然而坐。此位官员，正是相国赵盾，因欲趋朝，天色尚早，坐以待旦。鉏麑大惊，心一横跑到堂屋门口，大声朝里喊说："我叫鉏麑，宁违君命，也不能丧尽天良而杀忠臣。我今只有自杀！但恐还有后来者继续行刺，相国请多多留神！"言罢，望着门前一株大槐树，一头触去，当下便致脑浆迸裂而死

第二天，灵公见赵盾不死，问屠岸贾以鉏麑之事。屠岸贾回答说："鉏麑去而不返，有人说是他触槐而死，不知是什么原因？"灵公发急，说："此计不成，下步咋办？"屠岸贾回答说："臣还有一计，可杀赵盾，万无一失。"灵公问："卿有何计？"屠岸贾说："主公来日，召赵盾饮于宫中，先伏甲士于后壁。俟三爵之后，主公可向赵盾索佩剑观看，盾必捧剑呈上。臣从旁喝破：'赵盾拔剑于君前，欲行不轨，左右可速救驾！'甲士齐出，缚而斩之。外人肯定都会说这是赵盾自取诛戮，主公可免擅杀大臣之名。"灵公拍手称快说："妙哉，妙哉！可依计而行。"

就这样，灵公一反常态装作对赵盾特别亲热，请他专门去宫里喝酒。贴身随从提弥明陪同赵盾前往，将上台阶时，屠岸贾制止说："主公宴请相国，余人不

得登堂。"提弥明只得立于堂下。赵盾再拜，就座于灵公之右，屠岸贾侍于灵公之左。

庖人献馔，酒过三巡，灵公笑对赵盾说："我听说相国所佩之剑，是当世有名的利剑，可否解下让我一饱眼福？"赵盾不知是计，方欲解剑。提弥明在堂下望见，不由大呼："臣子陪侍君宴，礼不过三爵，主公面前千万不得无礼啊！"赵盾省悟，马上离座起身。提弥明怒气勃勃，直趋上堂，扶持赵盾下阶而行。

贾岸贾急呼獒奴放纵灵獒，令它追逐身穿紫袍的赵盾。灵獒疾奔如飞，宫门之内追上赵盾后，立刻跳起扑抓他胸。多亏提弥明力能举起千钧，双手搏獒，几下就折断了狗颈。见獒已死，灵公大怒，尽出壁中所伏甲士攻击赵盾。提弥明以身庇护赵盾，并叫赵盾先走。

赵盾正在慌走之间，身后忽有一人狂追而来，并说："相国别怕，我是来救你的！"赵盾问他："你是何人？"来人回答说："相国还记得五年前救过的那个快饿死的人吗？我灵辄便是。"原来这时灵辄正巧就在这些甲士之内，他感念赵盾昔日之恩，特地上前相救。灵辄背起赵盾，趋出朝门。

没有多久，众甲士杀死了孤身拒战的提弥明后，悉数追至，一时情势十分危急，恰好赵盾的儿子赵朔悉起家丁，驾车来迎父亲。赵盾急召灵辄一块乘车，哪知灵辄已经找不着了。甲士见赵府人多，不敢追逐。赵盾对儿子说："如今我是顾不上照顾家中了！此去或翟或秦，先寻一个托身之处吧。"于是父子同出西门，望西路而进。

晋灵公谋杀赵盾，虽然其事不成，却喜得赵盾离了绛城，便如村童离师，顽竖离主，觉得胸怀舒畅，快不可言，遂携带宫眷于桃园住宿，日夜不归。

再说赵穿在西郊射猎而回，正遇见赵盾父子。赵穿是赵盾的叔伯兄弟，晋襄公的女婿，晋灵公的姐夫。双方停车相见说明实情后，赵穿对赵盾说："兄长且莫出境，数日之内，等我的消息，然后再决定行止。"赵盾说："既然如此，我就暂住首阳山，专待好音。你凡事谨慎，莫使祸上加祸！"赵盾于是得以逃脱，但还没有越出晋国国境。

不久，赵盾在桃园杀死了晋灵公，并迎回了赵盾。赵盾一向尊显，很得民心。灵公年纪不大，因为奢侈无度，百姓多不向他，所以赵穿没费太大周折就把他杀了。紧接着赵盾让赵穿从周京迎来襄公的弟弟黑臀，让他即位，史称晋成公。这是发生在公元前607年的事情了。

赵盾心中终以桃园之事为歉。一日，步至史馆，见太史董狐，向他索要史简来看。董狐将史简呈上，赵盾不看则已，一看但见其上明白写着："秋七月乙丑，赵盾弑其君夷皋于桃园。"赵盾惊出一身冷汗说："你是不弄错了！我已出奔河东，去绛城二百余里，怎么能知道弑君的事？而你却归罪于我，岂不是污我名节吗？"董狐说："您为相国，出亡未尝越境，返国又不讨贼，如果我说此事不是您主谋，又有谁人相信？"赵盾商量说："还能改吗？"董狐决绝说："是是非非，号为信史。吾头可断，此简不可改也！"赵盾喟叹："嗟乎！史臣之权，乃重于卿相！只恨我当时未即出境，不免就受了这万世恶名，现在后悔亦晚了！"自是赵盾奉事晋成公，益加敬谨。

后来孔子听到这件事，发表看法说："董狐真是古代优秀的史官，据法直书而毫不隐瞒。赵宣子也是位好官，为遵守法制甘愿承受坏名声。可惜呀，当时如果赵盾逃出国境，也就可以免除'弑君'罪名了。"

另外，由于赵盾生性刚直严厉而令人敬畏，与他同时代的晋国另一名臣贾季（即狐射姑，姬姓，狐氏，字季，一作狐夜姑。晋国大夫狐偃的儿子，晋文公的表弟，晋文公即位后，封狐射姑到贾，所以狐射姑也叫贾季）曾经这样评价他和其父赵衰说："'赵衰，冬日之日也。赵盾，夏日之日也。'"（句见《左传·文公七年》内。杜预注："冬日可爱，夏日可畏。"）

或许是身负"弑君"恶名的赵盾心理负担太重了，当赵穿私下提醒赵盾"屠岸贾诒事先君（灵公），与赵氏为仇，桃园之事，唯他一直心怀不顺。若不除此人，恐赵氏日后难安啊！"一向精明且对政敌从不手软的赵盾，这回却高抬了贵手放过了屠岸贾，不仅没有再去究治屠岸贾教唆晋灵公不走正道的罪恶，反而教训赵穿说："人家不怪罪你谋害国君的罪，你还反而怪罪人家！今后只要我们赵氏家族能与同僚和睦相处，也就没必要去担心自身安危了。"

赵盾是这么想的，也是这么做的。只可惜表面变得对赵盾无比恭顺的屠岸贾，骨子里可不是这么想的，在蛰伏多年后，他于公元前583年终于找到机会反攻倒算，还差点真的将赵氏族人杀得一个不剩了。

十七、赵盾弑主

➢ 本篇内含有的一些灯谜见下：

1.【谜面】赵盾劝谏晋灵公，桃园射人应禁绝。

谜目：四字常言　　　　　　　　　　　　谜底：动弹不得（陈清泉）

简析：会意正猜。谜面典见《史记·晋世家》这段内：十四年，灵公壮，侈，厚敛以雕墙。从台上弹人，观其避丸也。宰夫胹熊蹯不熟，灵公怒，杀宰夫，使妇人持其尸出弃之，过朝。赵盾、随会（因随氏出于士氏，史料中多称随会为"士会"）前数谏，不听；已又见死人手，二人前谏。随会先谏，不听。灵公患之，使鉏麑刺赵盾。盾闺门开，居处节，鉏麑退，叹曰："杀忠臣，弃君命，罪一也。"遂触树而死。

2.【谜面】灵公桃园不射鸟

谜目：离合字二　　　　　　　　　　　　谜底：弓单弹、他人也（陈清泉）

3.【谜面】奉命行刺相府时，鉏麑眼中非奸臣。

谜目：《三国演义》人物三（粉底格）　　谜底：张明、赵忠、于禁（陈清泉）

简析：会意正猜。谜底应依格顿读为"张（观看）明／赵（赵盾）／忠于／晋（晋国）"。

4.【谜面】屠岸呼獒奴纵灵獒，令逐紫袍者。

谜目：《红楼梦》人物三　　　　　　　　谜底：贾敦、狗儿、袭人（陈清泉）

简析：会意正猜。谜面与《东周列国志》第五十回中这段原文内的句子小有差别：岸贾呼獒奴纵灵獒，令逐紫袍者。獒疾走如飞，追及盾于宫门之内。弥明（提弥明）力举千钧，双手搏獒，折其颈，獒死。因屠岸贾（gǔ）复姓"屠岸"名"贾"，故谜底中的多音字"贾"由原音jiǎ转读 gǔ 音后，即可将其别解为屠岸贾其人。敦：督促。

5.【谜面】保护赵盾时，格杀灵獒凭谁臂。

谜目：离合字　　　　　　　　　　　　　谜底：是提手（陈清泉）

6.【谜面】双手搏獒，折其颈，獒死。

谜目：离合字　　　　　　　　　　　　　谜底：人伏犬（陈清泉）

7.【谜面】晋灵公凭借哪个宠臣来谋杀赵盾

谜目:《左传·桓公十年》句　　　　　　谜底:其以贾害也（陈清泉）

简析:会意体问答式谜。谜底句出《左传·桓公十年》这段内:初,虞叔有玉,虞公求旃。弗献。既而悔之,曰:"周谚有之:'匹夫无罪,怀璧其罪。'吾焉用此,其以贾害也?"乃献之。杜预注:"贾,买也。"入谜后,"贾"字借代为屠岸贾其人后,仍读原音"gǔ"。

8.【谜面】赵盾弑其君

谜目:元代、明代名人各一　　　　　　谜底:董立、史记事（吴仁泰）

简析:会意正猜。《左传·宣公二年》内是这样记载"赵盾弑其君"的:乙丑,赵穿攻灵公于桃园。宣子（赵盾）未出山而复。太史书曰:"赵盾弑其君。"以示于朝。宣子曰:"不然。"对曰:"子为正卿,亡不越竟（'竟'通'境'）,反不讨贼,非子而谁?"宣子曰:"呜呼,'我之怀矣,自诒伊戚',其我之谓矣!"孔子曰:"董狐,古之良史也,书法不隐。赵宣子,古之良大夫也,为法受恶。惜也,越竟乃免。"董立,顺帝朝人,官为司业,其名见于《元人传记资料索引》。史记事,明代山西介休知县,勤于政务,一心为民,是介休县史上知名县官。谜底断读为"董立史,记事"后,意为:"赵盾弑其君",这是董狐为秉直立史而专门记载下来的文字。

9.【谜面】仲尼宣称其无私,谁为良大夫及良史。

谜目:《史记》人物三　　　　　　　　谜底:孔白、赵同、董公（陈清泉）

简析:会意体问答式谜。谜面可据《左传·宣公二年》里这几句话的内涵而拟出:孔子曰:"董狐,古之良史也,书法不隐。赵宣子,古之良大夫也,为法受恶。惜也,越竟乃免。"孔子字仲尼。孔白为孔子曾孙,名见《史记·孔子世家》内;赵同系赵衰之子,其名始见《史记·晋世家》内;新城三老董公以说刘邦而闻名,见于《史记·高祖本纪》内。

10.【谜面】赵宣子虽出亡,史笔犹书弑君。

谜目:股票名称　　　　　　　　　　　谜底:盾安环境（郑志强）

11.【谜面】盾曰:"犹可改乎?"

谜目:《三国演义》人物三（粉底格）　谜底:赵云、董昭、史涣（陈清泉）

简析：会意正猜。谜面出于《东周列国志》第五十一回中这段内：（太史董狐书曰"秋七月乙丑，赵盾弑其君夷皋于桃园"后）盾曰："犹可改乎？"狐曰："是是非非，号为信史。吾头可断，此简不可改也！"盾叹曰："嗟乎！史臣之权，乃重于卿相！恨吾未即出境，不免受万世之恶名，悔之无及。"自是赵盾事成公，益加敬谨。谜底依格断读为"赵云董，昭：'史换'"后，意为：通过赵盾说给董狐的那句话，表明他是多么迫切地希望能够将史书上的有关自己弑君的那个结论换掉啊。

12.【谜面】狐曰："吾头可断，此简不可改也！"

谜目：《三国演义》人物四（粉底格）　　谜底：董昭、赵云、于禁、史涣（陈清泉）

简析：会意正猜。谜面摘自《东周列国志》第五十一回中。谜底依格断读为"董（董狐）昭赵（赵盾），云于：'禁史换'"。

13.【谜面】盾叹曰："嗟乎！史臣之权，乃重于卿相！"

谜目：《聊斋志异》篇目三　　　　　谜底：《晋人》《一员官》《毛狐》（陈清泉）

简析：会意正猜。谜面为《东周列国志》第五十一回中原文句子，它表明尽管赵盾权重位高，但是心存法治观念的他仍然对坚持原则的太史董狐还是极为畏惧的。谜底的得趣之处有二：首先，由于赵盾这时身为大权在握的晋国正卿，据此可以说他是"晋人一员官"；其次，因"毛"字在民间俗语中有"畏惧"或"害怕"之义，它的入谜别解可使全谜一扫呆滞之气，而使观者耳目为之一新。

14.【谜面】赵盾为政，猛如夏日。

谜目：《左传·昭公二十年》句　　　谜底：民望而畏之（佚名）

简析：会意正猜。典取"冬日可爱，夏日可畏"义。谜底出自《左传·昭公二十年》这段内：郑子产有疾，谓子大叔曰："我死，子必为政。唯有德者能以宽服民，其次莫如猛。夫火烈，民望而畏之，故鲜死焉。水懦弱，民狎而玩之，则多死焉。故宽难。"

15.【谜面】贾季评赵盾

谜目：故事片名　　　　　　　　　谜底：《残酷的夏日》（柯国臻）

16.【谜面】都说赵盾如夏日

谜目：成语　　　　　　　　　　　谜底：人言可畏（寒星点点）

17. 【谜面】盾曰:"人不罪汝,汝反罪人耶? 吾宗族贵盛,但与同朝休睦,毋用寻仇为也。"

谜目:《三国演义》人物三(粉底格) 谜底:赵云、于禁、贾嗣(陈清泉)

简析:会意正猜。谜面借用《东周列国志》第五十一回中的原句为面。谜底依格读为"赵云于禁贾死"后,意为:赵盾所言实质乃是不愿再去诛死屠岸贾。其中,"贾"由原音 jiǎ 转读 gǔ 后,别解为屠岸贾。

18. 【谜面】弑杀灵公后,赵盾饶恕其宠臣。

谜目:《红楼梦》人物(秋千格) 谜底:贾赦(陈清泉)

简析:会意正猜。因昏君晋灵公生前最为宠信屠岸贾,所以据此而拟的自撰谜面照应谜底理通意备。谜底依格应读为"赦贾"。其中,多音字"贾"别解为屠岸其人后,就由原音 jiǎ 转读成 gǔ 音了。

十八、楚庄王纳谏

楚庄王（？—前591），又称荆庄王（出土的战国楚简文写作臧王），芈姓熊氏，名侣（一作吕、旅），谥号庄。楚穆王之子，春秋时期楚国最有成就的君主，春秋五霸之一。庄王之前，楚国一直被排除在华夏文化之外，自庄王称霸中原，不仅使楚国强大，威名远扬，也为华夏文化的传播和民族精神的形成发挥了一定的作用。

楚庄王自公元前613年至前591年在位，共计二十三年，后世对其多给予较高评价。有关他的一些典故，如"一鸣惊人"等也成了固定的成语，还对后世产生了深远的影响。

其实楚国早在楚成王的时候已经独霸南方了，轮到他孙子楚庄王旅即位后，起初却没一点乃祖之风，楚国的大臣们可坐不住了，多次敦请他应北上与晋国争夺盟主地位。可是楚庄王根本对此毫无兴趣，他乐意的只是白天打打猎，晚上喝喝酒，听听音乐，看看舞蹈，什么国家大事、霸主不霸主，全都抛在了自己脑后。就这样连续醉生梦死了三年，竟然没有发布过一条对治国有益的号令，为此好多人都把他当昏君对待。有些忠直的大臣实在不愿国家毁在他的手里，急得多次前去劝谏，他不但躲在宫中不见，还悬令于朝门曰："有敢谏者，死无赦！"

原来楚国的大多数人根本就没摸准楚庄王的政治脉搏，早在他刚即位时就认为楚国的令尹（令尹，官名，相当于中原的相国）权力太大，而现在的令尹斗越椒的势力更是比以前的令尹还大。再看看自己眼前的那些楚国大臣们，一时也弄不明白谁是真正的忠君之臣？谁有胆略可为己用？为了不致让斗越椒认为羽毛未丰的自己会对他下硬手，也就只能靠别出奇招来搜罗自己的可用人才了。

一日，大夫伍举进见楚庄王。楚庄王右搂郑姬，左抱蔡女，踞坐于钟鼓之间，醉醺醺地在观赏歌舞。他眯着眼睛问道："大夫来此，是想喝酒呢？还是要看歌舞？"伍举话中有话地说："有人让我猜一个谜语，我怎么也猜不出，为此特地来向您请教。"楚庄王来了兴趣，便问："什么谜语？这么难猜，你快说说！"伍举说："我的谜语是'楚国山上，有只大鸟；身披五彩，高贵荣耀。一栖三年，不飞不鸣；人人不知，这是何鸟？'"楚庄王听了，心中马上明白了伍举的意思，于是呵呵一笑，说："那我就猜着了，它可不是只普通的鸟。这只鸟啊，三年不飞，一飞冲天；三年不鸣，一鸣惊人。你就等着瞧吧！"伍举一见达到了预定目标，便高兴地退了出来。

过了几个月，楚庄王依然故我，既不"鸣"，也不"飞"，照旧打猎，照样耽于酒色。大夫苏从实在忍受不住了，便来见庄王。他才进宫门，便大哭起来。楚庄王感到有些奇怪，就问："你为什么事这么伤心啊？"苏从回答说："我为自己就要死了伤心，还为楚国即将灭亡伤心。"楚庄王更为吃惊，追问："你怎么能死呢？楚国又怎么能灭亡呢？"苏从说："我想劝谏您，您听不进去，肯定要杀死我。您整天观赏歌舞，游玩打猎，不管朝政，楚国的灭亡不是就在眼前吗？"楚庄王听完大怒，斥责苏从："你是想找'死'吗？我早已说过，谁来劝谏，我便杀死谁。如今你明知故犯，真是愚蠢！"苏从十分痛切地说："我是傻，可您比我还傻。倘若您将我杀了，我死后将得到忠臣的美名；您若是再这样下去，楚国必亡，您就当了亡国之君，您不是比我还傻吗？现在我的话说完了，您要杀便杀吧！"想不到，就在苏从准备伸颈就戮之时，楚庄王肃然站起，上前对他动情地说："大夫的话都是忠言，我必定照你说的办！"

就从这天起，楚庄王便传令解散了乐队，打发了舞女，决心要大干一番事业。他首先改革政治，调整人事，叫楚国的大权不再完全掌握在令尹手里；另一方面又抓紧招兵买马，训练军队，准备随时去跟晋国争夺霸主的地位。平定内乱后，到了楚庄王第六年（前608），楚国就挫败了晋军。两年后，楚庄王还亲率大军打败了陆浑（今河南嵩县北）的戎族，顺便还在离此很近的周朝的边界搞了次大规模的阅兵示威，吓得周天王赶忙派人去慰问他。

除"一鸣惊人"外，司马迁《史记·滑稽列传》里还记载了另一个有关楚庄王纳谏的有趣故事，不过这次的主角却由"大鸟"换为了"马"。

优孟原是楚国的乐官，身高八尺，富有辩才，时常用说笑方式劝诫楚王。

有一匹好马，楚庄王非常喜欢它，经常给马穿上绫罗绸缎，把它安置在华丽

十八、楚庄王纳谏

的宫殿里,专门给它准备了一张床当卧席,拿枣脯喂养它。由于马的生活水平过于优越,肥胖得不得了,不久还生病死了。

楚庄王非常伤心,命令大臣为死马治丧,准备用棺椁装殓,按大夫的葬礼规格来安葬它。庄王身边的大臣觉得这事太过分,争着劝谏,不同意这样做。庄王大怒,下令说:"如果再有谁为葬马的事情进谏,立刻处死!"

优孟听说了,就走进宫殿大门,仰天大哭,一把鼻涕一把泪的。庄王很吃惊,问他为什么哭得这么伤心。优孟哭涕着回答说:"宝马是大王的心爱之物,理应厚葬。堂堂楚国,地大物博,国富民强,有什么办不到的事?大王却只用大夫的规格安葬它,太薄待它了。我建议用君王的规格来安葬它。"

庄王忙问:"那怎么办才好呢?"优孟回答说:"用雕刻花纹的美玉做棺材,用最上等的梓木做外椁,拿樟木等贵重木材做装饰,再派几千名士兵挖掘坟墓,老人和孩子背土筑坟。安葬完毕之后,再为它建立祠庙,用三牲全备的太牢大礼来祭祀它,并且安排一个一万户的城邑进行供奉。诸侯各国如果听说大王这样厚待马匹,肯定会印象特别深刻,都会知道大王把人看得很低贱,却把马看得很贵重。"

响鼓何须用重锤!说到底楚庄王还不是个完全的糊涂蛋,至此他被优孟逗笑了,拍拍脑门说:"哎呀!我怎么竟然错到这种地步!现在该怎么办呢?"优孟说:"请让我用对待六畜的方式来埋葬它:在地上堆个土灶当作外椁,用大铜锅当作内棺,用姜枣来调味,用香料来解腥,用稻米做祭品,用火做衣服,把它安葬在人的肚肠中。"于是庄王派人把死马交给了主管宫中膳食的官员。

本篇内含有以下多则寓意深刻的灯谜:

1.【谜面】伍举刺荆王以大鸟

谜目:新、桂、滇地名各一 谜底:巴楚、上思、腾冲(吴融杭)

简析:会意正猜。典见《史记·楚世家》这段内:庄王即位三年,不出号令,日夜为乐,令国中曰:"有敢谏者死无赦!"伍举入谏。庄王左抱郑姬,右抱越女,坐钟鼓之间。伍举曰:"愿有进隐。"曰:"有鸟在于阜,三年不蜚('蜚'通'飞')不鸣,是何鸟也?"庄王曰:"三年不蜚,蜚将冲天;三年不鸣,鸣将惊人。举退矣,吾知之矣。"居数月，淫益甚。大夫苏从乃入谏。王曰："若不闻令乎？"对曰："杀身以明君，臣之愿也。"于是乃罢淫乐，听政，所诛者数百人，所进者数百人，任伍举、苏从以政，国人大说。谜底断读为"巴楚上，思腾冲"后；意即：伍举以大鸟来谏楚（"荆、楚"二字在此通用）王的目的，就是希望楚庄王能够像大鸟振翅那样随时就会奋发向上。"上"字可专指君王。另外，本谜谜面若猜"新、赣、滇地名各一"巴楚、上高、腾冲；断读为"巴楚上，高腾冲"后，扣合面意亦自然真切。

2. 【谜面】悬令于朝门曰："有敢谏者，死无赦！"

   谜目：《岳阳楼记》句　　　　　　　　　谜底：商旅不行（郑志强）

   简析：会意正猜。谜面借用《东周列国志》第五十回内原句为文。谜底应顿读为"商旅/不行"。"商"取"商量"义。楚庄王名旅。

3. 【谜面】三年不蜚，蜚将冲天；三年不鸣，鸣将惊人。

   谜目：冠牌号电器种类名二　　　　　　　谜底：志高·空调、音响（任焕长）

   简析：会意正猜。谜面为《史记·楚世家》句。谜底应断读为"志高空，调音响"。

4. 【谜面】蜚将冲天

   谜目：《三国演义》人物二　　　　　　　谜底：王方、张翼（赵首成）

5. 【谜面】一飞冲天，一鸣惊人。

   谜目：五字新词　　　　　　　　　　　　谜底：三年大变样（周斌）

6. 【谜面】此人出言，一鸣惊人。

   谜目：笼养鸟名　　　　　　　　　　　　谜底：信鸽（李旭明）

7. 【谜面】一鸣惊人

   谜目（1）：成语　　　　　　　　　　　谜底：不同凡响（佚名）

   谜目（2）：五言唐诗句　　　　　　　　谜底：声名从此大（吕约伯）

   简析：会意正猜。(2)谜谜底为杜甫《寄李十二白二十韵》诗句。

8. 【谜面】一鸣惊人，搏击冲天。

   谜目：鲁迅作品篇目二　　　　　　　　　谜底：《呐喊》《扑空》（佚名）

9.【谜面】笑曰:"寡人知之矣!是非凡鸟也。三年不飞,飞必冲天;三年不鸣,鸣必惊人。子其俟之。"

  谜目:金融名词   谜底:旅行信用证(佚名)

  简析:会意正猜。谜面借用《东周列国志》第五十回内原句为文。楚庄王名旅。

10.【谜面】不鸣则已,一鸣惊人。

  谜目(1):储蓄名词   谜底:三年息(秋水)

  谜目(2):五字地区灾难报道语   谜底:成都有震感(张燕飞)

  谜目(3):建筑设施   谜底:非常出口(吴融杭)

  谜目(4):储蓄词语二   谜底:定期、有息(佚名)

11.【谜面】以垅灶为椁,铜历为棺,赍以姜枣,荐以木兰,祭以粮稻,衣以火光,葬之于人腹肠。

  谜目:今古国名各一   谜底:巴拿马、大食(陈清泉)

  简析:会意正猜。谜面为《史记·滑稽列传》句,其前句为"请为大王六畜葬之。"谜底之意表明:优孟迫切希望让大家痛痛快快地吃上一顿。既让把人命根本不当回事的君主改正了错误,又可让众人大饱口福,一个音乐人所起的作用远远超过了当朝大臣,聪明的优孟以自己的幽默方式赢得了后人的钦佩。

十九、染指于鼎

　　公子归生（？—前599），姬姓，名归生，字子家。春秋时郑国执政大臣，郑文公之子。郑灵公时，与子公（公子宋）同为郑卿。鲁宣公二年（前607）春，受命于楚伐宋，败宋师于大棘，囚华元，获乐吕，及甲车四百六十乘，俘二百五十人。后与子公联合杀死灵公。公元前599年，他死后，国人以他曾杀死灵公，将其族驱逐。

　　有一个成语叫"染指于鼎"，就是专门用来说郑国内部权贵阶层仅因所谓"一次美食行动"中的"一句玩笑话"，而致相互倾轧残杀的往事。当然，这个故事的主人翁就有一位是公子归生。其事可详见下文：

　　郑灵公元年（前605），某一天，公子宋与公子归生相约早起，将要一同去朝见灵公。半路上，公子宋忽然止住脚步，扬起右手，笑眯眯地对归生说："你看！"归生莫名其妙地看着公子宋的手，只见他的食指一动一动的，不禁摇了摇头，也伸出自己的右手，动了动食指，说："这谁不会！"公子宋哈哈大笑，说："你以为是我让食指抖动的吗？不！这是它自己在动。不信你再仔细看看！"归生仔细地观察了一会儿后，又动了动自己的食指。果然，公子宋的食指的抖动与自己食指抖动的状态不一样。公子宋得意地晃着脑袋说："看样子，今天有好吃的在等我们呢！以往每当我这食指动起来以后，总能尝到新奇的美味！前一次我出使晋国，品尝石花鱼；后来出使楚国，一次吃到天鹅肉，一次吃到合欢橘，每次食指都是预先颤动。"

　　俩人还没迈进朝门，就听见内侍召唤厨师的声音很急。公子宋便问内侍："你叫厨师为了什么事情啊？"内侍说："有个楚国客人从汉江来，得到了一只重达二百余斤的巨鼋，献给了主公，现缚于堂下。主公为此使我召传厨师宰杀烹调，打算遍请满朝大夫共尝美味。"公子宋更加得意，对公子归生说："原来口福在此，可见刚才我食指没有白动吧？"

十九、染指于鼎

既入朝门,果真见堂柱上所缚的那只巨鼋真是大得出奇,公子宋与归生二人会心相视而笑,直到上阶谒见郑灵公之际,余笑尚在。灵公不由问道:"你二人今日怎么高兴成这个样子?"公子归生说:"子公与臣入朝时,他的食指忽然颤动,说是'每逢如此,必然就有异味可供品尝。'刚才见堂下缚有巨鼋,想来必是主公将其烹熟后要赐及大家,食指有验,所以我俩才笑啊!"灵公闻言脸一沉,故意逗他俩说:"别高兴得太早,灵验与不灵验,决定权还在寡人我的手里呢!"

二人既退,公子归生有所担心地对公子宋说:"异味虽有,倘若主公不召你,不就吃不上嘴?"公子宋不以为然说:"既然招待大家,难道单单就落下我一个人?"

黄昏时分,内侍果遍召诸大夫,公子宋也高高兴兴地和公子归生前去赴会。郑灵公命布席叙坐,并说:"这只巨鼋乃是水族佳味,因此寡人不敢独享,愿与诸卿共享。"与座诸人同声谢恩:"主公一食尚且不忘我们,臣等将何以为报啊!"

须臾,那只已经切成块儿的巨鼋入在大鼎(当时用来煮食物的青铜炊具)内烹调好了,由厨师装进盆子,先是献给郑灵公。灵公呷了一口,称赞说:"味道不错!不错!"命人给每人各端上盛羹的小鼎一个,还有象牙筷子一双,自下席派起,至于上席。恰恰分送到第一第二席,只剩下了一只小鼎。厨师报告说:"启禀主公,羹已盛完,只有一鼎,请问赐给谁?"灵公想都不想地发话:"赐子家。"厨师就将那羹捧到公子归生面前。灵公看看坐在一边几乎尴尬得无地自容的公子宋,哈哈大笑说:"寡人命遍赐诸卿,而偏偏缺了子公的一份,看来还是子公命里不该食鼋啊!食指这回不灵验了吧?"

原来这一切都是郑灵公事先故意吩咐厨师这么干的,缺此一鼎,就是成心要使公子宋的食指失灵,从而让其沦为满座之人的笑柄。可叹灵公却不知此前公子宋已在归生面前,把话说得没留一点回旋余地了,今日百官俱得赐食,偏偏只有自己一人得不到,这岂不会令公子宋恼羞成怒!因此灵公的嘲笑之语刚落地,谁也没想到:公子宋这时起身疾趋至灵公面前,啥话也不说,伸出右手食指往鼎里蘸了一下,然后放进嘴里狠劲一吮,挑战似的,朝灵公说:"臣已经得以品尝美味！怎么能说食指不灵验呢？"言毕，索性大摇大摆地离席而去了。

郑灵公大怒，扔掉筷子说："太嚣张了，竟敢这般欺辱寡人！难道你以为堂堂郑国就没有尺寸之刃，不能斩掉你的头吗？"归生等人连忙全都离席，俯伏求情说："主公息怒！想那公子宋本意不过只是想依仗主公肺腑之爱，沾点主公赏赐的好处罢了，因为他刚才的举动就跟小孩子的任性玩耍行为一样，怎么敢蓄意无礼于主公啊？希望主公能宽恕他！"灵公犹恨恨不已，君臣皆不欢而散。

公子归生即刻赶赴公子宋之家，告诉他事态已经发展得超出想象，为了平息郑灵公的火气，他建议公子宋"明日可入朝谢罪"。公子宋多少有些不服，坦言说："我听说'慢人者，人亦慢之'。主公先失礼于我，为何不自责而光谴责我呢？"归生说："话虽如此，但君臣有别，你不可不谢。"

次日，二人一同入朝。公子宋随班行礼，可是却在灵公面前全无戮觫伏罪之语。反倒是公子归生心上不安，见状连忙上奏说："公子宋因惧主公责其染指之失，特来告罪。由于内心怀惧不安，一时连话都说不出，望主公能够宽容于他！"灵公冷冷地说："寡人恐怕得罪了子公吧？子公岂是害怕寡人之人！"拂衣而起。

公子宋出朝后，连忙邀请公子归生到自家，与他密语说："看来主公对我已经很生气了，我害怕被杀，不如先作难，事情成了就可以免死。"归生捂住耳朵说："鸡啊狗啊，养久了都舍不得轻易杀它。何况是一国之君，你怎么敢这般轻松地说要对他忍心下手呢？"公子宋急忙改口说："刚才是我随便所说的玩耍之言，您老别介意，千万可别往外传说！"归生随即辞去。

公子宋探知公子归生与灵公之弟公子去疾（字子良）交情很厚，经常往来不绝，便扬言于朝中说："子家与子良早夜相聚，不知所谋何事，恐怕将不利于社稷吧！"

归生听到这些流言后，急牵公子宋的胳膊，来到一个僻静地方，问他："你这是什么话？"公子宋摆出一副无赖面孔，冷笑一声说："谁叫你不与我合谋行事？我就是要死，也要叫你比我早一天而死！"归生素来生性懦弱，不能决断大事，听公子宋这一摊底牌，十分害怕地说："那你到底想怎么样？"公子宋说："主上无道之端，已见于分鼋一事。若行大事，我与你应当共扶子良为君，改而使郑国亲昵于晋国，如此国家可保数年之安。"归生想了一会儿，才慢慢开口说："那就任你所为了，我保证不泄漏便是。"

后来，公子宋果然在偷偷聚合了自家人众后，乘着郑灵公秋祭斋宿在外的机会，用重金收买了他的左右，于夜半潜入斋宫，以装满了土块的大袋子活活压死了灵公，还托言假说他是"中魇暴死"的。

无疑，公子归生当然是完全知道这件事的真相的，只不过他是因不敢说而故意装糊涂罢了。好在同时代的孔子作《春秋》时，曾书："郑公子归生弑其君夷。"孔子为什么可以放掉直接的凶手公子宋而不狠加鞭挞，而让干脆就没有出面的公子归生一个人完全来背"弑君"黑锅呢？原来这是极有原则分寸的：归生身为郑国执政，惧谮从逆，所谓"任重者，责亦重"也。圣人书法，垂戒人臣，可不畏哉！

本篇内含有以下一些灯谜：

1.【谜面】子公食异味，必有啥先兆。

谜目：四字股市用语　　　　　　　　　　谜底：指数跳动（陈清泉）

简析：会意体问答式谜。典出《左传·宣公四年》内这段：楚人献鼋于郑灵公。公子宋与子家将见。子公之食指动，以示子家，曰："他日我如此，必尝异味。"及入，宰夫将解鼋，相视而笑。公问之，子家以告，及食大夫鼋，召子公而弗与也。子公怒，染指于鼎，尝之而出。公怒，欲杀子公。子公与子家谋先。子家曰："畜老，犹惮杀之，而况君乎？"反谮子家，子家惧而从之。夏，弑灵公。书曰："郑公子归生弑其君夷。"

2.【谜面】归生看见郑灵公

谜目：春秋时期人物　　　　　　　　　　谜底：公子目夷（陈清泉）

简析：会意正猜。归生的身份是郑国公子，故人称其为公子归生；郑灵公名夷。公子目夷为宋襄公的庶兄。

3.【谜面】宋曰："既享众，能独遗我乎？"

谜目：食品品牌　　　　　　　　　　　　谜底：统一汤达人（吴家宏）

简析：会意正猜。谜面借用《东周列国志》第五十二回中的原句为文。在公子宋此时的眼里，他认为郑灵公所备的鼋羹是会一一送达给每个人的，当然自己也不会例外。

4.【谜面】灵公大笑曰："寡人命遍赐诸卿，而偏缺子公，是子公命里不当食鼋也！"

谜目：六字股市用语　　　　　　　　　　谜底：上证指数失灵（陈清泉）

简析：会意正猜。谜面改造自《东周列国志》第五十二回中这段内：宰夫将羹致归生之前，灵公大笑曰："寡人命遍赐诸卿，而偏缺子公，是子公数不当食鼋也！食指何尝验耶？"原来灵公故意吩咐庖人，缺此一鼎，欲使宋之食指不验，以为笑端。"上"字可专指帝王，本谜中将其别解为郑灵公。"证"取"用人物、事实来表明或断定"义后，一字点睛，新意顿出。

5.【谜面】原来灵公故意吩咐庖人，缺此一鼎。

谜目：鲁迅作品篇目二　　　　　　　　　谜底：《吃教》《扑空》（陈清泉）

6.【谜面】子公怒，染其指，尝之而出。

谜目：著名楼盘　　　　　　　　　　　　谜底：汤臣一品（梁倩）

简析：会意正猜。《史记·郑世家》内是这样记叙"染指于鼎"一事的：灵公元年春，楚献鼋于灵公。子家、子公将朝灵公，子公之食指动，谓子家曰："佗日指动，必食异物。"及入，见灵公进鼋羹，子公笑曰："果然！"灵公问其笑故，具告灵公。灵公召之，独弗予羹。子公怒，染其指，尝之而出。公怒，欲杀子公。子公与子家谋先。夏，弑灵公。谜面即为其中的句子。谜底意为：对于鼋汤而言，身为臣子的公子宋（子公），通过"染指"之举，好歹亦算是一品了其味。

7.【谜面】染指于鼎，尝之而出。

谜目（1）：四字股票名称　　　　　　　谜底：绝味食品（陈清泉）

谜目（2）：五字生物新词　　　　　　　谜底：转基因食品（陈清泉）

简析：会意正猜。谜面为《左传·宣公四年》句。如用《史记·郑世家》句"染其指，尝之而出"当谜面，同样可猜出（1）谜及（2）谜这两个谜底来。（2）谜谜底应断读为"转，基因食品"。

8.【谜面】子家子公计议诛杀郑灵公

谜目：《聊斋志异》篇目二（双尾格）　　谜底：《二商》《武夷》（陈清泉）

简析：会意正猜。谜底依格应顿读为"二（子家、子公二人）商／武夷（以武力消灭）／夷（郑灵公名夷）"。

9.【谜面】归生怒意不太大

  谜目：四字性格描述语（卷帘格）   谜底：小家子气（陈清泉）

  简析：会意正猜。谜底依格应顿读为"气／子家／小"。公子归生字子家。

10.【谜面】公子宋尝鼋构逆

  谜目：五字新词   谜底：食品新革命（陈清泉）

  简析：会意分扣。谜面借用《东周列国志》第五十二回回目前句为文。谜底分为"食品新"与"革命"两部分后，分别对应谜面"尝鼋"及"构逆"二事。

二十、齐晋鞍之战

齐晋鞍之战，春秋时期的著名战役之一。战争的实质是齐、晋争霸，由于齐顷公骄傲轻敌，而晋军同仇敌忾、士气旺盛，战役以齐败晋胜而告终。

周定王十四年（前593），晋国在消灭赤狄以后，想在断道（今山西沁县东北）召开诸侯大会。次年春，晋景公派大夫郤克出使齐国，征召齐国赴会。齐顷公侮慢郤克，郤克回国后则时刻准备报复，而齐顷公又拒绝参加断道之会，这就为晋国伐齐找到了借口。齐晋鞍之战由此爆发。

关于齐国戏辱郤克的事，虽然并不是引起这场战争的决定性因素，但是毫无疑问却是催发这场大战的其中一根导火索，所以有必要将其先细述一番：

原来晋国大夫郤克出使齐国时，刚好碰上鲁国大夫季孙行父、卫国大夫孙良夫和曹国大夫公子首三人，各奉本国君主之命也在齐国办事。凑巧的是，郤克的一只眼睛瞎了，季孙行父是个秃子，孙良夫是个瘸子，公子首是个驼背。四位使者都带有残疾，齐顷公见到他们后不由暗暗发笑。

齐顷公是个孝子，他父君死后，母亲萧太夫人成天悲伤不已，为了安慰母亲，他经常把在外面听到的笑话说给母亲听，以此来引发母亲的笑颜。当他看到四国使者的不同残疾，觉得很有趣，便告诉给了母亲，母亲感觉新鲜，答应次日要亲自看看。

第二天，齐顷公举行家宴，邀请四位使者赴宴。齐顷公让与四位使者有同样残疾的仆人分别给他们御车，萧太夫人在阁楼上看到此情景，高兴得放肆大笑，旁边的女仆们也跟着大笑。四位使者们知道真情后，大怒：一国之君，怎么拿他人的残疾来加以羞辱呢？何况这还是友好访问。四人愤然离去，并一致约定要联合攻打齐国。

尤其是晋国的郤克，一回国就请晋景公出兵伐齐，景公没答应。但郤克无时无刻都没有忘掉要一雪前耻，终于，时任中军元帅的士会告老，郤克得以执政，

二十、齐晋鞌之战

便开始了其报复齐国的实际行动。

周定王十八年（前589）春，齐顷公率军侵犯鲁国，攻克鲁国北境的龙邑（今山东泰安市西南）。卫派大夫孙良夫、石稷、宁相、向禽率军救援鲁国，在新筑（今河北魏县南）被齐军打败。鲁、卫二国向晋国乞师，晋国中军元帅郤克力主伐齐。晋景公见联齐不成，为阻断楚、齐联盟，各个击破，遂决定伐齐。由郤克统帅中军，士燮率上军，栾书统帅下军，韩厥为司马，起兵车八百乘，以救鲁、卫。鲁大夫季孙行父也率军来会。

齐顷公预先使人于鲁境上觇探，得知晋兵消息后，乃大阅车徒，挑选五百乘，三日三夜，行五百余里，直至鞌地扎营。前哨报告："晋军已屯于靡笄山（今山东济南市之千佛山）下。"顷公遣使请战，郤克许以来日决战。

大将高固请战于顷公说："齐、晋从未交兵，不知道晋人是勇是怯，臣愿先去一探虚实！"乃驾单车径入晋垒挑战。晋营中有一末将亦乘车自营门而出，高固取巨石向其掷之，正中其脑，倒于车上，驾车的人见状惊走。高固腾身一跃，早跳在晋车之上，手挽辔索，驰还齐垒，周围一转，并以此遍告齐军说："想要勇猛的，可以来买我多余的勇力！"高固因此还对顷公说："晋军虽然人多，但能战者很少，没有必要怕他们！"

公元前589年六月十七日，齐、晋双方军队在鞌（今山东济南西北）摆开阵势。邴夏为齐顷公驾车，逢（音páng，"逢"字为"逢"字的本字）丑父当为戎右（古代战车，将领居左，御者居中。如果将领是君主或主帅则居中，御者居左，负责保护、协助将领的人居右）。晋国的解张为郤克驾车，郑丘缓当戎右。齐顷公说："我姑且消灭了这些人再吃早饭。"不等给马披上护甲就驱车杀奔晋阵。齐军随即万矢俱发，一时晋兵死者极多。解张手肘连中二箭，血流下及车轮，犹自忍痛，勉强执辔。郤克正击鼓进军，亦被箭伤左胁，血都往下淌满鞋子了，因而鼓声顿缓。解张见状，急忙激励他说："全军目之所望耳之所闻，全都在于中军的旗鼓，三军因之以为进退。今日我等伤未及死，不可不勉力趋战！"郑邱缓也迎和说："说得极对，生死由命，让我等为国家拼了吧！"

于是，郤克全然不顾伤势严重，手持鼓槌猛击不止；解张策马，冒矢而进；郑邱缓左手执笠，用以护卫郤克，右手奋戈杀敌。左右一齐击鼓，鼓声震天。晋军只道本阵已得胜，争先驰逐，势如排山倒海，齐军不能抵敌，只得大败而奔。韩厥看见郤克伤重，主动对他说："元帅且暂歇息，我当奋力去追此贼！"言讫，招引本部兵马，径去驱车在乱军中寻追齐顷公。

齐军纷纷四散，齐顷公绕华不注山（华不注山又名华山，在济南市郊东北部，位于黄河以南，小清河以北，海拔197米）而走。韩厥远远遥望金舆，倾尽全力逐之。逢丑父对邴夏说："形势紧迫，将军应赶快冲出去搬取救兵，让我来代替你执辔吧。"邴夏下车去了。不一会儿，追来的晋兵越来越多了，密密麻麻围了华不注山三匝。

逢丑父急为齐顷公设法说："事态危急！主公快将锦袍绣甲脱下，让我穿上，假扮主公。主公可穿我的衣甲，执辔于旁，这样就可迷惑晋人。倘有不测，我当以死代君，主公就可借此逃脱了。"顷公依其言。更换方毕，将及华泉，韩厥之车，已到顷公车前马首。

韩厥看见锦袍绣甲者，认为是齐顷公，遂上前手揽其绊马之索，再对其稽首说："敝国之君不能辞鲁、卫之请，使群臣询其罪于上国。臣韩厥忝在戎行，愿为君侯驾车，以辱临于敝邑！"逢丑父十分机灵，用手指指自己嘴巴，诈称口渴不能答言，却把水瓢塞给顷公说："丑父可去为我取些饮水。"顷公依言下车，假装到华泉取水。水取来了，逢丑夫当着韩厥的面又故意嫌其太浊，又叫顷公再去远点另寻清水。

就这样，齐顷公才得以绕着山的左面寻找机会开溜了。半路上，恰遇齐将郑周父驾有一车而至，说是："邴夏已经不幸陷于晋军中了！晋势浩大，只有此路兵稀，主公可急乘之！"齐顷公急忙登车走脱。

逢丑父被韩厥当作齐顷公带至晋军大营，郤克曾出使齐国，认识顷公，见了逢丑父，情知上当。逢丑父告诉晋国将帅说："我是车右将军逢丑父，刚才往华泉取水的那位就是我的君主，他早已回到齐营了。"郤克勃然大怒，喝令将逢丑父斩首。逢丑父申辩说："臣子代替君主赴难，至今还没有这样的人，我首先这样做了，反而要被杀害，以后谁还敢这样忠于君主呢？"郤克闻言，对身边人感叹说："代君赴难的臣子，杀了不吉利。我赦免了他，用来勉励尽忠国君的人吧。"于是放掉了逢丑父。

齐军失败，齐顷公派大夫国佐求和，献出灭纪所得的甗和玉磬，并愿割地。郤克并不答应，他向国佐提出了同意议和的两个苛刻条件：一是坚持要齐顷公献出自己的母亲到晋国为质；二是要齐国将自己疆域内的田间干道统统改为东西方向。国佐不卑不亢地回答说："晋、齐两国地位相当，敝国寡君之母也是晋君之母。以国母为质是不孝，晋国怎么能以不孝来号令诸侯呢？"又说："敝国先王当初开疆治理天下，实行的是因地制宜政策。这次我们虽然偶然战败了，怎么就能因此而让齐国的田间干道都改成东西方向，而对晋国兵车有利啊？如果贵国再以威力相逼迫，齐国就只有背城一战来决生死了！"当时，鲁、卫二国也劝郤克与齐讲和，郤克最终听从了。秋七月，晋、齐在爰娄（今山东临淄县西）结盟。晋让齐国人归还了侵占鲁国的汶阳之田。

经过鞍之战，晋国成功地打破了齐、楚联盟，而把齐国拉到了自己一边。鞍之战次年（前588），齐顷公亲自朝晋，建立晋、齐联盟。晋为加强这一联盟，不得不牺牲鲁国利益，在周简王三年（前583），又命鲁国将汶阳之田划归齐国。晋、齐联盟的建立，是晋景公继消灭赤狄、联络吴国之后，取得的又一项重要成果。晋景公所创建的霸业，经过厉公、悼公的努力，一直持续到顷公、定公时代。而鞍之战在晋景公的争霸事业中占据重要地位。

本篇内蕴含的灯谜内涵颇深，请感兴趣的朋友品赏：

1.【谜面】萧夫人登台笑宾

谜目：冠性别二字称谓　　　　　　　　谜底：女·刺客（陶炎烈）

简析：会意正猜。《东周列国志》第五十六回中，曾用不少篇幅来写视国事为儿戏的齐顷公，仅为取悦其母萧太夫人，而使晋使郤克等人暗中受辱的过程，所以这回回目前句便是"萧夫人登台笑客"。由此可知：本谜作者实是为了避免同一灯谜面、底同字相犯，这才被迫将其中的"客"字改为"宾"后挪作自谜谜面。谜底中的"女"字当为齐顷公之母——萧夫人（或"萧太夫人"）；被她讥刺的对象——郤克等四位外国使臣，身份自是齐国的客人。

2.【谜面】晋大夫郤克，是个盲人，只有一只眼光著看人。鲁大夫季孙行父，是个秃子，没一根毛发。卫大夫孙良夫，是个跛子，两脚高低的。曹公子首，是个

驼背，两眼观地。

谜目：保险名词二　　　　　　　　　　　　谜底：四保、全残（陈清泉）

简析：会意正猜。谜面出于《东周列国志》第五十六回这段内：顷公入宫，见其母萧太夫人，忍笑不住。太夫人乃萧君之女，嫁于齐惠公。自惠公薨后，萧夫人日夜悲泣。顷公事母至孝，每事求悦其意。即闻巷中有可笑之事，亦必形容称述，博其一启颜也。是日，顷公于笑，不言其故。萧太夫人问曰："外面有何乐事，而欢笑如此？"顷公对曰："外面别无乐事，乃见一怪事耳！今有晋、鲁、卫、曹四国，各遣大夫来聘。晋大夫郤克，是个盲人，只有一只眼光著看人。鲁大夫季孙行父，是个秃子，没一根毛发。卫大夫孙良夫，是个跛子，两脚高低的。曹公子首，是个驼背，两眼观地。吾想生人抱疾，五形四体，不全者有之。但四人各占一病，又同时至于吾国，堂上聚著一班鬼怪，岂不可笑？"萧太夫人不信曰："吾欲一观之可乎？"顷公曰："使臣至国，公宴后，例有私享。来日儿命设宴于后苑，诸大夫赴宴，必从崇台之下经过。母亲登于台上，张帷而窃观之，有何难哉？"谜底应顿读为"四（郤克等四位使臣）/保/全残"。保：保证。

3. 【谜面】归至河上，曰："不报齐者，河伯视之！"

　　谜目：成语（移珠格）　　　　　　　　　谜底：克伐怨欲（陈清泉）

简析：会意正猜。谜面出于《史记·晋世家》这段中：（晋景公）八年，使郤克于齐。齐顷公母从楼上观而笑之。所以然者，郤克偻，而鲁使蹇，卫使眇，故齐亦令人如之以导客。郤克怒，归至河上，曰："不报齐者，河伯视之！"至国，请君，欲伐齐……十一年春，齐伐鲁，取隆。鲁告急卫，卫与鲁皆因郤克告急于晋。晋乃使郤克、栾书、韩厥以兵车八百乘与鲁、卫共伐齐。夏，与顷公战于鞍，伤困顷公。顷公乃与其右易位，下取饮，以得脱去。齐师败走，晋追北至齐。谜底依格读为"克欲伐怨"后，表明郤克是急欲征伐齐国以图报复受辱之怨的。

4. 【谜面】曰："欲勇者贾余余勇。"

　　谜目：股市名词　　　　　　　　　　　　谜底：买卖力道（赵首成）

简析：会意正猜。谜面出于《左传·成公二年》这段内：齐高固入晋师，桀石以投人，禽之而乘其车，系桑本焉，以徇齐垒，曰："欲勇者贾余余勇。"

5. 【谜面】曰："余姑翦灭此而朝食。"

　　谜目：毛泽东词句二，不连　　　　　　　谜底：齐声唤，还有吃的（陈清泉）

简析：会意正猜。谜面摘自于《左传·成公二年》这段内：癸酉，师陈于鞍。邴夏御齐侯，逢丑父为右。晋解张御郤克，郑丘缓为右。齐侯曰："余姑翦灭此而朝食。"不介马而驰之。郤克伤于矢，流血及屦，未绝鼓音，曰："余病矣！"张侯曰："自始合，而矢贯余手及肘，余折以御，左轮朱殷，岂敢言病。吾子忍之！"缓曰："自始合，苟有险，余必下推车，子岂识之？然子病矣！"张侯曰："师之耳目，在吾旗鼓，进退从之。此车一人殿之，可以集事，若之何其以病败君之大事也？擐甲执兵，固即死也。病未及死，吾子勉之！"左并辔，右援枹而鼓，马逸不能止，师从之。齐师败绩。逐之，三周华不注。齐顷公说的"让我先把敌人消灭掉再吃早饭"这句话，从藐视敌人、鼓励斗志来说，倒是句气冲云天的豪言壮语。后来，这句话变作"灭此朝食"，成为一句成语，用以形容急于消灭敌人的心情和必胜的信心。其中，"朝食"是吃早饭的意思。具有嘲讽意义的是：现实与喜说大话的齐顷公却开了一个天大的玩笑，因为吃了败仗的他不仅没吃到自己预定的早饭，还差点活生生地被晋军俘虏。谜底前后两语分别为《渔家傲·反第一次大围剿》词句及《念奴娇·鸟儿问答》词句。因为"余姑翦灭此而朝食"此语，除齐顷公（《左传》中以"齐侯"称他）外非出他人之口，故谜底中用"齐声唤"三字来对应这点，除表里两端扣合无间外，气势更为震撼人心。谜底后句"还有吃的"更具幽默情趣，既然战前不吃早饭，那么如果不出意外的话，必然就会在胜利后再吃了。

6.【谜面】伤于矢，流血及屦，未绝鼓音。

谜目：外国情报机构名　　　　　　　　　　　　谜底：克格勃（陈清泉）

简析：会意正猜。谜面摘自《左传·成公二年》内。谜底意为：虽然身已中箭，但"重伤不下火线"的晋军主帅郤克却斗志仍很旺盛。

7.【谜面】齐晋鞍之战，晋军主帅斗志旺。

谜目：外国情报机构名　　　　　　　　　　　　谜底：克格勃（陈清泉）

8.【谜面】齐师败绩。逐之，三周华不注。

谜目：黑、川地名各一　　　　　　　　　　　　谜底：克山、武胜（陈清泉）

简析：谜面为《左传·成公二年》内的原句。谜底意为：以郤克为首的晋军，在华不注山以武力取得了对齐作战的胜利。这个胜利的标志便是：郤克竟将败逃的齐军，包括齐顷公在内，围着华不注山整整追了三圈。

9.【谜面】逢丑夫易服免君

谜目:《聊斋志异》篇目六

谜底:《一员官》《局诈》《晋人》《韩方》《保住》《王者》(陈清泉)

简析:会意正猜。谜面借《东周列国志》第五十六回回目后句为文。谜底断读为"一员官局诈晋人韩,方保住王者"后;意为:正是有赖于齐国的一员将官逢丑夫设置"易服"诈人骗局,这才哄过了晋国的将领韩厥这人,从而保住了自己的相当于君王的主子——齐顷公。换言之,若无这一骗局,齐顷公肯定是会不幸免于难的。"韩"字别解为"韩厥"后,仅此点睛一笔,全谜便觉神理透彻。

10.【谜面】绕山戈甲密如林,绣甲君王险被擒。千尺华泉源不渴,不如丑夫计谋深。

谜目:成语(重头格)   谜底:逢凶化吉(陈清泉)

简析:会意正猜。谜面为《东周列国志》第五十六回中潜渊居士称赞逢丑夫的诗句。谜底依格顿读为"逢/逢/凶化吉"后;可诠释为:由于身处险境的齐顷公遇到的是忠心耿耿的同车人——逢丑夫,这才将凶险化解为顺境。两个"逢"字读音及用法(后一"逢"字转读 páng 音,当逢丑夫其人的姓用)完全不同,这点可使本谜不乏趣味。

11.【谜面】逢丑夫易服之后,齐顷公从谁眼皮底下得以逃走。

谜目:《留侯论》句   谜底:当韩之亡(陈清泉)

12.【谜面】郤献子不以侵占别国疆土为首要目标

谜目:国家名   谜底:克罗地亚(陈清泉)

简析:会意正猜。郤克,即郤献子,春秋中期晋国正卿,身残志壮的元帅,公元前592年,继士会执政。对内和睦众卿,对外与楚周旋。公元前589年,大败齐师于鞌,吹响晋国复兴的号角。对敌虽刻,对内则缓,其博闻多能、惠而内德、智能翼君,有赵衰、士会之风,故谥之曰"献"。

二十一、搜孤救孤

《赵氏孤儿》的故事由于戏曲和小说的传播，早已为人熟知。《史记·赵世家》中最早记述了这一故事。司马迁通过这个故事歌颂了正义，鞭笞了邪恶，并揭示了正义终将战胜邪恶的真理。故事情节生动曲折，惊心动魄；人物形象鲜明，栩栩如生。程婴的忍辱负重，公孙杵臼的慷慨牺牲，屠岸贾的奸邪残暴，无不跃然纸上。但这个故事从唐代以来就不断地受到批评，很多学者指出它并非信史，有人还做了很细致的考证。比如：先于司马迁数百年而成书的《左传》中，除将赵氏灭族事说成是与《史记·赵世家》故事完全不同的"内部矛盾"引发外，还确定了"讨赵氏，杀赵同、赵括；景公从韩厥之言，立赵武为赵氏后"这两件大事都是发生在鲁成公八年（公元前583年，亦即晋景公十七年）。

如果仅从史学角度而论，这种批评不无道理。但《史记》不仅仅是一部史书，同时亦是一部世界性的文学杰作。故事中的三个主要人物和重要情节可能是作者虚构，或是出自民间传闻。以虚构或传闻为史实固然不合史法，但从文学角度来看，恰是很好的创作。如从根本精神来说和从当时的社会大环境而言，这个故事也并不违背历史的真实。元代作家纪君祥据此创作的《赵氏孤儿》杂剧，还被国学大师王国维在《宋元戏曲考》中誉为"即列之于世界大悲剧中，亦无愧色也"。试想，如果没有司马迁关于赵氏孤儿的记述，纪君祥怎么可能创作出这部杰出的杂剧来呢！

下面即为《史记·赵世家》内有关赵氏孤儿——赵武的详细记叙译文：

晋景公三年（前597），晋国大夫屠岸贾欲诛赵氏家族。以前赵盾在世的时候，曾梦见祖先叔带抱着他的腰痛哭，非常悲伤；之后又大笑，还拍着手唱歌。赵盾为此进行占卜，龟甲上烧出的裂纹中断，可后边又好了。赵国一位名叫援的史官判断说："这个梦很凶，不是应验在您的身上，而是在您儿子身上，可也是由于您的过错。到您孙子那一代，赵氏家族将更加衰落。"

提起屠岸贾这个人，起初很受晋灵公的宠信，到晋景公的时候他又当了掌管刑狱的大官——司寇。他想发难，就打出了"先惩治弑杀灵公的逆贼"的这块招牌，以便牵连出赵盾，他同时遍告朝中所有的将领说："赵盾虽然不知情，即便已死仍然是逆贼之首。做臣子的杀害了国君，他的子孙却还在朝为官，这还怎么能惩治罪人呢？为此我才特意敦请各位诛杀他们！"只有一位大臣韩厥站出来反对说："灵公遇害的时候，赵盾在外地，我们的先君认为他无罪，所以没有杀他。如今各位将要诛杀他的后人，这不是先君的意愿而是随意滥杀，随意滥杀就是作乱。为臣的有大事却不让国君知道，这是目无君主。"屠岸贾不听。

韩厥见自己没有能力阻止这场将要降临的大屠杀，就去告知赵盾的儿子赵朔，叫他赶快逃跑。赵朔不肯逃跑，但是却请求说："您一定不要让赵氏的香火断绝，我死了也就没有遗恨了。"韩厥答应了赵朔的要求，并谎称有病不出门参与乱事。屠岸贾不请示国君，就擅自和将领们在下宫攻袭赵氏，杀死了赵朔、赵同、赵括、赵婴齐，并且灭绝了他们的家族。

赵朔的妻子是晋成公的姐姐，晋景公要管她叫姑妈，当时她肚子里怀着赵朔的孩子，就逃到景公宫里躲藏起来。赵朔的一位门客名叫公孙杵臼，杵臼对赵朔的朋友程婴说："赵氏满门被冤杀了，你为什么没有死啊？"程婴说："赵朔的妻子有身孕，如果有幸生个男孩，我就会抚养他长大；如果是女孩，我再慢慢去死也不为迟。"

过了不久，赵朔的妻子分娩，还真生了个男孩。屠岸贾听到后，到宫中去搜查。赵朔的妻子把婴儿藏在裤裆里，心里默默祷告说："赵氏宗族要是注定灭绝，你就哭叫好了；要是不该灭绝，你就千万不要出声！"搜查到这里的时候，好在婴儿竟然没出声音。

母子暂时脱险以后，程婴对公孙杵臼说："今天这一次搜查，虽然侥幸没有找到婴儿，以后一定还会再来搜查，怎么办呢？"公孙杵臼没有正面回答，反而问他："你说扶立遗孤使其继承先业和以死相殉，这两件事中哪件更难？"程婴感叹说："死很容易，扶立遗孤很难啊。"公孙杵臼说："赵氏的先君待您不薄，您就勉为其难吧；我去做那件容易的，让我先死吧！"于是，两人经过一番周密谋划后，设法抱来了别人家的一个婴儿，给他包上了漂亮的小花被，然后背着他藏到了深山里。

二十一、搜孤救孤

程婴又从山里出来，假意对那些还不肯就此罢手的将军们说："我程婴无才无德，没有能力抚养赵氏孤儿，谁能给我千金，我就立即告诉他赵氏孤儿藏匿的地方。"将军们都很高兴，答应了他，并立即派兵跟随程婴去搜捕公孙杵臼。

看到程婴领着这帮杀气腾腾的来人破门而入后，公孙杵臼假意谴责说："程婴，你这个该死的小人！当初下官之难你不能去死，跟我商量隐藏赵氏孤儿，如今你却出卖了我。即使你不能跟我扶立孤儿使其日后继承先业，怎能忍心出卖他呢！"他抱着婴儿大叫道："天哪！天哪！赵氏孤儿有什么罪？请你们让他活下来，只杀我杵臼就可以了吧？"将军们不答应，立刻杀了杵臼和孤儿。将军们以为从此赵氏孤儿确实已经死了，都很高兴。然而真的赵氏孤儿却仍然活着，从此程婴就和他一起隐姓埋名藏在了深山之中。

过了十五年，晋景公生了重病，占卜的结果说是大业的子孙后代不顺利，因而在作怪。景公问韩厥这是什么意思？韩厥当然知道赵氏孤儿还在世，便说："大业的后代子孙中如今已在晋国断绝香火的，不就是赵氏吗？从中衍传下的后代都是姓嬴的了。中衍人面鸟嘴，来到人世辅佐殷帝太戊，到他的后代辅佐的几位周天子，都有美好的德行。再往下到厉王、幽王时昏庸无道，叔带就离开周王朝来到晋国，侍奉先君文侯，一直到成公，他们世代都建立了功业，从未断绝过香火。如今只有君主您灭了赵氏宗族，晋国人都为他们悲哀，所以在占卜时就显示出来了。希望您考虑考虑吧！"景公便问："赵氏还有留下的后代子孙吗？"韩厥就把实情完全告诉了景公。

于是，景公在与韩厥商量后，先让韩厥找来了这位赵氏孤儿，并把他暂且藏匿在宫中。当将军们进宫问候景公的病情时，景公凭借着韩厥的兵力给自己撑腰，迫使将军们完全服从了自己，并让他们同这位名叫赵武的赵氏孤儿见面。将军们不得已，只好纷纷表态说："当初下官那次变乱，全是屠岸贾一人策动的，他假传君命，并且向群臣发号施令。不然的话，我们谁敢发动变乱呢？如果不是主公您有病，我们这些大臣本来就要请立赵氏的后代了。如今您有这个命令，正是群臣的心愿啊！"景公当时就让赵武、程婴一一拜谢各位将军，将军们就反过来与程婴、赵武联手攻击屠岸贾，诛灭了他的家族。景公重新又把原属赵氏的封地赐给了赵武。

到赵武年已二十，完全长大成人了，程婴就向当朝的诸位大夫辞行，又专门对赵武说："当初下宫事变，人人都能殉难而死。我并非不能以死相殉，我是想扶立赵氏的后代啊。如今你已承袭祖业，恢复了原来的爵位，我将要到九泉下把这一切去报告给赵宣孟（赵宣孟，即赵盾，春秋时晋国大臣，宣孟为其谥号）和公孙杵臼啊。"赵武边叩头边啼哭，动情地恳求说："我愿意终生竭尽筋骨之力来报答您老人家，您怎么能忍心丢下我而去死呢？"程婴异常坚定地说："我不能不死！他们认为我能完成大事，所以才先我而死去；如今我不去复命，就会以为我的任务没有完成。"于是就自杀了。

赵武为程婴服丧守孝有三年之久，还给他设置了专供祭祀用的土地，春秋两季按时祭祀，世代不绝。

本篇内含有以下多则灯谜：

1.【谜面】子必不绝赵祀

谜目：《水浒全传》人物　　　　　　　　　　　　谜底：韩存保（陈清泉）

简析：会意正猜。谜面出于《史记·赵世家》这段内：屠岸贾者，始有宠于灵公，及至于景公而贾为司寇，将作难，乃治灵公之贼以致赵盾，遍告诸将曰："盾虽不知，犹为贼首。以臣弑君，子孙在朝，何以惩罪？请诛之。"韩厥曰："灵公遇贼，赵盾在外，吾先君以为无罪，故不诛。今诸君将诛其后，是非先君之意而今妄诛。妄诛谓之乱。臣有大事而君不闻，是无君也。"屠岸贾不听。韩厥告赵朔趣亡。朔不肯，曰："子必不绝赵祀，朔死不恨。"韩厥许诺，称疾不出。贾不请而擅与诸将攻赵氏于下宫，杀赵朔、赵同、赵括、赵婴齐，皆灭其族。谜底意为：后来赵氏之所以还有后裔存在，完全是因为得到了韩厥实实在在的保护。换言之，除了韩厥之外，其他任何人是不愿或不能保护好赵氏的。

2.【谜面】谁人杀戮赵朔族

谜目：《左传·桓公十年》句　　　　　　　　　　谜底：其以贾害也（陈清泉）

简析：会意体问答式谜。谜底中，"贾"字别解为屠岸贾，"贾"读 gǔ 音。

3.【谜面】朔之妇有遗腹，若幸而男，吾奉之。

谜目：《聊斋志异》篇目三　　　　　　　　　　谜底：《婴宁》《保住》《小人》（陈清泉）

简析：会意正猜。谜面出于《史记·赵世家》这段内：赵朔妻成公姊，有遗腹，走公宫匿。赵朔客曰公孙杵臼，杵臼谓朔友人程婴曰："胡不死？"程婴曰："朔之妇有遗腹，若幸而男，吾奉之；即女也，吾徐死耳。"居无何，而朔妇免身，生男。屠岸贾闻之，索于宫中。夫人置儿绔中，祝曰："赵宗灭乎，若号；即不灭，若无声。"及索，儿竟无声。谜底意为：通过向公孙杵臼的这番表白，程婴是宁愿不惜一切代价，来保住即将出世的赵氏小儿的。

4.【谜面】杵臼曰："子强为其难者，吾为其易者，请先死。"

谜目：《三国演义》人物四　　　　谜底：公孙度、程远志、卫弘、赵祚（陈清泉）

简析：会意正猜。谜面出于《史记·赵世家》这段内：已脱，程婴谓公孙杵臼曰："今一索不得，后必且复索之，奈何？"公孙杵臼曰："立孤与死孰难？"程婴曰："死易，立孤难耳。"公孙杵臼曰："赵氏先君遇子厚，子强为其难者，吾为其易者，请先死。"乃二人谋取他人婴儿负之，衣以文葆，匿山中。谜底意为：公孙杵臼忖度：程婴这人素有远大志向，将来保护赵氏遗孤及造福于赵氏的人当非其莫属。其中，多音字"度"转读duó音。

5.【谜面】子强为其难者，吾为其易者。

谜目：《诗经·小雅·棠棣》句　　　　谜底：不如友生（唐景松）

6.【谜面】程婴议谋公孙氏

谜目：四字新词　　　　谜底：救孤计划（王文渊）

7.【谜面】公孙杵臼把计定

谜目：京剧声腔名词　　　　谜底：娃娃调（罗捷）

简析：会意正猜。京剧《搜孤救孤》中有这样一段程婴的唱词："娘子不必太烈性，卑人言来你是听。赵屠二家有仇恨，三百余口命赴幽冥。我与那公孙杵臼把计定，他舍命来你我舍亲生。舍子搭救忠良的后，老天爷不绝我的后代根。你今舍了亲生子，来年必定降麒麟。"谜面即截取其中的一句为文。

8.【谜面】程婴出首

谜目：《水浒全传》绰号　　　　谜底：豹子头（林友洲）

简析：这是一则典型的谜面弃典别解谜。关于作为"救孤计划"中的一个重要环节——程婴"卖友求荣"这一段，《史记·赵世家》是这样来记叙其事的：程婴出，谬谓诸将军曰："婴不肖，不能立赵孤。谁能与我千金，吾告赵氏孤处。"诸将皆喜，许之，发师随程婴攻公孙杵臼。杵臼谬曰："小人哉程婴！昔下宫之难不能死，与我谋匿赵氏孤儿，今又卖我。纵不能立，而忍卖之乎！"抱儿呼曰："天乎天乎！赵氏孤儿何罪？请活之，独杀杵臼可也。"诸将不许，遂杀杵臼与孤儿。谜底置典意全不顾，仅从面之"程婴出首"四字本身中的部分释义入手，而将"程"字扣"豹"（程，一说兽名。《列子·天瑞》"生程"殷敬顺译文：《尸子》云：'程，中国谓之豹，越人谓之貘。'"）；"婴"可扣为"初生的小儿"，引申后与"子"相通；再将其后"出"现的"首"字扣"头"。如此这般得出谜底后，则谬解别致，谜趣盎然。

9.【谜面】搜孤救孤

谜目：遗传学名词二　　　　　　　　　　谜底：交换子、再生（叶元旦）

10.【谜面】程婴公孙共救孤

谜目：离合字　　　　　　　　　　　　　谜底：同计调（佚名）

简析：程婴与公孙杵臼共同议定的"救孤计划"实质不外是"调包计"而已，即：贴上一个不相干的小孩性命，而使屠岸贾等人彻底罢手，这就是谜底"同计调"的来历。"同、计"二字合组后，共为"调"字。

11.【谜面】程婴如何救孤儿

谜目：京剧声腔名词　　　　　　　　　　谜底：娃娃调（王寅丑）

12.【谜面】救赵孤程婴舍子

谜目：京剧声腔名词　　　　　　　　　　谜底：娃娃调（佚名）

简析：会意正猜。虽然《史记·赵世家》中明确指出了程婴因玩调包计而舍弃的这个小儿，非是如同元代杂剧《赵氏孤儿》及其后的演义小说《东周列国志》中所拔高的那般——说他是程婴自己的亲生儿子，但这并没有从根本上让人从品格上因此而低看了程婴。"人无完人"，何况还是古人。在此，应该感谢太史公，是他以自己独到的认真方式，为我们后人树立了类似程婴这般的并非事事"高大全"的一些历史人物形象。

13.【谜面】程婴舍儿救赵孤

谜目：称谓二　　　　　　　　　　　　　谜底：假小子、替身（陈继耿）

14. 【谜面】程婴妙计救孤

    谜目：国际象棋术语　　　　　　　　　　　　　谜底：兑子变着（刘顺承）

15. 【谜面】程婴匿孤

    谜目：国家森林公园名　　　　　　　　　　　　谜底：猫儿山（邓德源）

    简析：会意正猜。谜面典出《史记·赵世家》这几句内：诸将以为赵氏孤儿良已死，皆喜。然赵氏真孤乃反在，程婴卒与俱匿山中。俚语俗言中，"猫"字可引申为"藏匿、躲避"。

16. 【谜面】程婴匿孤潜盂山

    谜目（1）：医学词语　　　　　　　　　　　　谜底：转移因子（李平）

    谜目（2）：河北地名二　　　　　　　　　　　谜底：保定、武安（吴焕然）

    简析：会意正猜。《史记·赵世家》中并没交代"程婴匿孤"的具体地点，但元代杂剧《赵氏孤儿》及其后的演义小说《东周列国志》均言及这是在盂山。从《史记·赵世家》中后文可知，赵氏孤儿名赵武。

17. 【谜面】程婴潜盂山

    谜目：医学词语　　　　　　　　　　　　　　　谜底：转移因子（孙幸源）

18. 【谜面】景公从韩厥之言，立谁为赵氏后？

    谜目：唐代名人　　　　　　　　　　　　　　　谜底：武承嗣（陈清泉）

    简析：会意体问答式谜。武：赵武。

二十二、齐相晏婴

晏婴（前578—前500），字仲，谥平，习惯上多称平仲，又称晏子。夷维（今山东高密）人，春秋时代一位重要的政治家、思想家、外交家。

晏婴是齐国上大夫晏弱之子。以生活节俭、谦恭下士著称。据说晏婴身材不高，其貌不扬。齐灵公二十六年（前556）晏弱病死，晏婴继任为上大夫。历任齐灵公、庄公、景公三朝，辅政长达五十余年，以有政治远见、外交才能和作风朴素闻名诸侯。周敬王二十年（前500），晏婴病逝。孔丘曾赞曰："救民百姓而不夸，行补三君而不有，晏子果君子也！"现存晏婴墓在山东淄博齐都镇永顺村东南。

晏婴头脑机灵，能言善辩。内辅国政，屡谏齐王。对外他既富有灵活性，又坚持原则性，出使不受辱，捍卫了齐国的国格和国威。司马迁非常推崇晏婴，将其比为管仲。

关于晏婴敬贤爱才的故事，司马迁在《史记·管晏列传》里记录了两个小故事。

越石父是个贤才，因为获罪被官府拘禁后，正在为人家服劳役。有次，晏婴外出的时候，在半路上遇到他，就解开乘车左边的马，用它把他赎了出来，一同坐车回来。

回到家之后，晏婴没有向越石父告辞，就走进内室，过了好久没出来，越石父就请求与晏婴绝交。晏婴大吃一惊，匆忙整理好衣帽道歉说："我即使说不上善良宽厚，也总算帮助您从困境中解脱了出来，您为什么这么快就要求绝交呢？"越石父说："话不能这么来说，我听说君子对于不了解自己的人，可以在那里受到委屈；而在了解自己的人面前，他就应该扬眉吐气。当我被拘系为人奴仆的时候，那些人并不了解我。您既然因了解我而把我赎买出来，便是我的知己。知己的人对我却不能以礼相待，还不如让我仍去做人家的奴仆好了！"晏婴以为越石父说得很对,当下便请他进屋并待为贵宾。

晏婴做齐国相国时,一次坐车外出,车夫的妻子一直从门缝里偷偷地看着自己的丈夫。她看见他替相国驾车,头上遮着大伞,挥鞭赶着四匹骏马,洋洋得意的那种架势完全是自以为十分了不起啊。

不久车夫回到家里,妻子就要求离婚。车夫不明就里,问她离婚的原因,妻子说:"晏子身高不过六尺,却做了齐国的相国,名声早就显扬于各国诸侯之间了。今天我看他外出,表情思虑很深,时常持有谦虚卑逊的那种待人态度。现在你身高八尺,才不过做人家的车夫,看你的神态,却自以为志得意满,因此我才要求和你离开。"

从此以后,车夫就变得谦虚、恭谨起来。细心的晏婴发现了他的变化,感到很奇怪,便问他,车夫也如实相告。后来,晏婴还推荐这位车夫做了大夫。

《晏子春秋》是中国最古老的传说故事集,大约成书于战国末期,是后人假托晏婴的名义所作。这部书详细地记述了齐国灵公、庄公、景公三朝贤相晏婴的生平轶事及各种传说、传闻、趣闻,215个小故事相互关联和补充,构成了栩栩如生的完整的晏子形象。这部书的语言简洁明快,幽默风趣。人物对话富于性格特征,特别是洋溢于人物语言中的幽默感,不但使故事意趣盎然,而且增加了语言的辛辣和讥讽。作者还善于运用比喻的手法,一些寓以生活哲理的比喻,后来成为独立的语汇或成语。

下面这篇选自《晏子春秋·内篇杂下》的"晏子使楚"故事,就凸现了晏婴作为一名出色的外交家,本人所特有的聪明和机敏:

晏子要出使到楚国去,当时楚国的国君是楚灵王,他知道晏子身材矮小,故意叫人在城门旁边开了一个五尺来高的小洞,请晏子从这里进去。晏子不进去,说:"出使到狗国的人才从狗洞进去,今天我出使到楚国来,不应该从这个洞进去。"迎接宾客的人只好带着晏子,改从高大的城门进去。

晏子拜见楚灵王后,楚灵王取笑他说:"难道齐国没有别人可派吗?竟派您做使臣。"晏子回答说:"齐国首都临淄有好多户人家,展开衣袖可以遮天蔽日,挥洒汗水就像天下雨一样,人挨着人,肩并着肩,脚尖碰着脚跟,怎么能说齐国没有人呢?"楚灵王说:"既然这样,为什么派你这样一个人来做使臣呢?"晏子回答说:"齐国派遣使臣,各有各的出使对象,贤明的国君就派遣贤明的使臣,无能的国君就派遣无能的使臣。我是最无能的人,所以就只好委屈来出使楚国了。"

早在晏子将要出使楚国前,楚灵王听到这个消息,就对身边的侍臣说:"晏婴是齐国的善于言辞的人,如今他正要来我们楚国,我想要羞辱他,你们看看该用什么办法好呢?"侍臣回答说:"在他来的时候,大王请允许我们绑着一个人从大王面前走过。大王就问:'他是哪里的人?'我们则回答说:'他是齐国人。'大王接着再问:'他犯了什么罪啊?'我们便回答说:'他犯了偷窃罪。'"

晏子来到了楚国,楚灵王赏赐给晏子酒喝。当酒喝得正当酣畅淋漓的时候,两个武士绑着一个人来到楚王面前。于是楚灵王问道:"绑着的人是干什么的?"武士回答说:"他是齐国人,犯了偷窃罪。"楚灵王立即转问晏子:"齐国人本来就善于偷东西吗?"晏子离开座位回答说:"我听说过这样一件事:橘树生长在淮河以南就是橘树,生长在淮河以北就变成枳树,只是叶子相似,它们的果实味道甘苦却完全不同。这是什么原因呢?是因为水土不相同啊。老百姓生长在齐国不偷东西,到了楚国就偷东西,莫非楚国的社会风气会使百姓变得善于偷东西吗?"楚灵王只好讪笑着说:"看来圣人是不能同他开玩笑的,我今天真是自讨没趣了。"

本篇内含有以下一些灯谜:

1.【谜面】晏子

　　谜目:《陈情表》句　　　　　　　　　　谜底:晚有儿息(田东芳)

　　简析:谜面弃典而仅用释义即可得谜底。"晏"取"晚"义;"子、儿息"二词内涵相同。

2.【谜面】夫子既已感寤而赎我,是知己;知己而无礼者,固不如在缧绁之中。

　　谜目:《水浒全传》人物二　　　　　　　谜底:关胜、施恩(武骝)

　　简析:会意正猜。面文出于《史记·管晏列传》这段内:越石父贤,在缧绁中。晏子出,遭之涂,解左骖赎之,载归。弗谢,入闺。久之,越石父请绝。晏子戄然,摄衣冠谢曰:"婴虽不仁,免子于厄,何子求绝之速也?"石父曰:"不然。吾闻君子诎于不知己而信于知己者。方吾在缧绁中,彼不知我也。夫子既已感寤而赎我,是知己;知己而无礼,固不如在缧绁之中。"晏子于是延入为上客。谜底内涵为:

二十二、齐相晏婴

在晏婴真正理解自己之前，越石父认为他对自己的赎身恩惠，反而还不如让自己仍处缧绁之中舒心啊。关：拘禁。

3. 【谜面】晏子于是延入为上客

    谜目:《西厢记》句　　　　　　　　　谜底：越叫人知重（李创龙）

4. 【谜面】为相御，拥大盖，策驷马，意气扬扬，甚自得也。

    谜目（1）：2012春晚节目名　　　　谜底:《爱的代驾》（武骝）
    谜目（2）:《聊斋志异》篇目三　　　谜底:《车夫》《象》《一员官》（方书璧）

    简析：会意正猜。面句摘自《史记·管晏列传》这段内：晏子为齐相，出，其御之妻从门间而窥其夫。其夫为相御，拥大盖，策驷马，意气扬扬，甚自得也。既而归，其妻请去。夫问其故，妻曰："晏子长不满六尺，身相齐国，名显诸侯。今者妾观其出，志念深矣，常有以自下者。今子长八尺，乃为人仆御，然子之意自以为足，妾是以求去也。"其后夫自抑损。晏子怪而问之，御以实对。晏子荐以为大夫。
    （1）谜谜底为相声剧名，入谜后表明晏子的车夫是很喜爱为晏子驾车这份工作的；
    （2）谜谜底意思更进一层，"宰相家人七品官"，这位沾沾自喜的车夫还真以为自己相貌竟是一副官员的尊容啊。

5. 【谜面】拥大盖，策驷马，意气扬扬，甚自得也。

    谜目（1）：春秋时期名人　　　　　谜底：御说（勉盒）
    谜目（2）：汽车品牌二　　　　　　谜底：荣御、威姿（武骝）

    简析：会意正猜。谜面为《史记·管晏列传》内的原句。御说为春秋时宋国公子。"说"通"悦"。

6. 【谜面】意气扬扬，甚自得也。

    谜目（1）：宋代名人　　　　　　　谜底：司马光（佚名）
    谜目（2）：离合字　　　　　　　　谜底：辇一车夫大（林丰来）

7. 【谜面】今子长八尺，乃为人仆御，然子之意自以为足，妾是以求去也。

    谜目（1）：老舍作品名　　　　　　谜底:《火车上的威风》（林凯风）
    谜目（2）：五字新词　　　　　　　谜底：火车头精神（陈清泉）

    简析：会意正猜。谜面为《史记·管晏列传》内的原句。(2)谜中，"车头"二字可别解为晏婴的车夫，因为他管着这辆车，所以借用当代话俗称其为"车头"，岂不更加有趣!

8.【谜面】今子长八尺,乃为人仆御,然子之意自以为足。

谜目(1):品牌带商品名(卷帘格)   谜底:高尔夫·车(赖兴)

谜目(2):车型名词三   谜底:高尔夫、君威、风行(关怡娟)

简析:会意正猜。谜面为《史记·管晏列传》内的原句。(1)谜谜底依格倒读为"车夫尔高"。(2)谜谜底应顿读为"高尔夫君/威风行"。

9.【谜面】晏子怪而问之,御以实对。晏子荐以为公职。

谜目:《聊斋志异》篇目四   谜底:《爱才》《婴宁》《车夫》《一员官》(陈清泉)

简析:会意正猜。谜面与《史记·管晏列传》的原句仅差二字。谜底意为:正是因为喜爱车夫这个知错即改的人才,齐相晏婴这才宁可打破世俗常规,而举荐他正式当了一员朝廷的官员(大夫)。

10.【谜面】晏子援能擢御人

谜目:十五画字   谜底:撑(师卫华)

简析:会意离合。"擢御人"会意后可得"扶车夫"三字;再组合这三字于一体,"撑"字自当跃出。

11.【谜面】晏子身为客,希望灵王敞大门。

谜目:桂、新、冀地名各一   谜底:来宾、巴楚、张家口(陈清泉)

简析:会意正猜。典见《晏子春秋·内篇杂下》这段内:晏子使楚。楚人以晏子短,为小门于大门之侧而延晏子。晏子不入,曰:"使狗国者从狗门入。今臣使楚,不当从此门入。"傧者更道,从大门入。

12.【谜面】橘生淮南则为橘,生于淮北则为枳。

谜目(1):四字常言   谜底:果然不同(钱中仁)

谜目(2):五字合同法名词   谜底:实质性变化(寒如切)

谜目(3):七字常言   谜底:结果就是不一样(陶维松)

谜目(4):四字常言二   谜底:处境不同、果有变化(阮治祥)

谜目(5):科普名词二   谜底:异地产品、成果转化(佚名)

谜目(6):围棋名词四   谜底:实地、转换、味、两分(武骝)

简析：会意正猜。谜面出于《晏子春秋·内篇杂下》中的这段内：晏子至，楚王赐晏子酒，酒酣，吏二缚一人诣王。王曰："缚者曷为者也？"对曰："齐人也，坐盗。"王视晏子曰："齐人固善盗乎？"晏子避席对曰："婴闻之，橘生淮南则为橘，生于淮北则为枳，叶徒相似，其实味不同。所以然者何？水土异也。今民生长于齐不盗，入楚则盗，得无楚之水土使民善盗耶？"王笑曰："圣人非所与熙也，寡人反取病焉。"(2)谜、(6)谜谜底中，"实"字应别解为"果实"，对应谜面中的"橘"和"枳"。

13. 【谜面】今齐人生于齐，不为盗，至楚，则为盗，楚之土地使然，于齐何与焉。

    谜目：电视剧名二　　　　　　　谜底：《原乡》《无贼》（王新忠）

    简析：谜面出于《东周列国志》第六十九回内晏子语内。

二十三、二桃杀三士

齐景公朝有三个勇士,一个叫田开疆,一个叫公孙接,一个叫古冶子,号称"齐国三杰"。这三个人个个勇武异常,深受齐景公的宠爱,但他们却恃功自傲。当时齐国的田氏势力越来越大,直接威胁着国君的统治。而田开疆正属于田氏宗族,相国晏婴担心"三杰"为田氏效力而危害国家,屡谏景公除掉"三杰",然而景公爱惜勇士,没有表态。

忽一日,鲁昭公欲结交于齐,亲自来朝。景公设宴相待。鲁国由叔孙婼执礼仪,齐国由晏子执礼仪。三杰带剑,立于阶下,昂昂自若,目中无人。晏婴心生一计,决定乘机除掉这三个心腹之患。

二君酒至半酣,晏婴奏说:"园中金桃已经成熟,臣请摘取几个,以供两位国君尝尝鲜味。"景公准奏,宣园吏取金桃来献。晏婴又说:"金桃乃难得之物,臣当亲往园中摘取。"晏婴领钥匙去讫。

景公对鲁昭公说:"此桃自先公时,有东海人,以巨核来献,名曰'万寿金桃',出自海外度索山,亦名'蟠桃',种了三十余年,枝叶虽茂,花而不实。今年才开始结有数颗,寡人为此十分珍惜,平时常将园门封锁。今日君侯降临,寡人不敢独享,特地取来与贤君臣共尝其鲜。"鲁昭公拱手称谢。

不一会,晏婴引着园吏,将雕盘献上。盘中呈列六枚桃子,其大如碗,其红如火,香气扑鼻。景公发问:"就结这几个吗?"晏婴回答说:"还有三四枚未熟,所以只摘得六枚。"景公命晏婴行酒。

晏婴手捧玉爵,恭进鲁昭公之前,左右献上金桃,晏婴致辞曰:"桃实如斗,天下罕有;两君食之,千秋同寿!"鲁昭公饮酒毕,取金桃一枚吃了,甘美非常,夸奖不已。接着轮到景公,亦饮酒一杯,取桃食讫。景公说:"此桃非易得之物,叔孙大夫,贤名著于四方,今又有赞礼之功,应该也食一桃。"叔孙婼跪奏:"外臣之贤,万万不及贵国晏相国。相国内修国政,外服诸侯,其功不小。此桃宜赐

二十三、二桃杀三士

相国食之"景公说:"既然叔孙大夫推让相国,可各赐酒一杯,桃一枚。"二臣跪而领之,谢恩而起。

此时,晏婴提议:"盘中尚有二桃,主公可传令诸臣中,言其功劳大者,可食此桃,以彰其贤。"景公说:"此言甚善!"即命左右传谕,使阶下诸臣,有自信功深劳重,堪食此桃者,出班自奏,相国评功赐桃。

公孙接挺身而出,立于筵上,手拍胸膛说:"有次我随主公打猎于桐山,突然从林中蹿出一头猛虎,是我冲上去,用尽平生之力将虎打死,救了国君。如此大功,该吃不该吃个金桃?"晏婴伸出拇指夸奖说:"擎天保驾,功莫大焉!可赐酒一杯,食桃一枚,归于班部。"公孙接饮酒食桃,站在一旁,神态极为得意。

古冶子见状而出,忿然不平说:"打死一只老虎有何稀奇!当年我送国君过黄河时,一只大鼋兴风作浪,咬住了国君的马腿,把马拖至急流之中。是我跳进汹涌的河中,舍命杀死了大鼋,保住了国君的性命。这等功劳,难道就不应该吃个桃子吗?"景公说:"此时波涛汹涌,若非将军斩绝妖鼋,寡人之命必至覆溺。这是盖世奇功,理当饮酒食桃。"晏婴慌忙进酒,并把剩下的最后一只桃子送给了古冶子。

眼看桃子分完了,急得田开疆撩衣破步而出,大声说:"我曾奉命伐徐,斩其名将,俘获士兵五百余人,吓得徐国国君俯首称臣,就连邻近的郯国和莒国也望风归附。如此大功,难道就轮不上吃个桃子吗?"晏婴忙说:"开疆之功,比于公孙接和古冶子二位,更是高出十倍。可惜眼下已是无桃可赐,可赐酒一杯,以待来年。"景公不由叹息说:"田将军功最大,可惜言之太迟,以此无桃,掩其大功。"田开疆按剑而言,说:"斩鼋打虎,本是小事!我跋涉千里之外,血战成功,反而不能食桃,以致受辱于两国君臣之间,为万代耻笑,今日有何面目立于朝堂之上啊?"言毕,拔剑自刎而死。

公孙接大惊,也跟着拔出宝剑,怀愧说:"我因小功而食桃,田将军功大,反不能食。取桃不让,非廉也;视人之死而不能从,非勇也。我还有什么脸面活在世上?"说完这话,便将剑锋往脖子上一抹。

古冶子沉不住气了,跳出来大呼说:"我等三人结为兄弟,誓同生死,亲如骨肉。如今他二人已死,我如苟活,于心何安?"亦自刎而亡。景公急使人制止时,已经来不及了。

鲁昭公自始至终目睹了刚才席间发生的这一切意外变故，目瞪口呆好久之后，方才离席而起说："寡人听说这三位将军全是天下奇勇之人，只可惜仅仅为了区区一枚桃子而全都死了。"景公闻言长叹了一声，沉默不语。晏婴却不慌不忙地说："这三人皆吾国一勇之夫，虽有微劳，何足挂齿？"鲁昭公便问："像他们三位这样的勇将，贵国还有几人？"晏婴笑笑说："筹策庙堂，威加万里，负将相之才者还有数十人；若是仅凭血气之勇，只不过是备敌国国君鞭策之用而已，这等人的生死何足为我们齐国所看重啊！"景公这才心结顿释。晏婴继续进觞于两君，直至欢饮而散。

平心而论，旨在消除政界隐患及巩固君权的"二桃杀三士"之举，对于当时的齐国社会应该起到了一些正面的"维稳"作用。但是，对于晏婴诛除异己力量的这种阴损手段，不少古人还是颇有微词的。比如：后汉诸葛亮以《梁甫吟》咏叹其事曰："步出齐城门，遥望荡阴里。里中有三墓，累累正相似。问是谁家墓？田疆古冶子。力能排南山，文能绝地纪。一朝被谗言，二桃杀三士。谁能为此谋？国相齐晏子。"再如：唐代李白在《惧谗》诗里曾写道："二桃杀三士，讵假剑如霜。"

本篇含有以下一些灯谜：

1.【谜面】晏平仲巧使二桃计

谜目：象棋术语二　　　　　　　　　谜底：要杀、三士（马佩文）

简析：会意正猜。《晏子春秋·内篇谏下》记载：公孙接、田开疆、古冶子事景公，以勇力搏虎闻。晏子过而趋，三子者不起。晏子入见公曰："臣闻明君之蓄勇力之士也，上有君臣之义，下有长率之伦，内可以禁暴，外可以威敌，上利其功，下服其勇，故尊其位，重其禄。今君之蓄勇力之士也，上无君臣之义，下无长率之伦，内不可以禁暴，外不可以威敌，此危国之器也，不若去之。"公曰："三子者，搏之恐不得，刺之恐不中也。"晏子曰："此皆力攻勍敌之人也，无长幼之礼。"因请公使人少馈之二桃，曰："三子何不计功而食桃？"谜底即取自此典。

2.【谜面】晏婴设下二桃计

谜目：美国科幻动作片名　　　　　　谜底：《终结者3》（李永文）

简析：会意正猜。"终结者"即晏婴"二桃计"最终要杀死的公孙接、田开疆、古冶子这三人。

3. 【谜面】晏子进谏言，二桃引士斗。
   谜目：乒乓球术语　　　　　　　　　　　谜底：挑三角（黄惠中）

4. 【谜面】共有二桃，足可成套。
   谜目：娱乐项目　　　　　　　　　　　　谜底：跳棋（许友金）
   简析：谜面弃典后，仅利用其中的实用部件"共、二、木、兆、足"这五部分，即可拼组成"跳棋"二字。

5. 【谜面】论功争桃齐相计
   谜目：美国故事片名二　　　　　　　　　谜底：《谋杀》《三勇士》（陈清泉）

6. 【谜面】晏子妙施二桃计
   谜目：京剧名二　　　　　　　　　　　　谜底：《因果报》《除三害》（苏温才）

7. 【谜面】晏子分桃藏玄机
   谜目：垒球术语　　　　　　　　　　　　谜底：三杀（黄增荣）

8. 【谜面】赐桃杀士，晏婴何计？
   谜目：果品带量　　　　　　　　　　　　谜底：人参果·两个（王中和）
   简析：会意体问答式谜。入谜后，多音字"参"字由原音 shēn 改读 sān 音，同"三"。

9. 【谜面】齐相妙施二桃计
   谜目：象棋术语三　　　　　　　　　　　谜底：巧着、绝杀、三士（陈文中）

10. 【谜面】齐相献计争二桃
    谜目：《水浒全传》绰号　　　　　　　　谜底：拼命三郎（许友金）

11. 【谜面】齐相杀之费二桃
    谜目：美国科幻动作片名　　　　　　　　谜底：《终结者3》（潘洁妹）

12. 【谜面】宴功食桃
    谜目：象棋术语二　　　　　　　　　　　谜底：连杀、三士（肖文艺）

13.【谜面】赠二桃以除三士

　　谜目：成语　　　　　　　　　　　　　谜底：杀敌致果（陈清泉）

14.【谜面】二桃杀三士

　　谜目（1）：二字常用词　　　　　　　　谜底：实力（陈振凡）

　　谜目（2）：成语　　　　　　　　　　　谜底：相机行事（钟适斌）

　　谜目（3）：刊物名　　　　　　　　　　谜底：《武汉法制》（张礼鹤）

　　谜目（4）：骊珠格　　　　　　　　　　谜底：食品·巧克力（佚名）

　　谜目（5）：二字常用词二　　　　　　　谜底：因果、亡命（山人）

　　谜目（6）：宋代名人二　　　　　　　　谜底：晏殊、计有功（佚名）

　　谜目（7）：《聊斋志异》篇目三　　　　谜底：《婴宁》《果报》《刘全》（林仲杰）

　　谜目（8）：《聊斋志异》篇目五

　　　　　　　　　　谜底：《婴宁》《果报》《大力将军》《快刀》《头滚》（陈清泉）

　　简析：这是一组同面多目谜，谜底均可用会意正猜法门而得出。(2)谜谜底中，"相"字可别解为齐相晏婴其人。(3)谜谜底中，"武汉"二字可别解为公孙接、田开疆、古冶子这三位武夫。(7)谜谜底中，"刘"字取"杀"义。(8)谜谜底中，将能打虎、杀敌、搏鼋的公孙接、田开疆、古冶子都定位为"大力将军"，可谓铢两悉称而恰到好处。其余谜底中，"实、果"二字均别解为"果实"，对应谜面中提及的桃子。

15.【谜面】巧计二桃杀三士

　　谜目：五言唐诗句　　　　　　　　　　谜底：亡命婴祸罗（魏育涛）

　　简析：会意正猜。谜底为杜甫《前出塞·其一》诗句。婴：晏婴。

16.【谜面】晏平仲二桃杀三士

　　谜目（1）：光学器材　　　　　　　　　谜底：照相机（黄惠中）

　　谜目（2）：同音四声字　　　　　　　　谜底：施食使逝（蔡祖德）

　　简析：会意正猜。谜界所谓的"同音四声字谜"，即"谜底同音四字应分别为一声字、二声字、三声字、四声字"。

二十三、二桃杀三士

17. 【谜面】只被晏婴施小计，二桃中计皆身灭。

    谜目：《西游记》八十一难之一　　　　　　　谜底：难活人参（夏彬）

    简析：会意正猜。谜面为《喻世明言·晏平仲二桃杀三士》内词句。入谜后，多音字"参"字由原音 shēn 改读 sān，同"三"。

18. 【谜面】非二桃不能杀三士

    谜目：《西厢记》句　　　　　　　　　　　　谜底：果称心间事（朱洁恋）

    简析：会意正猜。谜面出于《喻世明言·晏平仲二桃杀三士》中晏子话内。底文顾题贴切而不呆滞，妙趣盎然。

19. 【谜面】古冶子之死

    谜目：故事片名　　　　　　　　　　　　　　谜底：《第三个被谋杀者》（陈清泉）

    简析：会意正猜。古冶子是继田开疆、公孙接之后，被晏婴当作政治牺牲品而被谋杀的第三个人。

20. 【谜面】齐景公二桃杀三士

    谜目：二字电信用语二　　　　　　　　　　　谜底：主叫、死机（刘茂业）

21. 【谜面】一朝被谗言，二桃杀三士。谁能为此谋？国相齐晏子。

    谜目：《聊斋志异》篇目三　　　谜底：《婴宁》《武夷》《大力将军》（陈清泉）

    简析：会意正猜。谜面为诸葛亮《梁甫吟》诗句。谜底意为：惯用阴谋的齐相晏婴，难道是用武力杀死了三位力气很大的桀骜将军吗？一个"宁"字，取用"岂、难道"义后，盘活了全谜。视其为谜眼，当不为过。

22. 【谜面】二桃杀三士，讵假剑如霜。

    谜目：《孟子·离娄下》句　　　　　　　　　谜底：不祥之实（吴融杭）

    简析：会意正猜。谜面为李白《惧谗》诗句，用白话文来说就是：齐相晏婴仅用两桃就杀死了三个有威胁的武臣，这种效果岂是用锋利如霜的剑之杀伤力可比拟的啊？"讵"取"岂"义；"祥"取"吉利"义。"二桃"这两枚果实在晏婴手里既已变成了杀人利器，那么它当然就由人欲得之的美食沦为人见人怕的不吉利之物了，这就是谜底所包容的内涵。

二十四、毁车斩骖

　　田穰苴（生卒年不详），春秋末期齐国人，原来姓田，名穰苴，是继姜尚之后一位承上启下的著名军事家。曾率齐军击退晋、燕入侵之军，因功被封为大司马，后人尊称为司马穰苴。后因齐景公听信谗言，田穰苴被罢黜，未几抑郁发病而死。由于年代久远，其事迹流传不多，但其军事思想却影响巨大。

　　《史记·司马穰苴列传》对田穰苴的详细记叙译文见下：

　　司马穰苴，是田完的后代子孙。

　　齐景公时，晋国出兵进犯齐国的东阿和甄城两邑，而燕国也入侵齐国黄河南岸的领土；在侵略者面前，齐国的军队都被打得大败。看着齐景公为此非常忧虑，晏婴便向齐景公推荐田穰苴说："穰苴虽然只是田家的庶出之子，可是他的文才能使大家归服、顺从；武略能使敌人畏惧。希望主公能试试他的本领。"

　　于是齐景公召见了田穰苴，跟他共商军国大事后，觉得非常满意，立即任命他做了将军，叫他率兵去抵抗燕、晋两国的军队。穰苴却说："我的地位一向是卑微的，主公把我从平民中提拔起来，置于大夫之上，士兵们不一定会服从，百姓也不一定会信任。因为人的资望轻微，权威就树立不起来，所以我希望主公能派一位自己宠信、国家尊重的大臣来做监军，这样才行。"齐景公答应了他的要求，当下就派宠臣庄贾去做监军。

　　田穰苴向齐景公辞行后，便和庄贾约定说："明天正午，我们在营门会面。"第二天，穰苴率先赶到军中，立起了计时的木表和漏壶，等待庄贾。但庄贾一向骄盈显贵，心想将军既已先到了军中，自己这个监军就不一定非要准时赶去。亲戚朋友为庄贾饯行，挽留他喝酒欢宴，他看都不看一下时间，就一直滞留下来没有动身。

　　已经等到了正午，庄贾还没到来。田穰苴就放倒木表，倾倒漏壶之水，进入军营，巡视营地，整饬军队，宣布了各种规章号令。等他部署完毕，已是日暮

二十四、毁车斩骖

时分，庄贾这才姗姗到来。一见面穰苴就问庄贾说："为什么约定了时刻还要迟到呢？"庄贾表示歉意地解释说："亲戚朋友们给我送行，这才耽搁了。"穰苴说："身为将领，从接受命令的那一刻起，就应当忘掉自己的家庭；到了军队宣布号令规定后，就应忘掉私人的亲情；在擂鼓进军、战况紧急的时刻，就应当忘掉自己的生命。如今敌人的侵略已经深入国境，国内民心骚乱不安，战士们日晒夜露在前线战场，国君睡不安稳、吃不香甜，全国百姓的生命都维系在你的身上，还谈得上什么亲朋送行呢！"言讫，把军法官叫来，问道："军法上，对约定时刻迟到的人是怎么规定的？"军法官回答说："应当斩首！"庄贾真害怕了，派人飞马报告齐景公，请他搭救自己。

报信的人去后不久，在还没来得及返回时，田穰苴就把庄贾斩首了，并向三军巡行示众，全军将士都感震惊及害怕。过了好长时间，齐景公派的使者才拿着节符来赦免庄贾，其车马不经传报就直接飞奔军营里来了。穰苴见了说："将领在军队里，国君的命令有的是可以视具体情况而不接受的。"又转问军法官说："驾着车马在军营里奔驰，军法上是怎么规定的？"军法官说："应当斩首！"使者闻言异常恐惧。穰苴这才说道："国君的使者是不可以杀掉的。"他手一挥就斩杀了使者的仆从，还砍断了车厢左边的木柱，又杀死了左边驾车的马，向三军宣令示众。并让使者回去向齐景公报告，然后带着军队就出发了。

士兵们的安营扎寨、掘井立灶、饮水吃饭，以及疾病医药等一切事项，田穰苴都亲自过问并抚慰他们。还把自己作为将军专用的物资、粮食全部拿出来款待士兵，自己则和士兵们吃一样的伙食。穰苴又集合全体士卒，把体弱有病的挑拣出来，其余的人三天后重新整训，准备出战。结果病弱的士兵极受感动，也都要求一同奔赴战场奋勇杀敌。

晋国军队知道了这种情况，就把军队撤回去了。燕国军队得知了这种情况，也渡过黄河向北撤退而去。齐国的军队便趁势追击他们，一下子就收复了所有沦陷的领土，田穰苴然后率兵凯旋。在没到国都之前，穰苴下令先解除战备，放松管制，大家宣誓效忠之后才进入国都。齐景公率领文武百官到城外迎接，按照礼仪慰劳将士后，才回到寝宫。齐景公接见了田穰苴，对他非常敬重及推崇，任命他做大司马。从此，田氏在齐国的地位就一天天地显贵起来。

后来，齐国的权臣——大夫鲍氏、高氏、国氏这一班人，认为田穰苴的权位及声势妨害到了自己，便在齐景公面前中伤、诬陷他。齐景公就解除了他的官职，不久穰苴发病而死。田乞、田豹等人因此怨恨高氏、国氏家族的人。此后，等到田常杀死齐简公，就把高氏、国氏家族全部诛灭了。公元前386年，周安王承认田常的曾孙田和为齐侯。公元前379年，齐康公（姜齐君主）死，齐国姜氏为田氏取代，史称"田氏代齐"。其后传至田和之孙田因齐，遂号为齐威王。齐威王不论是用兵打仗或施使威权，都大大地仿效了田穰苴的做法，因而国势日强，各国诸侯都来朝拜齐国。

齐威王专门派大臣负责编述、研讨古来的各种《司马兵法》，而把大司马田穰苴的兵法也附在里边，故而定名叫《司马穰苴兵法》。

太史公司马迁说：我读《司马兵法》，感到宏大广博，深远不可测度。即使是夏、商、周三代的战争，也未能完全发挥出它的内蕴，像现在把《司马穰苴兵法》的文字附在里边，也未免推许的过分了点。至于说到田穰苴，不过是为小小的诸侯国带兵打仗，怎么能和《司马兵法》相提并论呢？社会上既然流传着许多《司马兵法》，因此我就不再评论，只写下了这篇《司马穰苴列传》。

本篇内含有以下一些灯谜：

1.【谜面】田穰苴扬威斩监军

谜目（1）：《左传·桓公十年》句　　　　　　谜底：其以贾害也（陈清泉）
谜目（2）：《史记·陈涉世家》句　　　　　　谜底：杀庄贾（陈清泉）

简析：会意正猜。典见《史记·司马穰苴列传》这段内：齐景公时，晋伐阿、甄，而燕侵河上，齐师败绩。景公患之。晏婴乃荐田穰苴曰："穰苴虽田氏庶孽，然其人文能附众，武能威敌，愿君试之。"景公召穰苴，与语兵事，大说之，以为将军，将兵扞燕晋之师。穰苴曰："臣素卑贱，君擢之闾伍之中，加之大夫之上，士卒未附，百姓不信，人微权轻，愿得君之宠臣，国之所尊，以监军，乃可。"于是景公许之，使庄贾往。穰苴既辞，与庄贾约曰："旦日日中会于军门。"穰苴先驰至军，立表下漏待贾。贾素骄贵，以为将己之军而己为监，不甚急；亲戚左右送之，留饮。日中而贾不至。穰苴则仆表决漏，入，行军勒兵，申明约束。约束既定，夕时，庄贾乃至。穰苴曰："何后期为？"贾谢曰："不佞大夫亲戚送之，故留。"穰苴曰："将受命之日则忘其家，临军约束则忘其亲，援枹鼓之急则忘其身。今敌国深侵，邦内骚动，士卒暴露于境，君寝不安席，食不甘味，百姓之命皆悬于君，何谓相送乎！"召军正问曰："军法期而后至者云何？"对曰："当斩。"庄贾惧，使人驰报景公，请救。既往，未及反，于是遂斩庄贾以徇三军。三军之士皆振栗。（1）谜谜底入谜后，"贾"字借代为庄贾其人后，仍读原音"gǔ"；害：杀害。（2）谜谜底乍看有对头典之嫌，但此庄贾非彼庄贾也，《史记·陈涉世家》里的庄贾是陈胜的车夫。《史记》中人名字叫"贾"的，古人注音不同，"gǔ"及"jiǎ"都有。按音理讲，当读"gǔ"，但现在读"jiǎ"亦没错。

2.【谜面】田穰苴毁车斩骖

谜目：《三国演义》人物二（卷帘格）　　　谜底：马腾、法正（陈清泉）

简析：会意正猜。典见《史记·司马穰苴列传》这段中：久之，景公遣使者持节赦贾，驰入军中。穰苴曰："将在军，君令有所不受。"问军正曰："驰三军法何？"正曰："当斩。"使者大惧。穰苴曰："君之使不可杀之。"乃斩其仆，车之左驸，马之左骖，以徇三军。遣使者还报，然后行。谜底依格倒读为"正法腾马"后恰符面意。

3.【谜面】将在军，君令有所不受。

谜目（1）：四字俗称	谜底：顶头上司（莫志刚）
谜目（2）：三字统计语	谜底：无上限（郑俊生）
谜目（3）：电器名	谜底：中央空调（郑俊生）
谜目（4）：四字体育用语	谜底：攻防节奏（莫志刚）
谜目（5）：科学发展观词	谜底：战略主线（青霜）
谜目（6）：期货名词	谜底：利率期权（敖耀寰）
谜目（7）：五字口语	谜底：打别人主意（寒星点点）
谜目（8）：《孔雀东南飞》句	谜底：举动自专由（佚名）
谜目（9）：软件名	谜底：远程控制任我行（周昕）
谜目（10）：宋朝诗人二	谜底：陈师道、何应龙（武骝）

简析：谜面为《史记·司马穰苴列传》中田穰苴之语。十个谜底均可用会意正猜法门而得出。

4. 【谜面】既见穰苴,尊为大司马。

谜目:《三国演义》人物三　　　　　谜底:田氏、武安国、高升(陈清泉)

简析:会意正猜。谜面出自《史记·司马穰苴列传》这段内:(田穰苴收复失地后)未至国,释兵旅,解约束,誓盟而后入邑。景公与诸大夫郊迎,劳师成礼,然后反归寝。既见穰苴,尊为大司马。田氏日以益尊于齐。谜底中的"田氏"别解后即实指以武力安定齐国的田穰苴其人,相对他原来的临时职务(领兵将军),当然就任齐景公任命的新职务"大司马",无疑就是获得高升了。

二十五、伍尚赴死

伍子胥（前559—前484），名员，字子胥，本楚国椒邑（今湖北省监利县黄歇口镇，一说今安徽省全椒县）人，春秋末期吴国大夫、军事家。

伍子胥之父伍奢为楚平王的儿子——太子建的太傅，因受费无忌谗害，和其长子伍尚一同被楚平王杀害。伍子胥从楚国逃到吴国，成为吴王阖闾重臣，是姑苏城（今江苏苏州城）的营造者，至今苏州有胥门。公元前506年，伍子胥协同孙武带兵攻入楚都，伍子胥掘楚平王墓，鞭尸三百，以报父兄之仇。吴国倚重伍子胥等人之谋，西破强楚、北败徐、鲁、齐，成为诸侯一霸。

伍子胥曾多次劝谏吴王夫差杀勾践，夫差不听。夫差急于进图中原，率大军攻齐，伍子胥再度劝谏夫差暂不攻齐而先灭越，遭拒。夫差听信太宰伯嚭谗言，称伍子胥阴谋倚托齐国反吴，派人送一把宝剑给伍子胥，令其自杀。伍子胥自杀前对门客说："请将我的眼睛挖出置于东门之上，我要看着吴国灭亡。"在伍子胥死后九年，吴国为越国偷袭所灭。

《史记·伍子胥列传》中，将伍子胥父兄的遭遇记叙得较为详细：

伍子胥的父亲叫伍奢，哥哥叫伍尚。他们的祖先叫伍举，是楚庄王的大臣，以敢于直言劝谏，声望显赫，所以他的后代在楚国也就很有名气。

楚平王的太子名叫建，平王派伍奢做他的太傅，费无忌做他的少傅。然而费无忌却不忠于太子建。平王让费无忌到秦国去为太子建娶亲，那位秦国的女子长得很漂亮，于是费无忌就跑回来报告平王说："秦国的女子实在是绝顶的美貌，大王不如自己把她娶过来好了！"平王本来就极为好色，一听这话便自己娶了那位秦国的女子，对她极为宠爱，后来生了一个儿子，名叫轸。平王又另外给太子建娶了一个妻子。

费无忌既然借那位秦国的女子向楚平王献媚，因此就离开了太子建改而去侍奉平王。他担心有朝一日平王死了而太子建继位为王，会杀掉自己，因此就极力诋毁太子建。太子建的母亲是蔡国人，平王本来就不喜欢她。渐渐地平王越来越疏远太子建，将他派去驻守城父（今河南襄城西南），守卫边疆。

不久，费无忌又一天到晚地在平王面前说太子建的坏话。他挑拨说："太子因为没有得到那位秦国女子的缘故，不能说就没有怨恨，希望大王多少要防备着这点。自从太子到了城父得以统领军队以来，对外又专与诸侯各国结交往来，看来他是准备着时刻要回都城来作乱啊！"平王就召来太子太傅伍奢审问。

伍奢当然知道这是费无忌在平王面前说了太子建的坏话，便对平王说："大王为什么竟要相信那心黑口毒、拨弄是非的小臣，疏远了至亲的骨肉之情呢？"费无忌早就摸准了平王的脉搏，见状趁机煽动说："大王如果现在不立即制裁他们，他们的阴谋就会成功，大王将会很快被他们捉起来的。"平王大为恼怒，当下就把伍奢关进了监牢，又命令城父司马奋扬去杀太子建。奋扬在还没有到城父之前，就派人先去告诉太子建，说："太子赶快走吧，不然将会被杀的。"太子建便逃到宋国去了。

费无忌为了斩草除根，又对楚平王说："伍奢有两个儿子，都很有本事，如果不把他们杀掉，将来必是楚国的后患。"平王就派人去对伍奢说："你要是能把你的两个儿子叫来，就饶你一命；要是不能的话，就把你处死。"伍奢很认真地回答说："我的长子伍尚为人仁慈善良，叫了他，他一定会来的。我的次子伍员为人坚韧不拔，忍辱负重，能干大事，他知道来了会一道给抓起来，肯定是不会来的。"

楚平王不听这些，派人去召伍尚、伍子胥，并说："你们要是都来了，我就让你们的父亲活命；你们倘若不来，我现在就杀了你们的父亲。"伍尚准备要去，伍子胥却摇摇头，冷笑着说："大王之所以要召我们兄弟去，并不是真的想让我们的父亲活命，只不过怕我们逃脱了，以后留下祸患，这才用父亲做人质，把我们两个骗去。我们两个一到，就父子一块处死。这对于父亲的生死又有什么益处呢？应召而去，只能使得我们今后永远无法报仇。不如去投奔别的国家，借他们的力量为父亲报仇雪恨！"伍尚苦笑着说："我也知道，我们即使去了也终究救不了父亲的性命。现在父亲既然召我前去，我却不去，以后我若不能报仇雪恨，结果就会反被天下人耻笑啊！"伍尚决心已定，又对弟弟说："你就逃走吧！你能够报杀父之仇，我就慷慨赴死好了！"

二十五、伍尚赴死

伍尚已被捕，使者又要捕捉伍子胥。伍子胥拉开了弓，搭上了箭对准使者，使者不敢上前，伍子胥便逃走了。他听说太子建在宋国，就赶到了宋国，和太子建住在了一起。

伍奢听说伍子胥逃走了，不由得感叹道："楚国的君臣从此就再没太平日子可过了，他们将要为战争而吃尽苦头了！"伍尚到了国都后，楚平王便把伍奢和伍尚一起杀掉了。这是发生在楚平王七年（前522）的事。

以下是本篇内含有的灯谜：

1. **【谜面】伍子胥列传**

   谜目：法律名词　　　　　　　　　　　　　谜底：书记员（多人）

   简析：会意正猜。《史记·伍子胥列传》，是西汉时期的史学家司马迁记叙春秋末期的吴国大夫伍员（字子胥）的专篇文章。

2. **【谜面】伍奢育有二子**

   谜目：二字古代称谓二　　　　　　　　　　谜底：生员、和尚（多人）

3. **【谜面】伍子胥足智多谋**

   谜目：三字职称　　　　　　　　　　　　　谜底：会计员（黄长顺）

4. **【谜面】楚平王何以娶媳为妻**

   谜目：世界名著　　　　　　　　　　　　　谜底：《费加罗的婚礼》（吴瑞鑫）

   简析：会意体问答式谜。典见《史记·伍子胥列传》这段内：楚平王有太子名曰建，使伍奢为太傅，费无忌为少傅。无忌不忠于太子建。平王使无忌为太子取妇于秦，秦女好，无忌驰归报平王曰："秦女绝美，王可自取，而更为太子取妇。"平王遂自取秦女而绝爱幸之，生子轸。更为太子取妇。谜底点出了奸佞费无忌是张罗并促成平王娶媳婚礼的首恶之人。博马舍（1732—1799）是法国最著名的喜剧作家，于1778年写成了《费加罗的婚礼》，1784年公演后，成为法国戏剧史上的重大事件。

5. **【谜面】平王命招二子，老父判定伍员不至。**

   谜目：《三国演义》人物二　　　　　　　　谜底：度尚、来敏（陈清泉）

   简析：会意侧扣。典出《史记·伍子胥列传》这段内：无忌言于平王曰："伍奢有二子，皆贤，不诛且为楚忧。可以其父质而召之，不然且为楚患。"王使使谓伍奢曰："能致汝二子则生，不能则死。"伍奢曰："尚为人仁，呼必来。员为人刚戾忍诟，能成大事，彼见来之并禽，其势必不来。"王不听，使人召二子曰："来，吾生汝父；不来，今杀奢也。"伍尚欲往，员曰："楚之召我兄弟，非欲以生我父也，恐有脱者后生患，故以父为质，诈召二子。二子到，则父子俱死。何益父之死？往而令仇不得报耳。不如奔他国，借力以雪父之耻。俱灭，无为也。"伍尚曰："我知往终不能全父命。然恨父召我以求生而不往，后不能雪耻，终为天下笑耳。"谓员："可去矣！汝能报杀父之仇，我将归死。"多音字"度"在谜底中读duó音，当"揣度、推测"用。

6. 【谜面】老父说及叫子胥，无忌平王乐滋滋。

   谜目：《说唐全传》人物二　　　　　　谜底：伍云召、费君喜（陈清泉）

7. 【谜面】伍子胥见伍尚

   谜目：历史组织连称谓（卷帘格）　　　谜底：哥老会·会员（郑天伦）

   简析：会意正猜。谜底依格倒读为"员会会老哥"。将伍员（字子胥）的兄长伍尚口语化为"老哥"，可为本谜增加不少趣味。

8. 【谜面】子胥兄弟两相依

   谜目：十二画字　　　　　　　　　　　谜底：赏（陈连苏）

   简析：伍奢二子即伍尚、伍员二人，这是会意。"赏"字作为一个不能分离的共同体，其中不仅含有"尚（伍尚）"字，而且还容有"员（伍员）"字，这就是字素的增损离合。

9. 【谜面】伍奢二子怕分离

   谜目：十二画字　　　　　　　　　　　谜底：赏（江峰青）

10. 【谜面】子胥兄弟也争嘴

    谜目：十二画字　　　　　　　　　　谜底：赏（佚名）

    简析："尚（伍尚）"字、"员（伍员）"字合在一块后，当为"赏"字及一"口"。"嘴、口"义同。

11. 【谜面】子胥此去，必受羁押。

    谜目：三字职业称谓　　　　　　　　谜底：报关员（赵首成）

简析：会意正猜。谜面借用《吴越春秋史话》句成文。

12.【谜面】复仇事属伍子胥

谜目：三字职业称谓　　　　　　　　　　　　谜底：报关员（赵首成）

简析：会意正猜。"报"取"报复"义，对应谜面中的"复仇"二字。

13.【谜面】伍奢之二子，一子殉，一子逃。

谜目：六字事故报道语　　　　　　　　　　　谜底：尚无人员生还（佚名）

简析：会意正猜。谜底应顿读为"尚无／人员生还"。

14.【谜面】子胥兄弟不能两全

谜目：十二画字　　　　　　　　　　　　　　谜底：赏（佚名）

15.【谜面】伍子胥父兄殒命

谜目：《女人是老虎》歌词句　　　　　　　　谜底：老和尚有交代（袁鹏）

简析：会意正猜。谜底顿读为"老（老父伍奢）和尚（兄长伍尚）／有交代"。"殒命"即"死了"，北方常把"死了"口语化为"交代了"，本谜构思当出于此。

二十六、伍员出昭关

伍子胥到达宋国之后，正遇上宋国发生内乱，宋元公与执政大臣华氏等相互攻打，伍子胥就和太子建一道跑到了郑国。郑国人对他们很友好。不久，太子建又来到了晋国，晋顷公说："太子既然与郑国关系不错，郑国也很信任太子，如果太子能为我当内应，我从外面来进攻，那我们一定能够把郑国灭掉。灭掉郑国，就可以把它封给太子了。"

太子建经不起晋国许下的空头支票，便回到了郑国。但事情还没有准备就绪，适逢一件私事太子建就要杀掉他的一个随从，这个随从知道他和晋国的密谋，就把这件事报告了郑国。于是，郑定公和执政大臣子产就杀了太子建。事发后，伍子胥害怕了，便与太子建留下的儿子——公子胜，一起往吴国逃跑。

到了昭关（今安徽含山县北），昭关的守吏想捉住他们。伍子胥只好与公子胜独身步行，几乎不能逃脱。追捕他们的人紧跟在后，伍子胥逃到江边上，江上恰有一位渔翁划船而来，知道伍子胥情势紧急，就将他摆渡过江。伍子胥过江以后，解下佩剑说："这柄剑价值百金，就送给您老吧！"渔翁说："楚国的法令规定，捉到伍子胥的人赐给粟米五万石，封予执珪之爵，那又何止一把值百金的宝剑呢！"不肯接受伍子胥的宝剑。

伍子胥千辛万苦到了吴国都城，由于举目无亲，他让公子胜先住到郊外躲藏起来。然后自己披发佯狂，跣足涂面，手执斑竹箫一管，在市中吹之，往来乞食。无疑，伍子胥的此举除了生存之外，乃是为了便于接触社会以待遇时而起。这时吴国正是吴王僚在掌权，公子光做将军。苍天不负有心人，伍子胥的特殊举动终于引起替公子光察访豪杰的市吏被离的注意。被离正欲将伍子胥引荐给公子光，不防已有人将这事抢先报告给了吴王僚，他当即就在公子光之前召见伍子胥。通过一番交谈，吴王僚很欣赏伍子胥的才干，拜他为大夫之职，这样伍子胥就在吴国立住了脚跟。

至于过昭关时"伍子胥一夜愁白头"的故事，因史书不载，现将《东周列国

二十六、伍员出昭关

志》第七十二回中的描述原文引录于下:

再说伍员同公子胜,惧郑国来追,一路昼伏夜行,千辛万苦,不必细述。行过陈国,知陈非驻足之处。复东行数日,将近昭关。那座关,在小岘山之西,两山并峙,中间一口,为庐、濠往来之冲,出了此关,便是大江,通吴的水路了。形势险隘,原设有官把守。近因盘诘伍员,特遣右司马薳越,带领大军驻扎于此。

伍员行至历阳山,离昭关约六十里之程,偃息深林,徘徊不进。忽有一老父携杖而来,径入林中,见伍员,奇其貌,乃前揖之。员亦答礼。老父曰:"君能非伍氏子乎?"员大骇曰:"何为问及于此?"老父曰:"吾乃扁鹊之弟子东皋公也。自少以医术游于列国,今年老,隐居于此。数日前,薳将军有小恙,邀某往视,见关上悬有伍子胥形貌,与君正相似,是以问之。君不必讳,寒舍只在山后,请挪步暂过,有话可以商量。"伍员知其非常人,乃同公子胜随东皋公而行。

约数里,有一茅庄,东皋公揖伍员而入。进了草堂,伍员再拜。东皋公慌忙答礼曰:"此尚非君停足之处。"复引至堂后西偏,进一小小笆门,过一竹园,园后有土屋三间,其门如窦。低头而入,内设床几,左右开小窗透光,东皋公推伍员上座。员指公子胜曰:"有小主在,吾当侧侍。"东皋公问:"何人?"员曰:"此即楚太子建之子,名胜。某实子胥也。以公长者,不敢隐情。某有父兄切骨之仇,誓欲图报,幸公勿泄!"东皋公乃坐胜于上,自己与伍员东西相对。谓员曰:"老夫但有济人之术,岂有杀人之心哉!此处虽住一年半载,亦无人知觉。但昭关设守甚严,公子如何可过?必思一万全之策,方可无虞。"员下跪曰:"先生何计能脱我难?日后必当重报!"东皋公曰:"此处荒僻无人,公子且宽留。容某寻思一策,送尔君臣过关。"员称谢。

东皋公每日以酒食款待,一住七日,并不言过关之事,伍员乃谓东皋公曰:"某有大仇在心,以刻为岁,迁延于此,宛如死人。先生高义,宁不哀乎?"东皋公曰:"老夫思之已熟,欲待一人未至耳。"伍员狐疑不决。是夜,寝不能寐。欲要辞了东皋公前行,恐不能过关,反惹其祸。欲待再住,又恐耽搁时日,所待者又不知何人。辗转寻思,反侧不安,身心如在芒刺之中。卧而复起,绕室而走,不觉东方发白。

只见东皋公叩门而入,见了伍员,大惊曰:"足下须鬓,何以忽然改色?得无愁思所致耶？"员不信，取镜照之，已苍然斑白矣！——世传伍子胥过昭关，一夜愁白了头，非浪言也。——员乃投镜于地，痛哭曰："一事无成，双鬓已斑，天乎，天乎！"东皋公曰："足下勿得悲伤，此乃足下佳兆也。"员拭泪问曰："何谓佳兆？"东皋公曰："公状貌雄伟，见者易识。今须鬓顿白，一时难辨，可以混过俗眼。况吾友，老夫已请到，吾计成矣。"员曰："先生计安在？"东皋公曰："吾友复姓皇甫，名讷，从此西南七十里龙洞山居住。此人身长九尺，眉广八寸，仿佛与足下相似。教他假扮作足下，足下却扮为仆者，倘吾友被执，纷论之间，足下便可抢过昭关矣。"伍员曰："先生之计虽善，但累及贵友，于心不安！"东皋公曰："这个不妨，自有解救之策在后，老夫已与吾友备细言之。此君亦慷慨之士，直任无辞，不必过虑。"言毕，遂使人请皇甫讷至土室中，与伍员相见。员视之，果有三分相像，心中不胜之喜。

东皋公又将药汤与伍员洗脸，变其颜色。捱至黄昏，使伍员解其素服，与皇甫讷穿之。另将紧身褐衣，与员穿着，扮作仆者。芈胜亦更衣，如村家小儿之状。伍员同公子胜，拜了东皋公四拜："异日倘有出头之日，定当重报！"东皋公曰："老夫哀君受冤，故欲相脱，岂望报也！"员与胜跟随皇甫讷，连夜望昭关而行，黎明已到，正值开关。

却说楚将薳越，坚守关门，号令："凡北人东度者，务要盘诘明白，方许过关。"关前面有伍子胥面貌查对，真个"水泄不通，鸟飞不过"。皇甫讷刚到关门，关卒见其状貌，与图形相似，身穿素缟，且有惊悸之状，即时盘住，入报薳越。越飞驰出关，遥望之曰："是矣！"喝令左右一齐下手，将讷拥入关上。讷诈为不知其故，但乞放生。那些守关将士，及关前后百姓，初闻捉得子胥，尽皆踊跃观看。伍员乘关门大开，带领公子胜，杂于众人之中。——一来扰攘之际，二来装扮不同，三来子胥面色既改，须鬓俱白，老少不同，急切无人认得，四来都道子胥已获，便不去盘诘了。——遂挨挨挤挤，混出关门。正是："鲤鱼脱却金钩去，摆尾摇头再不来。"有诗为证："千群虎豹据雄关，一介亡臣已下山。从此勾吴添胜气，郢都兵革不能闲。"

再说楚将薳越，欲将皇甫讷绑缚拷打，责令供状，解去郢都。讷辩曰："吾乃龙洞山下隐士皇甫讷也。欲从故人东皋公出关东游，并无触犯，何故见擒？"薳越闻其声音，想道："子胥目如闪电，声若洪钟。此人形貌虽然相近，其声低小，

二十六、伍员出昭关

岂途路风霜所致耶？"正疑惑间，忽报"东皋公来见"。薳越命押在一边，延东皋公入，各序宾主而坐。

东皋公曰："老汉欲出关东游，闻将军捉得亡臣伍子胥，特来称贺！"薳越曰："小卒拿得一人，貌类子胥，而未肯招承。"东皋公曰："将军与子胥父子，共立楚朝，岂不能辨别真伪耶？"薳越曰："子胥目如闪电，声如洪钟。此人目小而声雌，吾疑憔悴已久，失其故态耳。"东皋公曰："老汉与子胥亦有一面，请借此人与吾辨之，便知虚实。"薳越命取原囚至前。讷望见东皋公，遽呼曰："公相期出关，何不早至？累我受辱！"东皋公笑谓薳越曰："将军误矣！此吾乡友皇甫讷也。约吾同游，期定关前相会，不意他先行一程。将军不信，老夫有过关文牒在此，焉可诬为亡臣耶？"言毕，即于袖中取出文牒，呈与薳越观看。越大惭，亲释其缚，命酒压惊曰："此乃小卒识认不真，万勿见怪！"东皋公曰："此将军为朝廷执法，老夫何怪之有。"薳越又取金帛相助，为东游之资。二人称谢下关。薳越号令将士，坚守如故。

本篇内含有以下多则灯谜：

1. 【谜面】伍子胥披星戴月，饥不择食，亡命在外。

    谜目：十七画字　　　　　　　　　　　　谜底：赢（陶维松）

    简析：伍子胥名员，这是会意。"饥不择食"后仅余"几"，这是增损法门中的"损字法"。"员"字加"几""月"、（星）""亡"后，当合为谜底"赢"字。

2. 【谜面】子胥赠剑

    谜目：古文篇目　　　　　　　　　　　　谜底：《渔父辞》（唐景松）

    简析：会意正猜。典见《史记·伍子胥列传》这段内：追者在后。至江，江上有一渔父乘船，知伍胥之急，乃渡伍胥。伍胥既渡，解其剑曰："此剑值百金，以与父。"父曰："楚国之法，得伍胥者赐粟五万石，爵执珪，岂徒百金剑邪！"不受。

3. 【谜面】渔翁兰桨渡子胥

    谜目：体育称谓　　　　　　　　　　　　谜底：水上运动员（周希玩）

4. 【谜面】子胥赠剑谢恩公

    谜目：NBA称谓（粉颈格）　　　　　　　谜底：锋卫摇摆人（梁倩）

简析：会意正猜。谜底应依格读为"锋委摇摆人"。

5. **【谜面】伍员解剑赠渔夫**

   谜目：四字科技用语　　　　　　　　　　　　谜底：经济情报（郑百川）

6. **【谜面】吴市吹箫曾有人**

   谜目：《聊斋志异》篇目　　　　　　　　　　谜底：《丐僧》（赵凤池）

   简析：伍员在吴市吹箫时，身份是"丐"。"曾"加"亻（人）"，则合为"僧"字。

7. **【谜面】穷来吴市再吹箫**

   谜目：六字企业管理用语　　　　　　　　　　谜底：员工调动困难（叶春荣）

   简析：会意正猜。谜面为郁达夫《扬州旧梦寄语堂》诗句。其全诗为："乱掷黄金买阿娇，穷来吴市再吹箫。箫声远渡江淮去，吹到扬州念四桥。"

8. **【谜面】吴市吹箫第一声**

   谜目：《孟子·离娄上》句　　　　　　　　　谜底：方员之至也（佚名）

9. **【谜面】吴市箫声**

   谜目：十九画繁体字　　　　　　　　　　　　谜底：韻（屠心观）

10. **【谜面】吴市吹箫悲白发**

    谜目：二字古代称谓二　　　　　　　　　　谜底：员外、国老（陈斌）

11. **【谜面】吹箫入吴市**

    谜目：四字常言　　　　　　　　　　　　　谜底：集中管理（李振贵）

    简析：会意正猜。谜面为唐代虞世南《结客少年场行》诗句。

12. **【谜面】吹箫过吴市**

    谜目：四字企业用语　　　　　　　　　　　谜底：集中调度（王万森）

13. **【谜面】吴市吹箫知是谁**

    谜目：三字称谓　　　　　　　　　　　　　谜底：播音员（陈光亮）

14. **【谜面】吹箫行乞**

    谜目：成语　　　　　　　　　　　　　　　谜底：贫而乐道（佚名）

二十六、伍员出昭关

15. 【谜面】乞食吹箫归不得

    谜目：常熟乡镇名二　　　　　　　　　　谜底：吴市、周行（汪德亨）

    简析：会意正猜。谜面为清人袁枚《春雨楼题词为张冠伯作》诗句。

16. 【谜面】子胥出楚流他乡

    谜目：冠姓旧称谓　　　　　　　　　　　谜底：伍·员外（张士斌）

17. 【谜面】伍子胥！跋涉宋郑身无依。

    谜目：体育称谓　　　　　　　　　　　　谜底：长跑运动员（陈昌年）

    简析：会意正猜。谜面系《东周列国志》第七十三回中，伍子胥在吴市所吹的箫曲第一叠句。

18. 【谜面】化身行乞伍子胥

    谜目：二字谑称　　　　　　　　　　　　谜底：吃货（束洪波）

19. 【谜面】子胥出亡何所托

    谜目：《鹿鼎记》人物　　　　　　　　　谜底：吴立身（沈坚）

20. 【谜面】子胥远走奔于吴

    谜目：冠姓旧称谓　　　　　　　　　　　谜底：伍·员外（庄云）

21. 【谜面】离昭关约六十里之程，偃息深林。

    谜目：四字公安机关用语　　　　　　　　谜底：警员不足（束洪波）

    简析：会意正猜。谜面为《东周列国志》第七十二回中句子。谜底意为：警惕性很高的伍员，不再贸然向前行走了。

22. 【谜面】昭关苔密生低处

    谜目：陕西风景名胜　　　　　　　　　　谜底：天台山（武骝）

    简析：谜面为形容昭关地形的自撰句。其中，"昭生低处"四字即"表明（昭）'关苔密'三字是仅要其下（低处）部'天台山'三字而已"。

23. 【谜面】适逢子胥滞昭关

    谜目：证件名　　　　　　　　　　　　　谜底：会员卡（文新甫）

    简析：会意正猜。关于"伍子胥过昭关"之事，《史记·伍子胥列传》记录十分简捷，仅寥寥几语：(伍子胥)到昭关，昭关欲执之。伍胥遂与胜独身步走，几不得脱。

24.【谜面】昭关布罗网
　　谜目：诉讼法名词　　　　　　　　　　　　谜底：执行员（佚名）

25.【谜面】通缉伍子胥
　　谜目：三字职业　　　　　　　　　　　　　谜底：普查员（张礼鹤）

26.【谜面】昭关设卡
　　谜目：三字职业　　　　　　　　　　　　　谜底：侦查员（李平）

27.【谜面】作伍子胥像
　　谜目：三字职业（掉尾格）　　　　　　　　谜底：绘图员（笔虎）

28.【谜面】昭关图像绘谁样
　　谜目：安全生产名词　　　　　　　　　　　谜底：检查人员（引玉）

29.【谜面】昭关口画影图形
　　谜目（1）：三字职业　　　　　　　　　　 谜底：检查员（穆全顺）
　　谜目（2）：国际称谓　　　　　　　　　　 谜底：核查人员（佚名）

30.【谜面】图形画影于昭关
　　谜目：三字职业　　　　　　　　　　　　　谜底：检验员（马永惕）

31.【谜面】摹像昭关求子胥
　　谜目：三字职业　　　　　　　　　　　　　谜底：描图员（费振家）

32.【谜面】昭关盘索伍子胥
　　谜目：三字职务　　　　　　　　　　　　　谜底：稽查员（李荣光）

33.【谜面】初遇伍子胥
　　谜目：二字称谓　　　　　　　　　　　　　谜底：会员（张孝昌）

34.【谜面】为见子胥阻路中
　　谜目：证件名　　　　　　　　　　　　　　谜底：会员卡（溪南河竹）

二十六、伍员出昭关

35. 【谜面】秘密探访伍子胥

    谜目：网络称谓　　　　　　　　　　　　谜底：隐身会员（黄礼跃）

36. 【谜面】何人才能助子胥

    谜目：《陈元光像赞》句　　　　　　　　谜底：谁可与伍（白柏）

    简析：会意正猜。陈元光（657—711），字廷炬，号龙湖。唐朝光州固始（今河南省固始县）人（一说为河东猗氏——今山西临猗县人，可能是代北鲜卑贵族侯莫陈氏后裔）。历官岭南行军总管，进中郎将，右鹰扬卫率府怀化大将军，兼领漳州刺史。因讨潮寇死事，赠临漳侯，谥忠毅，还被后世尊奉为"开漳圣王"。开元年间，陈元光的儿子陈珦任漳州刺史时，一次偶然机会遇到著名诗人王维，遂请他为其父元光将军像题词，王维景仰将军的功德，欣然写了《陈元光像赞》：异表殊姿，人争快睹。玉质金相，阚如虓虎。心眷有唐，光照启土。燕谋贻翼，实乃临漳之鼻祖。允文允武，谁可与伍。以孝以忠，烈士英风，可播扬乎千古。

37. 【谜面】后面跟着伍子胥

    谜目：四字称谓　　　　　　　　　　　　谜底：随行人员（周敏）

    简析：会意正猜。谜面典出《东周列国志》第七十二回中这几句内：伍员知其非常人，乃同公子胜随东皋公而行。约数里，有一茅庄，东皋公揖伍员而入。

38. 【谜面】子胥因何愁白头

    谜目：四字常言　　　　　　　　　　　　谜底：过不了关（佚名）

39. 【谜面】子胥一夜发尽白

    谜目：故事片名　　　　　　　　　　　　谜底：《通天长老》（刘晓明）

40. 【谜面】昭关一宿白了头

    谜目：体育名词二　　　　　　　　　　　谜底：时间差、换发（安金祥）

41. 【谜面】昭关子胥颜骤老

    谜目：曲牌名冠量　　　　　　　　　　　谜底：一首·《忽都白》（黄蓝）

42. 【谜面】昭关一宿愁颜老

    谜目（1）：五言唐诗句　　　　　　　　谜底：花须连夜发（陶炎烈）

    谜目（2）：物理名词二　　　　　　　　谜底：变容、时速（于庆顺）

简析：会意正猜。(1)谜谜底为唐代女皇武则天《腊日宣诏幸上苑》诗句。其全诗为"明朝游上苑，火急报春知。花须连夜发，莫待晓风吹"。入谜后，"花须"二字应别解为花白的须发。

43.【谜面】一夜昭关愁白首
　　谜目：理化名词二　　　　　　　　　谜底：卡路里、快色素（佚名）

44.【谜面】子胥过关
　　谜目：纺织品名　　　　　　　　　　谜底：白布头（佚名）

45.【谜面】东皋公曰："足下勿得悲伤，此乃足下佳兆也。"
　　谜目：戏曲名词二　　　　　　　　　谜底：道白、须生（任焕长）
　　简析：会意正猜。谜面为《东周列国志》第七十二回中句子。

46.【谜面】定要保那子胥无恙
　　谜目：三字新职业　　　　　　　　　谜底：防损员（佚名）

47.【谜面】东皋公设谋过昭关
　　谜目：四字戏剧用语　　　　　　　　谜底：客串演员（李贤明）

48.【谜面】合力救助伍子胥
　　谜目：保险名词　　　　　　　　　　谜底：协保员（陈清泉）

49.【谜面】自昭关使子胥无损而过，须精细为之。
　　谜目：人事用语二　　　　　　　　　谜底：打卡、全员出工（陈清泉）
　　简析：会意正猜。谜底应断读为"打卡（昭关）全员（伍子胥）出，工"这两部分，来映应谜面。

50.【谜面】设下调包计，子胥得生还。
　　谜目：《待漏院记》句　　　　　　　谜底：备员而全身者（庄镇城）

51.【谜面】专门请来饰子胥
　　谜目：四字演艺界称谓　　　　　　　谜底：特邀演员（张成田）

52.【谜面】一来就扮成伍子胥
　　谜目：演艺界称谓　　　　　　　　　谜底：临时演员（弱水）

二十六、伍员出昭关

53. 【谜面】扮伍子胥要有机灵劲

    谜目：骊珠格   谜底：演员·莫少聪（方梅）

54. 【谜面】皇甫讷乔扮过昭关

    谜目：影视界称谓   谜底：替身演员（张孝武）

55. 【谜面】昭关盘问假伍员

    谜目：保险词汇   谜底：检查代理人（陈清泉）

56. 【谜面】伍子胥过昭关

    谜目（1）：五言唐诗句   谜底：花须连夜发（赵首成）

    谜目（2）：化妆品名   谜底：乌发素（赵镇宝）

    谜目（3）：《西厢记》句   谜底：今夜把相思再整（张金标）

    谜目（4）：宋词句   谜底：一夜头如雪（张燕飞）

    谜目（5）：曲牌名冠量   谜底：一首·《忽都白》（刘荣贵）

    谜目（6）：战国时期名人二   谜底：毛遂、白起（多人）

    谜目（7）：流行歌曲名二   谜底：《那一夜》《发如雪》（谜而不惑）

简析：会意正猜。这是一组同面多目典故谜，七个谜底均可用会意正猜法门而得出。(3)谜谜底意为：伍子胥在过昭关的那夜，考虑的是自己如何能把相貌再变得利于混出昭关。(4)谜谜底为辛弃疾《生查子·山行寄杨民瞻》词句。

57. 【谜面】过昭关

    谜目：四字人事用语   谜底：行伍出身（沈志宏）

58. 【谜面】一夕之变是子胥

    谜目：十一画字   谜底：殒（聂玉文）

59. 【谜面】子胥受困昭关后，一日尽白头。

    谜目：电子技术词语   谜底：晶圆（林敏）

简析：伍子胥即伍员；"昭关后"即"'昭'字不要后半部而余'日'"；"一日"即一个"日"字；"尽白头"即"'白'字去掉头部一撇后而仅余一'日'"。代表子胥的"员"四面受困后，显系谜底前字"圆"；三个"日"可合为谜底后字"晶"。

60. 【谜面】子胥何能过韶关

　　谜目（1）：四字机械用语　　　　　　　　　　谜底：表面老化（林祖炳）

　　谜目（2）：茶叶名　　　　　　　　　　　　　谜底：蒙顶白毫（纪凯声）

61. 【谜面】伍子胥何以出昭关

　　谜目：四字常言　　　　　　　　　　　　　　谜底：发生变化（刘旭）

62. 【谜面】伍子胥何以过昭关

　　谜目：中药名二　　　　　　　　　　　　　　谜底：首乌、苍耳（胡荫龙）

63. 【谜面】伍员如何奇迹般混过昭关的

　　谜目：五言唐诗句　　　　　　　　　　　　　谜底：白首太玄经（庄毓添）

　　简析：会意正猜。谜底为李白《侠客行》诗句。

64. 【谜面】急煞白头出昭关

　　谜目：足球评论语　　　　　　　　　　　　　谜底：骗过守门员（琳子）

65. 【谜面】改头换面出昭关

　　谜目：古籍名二　　　　　　　　　　　　　　谜底：《楚辞》《易经》（杨耀学）

66. 【谜面】英年伍员出昭关

　　谜目：五字口语　　　　　　　　　　　　　　谜底：未老先白头（佚名）

67. 【谜面】一宵头白出昭关

　　谜目：物理名词　　　　　　　　　　　　　　谜底：老化过程（佚名）

68. 【谜面】捉住假子胥，撤岗启城门。

　　谜目：安全设备　　　　　　　　　　　　　　谜底：消防员开关（王峰）

二十七、专诸刺王僚

吴国（前12世纪—前473），由华夏族在长江下游地区建立的姬姓诸侯国，也叫勾吴、工吴、攻吾、大吴、天吴、皇吴。

吴国第一代君主是吴太伯（又称吴泰伯），周部落首领古公亶父（即周太王）的长子，周文王伯父。由于周太王欲传位给少子季历及其子姬昌（即周文王），所以泰伯和仲雍便让位给三弟季历，并出逃至荆蛮，号勾吴。吴太伯被后世奉为东吴文化的宗祖。

周武王战胜殷纣王以后，寻找太伯、仲雍的后代，找到了周章。此时的周章已经是吴君，就此仍封于吴。又把周章之弟虞仲封在周北边的夏都故址，就是虞仲，位列诸侯。

吴国国境位于今苏皖两省长江以南部分以及环太湖浙江北部，太湖流域是吴国的核心。国都前期位于梅里（今江苏无锡梅村），后期位于吴（今江苏苏州），是春秋中后期最强大的诸侯国之一，在吴王阖闾、夫差时达到鼎盛。

吴国有季札通习中原礼乐。有孙武、伍子胥等名将，诞生《孙子兵法》。开凿邗沟（今京杭大运河一段）。有著名兵器吴钩。吴国于柏举之战西破楚；于夫椒之战南服越；于艾陵之战北败齐；于黄池之会会盟晋。出"如火如荼""螳螂捕蝉，黄雀在后"等典故。前473年，越王勾践复仇吞并吴国。

"专诸刺王僚"是发生于吴王僚十二年（前515）的一件吴国政坛大事，说起它的起因，还得从吴国贤人季札说起。

吴国从太伯传到寿梦共有十九代。吴王寿梦共有四个儿子：大儿子叫诸樊，二儿子叫余祭，三儿子叫余昧，最小的儿子叫季札。其中，尤以季札最为贤能，所以寿梦一直想将君位传给他。由于季札谦让着不肯接受君位，于是寿梦去世后诸樊才继立为吴王。

季札被封在延陵（今江苏常州），因此号为延陵季子。季札的品德可以从后来发生在他身上的这件小事看出：季札有次奉命外出，北行时顺便造访了徐国国君。徐君喜欢季札的宝剑，但嘴里没敢说，季札心里也明白徐君之意，只因还要到中原各国去出使，所以没献宝剑给徐君。出使回来又经徐国，徐君已死，季札解下宝剑，挂在徐君坟墓树木之上才离开。随从人员说："徐君已死，那宝剑还给谁呀？"季札说："当初我内心已答应了他，怎能因为徐君之死我就违背我自己的心愿呢！"

诸樊一共当了十三年国君，临去世时遗命将君位传给弟弟余祭。诸樊的初衷是：如此按着兄弟的次序传位，一定要把国位最后传至季札为止，这样不仅符合了先王寿梦的心意，而且还可以此来褒扬季札让国于己的高尚品德。这样诸樊去世后，王位传给了余祭；余祭死后，传给余眛；照此下去，余眛死后本当传给季札，季札却逃避着不肯当国君，吴国人就拥立余眛的儿子僚为国君。

诸樊的嫡子叫公子光，他可没有父亲那样宽阔的胸怀，曾私下对人说道："如果按兄弟的次序，季札当立为新君；如果一定要传位给儿子的话，那么我才是真正的嫡子，应当立我为君。"所以他常秘密地供养一些有智谋的人，以便靠他们的帮助取得王位。

专诸，吴国堂邑（今江苏南京市六合区）人。当伍子胥从楚国刚逃亡到吴国时，就发现了栖身社会底层的专诸的才能。伍子胥见到吴王僚后，用攻打楚国的种种好处游说他。谁知这事却被身为吴王僚堂弟的公子光横插了一手，他反对此事说："那个伍员，父亲、哥哥都是被楚国杀死的，伍员叫我们吴国攻打楚国，目的纯粹是为了报自己的私仇，并不是替吴国打算。"吴王因此就不再议论伐楚的事了。伍子胥这才明白公子光别有目的，原来是打算杀害吴王而自立为君。当然这时还不能用对外的军事行动来说动公子光，于是就投其所好地把专诸作为勇士，引荐给了他。公子光得到专诸后十分高兴，对他以客礼相待。接着，伍子胥退居郊野耕作度日，等待专诸大事成功的那一天。

吴王僚十一年（前516）冬，楚平王死去。第二年春，吴王想借楚国有国丧而攻伐它，派公子盖余、烛庸带兵包围楚国的六、灊二邑，派季札出使晋国，来观察诸侯的动静。谁知楚国派奇兵绝其后路，吴兵被阻不能回国。这时，公子光就迫不及待地告诉专诸说："此时不动手还要等什么时候呢？我是真正的君王后

二十七、专诸刺王僚

代,应当立为国君,我想趁此机会求得君主地位!将来叔父(季札)虽然回来了,想来亦是不会反对我的。"专诸认同说:"杀死王僚的条件已经具备,国内只有他的老母幼子,而他两个弟弟率兵攻楚,被阻绝了归路。王僚身边没有刚直忠诚之臣辅佐,他拿我们是不会有什么办法的。"公子光说:"我的身体,就是你的身体,一切都拜托你了。"

公子光乃入见王僚,说:"臣厨下有位庖人是从太湖来的,他新学了一手炙鱼技术,味道甚为鲜美,无人能及。臣恭请大王辱临下舍而尝之!"王僚好的是鱼炙这一口,当下即欣然许诺说:"来日当过府上。"公子光是夜预伏甲士于窟室之中,再命伍子胥暗约死士百人,在外接应。

次早,公子光复请王僚。王僚入宫,告辞其母说:"公子光具酒相请,不知有没有其他阴谋?"僚母十分担心,提醒说:"他心里一直不服你,常有愧恨之色,此番相请,必无好意,何不辞之?"王僚想了一会,说:"推辞掉则会关系生隙;若严加防备,又怕什么意外呢!"于是在外衣内穿了三层防护重甲,陈设兵卫,自王宫起,直至公子光家门口,街衢皆满,接连不断。

王僚车驾及门,公子光迎入拜见。既入席安坐,公子光侍坐于旁。王僚之亲属心腹,布满堂阶。陪侍力士百人,全都操长戟,带利刀,不离王僚之左右。庖人献馔,皆从庭下搜身更衣,然后膝行而前,十余力士握剑夹之以进。庖人置馔,不敢仰视,然后才膝行而出。

席间,公子光忽然扮出一副痛苦之状说:"臣足疾举发,痛彻心髓,必用大帛缠紧,其痛方止。请大王宽坐须臾,容臣裹足便出。"王僚对此并没多心,将手一挥说:"王兄请自方便。"公子光一步一颠,入内潜进窟室中去了。

少顷,专诸将进鱼炙,搜简如前。谁知这口鱼肠短剑,已暗藏于鱼腹之中。力士挟专诸膝行至于王僚案前,用手擘鱼以进,忽地抽出匕首,径锥王僚之胸。手势去得十分之重,直贯三层坚甲,透出背脊。王僚大叫一声,登时气绝。侍卫力士,一拥齐上,刀戟并举,将专诸剁做肉泥,堂中大乱。公子光在窟室中知事已成,乃纵甲士杀出,两下交斗。这一边知专诸得手,威加十倍,那一边见王僚已亡,势减三分。僚众一半被杀,一半奔逃,其所设军卫,俱被伍子胥引众杀散。

伍子胥奉姬光升车入朝,聚集群臣,将王僚背约自立之罪,宣布国人明白:

"今日非光贪位，实乃王僚之不义而致。光权摄大位，待季子返国，仍当奉之。"乃收拾王僚尸首，殡殓如礼。又厚葬专诸，封其子专毅为上卿。封伍子胥为行人之职，待以客礼而不臣。

过了数日，季札自晋国返归，知王僚已死，径往其墓，举哀成服。公子光亲诣墓所，以位让之，并说："这是祖父及诸叔的遗愿啊。"季札正色说："你求而得之，这般推让又有什么意思啊？只要国家仍能安稳，百姓仍有贤君，谁有能耐起来都是我的君主啊。"公子光见是这样，乃即吴王之位，自号为阖闾。季札退守臣位。——此周敬王五年（前515）事也。

以下谜作均出于本篇内容中，请读者欣赏：

1.【谜面】诸樊及余祭，余祭及余昧。

谜目：电视剧名　　　　　　　　　　谜底：《中国兄弟连》（陈清泉）

简析：会意正猜。谜典出自《史记·吴太伯世家》这段内：二十五年，王寿梦卒。寿梦有子四人，长曰诸樊，次曰余祭，次曰余昧，次曰季札。季札贤，而寿梦欲立之，季札让不可，于是乃立长子诸樊，摄行事当国……十三年，王诸樊卒。有命授弟余祭，欲传以次，必致国于季札而止，以称先王寿梦之意，且嘉季札之义，兄弟皆欲致国，令以渐至焉。从中可以看出，崇尚义行的吴国，较长时期内其国君的继位方式，是采用了"兄终弟及"这种与其他诸侯国常用的"父终子及"不同的独特作法，这才引出了谜底"中国兄弟连"五字。其中，"中"字亦可作为谜底前缀用；这时谜底可解作"猜中了！吴国王位确是兄弟相承"。

2.【谜面】把剑觅徐君

谜目：藏、冀地名各一　　　　　　　谜底：札达、尚义（赵首成）

简析：会意正猜。谜面为杜甫《别房太尉墓》诗句。谜面典见《史记·吴太伯世家》这段内：季札之初使，北过徐君。徐君好季札剑，口弗敢言。季札心知之，为使上国，未献。还至徐，徐君已死，于是乃解其宝剑，系之徐君冢树而去。从者曰："徐君已死，尚谁予乎？"季子曰："不然。始吾心已许之，岂以死背吾心哉！"季札（前576－前484），姬姓，名札，又称公子札、延陵季子、延州来季子、季子，春秋时吴王寿梦第四子，封于延陵，后又封州来，传为避王位"弃其室而耕"

二十七、专诸刺王僚

常州武进焦溪的舜过山下。季札不仅品德高尚，而且是具有远见卓识的政治家和外交家。季札广交当世贤士，对弘扬华夏文化做出了贡献。

3. **【谜面】季札心知之，为使上国，未献。**

   谜目：《三国演义》人物三（粉颈格）　　　谜底：吴氏、程远志、许贡（陈清泉）

   简析：会意正猜。谜面为《史记·吴太伯世家》原文句，其前文为"季札之初使，北过徐君。徐君好季札剑，口弗敢言"。谜底承接前文内蕴，依格断读为"吴使程远，志许贡"后；意为：季札作为吴国使者，除已到的徐国外，前边要去的路程还很远，所以虽然当时并没有把自己的宝剑马上赠给在心中默默喜欢它的徐国国君；但是心中意向已经答应返回时，定要当徐君之面给他献上此剑。

4. **【谜面】及使还至，徐君已死，解剑挂徐君冢上而去。**

   谜目：五言唐诗句二　　　　　　谜底：分手脱相赠，平生一片心（范桂森）

   简析：会意正猜。谜底为孟浩然《送朱大入秦》诗句。

5. **【谜面】季子挂剑前，何时知君死。**

   谜目：藏、粤地名各一　　　　　　　　谜底：札达、徐闻（陈清泉）

   简析：会意体问答式谜。谜底顿读为"札/达徐/闻"后，明白如话地告知我们：季札是在回到徐国时，才知道徐君死讯的。

6. **【谜面】季子返徐国，宝物置君冢。**

   谜目：藏、川、青地名各一（粉腿格）　　谜底：札达、剑阁、玉树（陈清泉）

   简析：谜底依格断读为"札达，剑阁于树"。"阁"通"搁"。

7. **【谜面】乃进专诸于公子光**

   谜目：二字称谓三　　　　　　　谜底：会员、举人、杀手（陈清泉）

   简析：会意正猜。谜面出自《史记·刺客列传》这段内：专诸者，吴堂邑人也。伍子胥之亡楚而如吴也，知专诸之能。伍子胥既见吴王僚，说以伐楚之利。吴公子光曰："彼伍员父兄皆死于楚而员言伐楚，欲自为报私仇也，非能为吴。"吴王乃止。伍子胥知公子光之欲杀吴王僚，乃曰："彼光将有内志，未可说以外事。"乃进专诸于公子光。"乃（于是）、会（适逢）"二字看似闲词，但分别作为谜面、谜底之前缀后，因其意互通而致全谜提挈有力。伍子胥名员；举：举荐；"人"可实指为公子光；"杀手"当为专诸其人。

8. 【谜面】欲刺王僚未得人

   谜目:《孟子·梁惠王上》 谜底:不识有诸（田东芳）

9. 【谜面】欲刺王僚,非君不可

   谜目:四字常言 谜底:独断专行（任焕长）

10. 【谜面】此吴国长公子,慕吾弟英雄,特来造见。

    谜目:称谓冠礼貌用语 谜底:光临·专家（任焕长）

    简析:会意正猜。谜面为《东周列国志》第七十三回内的原句,它出自公子光首次去拜访专诸时伍子胥所说出的话语之内。

11. 【谜面】专诸藏剑

    谜目（1）:四字常言（掉首格） 谜底:鱼贯而入（陈清泉）

    谜目（2）:穴位名二 谜底:鱼腰、内关（陈清泉）

    简析:会意正猜。典出《史记·刺客列传》这段内:四月丙子,光伏甲士于窟室中,而具酒请王僚。王僚使兵陈自宫至光之家,门户阶陛左右,皆王僚之亲戚也。夹立侍,皆持长铍。酒既酣,公子光详为足疾,入窟室中,使专诸置匕首鱼炙之腹中而进之。既至王前,专诸擘鱼,因以匕首刺王僚,王僚立死。左右亦杀专诸,王人扰乱。公子光出其伏甲以攻王僚之徒,尽灭之,遂自立为王,是为阖闾。阖闾乃封专诸之子以为上卿。（1）谜谜底依格应读为"贯鱼而入"。贯:穿通。（2）谜谜底顿读为"鱼腰内／关"。

12. 【谜面】使专诸置匕首鱼炙之腹中而进之

    谜目:四字邮政术语 谜底:特快专递（佚名）

13. 【谜面】进鱼藏匕刺王僚

    谜目:四字称谓 谜底:专业杀手（郑百川）

14. 【谜面】专诸进鱼

    谜目:《幼学琼林·人事》句 谜底:腹中有剑（陆鸿宾）

15. 【谜面】夫专诸之刺王僚也

    谜目:美国故事片名 谜底:《剑鱼行动》（郭泉）

    简析:会意正猜。谜面系借《战国策·魏策四》唐雎之语为文。

二十七、专诸刺王僚

16.【谜面】鱼肠剑

谜目（1）：《易经》句　　　　　　　　　　谜底：藏诸用（李皋如）

谜目（2）：二字常用词　　　　　　　　　　谜底：专利（佚名）

谜目（3）：《治安策》句二　　谜底：适启其口，匕首已陷其胸矣（叶肖斋）

简析：会意正猜。谜底中，"诸、专"皆扣专诸其人。(3)谜谜底好似对专诸行刺事件的细节补充，应该特别注意的是内中两个"其"字用法相同，均指藏匿行刺凶器——鱼肠剑的那条特制炙鱼。鱼肠剑，古宝剑名，也称鱼藏剑。乃匕首也，形虽短狭，削铁如泥。据传是铸剑大师欧冶子为越王所制，他使用了赤堇山之锡，若耶溪之铜，经雨洒雷击，得天地精华，制成了五口剑，分别是湛卢、纯钩、胜邪、鱼肠和巨阙。

17.【谜面】举伍子胥为行人而理朝政

谜目：四字职务　　　　　　　　　　　　　谜底：国务委员（束洪波）

简析：会意正猜。典见《史记·伍子胥列传》这段内：阖庐既立，得志，乃召伍员以为行人，而与谋国事。

18.【谜面】任伍子胥为官

谜目：政界职务　　　　　　　　　　　　　谜底：委员长（佚名）

19.【谜面】敕封伍子胥

谜目：四字职务　　　　　　　　　　　　　谜底：主任委员（佚名）

20.【谜面】王佐应需子胥才

谜目：称谓二　　　　　　　　　　　　　　谜底：帮主、公务员（白超谦）

21.【谜面】朝政悉委伍子胥

谜目：政界职务　　　　　　　　　　　　　谜底：国务委员（佚名）

22.【谜面】吴必起用伍子胥

谜目：政界职务　　　　　　　　　　　　　谜底：国务委员（金水桥）

23.【谜面】国家料理托子胥

谜目：四字职务　　　　　　　　　　　　　谜底：政治委员（蔡建荣）

24.【谜面】事无巨细托子胥
　　谜目：四字职务　　　　　　　　　　　　　　　　谜底：常务委员（武骝）

25.【谜面】情况特殊，当用子胥。
　　谜目：五字称谓　　　　　　　　　　　　　　　　谜底：非常务委员（李牧雏）

26.【谜面】子胥真心来辅佐
　　谜目：大小写数字　　　　　　　　　　　　　　　谜底：伍三贰（陈依芳）

27.【谜面】楚摒子胥，其位大显。
　　谜目：《水浒全传》人物　　　　　　　　　　　　谜底：吴用（丁枏）

二十八、演阵斩美姬

吴王阖闾通过政变成为王后，帮他出了大力的伍子胥当然不会忘了伐楚替自己父兄报仇的大事，于是他就将当时的大军事家孙武推荐给了阖闾。

孙武（前545—前470），字长卿，齐国乐安（今山东广饶）人，春秋时期著名的军事家、政治家，尊称兵圣。后人尊称其为孙子、孙武子、百世兵家之师、东方兵学的鼻祖。他是兵法家孙膑的先祖，约活动于公元前6世纪末至前5世纪初。由齐至吴，经吴国重臣伍员举荐，向吴王阖闾进呈所著兵法十三篇，被重用为将。

孙武曾率领吴国军队大破楚国军队，占领了楚的国都郢城（故址在今湖北荆州北面的纪南城），几近覆亡楚国。其著有巨作《孙子兵法》十三篇，为后世兵法家所推崇，被誉为"兵学圣典"，置于《武经七书》之首，被译为英文、法文、德文、日文，成为国际间最著名的兵学典范之书。

吴王阖闾听了伍子胥的介绍后，就说："您试着为寡人将孙武招来吧！"子胥说："此人不轻仕进，非寻常之比，必须以重礼聘之，方才肯就。"阖闾乃取黄金十镒，白璧一双，使子胥驾驷马，往罗浮山取聘孙武。

伍子胥见了孙武，备道吴王相慕之意。孙武即随子胥出山，同见阖闾。阖闾降阶而迎，赐座毕问以兵法。孙武将所著十三篇，次第进上。那十三篇：一曰《始计》篇，二曰《作战》篇，三曰《谋政》篇，四曰《军形》篇，五曰《兵势》篇，六曰《虚实》篇，七曰《军争》篇，八曰《九变》篇，九曰《行军》篇，十曰《地形》篇，十一曰《就地》篇，十二曰《火攻》篇，十三曰《用间》篇。

阖闾看完后，感叹说："观此《兵法》，真通天彻地之才也。但恨寡人之国国小兵微，如何而可？"孙武回答说："臣之《兵法》，不但可施于卒伍，即便是妇人女子，奉我军令，亦可驱而用之。"阖闾鼓掌而笑说："先生之言，怎么这般迂阔！天下岂有妇人女子，可使其操戈习战者？"孙武说："大王如以臣言为迂，请将后官女侍，与臣试之。令如不行，臣甘欺罔之罪。"阖闾即召官女一百八十名，令孙武操演。

孙武请求阖闾说："愿得大王宠姬二人，以为队长，然后号令方有所统。"阖闾又宣宠姬二人，名曰右姬、左姬至前，对孙武说："这是寡人最喜爱的两名妃子，可以当队长吗？"孙武说："可以。然而军旅之事，先严号令，次行赏罚。虽是次小小的演试，也应认真。请立一人为执法，二人为军吏，主传谕之事；二人值鼓；力士数人，充为牙将，执斧锧刀戟，列于坛上，以壮军容。"阖闾许于中军选用。

孙武吩咐官女，分为左右二队。右姬管辖右队，左姬管辖左队。示以军法：一不许混乱行伍，二不许言语喧哗，三不许故违约束。明日五鼓，皆集教场听操。

次日五鼓，官女二队，俱到教场。一个个身披甲胄，头戴兜鍪，右手操剑，左手握盾。二姬顶盔束甲，充当将官，分立两边，伺候孙武升帐。孙武亲自区画绳墨，布成阵势。使传谕官将黄旗二面，分授二姬，令执之为前导；众女跟随队长之后，五人为伍，十人为总。各要步迹相继，随鼓进退，左右回旋，寸步不乱。传谕已毕，令二队皆伏地听令。

少顷，孙武下令说："闻鼓声一通，两队齐起；闻鼓声二通，左队右旋，右队左旋；闻鼓声三通，各挺剑为争战之势。听鸣金，然后敛队而退。"众官女皆掩口嬉笑。鼓吏禀："鸣鼓一通。"官女或起或坐，参差不齐。孙武离席而起，说："约束不明，申令不信，将之罪也！"使军吏再申前令。鼓吏复鸣鼓；官女虽都起立，但倾斜相接，其笑如故。孙武乃揎起双袖，亲操鼓槌用力击鼓，又申前令；二姬及官女无不笑者。孙武大怒，两目忽张，发上冲冠，遽唤："执法何在？"执法者前跪。孙武说："约束不明，申令不信，将之罪也；既已约束再三，而士不用命，士之罪矣！于军法当如何？"执法回应说："当斩！"孙武大声说："士难尽诛，罪在队长。可将两队队长斩讫示众！"左右见孙武发怒之状，不敢违令，便将左右二姬绑缚。

吴王阖闾一直在望云台上观看孙武操演，忽见绑其二姬，急使使者持节前去驰救，并传令说："寡人已知将军用兵的能耐，但这二姬侍奉寡人巾栉，甚合寡人之意。寡人若是少了她俩，定是食不甘味，为此特请将军赦之！"孙武不为所动地说:"军中无戏言。臣已受命为将,将在军,虽君命不得受。若徇君命而释有罪,何以服众?"喝令左右:"速斩二姬!"片刻不到,即枭其首于军前。于是两队宫女,无不股栗失色,不敢仰视。

孙武于队中再取二人,为左右队长。再次申令击鼓:一鼓起立,二鼓旋行,三鼓合战,鸣金收军。左右进退,回旋往来,皆中绳墨,毫发不差。自始至终,寂然无声。孙武这才使执法人员向阖闾报告说:"兵已操练整齐,请大王下来亲自校阅。如今她们唯王所用,虽使赴汤蹈火,亦不敢退避一寸!"

阖闾还在痛心两位爱姬的被斩,满脸不高兴地派人敷衍孙武说:"将军请回客舍歇息吧,寡人不愿下台观看。"孙武听毕,不由有点失望地说:"看来大王只不过是仅仅喜欢我纸上所谈的兵法而已,并不能真正采用我的理论啊。"阖闾听了,虽不作声,但心中还是明白孙武是有真本事的人,因而终于任他为将。

后来,吴国西面击破强楚,攻入郢,北威齐、晋,扬名于诸侯,孙武在其中出的力也不小啊。

您对本篇内含有的以下灯谜感兴趣否?

1.【谜面】子胥荐将定楚邦

谜目:《三国演义》人物二　　　　　　　　谜底:陈孙、武安国(陈清泉)

2.【谜面】员对曰:"此人不轻仕进,非寻常之比,必须以礼聘之,方才肯就。"

谜目:《三国演义》人物二　　　　　　　　谜底:伍延、孙恭(陈清泉)

简析:会意正猜。谜面为《东周列国志》第七十五回中原文句子。谜底表明了伍员对于聘请对象孙武,态度是极为恭敬的。

3.【谜面】子胥及孙子,定当不在他国会面。

谜目:同音字五　　　　　　　　　　　　　谜底:伍武务吴晤(陈清泉)

4.【谜面】孙武吴宫操粉阵

谜目(1):体育称谓　　　　　　　　　　　谜底:女排教练(苏温才)

谜目(2):电视剧名　　　　　　　　　　　谜底:《小镇上的女人》(李祝英)

谜目(3):称谓冠高校名　　　　　　　　　谜底:集美·女教师(薛道达)

简析：会意正猜。典出《史记·孙子吴起列传》这段内：孙子武者，齐人也。以兵法见于吴王阖庐（阖闾又叫阖庐）。阖庐曰："子之十三篇，吾尽观之矣，可以小试勒兵乎？"对曰："可。"阖庐曰："可试以妇人乎？"曰："可。"于是许之，出宫中美女，得百八十人。孙子分为二队，以王之宠姬二人各为队长，皆令持戟。令之曰："汝知而心与左右手背乎？"妇人曰："知之。"孙子曰："前，则视心；左，视左手；右，视右手；后，即视背。"妇人曰："诺。"约束既布，乃设斧钺，即三令五申之。于是鼓之右，妇人大笑。孙子曰："约束不明，申令不熟，将之罪也。"复三令五申而鼓之左，妇人复大笑。孙子曰："约束不明，申令不熟，将之罪也；既已明而不如法者，吏士之罪也。"乃欲斩左右队长。吴王从台上观，见且斩爱姬，大骇。趣使使下令曰："寡人已知将军能用兵矣。寡人非此二姬，食不甘味，愿勿斩也。"孙子曰："臣既已受命为将，将在军，君命有所不受。"遂斩队长二人以徇。用其次为队长，于是复鼓之。妇人左右前后跪起皆中规矩绳墨，无敢出声。(2)谜谜底点出：相对吴王高高在上的政治地位，孙子的权位还是比较渺小的，但他却通过演阵时的严格执法，震慑住了以军事为儿戏的君上的宠妃们。当然，这个谜底亦可理解为：这是孙子在小试牛刀，以震慑君上的宠妃们，并借此试验吴王对自己的信赖程度。(3)谜谜底应顿读为"集/美女/教师"。集美大学位于福建省厦门市集美学村，其前身是已故华侨领袖陈嘉庚先生于1918年创办的集美师范学校和1920年创办的集美学校（水产科）。1994年10月，集美学村原集美航海学院、厦门水产学院、福建体育学院、集美财经高等专科学校、集美师范高等专科学校等五所高校合并组建为集美大学。学校面向全国招生，是省属多科性大学。

5. 【谜面】孙子兵法

  谜目：古文篇目　　　　　　　　　　　　谜底：《教战守策》（苏温才）

  简析：会意正猜。《教战守策》系苏轼散文名篇。

6. 【谜面】孙子十三篇

  谜目：《儒林外史》人物　　　　　　　　谜底：武书（孙经存）

7. 【谜面】阖闾曰："可试以妇人乎？"

  谜目：《诗经·大雅·文王之什》句　　　谜底：商之孙子（周殿修）

8. 【谜面】阖庐曰："可试以妇女乎？"曰："可。"

  谜目：故事片名二　　　　　　　　　　　谜底：《武训传》《丽人行》（陈清泉）

二十八、演阵斩美姬

简析：会意正猜。谜面与《史记·孙子吴起列传》原句仅一字之差。

9.【谜面】谁让孙武训宫女

谜目：三字称谓　　　　　　　　　　　　谜底：主教练（许友金）

10.【谜面】出宫中美女，得百八十人。孙子分为二队，以王之宠姬二人各为队长。

谜目：山东名胜　　　　　　　　　　　　谜底：武训大殿（吴融杭）

11.【谜面】教美人分为两队

谜目：《诗经·大雅·既醉》句三

谜底：厘尔女士，厘尔女士，从以孙子（顾震福）

简析：会意正猜。谜底为《诗经·大雅·既醉》诗最后一段（其仆维何？厘尔女士。厘尔女士，从以孙子）的后三句；这段的本来意思是：大命附你又怎生？赐你女子和男丁。赐你女子和男丁，子孙代代都旺盛。厘：通"赉（赖 lài）"，赐予。"厘尔"意思就是"赐予你"。入谜后却须完全别解为另番情景："教美人分为两队"，这是吴王把美姬赐与孙子其人，并教美人们服从孙子演练的一时冲动之举而已。

12.【谜面】以王之宠姬二人各为队长

谜目：唐诗篇目　　　　　　　　　　　　谜底：《列女操》（黄河）

13.【谜面】吴宫演阵时，谁人任队长？

谜目：川、甘地名各一　　　　　　　　　谜底：美姑、两当（陈清泉）

简析：会意体问答式谜。谜底应顿读为"美姑两／当"。

14.【谜面】孙武演阵训宫娥

谜目：唐诗篇目　　　　　　　　　　　　谜底：《列女操》（多人）

15.【谜面】孙武吴宫试演兵

谜目：体育称谓　　　　　　　　　　　　谜底：女排教练（张鹤绵）

16.【谜面】孙武演练红粉佳人

谜目：体育名词　　　　　　　　　　　　谜底：女排阵容（佚名）

17.【谜面】吴宫初教谁人是

谜目：外国体育名词　　　　　　　　　　谜底：皇家女队（汪德亨）

18. 【谜面】孙武任二美人为队长

　　谜目：服饰名词　　　　　　　　　　　　　谜底：双色领带（陈清泉）

19. 【谜面】约束既布，乃设斧钺，即三令五申之。

　　谜目（1）：故事片名　　　　　　　　　　谜底：《武训传》（陈清泉）

　　谜目（2）：军界称谓　　　　　　　　　　谜底：武警女战士（吴融杭）

20. 【谜面】吴宫教美人战

　　谜目：《诗经·大雅·既醉》句二　　谜底：厘尔女士，从以孙子（王步蟾）

21. 【谜面】绝色宠姬演兵阵

　　谜目：新闻人物誉称　　　　　　　　　　谜底：最美女教师（许益群）

22. 【谜面】吴王曰："寡人已知将军能用兵矣，愿勿斩也！"

　　谜目：《诗经·大雅·文王之什》句　　谜底：商之孙子（金丽源）

23. 【谜面】阖闾怜香传旨意，请求不要斩二姬。

　　谜目：《聊斋志异》篇目三　　谜底：《吴令》《孙生》《美人首》（陈清泉）

　　简析：会意正猜。"美人首"须从字面上别解为"美人中的带头人（亦即身为队长的'二姬'）"，才能符合面意。

24. 【谜面】孙子曰："臣既已受命为将，将在军，君命有所不受。"遂斩队长二人以徇。

　　谜目：电视剧名　　　　　　　　　　　　谜底：《小镇上的女人》（汪德亨）

25. 【谜面】将在军，君命有所不受。

　　谜目：故事片名二　　　　　　　　　　　谜底：《带兵的人》《大漠紫禁令》（赵志国）

26. 【谜面】吴王怜香传旨意，孙子岂听斩二姬。

　　谜目：岳飞名言句　　　　　　　　　　　谜底：武将不惜死（陈清泉）

　　简析：会意正猜。谜底出自《宋史·岳飞传》这段中：飞至孝，母留河北，遣人求访，迎归。母有痼疾，药饵必亲。母卒，水浆不入口者三日。家无姬侍。吴玠素服飞，愿与交欢，饰名姝遗之。飞曰："主上宵旰，岂大将安乐时？"却不受，玠益敬服。少豪饮，帝戒之曰："卿异时到河朔，乃可饮。"遂绝不饮。帝初为飞

二十八、演阵斩美姬

营第，飞辞曰："敌未灭，何以家为？"或问天下何时太平，飞曰："文臣不爱钱，武臣不惜死，天下太平矣。"入谜后，谜底应顿读为"武（孙子名武）将不惜/死"。

27. 【谜面】遂斩队长二人以徇
    谜目：冀、湘、赣、川地名各一　　谜底：武安、会同、上饶、美姑（任焕长）
    简析：会意正猜。谜底应断读为"武安会同上，饶美姑"。武：孙子，孙子名武；"安"当疑问词"哪里"用后，一字带活了全谜；上：吴王；"美姑"当然是指孙子刀下的牺牲品——左右队长，亦即吴王最喜爱的那两位美姬了。

28. 【谜面】孙武演阵斩美姬
    谜目：电视剧名　　　　　　　　　谜底：《小镇上的女人》（吕祥）

29. 【谜面】孙子用宠姬为左右队长，斩以徇，吴王从台上见之，不能止。
    谜目：《尚书·虞书·尧典》句　　谜底：观厥刑于二女（张超南）

30. 【谜面】孙武斩左右队长
    谜目：《左传·僖公七年》句　　　谜底：将不女容焉（韩芸谷）

31. 【谜面】孙武吴宫戮二姬
    谜目：服饰名词二　　　　　　　　谜底：女便服、领带（汪德亨）

32. 【谜面】演阵斩美姬
    谜目：《水浒全传》人物二、绰号一　谜底：吴用、孙二娘、操刀鬼（陈清泉）

33. 【谜面】孙武杀姬以立威
    谜目：服饰名词　　　　　　　　　谜底：女军便服（高德全）

34. 【谜面】孙武勒兵斩吴姬
    谜目：服饰名词二　　　　　　　　谜底：军便服、领带（费振家）

35. 【谜面】令严孙武斩王姬
    谜目：《左传·僖公七年》句　　　谜底：将不女容焉（李皋如）

36. 【谜面】吴宫教阵名天下
    谜目：成语　　　　　　　　　　　谜底：耀武扬威（费之雄）

37. 【谜面】吴娃粉阵恨谁知

    谜目：二字称谓三　　　　　　　　　　谜底：老孙、教练、女兵（汪德亨）

    简析：会意正猜。谜面为南宋爱国词人辛弃疾《最高楼·和杨民瞻席上用前韵赋牡丹》词句。将孙子戏谑为"老孙"可使此谜俗而显趣。

38. 【谜面】于是阖庐知孙子能用兵，卒以为将。

    谜目：冠姓称谓二　　　　　　　　　　谜底：吴·主任，武·总经济师（郭乃明）

    简析：会意正猜。谜面出自《史记·孙子吴起列传》这段内：于是孙子使使报王曰："兵既整齐，王可试下观之，唯王所欲用之，虽赴水火犹可也。"吴王曰："将军罢休就舍，寡人不愿下观。"孙子曰："王徒好其言，不能用其实。"于是阖庐知孙子能用兵，卒以为将。西破强楚，入郢，北威齐、晋，显名诸侯，孙子与有力焉。

39. 【谜面】孙子击敌靠兵法

    谜目：四字影视用语　　　　　　　　　谜底：武打设计（陈清泉）

二十九、申包胥哭秦庭

吴王阖闾九年（前506），吴王阖闾拜孙武为大将，伍子胥为副将，自己的亲兄弟公子夫概为先锋，发兵六万向楚国进攻。吴军连战连胜，把楚国的军队打得一败涂地，一直打到郢都（今湖北省荆州市荆州区西北，即今纪南城）。那时，楚平王已经死去，他的儿子楚昭王也慌里慌张地逃走了，楚国有史以来从没败得这么惨过。

伍子胥将楚平王掘墓鞭尸之后，心中仍不解恨，必欲生擒他的儿子楚昭王从而彻底灭掉楚国方肯罢休。就在楚国濒临灭亡的这一危急时刻，想不到楚国却出了一位挽狂澜于既倒、扶大厦之将倾的舍身为国之人，这个人就是伍子胥当年在楚国时结交的好朋友——楚国大夫申包胥。

这事的起因还得从十六七年前说起：

伍子胥父兄被楚平王杀害后，他沿江东下，一心欲投吴国，奈路途遥远，一时难达。忽然想起："太子建已经逃奔宋国，我何不去跟随他好？"遂望睢阳一路而进。行至中途，忽然看见远处有一簇车马正在奔来。伍子胥怀疑是楚兵截路，不敢出头，连忙藏于林中观察动静，想不到那辆华车上端坐的竟是自己相交许久的好朋友申包胥，因出使他国回转，在此经过。

伍子胥这才走出林中，申包胥慌忙下车相见，并问他："你怎么一个人独行至此？"子胥便把平王枉杀父兄之事，哭诉一遍。申包胥闻之，不禁也掉下了同情的眼泪，又问："你打算到哪里去呢？"子胥回答说："我闻'父母之仇，不共戴天'。我将奔往他国，借兵伐楚，生嚼楚王之肉，车裂费无忌之尸，方泄此恨！"申包胥劝他说："楚王虽然无道，可他是君；你们伍家累世食的是楚国之禄，君臣之分早已确定，你怎么能这样以臣而仇君啊？"子胥反驳说："古时候夏朝的桀王，商朝的纣王，不是也给其臣下杀了吗？后代的人谁不称赞成汤和武王？君王若是自身无道，就失去了君王的身份，天下人谁都可以杀他。如今楚王纳子妇，弃嫡嗣，信谗佞，戮忠良，我请兵入郢，此举实乃为楚国扫荡污秽，况且我本身又有骨肉之仇急切要报啊？我若不能灭楚，誓不立于天地之间！"申包胥长吁了一口气，为难地说："我若叫你报复楚国吧，这是我对国家的不忠；我若叫你不报这仇吧，又会陷你于不孝。你好自为之吧。走吧！走吧！朋友之谊我不敢忘，你的行踪我绝不会泄漏于他人的。不过请你要牢记：你如灭了楚国，我定要倾其所能把楚国恢复起来！"两个好朋友就这么各怀心事地分手了。

自郢都被伍子胥率领的楚军攻破后，身经国破家亡变故的申包胥逃避在夷陵石鼻山中，闻听子胥掘墓鞭尸之后继续搜寻楚昭王，于是就派人给伍子胥送去了一封亲笔信，其大略为："您报仇的手段，太过分了吧！我听说，人数众多可以胜过天理，但天道恒长也能破败人谋。您过去是平王的臣子，曾亲自拱手称臣侍奉他，今天竟至污辱死人，这难道不是伤天害理到了极点了吗？"伍子胥对来人说："你回去后替我谢谢申包胥，就说我急着复仇，就像路途还很遥远可是太阳快落山了一样，我怕等不及了，所以我只能倒行逆施。"

来人回去后把这话原原本本地报告给了申包胥，申包胥知道这时已经不能跟伍子胥再讲任何大道理了，自己决不能坐以待毙，而应该立即行动了。当时的局势，只有秦国与晋国有实力帮助楚国击败吴国。而晋国因是楚国长期争霸的强劲对手，甚至吴国也是被晋国扶植起来用以削弱楚国的，显然晋国是根本不能依靠的；楚昭王是秦国公主所生，也就是秦哀公的外孙，秦国与楚国有着紧密亲缘关系，因此也就只有秦国有可能帮助楚国复兴。说走就走，申包胥经过这番深思熟虑后，连夜动身上路了。

申包胥昼夜西驰，一路上风餐露宿，翻山越岭，吃尽了无数苦头，好不容易才奔至秦国雍都（今陕西凤翔县南）。

那天，正当秦国早朝时间，一个褴衣破履的流浪汉不顾侍卫阻挡闯进大殿，扑通跪倒，语气急切地恳求秦国国君秦哀公说："下臣是楚国大夫申包胥，因伍子胥带领吴国大军攻破了郢都，昭王逃难到了随国，我请准王命，特地赶至贵国向君上您求援。当今能救楚国之人，普天之下只有君上了，恳求君上速速发兵，救楚于危难，大恩必当厚报。"凡事先为自己打算的秦哀公当然不为申包胥的这番陈辞所感动，他暗想道："吴若灭楚，必不能独吞，秦国正好借机东扩。"于是，当即就以北方边境危机，抽不出兵力为由来拒绝援救楚国之事。

二十九、申包胥哭秦庭

申包胥并不死心,继续恳请哀公说:"吴国人的贪心是无法满足的,要是楚国被吴国灭掉了,它就会成为您的邻国,那时就会对您的边界造成危害。现今趁吴国人还没有把楚国完全平定,如果凭借您的威望来保全了楚国,楚国将世世代代真心侍奉秦国!"秦哀公婉言谢绝说:"我听说了你们的请求。您暂且住到客馆歇息,待我考虑好了再答复您。"申包胥回答说:"敝国国君还流落在荒草野林之间,没有得到安身之所,臣下哪里敢就这样去客馆歇息呢?"说毕这话,就绝望地大哭起来。那撕心裂肺的痛哭声,至悲至哀,震颤了大殿,秦国群臣闻之,无不黯然神伤。秦哀公冷笑一声,心想看他能哭到几时。没想到这一哭从巳时直到申时,大殿上走得空无一人了仍不罢休。

第二天,哭了整整一个白天及晚上的申包胥还是不吃不喝,时而哀号,时而悲泣,苦苦恳求秦国出兵。第三天还是如此。见到申包胥此举大大扰乱了本国之事,搅乱了众臣人心,秦哀公十分气恼,叫人劝他他不听,命人拉他他不走。仍是那句话,说是"大王不答应出兵,就哭死在大堂上"。秦哀公真想命人把他拖出去砍了,但又怕落下滥杀来使的恶名,只好随他自去哭死、饿死算了。后来一连三天都是这般,只不过哭诉的内容多少有些变化,断断续续中传进人们耳中的不外是这么几段:"伍子胥啊,伍子胥!你报父兄之仇,也应适可而止,千不该,万不该!你不该把大王的尸身掘出来,竟然又鞭打了三百下。上天会惩罚你的!""郢都的子民们呀,你们遭大难了。先是大水灌城,又遭兵匪洗劫,我一心想救你们,怎奈力不从心啊!""可怜的国君啊,您颠沛流离,逃难他乡,望眼欲穿中本指望我能搬来救兵,哪知我、我……太叫您失望了。"说着朝东磕了三个响头后就昏死在秦国大殿上了。精诚所至,金石为开!终于,申包胥那泣血的哭诉及彻底失望之后茫然无助的表情,深深地感动了秦哀公那颗石头般冷酷的心。

第二天清早,秦哀公登上朝堂,向群臣郑重宣布:"楚王昏庸无道,本不该救,但有申包胥这样的忠义之臣,楚不该亡!"遂决定命大将子蒲、子虎帅战车五百辆,由申包胥领着立即前去救援楚国。

很快,秦国的援楚大军与吴军就在楚国的边界上交锋了,并且不久还打败了吴军。更没想到的是,吴王阖闾的弟弟夫概这时却带着自己的人马,偷偷溜回吴国争抢王位去了。夫概一边自立为王，一边打发使者去越国（越国前期的核心统治区域主要在今天的浙江绍兴、金华周边地区，定都于会稽，即今之绍兴）借兵，并应允愿送五座城池来感谢越王。在这种内外夹攻的不利环境下，为了赶紧扑灭自己后院燃起的那堆熊熊大火，长期滞留在楚地的阖闾只好答应与楚国讲和，自己匆匆赶回去对付夫概和越国的兵马。

孙武得到吴王班师的消息后，正与伍子胥共商军情之际，忽报："楚军中有人送书来了。"伍子胥命将来书呈上，原来是申包胥专门写给自己的，书略云："你们君臣虽然占据郢都有九个月了，却不能平定全楚，可见天意是不欲亡楚啊！你能实践'覆楚'之言，我亦欲酬'复楚'之志。朋友之义，相成而不相伤，你我应当顾念各自国家，勿再连累百姓才是。你请吴国退兵，我也请秦人回去，你意以为可好否？"伍子胥以书示之孙武后，二人商议后答应退兵，不过还另外提出了一个附加条件，这就是要求楚国派人到吴国接太子建之子——楚国流亡公子芈胜回国，并封给他一块符合名分的土地。

楚国方面答应伍子胥的条件后，吴国的将士就全都撤出楚国了，他们临走时把楚国库房里的金银财宝全都掠回了吴国，还把楚国的一万多户老百姓迁居到了吴国，把他们安置在了人口稀少之处。

吴王阖闾回到吴国后，很快就平息了内乱，自己仍旧当自己的吴王。可是他心里边把越王恨死了，时时想着要报这次的这个大仇。阖闾论破楚之功，以孙武为首。孙武不愿居官，固辞还山。阖闾乃立伍子胥为相国，亦仿齐国仲父、楚国子文之意，呼为子胥而不名。——此周敬王十五年（前505）事。

楚昭王复国后要封赏申包胥，他坚辞不受，带着一家老小逃进山中隐居。从此，申包胥被列为中国的忠贤典范。他的赴秦乞兵之举，史称"哭秦庭"。

本篇内含有以下一些灯谜：

1. 【谜面】方得子胥谋，更缘孙子助。

　　谜目：十二画字　　　　　　　　　　　　　　　　谜底：赋（佚名）

　　简析：子胥名"员"，"员"去"口（方）"得"贝"；孙子名"武"。"贝""武"则合构成谜底"赋"字。

二十九、申包胥哭秦庭

2.【谜面】命子胥调军讨伐
   谜目：五字文牍名（卷帘格）　　　　　　谜底：征兵动员令（周昕）
   简析：会意正猜。谜底依格倒读为"令员动兵征"后，与面文榫卯相符。

3.【谜面】子胥征楚立殊勋
   谜目：安全生产名词　　　　　　　　　　谜底：有功人员（骊影）

4.【谜面】只有子胥出战，方能降住对手。
   谜目：五字餐厅招呼语（下楼格）　　　　谜底：服务员打包（苏颖）
   简析：会意正猜。谜底依格顿读为"务员打／包服"。

5.【谜面】起用子胥报大仇
   谜目：二字常用词二　　　　　　　　　　谜底：动员、雪耻（陈清泉）

6.【谜面】一见子胥双泪流
   谜目：网络名词（双钩格）　　　　　　　谜底：QQ会员（渔樵）

7.【谜面】包胥曰："我必存之！"
   谜目：法律名词二　　　　　　　　　　　谜底：申诉、自卫（林星宏）
   简析：会意正猜。谜面出自《史记·伍子胥列传》这段内："始伍员与申包胥为交，员之亡也，谓包胥曰：'我必覆楚。'包胥曰：'我必存之。'及吴兵入郢，伍子胥求昭王。既不得，乃掘楚平王墓，出其尸，鞭之三百，然后已。申包胥亡于山中，使人谓子胥曰：'子之报仇，其以甚乎！吾闻之，人众者胜天，天定亦能破人。今子故平王之臣，亲北面而事之，今至于僇死人，此岂其无天道之极乎！'伍子胥曰："为我谢申包胥曰，吾日莫途远，吾故倒行而逆施之。"

8.【谜面】包胥曰："子能灭，我必复楚！"
   谜目：国际法词语　　　　　　　　　　　谜底：申请出国护照（佚名）

9.【谜面】始包胥与伍子胥为交
   谜目：《聊斋志异》篇目三（脱靴格）
   　　　　　　　　　　　　　　　谜底：《申氏》《曾友于》《一员官》（陈清泉）
   简析：会意正猜。谜底依格读为"申氏曾友于一员"。

10.【谜面】包胥哭秦庭

谜目（1）：四字兵役用语　　　　　　　　　谜底：申请退伍（郑百川）

谜目（2）：四字教育用语，首字一画　　　　谜底：一流师资（樵子）

谜目（3）：四字教育用语，首字十画　　　　谜底：教师资格（小郁）

谜目（4）：外国文学名著　　　　　　　　　谜底：《感伤的旅行》（佚名）

谜目（5）：四字常言　　　　　　　　　　　谜底：催人泪下（佚名）

谜目（6）：三字法律用语　　　　　　　　　谜底：申诉难（薛道达）

谜目（7）：古文句冠篇目　　　　　　　　　谜底：《出师表》·临表涕泣（佚名）

谜目（8）：税法名词二　　　　　　　　　　谜底：申请人、退征（魏育涛）

谜目（9）：电视剧名二　　　　　　　　　　谜底：《盼》《退伍兵》（郑俊生）

谜目（10）：三字称谓三　　　　　　　　　谜底：爱国者、申请人、退伍兵（陈清泉）

简析：会意正猜。典出《左传·定公四年》这段内：初，伍员与申包胥友。其亡也，谓申包胥曰："我必复（'复'通'覆'）楚国。"申包胥曰："勉之！子能复之，我必能兴之。"及昭王在随，申包胥如秦乞师，曰："吴为封豕长蛇，以荐食上国，虐始于边楚。寡君失守社稷，越在草莽，使下臣告急曰：'夷德无厌，若邻于君，疆场之患也。逮吴之未定，君其取分焉。若楚之遂亡，君之土也。若以君灵抚之。世以事君。'"秦伯使辞焉，曰："寡人闻命矣。子姑就馆，将图而告。"对曰："寡君越在草莽，未获所伏，下臣何敢即安？"立，依于庭墙而哭，日夜不绝声，勺饮不入口七日。秦哀公为之赋《无衣》。九顿首而坐。秦师乃出。另外，《史记·伍子胥列传》是这样记叙其事的：于是申包胥走秦告急，求救于秦。秦不许。包胥立于秦廷，昼夜哭，七日七夜不绝其声。秦哀公怜之，曰："楚虽无道，有臣若是，可无存乎！"乃遣车五百乘救楚击吴。六月，败吴兵于稷。(1)谜谜底中，区区四字内由于两字别解（申：申包胥；伍：伍子胥）巧妙，从而将"包胥哭秦庭"的目的，笼括得再明白不过了。(2)谜及(3)谜虽然谜目相同，但两个谜底词异义同中却各具神韵，这即是灯谜内涵丰富多彩的具体例证。(4)谜谜底为德国伤感文学的代表人物劳伦斯·斯泰因（1713—1768），的著名小说。"旅"字在谜底中当"军队"用。(10)谜底断读为"爱国者申，请人（秦人）退伍（伍子胥）兵"后，给申包胥冠上了一顶"爱国者"的桂冠，此举不仅无蛇足之嫌，反因使全谜因内涵更为厚重而提升了品位。

二十九、申包胥哭秦庭

11. 【谜面】**包胥上官,先诉苦心。**

    谜目:二字词语　　　　　　　　　　　　谜底:审计(刘雪春)

    简析:会意离合。"包胥"可会意出"申"字,再加上"宀(上官)",就组成了"审"字;"先诉(讠)苦心(十)"则可合成"计"字

12. 【谜面】**申包胥如秦乞师,依墙而哭。**

    谜目:《礼记·檀弓上》句　　　　　　　谜底:水浆不入口者七日(郑永禧)

13. 【谜面】**申包胥哭秦庭**

    谜目:武器名　　　　　　　　　　　　　谜底:爱国者号(李珍)

14. 【谜面】**包胥为何哭秦庭**

    谜目:《岳阳楼记》句　　　　　　　　　谜底:商旅不行(胡安义)

15. 【谜面】**申包胥秦庭哭诉**

    谜目:成语　　　　　　　　　　　　　　谜底:楚人戎言(佚名)

16. 【谜面】**申包胥何由哭秦庭**

    谜目:四字新词　　　　　　　　　　　　谜底:国企解困(陈昌年)

17. 【谜面】**泣秦庭借兵救楚**

    谜目:四字称谓二　　　　　　　　　　　谜底:悲剧大师、退伍军人(佚名)

18. 【谜面】**秦哀公出兵救楚**

    谜目:四字称谓　　　　　　　　　　　　谜底:退伍军人(苏温才)

19. 【谜面】**秦哀公命大将子蒲、子虎帅车五百乘,从包胥救楚。**

    谜目:税务名词　　　　　　　　　　　　谜底:助征员(佚名)

    简析:会意正猜。谜面借《东周列国志》第七十七回中原句为文。

20. 【谜面】**包胥哭国秦出兵**

    谜目:成语　　　　　　　　　　　　　　谜底:楚楚动人(周斌)

    简析:会意正猜。此谜耐人寻味处,全在谜底中两个"楚"字的不同用法:前"楚"应理解为申包胥所代表的楚国;后"楚"取"痛苦"义后,对应谜面"哭国"时的悲痛行为。

21.【谜面】恸泣秦廷终破吴

  谜目:《史记·淮阴侯列传》句   谜底：与楚则楚胜（方龙铭）

  简析：会意正猜。此谜匠心独运之处，亦在谜底中两个"楚"字的不同用法：前"楚"取"痛苦"义后，引申为"恸"，对应申包胥之恸泣事；后"楚"应理解为楚国，终因秦哀公出兵，楚国最后还是胜了吴兵。

22.【谜面】伐楚班师迎子胥

  谜目：税务名词   谜底：征收员（佚名）

23.【谜面】伍子胥回国

  谜目：军事名词   谜底：复员（蔡建荣）

24.【谜面】国外归来拜子胥

  谜目：十画字   谜底：圆（聂玉文）

25.【谜面】召见子胥，官封宰臣。

  谜目：摄影名词   谜底：会员相册（任平江）

26.【谜面】吴王授兵符，子胥当相国。

  谜目：四字称谓   谜底：主任委员（谢烈树）

三十、周游列国

孔子（前551—前479），孔氏，名丘，字仲尼。祖籍宋国夏邑（今河南夏邑县），春秋末期鲁国陬邑（今山东曲阜市尼山镇）人。春秋末期著名的思想家、政治家、教育家，儒家学派的创始人，开创了私人讲学的风气。

孔子被誉为"天纵之圣""天之木铎"，是当时社会上的最博学者之一，被后世统治者尊为孔圣人、至圣、至圣先师、万世师表、文宣皇帝、文宣王，居"世界十大文化名人"之首。相传他有弟子三千，贤弟子七十二人，曾带领部分弟子周游列国。修订《诗》《书》《礼》《乐》，序《周易》，撰写《春秋》。

孔子去世后，其弟子及其再传弟子把孔子及其弟子的言行语录和思想记录下来，整理编成著名的儒家学派经典《论语》。其儒家思想对中国和世界都有深远的影响。

孔子三岁时就死了父亲，靠母亲把他抚养成人。据说他从小就爱学礼节，没有事儿，就摆上小盆小盘什么的，成天学着大人祭天祭祖的样子。

孔子年轻的时候，读书就很用功。他十分崇拜周朝初年那位制礼作乐的周公，对古礼特别熟悉。当时读书人应当学的"六艺（礼、乐、射、御、书、数）"，也就是礼节、音乐、射箭、驾车、书写、计算，他都比较精通。

孔子办事非常认真。最初他当过管理仓库的小吏，物资从来没有缺少过；后来又当管理牧业的小吏，牛羊亦繁殖得很多。没到三十岁，孔子的名声就渐渐大了起来。

当时，有些人很愿意拜孔子做老师，他就索性办了个私塾，收起学生来了。鲁国的大夫孟僖子临死时，就曾嘱咐他的两个儿子孟懿子和南宫敬叔到孔子那儿去学礼。靠着南宫敬叔的推荐，鲁昭公还让孔子到周朝的都城洛邑去考察周朝的礼乐。

孔子三十五岁那年，鲁昭公被鲁国掌权的三家大夫——季孙氏、孟孙氏、叔孙氏轰走了。孔子就到齐国去求见齐景公，跟齐景公谈了他的政治主张。齐景公待他很客气，一度还想任用他帮自己做事。但是齐国相国晏婴认为孔子的那些主张大多不切实际，结果齐景公就没有用他。孔子再次回到鲁国后，仍旧教他的书，孔子门下的学生越来越多了。

鲁定公九年（前501），鲁定公派孔子做中都（今山东汶上县）宰，第二年，做了司空（管理工程的长官）。有一次，鲁定公把准备到夹谷跟齐国会盟的事告诉了孔子，孔子说："齐国屡次侵犯我国边境，这次约我们会盟，我们也得有兵马防备着，希望把左右司马都带去。"鲁定公认为孔子说的对，就派了两员大将带了一些人马，保护自己去夹谷了。在夹谷会议上，由于孔子的相礼，鲁国取得了外交上的胜利。会后，齐景公决定把从鲁国侵占过来的汶阳（今山东泰安西南）地方的三处土地还给了鲁国。

鲁定公十二年（前498），时为大司寇"摄相事"的孔子，为削弱三桓（季孙氏、叔孙氏、孟孙氏三家世卿，因为是鲁桓公的三个儿子的后代，故称三桓。当时的鲁国政权实际掌握在他们手中，而三桓的一些家臣又在不同程度上控制着三桓），采取了"隳三都"（即拆毁三桓所建城堡）的措施。后来隳三都的行动半途而废，孔子与三桓的矛盾也随之暴露。

鲁定公十三年（前497）春，齐国送八十名美女到鲁国。鲁定公接受了这班女乐后，果然就入了迷，多日不理朝政，孔子非常失望。不久鲁国举行郊祭，祭祀后按惯例送祭肉给大夫们时并没有送给孔子，这表明执政的季氏不想再任用他了，于是孔子在不得已的情况下离开鲁国，到外国去寻找出路，开始了周游列国的旅程。孔子希望找个机会实行自己的政治主张。可是，那个时候，大国都忙于争霸的战争，小国都面临着被并吞的危险，整个社会正在发生变革。孔子宣传的那一套恢复周朝初年礼乐制度的主张，当然没有人接受。

从《孔子历史地图集》一书内"孔子周游列国图"标注的线路图来看，孔子当时周游的国家有卫、曹、宋、郑、陈、蔡、楚诸国。说起来不算少，但大多是春秋时期的蕞尔小国。只有楚国算是大国，但孔子只是到了楚国的边境。孔子还打算西去晋国，但由于时局不好，结果只是在黄河边上感慨了一番，"美哉！水洋洋乎，丘之不济，命也夫！"最终却连黄河也没有渡过。

三十、周游列国

现将孔子周游列国的过程详列于下：

孔子的第一站是选择去卫国。当孔子带着子路、冉有和另外一些学生到卫国后，卫灵公开始虽很尊重孔子，但没给他什么官职，也没让他参与政事。孔子在卫国住了约十个月，因有人在卫灵公面前进谗言，卫灵公对孔子起了疑心，派人公开监视孔子的行动，因此孔子带弟子离开卫国，打算去陈国。

孔子一行在路过一个叫"匡"（今河南长垣县境内）的地方时，匡人误把孔子当成了阳虎，把他们围困了五天之久。原来阳虎也是鲁国人，因为谋反失败而逃跑了。阳虎早先欺负过匡人，因此匡人非常恨他。正巧孔子长得像阳虎，匡人这才来找他报仇。

孔子一行逃离匡地后，到了蒲地（今河南长垣县境内），又碰上卫国贵族公叔氏发动叛乱，再次被围。逃脱后，孔子又返回了卫国，卫灵公听说孔子师徒从蒲地返回，非常高兴，亲自出城迎接。此后孔子几次离开卫国，又几次回到卫国，这一方面是由于卫灵公对孔子时好时坏，另一方面是孔子离开卫国后，没有去处，只好又返回卫国。

鲁定公十五年（前495），孔子去卫居鲁。夏五月鲁定公卒，鲁哀公立。

鲁哀公元年（前494），孔子居鲁，吴国使人聘鲁，就"骨节专车"一事问于孔子。

鲁哀公二年（前493），孔子由鲁至卫。卫灵公问陈（阵）于孔子，孔子婉言拒绝了卫灵公。孔子在卫国住不下去，去卫西行。经过曹国到宋国。宋司马桓魋讨厌孔子，扬言要加害孔子，孔子微服而行。

鲁哀公三年（前492），孔子自谓"六十而耳顺"。孔子过郑到陈国，在郑国都城与弟子失散，独自在东门等候弟子来寻找，被人嘲笑，称之为"累累若丧家之狗"，孔子欣然笑曰："然哉，然哉！"

鲁哀公四年（前491），孔子离陈往蔡。

鲁哀公五年（前490），孔子自蔡到叶。叶公问政于孔子，并与孔子讨论有关正直的道德问题。在去叶返蔡的途中，孔子遇隐者。

鲁哀公六年（前489），孔子与弟子在陈、蔡之间被困绝粮，许多弟子因困饿而病，后被楚人相救。由楚返卫，途中又遇隐者。

鲁哀公七年（前488），孔子64岁时又回到卫国，主张在卫国为政先要正名。

鲁哀公八年（前487），孔子在卫。是年吴伐鲁，至城下，盟而去。孔子的弟子有若参战有功。

鲁哀公十年（前485），孔子在卫。孔子夫人亓官氏卒。

鲁哀公十一年（前484），是年齐师伐鲁，孔子弟子冉有率鲁师与齐战，获胜。季康子问冉有指挥才能从何而来？冉有答曰"学之于孔子"。季康子派人迎孔子归鲁。孔子周游列国十四年，至此结束。

六十八岁的孔子被迎回鲁国后，在外国碰了很多钉子的他仍是被本国敬而不用。孔子并没有完全消沉下去，而是决心发奋著书立说，从此他一心一意地把精力完全放在了编书上头。

晚年的孔子十分勤奋，读自己喜爱的书时，以致把书简的皮绳都弄断了三次。到他逝世时，整理、编写了好几本书。其中《春秋》算是最主要的一本，它是根据鲁国史料编成的一部历史书，记载了公元前722年到公元前481年期间发生的大事。

本篇含有以下一些灯谜，请您欣赏：

1.【谜面】孔子犹有兄，的确是老二。

谜目:《中庸》句　　　　　　　　　谜底：丘未能一焉（章祖泰）

简析：会意正猜。《史记·孔子世家》中写道：鲁襄公二十二年而孔子生。生而首上圩顶，故因名曰丘云。字仲尼，姓孔氏。孔子的父亲名叫叔梁纥，武力绝伦。原配生有九个女儿，无子。妾虽生了一个儿子，可惜个残障儿。于是在六十四岁时，又娶了颜氏，才生下了孔子。所以孔子是家里第二个男子，字亦为"仲尼"，"仲"是第二的意思。谜底意为：由于有个残疾哥哥，所以孔丘就不是家里的独苗啊。

2.【谜面】少正卯闻人也，罪或不至于诛。

谜目:《论语·宪问》句　　　　　　谜底：孔子与之坐而问焉（章祖泰）

简析：会意正猜。孔子诛杀少正卯之事，见于《史记·孔子世家》这段内：定公十四年（前496），孔子年五十六，由大司寇行摄相事，有喜色。门人曰："闻君子祸至不惧，福至不喜。"孔子曰："有是言也。不曰'乐其以贵下人'乎？"于是诛鲁大夫乱政者少正卯。《史记·孔子世家》谓孔子于定公十四年杀少正卯，离鲁去卫；《史记·鲁周公世家》《史记·十二诸侯年表》均作本年去鲁，不载少正卯事；《史记·卫康叔世家》谓灵公三十八年（前497），孔子来。似以本年离鲁，次年到卫为可信。少正卯事，后世学者多以为似出虚构。少正卯（？—前496）是中国春秋时期鲁国的大夫，能言善辩，是鲁国的著名人物，被称为"闻人"。少正卯和孔丘都开办私学，招收学生。少正卯多次把孔丘的学生都吸引过去听讲，与孔丘存在利益竞争。鲁定公十四年，孔子任鲁国大司寇，代理宰相，上任后七日就把少正卯以"君子之诛"杀死在两观的东观之下，暴尸三日。孔丘回答子贡等弟子的疑问时说：少正卯是"小人之桀雄"，一身兼有"心达而险、行辟而坚、言伪而辩、记丑而博、顺非而泽"五种恶劣品性，有着惑众造反的能力，和历史上被杀的华士等人是"异世同心"，不可不杀。谜底别解后，通过谜眼"坐（取'特指办罪的因由'义）"，将少正卯之死完全归咎于孔子的"欲加其罪，何患无辞"行径是有一定道理的。

3. **【谜面】阳货曾暴于匡，故匡人围之。**

    谜目：《论语·微子》句　　　　　　　　　谜底：是鲁孔丘与（章祖泰）

    简析：典见《史记·孔子世家》这段内：（孔子）将适陈，过匡，颜刻为仆，以其策指之曰："昔吾入此，由彼缺也。"匡人闻之，以为鲁之阳虎。阳虎尝暴匡人，匡人于是遂止孔子。孔子状类阳虎，拘焉五日。谜底从侧面表明：匡人他们包围的其实不是曾经施虐于己的阳虎，而是把与他长得相像的鲁国孔丘围在了其中。阳货：名虎，字货，是春秋时鲁国人。鲁国大夫季平子的家臣，季氏曾几代掌握鲁国朝政，而这时阳货又掌握着季氏的家政。季平子死后，专权管理鲁国的政事。后来他与公山弗扰共谋杀害季桓子，失败后逃往晋国。

4. **【谜面】匡人于是遂止孔子**

    谜目：五字物流用语，含河南地名　　　　谜底：信阳货到了（昌庆锋）

5. **【谜面】貌似孔子**

    谜目：《诗经》篇目　　　　　　　　　　谜底：宛丘（废物）

6. **【谜面】阳货遇孔子**

    谜目：苏州名胜　　　　　　　　　　　　谜底：虎丘（佚名）

7. 【谜面】匡人围孔子

　　谜目：《孟子·公孙丑下》句　　　　　　　　谜底：是货之也（耐莽）

8. 【谜面】匡人围孔子，水泄般难通。

　　谜目：七字商业用语　　　　　　　　　　　　谜底：进出货渠道不畅（陈清泉）

9. 【谜面】阳货凶残，连累孔丘断粮。

　　谜目：五字常言　　　　　　　　　　　　　　谜底：虎毒不食子（吴健）

10. 【谜面】其颡似尧，其项类皋陶，其肩类子产。

　　谜目：《中庸》句二　　　　　　　　　　　　谜底：从容中道，圣人也（顾霞福）

　　简析：会意正猜。谜面出自《史记·孔子世家》这段内：孔子适郑，与弟子相失，孔子独立郭东门。郑人或谓子贡曰："东门有人，其颡似尧，其项类皋陶，其肩类子产，然自要以下不及禹三寸。累累若丧家之狗。"子贡以实告孔子。孔子欣然笑曰："形状，末也。而谓似丧家之狗，然哉！然哉！"谜底摘自《中庸》这段内：诚者，天之道也；诚之者，人之道也。诚者，不勉而中，不思而得，从容中道，圣人也。诚之者，择善而固执之者也。这段话的原意是：真诚是上天的原则，追求真诚是做人的原则。天生真诚的人，不用勉强就能做到，不用思考就能拥有，自然而然地符合上天的原则，这样的人是圣人。努力做到真诚，就要选择美好的目标执着追求。入谜后，谜底两句却别解为：从相貌特征来说，长得"额头似唐尧，脖子如皋陶，肩膀像子产"的这个人，肯定就只能是圣人孔丘了。

11. 【谜面】郑人眼中孔子相

　　谜目：古代地名　　　　　　　　　　　　　　谜底：犬丘（陈清泉）

12. 【谜面】东门有人……累累若丧家之狗。

　　谜目：集邮术语　　　　　　　　　　　　　　谜底：异形孔（任焕长）

13. 【谜面】厄于陈蔡之间

　　谜目：《诗经·小雅·节南山之什·雨无正》句　　谜底：孔棘且殆（唐景松）

　　简析：会意正猜。典见《史记·孔子世家》这段内：孔子迁于蔡三岁，吴伐陈。楚救陈，军于城父。闻孔子在陈蔡之间，楚使人聘孔子。孔子将往拜礼，陈蔡大夫谋曰："孔子贤者，所刺讥皆中诸侯之疾。今者久留陈蔡之间，诸大夫所设行皆非仲尼之意。今楚,大国也,来聘孔子。孔子用于楚,则陈蔡用事大夫危矣。"于是乃相与发徒役围孔子于野。不得行,绝粮。从者病,莫能兴。孔子讲诵弦歌不衰。子路愠见曰:"君子亦有穷乎?"孔子曰:"君子固穷,小人穷斯滥矣。"谜底意为:孔子这时的处境是非常艰难而几近危险的。

14. 【谜面】被困于陈蔡之间

　　谜目:郭沫若小说名二　　　　　　　谜底:《圣者》《行路难》(罗学平)

15. 【谜面】弟子三千,在陈绝粮。

　　谜目:《大学》句二　　　　　　　　谜底:生之者众,食之者寡(何广深)

16. 【谜面】孔子西行不到秦

　　谜目(1):《孟子·公孙丑下》句　　　谜底:止于嬴(韦宗泗)

　　谜目(2):成语二　　　　　　　　　谜底:有国难投、如丘而止(陈宝芳)

　　简析:会意正猜。面句出自韩愈的《石鼓歌》内。纵观原书,孔子周游列国时,有次靠近秦国边界,而终未去秦国。秦为嬴姓,故称嬴秦。孔子名丘。

17. 【谜面】孔子学《易》,始于何岁。

　　谜目:《孟子·离娄下》句　　　　　谜底:五十而慕者(章祖泰)

　　简析:会意正猜。典见《史记·孔子世家》这段内:孔子晚而喜《易》,序《彖》《系》《象》《说卦》《文言》。读《易》,韦编三绝。曰:"假我数年,若是,我于《易》则彬彬矣。"因《论语·述而》里有文:子曰:"加(通'假'字,给予的意思)我数年,五十以学《易》,可以无大过矣。"所以本谜作者就据此将孔子因喜而学《易》的年龄定在了五十岁。

18. 【谜面】韦编三绝

　　谜目(1):教育名词　　　　　　　　谜底:老年大学(张开彭)

　　谜目(2):四字网络用语　　　　　　谜底:脱线阅读(佚名)

　　谜目(3):书名　　　　　　　　　　谜底:《古代散文》(佚名)

　　简析:会意正猜。老年的孔子读《易》很勤,以致把书简的皮绳都弄断了三次。三个谜底均由此意衍演而出。

19. 【谜面】韦编三绝仍不止

　　谜目:教育名词　　　　　　　　　　谜底:总复习(苏君湖)

20.【谜面】圣者犹韦编三绝

　　谜目：成语　　　　　　　　　　　　　谜底：知易行难（佚名）

21.【谜面】假我数年，若是，我于《易》则彬彬矣。

　　谜目：五字银行用语　　　　　　　　　谜底：定期一本通（郑百川）

22.【谜面】七十二贤

　　谜目：《易经》句　　　　　　　　　　谜底：咸丘蒙（徐钺）

　　简析：会意正猜。典出《史记·孔子世家》这段内：孔子以诗书礼乐教，弟子盖三千焉，身通六艺者七十有二人。如颜浊邹之徒，颇受业者甚众。谜底点出了七十二贤都是受教于孔丘一人的这一事实。

23.【谜面】孔子著书

　　谜目：历史文献纪录片　　　　　　　　谜底：《笔墨春秋》（陈清泉）

　　简析：会意正猜。典出《史记·孔子世家》这段内：子曰："弗乎弗乎，君子病没世而名不称焉。吾道不行矣，吾何以自见于后世哉？"乃因史记作《春秋》，上至隐公，下讫哀公十四年，十二公。据鲁，亲周，故殷，运之三代。约其文辞而指博。故吴楚之君自称王，而《春秋》贬之曰"子"；践土之会实召周天子，而《春秋》讳之曰"天王狩于河阳"。推此类以绳当世。贬损之义，后有王者举而开之。《春秋》之义行，则天下乱臣贼子惧焉。

24.【谜面】春秋史笔

　　谜目：《水浒全传》人物二　　　　　　谜底：周通、鲁达（郑永禧）

25.【谜面】万世师表孔夫子

　　谜目：顺德地名三　　　　　　　　　　谜底：高赞、杏坛、昌教（叶贺谦）

　　简析：会意正猜。《史记·孔子世家》中，司马迁是这样总结性地来赞誉孔子：太史公曰：《诗》有之："高山仰止，景行行止。"虽不能至，然心乡往之。余读孔氏书，想见其为人。适鲁，观仲尼庙堂车服礼器，诸生以时习礼其家，余低回留之不能去云。天下君王至于贤人众矣，当时则荣，没则已焉。孔子布衣，传十余世，学者宗之。自天子王侯，中国言六艺者折中于夫子，可谓至圣矣！"杏坛"的典故最早出自《庄子·杂篇·渔父》中："孔子游于缁帷之林，休坐乎杏坛之上。弟子读书，孔子弦歌鼓琴。"本来，按晋人司马彪的注释，杏坛只是指"泽中高处也"，清代顾炎武也认为《庄子》书中凡是讲孔子的,采用的都是寓言的写法,杏坛不必实有其地。但一种流行的附会说法却以为杏坛就在山东曲阜孔庙大成殿前。宋时,孔子第四十五代孙孔道辅增修祖庙,"以讲堂旧基甃石为坛,环植以杏,取杏坛之名名之"。故现在的曲阜孔庙实有杏坛。由此可见,"杏坛"实际是指"孔子讲学的地方",现在也多指教书授人的地方。

26. 【谜面】孔子布衣

　　谜目:《论语·乡党》句　　　　　　　　　谜底:丘未达(章祖泰)

三十一、夫差允和

越国，姒姓。相传始祖是夏代少康的庶子无余，建都会稽（今浙江绍兴市）。春秋末常年与吴国交战，公元前494年为吴王夫差所败。越王勾践卧薪尝胆，刻苦图强，于公元前473年攻灭吴国。并曾向北扩展，称为霸主。疆域有今江苏北部运河以东、江苏南部、安徽南部、江西东部和浙江北部。战国时国力衰弱，约在公元前306年为楚所灭。

越王勾践（前520—前465年），春秋末年越国国君，姒姓，名勾践，又名句践、鸠浅、菼执，夏禹后裔，越王允常之子。公元前496年即位，曾败于吴国，被迫求和。返国后重用范蠡、文种，卧薪尝胆使越国国力渐渐恢复起来。公元前482年，吴王夫差为参加黄池之会，尽率精锐而出，仅使太子和老弱守国。越王勾践遂乘虚而入，大败吴师。夫差仓促与晋国定盟而返，连战不利，不得已而与越议和。公元前473年迫使夫差自尽，勾践灭吴国称霸，是春秋时期最后一位霸主。

吴越之战，是春秋末期位居长江下游的两个诸侯国吴和越之间进行的最后一次争霸战争。自公元前510年开始，持续至公元前475年，历时共35年。中经吴伐越的樵李之战，越伐吴的夫椒之战、笠泽之战和姑苏围困战，最终以吴的灭亡和越的胜利而告结束。

下文将详细介绍其中的"樵李之战"和"夫椒之战"：

吴王阖闾十九年（前496），阖闾听到越王允常死后其子勾践新立，就打算乘丧伐越。伍子胥劝道："越虽有袭吴之罪，然而方有大丧，伐之恐怕不祥，最好还是再等等吧。"阖闾不听，留子胥与太子夫差守国，自引伯嚭、王孙骆、专毅等，选精兵三万，出南门望越国进发。

越王勾践亲自督师抵抗吴军，以诸稽郢为大将，灵姑浮为先锋，畴无余、胥犴为左右翼，与吴兵相遇于樵李（今浙江嘉兴西南）。相距十里，各自安营下寨。两下挑战，不分胜负。阖闾大怒，遂悉众列阵于五台山，戒军中毋得妄动，俟越

三十一、夫差允和

兵懈怠，然后再行进攻。

勾践望见吴阵上队伍整齐，戈甲精锐，便对诸稽郢说："他们兵势甚振，不可轻敌，必须以计乱之。"乃使大夫畴无余、胥犴督敢死之士，左五百人，各持长枪，右五百人，各持大戟，一声呐喊，杀奔吴军。吴阵上全然不理，阵脚都用弓弩手把住，坚如铁壁。冲突三次，俱不能入，只得回转。

见勾践无可奈何，诸稽郢密奏说："可以使罪人出战。"勾践大悟。次日，密传军令，悉出军中所携死罪者，共三百人，分为三行，全都袒衣注剑于颈，慢慢走向吴军。为首的那人还向吴军致辞说："敝主越王，不自量力，得罪于上国，这才招致你们讨伐。我等不敢爱死，愿以死代越王之罪！"言毕，一个接着一个自刭。吴兵从未见如此举动，甚以为怪，皆注目而观之，互相传语，正不知这是什么原因所致。越军中忽然鸣鼓，鼓声大振。畴无余、胥犴帅率死士二队，各拥大盾，持短兵，呼哨而至。吴兵心忙，队伍遂乱。

勾践统大军继进，右有诸稽郢，左有灵姑浮，冲开吴阵。王孙骆舍命与诸稽郢相持。灵姑浮奋长刀左冲右突，寻人厮杀，正遇吴王阖闾，灵姑浮将刀便砍。阖闾往后一闪，刀砍中右足，伤其将指，一屦坠于车下。却得专毅兵到，救了吴王。专毅身被重伤。王孙骆知吴王有失，不敢恋战，急急收兵，被越兵掩杀一阵，死者过半。阖闾伤重，即刻班师回营。灵姑浮取吴王之屦献功，勾践大悦。

阖闾因年老不能忍痛，回至七里之外，大叫一声而死。伯嚭护丧先行，王孙骆引兵断后，徐徐而返。越兵亦不追赶。吴太子夫差迎丧以归，成服嗣位，并拜伍子胥为相国。夫差使侍者十人，轮流立于庭中，每当自己出入经过，必大声呼其名而问他："夫差！你忘了越王杀了你的父亲吗？"夫差便流着眼泪回答说："不！不敢忘！"时刻以此来激励自己。夫差又命伍子胥、伯嚭练水兵于太湖，自己在陆上操练兵车，一俟三年丧毕，便为报仇之举。

吴王夫差二年（前494）春二月，夫差除丧后告于太庙，兴倾国之兵，使伍子胥为大将，伯嚭为副，从太湖取水道攻越。越王勾践集群臣计议，出师迎敌。大夫范蠡字少伯，出班奏曰："吴耻丧其君，蓄志报仇已达三年之久，其势恐不可当，宜敛兵坚守为上。"大夫文种字少禽，奏说："以臣愚见，莫若卑词谢罪，向吴乞和，待其兵退之后再徐图之。"勾践不听，悉起国中丁壮三万人，迎战于夫椒

（太湖中山名，一说即洞庭西山，一说夫、椒各为一山）

初合战，吴兵稍却，杀伤约百十人。勾践趋利直进，约行数里，正遇夫差大军，两下布阵大战。夫差立于船头，亲自秉枹击鼓，以激励将士，勇气十倍。忽北风大起，波涛汹涌，伍子胥、伯嚭各乘大舰，顺风扬帆而下，俱用强弓劲弩，箭如飞蝗般射来。越兵迎风，不能抵敌，大败而走，吴兵分三路逐之。越将灵姑浮舟覆溺水而死，胥犴中箭亦亡，吴兵乘胜追逐，杀死不计其数。

勾践奔至固城（今江苏南京市高淳区南）自保，吴兵围之数重，绝其汲道。夫差高兴地以为不出十日，越兵就会全都渴死。谁知山顶之上，自有灵泉，泉有嘉鱼，勾践命取鱼数百头，以馈吴王夫差，夫差大惊。勾践留范蠡坚守，自率五千残兵，乘间奔至会稽山（主峰在今浙江绍市嵊州西北）。勾践感叹说："自先君至今，三十年来，未尝有此败也！悔不听范文二大夫之言，以至如此。"

吴兵攻固城益急，子胥营于右，伯嚭营于左，范蠡告急，一日三至。越王勾践大恐。文种献谋说："事已急矣！现在求和，还是来得及的。"勾践说："吴国若是不允，怎么办？"文种回答说："吴国太宰伯嚭，其人贪财好色，妒功忌能，与伍子胥同朝不同心。吴王畏事子胥，而亲昵于伯嚭。若私下先到太宰之营，结其欢心，和他订立行成之约，太宰言于吴王，保准听允。子胥就是知道了，想阻止亦来不及了。"

勾践乃连夜遣使至都城，命夫人选宫中美女得八人，盛其容饰，加以白璧二十双，黄金千镒，使文种夜造太宰之营，求见太宰。伯嚭初欲拒绝，及闻有所赍献，便改变了主意。于是，伯嚭高踞上座接见了文种。文种跪而致辞说："寡君勾践，年幼无知，不能善事大国，以致获罪。如今寡君已悔恨无及，愿举国请为吴臣，而恐王见咎不纳，知太宰以巍巍功德，外为吴之干城，内作王之心膂。寡君乃使下臣种，先叩首于辕门，借重太宰一言，冀收寡君于宇下。不腆之仪，聊效薄贽，自此当源源而来矣。"遂以贿单呈献伯嚭。

伯嚭故作正经说："越国早晚之间就要破灭，凡越所有，何患不归于吴？而以此区区小利，就想来哄我吗？"文种说："越兵虽败，但保卫会稽的人还有精卒五千，足以拼死一战。战而不捷，将会尽焚库藏之积，窜身异国，怎么会白白任其为吴据有呢？退一万步，即使这些财宝全都被吴国据有之，内中大半将会归于

三十一、夫差允和

王宫，太宰同诸将，不过瓜分一二而已。倘若能促使求和事成，寡君非是委身于贵国大王，实质上乃是委身于太宰啊。如此今后越国春秋贡献，未入王宫，先入太宰之府，这岂不是太宰一人独擅了全越之利？"这一席话，说得伯嚭不禁点头微笑。文种又指单上所开美人说："这八个人，全出自越宫，若民间更有美于此者，寡君若生还越国，当竭力搜求，以备太宰扫除之数。"伯嚭闻言起立，说："大夫舍右营而趋左，看来还是相信我向无危害人之意。明早，我当引你先见我王，以决其议。"接着尽收文种所献，留其于营中，并共叙宾主之礼。

次早，伯嚭引文种来见夫差。伯嚭先入，备道越王勾践使文种请成之意。夫差勃然发怒，说："越国与寡人有不共戴天之恨，怎么能允其求和？"伯嚭回说："大王还不记得孙武之言否？'兵，凶器，可暂用而不可久也。'越国虽得罪于吴，但眼下已完全认罪认输了，其君请为吴臣，其妻请为吴妾，越国之宝器珍玩，尽扫以贡于吴宫。所乞求于大王的，不过是仅存延续宗祀一事罢了。受越之降，可得天大的实惠；赦越之罪，还可向天下显名。名实俱收，吴国就可以称雄于诸侯各国。若必欲穷兵力以诛越，则勾践将焚宗庙，杀妻子，沉金玉于江，率死士五千人，与吴决一生死，吴国也会为此而死好多人的。两相权衡，大王您看哪种于国真正有利？"夫差口气稍缓说："如今文种在哪？"伯嚭忙说："正在帐外候宣。"夫差乃命文种入见。

文种膝行而前，复申前说，更加卑逊。夫差问道："汝君既然请求成为吴国臣妾，他能跟从寡人入吴否？"文种稽首说："既为臣妾，死生由君，敢不服事于大王左右！"夫差乃许其成。

早有人到右营报知子胥。子胥急趋至中军，见伯嚭同文种立于吴王夫差旁侧，不由怒气盈面，急问吴王："大王已许越国求和了吗？"夫差说："已允许了。"子胥连声说："不可！不可！"吓得文种倒退几步，静听其说。子胥谏说："越与吴邻，有不两立之势，若吴不灭越，越必灭吴。如果是秦、晋那般的国家，我攻而胜之，得其地，不能居，得其车，不能乘。但是越国就完全不同了，攻而胜之，其地可居，其舟可乘，此社稷之利，万万不可放弃。况且又有先王大仇，不灭越，何以谢大王立庭之誓啊？"夫差语塞不能对，只好目视伯嚭。伯嚭上前别有用心地说："相国之言有误！若说先王大仇，必不可赦，那么相国仇恨楚者更甚，为什么还是没灭掉楚国而遽许其和啊？看来是相国自行忠厚之事，而欲使大王背上刻薄之名，忠臣应当不是这个样子啊。"夫差高兴地说："太宰之言有理，相国且退，俟越国贡献至日，当分赠予你。"气得伍子胥面如土色。

伍子胥步出幕府，对大夫王孙雄说："这般下去，越国十年生聚，再加以十年之教训，不过二十年，就会灭了吴国！可惜吴宫将会变为沼泽了。"王孙雄冲他摇摇头，并不相信他的警示。子胥含愤，自回右营。

文种回至会稽，报告了求和经过。勾践立即召集大臣们，安排自己走后的越国政事。一时君臣相对而泣，悲愤得连话都说不出来了……最后，大家都劝勾践只管放心前去吴国服侍吴王，自己会在国内埋头苦干，想方设法尽早恢复越国当年的地位。勾践拜托文种和别的大臣们管理国事，自己带上夫人和范蠡，按照勾践指定的时间上路了，越国的大臣和不少老百姓都沿途哭着为他们送行。

本篇内含有以下一些灯谜，请大家欣赏：

1. **【谜面】勾践称王在哪方**

   谜目：国名　　　　　　　　　　　　　谜底：越南（马凤友）

   简析：会意正猜。相对中原地区的诸侯各国，越国的地理位置明显位于南方。

2. **【谜面】少伯入越辅勾践**

   谜目：《雪山飞狐》人物　　　　　　　谜底：范帮主（陈水龙）

   简析：会意正猜。范蠡字少伯。

3. **【谜面】灵姑浮奋长刀左冲右突，寻人厮杀。**

   谜目：CCTV 栏目　　　　　　　　　　谜底：《越战越勇》（陈清泉）

   简析：会意正猜。谜面为《东周列国志》第七十九回原文句子。因灵姑浮是越国的一员战将，故可引出谜底的第一个"越"字；谜底中，后一"越"字则当副词用，表示程度加深。相同一字，仗词性转化而释义迥异，可使全谜工巧兼得。

4. **【谜面】阖闾往后一闪，刀砍中右足。**

   谜目：《聊斋志异》篇目三　　　谜底：《大力将军》《武夷》《王者》（陈清泉）

   简析：会意正猜。谜面为《东周列国志》第七十九回原文句子，其前句为"正遇吴王阖闾，灵姑浮举刀便砍"。将越国勇将灵姑浮视作"大力将军"，是本谜匠心独运的精妙之处。

5. 【谜面】子胥过昭关，夫差收英才。

    谜目：三字职务　　　　　　　　　　　　谜底：出纳员（石幼华）

6. 【谜面】夫差赐封伍子胥

    谜目：方位字　　　　　　　　　　　　　谜底：赏下员（沈志宏）

    简析：会意正猜。所谓方位字谜，指的就是专门选择可以分拆出独立汉字（子字）的字作为母字，配上表示子字方位的词，再与分拆出来的子字缀合在一起组成新词语来扣合谜面的一个字谜谜种。如本谜的谜底中，"赏"即为母字，"员"就是子字，而"下"则是示位词。

7. 【谜面】子胥见夫差而吴始大兴

    谜目：教学用具　　　　　　　　　　　　谜底：圆规（林敏）

    简析：子胥名"员"，"吴始"为"口"，再加"夫"及"见"，四者合为"圆规"二字。谜面中其余"差、而、始大兴"三词，皆起连缀谜底四要素之作用。

8. 【谜面】文种重币入吴营

    谜目：《左传·隐公十一年》句　　　　　谜底：将以求太宰（田东芳）

    简析：会意正猜。典出《史记·越王勾践世家》这段内：三年，勾践闻吴王夫差日夜勒兵，且以报越，越欲先吴未发往伐之……遂兴师。吴王闻之，悉发精兵击越，败之夫椒。越王乃以余兵五千人保栖于会稽。吴王追而围之。越王谓范蠡曰："以不听子故至于此，为之奈何？"蠡对曰："持满者与天，定倾者与人，节事者以地。卑辞厚礼以遗之，不许，而身与之市。"勾践曰："诺。"乃令大夫种行成于吴，膝行顿首曰："君王亡臣勾践使陪臣种敢告下执事：勾践请为臣，妻为妾。"吴王将许之。子胥言于吴王曰："天以越赐吴，勿许也。"种还，以报勾践。勾践欲杀妻子，燔宝器，触战以死。种止勾践曰："夫吴太宰嚭贪，可诱以利，请间行言之。"于是勾践以美女宝器令种间献吴太宰嚭。嚭受，乃见大夫种于吴王。种顿首言曰："愿大王赦勾践之罪，尽入其宝器，不幸不赦，勾践将尽杀其妻子，燔其宝器，悉五千人触战，必有当也。"嚭因说吴王曰："越以服为为臣，若将赦之，此国之利也。"吴王将许之。子胥进谏曰："今不灭越，后必悔之。勾践贤君，种、蠡良臣，若反国，将为乱。"吴王弗听，卒赦越，罢兵而归。谜底表明：战败方越国所以能求和成功，与吴国太宰伯嚭收受文种贿赂有着直接关系。

9.【谜面】乐意自愿弃君位，夫差才不拒求和。

谜目（1）：《三国演义》人物三　　　　　　谜底：甘宁、吴臣、王允（陈清泉）

谜目（2）：《三国演义》人物三（蕉心格）　谜底：甘宁、吴臣、王允（陈清泉）

简析：会意正猜。(1) 谜谜底应断读为"甘宁吴（吴国）臣（臣下），王（吴王）允"；(2) 谜谜底应依格断读为"甘宁臣，吴王（夫差）允"。两种断法分扣面句均不悖情理。

10.【谜面】子胥入谏

谜目：《左传·宣公十二年》句　　　　　　谜底：伍参言于王曰（李皋如）

11.【谜面】子胥心中无私求

谜目：三字称谓（卷帘格）　　　　　　　　谜底：公务员（蔡建荣）

12.【谜面】子胥表明无私心

谜目：公征名词（卷帘格）　　　　　　　　谜底：公征员（青桐楼主）

简析：会意正猜。谜底依格读为"员证公"。征：证明。

三十二、卧薪尝胆

勾践到了吴国，吴王夫差接受了越国贡献之物，使王孙雄于阖闾墓侧，筑一石室，将勾践夫妇贬入其中。去其衣冠，蓬首垢衣，叫他专干给自己养马的事情。范蠡跟着勾践做些奴仆的工作。平日多亏伯嚭私馈食物，仅仅不至于饥饿。吴王每次驾车出游，勾践总是因拉马而步行车前，吴人都指着他嘲笑说："这就是那个以前的越王啊！"勾践只好低下头装作没听见罢了。

勾践一共给夫差当了三年的马夫，在这期间他对夫差可称得上是百依百顺，唯恐因一点小事惹得夫差不高兴而杀了自己。留守在越国的文种除了按时给夫差进呈美人及财物外，还时常打发人给伯嚭另送一份重礼，因此伯嚭总在夫差面前说勾践的好话，时间长了，夫差便萌生了释放勾践叫他回归越国的念头。

有一次夫差病了，勾践托伯嚭向夫差转话，说是自己听说大王病了，心中惦念想来问候。夫差怜惜勾践这份情意就答应了他。伯嚭引勾践到了越王寝室，言未毕，夫差忽觉腹胀欲便，挥手令他外出。勾践却不动身，小声说："贱臣昔年在东海，曾事医师，观人泄便，能知疾之轻重。"乃拱立于户下。

当侍者将便桶近床，扶夫差便讫，将出户外，勾践立即上前揭开桶盖，手掬其粪，跪着尝了一口。左右皆掩鼻。勾践又跪至夫差床边，恭贺说："大王之疾，已经度过了危险期，再有几日必痊愈如初。"夫差不由发问："你是怎么知道的？"勾践回答说："贱臣听医师说过：'夫粪者，谷味也。顺时气则生，逆时气则死。'刚才贱臣窃尝大王之粪，味苦且酸，正应春夏发生之气，所以才敢说出这话。"夫差极为高兴，感叹说："好人啊勾践！臣子之事君父，有谁愿意尝粪便而探明病情？"这时太宰嚭在旁，夫差问他："你能做到这点吗？"伯嚭摇首说："臣虽甚爱大王，但这事还是做不到啊。"夫差认可其说，说："不但太宰，就是寡人的太子亦做不到这种程度。"即命勾践离其石室，就便栖止，"待寡人病好，即当遣你还国。"勾践再拜谢恩而出。自此虽移居民舍，但对待马匹牧养之事还和过去一样认真。夫差病果渐愈。

吴王夫差五年（前491），夫差不顾伍子胥的强烈反对，决意赦免勾践回国。送别那天，夫差命置酒于蛇门之外，亲送勾践出城。群臣皆捧觞饯行，唯有伍子胥一人不至。夫差亲执勾践之手，叮嘱说："寡人赦君返国，君当念吴之恩，勿记吴之怨。"勾践稽首说："大王怜哀贱臣孤穷，使得生还故国，当生生世世，竭力报效。苍天在上，实鉴臣心，如若负吴，皇天不佑！"夫差说："君子一言为定，请上路吧。勉之！勉之！"勾践再拜跪伏，流涕满面，有依恋不舍之状。夫差亲扶勾践登车，范蠡执御，夫人亦再拜谢恩，一同升辇，望南而去。

其实，勾践骨子里时时不忘向吴国复仇，回国后害怕舒适的生活会消磨了自己的志气，他把软绵绵的锦衣绣被从居室撤掉，抱来一堆柴草当褥子。又在起坐和睡觉的地方挂上苦胆，除坐卧即能仰头尝尝苦胆外，每顿饮食之前必是先尝苦胆。还对自己说："你忘记会稽的耻辱了吗？"

因为越国丧败之余，人口大减，勾践制订了几条鼓励生息的政策：令年壮者勿娶老妻，老者勿娶少妇；女子十七不嫁，男子二十不娶，其父母俱有罪；孕妇将产，必须报官，好派医官照应；生男则国家赐以一壶酒一条狗，生女则赐以一壶酒一口猪；生子三人者官养其二，生子二人者官养其一。赶到种地的季节，勾践亲自挥锄去地里干活，以此激励农人加劲种地，多打粮食。勾践夫人从不穿过分华丽的衣服，自己也在宫里织布，并时常外出探望养蚕、缫丝、纺线的妇女们……诸如此类的亲民作为不可胜数。

听说吴王夫差打算起造姑苏台，勾践趁着这个机会，从越国伐了几根又长又大的木料，专门叫文种送去。夫差从没见过这般巨大的木料，一高兴就叫把姑苏台再加高一层。这下本来浩繁的工程又增大了开支，吴国老百姓个个苦不堪言。

有了姑苏台，还缺美人，勾践又投夫差所好，叫范蠡从国内找出一名深明大义的绝色女子——西施，进献给夫差。果然，夫差一见西施就完全被她俘虏了。夫差自得西施，以姑苏台为家，四时出游，弦管相逐，流连忘返。只叫太宰伯嚭常侍左右，伍子胥求见，往往遭吃闭门羹。

有次，越国大夫文种来吴国借粮，西施见夫差尚在迟疑，忙吹耳边风让他答应这事。来年，越国粮食丰收。文种预挑了可以做种子的粮食一万石，亲自押运至姑苏偿还吴国。夫差见勾践不失信很是高兴，就把这些颗粒比本国产的要大的粮食，分给农人去种。到了春天，吴国农人下种后，等了十几天，没见一棵禾苗从地钻出。他们还心存侥幸地想：是不是良种要比普通种子出得慢点？谁知等来等去，竟误了农时，造成这一年吴国的粮食大饥荒，吴国农人为此都怪吴王不顾本国土地性能，冒冒失失地用了越国的种子。岂不知原本越国归还的粮食，竟是预先全部被蒸熟后又晒干了。

见吴国闹饥荒，越王勾践就想立刻发兵。文种劝他说："大王请耐心等等！一则，此时吴国忠良伍子胥尚在；再者，吴国兵力全部分布在国内，不便乘虚袭击。"勾践听从了他的意见，加大力度操练兵马，以备时机成熟时使用。

吴王夫差十二年（前484），吴王夫差为了争当诸侯霸主，征发全国之兵，大举伐齐。伍子胥又来劝谏："越国存在，是我心腹之患；至于齐国，不过若疥癣小病而已。今大王兴十万之师，行粮千里，臣恐怕齐未必胜，而越祸已至了。"夫差怒曰："寡人发兵有期，老贼故意以此不祥之语，阻挠大计，当得何罪？"意欲诛杀伍子胥。伯嚭密奏说："伍子胥乃前王之老臣，不可加诛。大王不若遣他往齐约战，假手齐人杀他。"夫差于是写就国书，数说齐国伐鲁慢吴之罪，命子胥往见齐君，希望激怒齐君而杀子胥。

伍子胥料定吴国必亡，偷偷携带其子伍封同行。至临淄，致吴王之命，齐简公闻知大怒，欲杀子胥。子胥原与齐国大臣鲍牧相识，鲍牧的儿子鲍息看出了夫差的险恶用心，劝说齐简公别杀子胥，简公遂厚待子胥。鲍息私下叩问吴事，子胥垂泪不言，但引其子伍封，使拜鲍息为兄，寄居于鲍氏，今后只称王孙封，勿用伍姓。

这时夫差自将中军，太宰嚭为副，胥门巢将上军，王子姑曹将下军。兴师十万，同越兵三千，浩浩荡荡，望山东一路进发。先遣人约会鲁哀公合兵攻齐。子胥于中途复命，称病先归，不肯跟从吴王同去伐齐。

吴王夫差伐齐大胜，他踌躇满志地班师回吴。百官迎贺，子胥亦到，独无一言。夫差乃责备他说："相国劝谏寡人不当伐齐，今得胜而回，相国独无功，难道不觉自差吗？"子胥攘臂大怒，大声说："这次胜齐不过是一小喜，臣恐大忧即至。"夫差愠怒说："好久不见相国，耳边颇觉清净，今天你怎么又来絮聒？"君臣闹了个不欢而散。

就在夫差怒犹未息之际，伯嚭又来火上泼油说："臣闻子胥使齐，以其子托于齐臣鲍氏，显见有叛吴之心，请大王察之！"夫差乃使人赐子胥以"属镂"之剑。子胥接剑在手，叹了口气，说："大王是想叫我自裁啊！"乃赤足下阶，立于中庭，仰天大呼道："天哪，天哪！当初先王不欲立你夫差，赖我力争，你才得以嗣位。我为你破楚败越，威加诸侯。如今你不但不听我言，反赐我死！我今日死，明日越兵就会到来，掘你社稷啊。"又对家人交代说："我死后，可抉出我的眼睛，悬于东门，以观越兵之入吴！"言讫，自刎其喉而绝。

使者取剑还报，述其临终之嘱。夫差往视其尸，冷笑说："伍子胥啊伍子胥，你一死之后，还能知道何事？"乃自断其头，置于盘门城楼之上；取其尸，盛在皮口袋里，使人载去，投于江中，又恶狠地说："日月炙你骨，鱼鳖食你肉，你骨变形灰，复何所见！"尸入江中，随流扬波，依潮来往，荡激崩岸。当地人因感到畏惧，私下将子胥尸身捞出，埋之于吴山。后世因改称胥山，今山有子胥庙。

伍子胥死后，吴国剩下的日子就不多了，这回可真轮到越国人出手了。

故事讲完了，该看看本篇中含有的以下多则灯谜了：

1.【谜面】夫差囚吴服何役

谜目：《聊斋志异》篇目　　　　　　　　谜底：《王司马》（陈清泉）

简析：会意体问答式谜。谜典出于《吴越春秋·勾践入臣外传》内这段中：于是入吴，见夫差稽首再拜称臣……夫差遂不诛越王，令驾车养马，秘于官室之中。谜底再次点明：勾践在为夫差养马时，是作为战败方而被囚于吴的。

2.【谜面】勾践变为吴王奴

谜目：古代称谓二　　　　　　　　　　谜底：更夫、差役（吕珏生）

3.【谜面】每出游，命勾践执马箠步行驾前。

谜目：《聊斋志异》篇目三　　　　　　谜底：《吴令》《王成》《车夫》（陈清泉）

简析：会意正猜。谜面系归纳《东周列国志》第八十回中这段话而得：吴王每驾车出游，勾践执马箠步行车前，吴人皆指曰："此越王也。"勾践低首而已。

三十二、卧薪尝胆

4.【谜面】勾践胡诌"尝粪经"

谜目：同音字三　　　　　　　　　　　　谜底：辨便编（陈清泉）

简析：会意正猜。谜典出于《吴越春秋·勾践入臣外传》内这段：越王（勾践）明日谓太宰嚭（伯嚭）曰："囚臣欲一见问疾。"太宰嚭即入言于吴王（夫差），王召而见之。适遇吴王之便，太宰嚭奉溲恶以出，逢户中。越王因拜："请尝大王之溲，以决吉凶。"即以手取其便与恶而尝之。因入曰："下囚臣勾践贺于大王，王之疾至己巳日有瘳，至三月壬申病愈。"吴王曰："何以知之？"越王曰："下臣尝事师，闻粪者顺谷味，逆时气者死，顺时气者生。今者臣窃尝大王之粪，其恶味苦且楚酸。是味也，应春夏之气。臣以是知之。"吴王大悦，曰："仁人也。"乃赦越王得离其石室，去就其宫室，执牧养之事如故。勾践究竟懂不懂医术，现在是无从得知了。不过从他当时身为吴囚的特殊环境分析，可能这些"辨便识病"的所谓经验实乃经典献媚高论，应该是属于见机而作的胡编之语才对。本谜的谜眼当为"便"字，应取"屎尿"义。

5.【谜面】待孤疾瘳，即当遣伊还国。

谜目：同音字八　　　　　　　　　　　　谜底：视食屎事是实示释（陈清泉）

简析：会意正猜。谜面为《东周列国志》第八十回中夫差的原话。夫差为什么要说这话呢？原来他被工于心计且故意装成超出常人所为而孝顺自己的勾践彻底蒙蔽住了，所以在看到勾践"食屎辨疾"之举实实在在地发生后，才一时激动地说出这番准备放归勾践的言论。谜底断读为"视食屎事是实，示释"后，行文结构严谨且层次井然。

6.【谜面】勾践思故国，哀悲渐加重。

谜目：五字口语　　　　　　　　　　　　谜底：越想越难受（潭东钓徒）

7.【谜面】夫差曰："君子一言为定，君其遂行。勉之！勉之！"勾践再拜跪伏，流涕满面，有依恋不舍之状。

谜目：词牌名四　　谜底：《思越人》《受恩多》《归去难》《负心期》（陈清泉）

简析：会意正猜。谜面为《东周列国志》第八十回中的原文句子。谜底断读为"思/越人受恩多/归去难负心/期"后，可将夫差赦免勾践后，在送其归国时的心理活动惟妙惟肖地表现出来：原来他在幻想中，还真以为自己赐给以勾践为代表的越国人恩典是不少的，这次勾践回归故国后肯定是不会辜负自己这片好心的，当然这只是他的一厢情愿般的天真期待罢了。

8. 【谜面】夫差挥手遣差去,勾践践约渡水来。

　　谜目:河南地名　　　　　　　　　　　　　　谜底:扶沟(魏强)

9. 【谜面】勾践获释重归国

　　谜目:清代象棋棋手　　　　　　　　　　　　谜底:王再越(陆甸坤)

10. 【谜面】呈良计,迷夫差,越王终得一归。

　　谜目:成语　　　　　　　　　　　　　　　　谜底:嗟来之食(陈继耿)

　　简析:谜底可用离合、抵销二法得之。谜面为自撰句,三句皆寓机巧。其中的"呈良计,越王终"六字应这般处理:即将"呈"字的"王"利用隔(越)句的"王终"二字去掉,仅余"口";"良"字暂保留。再将次句"迷夫差"三字中的"迷"字分拆为"米、辶(走之旁)"二部分,"差"字且不动;这时可将"夫"字中的一个"一",移送给"米","来"字就出来了,"夫"字亦变成了"大"字。最后,运用谜面后句"得一归"三字的消减功能,去掉"大"字里的那个"一",遂剩"人"字。综上复杂运作,谜底四字要素俱全了:"口、差"合为"嗟","来、之"已成形,"人、良"组成"食"。

11. 【谜面】勾践暮作尝胆赋

　　谜目:五言唐诗句　　　　　　　　　　　　　谜底:是夜越吟苦(苏温才)

　　简析:会意正猜。典出《史记·越王勾践世家》这段内:吴既赦越,越王勾践返国,乃苦身焦思,置胆于坐,坐卧即仰胆,饮食亦尝胆也。曰:"女忘会稽之耻邪?"身自耕作,夫人自织,食不加肉,衣不重采,折节下贤人,厚遇宾客,振贫吊死,与百姓同其劳。谜底为王昌龄《同从弟南斋玩月忆山阴崔少府》诗句。

12. 【谜面】勾践使民十年生聚

　　谜目:《西厢记》句　　　　　　　　　　　　谜底:越教人不快活(啸引上人)

　　简析:会意正猜。《史记·越王勾践世家》中虽然没有提到"越国的十年生聚"一事,但《左传·哀公元年》却借伍子胥之言记载有这件事:(伍员)退而告人曰:"越十年生聚,而十年教训,二十年之外,吴其为沼乎!"三月,越及吴平。因"十年"是个相对不短的时期,故可引出谜底之"不快"二字。

三十二、卧薪尝胆

13. 【谜面】十年生聚，十年教训。

    谜目：足球术语　　　　　　　　　　谜底：制造越位战术（汤政良）

14. 【谜面】出言谋筹献西施

    谜目：农作物　　　　　　　　　　　谜底：甘栗（佚名）

15. 【谜面】密布置西施卧底，献美女勾践得活。

    谜目：八字广告语　　　　　　　　　谜底：精心细作、亮丽人生（李君）

    简析：会意正猜。谜底顿读为"精心/细作/亮丽人/生"。"卧底（卧底是间谍的一种，即潜入敌人内部的间谍，通常卧底的处境是非常危险的）、细作（取'暗探、间谍'义）"二词词性内涵贯通，可在谜面及谜底中两相呼应。

16. 【谜面】无忌伯嚭进谗，欲除子胥使然。

    谜目：称谓冠量　　　　　　　　　　谜底：两个·促销员（孙培桢）

    简析：会意正猜。关于费无忌在楚平王面前进谗欲除子胥之事，本书《伍尚赴死》一节中已叙及。"伯嚭进谗"之事在《史记·伍子胥列传》中如此记叙：吴太宰嚭既与子胥有隙，因谗曰："子胥为人刚暴，少恩，猜贼，其怨望恐为深祸也。前日王欲伐齐，子胥以为不可，王卒伐之而有大功。子胥耻其计谋不用，乃反怨望。而今王又复伐齐，子胥专愎强谏，沮毁用事，徒幸吴之败以自胜其计谋耳。今王自行，悉国中武力以伐齐，而子胥谏不用，因辍谢，详病不行。王不可不备，此起祸不难。且嚭使人微伺之，其使于齐也，乃属其子于齐之鲍氏。夫为人臣，内不得意，外倚诸侯，自以为先王之谋臣，今不见用，常鞅鞅怨望。愿王早图之。"吴王曰："微子之言，吾亦疑之。"乃使使赐伍子胥属镂之剑，曰："子以此死。"伍子胥仰天叹曰："嗟乎！谗臣嚭为乱矣，王乃反诛我。我令若父霸。自若未立时，诸公子争立，我以死争之于先王，几不得立。若既得立，欲分吴国予我，我顾不敢望也。然今若听谀臣言以杀长者！"乃告其舍人曰："必树吾墓上以梓，令可以为器；而抉吾眼县吴东门之上，以观越寇之入灭吴也。"乃自刭死。吴王闻之大怒，乃取子胥尸盛以鸱夷革，浮之江中。吴人怜之，为立祠于江上，因命曰胥山。谜底应顿读为"两个（费无忌、伯嚭两个人）/促销/员（伍子胥名员）"。"销"通"消"。

17. 【谜面】吴王曰："微子之言，吾亦疑之。"乃使使赐伍子胥属镂之剑，曰："子以此死。"

    谜目：公安部门人事措施　　　　　　谜底：警员裁员（赵首成）

简析：会意正猜。谜面为《史记·伍子胥列传》句。"微子之言，吾亦疑之"为夫差回答伯嚭进谗的话，表明他早已怀疑伍子胥（伍子胥名员）了，因而可扣出"警员"二字；"子以此死"系夫差对伍员所下的要他自行了断的命令，故可扣出"裁员"二字。"裁"，杀也。

18. 【谜面】吴王曰："微子之言，吾亦疑之。"

    谜目：二字称谓三（蕉心格）　　　　　谜底：挑夫、听差、伤员（陈清泉）

    简析：会意正猜。谜面为《史记·伍子胥列传》句。谜底依格断读为"挑，夫差听，伤员"后；表明：正是由于伯嚭的谗言挑唆，吴王听信后，才害死了忠臣伍员。

19. 【谜面】吴王变脸斥子胥

    谜目：四字称谓　　　　　　　　　　　谜底：反面教员（文汉源）

20. 【谜面】吴王赐剑伍子胥

    谜目：二字人事用语　　　　　　　　　谜底：裁员（陈士良）

21. 【谜面】子胥因谏身遭戮

    谜目：五字军事用语　　　　　　　　　谜底：非战斗减员（蟑螂财进）

22. 【谜面】抉吾眼置之吴东门

    谜目：曲牌名二　　　　　　　　　　　谜底：思越人、入破（郑百川）

    简析：会意正猜。面句出于《史记·吴太伯世家》这段内：越王勾践率其众以朝吴，厚献遗之，吴王喜。唯子胥惧，曰："是弃吴也。"谏曰："越在腹心，今得志于齐，犹石田，无所用。且盘庚之诰有颠越勿遗，商之以兴。"吴王不听，使子胥于齐，子胥属其子于齐鲍氏，还报吴王。吴王闻之，大怒，赐子胥属镂之剑以死。将死，曰："树吾墓上以梓，令可为器。抉吾眼置之吴东门，以观越之灭吴也。"谜底表明：吴国忠臣伍子胥是有先见之明的，是他首先就想到世仇越国人攻入并灭掉吴国的那悲惨一幕，必定会在昏主夫差手里出现。

23. 【谜面】抉目城头怒伍胥

    谜目：体育称谓　　　　　　　　　　　谜底：守门员（叶春荣）

24. 【谜面】抉吾目悬于东门

    谜目：称谓　　　　　　　　　　　　　谜底：观察员（佚名）

三十二、卧薪尝胆

25. 【谜面】子胥抉目

    谜目：体育称谓　　　　　　　　　　　　谜底：守门员（马佩文）

26. 【谜面】盛以鸱夷之器，投之于江中。

    谜目：《诗经·大雅·桑柔》句　　　　　谜底：载胥及溺（杨春农）

    简析：会意正猜。面句出于《吴越春秋·夫差内传》内。

27. 【谜面】失去了股肱之臣伍子胥

    谜目：双示位方位字　　　　　　　　　　谜底：损左右手员（疏暮樱雪）

    简析：双示位方位字谜规定：一个母字在两个示位词的提示下，可分解出两个子字，示位词根据扣合的需要可集中放置或分开放置。本谜中，"损"是母字，"左右"是两个示位词，"手员"是两个子字。谜底应顿读为"损/左右手/员（伍子胥名员）"。

28. 【谜面】戮忠臣伍子胥，大过一也。

    谜目：离合字　　　　　　　　　　　　　谜底：言吴误（黄清明）

29. 【谜面】夫差不该杀子胥

    谜目：离合字　　　　　　　　　　　　　谜底：言吴误（沈志宏）

30. 【谜面】过罢此夜子胥亡

    谜目：离合字　　　　　　　　　　　　　谜底：夕员殒（郑志民）

31. 【谜面】子胥身首分左右

    谜目：七画字　　　　　　　　　　　　　谜底：呗（聂玉文）

32. 【谜面】前朝错杀伍子胥，奸佞屡出若伯嚭。

    谜目：四字新词　　　　　　　　　　　　谜底：减员增效（陈清泉）

33. 【谜面】沉江子胥称鸱夷

    谜目：三字职务　　　　　　　　　　　　谜底：潜水员（张志有）

34. 【谜面】子胥既弃吴江上

    谜目：三字职务　　　　　　　　　　　　谜底：潜水员（樱子）

    简析：会意正猜。谜面为唐代李白《行路难·其三》诗句。

35. 【谜面】子胥今日委东流

　　谜目（1）：三字职务　　　　　　　　　　谜底：发行员（郭海龙）

　　谜目（2）：三字称谓（卷帘格）　　　　　谜底：派送员（束洪波）

　　简析：会意正猜。谜面为唐代胡曾《咏史诗·钱江》诗句。(2)谜谜底依格应读为"员送派"。派：水的支流。

36. 【谜面】子胥冤愤终千古

　　谜目（1）：六字人数极少的后果语　　　　谜底：严重不满员了（黄冬妮）

　　谜目（2）：冠姓称谓二（卷帘格）　　　　谜底：屈·委员，伍·道长（王醒宇）

　　简析：会意正猜。谜面为宋代辛弃疾《摸鱼儿·观潮上叶丞相》词句。(2)谜谜底依格倒读为"长道伍员委屈"。伍子胥名员。

37. 【谜面】说说子胥功与过

　　谜目：三字职务　　　　　　　　　　　　谜底：评论员（龚慧娴）

38. 【谜面】世人争说伍子胥

　　谜目：外国政界称谓　　　　　　　　　　谜底：众议员（梁宝仁）

39. 【谜面】子胥美名天下传

　　谜目：三字职务　　　　　　　　　　　　谜底：广播员（黄福忠）

40. 【谜面】众口纷纷伍子胥

　　谜目：三字职务　　　　　　　　　　　　谜底：广播员（高小军）

41. 【谜面】子胥名垂青史

　　谜目：田径教练名　　　　　　　　　　　谜底：伍建辉（张士斌）

42. 【谜面】子胥身虽死，清辉留人间。

　　谜目：十七画字　　　　　　　　　　　　谜底：嬴（赖兴）

　　简析："子胥"名"员"，"身虽死"扣"亡"，"人间"为"凡"，"清辉"即"月"，这是会意法旨。"员、亡、月、凡"这四者共合为谜底"嬴"。

43. 【谜面】死后料难见子胥

　　谜目：五字商业用语　　　　　　　　　　谜底：终身会员卡（庄园）

三十二、卧薪尝胆

44. 【谜面】为立祠于江上，因命曰胥山。

    谜目：《三国演义》人物二（摘领格）　　　　谜底：吴夫人、戴员（陈清泉）

    简析：会意正猜。谜面为《史记·伍子胥列传》句，其前句为"吴人怜之"。谜底应依格读为"吴人戴员"。戴：尊奉。

45. 【谜面】同心立祠祭伍员

    谜目：离合字二　　　　　　　　　　　　　谜底：人共供、奉三二个（孙国光）

46. 【谜面】经常凭吊伍子胥

    谜目：十二画字　　　　　　　　　　　　　谜底：赏（高桑季）

47. 【谜面】独悲冤死伍子胥

    谜目：安全生产名词　　　　　　　　　　　谜底：伤亡人员（卢育明）

三十三、勾践灭吴

吴王夫差杀掉伍子胥后，整个吴国对勾践必欲灭吴之心时刻保持高度警惕还有一个人，这个人不是别人，就是夫差的法定接班人太子友。太子友得悉吴王又打算去中原与诸侯会盟，便想好好劝谏父王一番。年轻人毕竟脑袋灵活，他怕直言其事会惹父王发怒，于是想出了一个以讽谏来感悟父王的好主意。

一日清旦，太子友怀丸持弹，从后园而来，衣履俱湿，夫差见他弄成这个模样，不由感到奇怪，便问原因。太子友回答说："孩儿刚才去后园游玩，听见秋蝉鸣于高树，特意循声前往观看。抬头果然看见枝头有只秋蝉趋风长鸣，自以为十分得意，它却不知身后偷偷来了一只螳螂，沿着枝条慢慢靠近，测算好准确距离后才停了下来，屈肢收腰，随时准备一跃而搏蝉食之。谁知就在螳螂一心只对秋蝉专注之际，又有一只黄雀徘徊绿荫，打算去啄螳螂。更可笑的是黄雀一心只在螳螂身上，怎么也想不到这时孩儿正挟弹持弓准备弹击它呢？最有意思的是孩儿一心只是关注黄雀，却不知身旁另有坑穴，因而失足堕陷，以致衣履全被沾湿，才为父王所笑啊。"吴王哈哈大笑，说："你但贪前利，不顾后患，天下最笨的人，看来也笨不过孩儿你啊！"

太子友看到时机已经成熟，便及时改变口吻，一本正经提醒自己父亲说："父王不知：天下之愚，还有比孩儿更为可笑的事啊。鲁国本周公之后，有孔子之教，不犯邻国，齐国却无故进攻它，还以为这样就会据有鲁国。哪会想到这时吴国会悉起境内兵力，暴师千里而去攻它。吴国大败齐师后，自以为从此齐国臣服。殊不知越王将选死士，出三江之口，入五湖之中，屠我吴国，灭我吴宫。天下之愚，最大莫过于此啊！"吴王闻言变脸，发怒说："逆子这番胡言全出伍员唾余，我早就听够了，今又把它捡起，莫不是想以此来阻挠我大计吗？再若多言，我就不认你这个儿子了！"太子友被吓坏了，连忙乖乖退出。

吴王夫差十四年（前482），一心想长期称霸于诸侯的夫差利令智昏，使太子

三十三、勾践灭吴

友同王子地、王孙弥庸守国，亲率国中精兵，由邗沟北上，会鲁哀公于橐皋，会卫出公于发阳。遂约诸侯，大会于黄池（今河南封丘西南），欲与晋争盟主之位。

越王勾践闻知吴王已出境，就与范蠡计议，发兵五万从海道出发，走捷路来袭吴国国都姑苏。越军前锋小有失利后，太子友使王孙弥庸出师迎敌，自己随后接应。勾践亲立于行阵，督兵交战。怎奈吴兵精勇惯战者，俱随吴王出征，留在国中的全是没有经过认真训练的乌合之众，怎能抵抗越国数年练就的精兵。弓弩剑戟交加之下，吴兵大败。王孙弥庸为越将泄庸所杀。太子友陷于越军，冲突不出，身中数箭，恐被执辱，自刎而亡。

越兵直至姑苏城下，王子地把城门牢闭，率民夫上城把守，一面使人往吴王处告急。勾践乃留水军屯于太湖，陆营屯于胥、阊之间。使范蠡焚姑苏之台，火光弥月不息。

这时，夫差正在黄池与晋国国君晋定公为盟约上谁该最先签名一事而争执不下，忽接王子地密报，言及："越兵入吴，杀太子，焚姑苏台。现今围城，势甚危急。"夫差大惊，连夜出令，吴军将士皆饱食秣马，衔枚疾驱，去晋军才一里，结为方阵，百人为一行，一行建一大旗，百二十行为一面。中军皆白车、白旗、白甲、白色羽箭，望之如白茅吐秀。夫差手执长钺，建有一面白色大纛，中阵而立。左军面左，因样是百二十行。全是赤车，赤旗，赤甲、赤色羽箭，一望若火，伯嚭主之。右军面右，亦百二十行。皆黑车、黑旗、黑甲、黑色羽箭，一望如墨，王孙骆主之。带甲之士，统共三万六千人。黎明阵定，吴王亲自执桴鸣鼓，军中万鼓皆鸣，响震天地。

还别说，夫差这种虚张声势的主动挑战姿态，还真吓坏了晋军。晋定公经过一番讨价还价后，有条件地同意了夫差以盟主身份先歃，自己次之，鲁、卫两国以次受歃。会毕，夫差立即班师从江淮水路而回。

夫差于途中连得告急之报，军士已知家国被袭，心胆俱碎，又且远行疲敝，皆无斗志。夫差犹率众与越相持，结果吴军大败。夫差心中害怕了，便对伯嚭说："你不是说越王必不反叛吗？所以寡人才听你而释归了他。今日之事，你当为我请成于越。不然，子胥'属镂'之剑至今犹在，就该轮到你了！"伯嚭于是来至越军，稽首于越王，求赦吴罪，同时送去的犒军之礼，就如同越国昔日求和时送吴军的那般丰厚。范蠡见彻底灭亡吴国的时机尚未完全成熟，就卖了个空头人情给伯嚭，建议勾践同意与吴国讲和，勾践听从后班师而归。——此周敬王三十八年事也。

越王勾践二十二年（前475），也就是吴王夫差二十一年，勾践探听得吴王自越兵退后，荒于酒色，不理朝政。况连岁凶荒，民心愁怨，于是又悉起境内士卒，大举伐吴。

吴王夫差闻越兵再至，亦悉起士卒，迎敌于江上。越兵屯于江南，吴兵屯于江北。越王将大军分为左右二阵，范蠡率右军，文种率左军，越王自率六千精兵为中阵。经过一场决战，吴兵不能抵挡，大败而走。勾践率三军紧紧追之，及于笠泽。复战，吴师又败。一连三战三北，名将王子姑曹、胥门巢等俱死。夫差连夜遁回姑苏，闭门自守。

越王勾践二十四年（前473），勾践围吴多时，吴人大困。伯嚭托疾不出。夫差乃使王孙骆肉袒膝行而前，向勾践求和。勾践意欲许之，范蠡反对说："大王早起晚睡，苦心经营二十年，还不是为了这一天，奈何功败垂成而放弃呢？"勾践遂不允和。吴使往返七次，勾践与范蠡坚执不肯。勾践下令鸣鼓攻城，吴人不能复战。

越军很快就攻破了姑苏，夫差闻越兵入城，伯嚭已降，遂同王孙骆及其三子，奔于阳山。勾践率千人追至，围之数重。王孙骆对夫差说："臣请再见越王向他哀恳。"夫差曰："寡人不愿复国，若蒙越王许为附庸，世世事越，便是所愿。"王孙骆至越军，文种、范蠡不让他进营门。勾践望见王孙骆泣涕而去，意颇怜之，派人对吴王说："寡人念君昔日之情，可安置君于甬东，给君夫妇封以五百家，以终君之余生。"夫差含泪作答说："大王若施恩赦吴，吴国从今就是大王的外府。若欲覆灭吴国社稷，而以五百家与我，我已经老了，不能供你役使，那就只好一死罢了！"越国使者去了，但夫差却下不了决心立即自裁。

勾践见状，便命文种、范蠡二人说："你二人何不将夫差执而诛之？"二人回答说："人臣不敢加诛于君，愿主公赶快下令吧！天诛当行，不可久拖。"勾践乃仗"步光"之剑，立于军前，使人告诉吴王说："世无万岁之君，总之一死，何必使寡人之手加刃于君呢？"夫差乃长吁数声，四顾而望，边泣边自责说："我杀忠臣伍子胥，今日自杀晚矣！"又对左右交代说："我无面目见子胥于地下，死后必用织物三幅，以掩我面！"言罢，拔佩剑自刎。王孙骆解衣以覆吴王之尸，然后自缢于旁。勾践命以侯礼葬夫差于阳山。流放夫差三子于龙尾山，后人名其里为吴山里。

勾践进入姑苏城，占有了夫差原来的宫殿，百官都来称贺，伯嚭也在其列。他仗着自己旧日对越王多有周旋之恩，还想着今日相见必然会不忘这些，因而面有德色。勾践先是朝他笑笑，接着才开口说："你是吴国的太宰，寡人岂敢委屈你在手下为臣呢？你之故君今在阳山，何不从之？"伯嚭闻言，立时羞得满脸通红唯唯而退。勾践派力士追上他执而杀之，又灭了他全家，并宣扬说："寡人这么做，就是为了回报伍子胥的忠国之心啊！"

勾践灭了吴国后，接着以兵北渡江淮，与齐、晋、宋、鲁等诸侯，会于徐州（今山东滕州市南），并使人致贡于周。这时周敬王已崩，太子姬仁嗣位，是为元王。元王使人赐勾践衮冕、圭璧、彤弓、弧矢，命为东方之伯。勾践受命，诸侯悉遣人致贺。春秋后期，本来中原诸侯最怕的是楚国，自从楚国被吴国击败后，他们就转而畏惧吴国。如今越国既能灭吴，他们当然就只好听命于勾践了。

就整个春秋时期而言，先有齐桓公、晋文公、宋襄公、秦穆公、楚庄王这五个霸主，之后又兴起了吴越二霸，这就是吴王夫差与越王勾践。

本篇内含有以下一些灯谜：

1.【谜面】太子思以讽谏感悟父王夫差

谜目：四字社交用语　　　　　　　　　　　谜底：友情提示（陈清泉）

简析：会意正猜。谜面典出《东周列国志》第八十二回这段内：夫差既杀子胥，乃进伯嚭为相国。欲增越之封地，勾践固辞乃止。于是勾践归越，谋吴益急。夫差全不在念，意益骄恣。乃发卒数万，筑邗城，穿沟，东北通射阳湖，西北使江淮水合，北达于沂，西达于济。太子友知吴王复欲与中国会盟，欲切谏，恐触怒，思以讽谏感悟其父。

2.【谜面】螳螂扑蝉，黄雀在后。

谜目（1）：三字公安用语　　　　　　　　　谜底：尾随捕（苏君湖）

谜目（2）：四字象棋术语　　　　　　　　谜底：一将一捉（乔守信）

谜目（3）：七字象棋术语　　　　　　　　谜底：一将一捉一还捉（李功平）

谜目（4）：宋词句　　　　　　　　　　　谜底：自难忘（王定一）

谜目（5）：三字联通术语　　　　　　　　谜底：网中网（陈清泉）

谜目（6）：美国动漫电影名　　　　　　　谜底：《虫虫危机》（陈宝芳）

简析：这是一组同面多目的典型会意正猜灯谜。(2)谜及(3)谜谜底虽同为象棋术语，但后者更显厚重。(4)谜谜底为苏轼《江城子·乙卯正月二十日夜记梦》词句。

3. 【谜面】黄雀在后

　　谜目：节日名　　　　　　　　　　　　谜底：八一（林少亮）

　　简析：此谜简单明快，弃典而仅用拆字法门而成。"黄雀"二字的最后一画则合为"八一"。

4. 【谜面】陷于越军，冲突不出，身中数箭，恐被执辱，自刎而亡。

　　谜目：四字称谓（卷帘格）　　　　　　谜底：革命战友（陈清泉）

　　简析：会意正猜。谜面摘自《东周列国志》第八十二回中这段内：越王勾践闻吴王已出境，乃与范蠡计议，发习流二千人，俊士四万，君子六千人，从海道通江以袭吴。前队畴无余先及吴郊，王孙弥庸出战，不数合，王子地引兵夹攻，畴无余马蹶被擒。次日，勾践大军齐到。太子友欲坚守，王孙弥庸曰："越人畏吴之心尚在，且远来疲敝，再胜之，必走。即不胜，守犹未晚。"太子友惑其言，乃使弥庸出师迎敌，友继其后。勾践亲立于行阵，督兵交战。阵方合，范蠡、泄庸两翼呼噪而至，势如风雨。吴兵精勇惯战者，俱随吴王出征，其国中皆未教之卒，那越国是数年训练就的精兵，弓弩剑戟，十分劲利。又范蠡、泄庸俱是宿将，怎能抵挡？吴兵大败。王孙弥庸为泄庸所杀。太子友陷于越军，冲突不出，身中数箭，恐被执辱，自刎而亡。越兵直造城下，王子地把城门牢闭，率民夫上城把守，一面使人往吴王处告急。谜底依格顿读为"友（太子友）战/命革"。革：革除。

5. 【谜面】无援太子友，孤力守姑苏，不愿被围困，主动攻来敌。

　　谜目：军史名词　　　　　　　　　　　谜底：对越自卫反击战（陈清泉）

6. 【谜面】吾悔不用子胥之言，自令陷此。

　　谜目：四字礼貌用语，含带姓职务　　　谜底：吴委员好（薛道达）

三十三、勾践灭吴

简析：会意正猜。谜面出自《史记·吴太伯世家》这段内：二十年，越王勾践复伐吴。二十一年，遂围吴。二十三年十一月丁卯，越败吴。越王勾践欲迁吴王夫差于甬东，予百家居之。吴王曰："孤老矣，不能事君王也。吾悔不用子胥之言，自令陷此。"遂自刭死。越王灭吴，诛太宰嚭，以为不忠，而归。谜底应解读为：吴王若一直委政于伍员（字子胥），那就好了。

7.【谜面】无颜面子胥，夫差悔已迟。

　　谜目：成语二　　　　　　　　　　谜底：羞与为伍、相见恨晚（徐卫锋）

8.【谜面】勾践灭吴后，伯嚭因何投靠他？

　　谜目：词牌名三　　　　　　　　　谜底：《思越人》《受恩多》《意难忘》（陈清泉）

9.【谜面】伯嚭投敌国，到头招灾祸。

　　谜目：《三国演义》人物三（掉尾格）　　谜底：吴臣、何曾、越吉（陈清泉）

　　简析：会意正猜。谜底应依格读为"吴臣（伯嚭）/何曾越/吉"。"何曾"二字应面反问有力。

10.【谜面】不可依附勾践王

　　谜目：四字警示语　　　　　　　　谜底：禁止攀越（吕珏生）

11.【谜面】会诸侯勾践称霸

　　谜目：四字足球用语　　　　　　　谜底：越位在先（沈志宏）

12.【谜面】勾践居首座

　　谜目：四字足球用语　　　　　　　谜底：越位在先（赵首成）

13.【谜面】勾践平吴，天子赐胙，诸侯毕贺。

　　谜目：《尚书·周书·召诰》句　　　谜底：越王显（郑永禧）

　　简析：会意正猜。显：显扬。

14.【谜面】勾践灭吴，遂霸中国。

　　谜目：《尚书·周书·召诰》句　　　谜底：越王显（袁薇生）

三十四、范蠡泛湖

越王勾践刚一灭掉吴国，就对自己最困难时出力最大的功臣范蠡和文种二人，显露出了不能善始善终的端倪。

发现这事的范蠡是位绝顶聪明之人，在一次勾践于姑苏召开的庆功大会上，他注意到了这样一个细节：当台上群臣都因非常高兴而欢笑时，唯有勾践面无一点喜色。范蠡为此私下感叹说："越王不打算将功劳归臣下，疑忌之端已经出现了啊！"

次日，范蠡即向勾践辞行说："臣闻'主辱臣死'。从前大王受辱于会稽时，臣所以没有马上去死，原是想使越国复兴。如今吴国已经灭亡，大王倘若开恩，臣愿乞骸骨，老于江湖。"勾践听到这话尽管心里很不舒服，表面上却以衣拭泪，挽留范蠡说："寡人赖你之力，才有今日，正想好好报答你，为何却要弃寡人而离去啊？留下，你则与寡人同享富贵；执意离去，寡人就要杀掉你的妻子！"范蠡并不退让，反说："臣虽该死，但妻子又有何罪？他们的死生任由大王定夺，臣就顾不上这些了。"

是夜，范蠡乘扁舟出齐女门，涉三江，入五湖。至今齐女门外有地名蠡口，即范蠡涉三江之道也。次日，勾践使人召范蠡，范蠡早已走了，勾践愀然变色，遂问文种："范蠡能否追回？"文种摇摇头，说："范蠡有鬼神不测之机，他是不会让人追上自己的。"

文种刚离开勾践，有人手持一书交给了他。文种启视，原来是范蠡亲笔所写。范蠡专门提醒文种说："你还记不记得吴王夫差临死前对我俩说过的这句话？'狡兔死，走狗烹；敌国破，谋臣亡。'虽是挑拨离间之语，却是很有道理。越王为人，长颈鸟喙，忍辱妒功；可以与他共同患难，不可与他共享安乐。你今不去，祸必不免！"文种看罢，想向送书之人询问详情时，那人已是不知去向。文种虽怏怏不乐，但内心还是不肯深信范蠡其言，以为他是过于多虑了。

三十四、范蠡泛湖

过了数日，勾践班师回越，顺便携带西施以归。越王夫人明里不敢反对，背着勾践偷偷叫人将西施哄骗引出，背上系以大石，沉于江中，还说："这是亡国之物，留下有什么用处啊？"后世人不知其事，讹传范蠡载西施入五湖，遂有"载去西施岂无意？恐留倾国误君王"之句。其实范蠡扁舟独往时，连妻子都顾不上照应，西施原系吴官宠妃，他岂敢私自载去呢？又有另种说法：范蠡恐越王复迷其色，乃以计策将西施沉之于江，此亦谬论。唐代罗隐有诗辩西施之冤云："家国兴亡自有时，吴人何苦怨西施。西施若解倾吴国，越国亡来又是谁？"

范蠡自五湖入海，忽一日，使人取妻子去，遂入齐国。改名为鸱夷子皮，还在齐国当了高官。但没多久，范蠡又弃官隐于陶山，耕种为生，同时还饲养了大量家禽家畜，获利丰厚，自号曰陶朱公。后人所传《致富奇书》，云是陶朱公之遗术。至今，许多生意人都供奉范蠡的塑像，称他为财神。

与功成名就、全身而退的范蠡相比，文种的下场就很悲惨了：

勾践不行灭吴之赏，无尺土寸地分授他人，与旧臣日渐疏远，甚至多日不见一面。朝中贤臣计倪佯狂辞职，曳庸等亦多告老。文种因心里时时念记范蠡之言，见到这种情况就说自己有病不去上朝了。

勾践左右本来就有些不喜欢文种的人，趁时而起在勾践面前屡进谗言说："文种自以功大赏薄，一直心怀怨望，所以才装病不朝。"勾践素知文种的才能，以为灭吴之后，再没地方派他用场。唯恐他一旦为乱，无人可制。想除掉他吧，又苦于找不到个正当理由。碰巧这时鲁哀公因与本国掌权的季、孟、仲三家不和，欲借越兵伐鲁，以便除去三家，遂借着朝越为名，来到了越国。勾践由于不放心文种，为此不为鲁哀公发兵。

忽一日，勾践去探视文种的病情，文种不顾身体不好，打起精神迎接勾践入内。勾践解剑而坐，对文种说："寡人闻之：'志士不忧其身之死，而忧其道之不行。'你曾教给我七术去对付吴国，寡人只用了其中的三术，而吴国就被灭了。现在还剩有四术，不知道你准备如何施用？"文种更加恭敬地回答说："我也不知道如何用啊。"勾践冷笑一声，说："你愿意以剩余四术，替我去追随死去的先王，让他也试试你的妙计吗？"言讫，即升舆而去，而遗下佩剑于旧座。

文种对勾践所献的破吴七术是：一曰捐货币，以悦其君臣；二曰贵籴粟槁，以虚其积聚；三曰遗美女，以惑其心志；四曰遗之巧工良材，使作宫室，以罄其财；五曰遗之谀臣，以乱其谋；六曰缰其谏臣使自杀，以弱其辅；七曰积财练兵，以承其弊。

文种拾剑一看，剑匣有"属镂"二字，原来这就是当年吴王夫差赐予伍子胥自刭的那把利剑。文种仰天长叹说："古人云'大德不报'。我不听范蠡之言，落了个为越王所戮的下场，这难道不是愚蠢到家了吗！"然后又放声大笑说："从今之后，后世人若说起这件事，必然会将我与伍子胥相提并论，既然如此我又有什么遗恨呢？"遂伏剑而死。勾践知道文种真死了非常高兴，遂葬文种于卧龙山，后人因名其山曰种山。——文种死的这年是越王勾践二十五年（前472）。

本篇内含有以下数则灯谜：

1.【谜面】越王为人长颈鸟喙，可与共患难，不可与共乐。子何不去？

谜目：四字公文用语（卷帘格）　　　　　　谜底：行文规范（赵首成）

简析：会意正猜。谜面为范蠡评定越王语，出于《史记·越王勾践世家》这段内：范蠡遂去，自齐遗大夫种书曰："蜚鸟尽，良弓藏；狡兔死，走狗烹。越王为人长颈鸟喙，可与共患难，不可与共乐。子何不去？"种见书，称病不朝。人或谗种且作乱，越王乃赐种剑曰："子教寡人伐吴七术，寡人用其三而败吴，其四在子，子为我从先王试之。"种遂自杀。谜底依格倒读为"范规文行"，释义为"这是范蠡在规劝文种赶快走了吧"！

2.【谜面】蜚鸟尽，良弓藏；狡兔死，走狗烹。越王为人长颈鸟喙，可与共患难，不可与共乐。

谜目：二字公安用语　　　　　　　　　　　谜底：警种（徐锦忠）

简析：会意正猜。无疑，谜面数句是《史记·越王勾践世家》内，范蠡警告文种的原话。其中，"蜚"通"飞"。谜底中，"种"字应别解为文种。

3.【谜面】蜚鸟尽，良弓藏；狡兔死，走狗烹。

谜目：四字公文用语（卷帘格）　　　　　　谜底：行文规范（佚名）

简析：会意正猜。谜底依格应倒读为"范规文行"。范：范蠡；文：文种；规：相劝。

4. 【谜面】灭吴两功臣，范蠡全身退。

   谜目：四字斗殴语　　　　　　　　　　　　谜底：有种别走（陈清泉）

5. 【谜面】少禽任越职，到头难逃死。

   谜目：《红楼梦》人物二　　　　　　　　　谜底：文官、终了（陈清泉）

   简析：会意正猜。文种字少禽。

6. 【谜面】少禽对子胥，恭敬及推崇。

   谜目：《三国演义》人物二　　　　　　　　谜底：文钦、戴员（陈清泉）

三十五、豫让击衣

豫让是司马迁在《史记·刺客列传》里,继曹沫、专诸二人之后所着力描写的一位侠义刺客。在他的笔下,豫让被写得有血有肉,其感人至深的程度每每使人掩卷难忘。请看下面的这节译自原著的白话文:

豫让是晋国人,以前曾经先后侍奉过范氏和中行氏两家大臣,但却没有什么名声。他离开那里又去奉事智伯,智伯特别地尊重及信任他。等到智伯攻打赵襄子时,赵襄子和韩、魏两家合谋灭了智伯;消灭智伯以后,赵、韩、魏三家分割了智伯的土地。赵襄子因最恨智伯,就把他的头盖骨漆成了饮具。

豫让潜逃到山中,说:"唉!好男儿可以为了解自己的人去死,好女子应该为爱慕自己的人去梳妆打扮。现在智伯是我的知己,我必须替他报仇,乃至献出生命,这样才能报答他。如此我就是死了,魂魄也没有什么可惭愧的了。"于是豫让更名改姓,把自己伪装成受过刑的人,进入到赵襄子宫里,在厕所中做点涂饰粉刷的工作。豫让身上藏着匕首,随时想要用它寻机来刺杀赵襄子。

谁想赵襄子到厕所去时,突然心中一阵悸动,立命侍卫拘问修整厕所的刑人,才知道原是豫让其人,衣服里面还藏着利刃。豫让说:"我要替智伯报仇!"侍卫要杀掉他。襄子说:"他是义士,我以后谨慎小心地回避他就是了。况且智伯死后没有继承人,而他的家臣想替他报仇,这是天下的贤人啊。"最后,襄子还是大度地把豫让放走了。

过了不久,豫让又把漆涂在身上,使肌肤肿烂,像得了癞疮;喉咙里还吞了块炽热的木炭,弄得声音变得十分嘶哑。使自己的形体相貌变得不可辨认后,豫让便去沿街讨饭,就连他的妻子从他面前走过也不认识他了。

豫让又走着去见自己的一个朋友,朋友辨认出来后,说:"你不是豫让吗?"豫让回答说:"是我。"朋友为他流着眼泪说:"凭着您的才能,委身侍奉赵襄子,襄子一定会亲近宠爱您。亲近宠爱您,您再干您所想干的事,难道不是更容易

三十五、豫让击衣

吗？何苦自己摧残身体，丑化形貌，想要用这样的办法达到向赵襄子报仇的目的，不是更困难吗？"豫让说："委身侍奉人家以后，又要杀掉人家，这是怀着异心侍奉他的君主啊。我也知道像我目前这样的做法要实现目的是非常困难的，可是我之所以选择这么做，就是要使天下后世的那些怀着异心侍奉国君的臣子感到惭愧啊！"豫让说完这些，就头也不再回一下地走了。

不久，赵襄子预备外出，豫让提前潜藏在他必定经过的桥下。襄子刚上桥，马忽惊跳不已，襄子说："这一定是豫让又想刺杀我。"遂派人去搜查，果然真是豫让不假。

赵襄子就列举罪过，指责豫让说："你不是曾经侍奉过范氏、中行氏吗？智伯把他们统统都消灭了，而您不仅不替他们报仇，反而委身为智伯的家臣。我想不通的是：如今智伯已经死了，你却为什么单单如此急切地为他报仇呢？"豫让想都不想一下地回答说："我侍奉范氏、中行氏，他们都把我当作一般人看待，所以我像一般人那样报答他们。至于智伯，他把我当作国士看待，所以我必须就应该像国士那样来报答他。"襄子闻言喟然长叹，不由流下眼泪说："唉！豫让啊，您为智伯尽忠报仇，从此可以成名于天下了；而我宽恕你，亦是仁至义尽地足够了。您该自己做个打算，我不能再放过您了！"言讫，即令士兵团团围住豫让。

豫让说："我听说贤明的君主不埋没别人的美名，而忠臣也有为美名去死的道理。以前您宽恕了我，普天下没有谁不称道您的贤德。今日之事，我自当伏罪受诛，但我希望能得到您的衣服刺它几下，这样也就能满足我替智伯报仇的未竟夙愿了，如此我即使死了亦没有遗恨。我不敢奢望您答应我的请求，但我还是要冒昧地说出我的心意！"于是襄子非常赞赏豫让的侠义，出于怜悯其志，他马上脱下身上锦袍，使左右递与豫让。豫让掣剑在手，怒目视袍，就如面对襄子本人之状，三跃而三击之，并说："我今可以报答智伯于九泉之下了！"之后毅然横剑自杀。

豫让自杀那天，赵国的有志之士凡是听到这个消息的，都为他流下了同情的眼泪。

依据本篇内容，可以制作出以下多则相关灯谜：

1. 【谜面】豫让不愿为范氏中行氏报仇

    谜目：四字称谓（卷帘格）   谜底：有智之士（陈清泉）

简析：会意正猜。典出《史记·刺客列传》这段内：豫让者，晋人也，故尝事范氏及中行氏，而无所知名。去而事智伯，智伯甚尊宠之。及智伯伐赵襄子，赵襄子与韩、魏合谋灭智伯，灭智伯之后而三分其地。赵襄子最怨智伯，漆其头以为饮器。豫让遁逃山中，曰："嗟乎！士为知己者死，女为说己者容。今智伯知我，我必为报仇而死，以报智伯，则吾魂魄不愧矣。"乃变名姓为刑人，入宫涂厕，中挟匕首，欲以刺襄子。襄子如厕，心动，执问涂厕之刑人，则豫让，内持刀兵，曰："欲为智伯报仇！"左右欲诛之。襄子曰："彼义人也，吾谨避之耳。且智伯亡无后，而其臣欲为报仇，此天下之贤人也。"卒释去之。谜底依格倒读为"士之智有"后，意为：豫让这位侠勇之士，是专门属于智伯所有的。

2.【谜面】**赵襄子以其作为饮器而泄怨**

　　谜目：考古名词　　　　　　　　　　　　谜底：智人头盖骨（陈清泉）

3.【谜面】**豫让缘何不为范氏中行氏报仇**

　　谜目：刊物名二　　　　　　　　　　　　谜底：《智力》《收获》（陈清泉）

4.【谜面】**襄子曰："彼义人也，吾谨避之耳。且智伯亡无后，而其臣欲为报仇，此天下之贤人也。"卒释去之。**

　　谜目：成语　　　　　　　　　　　　　　谜底：犹豫不决（陈清泉）

简析：会意正猜。谜面为《史记·刺客列传》内赵襄子不愿对已被擒获的豫让执行死刑，而仍将其释放的一段原话。犹：还、仍；决：执行死刑。

5.【谜面】**豫让漆身**

　　谜目：生理学名词　　　　　　　　　　　谜底：染色体（徐鈜）

简析：会意正猜。典见《史记·刺客列传》这段内：居顷之，豫让又漆身为厉，吞炭为哑，使形状不可知，行乞于市。其妻不识也。行见其友，其友识之，曰："汝非豫让邪？"曰："我是也。"其友为泣曰："以子之才，委质而臣事襄子，襄子必近幸子。近幸子，乃为所欲，顾不易邪？何乃残身苦形，欲以求报襄子，不亦难乎！"豫让曰："既已委质臣事人，而求杀之，是怀二心以事其君也。且吾所为者极难耳！然所以为此者，将以愧天下后世之为人臣怀二心以事其君者也。"

6.【谜面】**豫让以何物使全身肿癞**

　　谜目：复姓　　　　　　　　　　　　　　谜底：漆雕（陈清泉）

三十五、豫让击衣

7.【谜面】漆身吞炭

谜目：三字口语　　　　　　　　　　　　　　　谜底：黑吃黑（木头龙）

8.【谜面】吞炭为哑

谜目：《论语·乡党》句　　　　　　　　　　　谜底：食不语（章祖泰）

9.【谜面】漆身吞炭后，其妻难识也。

谜目：六字口语　　　　　　　　　　　　　　　谜底：让人看不明白（陈清泉）

简析：会意正猜。谜底应断读为"让／人看／不明白"。其中，"人"字对应面之"其妻（豫让之妻）"这二字。

10.【谜面】吞炭为哑，欲为智伯报仇。

谜目：《孟子·公孙丑上》句　　　　　　　　　谜底：无辞让之心（山傭）

简析：会意正猜。谜底断读为"无辞，让之心"后，表明：没有一丝推辞之意，豫让的心里充满了"报仇"二字。

11.【谜面】漆身吞炭，行乞于市。

谜目：毛泽东《祭黄帝陵文》句　　　　　　　　谜底：让其沦胥（赵首成）

简析：会意正猜。"胥"通"须"，取"等待"义。

12.【谜面】豫让三刺赵襄子

谜目：体育用品名（掉首格）　　　　　　　　　谜底：击剑服（佚名）

简析：会意正猜。典见《史记·刺客列传》这段内：既去，顷之，襄子当出，豫让伏于所当过之桥下。襄子至桥，马惊，襄子曰："此必是豫让也。"使人问之，果豫让也。于是襄子乃数豫让曰："子不尝事范、中行氏乎？智伯尽灭之，而子不为报仇，而反委质臣于智伯。智伯亦已死矣，而子独何以为之报仇之深也？"豫让曰："臣事范、中行氏，范、中行氏皆众人遇我，我故众人报之。至于智伯，国士遇我，我故国士报之。"襄子喟然叹息而泣曰："嗟乎豫子！子之为智伯，名既成矣，而寡人赦子，亦已足矣。子其自为计，寡人不复释子！"使兵围之。豫让曰："臣闻明主不掩人之美，而忠臣有死名之义。前君已宽赦臣，天下莫不称君之贤。今日之事，臣固伏诛，然愿请君之衣而击之焉，以致报仇之意，则虽死不恨。非所敢望也，敢布腹心！"于是襄子大义之，乃使使持衣与豫让。豫让拔剑三跃而击之，曰："吾可以下报智伯矣！"遂伏剑自杀。死之日，赵国志士闻之，皆为涕泣。谜底应依格顿读为"剑击／服"。"服"即实指为赵襄子之衣。

13. 【谜面】襄子至桥而马惊

    谜目:《易经》句二　　　　　　　　　　　　谜底：鸣豫，凶（黎国廉）

14. 【谜面】智伯以国士待我，我故以国士报之。

    谜目:《左传·僖公十二年》句　　　　　　谜底：让不忘其上（费源）

    简析：会意正猜。谜面借明代方孝孺《豫让论》句为文。

15. 【谜面】豫让誓死不降赵襄子

    谜目：四字称谓（卷帘格）　　　　　　　谜底：有智之士（陈清泉）

16. 【谜面】即使襄子再赦漆身刺客，他亦自己坚决求死。

    谜目：七字日常口语　　　　　　　　　　谜底：还让人活不活了（陈清泉）

    简析：会意正猜。谜底另出手眼，立意新奇中应断读为"还让人活，不活了"这两部分后，分别呼应谜面前、后两句。"让人"当为豫让其人。

17. 【谜面】然愿请君之衣而击之，虽死不恨。

    谜目：七字打架口语　　　　　　　　　　谜底：打到你服气为止（陈继耿）

    简析：会意正猜。谜面系《战国策·赵策·晋毕阳之孙豫让》中，豫让在第三次行刺失败后所说的原话。谜底断底为"打到你服，气为止"。透过谜眼"服"字的别解巧思（由原来的动词"信服、顺从"义，转为名词"衣裳"义），可知作者若无一片慧心，焉能成此佳构！

18. 【谜面】于是襄子使持衣与之

    谜目：木名　　　　　　　　　　　　　　谜底：交让（黎国廉）

    简析：会意正猜。谜面系归纳《史记·刺客列传》中的这两句原文内容而得出：于是襄子大义之，乃使使持衣与豫让。交让木，常绿乔木。树皮灰白色，平滑，枝粗壮，小枝灰绿色，无毛，疏生椭圆形皮孔。叶簇生于枝端，常于新叶开放时老叶全部凋落，故有"交让木"之称。

19. 【谜面】斩衣三跃表忠愤

    谜目：成语　　　　　　　　　　　　　　谜底：刺刺不休（郑志民）

三十六、乐羊灭中山

乐羊，一作乐阳，战国时魏将。因翟璜推荐，被魏文侯任为将军。魏文侯三十八年（前408），他越过赵国进攻中山，三年攻克，封于灵寿（今河北灵寿西北）。子孙世袭为将，乐毅是他的后代。

中山国是嵌在燕、赵两国之内（位于今河北省中部太行山东麓一带）的一个小国，因城中有山得国名。由狄族建立，经历了戎狄、鲜虞和中山三个发展阶段。在每个阶段都被中原诸国视为华夏的心腹大患，先后承受了邢侯搏戎、晋侯抗鲜虞、魏灭中山和赵灭中山的重大事件。

《东周列国志》第八十五回"乐羊子怒啜中山羹"一节，将乐羊灭中山的经过描写得极为详尽，现将修改过的这节文字引述于下：

却说晋国的东方，有个国家名中山，姬姓，子爵，是白狄的别种，亦号鲜虞。自晋昭公时起，因为叛服不常，多次发兵征讨。赵简子率军将中山围困后，才开始向晋国请和，并向它进贡。后来晋国分为赵、韩、魏三国后，中山国就不再专属于其中的一国了。中山国国君姬窟，好为长夜之饮，以日为夜，以夜为日。疏远大臣，狎昵群小，黎民失业，灾异屡见。

魏文侯打算讨伐中山，手下的魏成进言说："中山西近赵国，而南远于魏，即使进攻得手，也是不易守住它啊。"文侯不无担心说："若是赵国得了中山，则我国北方形势就严峻了！"另一大臣翟璜见状奏说："臣举一人，姓乐名羊，此人文武全才，可充大将之任。"文侯说："何以见得？"翟璜回答："乐羊曾在路上拾到过别人丢失的一块金子，取回家交给了妻子。遭到妻子唾弃说：'志士不饮盗泉之水，廉者不受嗟来之食。你何必捡拾别人丢失的东西，谋求私利来玷污自己的品德呢！'乐羊听后十分惭愧，就把金子丢弃到野外，然后远出拜师求学去了。一年后乐羊回家，这时他的妻子正在织布，便问丈夫：'你该学的学问全都学会了吗？'乐羊说：'还没有。'一听这话，妻子马上取刀割断了正在织机上的布匹。乐羊惊问原因，妻子说：'这些布匹都是从蚕茧中生出，又在织机上织成。一根丝一根丝地积累起来，才达到一寸长，一寸一寸地积累，才能成丈成匹。现在如果割断这些正在织着的布匹，无疑意味着放弃成功，荒废时光。你外出求学也是同样的道理，你本应每天都要增长些新学识，日积月累，从不间断，方可完善自己；如果中途就回来了，那同我割断了这布又有什么不同呢？'乐羊被感悟了，重新回去完成了自己的学业，并且七年没有回来。"翟璜加重口气说："好在乐羊如今正在本国，他抱负很大，不愿轻易出去当官，主公为什么不赶快去请他出山呢？"

文侯立即命令翟璜驾着自己的乘车去请乐羊，他的左右有人劝阻说："臣闻乐羊的长子乐舒，正在中山当官，请乐羊出来带兵讨伐中山合适吗？"翟璜说："乐羊是个热衷功名的人。他儿子在中山，也曾为中山国国君招请过乐羊，乐羊因为中山国国君无道而没有去。主公是有道之君，若对乐羊委以军事重任，何愁他不能为国建功立业啊？"文侯信了翟璜的这话。

乐羊随翟璜入朝来见文侯，文侯对乐羊说："我本想将中山之事委托于你，可是你儿子却在中山，这该怎么办呢？"乐羊说："大丈夫建功立业，各为其主，岂能以私情而废公事？我若不能破灭中山，甘当军令！"文侯大喜说："你能这般自信，我还有什么不放心的！"遂拜为元帅，使西门豹为先锋，率兵五万，往伐中山。

中山国国君姬窟派遣大将鼓须，屯兵楸山（今河北灵寿县西北鲁伯山），以拒魏国大军。乐羊屯兵于文山（今河北行唐县牛王寨西南）。双方相持月余，未分胜负。乐羊对西门豹说："我在主公面前，是立下了军令状而来的，今已出兵月余，未有寸功，岂不自愧！我看楸山有很多楸树，如果能得一胆勇之士，潜师而往，纵火焚林，中山军队必然混乱，我们趁乱进攻，必能获胜。"西门豹愿往。

这时是八月中秋，姬窟遣使赍火酒到楸山，慰劳鼓须。鼓须对月畅饮，乐而忘怀。约至三更，西门豹率领一支精兵衔枚突至，每人各持大炬一根，全是枯枝扎成，内中灌有引火药物，四下将楸木焚烧。鼓须见军中火起，延及营寨，带醉率军士救火。只见风紧火急，遍山皆着，没有一处能救，因此军中大乱。鼓须知道前营有魏兵，急忙往山后奔走，正遇乐羊亲自引兵从山后袭来，中山兵大败，鼓须死战方得逃脱。奔至白羊关，魏兵紧追在后，鼓须弃关而走。乐羊长驱直入，所向皆破。

三十六、乐羊灭中山

鼓须引败兵来见姬窟，对他说乐羊勇智难敌。须臾，乐羊引兵围了中山城，姬窟大怒，大夫公孙焦进言说："乐羊是乐舒的父亲，乐舒正巧在我们中山当官，主公可令乐舒登上城头劝说父亲退兵。"姬窟依计，对乐舒说："你父作为魏国将军正在攻城，你如说得他撤兵，当封你大邑。"乐舒说："臣父从前不肯到中山来当官，而选择了仕于魏国，今各为其主，又怎会听我的劝说？"姬窟哪听这话，硬是强迫乐舒马上登城。

乐舒不得已，只得登城大呼，敦请父亲相见。乐羊全身戎装立于辎车之上，一见乐舒，不等他先开口，即行谴责说："君子不居危国，不事乱朝。你却贪于富贵，不识去就，真是可悲！如今我奉魏君之命吊民伐罪，你可速劝你那昏君来降，如此我们还可相见。"乐舒说："降不降在于国君，不是儿子所能决定的。但求父亲暂缓进攻，容我君臣从容计议。"乐羊说："我先休兵一月，以全父子之情，你们君臣可早早定议，勿误大事。"

乐羊果然出令，只教软困，不去攻城。姬窟恃着乐羊爱子之心，决不会急攻自己，因此只图拖延时日，全无正经主意。过了一月，乐羊使人讨取降信。姬窟又叫乐舒求宽，乐羊又宽一月。如此三次，西门豹忍不住了，便问乐羊："元帅不是一直想拿下中山吗？为何又久而不攻啊？"乐羊解释说："中山的国君不恤百姓，为这我才来讨伐他。倘若攻之太急，对民众的伤害就太大了。我之所以三次听从乐舒请求，不光是为父子之情，更重要的是为了收服中山民心。"

魏文侯左右见乐羊新进，骤得大用，都有不平之意。等到闻知乐羊三次辍攻之事，遂谮于文侯说："乐羊乘屡胜之威，势如破竹，而只因乐舒一语，三月不攻，父子情深，于此便知。主公若不立即召回乐羊，恐老师费财，无益于事。"文侯不应，问于翟璜。翟璜说："乐羊这么行事，其中必有计谋，请主公千万别生疑心。"

自此群臣纷纷上书，有言中山将分国之半与乐羊者，有言乐羊谋与中山，共攻魏国者，文侯全将这些书简封存在箱内。只是时时遣使慰劳乐羊，并为他早早地在都城新建了府第，以待其归。乐羊心中十分感激，因见中山不降，遂率将士尽力攻击。中山城墙坚厚，而且积粮甚多，鼓须与公孙焦昼夜巡警，拆城中木石，为捍御之备。乐羊攻至数月，城仍不能攻破。恼得乐羊与西门豹亲立于矢石之下，督令四门急攻。鼓须正在指挥军士，脑门中箭而死。

城中房屋墙垣，渐渐被拆光了。公孙焦对姬窟献计说："事已紧急！今日只有一个办法，可退魏兵。"姬窟急问："何计？"公孙焦说："乐舒三次求宽，乐羊都肯听从，足见其爱子之情极深。今乐羊攻击至急，我们可将乐舒绑缚，置于高竿，乐羊若不退师，当杀其子。乐羊听见乐舒的哀呼乞命声后，他的进攻必然就会放缓了。"姬窟采纳了公孙焦的建议。乐舒在高竿上，大呼"父亲救命！"乐羊见到后大骂乐舒："不肖子！汝枉仕于人国，上不能出奇运策，使其主有战胜之功；下不能见危委命，使君王能体面地拿出议和办法；这会儿还敢和吃奶婴儿一样，以哭喊之声来博取大人怜惜吗？"言毕，张弓搭箭，欲射乐舒。

乐舒叫苦下城，回报姬窟说："臣父志在为国，全然不念父子之情，请主公自谋战守之策。臣请求死于主公面前，以明不能退兵之罪。"公孙焦插话说："其父攻城，其子不能无罪，主公应当赐死乐舒。"姬窟心有不忍说："这不是乐舒的过错啊。"公孙焦说："只要乐舒一死，臣便有退兵之计。"姬窟遂将宝剑授给乐舒，乐舒自刎而亡。公孙焦出主意说："人情莫亲于父子，主公可将乐舒立即烹成肉羹，然后派人送给乐羊，乐羊见羹必然心里非常难过。趁着乐羊只顾哀泣而无心攻城之际，主公亲引一军杀出，大战一场，说不定还能幸而得胜，那时再作计较不迟。"

姬窟没有其他办法，只好按照公孙焦说的那般去做。他命人将乐舒尸身烹成的肉羹，连同头颅，一并送给乐羊说："敝国国君以小将军不能退敌，已将他杀死后烹煮了，现谨献其羹给元帅。小将军尚有妻子和儿女，元帅若再攻城，即当尽行诛戮！"乐羊认得是儿子头颅，大骂说："不肖子！你事无道昏君，活该惨死！"即取羹汤，当着中山使者之面，把它全都吃光了。乐羊对使者说："承蒙你的国君馈送肉羹，破城之日我会当面感谢的。我的军中也有鼎镬，正在这里等待着他！"

使者还报。姬窟见乐羊全无痛子之心，攻城愈急，害怕城破之日受辱，遂入后宫自缢。公孙焦开门出降，乐羊数说了他的谗谄败国之罪后，喝令推出斩首。乐羊抚慰居民已毕，留兵五千，使西门豹居守，尽收中山府藏宝玉，班师回魏。

三十六、乐羊灭中山

魏文侯亲自出城迎接乐羊,慰劳他说:"将军为国丧子,实在是因为我的缘故啊!"乐羊感谢说:"为臣之义,岂敢只顾自己的私情,而负主公对我的军事之重寄!"乐羊朝见毕,献上中山地图,以及所得全部宝货。群臣称贺。文侯设宴于宫内高台之上,亲自捧觞以赐乐羊,乐羊不由趾高气扬,大有夸功自矜的意思。文侯何等聪明,当下就察觉到了这一点。宴毕,命人抬着两个加封坚固的箱子,送乐羊回归府第。乐羊暗想:"箱内必定是珍珠金玉之类。主公恐怕群臣相妒,所以才将箱子封好后赠我。"他很得意地开启了箱子,岂知箱内全是群臣奏本,本内尽说自己反叛之事。乐羊大惊,脸上变色说:"原来朝中是如此造谤诬我!若非主公相信之深,不为这些人所惑,我在外边怎么能得成功啊!"

次日,乐羊入朝谢恩,文侯议加上赏。乐羊连忙推辞说:"中山之灭,全赖主公在内全力支持。微臣我只不过在外稍稍效了点犬马之劳,何敢言功啊?"文侯摆手说:"除我之外,别人是不能这样重用你的;当然除你之外,别人也是挑不起我交给的这副重担的。你辛苦了,就安心地接受我的封赏吧!"当场就把灵寿这个地方封给乐羊,称为灵寿君,同时却罢免了乐羊的兵权。翟璜对此心中不太理解,便问文侯:"主公既知乐羊之能,为何不叫他带兵去守边疆,而让他这般安闲地去享清福呢?"文侯笑而不答。翟璜出朝后,以同样的问题问同朝为官的李克,李克说:"乐羊连自己的儿子都可以不爱,何况他人啊?这正是齐国贤相管仲所以怀疑易牙的原因。"于是,翟璜省悟。

本篇内仅含有以下几则灯谜:

1.【谜面】遂拜为元帅,使西门豹为先锋,率兵五万,往伐中山。

谜目:六字文艺团体人事行为　　　　　谜底:任命乐队指挥(陈清泉)

简析:会意正猜。谜面为《东周列国志》第八十五回内原文句子。谜底应断读为"任命乐,队指挥"。乐:乐羊;队:魏国五万人组成的军队。

2.【谜面】乐羊为魏将,伐取啥国家?

谜目:闽、粤地名各一　　　　　　　　谜底:武平、中山(陈清泉)

简析:会意体问答式谜。典见《史记·乐毅列传》这段内:乐毅者,其先祖曰乐羊。乐羊为魏文侯将，伐取中山，魏文侯封乐羊以灵寿。乐羊死，葬于灵寿，其后子孙因家焉。中山复国，至赵武灵王时复灭中山，而乐氏后有乐毅。

3.【谜面】中山鼓须打败仗

谜目：西汉名人　　　　　　　　　　　　谜底：羊胜（陈清泉）

简析：会意反猜。羊胜（？—前148），西汉文士，齐（今山东东部）人。吴楚七国之乱后，孝王招延四方文士，他与公孙诡、邹阳皆游于梁。孝王怨袁盎等阻景帝立己为嗣，乃与他及公孙诡合谋，刺杀袁盎等议臣十余人。后景帝遣使至梁搜捕，欲治其罪。孝王迫令他自杀。

4.【谜面】中山烹杀乐舒后，将其汤献与乃父。

谜目：药膳名　　　　　　　　　　　　谜底：当归羊肉汤（陈清泉）

简析：会意正猜。典见《战国策·魏策·乐羊为魏将而攻中山》内：乐羊为魏将而攻中山。其子在中山，中山之君烹其子而遗之羹，乐羊坐于幕下而啜之，尽一杯。文侯谓睹师赞曰："乐羊以我之故，食其子之肉。"赞对曰："其子之肉尚食之，其谁不食！"乐羊既罢中山，文侯赏其功而疑其心。谜底应顿读为"当归/羊/肉汤"。其中，"羊"字不能理解为乐舒（乐羊之子），而只能将其别解为乐舒之父乐羊，本谜才能成立。正是心性过分沉稳得而至惨毒的乐羊，才能于表面并不动怒而安之若素般地喝下以儿子肉身烹成的羹汤啊。

5.【谜面】乐羊怒啜中山羹

谜目：象棋术语　　　　　　　　　　　　谜底：弃子攻杀（项行）

6.【谜面】乐羊为魏将，食子殉军功。

谜目：故事片名三　　　谜底：《带兵的人》《兵临城下》《弃儿》（陈清泉）

简析：会意正猜。谜面为唐代陈子昂《感遇·其四》诗句。其全诗为"乐羊为魏将，食子殉军功。骨肉且相薄，他人安得忠？吾闻中山相，乃属放麑翁。孤兽犹不忍，况以奉君终。"

三十七、西门豹治邺

西门豹，战国初期魏国人（故里在今山西省运城市盐湖区安邑一带），生卒年不详。魏文侯在位时（前446—前396）任邺（今河北临漳西南）令，是著名的政治家、水利家，曾立下赫赫功勋。他初到邺城时，看到这里人烟稀少，田地荒芜萧条，一片冷清，百业待兴，于是立志改善现状。后来趁河伯娶妻的机会，惩治了当地的恶霸势力，随后颁布律令，禁止巫风。因而教育了广大的百姓，原先出走的人家也回到了自己的家园。同时，他又亲自率人勘测水源，发动百姓开挖了十二条渠道，使大片田地成为旱涝保收的良田。在发展农业生产的同时，还实行"寓兵于农，藏粮于民"的政策，很快就使邺城民富兵强，成为魏国的东北重镇。

《史记·滑稽列传》及《东周列国志》第八十五回"西门豹乔送河伯妇"一节中，把西门豹治邺的经过及政绩描绘得栩栩如生，现将有关原文加以修改后综述于下：

魏国的邺城缺少一位守令，魏文侯手下的大臣翟璜说："邺地位于上党、邯郸之间，与韩、赵两国为邻，一定得找一位精明强干的人来守卫它才成，这个人非西门豹不可。"文侯接受了翟璜的建议，任命西门豹为邺令。

西门豹来到邺城后，首先召集地方上年纪大的人，问他们有关老百姓疾苦的事情。这些人说："我们苦于给河神娶媳妇，因为这个事我们都越来越贫困了。"西门豹忙问这是怎么回事，这些人回答说："这里的三老、廷掾每年都要向老百姓征收赋税，搜刮钱财，收取的这笔钱有几百万，他们只用其中的二三十万为河伯娶媳妇，而和巫祝一同将那剩余的钱拿回家去。到了为河伯娶媳妇的时候，巫婆遍访人家女子，看到小户人家的漂亮女子，便说'这女子合适做河伯的媳妇'，马上下聘礼娶去。给她洗澡洗头，给她做新的丝绸花衣，让她独自居住并斋戒；并为此在河边上给她做好供闲居斋戒用的房子，张挂起赤黄色和大红色的绸帐，这个女子就住在那里面，又杀牛置酒为她准备饮食。这样经过十几天，大家又一起装饰点缀好那个像嫁女儿一样的床铺枕席，让这个女子坐在上面，然后使它浮到河中。起初女子还在水面上漂浮着，漂了几十里便沉没了。那些有漂亮女子的人家，担心巫祝替河伯娶她们去，因此大多带着自己的女儿远远地逃跑。也就因为这个缘故，城里越来越空荡无人，以致更加贫困，这种情况已经很长久了。老百姓中间，还流传着'假如不给河伯娶媳妇，就会大水泛滥，把人都淹死'的说法。"西门豹说："到了给河伯娶媳妇的时候，希望三老、巫祝、父老都到河边去送新娘，同时也请你们来告诉我这件事，我也要去送送这个女子。"这些人都说："好。"

到了为河伯娶媳妇的日子，西门豹来到河边与众人相会。三老、官员、有钱有势的人、地方上的父老也都会集于此，看热闹来的老百姓也有二三千人。那个女巫是个老婆子，已经七十岁。跟着来的女弟子有十来个人，都身穿丝绸的单衣，站在老巫婆的后面。西门豹说："叫河伯的媳妇过来，我看看她长得漂亮不漂亮。"人们马上扶着这个女子出了帷帐，走到西门豹面前。西门豹看了看这个女子，回头对三老、巫祝、父老们说："这个女子不漂亮，麻烦大巫婆为我到河里去禀报河伯，需要重新找过一个漂亮的女子，迟几天送她去。"不容分说，即派差役们一齐抱起老巫婆，把她抛到河中。过了一会儿，西门豹说："巫婆为什么去这么久？叫她弟子去催催她！"又把她的一个弟子抛到河中。又过了一会儿，说："这个弟子为什么也这么久？再派一个人去催催她们！"又抛一个弟子到河中。总共抛了三个弟子。西门豹说："巫婆、弟子，这些都是女人，不能把事情禀报清楚。请三老替我去说明情况。"又把三老抛到河中。西门豹插着簪笔，弯着腰，恭恭敬敬，面对着河站着等了很久。长老、廷掾等在旁边观看的人都非常害怕，西门豹回头问他们："巫婆、三老都不回来，怎么办？"想再派一个廷掾或者豪长到河里去催他们。这些人都吓得在地上叩头，而且把头都叩破了，额头上的血流了一地，脸色像死灰一样。西门豹这才发话："好了，暂且留下来再等他们一会儿。"众人战战兢兢。又过一刻，西门豹异常严肃地说："河水滔滔，去而不返，河伯在哪里？你们枉杀民间女子，按理罪当偿命！"众人吓得再次叩头求饶："我等虽然罪该万死，但也是受了老巫婆欺骗的人，请大人千万开恩饶命！"西门豹说："老巫婆已经死

三十七、西门豹治邺

了，今后再有敢说为河伯娶妇的人，就命他为媒人，前去报知河伯。"

回到衙门后，西门豹将廷掾、里豪、三老过去所贪污的钱财，悉数追出返还民间。他又使父老到老百姓中去做调查，一旦得知其中有年长没老婆的人，就把老巫婆的女弟子嫁给他，从此巫风完全除绝。有诗为证："河伯何曾见娶妻，愚民无识被巫欺。一从贤令除疑网，女子安眠不受亏。"

西门豹又测量地形，视漳河可通水处，让人凿渠，各十二处。引漳水入渠，既降低了漳河泛滥时的威势，又浸灌了水渠惠及的田亩，从此当地无旱干之患，禾稼倍收，百姓乐业。今临漳县有西门渠，就是西门豹所凿。

下面为本篇内含有的数则灯谜：

1.【谜面】河伯娶妇

谜目：《尚书·禹贡》句　　　　　　　　谜底：东流为汉（顾震福）

简析：会意正猜。典见《史记·滑稽列传》这段内：魏文侯时，西门豹为邺令。豹往到邺，会长老，问之民所疾苦。长老曰："苦为河伯娶妇，以故贫。"豹问其故，对曰："邺三老、廷掾常岁赋敛百姓，收取其钱得数百万，用其二三十万为河伯娶妇，与祝巫共分其余钱持归。当其时，巫行视小家女好者，云'是当为河伯妇'，即聘取。洗沐之，为治新缯绮縠衣，间居斋戒；为治斋宫河上，张缇绛帷，女居其中。为具牛酒饭食，十余日。共粉饰之，如嫁女床席，令女居其上，浮之河中。始浮，行数十里乃没。其人家有好女者，恐大巫祝为河伯取之，以故多持女远逃亡。以故城中益空无人，又困贫，所从来久远矣。民人俗语曰：'即不为河伯娶妇，水来漂没，溺其人民'云。"谜底中，谜眼"汉"字由原文"汉水"转义为"男人"。

2.【谜面】女嫁河伯

谜目：《孟子·尽心下》句　　　　　　　谜底：是为冯妇也（山傭）

简析：会意正猜。"河伯"是中国古代神话中的黄河水神。原名冯夷，也作"冰夷"。

3.【谜面】令女居其上，浮之河中。始浮，行数十里乃没

谜目：成语二　　　　　　　　　　　　谜底：放任自流、自生自灭（陈清泉）

4. 【谜面】西门豹乔送河伯妇

谜目:《聊斋志异》篇目四

       谜底:《一员官》《长治女子》《于江》《水灾》(陈清泉)

简析:会意正猜。典见《史记·滑稽列传》内。邺令西门豹确实是一位有着过人魄力及才智的贤能官员,他并没有一味凭权势去硬性改变当地"河伯娶妇"的恶习,而是巧借对方的运作过程,顺势以毒攻毒,让始作俑者大巫婆及弟子等人钻进了她们原为别人设置的圈套,从而丧身于河水中,这样就从根子上既惩治了坏人又教育了群众。谜底应顿读为"一员官长/治女子/于江水灾"。其中,"一员官长"乃实指邺令西门豹其人;"女子"即大巫婆及其弟子们;"灾"字本可泛指死亡等祸事,本谜将其引申为西门豹将大巫婆等人投入水中送命的意外之举。谜面借《东周列国志》第八十五回回目后句而成文。

5. 【谜面】有倾,曰:"巫妪何久也?弟子趣之!"复以弟子一人投河中。

谜目:四字股市用语   谜底:二次探底(吴融杭)

简析:会意正猜。谜底为《史记·滑稽列传》内的原文句子。

6. 【谜面】为邺令,名闻天下,泽流后世,无绝已时,几可谓非贤大夫哉。

谜目:二字同音字二   谜底:褒豹、史事(陈清泉)

简析:会意正猜。谜面数语,可以说是司马迁对西门豹这位距自己数百年的前贤治国安民事迹的高度褒赞,它出于《史记·滑稽列传》这段中:西门豹即发民凿十二渠,引河水灌民田,田皆溉。当其时,民治渠少烦苦,不欲也。豹曰:"民可以乐成,不可与虑始。今父老子弟虽患苦我,然百岁后期令父老子孙思我言。"至今皆得水利,民人以给足富。十二渠经绝驰道,到汉之立,而长吏以为十二渠桥绝驰道,相比近,不可。欲合渠水,且至驰道合三渠为一桥。邺民人父老不肯听长吏,以为西门君所为也,贤君之法式不可更也。长吏终听置之。故西门豹为邺令,名闻天下,泽流后世,无绝已时,几可谓非贤大夫哉!

三十八、吴起求将

吴起（前440—前381），战国初期军事家、政治家、改革家，兵家代表人物。卫国左氏（今山东省菏泽市陶区，一说山东省曹县东北）人。吴起一生历侍鲁、魏、楚三国，通晓兵家、法家、儒家三家思想，在内政、军事上都有极高的成就。仕鲁时曾击退齐国的入侵；仕魏时屡次破秦，尽得秦国河西之地，成就魏文侯的霸业；仕楚时主持改革，史称"吴起变法"，公元前381年，楚悼王去世，楚国贵族趁机发难并攻杀吴起。后世把他和孙武并称为"孙吴"。著有《吴子》，《吴子》与《孙子》又合称《孙吴兵法》，在中国古代军事典籍中占有重要地位。

《史记·孙子吴起列传》里是这么来记录吴起一生主要事迹的：

吴起是卫国人，善于用兵。曾经向曾子求学，后来奉事鲁国国君。公元前412年，齐国的军队攻打鲁国，鲁国国君想任用吴起为将军，而吴起娶的妻子却是齐国人，因而就怀疑他的忠诚。当时，吴起一心想成名，就毫不犹豫地杀了自己的妻子，用她的人头来表明自己并不亲附齐国。鲁国国君见状任命吴起做了将军，吴起便率领军队去迎击齐军，果然把齐军打得大败。

鲁国有人厌恶吴起，便诋毁他说："吴起的为人，是猜疑残忍的。他年轻的时候，家里积蓄足有千金，在外边求官没有结果，把家产全荡尽了，同乡邻里的人笑话他，他就杀掉三十多个讥笑自己的人。然后从卫国的东门逃跑了。他和母亲诀别时，咬着自己的胳膊狠狠地说：'我吴起不做卿相，绝不再回卫国！'于是就拜曾子为师。不久，吴起母亲死了，他竟信守誓言，不返回卫国去为母亲奔丧。曾子因此瞧不起他，并和他断绝了师生关系。吴起就到鲁国去，学习兵法来奉事鲁国国君。鲁国国君怀疑他，吴起竟然杀掉心爱的妻子表明心迹，用来谋求将军的职位。像他这种残忍寡情的作为，还能算是人吗？这次他领兵固然打败了齐国，但不见得就是件好事，因为鲁国是个小国，却有着战胜国的名声，那么就会激起诸侯各国的不安，他们就要联合起来谋算鲁国了。况且鲁国和卫国是兄弟国家，鲁国要是重用吴起，就等于抛弃了一个友好的卫国。"鲁国国君听到这些传言，内心对吴起就不再那么信任了，最后进而疏远了吴起。

这时，吴起听说魏国文侯贤明，想去投效他。魏文侯为此问手下以知人著称的大臣李克说："吴起这个人怎么样啊？"李克回答说："吴起贪恋成名而爱好女色，然而要带兵打仗，就是司马穰苴也超不过他。"一向求贤若渴的魏文侯就马上任用吴起为将军，让他率兵攻打秦国，一下子就夺取了五座秦国城池。

吴起当将军时，跟最下等的士兵穿一样的衣服，吃一样的伙食，睡觉不铺垫褥，行军不乘车骑马，亲自背负着捆扎好的粮食和士兵们同甘共苦。有次，有个士兵生了恶性毒疮，吴起立刻趴下用嘴替他吸吮脓汁。这个士兵的母亲听说后，就放声大哭。有人不解说："你儿子是个无名小卒，吴起将军却亲自替他吸吮脓汁，你应该感到荣幸啊，怎么还哭呢？"那位母亲回答说："这你就有所不知了，往年吴起将军替他父亲吸吮毒疮，他父亲为了报恩在战场上勇往直前，结果死在敌人手里。如今吴起将军又给他儿子吸吮毒疮，我不知道他又会在什么时候死在什么地方？因此，我才哭他啊。"

魏文侯因为吴起善于用兵打仗，廉洁不贪，待人公平，能取得所有将士的欢心，就任命他担任西河地区的长官，来抗拒秦国和韩国。

魏文侯死后，吴起奉事他的儿子魏武侯。武侯泛舟从黄河顺流而下，船到半途，回过头来对吴起说："你看！这一段山川如此险要、壮美，不愧是我们魏国的瑰宝啊！"吴起回答说："非也！从前三苗氏左临洞庭湖，右濒彭蠡泽，因为他不修德行，不讲信义，所以夏禹能灭掉他。夏桀的领土，左临黄河、济水，右靠泰山、华山，伊阙山在它的南边，羊肠坂在它的北面。因为他不施仁政，所以商汤放逐了他。殷纣的领土，左边有孟门山，右边有太行山，常山在它的北边，黄河流经它的南面，因为他不施仁德，武王把他杀了。由此看来，一个国家强固与否？主要在于国君能否给百姓施以恩德，而不系于地理形势的险要。如果您不施恩德，即便同乘一条船的人也会变成您的仇敌啊！"武侯高兴地夸奖吴起说："讲得真好！"

吴起担任西河守，因政绩显著取得了很高的声望。但是魏国设置相位后，却任命田文做了国相。吴起很不高兴，就对田文说："请让我与您比一比功劳，可以吗？"田文说："可以。"吴起说："统率三军，让士兵乐意去为国家利益而战，使

三十八、吴起求将

敌国不敢图谋魏国,您和我比,究竟谁强?"田文说:"我不如您。"吴起又说:"管理文武百官,让百姓亲附,充实府库的储备,您和我比,到底谁行?"田文说:"我不如您。"吴起说:"拒守西河而让秦国的军队不敢向东侵犯,韩国、赵国都对魏国服从归顺,您和我比,又是谁能?"田文说:"那我就更不如您了。"吴起忿忿不平说:"既然这几方面您都不如我,可是您的职位却在我之上,这是什么道理呢?"田文解释说:"国君还年轻,国人疑虑不安,大臣不亲附,百姓不信任,正当这一非常时期,是把政事托付给您呢,还是应当托付给我?"吴起沉默了许久,然后才压低声音说:"应该托付给您啊。"田文说:"这就是我的职位比您高的原因啊。"吴起这才明白了自己与田文的真正差距。

田文死后,公叔痤出任国相,娶了国君的女儿,却畏忌吴起。公叔痤的仆人见机说:"吴起是不难赶走的。"公叔痤问:"那该怎么办?"那个仆人说:"吴起为人虽有骨气,但又喜好名誉、声望。您可找机会先对武侯说:'吴起是个贤能的人,而您的国土太小了,又和强大的秦国接壤,我私下担心吴起没有长期留在魏国的打算。'武侯就会说:'那可怎么办呢?'您就趁机对武侯说:'请用下嫁公主的办法试探他,如果吴起有长期留在魏国的心意,就一定会爽快地答应来娶公主,如果没有长期留下来的心意,就一定会推辞。用这个办法能推断他的心志。'您找个机会请吴起一道和您回府,故意让公主发怒而当面鄙视您,吴起见公主这样蔑视您,那就一定因不愿自取其辱而不会娶公主了。"吴起到了公叔痤家,见到公主如此地蔑视国相,果然婉言谢绝了魏武侯。武侯因而怀疑吴起,也就不像从前那般信任他了。吴起感受到这种变化后,生怕再待下去会惹祸上身,说走就走!他离开魏国,随即就到楚国去了。

楚悼王早就听闻过吴起的贤能,吴起刚到楚国就任命他为国相。吴起治楚:使法明确,依法办事,令出必行,淘汰并裁减了许多无关紧要的冗员,停止了疏远公族的按例供给,全力用来抚养战士,致力于加强国家的军事力量。同时,吴起还斥逐高谈纵横之术的游说之士,用这种手段来统一国家的舆论和集中人民的思想。

楚国经过吴起这番大刀阔斧般的改革国力大增,不久向南平定了百越,向北吞并了陈国和蔡国,还打退韩、赵、魏三国的进攻,又向西攻伐了秦国。正当诸侯各国都震慑于楚国的强盛时,楚国以往被吴起打击过的那些旧日的宗族贵戚们却都想谋害吴起。公元前 381 年，等到楚悼王一死，王室贵族立即发动骚乱，合伙攻打吴起。

吴起走投无路，只好逃到楚悼王停尸的地方，抱伏在悼王的尸体上。谁知攻打吴起的那帮人还是不肯罢休，反而集拢起来，纷纷用箭射杀吴起。箭如雨下，吴起自然被射死了，但亦有不少利箭连带着射中了悼王的尸体。等把悼王安葬停当后，太子即位。新王就让令尹把射杀吴起时同时射中悼王尸体的人，全部处死，由于射杀吴起而被灭族的有七十多家。

毫无疑问，吴起是一名文武全才的将领。军事上他拥有卓越的统帅能力及先进的军事思想，他料敌合变、爱兵如子，其在军事方面的成就在历朝历代都享有极高的赞誉。《尉缭子·制谈》中曾对吴起的用兵之道推崇备至，故有"有提七万之众，而天下莫敢当者，谁？曰：'吴起也。'"之说。曹操在《举贤勿拘品行令》中评价他说："吴起贪将，杀妻自信，散金求官，母死不归，然在魏，秦人不敢东向，在楚则三晋不敢南谋。"此外，吴起作为一名政治家、改革家，通过改革使魏、楚两国先后达到了富国强兵，因而他在政治上的贡献更是得到了后人们广泛赞誉。

但是吴起贪恋功名，为取得成功而往往不择手段。他杀妻求将、为子不孝和好色的人格缺陷，成为他一生乃至死后都挥之不去的令人憎恶的重大污点，当然也就成为文人墨客诟病的对象。例如：唐代诗人白居易就曾在其诗作《慈乌夜啼》中严词谴责了吴起在母丧一事中的禽兽行为，其全诗为："慈乌失其母，哑哑吐哀音。昼夜不飞去，经年守故林。夜夜夜半啼，闻者为沾襟。声中如告诉，未尽反哺心。百鸟岂无母，尔独哀怨深。应是母慈重，使尔悲不任。昔有吴起者，母殁丧不临。嗟哉斯徒辈，其心不如禽。慈乌复慈乌，鸟中之曾参。"

难怪在越来越尊重普世价值的现今社会中，但凡提起吴起，他的许多人生亮点往往不被人们所稔知甚而几近被漠视；而他残忍杀妻的非人丑行，却几乎被稍许知道点历史知识的普通人众所不忘所鄙视。

根据本篇内容，可以制作出下列灯谜：

1. 【谜面】吴起求将

谜目：《聊斋志异》篇目　　　　　　　　谜底：《刘夫人》（王景康）

三十八、吴起求将

简析：会意正猜。典出《史记·孙子吴起列传》这段内：吴起者，卫人也，好用兵。尝学于曾子，事鲁君。齐人攻鲁，鲁欲将吴起，吴起取齐女为妻，而鲁疑之。吴起于是欲就名，遂杀其妻，以明不与齐也。鲁卒以为将。将而攻齐，大破之。鲁人或恶吴起曰："起之为人，猜忍人也。其少时，家累千金，游仕不遂，遂破其家，乡党笑之，吴起杀其谤己者三十余人，而东出卫郭门。与其母诀，啮臂而盟曰：'起不为卿相，不复入卫。'遂事曾子。居顷之，其母死，起终不归。曾子薄之，而与起绝……"谜底中的"刘"字本系多义词，入谜后当动词"诛杀、杀戮"用。《尔雅·释诂上》说："刘，杀也。"

2.【谜面】杀妻求将

谜目：《易经》句　　　　　　　　　　　　谜底：起凶（张起南）

3.【谜面】遂杀其妻，以明不与齐也。

谜目：电视剧名二　　　　　　　　　　　　谜底：《屠夫》《人证》（任焕长）

4.【谜面】起拔剑一挥，田氏头已落地。

谜目：京剧名　　　　　　　　　　　　　　谜底：《吴汉杀妻》（史东山）

简析：会意正猜。《史记·孙子吴起列传》内对吴起杀妻之事虽仅寥寥几句，但《东周列国志》第八十六回中却详写了其事：时齐相国田和谋篡其国，恐鲁与齐世姻，或讨其罪，乃修艾陵之怨，兴师伐鲁，欲以威力胁而服之。鲁相国公仪休进曰："欲却齐兵，非吴起不可。"穆公口虽答应，终不肯用。及闻齐师已拔成邑，休复请曰："臣言吴起可用，君何不行？"穆公曰："吾固知起有将才，然其所娶乃田宗之女，夫至爱莫如夫妻，能保无观望之意乎？吾是以踌躇而不决也。"公仪休出朝，吴起已先在相府候见，问曰："齐寇已深，主公已得良将否？今日不是某夸口自荐，若用某为将，必使齐兵只轮不返。"公仪休曰："吾言之再三，主公以子婚于田宗，以此持疑未决。"吴起曰："欲释主公之疑，此特易耳。"乃归家问其妻田氏曰："人之所贵有妻者，何也？"田氏曰："有外有内，家道始立。所贵有妻，以成家耳。"吴起曰："夫位为卿相，食禄万钟，功垂于竹帛，名留于千古，其成家也大矣，岂非妇之所望于夫者乎？"田氏曰："然。"起曰："吾有求于子，子当为我成之。"田氏曰："妾妇人，安得助君成其功名？"起曰："今齐师伐鲁，鲁侯欲用我为将，以我娶于田宗，疑而不用。诚得子之头，以谒见鲁侯，则鲁侯之疑释，而吾之功名可就矣。"田氏大惊、方欲开口答话。起拔剑一挥，田氏头已落地。史臣有诗云：一夜夫妻百夜恩，无辜忍使作冤魂？母丧不顾人伦绝，妻子区区何足论。谜面即是从中撷取的两句。

5. **【谜面】**虽然大丈夫，求将心太切；手刃齐国妇，人品实卑劣。

   谜目：京剧名　　　　　　　　　　　谜底：《吴汉杀妻》（陈清泉）

6. **【谜面】**杀妻求将人，并非今始欲壑难填心地歹毒。

   谜目：四字常用语　　　　　　　　　谜底：起早贪黑（陈清泉）

   简析：会意正猜。谜底应顿读为"起（吴起）/早（早就）/贪黑"。

7. **【谜面】**杀妻求将应指责

   谜目：四字礼貌用语（卷帘格）　　　谜底：对不起你（赵首成）

   简析：会意正猜。谜底应依格顿读为"你起（吴起）/不对"。

8. **【谜面】**与其母诀，啮臂而盟曰："起不为卿相，不复入卫。"

   谜目：古代名人二　　　　　　　　　谜底：吴道子、归有光（陈清泉）

   简析：会意正猜。谜面为《史记·孙子吴起列传》中的原句。谜底应断读为"吴道：'子归有光'。"谜底中的"吴"字显指吴起；相对其母，吴起的身份当是儿子，这就是本谜中又可以用"子"字代指吴起的理由。若为卿相再回家乡卫国，当然就因荣归故里而有光彩了，以此意照应谜面吴起之誓的具体内容当是本谜构思不俗之处。吴道子为唐代著名画家；归有光为明代散文家。

9. **【谜面】**母死不归，杀妻求将。

   谜目：古代礼制　　　　　　　　　　谜底：夺情起复（白超谦）

   简析：会意正猜。《晋书·段灼传》内曾言：吴起贪官，母死不归，杀妻求将，不孝之甚。

10. **【谜面】**提起杀妻求将人，谁人誉其"司马穰苴不能过也。"

    谜目（1）:《水浒全传》人物三　　　谜底：李云、吴用、武能（陈清泉）

    谜目（2）:《水浒全传》人物四　　　谜底：李固、宣赞、吴用、武能（陈清泉）

    简析：会意体问答式谜。典见《史记·孙子吴起列传》这段内：吴起于是闻魏文侯贤，欲事之。文侯问李克曰："吴起何如人哉？"李克曰："起贪而好色，然用兵，司马穰苴不能过也。"于是魏文侯以为将，击秦，拔五城……文侯以吴起善用兵，廉平，尽能得士心，乃以为西河守，以拒秦、韩。武能出现于《水浒全传》第九十九回中，是田虎手下马灵的偏将。

三十八、吴起求将

11. 【谜面】乃以为西河守，以拒秦、韩。

    谜目：党史地名　　　　　　　　　　　　谜底：吴起镇（张志有）

12. 【谜面】魏斯拜吴起，放权拔西城。

    谜目：四字棋界称谓　　　　　　　　　　谜底：和棋圣手（王醒宇）

    简析：增损离合体谜。"魏斯（魏文侯名斯）拜吴起"句应这么处理，即：只要"魏斯拜吴"这四字的相关开头（起头）"禾、其、手、口"这四个零件；"放权拔西城"即把"权"字放开而得"木、又"两部分，再"拔"掉"西城（成）"而仅余"土"。如此之后，则再将"禾、其、手、口、木、又、土"重新组装，谜底"和棋圣手"焉能不出！象棋特级大师徐天红素有"和棋圣手"之誉称。

13. 【谜面】此乃吾所以居子之上也

    谜目（1）：历史名词　　　　　　　　　　谜底：盖吴起义（薛道达）

    谜目（2）：五字成人高考复习资料用语，含科目　谜底：语文高起点（幻影）

    简析：会意正猜。面句出于《史记·孙子吴起列传》这段内：魏置相，相田文。吴起不悦，谓田文曰："请与子论功，可乎？"田文曰："可。"起曰："将三军，使士卒乐死，敌国不敢谋，子孰与起？"文曰："不如子。"起曰："治百官，亲万民，实府库，子孰与起？"文曰："不如子。"起曰："守西河而秦兵不敢东乡，韩、赵宾从，子孰与起？"文曰："不如子。"起曰："此三者，子皆出吾下，而位加吾上，何也？"文曰："主少国疑，大臣未附，百姓不信，方是之时，属之于子乎？属之于我乎？"起默然良久，曰："属之子矣。"文曰："此乃吾所以居子之上也。"吴起乃自知弗如田文。(1)谜谜底应顿读为"盖/吴起/义"。

14. 【谜面】守西河而秦兵不敢东乡

    谜目：长征地名　　　　　　　　　　　　谜底：吴起镇（张志有）

    简析：会意正猜。谜面为原书句。"乡"用作动词，读 xiàng，通"向"。

15. 【谜面】起曰："此三者，子皆出吾下。"

    谜目：历史名词二　　　　　　　　　　　谜底：田齐、孙吴（佚名）

    简析：会意正猜。谜面为《史记·孙子吴起列传》内的原文句子。谜底应顿读为"田（田文）/齐孙/吴（吴起）"。"孙"通"逊"。

16.【谜面】起默然良久,曰:"属之子矣。"

谜目:古代名人二　　　　　　　　谜底:田胜、任座(徐卫锋)

简析:会意正猜。谜面为《史记·孙子吴起列传》内的原文句子。田胜,汉景帝王皇后、武安侯田蚡弟。任座(生卒年不详),魏文侯的谋士,因一次劝谏过于耿直,惹得魏文侯勃然大怒。后经翟璜巧辩,帮任座解说,魏文侯才礼贤下士,拜任座为上卿。谜底应顿读为"田(田文)/胜任/座"。座:座位,本谜将其引申为魏国国相这一职务。

17.【谜面】杀妻求将人,入楚为卿相。

谜目:五字出租车计价用语　　　　谜底:起步三公里(陈清泉)

简析:会意正猜。"三公"为古代高官名,其说法各异。如:据杜佑的《通典》记载:夏、商以前,云天子无爵,三公无官;周以太师、太傅、太保曰三公。汉以丞相、大司马、御史大夫为三公;后汉又以太尉、司徒、司空为三公。本谜中,即将吴起所任过的卿相之职笼统归于相当于"三公"级别的序列中。

18.【谜面】巧将贼矢集王尸

谜目:鲁迅作品篇目四　　谜底:《起死》《希望》《死后》《复仇》(陈清泉)

简析:会意正猜。谜面出于《东周列国志》第八十六回这段内:又有一诗,说吴起伏王尸以求报其仇,死尚有余智也。诗云:"为国忘身死不辞,巧将贼矢集王尸。虽然王法应诛灭,不报公仇却报私。"谜底宣扬了智者吴起的超人能耐,即使身陷绝境,亦能巧借楚悼王死后余威,达到希望报复射己仇人的最终目的。

19.【谜面】然在魏,秦人不敢东向,在楚则三晋不敢南谋。

谜目:《三国演义》人物三　　　　谜底:曹彰、吴氏、武安国(陈清泉)

简析:会意正猜。谜面出于曹操的《举贤勿拘品行令》文内。

20.【谜面】有提七万之众,而天下莫敢当者,谁?

谜目(1):战国时期秦国名将　　　谜底:白起(陈清泉)

谜目(2):《水浒全传》人物二　　　谜底:吴用、武能(陈清泉)

简析:会意体问答式谜。谜面为《尉缭子·制谈》中的原句,其下文为:"曰:'吴起也。'"(1)谜谜底一经别解(白:曰;起:吴起)后,当与谜面下文(曰:"吴起也。")含义丝毫不爽。(2)谜谜底应顿读为"吴(吴起)/用武/能"。

三十九、聂政刺侠累

聂政（？—前371），战国时侠客，韩国轵（今山西济源东南）人，以任侠著称，与专诸、要离、荆轲并列为春秋战国四大刺客。

聂政的故事，最早见于《战国策》第二十七卷"韩策二"内。大史学家、文学家司马迁（约前145—？），是在悲愤人生中撰著《史记》的。由于他深感世态炎凉，人情淡薄，就更加敬重和怀念那些舍生取义、信守承诺的英雄人物。所以，他要为这些英雄立传。在《史记》中他以浓墨重笔和饱满的热情，写出了千古传颂的《刺客列传》。在《刺客列传》中，共记述了曹沫、专诸、豫让、聂政、荆轲五位英雄，集中宣扬了一个主题思想，即"士为知己者死"。特别是在聂政、荆轲两传中，司马迁把这一主题思想发挥得淋漓尽致。

下面即是司马迁根据《战国策》以及诸先秦文献记述的聂政故事，重新写成的《史记·刺客列传》里的聂政部分所译成的白话文。因其大大丰富、完整、准确、提高了在此之前的所有有关聂政传说的故事品位，因而也更加感人，流传得更广泛了。

濮阳严仲子在韩哀侯手下为臣时，与韩相侠累结有怨仇。严仲子因为害怕侠累杀他，便逃离了韩国。他游走在列国之间，一直在物色合适人选以便替自己报复侠累。

严仲子周游到齐国后，齐国有人告诉他，说聂政是位不畏死的勇敢之士，避仇隐于屠者之间。于是，严仲子专门寻到聂家去求见聂政。经过好几次的交往后，严仲子备办了宴席，亲自捧杯给聂政的母亲敬酒。等到众人都喝得酣畅尽兴之际，严仲子又捧出黄金百镒，上前为聂政母亲贺寿。

聂政惊怪其厚，便再三向严仲子辞谢。严仲子执意坚持要送，聂政只好说道："我因为老母尚在，家境又贫穷，所以才客居他乡以屠狗为业。这样做，为的就是早晚得些美食后可以即刻用来将其奉养老母。现今我既然足够有能力，来对老母尽孝，当然就不敢再接受您的额外厚赠了。"

严仲子避开旁人，专门对聂政一人说道："我因有仇待报，而行游诸侯各国已经好些年了。这次到齐国后，私下听人说足下极重义气，这才特地送上百镒黄金，预备用作令堂饮食的粗粝之费。我只是希望借此能与足下交个真心朋友而已，除此之外哪里敢有别的索求和指望啊！"聂政襟怀坦白地回答说："我所以降志辱身，甘心在市井做个屠夫的缘故，只是希望能够平平安安地奉养老母。只要老母在世一日，我就不敢将自己的生命许给任何人！"严仲子仍旧再三谦让，聂政终究还是不肯接受他的重金馈赠。不过，他们二人最后还是在欢快的气氛中互尽了宾主之礼，然后严仲子才作别而去。

过了很久，聂政的母亲去世了，等到安葬后丧服期满，聂政自言自语说："唉！我不过是个市井的平民百姓，拿着刀杀猪宰狗；而严仲子贵为诸侯国的卿相，却不远千里，委屈身份和我真心结交。相比之下，看来我待人家的情谊是太浅薄太微不足道了。我没有什么大的功劳可以和他对我的恩情相抵，严仲子却献上百金为我老母祝寿，我虽然没有接受，可是这件事说明他是特别了解我啊。像严仲子这样一位贤德的人，因愤恨仇人的原因，把我这个处于偏僻的穷困屠夫视为亲信，我怎么能一味地默不作声，就此完事了呢！况且他以前来邀请我，我只是因为老母在世，才没有答应。而今老母享尽天年，是我该要为了解我的人出力的时候了！"

于是聂政便离开了齐国，西行到卫国的濮阳，寻见到严仲子后，向他表态说："以前我之所以没答应仲子的邀请，仅仅是因为老母在世；如今不幸老母已享尽天年。仲子要报复的仇人是谁？请让我来办这件事吧！"严仲子原原本本地告诉聂政说："我的仇人是韩国国相侠累，侠累又是韩国国君的叔父，宗族旺盛，人丁众多，居住的地方士兵防卫严密，我想派人刺杀他，始终没有得手。"严仲子转而感激说："如今承蒙您不嫌弃我，应允下来承担这事，我想多派些车骑壮士作为您的助手。"聂政摇头说："韩国与卫国，中间距离不太远，如今刺杀人家的国相，而这位国相又是国君的亲属，在这种情势下不能去很多人。人多了难免发生意外，发生意外就会走漏消息，走漏消息，那就等于整个韩国的人将与您为仇，这难道不是太危险了吗！"聂政谢绝了车骑人众，辞别严仲子后只身就向韩国

三十九、聂政刺侠累

走去了。

聂政带着宝剑到了韩国都城阳翟（今河南禹州市）。行刺那天，韩国国相侠累正好坐在相府大堂上，当时持刀荷戟的护卫很多。聂政径直而入，旁若无人般地冲上台阶刺杀了侠累，侠累的侍从人员顿时大乱。聂政得手后高声大叫，被他击杀的竟多达几十人。然后，聂政又趁势用宝剑先是毁坏了自己的面容，接着挖出眼睛，又剖开肚皮，流出肠子，就这样壮烈地死了。

韩国把聂政的尸体公开陈列在街市上，并出赏金查问凶手是哪里来的人？围观的人确实不少，只是没有一个人能认出他的本来面目。韩国就出告示悬赏征求凶手的信息，不管何人只要能说出杀死国相侠累的人是谁，当即赏给千金。过了很久，还是没有人知道凶手是谁。

聂政的姐姐聂荣听说有人刺杀了韩国的国相，却不知道凶手到底是谁，全韩国的人也不知他的姓名，陈列着他的尸体，悬赏千金，叫人们辨认，就抽泣着说："这人大概是我弟弟吧？哎呀，严仲子是知遇我弟弟的！"说毕聂荣马上动身，前往韩国的都城。

聂荣来到都城街市，一看死者果然是弟弟聂政，就趴在尸体上痛哭，极为哀伤，还边哭边对赶来的围观者说："这个人就是轵邑深井里的聂政啊。"街上的行人们都说："这个人残酷地杀害了我们的国相，君王因而悬赏千金询查他的姓名，夫人难道没听说吗？怎么还敢来这里认尸啊？"聂荣回答他们说："我听说这一切了。我的弟弟聂政，当初所以承受羞辱不惜混在屠猪贩肉的人中间，是因为老母健在，我还没有出嫁。如今老母享尽天年去世了，我也嫁了丈夫，严仲子当初从穷困低贱的处境中识别出我弟弟而去结交他，可谓对他恩情深厚，这种情况下我弟弟还能怎么办呢？勇士本来应该替知己的人牺牲性命！如今只是因为我还活在世上的缘故，我弟弟才重重地自毁面容及躯体，使人不能辨认，以免牵连别人。可是我怎么能因害怕杀身之祸，永远埋没弟弟的名声呢！"听完聂荣的这番诤诤言论，整个街市上的人都大为震惊。聂荣接着在高喊三声"天哪"之后，终因极度哀伤而死在了聂政身旁。

晋、楚、齐、卫等国的人听到这个消息，都说："不单单仅聂政是位勇敢的义士，就是他姐姐亦是位烈性女子。假使聂政果真知道他姐姐没有含垢忍辱的想法，毫不顾惜抛头露面于外的苦难，一定要越过千里的艰难险阻，来到这里公开他的姓名，以致姐弟二人一同死在韩国的街市，那么他或者就未必敢对严仲子以身相许了。严仲子也可以说是很能识人了，这才能够得到聂政这样的贤士啊！"

后世人对聂政的赞誉亦颇多。例如：清代文学家蒲松龄就曾在《聊斋志异·聂政》中称颂道："余读刺客传，而独服膺于轵深井里也。其锐身而报知己也，有豫之义；白昼而屠卿相，有鱄之勇；皮面自刑，不累骨肉，有曹之智。至于荆轲，力不足以谋无道秦，遂使绝裾而去，自取灭亡。轻借樊将军之头，何日可能还也？此千古之所恨，而聂政之所嗤者矣。闻之野史：其坟见掘于羊、左之鬼。果尔，则生不成名，死犹丧义，其视聂之抱义愤而惩荒淫者，为人之贤不肖何如哉！噫！聂之贤，于此益信。"南宋学者徐钧在《史咏集·聂政》中，吟颂道："为母辞金义且仁，却甘为盗忍轻生。若非有姊扬风烈，千古谁知壮士名。"今人郭沫若曾据聂政事迹，写出历史剧《棠棣之花》来歌颂他的侠义精神。另外，在河南禹州市市区西北有纪念他的聂政台。

本篇含有以下多则灯谜：

1. **【谜面】老母在，政身未敢以许人也。**

   谜目：四字司法用语　　　　　　　　谜底：抗拒从严（陈清泉）

   简析：会意正猜。面句为《史记·刺客列传》中聂政谢绝严仲子执意赠金时的原句。谜底中，"严"字别解为严仲子。

2. **【谜面】仲子所欲报仇者为谁？请得从事焉！**

   谜目：二字今古称谓各一　　　　　　谜底：政要、宰相（陈清泉）

   简析：会意正猜。面句见《史记·刺客列传》这段内：久之，聂政母死。既已葬，除服……（聂政）乃遂西至濮阳，见严仲子曰："前日所以不许仲子者，徒以亲在；今不幸而母以天年终。仲子所欲报仇者为谁？请得从事焉！"严仲子具告曰："臣之仇韩相侠累，侠累又韩君之季父也，宗族盛多，居处兵卫甚设，臣欲使人刺之，终莫能就。今足下幸而不弃，请益其车骑壮士可为足下辅翼者。"谜底便借聂政之口，将其因欲报答严仲子知遇之恩，而主动请缨要去宰掉严仲子的仇人——韩相侠累的急迫心态袒露无遗。

三十九、聂政刺侠累

3.【谜面】上阶刺杀侠累，因自皮面决眼，自屠出肠，遂以死。

谜目：成语　　　　　　　　　　　　　谜底：人亡政息（陈清泉）

简析：会意正猜。面句摘自《史记·刺客列传》这段内:(聂政）杖剑至韩，韩相侠累方坐府上，持兵戟而卫侍者甚众。聂政直入，上阶刺杀侠累，左右大乱。聂政大呼，所击杀者数十人，因自皮面决眼，自屠出肠，遂以死。韩取聂政尸暴于市，购问莫知谁子。于是韩购悬之，"有能言杀相侠累者予千金"。久之，莫知也。政姊荣闻人有刺杀韩相者，贼不得，国不知其名姓，暴其尸而县之千金，乃于邑曰："其是吾弟与？嗟乎，严仲子知吾弟！"立起如韩之市，而死者果政也。伏尸哭极哀，曰："是轵深井里所谓聂政者也。"市行者诸众人皆曰："此人暴虐吾国相，王县购其名姓千金，夫人不闻与？何敢来识之也？"荣应之曰："闻之。然政所以蒙污辱自弃于市贩之间者，为老母幸无恙，妾未嫁也。亲既以天年下世，妾已嫁夫，严仲子乃察举吾弟困污之中而交之，泽厚矣，可奈何！士固为知己者死，今乃以妾尚在之故，重自刑以绝从，妾其奈何畏殁身之诛，终灭贤弟之名！"大惊韩市人。乃大呼天者三，卒于邑悲哀而死政之旁。谜底意为：在侠累这人死亡后，行刺成功的聂政亦自行了断而死了。息：停止，可引申为"死亡"。

4.【谜面】于是韩购悬之，"有能言杀相侠累者予千金"。久之，莫知也。

谜目：台湾故事片（脱靴格）　　　　　谜底：刺客聂隐娘（陈清泉）

5.【谜面】谁人刺杀韩相侠累

谜目：《史记·管晏列传》句　　　　　谜底：其为政也（陈清泉）

6.【谜面】侠累死于谁人手

谜目：《孟子·离娄下》句　　　　　　谜底：故为政者（陈清泉）

7.【谜面】立起如韩之市，而死者果政也。

谜目：《孟子·告子上》句（卷帘格）　谜底：弟为尸（王徵言）

8.【谜面】妾其奈何畏殁身之诛，终灭贤弟之名。

谜目（1）：成语　　　　　　　　　　谜底：生荣死哀（陈清泉）

谜目（2）：反腐倡廉术语　　　　　　谜底：政务公开（许介锋）

9.【谜面】若非有姊扬风烈,千古谁知壮士名。

谜目:《红楼梦》人物（掉首格）　　　　　　谜底：赖尚荣（陈清泉）

简析：会意正猜。谜面为南宋学者徐钧《史咏集·聂政》诗中的后两句。谜底依格读为"尚赖荣"后,点明了"还是有赖于其姐聂荣的亮相,聂政才能得以千古扬名"的这一因果关系。

10.【谜面】政杀国君,知当及母,即自犁剥面皮,断其形体,人莫能识。

谜目：台湾故事片　　　　　　谜底：刺客聂隐娘（孙胜利）

简析：会意正猜。谜面为汉末蔡邕《琴操·聂政刺韩王曲》句。《琴操》,古代汉族琴曲著作,为解说琴曲标题的著作。传为东汉蔡邕所撰。二卷。它是现存介绍早期琴曲作品最为丰富而详尽的专著。原书已佚,经后人辑录成书。包括有：诗歌五首、九引、十二操和河间杂歌二十多首。书中对每首作品的有关故事内容都做了介绍,这些故事带有浓厚的汉族民间传奇的色彩,往往和史书有很大的出入,所以《乐府解题》说：《琴操》纪事好与本传相违。"其实,不拘泥于史实,根据人们的愿望加工创造,正是民间创作的特点之一。其中《聂政刺韩王曲》内的因替父报仇而刺杀国君的聂政形象,就与《史记·刺客列传》里的为人所用、刺杀国相的聂政事迹相差甚大。

11.【谜面】余读刺客传,而独服膺于轵深井里也。其锐身而报知己也,有豫之义；白昼而屠卿相,有鲦之勇；皮面自刑,不累骨肉,有曹之智。

谜目：清代名人、书名各一　　　　　　谜底：聂士成、《英杰归真》（陈清泉）

简析：会意正猜。谜面为《聊斋志异》作者蒲松龄老人借异史氏之口,高度赞扬聂政刺杀韩相侠累时"义、勇、智"三者俱全的几句原文。谜底断读为"聂士成英杰,归真"后,用"归真"二字迎合蒲公,再次肯定了"聂政这位侠士果然是位英雄豪杰"其言诚不虚也！从而使全谜因首尾照应而深得回互之旨。

四十、商鞅变法

商鞅（？—前338），战国时代政治家、改革家、思想家，法家代表人物，卫国（今河南内黄县梁庄镇）人，卫国国君的后裔，姬姓公孙氏，故又称卫鞅、公孙鞅（先秦时期男子称氏不称姓，故当称为公孙鞅，不叫姬鞅）。后因在河西之战中立功获封商於十五邑，号为商君，故称之为商鞅。商鞅通过变法改革将秦国改造成富裕强大之国，史称商鞅变法。政治上，商鞅改革了秦国户籍、军功爵位、土地制度、行政区划、税收、度量衡以及民风民俗，并制定了严酷的法律；经济上商鞅主张重农抑商、奖励耕织；军事上商鞅作为统帅，率领秦军收复了河西。公元前338年获罪车裂而死。

公孙鞅年轻时就喜欢刑名法术之学，侍奉魏国国相公叔痤（有的《史记》版本中，将公叔痤又作公叔座），做了中庶子。公叔痤知道他贤能，但还没来得及向魏王推荐，自己就得了重病。魏惠王亲自去看望公叔痤，说："你的病倘有不测，国家将怎么办呢？"公叔痤回答说："我的中庶子公孙鞅，虽然年轻，却有奇才，希望大王能把国政全部交给他，由他去治理。"魏惠王听后默默无言。当魏惠王将要离开时，公叔痤屏退左右随侍人员，说："大王假如不任用公孙鞅，就一定要杀掉他，不要让他走出国境。"魏王答应了他的要求就离去了。

公叔痤招来公孙鞅，道歉说："刚才大王询问能够出任国相的人，我推荐了你。看大王的神情不会同意我的建议。我出于先君后臣的立场，因而劝大王假如不任用你，就该杀掉你。大王答应了我的请求。你赶快离开吧！不快走马上就要被擒。"公孙鞅说："大王既然不能听您的话任用我，又怎么能听您的话来杀我呢？"终于没有离开魏国。魏惠王离开后，对随侍人员说："公叔痤的病很严重，真叫人伤心啊，他想要我把国政全部交给公孙鞅掌管，难道不是糊涂了吗？"

公叔痤死后不久，公孙鞅听说秦孝公下令在全国寻访有才能的人，要重整秦穆公时代的霸业，向东收复失地。他就西去秦国，通过秦孝公的宠臣景监的关系求见孝公。

秦孝公与卫鞅（公孙鞅）经过交谈后，很是投机，一连谈了几天仍不觉得满足。景监问卫鞅："您用什么道理说中大王的心意呢？我们大王非常高兴。"卫鞅回答说："我劝说大王用帝王治国的方法建立夏、商、周三代的盛世，但大王说：'太遥远了，我不能等待。况且一般贤能的君王，都希望自己在位时能名扬天下，怎么能愁闷不堪地等待几十年，乃至上百年才成就帝王大业呢？'所以，我用富国强兵的方法劝说大王，大王就非常高兴了。"

不久，秦孝公任命卫鞅为左庶长，并且制定了变更成法的命令。法令规定：十家编成一什，五家编成一伍，互相监视检举，一家犯法，十家连带治罪。不告发奸恶的处以拦腰斩断的刑罚，告发奸恶的与斩敌首级的同样受赏，隐藏奸恶的人与投降敌人同样的惩罚。一家有两个以上的壮丁不分居的，赋税加倍。有军功的人，各按标准升爵受赏。为私事斗殴的，按情节轻重分别处以大小不同的刑罚。致力于农业生产，让粮食丰收、布帛增产的免除自身的劳役或赋税。因从事工商业及因懒惰而致贫穷的，把他们的妻子全都没收为官奴。王族里没有军功的，不能列入家族的名册。明确尊卑爵位等级，各按等级差别占有土地、房产，家臣、奴婢的衣裳、服饰，按各家爵位等级决定。有军功的显赫荣耀，没有军功的即使很富有也不能显荣。

新法准备就绪后，还没公布，恐怕百姓不相信，就在国都后边市场的南门竖起一根三丈长的木头，招募百姓中能把木头搬到北门的人，赏给十金。百姓觉得这件事很奇怪，没人敢动。卫鞅又宣布："能把木头搬到北门的人赏五十金！"众人愈加怀疑。这时，有一个人站出来说："我们秦国的法律对老百姓从无重赏，今天忽然这么做，必有它的原因。我就试试看，纵然得不到五十金重赏，薄奖总该有吧！"说着即肩扛木头，走到北门立了起来。当着很多看热闹的百姓，卫鞅立即就给了这个人五十金，借此表明令出必行，绝不欺骗。次日，便将新法正式颁布，市人聚观，无不吐舌。——这件事发生于秦孝公三年（前359）。

新法在民间施行了整一年，秦国老百姓到国都说新法不方便的人数以千计。正当这时，太子触犯了新法。卫鞅说："新法不能顺利推行，是因为上层人触犯

四十、商鞅变法

它。"将依新法处罚太子。太子，是国君的继承人，又不能施以刑罚，于是就处罚了太子的老师公子虔和公孙贾二人。第二天，秦国人就都遵奉新法了。

新法推行了十年，秦国百姓都非常高兴，路上没有人拾别人丢的东西据为己有，山林里也没了盗贼，家家富裕充足。人民勇于为国家打仗，不敢为私利争斗，乡村、城镇社会秩序安定。当初说新法不方便的秦国百姓又有来说法令方便的，卫鞅说："这都是扰乱教化的人！"于是把他们全部迁到边疆去。此后，百姓再没人敢议论新法了。

接着，卫鞅被秦孝公任命为大良造，率领军队围攻魏国安邑，使他们屈服投降。过了三年，秦国在咸阳（今陕西咸阳市东北）建筑宫廷城阙，把国都从雍地迁到咸阳。秦国进一步变法：下令禁止百姓父子兄弟同居一室。把零星的乡镇村庄合并成县，设置了县令、县丞，总共合并划分了三十一个县。废除井田，重新划分田塍的界线，鼓励开垦荒地，而使赋税平衡。统一全国的度量衡制度。

新法施行了四年，公子虔又犯了新法，被判处劓刑。过了五年，秦国富强，周天子把祭肉赐给秦孝公，各国诸侯都来祝贺。

公元前341年，齐国军队在马陵打败魏军，俘虏了魏国的太子申，射杀将军庞涓。卫鞅劝说秦孝公趁机攻打魏国，孝公认为说得对，派卫鞅率领军队攻打魏国。魏国派公子卬率兵迎击。两军相距对峙，卫鞅给魏将公子卬写信说："当初我与公子相处很好，如今你我成为敌我双方的主将，我因不忍相互残杀，可以与公子相见面谈，订立盟约，欢宴后各自罢兵，从而安定两国的局势。"公子卬认为卫鞅说得对。谁知会盟结束后，卫鞅埋伏下的武士袭击并俘虏了公子卬。卫鞅趁势彻底打垮了魏军后，便押着公子卬班师回国。

魏惠王的军队多次被齐、秦击溃，国内空虚，国力一天比一天消弱，他害怕了，就派使者割让河西地区奉献给秦国作为媾和的条件。魏国接着离开安邑，迁都大梁。魏惠王后悔地说："我真后悔当初没采纳公叔痤的意见啊。"为了奖励卫鞅，秦孝公把於（今河南内乡东）、商（今陕西商县东南）十五邑封给了他，封号称商君。

商君出任秦相十年，很多皇亲国戚都怨恨他。有个叫赵良的人去见商君，向他指出道:"您的处境就好像早晨的露水很快就会消亡一样危险,您还打算要延年益寿吗?那为什么不归还秦国所赐的十五邑封地?到偏僻荒远的地方去耕田务农。劝告秦王重用那些隐居山林的贤才,赡养老人,抚育孤儿,使父兄相互敬重,依功序爵,尊崇有德之士,这样才可以稍保平安。您还要贪图封邑的富有,以独揽秦国的政教为荣宠,聚集百姓的怨恨,秦王一旦舍弃宾客而不能当朝,秦国想要拘捕您的人难道能少吗?您丧身的日子就会像抬起足来那样迅速地到来。"但商君没有听从赵良的劝告。

五个月之后,秦孝公去世,太子即位。公子虔一班人告发商君要造反,派人去逮捕商君。商君逃跑到边境关口,想住旅店。旅店的主人不知道他就是商君,说:"商君有令,住店的人没有证件店主要连带判罪。"商君长长地叹息说:"哎呀!制定新法的遗害竟然到了这样的地步!"

商君离开秦国潜逃到魏。魏国人怨恨他欺骗公子卬而打败魏军,拒绝收留他。商君打算到别的国家。魏国人却说:"商君,是秦国的逃犯。秦国强大,逃犯跑到魏国来,不送回,不行!"于是把商君送交给秦国。商君回到秦国后,就潜逃到他的封地商邑,和他的部属发动邑中的士兵,向北攻击郑国以谋求生路。秦国出兵攻打商君,把他杀死在郑国黾池。秦惠王把商君五马分尸示众,并借其告诫手下说:"不要像商鞅那样谋反!"于是,就诛灭了商君全家。

商鞅尽管死了,但是"商鞅变法"并没因人而废,作为战国时期一次较为彻底的封建化变法改革运动,无疑它因顺应了封建历史发展的潮流,推动奴隶制社会向封建制社会转型,符合新兴地主阶级的利益,而大大促进了当时的社会进步。通过这次变法,秦国废除了旧的制度,创立了适应社会经济发展的新制度,壮大了国力,实现了富国强兵。为以后秦统一全国奠定了基础,对中国历史的发展起到了重要的作用。

但是商鞅变法中轻视教化,鼓吹轻罪重罚,在一定程度上加重了广大人民所受的剥削与压迫,给广大人民带来巨大的痛苦;并未与旧的制度、文化、习俗彻底划清界限。"内行刀锯,外用甲兵",迷信暴力而轻视教化等思想,也有其明显的历史局限。

对于商鞅变法的主角——商鞅本人,历来亦是毁誉参半。司马迁在《史

四十、商鞅变法

记·商君列传》里记叙完他的事迹后，借"太史公曰"这般品评道："商君，其天资刻薄人也。迹其欲干孝公以帝王术，挟持浮说，非其质矣。且所因由嬖臣，及得用，刑公子虔，欺魏将卬，不师赵良之言，亦足发明商君之少恩矣。余尝读过商君开塞耕战书，与其人行事相类。卒受恶名于秦，有以也夫！"

请大家欣赏本篇内所含的以下多则灯谜：

1. 【谜面】鞅曰："彼王不能用君之言任臣，又安能用君之言杀臣乎？"

   谜目：《三国演义》人物二　　　　　　谜底：公孙度、公孙康（陈清泉）

   简析：会意正猜。谜面出自《史记·商君列传》这段内：公叔痤召鞅谢曰："今者王问可以为相者，我言若，王色不许我。我方先君后臣，因谓王即弗用鞅，当杀之。王许我。汝可疾去矣，且见禽。"鞅曰："彼王不能用君之言任臣，又安能用君之言杀臣乎？"卒不去。谜底意为：是公孙鞅本人根据公叔痤所言，而预测自己的现状应是安宁无事的。其中，两个"公孙"均别解为公孙鞅本人；多音字"度"应转读 duó 音，当"忖度、推测"用。

2. 【谜面】宣扬新法立根柱

   谜目：离合字　　　　　　　　　　　　谜底：标示木（陈清泉）

   简析：会意正猜。典见《史记·商君列传》这段内：令既具，未布，恐民之不信己，乃立三丈之木于国都市南门，募民有能徙置北门者予十金。民怪之，莫敢徙。复曰"能徙者予五十金"。有一人徙之，辄予五十金，以明不欺。卒下令。

3. 【谜面】民怪之，莫敢徙。复曰："能徙者予五十金"。有一人徙之，辄予五十金，以明不欺。

   谜目：国际奖项　　　　　　　　　　　谜底：诺贝尔奖（阮冶祥）

4. 【谜面】有一人徙之，辄予五十金。

   谜目：春秋时期卫国名人　　　　　　　谜底：端木赐（陈清泉）

   简析：会意正猜。谜面为《史记·商君列传》中的句子。端：双手捧物，此处特指这人的徙木动作。

5. 【谜面】有一人徙之，辄予五十金，以明不欺。

　　谜目：《三国演义》人物二　　　　　　　谜底：公孙修、法真（陈清泉）

　　简析：会意正猜。谜面为《史记·商君列传》中的句子。谜底顿读为"公孙（卫鞅，亦叫公孙鞅）/修法/真"后，意为：通过对"立木示信"这一变法在即的演试之举如约兑奖，表明公孙鞅参与修治的新法是实实在在不含任何作秀成分的。

6. 【谜面】立木先搬得大奖

　　谜目：赛艇术语　　　　　　　　　　　　谜底：拉桨（熊建光）

　　简析：增损、离合体谜。先将"立、木"二字保持原状；"搬"字取其先头部位"扌"；最后再加上"去掉'大'字后的'奖'字剩余部分"，则谜底"拉桨"二字就组成了。

7. 【谜面】商鞅示信

　　谜目：九画字　　　　　　　　　　　　　谜底：亲（黄河）

8. 【谜面】商君求变法，顷刻已答疑。

　　谜目：离合字二　　　　　　　　　　　　谜底：鞅央革、新立析（白超谦）

　　简析：会意正猜。谜底应断读为"鞅央革新，立析"这两段，来分别照应谜面前、后句。

9. 【谜面】将法太子。太子，君嗣也，不可施刑。

　　谜目：成语　　　　　　　　　　　　　　谜底：问罪之师（陈清泉）

　　简析：会意侧扣。谜面摘自于《史记·商君列传》这段内：令行于民期年，秦民之国都言初令之不便者以千数。于是太子犯法。卫鞅曰："法之不行，自上犯之。"将法太子。太子，君嗣也，不可施刑，刑其傅公子虔，黥其师公孙贾。明日，秦人皆趋令。

10. 【谜面】刑其傅公子虔

　　谜目：成语二　　　　　　　　　　　　　谜底：不法之徒、问罪之师（陈清泉）

11. 【谜面】秦封之於、商十五邑，号为商君。

　　谜目：《水浒全传》人物二　　　　　　　谜底：公孙胜、魏定国（陈清泉）

四十、商鞅变法

简析：面为《史记·商君列传》原书句，其前文为"卫鞅既破魏还"。谜底断读为"公孙胜魏，定国"后，道出了这两层意思的因果关系：原来卫鞅之所以能得於、商十五邑建立自己的封国，乃是他先有破魏凯旋的大功在先啊。公孙：公孙鞅，又叫卫鞅。

12. 【谜面】看见劝己弃官者，商君选项不离位。

    谜目：西汉历史事件　　　　　　　　谜底：张良择留（陈清泉）

    简析：会意正猜。典见《史记·商君列传》这段内：商君相秦十年，宗室贵戚多怨望者。赵良见商君……赵良曰："……五羖大夫之相秦也，劳不坐乘，暑不张盖，行于国中，不从车乘，不操干戈，功名藏于府库，德行施于后世。五羖大夫死，秦国男女流涕，童子不歌谣，舂者不相杵。此五羖大夫之德也。今君之见秦王也，因嬖人景监以为主，非所以为名也。相秦不以百姓为事，而大筑冀阙，非所以为功也。刑黥太子之师傅，残伤民以骏刑，是积怨畜祸也。教之化民也深于命，民之效上也捷于令。今君又左建外易，非所以为教也。君又南面而称寡人，日绳秦之贵公子。《诗》曰：'相鼠有体，人而无礼，人而无礼，何不遄死。'以《诗》观之，非所以为寿也。公子虔杜门不出已八年矣，君又杀祝懽而黥公孙贾。《诗》曰：'得人者兴，失人者崩。'此数事者，非所以得人也。君之出也，后车十数，从车载甲，多力而骈胁者为骖乘，持矛而操闟戟者旁车而趋。此一物不具，君固不出。《书》曰：'恃德者昌，恃力者亡。'君之危若朝露，尚将欲延年益寿乎？则何不归十五都，灌园于鄙，劝秦王显岩穴之士，养老存孤，敬父兄，序有功，尊有德，可以少安。君尚将贪商、於之富，宠秦国之教，畜百姓之怨，秦王一旦捐宾客而不立朝，秦国之所以收君者，岂其微哉？亡可翘足而待。"商君弗从。谜底中，"良"字应别解为专程来劝商君放弃显赫相位的赵良真人。

13. 【谜面】当是时也，商君佐之。

    谜目：《诗经·小雅·北山》句　　　　谜底：或王事鞅掌（无名氏）

    简析：谜面为西汉贾谊《过秦论》句，可对应《史记·商君列传》内这句"商君相秦十年"。

14. 【谜面】良见商君

    谜目：《东周列国志》人物　　　　　　谜底：赵鞅（陈清泉）

15. 【谜面】劳不坐乘，暑不张盖。

    谜目:《孟子·告子下》句　　　　　　　　谜底：而俭于百里（企社）

    简析：会意正猜。谜面为《史记·商君列传》内赵良说商鞅的原句，其意是在表彰秦穆公时代的贤相——五羖大夫百里奚的节俭品质。

16. 【谜面】嗟乎，为法之敝，一至于此哉！

    谜目：穴位名三　　　　　　　　　　　　谜底：不容、公孙、安眠（任焕长）

    简析：会意正猜。《史记·商君列传》中，因商鞅外逃时欲住客舍，店主畏惧商君"连坐"法，不予收容，商鞅才"喟叹"了题面之语。商鞅本叫公孙鞅。

17. 【谜面】秦惠王兵胜公孙鞅

    谜目：《岳阳楼记》句　　　　　　　　　谜底：商旅不行（陈清泉）

    简析：会意正猜。典见《史记·商君列传》内。谜底表明：相比于强大的秦国军队，商君的军队还是不行的。

四十一、田忌赛马

孙膑，生卒年不详，战国初期军事家，兵家代表人物。原名不详，因受过膑刑故名孙膑。孙膑出生于阿、鄄之间（今山东省阳谷县阿城镇、菏泽市鄄城县北一带），是孙武的后代。孙膑曾与庞涓为同窗，因受庞涓迫害遭受膑刑，身体残疾。后在齐国使者的帮助下投奔齐国，被齐威王任命为军师，辅佐齐国大将田忌两次击败庞涓，取得了桂陵之战和马陵之战的胜利，奠定了齐国的霸业。

田忌，战国初期齐国的著名战将，曾率兵先后在桂陵、马陵大败魏国军队，封于徐州，深受齐威王的信赖和喜爱。他和孙膑军事上是合作伙伴，生活上是互相关心的好朋友。

孙膑与田忌的故事中，最出名的当属出于《史记·孙子吴起列传》内的"田忌赛马"这段，它是中国历史上有名的揭示如何善用自己的长处去对付对手的短处，从而在竞技中获胜的事例。

齐威王闲暇时，常与宗族诸公子驰射赌胜为乐。当时身为大将的田忌很喜欢赛马这种游戏，经常被齐威王邀去赛马。他俩把各自的马分成上、中，下三等，比赛的时候上马对上马，中马对中马，下马对下马。由于齐威王每个等级的马都比田忌的马要强一些，所以比赛了好几次，田忌都以失败而告终。

一日，田忌引孙膑到赛场马厩参观，孙膑发现其实田忌的马力与威王的马力相比，并不是如同自己想象的那么差距大，而田忌为什么三局皆负呢？他认真思索了一会儿，很快便得出了答案，于是便私下对田忌说："你明日和大王再去比赛一次，我保准能叫你取胜。"田忌道："先生果然能使我必胜，我当请于大王，愿以千金作为赌注。但只怕又和以前一样……"孙膑为他打气道："你只管把心放到肚子里，我保证说到做到！"

田忌马上去向齐威王请求道："臣与大王赛马以来从没赢过，来日愿以千金为注，一决输赢。请大王允之！"威王先是呵呵大笑，然后爽快地答应了田忌的请求。

听说田忌要主动给齐威王"输送千金"的比赛消息后,第二天一早,齐都临淄城里的诸公子皆盛饰车马,来至赛场跑道,老百姓赶来看热闹的竟达数千人之多。一见这阵势,原来底气就不十足的田忌有点沉不住气了,不由问孙膑道:"先生究竟有没必胜把握?千金为注,输掉可不是一场儿戏啊!"孙膑胸有成竹道:"齐国的良马,差不多全都被大王搜罗到自己的马厩了,而你欲以常规赛法与大王次第角胜,这当然就很难取胜了。不过,这也不是完全没有办法扭转的难事,我只要想个变通办法就能让你转败为胜……"孙膑故意卖个关子,暂时止住了话语。田忌急问道:"请先生即刻赐教!"孙膑将嘴巴贴近田忌耳边,压低声音说:"等会比赛正式开始了,你只需……"他"如此这般"地指教了一番后,田忌脸上现出了笑容。

稍倾鼓乐响起,随着一阵"得得"声,第一局比赛的双方赛马盛装登场了。与以往不同的是:田忌给自己的那匹下等之马,配上了金鞍锦鞯等贵重装饰,叫人看上去就像是匹上等之驷。尘头落定处,比赛结果果然不出围观人的意料之外,田忌不仅输了,而且输得格外狼狈——以往第一局双方上驷比赛,田忌落后齐威王不过仅是一两个马身而已,而这次却被齐威王的上驷远远甩在了三四十步开外。在观众嘻嘻哈哈的哄笑声中,田忌所下的那千金赌注被齐威王高高兴兴地笑纳了。

接着进行第二局比赛,田忌是以自己的上等马出场,来对齐威王的中等之马。谁也没有想到!裁判官红旗扬起后,表示出来的比赛结果竟会是这样的:尽管最后只是超了半个马身,但毕竟是田忌破天荒般地首次赢了。眼看着那堆光彩耀目的千金赌注,从自己一方又回到了田忌那边,齐威王心里也不由得多少感到些意外。

田忌再接再厉,第三局拿中等马来对齐威王的下等马,最后结果又爆出冷门般地赢了。这下,倒赔了千金赌注的齐威王目瞪口呆了。"启禀大王,臣这次能赢并非侥幸,而是有高人指点!"田忌见时而作,来解除齐威王的心中疑惑。接着,他便将孙膑指点自己取胜的经过和盘托出。齐威王不禁转而大喜道:"还是同样的马匹,仅仅由于调换一下比赛的出场顺序,就得到了转败为胜的结果。孙膑先生真是高人!我们齐国现在正缺乏这样的治军治国人才啊。"

四十一、田忌赛马

就这样，通过田忌的这次举荐，孙膑才正式登上了齐国的政治舞台，并赖此得以完全施展了自己杰出的军事才能。

读者朋友，请欣赏本篇内含有的以下数则灯谜：

1. 【谜面】膑至，庞涓恐其贤于己，疾之。

   谜目：《封神演义》人物三　　　　　谜底：恶来、孙氏、惧留孙（陈清泉）

   简析：会意正猜。谜面出于《史记·孙子吴起列传》这段内：孙武既死，后百余岁有孙膑。膑生阿、鄄之间，膑亦孙武之后世子孙也。孙膑尝与庞涓俱学兵法。庞涓既事魏，得为惠王将军，而自以为能不及孙膑，乃阴使召孙膑。膑至，庞涓恐其贤于己，疾之，则以法刑断其两足而黥之，欲隐勿见。谜底中，"孙氏、孙"都别解为孙膑其人。

2. 【谜面】今以君之下驷与彼之上驷，取君之上驷与彼中驷，取君之中驷与彼下驷。

谜目（1）：数学名词	谜底：乘法交换律（陈清泉）
谜目（2）：CCTV 电视栏目	谜底：《午间奥运》（陈清泉）
谜目（3）：体育名词	谜底：奥运马术（莫志刚）
谜目（4）：建筑材料名	谜底：马赛克（邱茂文）
谜目（5）：动漫人物	谜底：迪斯马斯克（佚名）
谜目（6）：股票名称	谜底：赛为智能（吴志昌）
谜目（7）：陈奕迅演唱歌曲名	谜底：马利奥派对（一香飘飘）
谜目（8）：日本漫画代表作	谜底：《乱马1/2》（佚名）
谜目（9）：外地名连所属国简称	谜底：马赛·法（郭少敏）
谜目（10）：外足球联赛连球队名（卷帘格）	谜底：法甲·马赛（罗泽清）
谜目（11）：骊珠格	谜底：布匹·的确良（武骝）
谜目（12）：体育项目二	谜底：田赛、马术（莫志刚）
谜目（13）：《三国演义》人物二	谜底：孙策、马超（徐鸿基）
谜目（14）：建筑术语二	谜底：设计图、马赛克（陈文中）

   简析：谜面出于《史记·孙子吴起列传》这段内：忌（田忌）数与齐诸公子驰逐重射。孙子见其马足不甚相远，马有上、中、下辈。于是孙子谓田忌曰："君弟重射，

臣能令君胜。"田忌信然之，与王及诸公子逐射千金。及临质，孙子曰："今以君之下驷与彼上驷，取君上驷与彼中驷，取君中驷与彼下驷。"既驰三辈毕，而田忌一不胜而再胜，卒得王千金。于是忌进孙子于威王。威王问兵法，遂以为师。(2)谜谜底中，"午、马"相通。(5)谜谜底迪斯马斯克是《圣斗士星矢》中的人物。迪：开导。(8)谜谜底《乱马1/2》，是高桥留美子的漫画代表作之一。(10)谜谜底依格应倒读为"赛马甲法"。"甲法"二字可理解为"最好、第一好的方法"。这组可遇而不可求的用典谜中的一面多目谜的十四个谜底，尽管因文理兼通而致精彩纷呈，但均可用会意正猜法门得出。

3. **【谜面】**既驰三辈毕，而田忌一不胜而再胜，卒得王千金。

   谜目：四字新称谓　　　　　　　　　　　　谜底：马赛克君（周昕）

4. **【谜面】**忌从之，一不胜而再胜。

   谜目：网络游戏二　　　　　　　　　　　　谜底：竞马、凯旋（陆炜）

   简析：会意正猜。谜面为宋代苏洵《苏洵集·史论·制敌》句。

5. **【谜面】**田忌妙计赢齐王

   谜目：多字西甲报道用语　　　　　　　　　谜底：马竞2:1胜皇马（胡文明）

6. **【谜面】**田忌赛马怎获胜

   谜目：三字比赛用语三　　　　　　　　　　谜底：三比一、一比二、二比三（朱国强）

7. **【谜面】**孙膑妙计胜齐王

   谜目：京剧名　　　　　　　　　　　　　　谜底：《战马超》（苏寿真）

8. **【谜面】**赛马依了孙膑计

   谜目：成语　　　　　　　　　　　　　　　谜底：解甲归田（安建国）

   简析：会意正猜。"甲"由原义"古时战士的护身衣"，别解为"占第一、冠于"，是本谜被人看好的得趣之处。田：田忌。

四十二、马陵之战

齐威王四年（前353），魏国攻打赵国，赵国形势危急，向齐国求救。齐威王打算任用孙膑为主将，孙膑辞谢说："我是受过酷刑而致身体残废的人，不宜担任主将。"于是，齐威王就任命田忌做主将，孙膑做军师，坐在带篷帐的车里，专为主将谋划军机。

田忌想要率领救兵直奔赵国，孙膑开导他说："想解开乱丝的人，不能紧握双拳生拉硬扯；解救斗殴的人，不能卷进去胡乱搏击。只有扼住了争斗者的要害，争斗者就因情势所限而不得不自行解开。如今魏、赵两国相互攻打，魏国的精锐部队必定倾巢出动，在国外争斗得精疲力竭，至于国内剩下的必是一些老弱羸卒。依我之见，你不如率领军队火速向大梁（今河南开封市）挺进，占据它的交通要道，冲击它正当空虚的地方，魏国肯定会放弃赵国而回兵自救。这样，我们除了可以一举解救赵国之围，又可坐收魏国自行挫败的结果。"田忌听从了孙膑的意见。魏军果然离开邯郸回师，齐军与庞涓率领的魏军在桂陵（今河南长垣西南）交战，结果疲于奔命的魏军被打得大败。

齐威王十六年（前341），魏国与赵国联合攻打韩国，韩国向齐国求救。齐国仍派田忌为将，并以孙膑为军师，一同率领军队前去救援。齐军径直进军大梁，魏将庞涓听到齐军将偷袭后方的消息后，被迫率军撤离韩国急急赶回魏国。这时，齐军已经越过边界向西挺进了。

孙膑对田忌说："那些魏军向来凶悍勇猛，一直看不起我们齐军。齐军虽然有怯懦的名声，但善于指挥作战的将领，就要顺着事物发展的趋势加以引导，这样就会将不利因素变得有利。兵法上说：用急行军赶百里之路与敌人去争利的军队，有可能会损失领头的上将；用急行军五十里去与敌人争利的，只能有一半士兵能赶到。现今魏军倘若恃勇轻敌而冒险急进的话，那对我们是再好不过了。我们应当诈为怯弱以诱魏军轻进。请将军命令齐国军队进入魏国境内后，第一天先挖可供十万人煮饭用的灶；到第二天安营时，只要挖可供五万人用的灶即可；到第三天只要挖可供三万人用的灶就成了。"

果然不出孙膑所料，庞涓跟在齐军屁股后边追了三天后，看到齐军营灶逐日递减的情形非常高兴，对手下将士说道："我本来就知道齐军怯懦，进入魏国境内仅仅三天，士兵就已经逃跑了一大半啊。这回我一定要生擒田忌、孙膑，以雪当年桂陵兵败之耻！"于是，庞涓丢下了他的大队步兵，只带着轻装后的精锐骑兵，日夜兼程地去追击齐军。

孙膑估计庞涓的行程，天黑应当赶到马陵（今河北大名东南，一说今河南范县西南）。马陵道路狭窄，两旁又多是峻险险阻，是个埋伏军队的绝好地方。道旁树木丛集，孙膑只拣绝大一株留下，余树全都砍倒，纵横道上，以塞其行。孙膑还专门叫人斫去留下那棵大树的向东部位树皮，露出一大片白木，用黑漆在其上写下"庞涓死于此树之下"这几个醒目大字。然后命令一万名善于射箭的齐兵，隐伏在马陵道两旁，并与他们约定说"天黑但看树下火光起时，就万箭齐发"。

庞涓一路打听齐兵过去不远，恨不能一步赶及他们，只顾催趱。来到马陵道时，恰好日落西山，其时十月下旬，又无月色。前军回报："有断木塞路，难以进前。"庞涓呵斥说："此乃齐兵害怕我蹑其后，所以才设此计。"正打算指麾军士搬木开路，忽抬头看见树上砍白处，隐隐有字迹，昏黑难辨中命士兵取火照之。庞涓于火光之下，将字看得分明，这才反应过来，不由大惊道："糟糕！我中刖夫之计了！"急忙便教军士速退，话犹未绝，那齐军伏兵，望见火光，万弩齐发。箭如骤雨，魏军顿时大乱。庞涓身带重伤，料定自己不能走脱，叹曰："只恨不能杀此刖夫，反倒成就了这小子的名声！"说毕挥剑便往脖子上一抹。

庞涓死后，齐军就乘胜追击，把魏军彻底击溃，俘虏了魏国的太子申回国。孙膑也因此名扬天下，后世因此就流传下了他的《兵法》。

本篇内含有以下数则灯谜，请读者朋友欣赏：

1.【谜面】膑为军师统齐军

　　谜目：《三国演义》人物三　　　　　　谜底：孙辅、田氏、陈武（陈清泉）

　　简析：会意正猜。典出《史记·孙子吴起列传》这段内：其后魏伐赵，赵急，请救

四十二、马陵之战

于齐。齐威王欲将孙膑,膑辞谢曰:"刑余之人,不可。"于是乃以田忌为将,而孙子为师,居辎车中,坐为计谋。田忌欲引兵之赵,孙子曰:"夫解杂乱纷纠者不控捲,救斗者不搏撠,批亢捣虚,形格势禁,则自为解耳。今梁、赵相攻,轻兵锐卒必竭于外,老弱罢于内。君不若引兵疾走大梁,据其街路,冲其方虚,彼必释赵而自救。是我一举解赵之围而收弊于魏也。"田忌从之,魏果去邯郸,与齐战于桂陵,大破梁军。

2. 【谜面】救赵出兵,直捣大梁。

   谜目:《说唐》人物二(掉尾格)   谜底:齐国远、魏征(苏岩俊)

   简析:会意正猜。谜底依格顿读为"齐国/远征/魏"。大梁时为魏国国都。

3. 【谜面】马陵道庞涓殒命

   谜目:《醉翁亭记》句   谜底:行者休于树(张维仁)

   简析:会意正猜。典出《史记·孙子吴起列传》段内:后十三岁,魏与赵攻韩,韩告急于齐。齐使田忌将而往,直走大梁。魏将庞涓闻之,去韩而归,齐军既已过而西矣。孙子谓田忌曰:"彼三晋之兵素悍勇而轻齐,齐号为怯,善战者因其势而利导。兵法,百里而趣利者蹶上将,五十里而趣利者军半至。使齐军入魏地为十万灶,明日为五万灶,又明日为三万灶。"庞涓行三日,大喜,曰:"我固知齐军怯,入吾地三日,士卒亡者过半矣。"乃弃其步军,与其轻锐倍日并行逐之。孙子度其行,暮当至马陵。马陵道陕,而旁多阻隘,可伏兵,乃斫大树白而书之曰"庞涓死于此树之下。"于是令齐军善射者万弩,夹道而伏,期曰:"暮见火举而俱发。"庞涓果夜至斫木下,见白书,乃钻火烛之。读其书未毕,齐军万弩俱发,魏军大乱相失。庞涓自知智穷兵败,乃自刭,曰:"遂成竖子之名!"齐因乘胜尽破其军,虏魏太子申以归。谜底无情地昭示了马陵道上的那棵大树即是庞涓丧身之地的这一事实。其中,以"行者"二字,来定位急急赶来送命的庞涓本人,顿使全谜因品位不俗而引人注目。

4. 【谜面】减灶撤军

   谜目:饮食节日名   谜底:厨师节(李敬雄)

5. 【谜面】庞涓惑于减灶计

   谜目:五字兰州俗语   谜底:摸不着锅子(邓明)

6. 【谜面】料涓必取马陵道

    谜目：古代数学著作　　　　　　　　　　　　谜底：《孙子算经》（张志有）

7. 【谜面】乃斫大树白而书之曰："庞涓死于此树之下。"

    谜目：《三国演义》人物二　　　　　　　　　谜底：孙布、干休（陈清泉）

8. 【谜面】庞涓死于此树之下

    谜目：离合字　　　　　　　　　　　　　　　谜底：人木休（陈清泉）

9. 【谜面】庞涓何处中箭亡

    谜目：电视剧名二　　　　　　　　　　　　　谜底：《大树底下》《折射》（陈清泉）

10. 【谜面】期曰："暮见火举而俱发。"

    谜目：军事名词　　　　　　　　　　　　　　谜底：照射率（任焕长）

11. 【谜面】吾中刖夫之计矣

    谜目：《三国演义》人物二　　　　　　　　　谜底：庞会、孙策（钱燕林）

四十三、燕昭筑台

战国初年，各国纷纷进行改革，唯独燕国在变法改革方面默无声息，处于缓慢发展的状态。而齐国为了向北扩张，不断进攻燕国。燕在韩、赵、魏三国的及时支援下，曾多次击退齐军，阻止了齐国的野心。

公元前323年，燕国参加了公孙衍发起的韩、魏、赵、燕、中山"五国相王"活动，燕国在此年称王。两年后，燕易王卒，儿子哙继位。

燕王哙在他即位的第三年，即公元前318年，做出了一件惊世骇俗的大事，将燕王的君位"禅让"给相国子之。

燕相国子之身长八尺，腰大十围，肌肥肉重，面阔口方。手绰飞禽，走及奔马。自燕易王时，已经掌握了燕国的大权。及燕王哙嗣位，荒于酒色，但贪逸乐，不肯临朝听政，子之遂有篡燕之意。

苏秦在燕国的时候，和子之结成了儿女亲家，苏秦的弟弟苏代也和子之交往密切。有一次，苏代作为齐国的使臣出使到燕国，燕王问他说："齐王这个人怎么样？"苏代回答说："肯定不能称霸。"燕王问："为什么呢？"苏代说："齐王明知孟尝君之贤，而不能对其完全放手任用！"苏代是想用这些话刺激燕王，使他尊重子之。于是燕王就使子之专决国事，子之因此赠给苏代一百镒黄金，任凭他使用。

忽有一日，燕王向大夫鹿毛寿问道："自古以来君王不少，人们为什么单单只称颂其中的尧舜呢？"想不到鹿毛寿亦是子之之党，回答说："尧舜所以称圣者，这是因为尧能让天下于舜，舜能让天下于禹啊。"燕王又问："既然如此，禹又为何独将天下传给了自己的儿子？"鹿毛寿说："其实禹也曾将天下让给了益，但只是使益代理政事，而没有废掉其太子。所以禹崩之后，太子启竟然夺了益的天下。至今大家提起禹，说他德行不及尧舜，正是这个缘故所致。"燕王为其言所惑，乃说："寡人欲以国家让于子之，你看这事可行否？"鹿毛寿连说："大王如果这般而行，其德就与尧舜没有什么两样了。"

燕王遂大集群臣，废掉了太子平，而禅国于子之。子之当然佯为谦逊，至于再三，然后才敢接受。子之郊天祭地，服衮冕，执圭，南面称王，略无惭色。燕王反北面列于臣位，出就别宫居住。子之论功行赏，将苏代、鹿毛寿俱拜为上卿。

将军市被心中不忿，乃率本部军士，往攻子之，百姓中有很多人都去响应市被。两下连战十余日，杀伤数万人，市被终没获胜，最后为子之所杀。

鹿毛寿趁机对子之说："市被所以敢作乱，这是因为故太子平还在的缘故。"子之因此便欲拘收太子平。太傅郭隗得知这个消息后，与平改换服装，共逃于无终山避难。平之庶弟公子职，出奔韩国。国人无不怨愤。

齐王听到燕国发生内乱，便使匡章为大将，率兵十万，从渤海进兵。燕人恨子之入骨，皆箪食壶浆，以迎齐师，无有持寸兵拒战者。匡章出兵，凡五十日，兵不留行，直达燕都，百姓开门纳之。

子之之党，见齐兵众盛，长驱而入，亦皆耸惧奔窜。子之自恃其勇，与鹿毛寿率兵拒战于大衢。兵士渐散，鹿毛寿战死，子之身负重伤，犹格杀百余人，力竭被擒。燕王哙见局面弄成这样，自缢于别宫。苏代腿长，逃奔至周去了。匡章并没把自己定位为燕国的大救星，他不肯就此罢手，下令毁掉燕之宗庙，尽收燕国府库中宝货，将子之置囚车中，先解去临淄献功。燕地三千余里，大半俱属于齐，匡章留屯燕都，以徇属邑。——这是周赧王元年（前314）的事情。

齐王亲数子之之罪，把他凌迟处死，以其肉为醢，遍赐群臣。算来子之为王仅一岁有余。燕人虽恨子之，见齐王意在灭燕，众心不服，乃共求故太子平，得之于无终山，奉以为君，是为燕昭王。燕昭王得立后，即以郭隗为相国。

这时，赵武灵王不忿齐之并燕，乃使大将乐池迎公子职于韩，欲奉立为燕王，后来听说太子平已立为燕王，便将此事作罢。敦隗传檄燕都，告以恢复之义，各邑已降齐者，一时皆叛齐为燕。匡章不能禁止，遂班师回齐。

燕昭王还归燕都后，修理宗庙，志复齐仇。他卑身厚币，欲以招揽贤士，谓相国郭隗说："先王之耻，寡人日夜在心。若得贤士，可与共图齐事者，寡人愿意亲身侍奉他，请先生为寡人择选其人。"郭隗说："古代的人君，有以千金使内侍来求千里之马的。途遇死马，旁人皆环而叹息，内侍问其故，答曰：'此马生时，日行千里；今天死了，当然感到可惜啊。'内侍便以五百金买来马骨，囊负而归。其君大怒说：'这堆死骨有何用途？白白浪费了这么多金子！'内侍答道：'之所以花费五百金，正是为了它是千里马之骨的缘故啊。这等奇事，人们必会竞相宣传，肯定会说："死马尚能售得重价，何况活马？"如此，千里马马上就会来了。'不到一年，果真得千里之马三匹。今日大王欲致天下贤士，请以郭隗我为马骨，贤于郭隗者，谁不求价而至呢？"

于是，燕昭王特地为郭隗专门筑了宫室，亲执弟子之礼，北面听教，亲供饮食，极其恭敬。又于易水之旁，筑起高台，积黄金于台上，以奉四方贤士，名曰招贤台，亦曰黄金台。于是燕王好士，传布远近。剧辛自赵往，苏代自周往，邹衍自齐往，屈景自卫往。昭王悉拜他们为客卿，与谋国事。

本篇内含有以下多则灯谜：

1.【谜面】燕王哙让国

谜目（1）：《诗经·周南·桃夭》句（卷帘格）　　谜底：之子于归（徐兆玮）

谜目（2）：排球术语二　　谜底：平拉开、一传不到位（陈清泉）

谜目（3）：《三国演义》人物二　　谜底：于禁、王平（陈清泉）

谜目（4）：鲁迅笔名二　　谜底：索子、之达（任焕长）

简析：典见《史记·燕召公世家》这段内：鹿毛寿谓燕王："不如以国让相子之。人之谓尧贤者，以其让天下于许由，许由不受，有让天下之名而实不失天下。今王以国让于子之，子之必不敢受，是王与尧同行也。"燕王因属国于子之，子之大重。或曰："禹荐益，已而以启人为吏。及老，而以启人为不足任乎天下，传之于益。已而启与交党攻益，夺之。天下谓禹名传天下于益，已而实令启自取之。今王言属国于子之，而吏无非太子人者，是名属子之而实太子用事也。"王因收印自三百石吏已上而效之子之。子之南面行王事，而哙老不听政，顾为臣，国事皆决于子之。四个谜底均可会意正猜而得出。（1）谜谜底依格应倒读为"归于子之"。之子：燕相国，受燕王哙禅让而据国为王。（2）谜谜底中，"平"字别解为燕王哙的太子平，若无其父的让位行为，他就是第一王位继承人。（3）谜谜底意为：让位之举，实质就是禁止王位让太子平来坐。（4）谜谜底中，"索"取"须、应"义。

2. 【谜面】燕王哙让国于何人

  谜目：诸葛亮《诫子书》句   谜底：夫君子之行（任焕长）

3. 【谜面】听鹿毛寿说，南面行王事。

  谜目：《论语·述而》句   谜底：子之燕居（顾震福）

4. 【谜面】燕王哙老不听政，顾为臣。

  谜目：《孟子·滕文公下》句   谜底：子之君（郑永禧）

5. 【谜面】哙若不将君位让子之

  谜目：《红楼梦》人物二   谜底：王成、平儿（陈清泉）

6. 【谜面】让国燕民畔

  谜目：《孟子·滕文公上》 谜底：至于子之身而反之（陈逸石）

  简析：会意正猜。典见《史记·燕召公世家》这段内：三年，国大乱，百姓恫恐。将军市被与太子平谋，将攻子之……太子因要党聚众，将军市被围公宫，攻子之，不克。将军市被及百姓反攻太子平，将军市被死，以徇。因构难数月，死者数万，众人恫恐，百姓离志。孟轲谓齐王曰："今伐燕，此文、武之时，不可失也。"王因令章子（即匡章）将五都之兵，以因北地之众以伐燕。士卒不战，城门不闭，燕君哙死，齐大胜。燕子之亡二年，而燕人共立太子平，是为燕昭王。

7. 【谜面】自燕王哙让国后，其国大乱。

  谜目：《孟子·滕文公上》句   谜底：至于子之身而反之（亢榕门）

8. 【谜面】燕王哙若早传位于儿，岂招国人疑惑。

  谜目：五言唐诗句（掉尾格）   谜底：何必待之子（陈清泉）

  简析：谜底为丘为《寻西山隐者不遇》诗句，依格倒读为"何必待子之"。之子：燕相国，因受燕王哙禅让而据国为王。

9. 【谜面】齐人伐燕

  谜目：《诗经·小雅·鸿雁》句（卷帘格） 谜底：之子于征（聂得盫）

  简析：会意正猜。谜底依格应读为"征于子之"。另外，谜底亦见于《诗经·小雅·车攻》内。

四十三、燕昭筑台

10.【谜面】千金市骨

　　谜目（1）：国名　　　　　　　　　　　　谜底：索马里（周问萍）

　　谜目（2）：外国汽车商标　　　　　　　　谜底：马自达（高志明）

　　谜目（3）：学科　　　　　　　　　　　　谜底：罗马法（阿湖）

　　谜目（4）：美国故事片　　　　　　　　　谜底：《罗马之恋》（项行）

　　谜目（5）：《与韩荆州书》句　　　　　　谜底：倚马可待（张金标）

　　谜目（6）：刊物名三　　　　　　　　　　谜底：《希望》《求索》《人才》（李珍）

简析：会意正猜。典见《战国策·燕策一》这段内：昭王曰："寡人将谁朝而可？"郭隗先生曰："臣闻古之君人有以千金求千里马者，三年不能得。涓人言于君曰：'请求之。'君遣之。三月得千里马，马已死。买其首五百金，反以报君。君大怒曰：'所求者生马，安事死马而捐五百金？'涓人对曰：'死马且买之五百金，况生马乎？天下必以王为能市马，马今至矣。'于是不能期年，千里之马至者三。今王诚欲致士，先从隗始。隗且见事，况贤于隗者乎？岂远千里哉？"于是昭王为隗筑宫而师之。乐毅自魏往，邹衍自齐往，剧辛自赵往，士争凑燕。燕王吊死问生，与百姓同其甘苦。"骨"乃身体里面支持身体者；市骨，是求索马之"里"也。

11.【谜面】千金买骨

　　谜目（1）：国名　　　　　　　　　　　　谜底：巴拿马（佚名）

　　谜目（2）：首都名　　　　　　　　　　　谜底：罗马（佚名）

　　谜目（3）：植物名（卷帘格）　　　　　　谜底：马银花（佚名）

　　谜目（4）：国名连首都　　　　　　　　　谜底：意大利·罗马（周发仁）

12.【谜面】复萌千金市骨意

　　谜目：五笔字型口诀　　　　　　　　　　谜底：又巴马（佚名）

13.【谜面】燕昭王千金买骨

　　谜目：首都名　　　　　　　　　　　　　谜底：罗马（郑荣益）

14.【谜面】何以"千金市骨"

　　谜目：欧美故事片名　　　　　　　　　　谜底：《爱在罗马》（邱中尧）

15. 【谜面】千金买骨为哪般
    谜目：国名连首都　　　　　　　　　　　　谜底：意大利·罗马（王德志）

16. 【谜面】千金买骨所为何
    谜目：首都名（卷帘卷）　　　　　　　　　谜底：马拉博（陈良庆）

17. 【谜面】千金买骨意若何
    谜目：法律名词　　　　　　　　　　　　　谜底：罗马法系（佚名）

18. 【谜面】千金市骨欲何为
    谜目：《笑傲江湖》人物　　　　　　　　　谜底：罗人杰（余非吾）

19. 【谜面】千金市骨意如何
    谜目：首都名二　　　　　　　　　　　　　谜底：基加利、罗马（陈锦麟）

20. 【谜面】千金市骨何所冀
    谜目：国名简称连首都　　　　　　　　　　谜底：意·罗马（许友金）

21. 【谜面】千金市骨藏玄机
    谜目：瓷砖品牌　　　　　　　　　　　　　谜底：罗马利奥（蔡秋湖）

22. 【谜面】千金市骨岂为骨乎
    谜目：纪录片名　　　　　　　　　　　　　谜底：《索马里真相》（管同钦）

23. 【谜面】千金市骨求骏骑
    谜目：首都名二　　　　　　　　　　　　　谜底：利马、罗马（李好焕）

24. 【谜面】千金买骨成美谈
    谜目：首都名二　　　　　　　　　　　　　谜底：罗马·雅典（沈志宏）

25. 【谜面】千金市骨成典范
    谜目：建筑名词　　　　　　　　　　　　　谜底：罗马式（张哲源）

26. 【谜面】今王诚欲致士，先从隗始。
    谜目：报刊栏目　　　　　　　　　　　　　谜底：《教你一招》（任焕长）

四十三、燕昭筑台

27. 【谜面】先从隗始，况贤于隗者，岂远千里哉。

  谜目（1）：唐代名人二　　　　　　　谜底：王弘义、来俊臣（任焕长）

  谜目（2）：《三国演义》人物四　　　谜底：郭图、王粲、步骘、来敏（陈清泉）

  简析：会意正猜。谜面出于《史记·燕召公世家》这段内：燕子之亡二年，而燕人共立太子平，是为燕昭王。燕昭王于破燕之后即位，卑身厚币以招贤者。谓郭隗曰："齐因孤之国乱而袭破燕，孤极知燕小力少，不足以报。然诚得贤士以共国，以雪先王之耻，孤之愿也。先生视可者，得身事之。"郭隗曰："王必欲致士，先从隗始。况贤于隗者，岂远千里哉！"于是昭王为隗改筑宫而师事之。乐毅自魏往，邹衍自齐往，剧辛自赵往，士争趋燕。燕王吊死问孤，与百姓同甘苦。

28. 【谜面】费尽黄金老隗台

  谜目：国名　　　　　　　　　　　　谜底：列支敦士登（许友金）

  简析：会意正猜。谜面为唐代罗隐《送章碣赴举》诗句。关于燕昭王礼遇郭隗之事，虽《史记·燕召公世家》中有记录，但未提及黄金台，其他典籍中尚有为其筑黄金台一说。黄金台，亦称招贤台，位于河北省定兴县高里乡北章村台上（台上隶属于北章村，因黄金台在此而得名），其由战国时燕昭王为宴请天下士而筑。据史料考证，燕昭王于公元前311年即位，至公元前279年共执政三十三年。他即位之初即着手招徕人才。公元前284年，联合各国攻齐，占领七十余城。推测筑台时间起于公元前310年。当时只言筑台而无"黄金"二字，洎鲍明远（南朝宋文学家，即鲍照，史称鲍参军）《放歌行》"岂伊白璧赐，将起黄金台"始见黄金台之名。

29. 【谜面】燕昭延郭隗，遂筑黄金台。

  谜目（1）：国际新词　　　　　　　　谜底：英国大选（汤政良）

  谜目（2）：《笑傲江湖》人物二　　　谜底：王诚、罗人杰（陈连苏）

  谜目（3）：《聊斋志异》人物二　　　谜底：王者、张士诚（陈清泉）

  谜目（4）：象棋术语二　　　　　　　谜底：等着、高士（任焕长）

  简析：会意正猜。谜面为唐代李白《古风·其十五》诗句。

30. 【谜面】燕昭王筑黄金台

  谜目：伊拉克地名　　　　　　　　　谜底：纳杰夫（青衫司马）

31.【谜面】筑黄金台，招揽人才。

　　谜目：同音四声字　　　　　　　　　　　　谜底：燕延衍彦（尹恺）

32.【谜面】洒扫黄金台，招邀青云客。

　　谜目：航天探测器名　　　　　　　　　　　谜底：索杰纳（薛道达）

　　简析：会意正猜。谜面为唐代李白《寄上吴王三首·其三》诗句。

33.【谜面】乐毅自魏往，邹衍自齐往，剧辛自赵往。

　　谜目（1）：词牌名（卷帘格）　　　　　　谜底：《燕归来》（王兆貴）

　　谜目（2）：宁、赣、滇、台地名各一

　　　　　　　　　　　　　　　　　　　　　　谜底：平罗、进贤、三都、台中（任焕长）

　　简析：会意正猜。面文为《史记·燕召公世家》句。(1)谜谜底依格倒读为"来归燕"。(2)谜谜底应断读为"平罗进贤，三（乐毅、邹衍、剧辛这三人）都台中"。燕昭王名平。

34.【谜面】乐毅自魏往，邹衍自齐往，剧辛自赵往，士争趋燕。

　　谜目：汽车名冠量　　　　　　　　　　　　谜底：一台·纳智捷（李牧雏）

四十四、张仪欺楚

张仪（？—前310），魏国安邑（今山西万荣）人，魏国贵族后裔，战国时期著名的纵横家、外交家和谋略家。

张仪首创"连横"的外交策略，游说入秦。秦惠王封张仪为相，后来张仪出使游说各诸侯国，以"横"破"纵"，使各国纷纷由合纵抗秦转变为连横亲秦，张仪也因此被秦惠王封为武信君。秦惠王死后，因为即位的秦武王在当太子的时候就不喜欢张仪，张仪出逃魏国，并出任魏相，一年后去世。

从公元前328年开始，张仪运用纵横之术，游说于魏、楚、韩等国之间，利用各个诸侯国之间的矛盾，或为秦国拉拢，使其归附于秦；或拆散其联盟，使其力量削弱。但总的来说，他是以秦国的利益为出发点的。在整个秦惠王时期，他不仅使秦国在外交上连连取得胜利，而且帮助秦国开拓了疆土，因此可以说他为秦国的强大和以后统一中国立下了汗马功劳。

尽管张仪不讲信义，在外交场上运用欺骗伎俩，为人们所不齿，但仅从一个使者的角度来看，他是出色地完成了每一次外交任务。而且作为纵横家的一代鼻祖，他开创了一个局面，为后世的外交家们在辞令和外交技巧等方面提供了一种范式。

两千多年来，苏秦和张仪一直被说成是战国"合纵连横"斗争中的对手，苏秦大搞"合纵"，而张仪坚持"连横"。但1973年出土的长沙马王堆汉墓帛书《战国纵横家书》却表明：苏秦的年辈比张仪晚，苏秦死于公元前284年，张仪死于公元前310年，苏秦的主要活动均在张仪身死之后。张仪在秦国任相时，苏秦还没踏入政坛。不同于《史记》与《资治通鉴》所言。

有趣的是张仪作为一名职业的游说之士，无论在怎样的逆境中，他都是很看重自己的舌辩能力的。有这样一个小故事就很能说明这点：

张仪学成后，便去各国游说。他曾经跟随楚国的相国赴宴，过了一会儿楚国的相国丢失了一块玉璧。门下的人都怀疑张仪,说:"张仪贫穷没有德行,一定是这人偷盗了玉璧。"大家一起将张仪抓起来,鞭打了几百下,由于张仪拒不承认,最后只好放了他。

事后,张仪的妻子对这件事很有感触,当面对张仪说:"唉!你要是不读书游说,怎么会受这样的侮辱呢?"谁知张仪竟这样回答妻子:"你看看我的舌头还在不在?"他的妻子忍不住笑了,说:"你那宝贝舌头还在。"张仪很自信地说:"有它在,这就够了。"

张仪的外交生涯中,最为人们诟病其品质,但从成效来讲又是最精彩的一笔,当为"张仪欺楚"这件事:

秦惠王十二年(前313年),秦国想要攻打齐国,但忧虑齐、楚两国已经缔结了合纵联盟,于是便派张仪前往楚国游说楚怀王。

楚怀王听说张仪来了,空出上等的住所,亲自安排他住宿。并对张仪显得格外热情地说:"我们楚国是个偏僻鄙陋的国家,先生您这次来,想用什么来指教我呢?"张仪游说楚怀王说:"大王如果真要听从我的意见,就请和齐国断绝往来,解除盟约。我请秦王献出商於一带六百里的土地,并且让秦国的女子做服侍大王的侍妾。秦、楚之间可以彼此娶妇嫁女,永远结为兄弟国家。这样向北就可以削弱齐国,而处以西方的秦国也就能从中得到好处。依我之见,实在没有比这更好的策略了。"

楚怀王非常高兴地应允了张仪,大臣们都来向楚怀王祝贺。唯独原来在秦国用事的陈轸,是在张仪为相后来到楚国的。陈轸对张仪的意图非常清楚,他劝谏楚怀王不要轻信张仪。楚怀王却说:"希望陈先生闭上嘴,不要再讲话了,等着我得到土地吧!"于是,楚国和齐国断绝了关系,废除了盟约。楚怀王把楚国的相印授给了张仪,还馈赠了大量的财物,派了一位将军跟着张仪到秦国去接收土地。

张仪回到秦国,假装没拉住车上的绳索,跌下车来受了伤,一连三个月没有上朝。楚怀王听到这件事,说:"张仪是因为我与齐国断交还不彻底吧?"就派勇士到宋国,借了宋国的符节(中国古代朝廷传达命令等的一种凭证),到北方的齐国辱骂齐宣王,齐宣王愤怒,斩断符节和秦国结交。

四十四、张仪欺楚

秦国、齐国建立了邦交之后,张仪才上朝。张仪对楚国的使者说:"我有秦王赐给的六里封地,愿把它献给楚王。"楚国使者说:"我奉楚王的命令,来接收的是商於之地六百里,不曾听说过六里。"

楚国的使者返回楚国,把张仪的话告诉了楚怀王,楚怀王一怒之下,兴兵攻打秦国。结果秦、齐两国共同攻打楚国,夺取了丹阳、汉中的土地。楚国又派出更多的军队去袭击秦国,楚军大败,于是楚国又割让两座城池和秦国缔结和约,结束战争状态。

秦惠王十四年(前311年),秦国要挟楚国,想得到黔中一带的土地,要用武关以外的土地交换它。楚怀王说:"我不愿意交换土地,只要能得到张仪,愿献出黔中地区。"

秦惠王想要遣送张仪,又不忍开口说出来,张仪却主动请求前往。秦惠王有点担忧地说:"那楚王恼恨先生背弃奉送商於土地的承诺,这是存心报复您啊。"张仪说:"秦国强大,楚国弱小。另外,我和楚国大夫靳尚关系亲善,如果靳尚能够去奉承一下楚王夫人郑袖,郑袖的话楚王是全部听从的。况且我是奉大王的命令出使楚国的,楚王怎么敢杀我。假如杀死我而替秦国取得黔中的土地,这亦是我的最大心愿啊。"

于是,张仪出使楚国。楚怀王等张仪一到就把他囚禁起来,准备要杀掉他。

这时靳尚出动了,他对郑袖说:"您知道您将被大王鄙弃吗?"郑袖说:"为什么?"靳尚说:"秦王特别钟爱张仪,而打算把他从囚禁中救出来,如今将要用上庸六个县的土地贿赂楚国,把美女嫁给楚王,用宫中擅长歌唱的女人做陪嫁。楚王看重土地,就会敬重秦国。秦国的美女一定会受到宠爱而尊贵,这样,夫人也将被鄙弃了。不如替张仪说情,而将他放走。"

郑袖听了靳尚的这番话后,日夜向楚怀王讲情说:"作为臣子,各自为他们的国家效力。现在土地还没有交给秦国,秦王就派张仪来了,对大王的尊重达到了极点。大王还没有回礼却杀张仪,秦王必定大怒出兵攻打楚国。为此,我请求大王让我们母子都搬到江南去住,以免被秦国像鱼肉一样地宰割啊。"楚怀王因此后悔囚禁了张仪,马上赦免了张仪,还像过去一样厚待他。

张仪向楚怀王提出:他可以向秦王建议不要黔中之地,请秦王派太子来楚国当人质，楚国派太子到秦国当人质，把秦王的女儿做侍候楚怀王的姬妾，两国永结兄弟邻邦，不再相互打仗。

此时，楚怀王虽已得到张仪，却又难于让出黔中土地给秦国，想要答应张仪的建议。屈原反对说："前次大王被张仪欺骗，张仪来到楚国，我认为大王会用鼎镬煮死他；如今却释放了他，不忍杀死他，还听信他的邪妄之言。大王千万不能这样做啊！"楚怀王摇摇头，说："答应张仪的建议可以保住黔中土地，这是件好事情。已经答应了而又背弃他，这可不行。"

楚怀王最终答应了张仪的建议，背离了"合纵"，与秦国结盟亲善。

下面是本篇内含有的多则灯谜：

1. 【谜面】嘻！子毋读书游，安得此辱乎？

    谜目：成语　　　　　　　　　　　　谜底：张口结舌（莫志刚）

    简析：会意正猜。谜面出自《史记·张仪列传》这段内：张仪已学而游说诸侯。尝从楚相饮，已而楚相亡璧，门下意张仪，曰："仪贫无行，必此盗相君之璧。"共执张仪，掠笞数百，不服，释之。其妻曰："嘻！子毋读书游说，安得此辱乎？"张仪谓其妻曰："视吾舌尚在不？"其妻笑曰："舌在也。"仪曰："足矣。"在妻子的眼里，张仪招辱的原因，就是因他口里的那个好说话的惹事舌头所致，谜底四字经此意别解后，形象生动，妙笔传神。

2. 【谜面】谓其妻曰："视吾舌尚在不？"其妻笑曰："舌在也。"仪曰："足矣。"

    谜目：五字俗语（下楼格）　　　　　　谜底：全凭一张嘴（林仲杰）

    简析：会意正猜。谜面摘自《史记·张仪列传》内。谜底依格应顿读为"凭/一张（张仪）嘴/全"。

3. 【谜面】张仪谓其妻曰："视吾舌尚在不？"

    谜目：出版物　　　　　　　　　　　　谜底：《看图说话》（张哲源）

4. 【谜面】谓其妻曰："视吾舌尚在不？"

    谜目：产品部件名　　　　　　　　　　谜底：仪表盘（陈清泉）

四十四、张仪欺楚

5.【谜面】其妻笑曰:"舌在也。"

谜目:秦末名人二　　　　　　　　　　谜底:张耳、陈余（魏育涛）

6.【谜面】其妻笑曰:"舌在也。"仪曰:"足矣。"

谜目:《全唐诗》作者名二　　　　　　谜底:张说、尚能（任焕长）

7.【谜面】仪曰:"足矣。"

谜目:成语　　　　　　　　　　　　　谜底:张口结舌（佚名）

8.【谜面】舌在终将济乱局

谜目:二字北京方言　　　　　　　　　谜底:齐活（师卫华）

简析:增损离合谜。"齐活"即表示一件事彻底干完了。"舌在终"即将"舌"放置于谜底最后,再将"济"字打乱为左右两部分与之重组,"齐活"二字便得矣。

9.【谜面】若善守汝国,我顾且盗而城。

谜目:出版物冠量　　　　　　　　　　谜底:一张·仪征地图（白超谦）

简析:会意正猜。谜面出自《史记·张仪列传》中这段内:张仪既相秦,为文檄告楚相曰:"始吾从若饮,我不盗而璧,若笞我。若善守汝国,我顾且盗而城!"谜底顿读为"一张仪／征地／图"后,可将张仪向当年诬己为盗的那位楚相宣泄复仇心绪的情致表露无遗。其中,"仪征"二字系江苏地名。

10.【谜面】张仪说六国,三方先附和。

谜目:闽南民俗　　　　　　　　　　　谜底:嗦啰嗹（苏温才）

简析:会意正猜。《史记·张仪列传》中,关于"张仪说六国"的记叙很为详赘,在此不录。"张仪说六国"其目的自是追求六国与秦联合,简其意当为"索罗连";再按谜面后句限定,附以"三方（三个'口'）",即现谜面"嗦啰嗹"。"嗦啰嗹"也称"采莲",至今已有八百多年的历史,据称乃古越族人的遗风,歌唱中的"嗦啰嗹"就是古越族人辟邪去灾的咒语。此外也有人认为,"嗦啰嗹"是古越族人对龙舟的称呼,所以才有"唆啰嗹"这种音译词。

11.【谜面】张仪说六国

谜目:五言唐诗句　　　　　　　　　　谜底:款款话归秦（封裕道）

简析:会意正猜。谜底为杜甫《喜观即到复题短篇·其一》诗句。

12. 【谜面】说六国连横事秦

    谜目：五字俗语　　　　　　　　　　　　谜底：全凭一张嘴（刘兆文）

13. 【谜面】说以合纵连横之术

    谜目：《三字经》句二　　　　　　　　　谜底：曰南北，曰东西（刘玉才）

    简析：会意正猜。苏秦曾经联合"天下之士合从（'合从'亦作'合纵'）相聚于赵，而欲攻秦"（《战国策·秦策三》），他游说六国诸侯，要六国联合起来西向抗秦。秦国位于西方，六国位于其东。六国结盟为南北向的联合，故称"合纵"。与合纵政策针锋相对的是"连横"，六国分别与秦国结盟为东西向的联合，故称"连横"。"连横"亦是战国时期的外交策略，出自"诸子百家"中的纵横家。《韩非子》说："纵者，合众弱以攻一强也；横者，事一强以攻众弱也。"

14. 【谜面】愿得张仪而甘心焉，仪闻请行。

    谜目：《易经》句　　　　　　　　　　　谜底：往有尚（黎国廉）

    简析：典出《史记·张仪列传》这段内：秦要楚欲得黔中地，欲以武关外易之。楚王曰："不愿易地，愿得张仪而献黔中地。"秦王欲遣之，口弗忍言。张仪乃请行。惠王曰："彼楚王怒子之负以商於之地，是且甘心于子。"张仪曰："秦强楚弱，臣善靳尚，尚得事楚夫人郑袖，袖所言皆从。且臣奉王之节使楚，楚何敢加诛。假令诛臣而为秦得黔中之地，臣之上愿。"遂使楚。楚怀王至则囚张仪，将杀之。靳尚谓郑袖曰："子亦知子之贱于王乎？"郑袖曰："何也？"靳尚曰："秦王甚爱张仪而不欲出之，今将以上庸之地六县赂楚，以美人聘楚，以官中善歌讴者为媵。楚王重地尊秦，秦女必贵而夫人斥矣。不若为言而出之。"于是郑袖日夜言怀王曰："人臣各为其主用。今地未入秦，秦使张仪来，至重王。王未有礼而杀张仪，秦必大怒攻楚。妾请子母俱迁江南，毋为秦所鱼肉也。"怀王后悔，赦张仪，厚礼之如故。谜底承接面意，径直道出了张仪所以敢孤身入楚的天机：原来是他早就料定楚国的靳尚定会帮助自己脱险。

15. 【谜面】遂散六国之从，使之西面事秦。

    谜目：国际事件　　　　　　　　　　　　谜底：苏联解体（郑长彦）

    简析：会意正猜。《史记·张仪列传》这段可对应谜面要点：于是楚王已得张仪而重出黔中地与秦，欲许之。屈原曰："前大王见欺于张仪，张仪至，臣以为大王烹之；今纵弗忍杀之，又听其邪说，不可。"怀王曰："许仪而得黔中，美利也。后而倍之，不可。"故卒许张仪，与秦亲。谜面为李斯《谏逐客书》内叙说张仪功绩的原句。

16. 【谜面】张仪之策使秦成帝业

　　谜目：成语　　　　　　　　　　　　　　　谜底：横行霸道（苏温才）

17. 【谜面】连横徒费张仪舌，从约长随季子心。

　　谜目：农产品冠地名　　　　　　　　　　　谜底：六安·瓜片（佚名）

18. 【谜面】苏秦张仪策徒劳

　　谜目：五言唐诗句　　　　　　　　　　　　谜底：纵横计不就（苏温才）

　　简析：会意正猜。谜底为魏征《述怀》句。

19. 【谜面】苏秦张仪谋未成

　　谜目：五言唐诗句　　　　　　　　　　　　谜底：纵横计不就（马啸天）

四十五、六国封相

战国七雄中,秦国仗着强盛不断发兵进攻邻国,占领了不少地方,所以大家都很害怕秦,想方设法去对付它。当时有一个人,叫苏秦,他提出"合纵"抗秦,意思是六国联合起来共同抗秦。因为六国位置是纵贯南北,南北为纵,所以称为"合纵"。

苏秦(前337—前284),字季子,东周洛阳(今河南洛阳东)人,战国时期著名的纵横家,与张仪齐名。为鬼谷子王诩的徒弟。

游说六国期间,苏秦先奉燕昭王命入齐,从事反间活动,使齐疲于对外战争,以便攻齐为燕复仇。公元前288年,秦昭王与齐湣王并称东西帝,苏秦劝齐湣王去帝号,"合纵"反秦。齐湣王从之,去帝号;秦亦去帝号。公元前287年,苏秦发动赵、楚、魏、韩、齐五国攻秦,燕亦派兵从齐军。联军至成皋(今河南荥阳西北),无功而返。秦国以一部分侵地还给赵、魏。

苏秦以一己之力促成山东六国"合纵",使强秦不敢出函谷关十五年,又配六国相印,叱咤风云。后世敬仰其成就,以"苏秦背剑"来命名武术定式,十分形象,通俗易懂,更取其纵横捭阖之意。

《汉书·艺文志》著录有《苏子》三十一篇,今佚。帛书《战国策》残卷中,存有其游说辞及书信十六篇,与《史记》所载有出入。

《战国策·秦策一》里曾将苏秦发迹前后在家庭里所受到的两种截然不同的待遇写得极为生动风趣,且不乏警世讽喻成分于内,现将这段译文引述于下:

苏秦起先想要推行"连横"战略,游说秦惠王说:"大王您的国家,耕田肥沃,百姓殷实,战车逾万辆,武士上百万,千里沃野,资源非常充足,地势形胜而便利,这就是所说的天府,天下显赫的大国啊。凭着大王的贤明,士民的众多,车骑的作用,兵法的教习,可以兼并诸侯,独吞天下,称帝来统治全国。希望大王稍许留意,我请求奏明为大王效力的策略。"

四十五、六国封相

秦惠王回答说:"我听说:羽毛不丰满的不能高飞上天,法令不完备的不能惩治犯人,道德不深厚的不能驱使百姓,政教不顺民心的不能烦劳大臣。现在您一本正经老远跑来在朝廷上开导我,我愿改日再听您的教诲。"

苏秦游说秦王的奏章上了十多次,但他的主张没被采纳。他的黑貂皮袄破了,一百斤黄金也用完了,钱财一点不剩,只得离开秦国,返回家乡。

苏秦挑着行囊,面容憔悴,很显失意地回到了家中。看到他这种落魄的样子,正在织布的妻子不理他,嫂子也不肯给他做饭,甚至父母也不跟他说话。苏秦见此情状,长叹道:"妻子不把我当丈夫,嫂嫂不把我当小叔,父母不把我当儿子,这都是我的过错啊!"

苏秦于是半夜找书,摆开几十只书箱,找到了姜太公的《阴符》兵书,埋头诵读,反复选择、熟习、研究、体会。每当读书读到要打瞌睡时,就用锥子狠刺自己的大腿,让鲜血直流到脚上。苏秦还自言自语地激励自己说:"照这种方式读书,哪有去游说国君而不能让他拿出金玉锦绣,取得卿相之尊的人呢?"

学满一年后,苏秦自以为研习成功,说道:"这回真的可以去游说各国君王了。"便离家又去推销自己。他在赵国宫殿之下谒见并游说赵肃侯,跟赵肃侯击掌交谈。赵肃侯十分高兴,封他为武安君,并授以相印。还给了苏秦兵车一百辆、锦绣一千匹、白璧一百对、黄金一万镒,让苏秦到各国去约定"合纵"拆散"连横",以此压制强秦。因此,当苏秦在赵国为相时,秦国不敢出兵函谷关。

在这个时候,广大天下的百姓、威武的诸侯、掌权的谋臣,都要听苏秦一人来决定一切政策。没消费一斗军粮,没征用一个兵卒,没派遣一员大将,没有用坏一把弓,没损失一支箭,就使天下诸侯和睦相处,比亲兄弟还亲近。由此可见:贤明人士当权主政,天下就会顺服;有这样的一个人得到任用,天下就会跟从。所以说:"该用政治手段解决问题,不必用武力征服;能在朝廷上慎谋策划,就不必到边疆去厮杀作战。"

当苏秦显赫尊荣之时,黄金万镒被他化用,他指挥的战车和骑兵连接不断,所到之处都显得威风八面,崤山以东的各诸侯国,莫不望风听从他的号令,使赵国也越来越受到尊重。

有次,苏秦将去游说楚威王,路过洛阳。父母听到消息,收拾房屋,打扫街道，设置音乐，准备酒席，到三十里外郊野去迎接。妻子不敢正面看他，侧着耳朵听他说话。嫂子像蛇一样在地上匍匐，再三再四地跪拜谢罪。苏秦问她："嫂子为什么过去那么趾高气扬，而现在又如此卑躬屈膝呢？"他嫂子回答说："因为现在你地位尊显、钱财富裕。"苏秦不由感慨说："唉！人如果穷困落魄，父母都不把他当儿子；一旦富贵显赫，亲戚朋友都感到畏惧。由此可见，一个人活在世界上，权势和富贵怎么能忽视不顾呢！"

本篇内含有以下多则灯谜，您感兴趣吗？

1. **【谜面】季子归家世情疏**

   谜目：《阿房宫赋》句　　　　　　　　谜底：秦人视之亦不甚惜（郑百川）

   简析：会意正猜。典见《史记·苏秦列传》这段内：苏秦者，东周洛阳人也。东事师于齐，而习之于鬼谷先生。出游数岁，大困而归。兄弟嫂妹妻妾窃皆笑之，曰："周人之俗，治产业，力工商，逐什二以为务。今子释本而事口舌，困，不亦宜乎！"苏秦，字季子。

2. **【谜面】季子正年少**

   谜目：古女名　　　　　　　　　　　谜底：苏小小（萧尧仁）

3. **【谜面】苏秦游说秦赵间**

   谜目：股票名称　　　　　　　　　　谜底：纵横国际（邓德源）

   简析：会意正猜。典见《史记·苏秦列传》这段内：(苏秦)乃西至秦。秦孝公卒。说惠王曰："秦四塞之国，被山带渭，东有关河，西有汉中，南有巴蜀，北有代马，此天府也。以秦士民之众，兵法之教，可以吞天下，称帝而治。"秦王曰："毛羽未成，不可以高蜚；文理未明，不可以并兼。"方诛商鞅，疾辩士，弗用。乃东之赵。赵肃侯令其弟成为相，号奉阳君。奉阳君弗说之。去游燕，岁余而后得见。说燕文侯曰……文侯曰："子言则可，然吾国小，西迫强赵，南近齐，齐、赵强国也。子必欲合从以安燕，寡人请以国从。"于是资苏秦车马金帛以至赵……赵王曰："寡人年少，立国日浅，未尝得闻社稷之长计也。今上客有意存天下，安诸侯寡人敬以国从。"乃饰车百乘，黄金千镒，白璧百双，锦绣千纯，以约诸侯。

四十五、六国封相

4.【谜面】乃饰车百乘，黄金千镒，白璧百双，锦绣千纯，以约诸侯。

谜目：CCTV播音员名二　　　　　　　　　谜底：秦方、赵赫（陈清泉）

5.【谜面】季子此行，先去说秦，呈王不准，继而合纵。

谜目：税务名词　　　　　　　　　　　　谜底：税种（武骝）

简析：增损离合谜。"季子此行"即从"季"字里去掉（行）"子"，余"禾"；"先去说秦"即去掉"说秦"二字的先头部分后，就剩下后部"兑禾"；"呈王不准"句去"王"后，遂余"口"；"纵"可视为"一直（｜）"。这样，"禾、兑禾、口、｜"经过二次组合后，谜底"税种"便自跃出。

6.【谜面】见说赵王于华屋之下，赵王大悦。

谜目：《红楼梦》人物　　　　　　　　　谜底：秦可卿（李子珍）

简析：会意正猜。谜面摘于《战国策·秦策一》这段内：(苏秦)于是乃摩燕乌集阙，见说赵王于华屋之下，抵掌而谈。赵王大悦，封为武安君，受相印。革车百乘，绵绣千纯，白璧百双，黄金万镒，以随其后，约从散横，以抑强秦，故苏秦相于赵而关不通。

7.【谜面】北有巩、成皋之固，西有宜阳、商阪之塞，东有宛、穰、洧水，南有陉山，地方九百余里。

谜目：四字服装网店常见字样（掉尾格）　　谜底：韩版大图（潘灏）

简析：会意正猜。谜面与《史记·苏秦列传》内苏秦说韩宣（惠）王语相比仅略去了首字"韩"。谜底依格应读为"韩（韩国）/版图/大"。

8.【谜面】父母郊迎三十里；妻侧目而视，侧耳而听；嫂蛇行匍匐四拜，自跪而谢。

谜目：《尚书·商书·仲虺之诰》句　　　　谜底：后来其苏（金丽源）

简析：《史记·苏秦列传》内记载苏秦得势后其家人刮目相看的文字为：(苏秦)北报赵王，乃行过洛阳，车骑辎重，诸侯各发使送之甚众，疑于王者。周显王闻之恐惧，除道，使人郊劳。苏秦之昆弟妻嫂侧目不敢仰视，俯服侍取食。苏秦笑谓其嫂曰："何前倨而后恭也？"嫂委蛇蒲服，以面掩地而谢曰："见季子位高金多也。"苏秦喟然叹曰："此一人之身，富贵则亲戚畏惧之，贫贱则轻易之，况众人乎！且使我有洛阳负郭田二顷，吾岂能佩六国相印乎！"显然太史公的这段话是提炼自《战国策·秦策一》内的：当此之时，天下之大，万民之众，王侯之威，谋臣之权，皆欲决苏秦之策。不费斗粮，未烦一兵，未战一士，未绝一弦，未折一矢，诸侯相亲，贤于兄弟。夫贤人在而天下服，一人用而天下从。故曰："式于政，不式于勇；式于廊庙之内，不式于四境之外。"当秦之隆，黄金万镒为用，转毂连骑，炫熿于道，山东之国从风而服，使赵大重。且夫苏秦特穷巷掘门，桑户棬枢之士耳。伏轼撙衔，横历天下，廷说诸侯之王，杜左右之口，天下莫之能伉。将说楚王，路过洛阳。父母闻之，清宫除道，张乐设饮，郊迎三十里。妻侧目而视，倾耳而听。嫂蛇行匍伏，四拜自跪而谢。苏秦曰："嫂何前倨而后卑也？"嫂曰："以季子之位尊而多金。"苏秦曰："嗟乎！贫穷则父母不子，富贵则亲戚畏惧。人生世上，势位富贵，盖可忽乎哉！"谜底从侧面无情地反证出：先前归家的苏秦，因为当时还没成为成功人士，不仅享受不到谜面所列的家人欢迎规格，反而受尽了冷嘲热讽。

9.【谜面】黄金万镒为用，转毂连骑，炫熿于道。

谜目:《留侯论》句　　　　　　　　谜底：秦之方盛也（赵首成）

10.【谜面】父母闻之，清宫除道，张乐设饮，郊迎三十里。

谜目（1）:《红楼梦》人物二　　　　谜底：喜儿、秦显（赵首成）

谜目（2）:《红楼梦》人物三　　　　谜底：庆儿、秦显、来喜家的（武骝）

11.【谜面】妻侧目而视

谜目:《孟子·告子下》句　　　　　谜底：见季子（李春湖）

12.【谜面】苏秦嫂匍匐而行

谜目:《左传·成公二年》句　　　　谜底：蛇出于其下（唐景松）

13.【谜面】四拜自跪而谢

谜目：叠韵四声字　　　　　　　　谜底：嫂、倒、讨、好（庄容川）

简析：会意正猜。谜面为《战国策·秦策一》原句。古书所谓叠韵，皆为古代同韵之字。后世叠韵，改音改字，亦多与本字叠韵。谜底以四个仄声的同部韵字符串读。"倒"即可当"倒伏"讲，又可当"反而"用。

14.【谜面】嫂何前倨而后卑也

谜目（1）：成语　　　　　　　　谜底：因势利导（文新甫）

谜目（2）:《曹刿论战》句　　　　谜底：惧有伏焉（李军）

四十五、六国封相

15. 【谜面】何前倨而后恭也

    谜目（1）：四字新词　　　　　　　　　　谜底：钱权交易（纪清华）

    谜目（2）：成语　　　　　　　　　　　　谜底：因势利导（赵首成）

    谜目（3）：物理名词二　　　　　　　　　谜底：势能、导体（任焕长）

16. 【谜面】喟然叹曰："且使我有洛阳负郭田二顷，吾岂能佩六国相印乎！"

    谜目:《水浒全传》人物三　　　　　　　　谜底：秦明、富安、王晋卿（陈清泉）

    简析：会意正猜。谜面摘自《史记·苏秦列传》内。谜底断读为"秦（苏秦）明：'富，安王晋卿！'"后，底面呼应自如。

17. 【谜面】且使我有洛阳负郭田二顷，吾岂能佩六国相印乎！

    谜目:《三国演义》人物四　　　　　　　　谜底：苏由、土安、何曾、高升（陈清泉）

18. 【谜面】六国大封相

    谜目:《留侯论》句　　　　　　　　　　　谜底：秦之方盛也（郑百川）

    简析：会意正猜。典见《史记·苏秦列传》内：于是六国从合而并力焉。苏秦为从约长，并相六国……苏秦既约六国从亲，归赵，赵肃侯封为武安君，乃投从约书于秦。秦兵不敢窥函谷关十五年。谜底表明："并相六国"这一相当于现今联合国秘书长的职务的获得，标志着苏秦本人的政治生涯进入了常人难以企及的鼎盛时期。

19. 【谜面】并相六国

    谜目:《红楼梦》人物　　　　　　　　　　谜底：秦显（杨恩寿）

20. 【谜面】佩六国相印

    谜目:《红楼梦》人物　　　　　　　　　　谜底：秦可卿（周仁祖）

21. 【谜面】身佩相印说六国

    谜目：前国名　　　　　　　　　　　　　谜底：苏联（马啸天）

22. 【谜面】六国封相

    谜目:《西厢记》句　　　　　　　　　　　谜底：分秦晋（卢一雄）

    简析：会意正猜。苏秦的合纵政策，其最终目的不外就是希望通过六国的联合，战胜并进而瓜分其对手秦国，故谜底应顿读为"分秦/晋"。正是由于有效地推行了这一既定政策，苏秦的官位才能不断晋升。

23.【谜面】季子连纵长流芳

　　谜目：中药名　　　　　　　　　　　　　谜底：苏合香（白超谦）

24.【谜面】封为武安君，受相印。

　　谜目：《红楼梦》人物　　　　　　　　　谜底：秦显（俞象观）

25.【谜面】合纵抗秦

　　谜目（1）：集邮名词　　　　　　　　　谜底：六方连（佚名）

　　谜目（2）：货币单位含量　　　　　　　谜底：一块六角一（高建川）

　　简析：会意正猜。"合纵"系苏秦游说六国诸侯实行纵向联合，一起对抗强大的秦国的政策。合纵的目的在于联合许多弱国抵抗一个强国，以防止强国（秦国）的兼并。

26.【谜面】合纵抗秦遭拆解

　　谜目：货币单位含量　　　　　　　　　　谜底：一块六角一分（黎楚乐）

　　简析：会意正猜。谜底应断读为"一块六角一，分"。其中，前五字"一块六角一"对应谜面前四字"合纵抗秦"；后一字"分"对应谜面后三字"遭拆解"。

四十六、胡服骑射

赵人的先祖是华夏族的一支,国君为嬴姓,赵氏。公元前403年,韩、赵、魏三家分晋,周威烈王封赵烈侯赵籍为诸侯立国。赵国先后立都晋阳(今山西太原)、中牟(今河南鹤壁)和邯郸(今河北邯郸市区及其西南郊)。公元前222年,灭于秦国。

赵武灵王,约生于赵肃侯十年(前340),卒于赵惠文王四年(前295),名雍,三家分晋后赵国的第六代国君,公元前325年至公元前299年在位。周赧王十六年(前299),他将王位传给了次子赵何,即赵惠文王,自称"主父",史家又称他为"赵主父"。他是我国封建社会初期一位雄才大略的政治家和军事家,他所推行的"胡服骑射"政策,对于当时和以后中国社会的发展都产生了积极的影响。

赵武灵王即位初期,赵国正处在国势衰落时期,就连中山那样的邻界小国也经常来侵扰。而在和一些大国的战争中,赵国经常吃败仗,大将或被擒,城邑或被占,眼看着赵国有被别国兼并的可能。

赵国因地处北边,经常与林胡、楼烦、东胡等北方游牧民族接触。赵武灵王看到胡人在军事、服饰方面有一些特别的长处:穿窄袖短袄,生活起居和狩猎作战都比较方便;作战时用骑兵、弓箭,与中原的兵车、长矛相比,具有更大的灵活机动性。因此,赵武灵王便对手下感叹说:"北方游牧民族的骑兵来如飞鸟,去如绝弦,是当今之快速反应部队,带着这样的部队驰骋疆场哪有不取胜的道理!"

为了富国强兵,赵武灵王提出"着胡服""习骑射"的主张,决心取胡人之长补中原之短。可是"胡服骑射"的命令还没有下达,就遭到许多王族国戚的反对。公子成等人以"易古之道,逆人之心"为由,公开拒绝接受变法。赵武灵王驳斥他们说"德才皆备的人做事都是根据实际情况而采取对策的,怎样有利于国家的昌盛就怎样去做。只要对富国强兵有利，何必拘泥于古人的旧法！"

赵武灵王十九年（前307），赵武灵王抱着以胡制胡，将西北少数民族纳入赵国版图的决心，冲破守旧势力的阻拦，毅然发布了"胡服骑射"的政令。赵武灵王号令全国着胡服，习骑射，并带头穿着胡服去会见群臣。胡服在赵国军队中装备齐全后，赵武灵王就开始训练将士，让他们学着胡人的样子，骑马射箭，转战疆场，并结合围猎活动进行实战演习。

公子成等人见赵武灵王动了真的，心里很不是滋味，就在下面散布谣言说："大王平素就看着我们不顺眼，如今这么做肯定是故意来羞辱我们的。"赵武灵王听到后，召集满朝文武大臣，当着他们的面用箭将门楼上的枕木射穿，并严厉地说："有谁胆敢再说阻挠变法的话，我的箭就穿过他的胸膛！"公子成等人面面相觑，从此再也不敢妄发议论了。

在赵武灵王的亲自教习下，国民的生产能力和军事能力大大提高，在与北方民族及中原诸侯的抗争中起了很大的作用。从胡服骑射的第二年起，赵国的国力就逐渐强大起来。后来不但打败了经常侵扰赵国的中山国，而且夺取了林胡、楼烦之地，向北方开辟了上千里的疆域，并设置云中、雁门、代郡行政区，管辖范围达到今河套地区。

赵武灵王"胡服骑射"是我国古代政治及军事史上的一次大变革，被历代史学家传为佳话。特别是赵武灵王以敢为天下先的进取精神，在中原王朝把少数民族看作"异类"的政治大背景下，在一片"攘夷"的声浪中，力排众议，冲破守旧势力的阻挠，坚决实行向夷狄学习的国策，表现了作为古代社会改革家的魄力和胆识。赵武灵王不愧是一位值得后人纪念和效法的杰出历史人物。

赵武灵王学习胡人的长处，实行易服、改兵制、创新战术的全面军事革新，终于使骑兵这一灵活的新兵种取代了笨重的车兵，中国古代战争的样式从此有了根本性的变化。过去史书多称赞商鞅变法，其实赵武灵王推广胡服骑射在军事史上的意义更为重要。难怪近代史学家梁启超在其《黄帝以后第一伟人——赵武灵王传》一文中，曾评说道："七雄中实行军国主义者，唯秦与赵。赵之有武灵、肥义，犹如秦之有孝公、商鞅也，而秦之主动力在臣，赵之主动力在君。商君者，秦之俾斯麦，而武灵王者，赵之大彼得也。"

四十六、胡服骑射

遗憾的是，赵武灵王这位备受后人称赞的战国伟人，在处理赵国王族的自身矛盾方面却没有自如驾驭时局的炉火纯青内功。公元前299年，由于他目光短视，在自己正当壮年有为的阶段，执意将王位传给了自己喜爱的夫人吴娃所生的儿子——赵何（也就是后来的赵惠文王）。赵武灵王的这番设想，却严重违背了政权构建的基本规律，从而人为地种下了原本应该最有继位资格的大儿子——另一位夫人所生的公子章，与其异母弟赵惠文王"兄弟阋于墙"的内争祸根。

赵惠文王四年（前295），赵国终于发生内乱。公子章争位，被公子成、李兑所挫败。公子章逃入主父居住的宫中后，遭到了公子成、李兑的包围。在杀死了公子章后，还不肯解围。公子成、李兑对主父（赵武灵王）断粮断水长达三个月之久，赵武灵王终于被活活饿死了。好在赵武灵王本人虽然没能幸免悲惨结局，但在这场政变中，恰恰是由于赵何牢固地掌握着经赵武灵王改造加强的王权，才没有演变成全国性的大叛乱，赵国才没有因此而实力大损。后来，赵国一跃还成为当时的超级强国，与另一超级强国秦国共同成为战国后期争霸战的主角。

本篇仅含以下数则灯谜：

1.【谜面】烈侯与于诸侯之列

谜目（1）：西汉名将　　　　　　　　　　谜底：赵充国（张起南）

谜目（2）：《红楼梦》人物二　　　　　　谜底：赵国基、王成（陈清泉）

简析：会意正猜。典出《史记·赵世家》这段内：(赵烈侯)六年（前403），魏、韩、赵皆相立为诸侯，追尊献子为献侯。这段文字道出了这一历史事实：三家分晋后，因周天子（周威烈王）在这年正式承认魏斯、赵籍、韩虔为诸侯，而使魏、赵、韩这三个由晋国分裂而成的新国家正式跻身于"战国七雄"的历史行列。《资治通鉴》记事始此，因此旧以公元前403年为战国始年。

2.【谜面】肃侯卒，子武灵王立。

谜目：清代大事　　　　　　　　　　　　谜底：雍正继位（陈清泉）

简析：会意正猜。谜面摘自《史记·赵世家》这段内：(赵肃侯)二十四年，肃侯卒。秦、楚、燕、齐、魏出锐师各万人来会葬。子武灵王立。赵武灵王名"雍"。

3.【谜面】**胡服骑射**

谜目：戏剧行当　　　　　　　　　　　　　谜底：短打武生（黄绪勃）

简析：会意正猜。赵武灵王是战国时赵国的一位奋发有为的国君，他为了抵御北方胡人的侵略，实行了"胡服骑射"的军事改革。改革的中心内容是穿胡人的服装，学习胡人骑马射箭的作战方法。其服上褶下袴，有貂、蝉为饰的武冠，金钩为饰的具带，足上穿靴，便于骑射。为此，他力排众议，带头穿胡服，习骑马，练射箭，亲自训练士兵，使赵国军事力量日益强大，而能西退胡人，北灭中山国，成为"战国七雄"之一。《史记·赵世家》中，描述"胡服骑射"的文字十分详细及生动，从"十九年春正月，大朝信官。召肥义与议天下，五日而毕……遂胡服招骑射"竟至数千字之多，在此不录。谜底顿读为"短打武／生"后，意为：相对赵国过去的"宽袖长袍"服饰和传统"车战"方式，从今之后以胡人为师的"穿窄袖短衣、长裤，脚登皮靴，腰系皮带"来"骑马射箭"为标准的新兴战争方式，已在赵国正式兴起了。

4.【谜面】**今吾将胡服骑射以教百姓**

谜目：古龙小说人物　　　　　　　　　　　谜底：赵君武（汪炜文）

简析：会意正猜。谜面为《史记·赵世家》内赵武灵王对大臣肥义所说的话语（今吾将胡服骑射以教百姓，而世必议寡人，奈何？）。赵君武为《陆小凤系列·银钩赌坊》中人物。

5.【谜面】**主父欲出不得，又不得食，探爵鷇而食之。**

谜目：《聊斋志异》篇目二　　　　　　　　谜底：《王成》《饿鬼》（陈清泉）

简析：会意正猜。谜面出自《史记·赵世家》这段内：主父及王（赵惠文王）游沙丘（今河北平乡东北），异官，公子章即以其徒与田不礼作乱，诈以主父令召王。肥义先入，杀之。高信即与王战。公子成与李兑自国至，乃起四邑之兵入距难，杀公子章及田不礼，灭其党贼而定王室。公子成为相，号安平君，李兑为司寇。公子章之败，往走主父，主主开之，成、兑因围主父宫。公子章死，公子成、李兑谋曰："以章故围主父，即解兵，吾属夷矣。"乃遂围主父。令宫中人"后出者夷"，宫中人悉出。主父欲出不得，又不得食，探爵鷇而食之，三月余而饿死沙丘宫。"爵鷇"即雏雀。爵，通"雀"。刘向《说苑·贵德》："景公探爵鷇。鷇弱，故反之。"

6. 【谜面】三月余而饿死沙丘宫

   谜目:《三国演义》人物四　　　　　　谜底:赵氏、王则、干休、于禁（陈清泉）

7. 【谜面】梁启超眼中,赵武灵王堪比俄国彼得。

   谜目:帝王别称二　　　　　　　　　谜底:雍正、大帝（陈清泉）

   简析:会意正猜。谜底应顿读为"雍（赵武灵王赵雍）/正（对、当）/大帝（彼得大帝）"。清世宗爱新觉罗·胤禛因年号为雍正,故以"雍正"二字可以代指其本人。三国时期的吴国皇帝孙权,是中国史上唯一以"大帝"为谥号的君主。彼得大帝,是后世对彼得一世的尊称。彼得一世（1672—1725）,原名彼得·阿列克谢耶维奇·罗曼诺夫,是沙皇阿列克谢·米哈伊洛维奇·罗曼诺夫之子,为俄罗斯帝国罗曼诺夫王朝的沙皇（1682—1725）及俄国皇帝（1721—1725）。作为罗曼诺夫朝仅有的两位"大帝"之一,彼得大帝一般被认为是俄罗斯最杰出的皇帝。他制定的西方化政策是使俄罗斯变成一个强国的主要因素。

四十七、田文三千客

田文（？—前279），战国时齐国贵族，战国四公子之一。齐国宗室大臣。其父靖郭君田婴是齐威王的小儿子，也是齐宣王的异母弟。因封袭其父爵于薛国（今山东滕州市官桥镇），又称薛公，号孟尝君。门下有食客数千。秦昭王时曾入为秦相，不久逃归，后为齐湣王相国。曾联合韩、魏击败楚、秦。齐湣王七年（前294）因贵族田甲叛乱事，为湣王所疑，谢病归薛，不久出奔至魏，任相国。曾西合秦、赵与燕共伐破齐。齐襄王立，田文遂保持中立，不久复与其联合相亲。死后诸子争立，领地薛为齐、魏共同攻灭。因"好客养士""乐善好施"而闻名天下。现滕州市内仍存其陵园。

当初，田婴有四十多个儿子。其中，有位地位很卑贱的小妾生了个儿子叫文，而且是在大家公认的凶日——五月五日出生的。于是，田婴告诫田文的母亲说："这个小东西，你不要养活他！"毕竟再怎么说儿子也是母亲身上掉下来的一块肉啊，田文的母亲当然舍不得将这个婴儿丢弃掉，还是偷偷地把他抚养大了。

后来，田文的母亲通过田文的其他兄弟，找机会把田文引见给了他父亲田婴。哪知田婴见到田文后不但没有一丝的高兴，反而愤怒地谴责田文母亲说："我让你把这个孩子扔了，你竟敢把他养活了，这是为什么？"

满心指望田婴能够就势接纳儿子的田文母亲闻言惊得愣住了，这时田文立即走上前，先给田婴叩完头，又反问父亲道："您不让养育五月五日生的孩子，是什么缘故呢？"田婴回答说："五月五日出生的孩子，长大了身长跟门户一样高，会不利于他的父母。"田文继续问道："人的命运是由上天授予呢？还是由门户授予呢？"田婴还真给这话问住了，一时不知如何回答才好，便沉吟不语。田文接着说："如果是由上天授予的，您何必忧虑呢？如果是由门户授予的，那么只要加高门户就可以了，如此谁还能长到那么高呢！"田婴无言以对，虽然心里很是为田文的聪颖而高兴，但面上却仍斥责他道："你不要再说了！"

四十七、田文三千客

过了一些时候，田文趁空问他父亲说："儿子的儿子叫什么？"田婴答道："叫孙子。"田文接着问："孙子的孙子叫什么？"田婴答道："叫玄孙。"田文又问："玄孙的孙子叫什么？"田婴多少有点不耐烦了，说："这我亦不知道了。"田文见机而作，这才把话切入正题道："父亲大人！您执掌大权担任齐国宰相，到如今已经历三代君王了，可是齐国的领土没有增广，您的私家却积贮了万金的财富，门下却看不到一位贤能之士。我听说，将军的门庭必出将军，宰相的门庭必有宰相。现在您的姬妾可以践踏绫罗绸缎，而贤士却穿不上粗布短衣；您的男仆女奴有剩余的饭食肉羹，而贤士却连糠菜也吃不饱。现在您还一个劲地继续大量积贮财物，想把它们留给那些连自己方才都叫不上来称呼的后代，却忘记国家的政事一天不如一天地在败坏，为此我真是私下里为您感到很奇怪啊！"

这次谈话以后，田婴彻底改变了对田文的态度，不仅器重他，而且让他主持家政，接待宾客。宾客来往不断，日益增多，田文的名声随之传播到了各诸侯国中。各诸侯国都派人来请求薛公田婴立田文为接班人，田婴痛快地答应了大家。田婴去世后，谥为靖郭君。田文果然在薛邑继承了田婴的薛公爵位，号为孟尝君。

孟尝君在薛邑，招揽各诸侯国的宾客以及犯罪逃亡的人，因此很多人从四面八方走来归附了孟尝君。孟尝君宁肯舍弃家业，也要给他们丰厚的待遇，天下的贤士无不倾心仰慕他。

孟尝君的食客多达几千人，待遇不分贵贱一律与自己相同。孟尝君每当接待宾客，与宾客坐着谈话时，总是在屏风后安排一位陪同人员，让他记录自己与宾客的谈话内容，记载所问宾客亲戚的住处。宾客刚刚离开，孟尝君就已派使者到宾客亲戚家里抚慰问候，献上礼物。

有一次，孟尝君招待宾客吃晚饭，有个人遮住了灯光，那位宾客很恼火，认为饭食的质量肯定不相等，放下碗筷就要辞别而去。孟尝君马上站起来，亲自端着自己的饭食与他相比。那个宾客看到两人饭菜没有一点不同后，惭愧万分，自责道："孟尝君这般真心待士，我却起心怀疑，真是小人所为了！"说毕即以刎颈自杀来表示谢罪。孟尝君不及搭救，哭临其丧甚哀，众宾客无不感动。

因此，贤士们有很多人都情愿归附孟尝君。孟尝君对于来到门下的宾客都热情接纳，不挑拣，无亲疏，一律给予优厚的待遇。所以宾客人人都认为孟尝君与自己亲近。

本篇内容包容有以下一些灯谜，您感兴趣吗？

1.【谜面】孟尝君传

谜目：学科名二　　　　　　　　　　　　谜底：语文、历史（吴仁泰）

简析：会意正猜。《史记·孟尝君列传》开篇写道：孟尝君名文，姓田氏。谜底意为：孟尝君的传记，无疑里边所说的不外就是田文的经历及史迹。

2.【谜面】孟尝君青史留名

谜目：冠姓二字称谓　　　　　　　　　　谜底：文·书记（马凤友）

3.【谜面】孟尝君

谜目：九画字　　　　　　　　　　　　　谜底：畋（又一村居士）

4.【谜面】婴告其母曰："勿举也。"

谜目：战国时期、春秋时期名人各一　　　谜底：田忌、田文子（陈清泉）

简析：会意正猜。谜面出于《史记·孟尝君列传》这段内：初，田婴有子四十余人。其贱妾有子名文，文以五月五日生。婴告其母曰："勿举也。"其母窃举生之。谜底顿读为"田（田婴）/忌（畏惧）/田文子"后，以谜眼"忌"字的点睛作用，将狠心父亲不欲田文为子的自私品格揭露无遗。

5.【谜面】初次见面，孟尝君即盼其父相认。

谜目：《史记》人物二　　　　　　　　　谜底：田巴、田成子（陈清泉）

简析：会意正猜。典出《史记·孟尝君列传》这段内：及长，其（田文）母因兄弟而见其子文于田婴。田婴怒其母曰："吾令若去此子，而敢生之，何也？"文顿首，因曰："君所以不举五月子者，何故？"婴曰："五月子者，长与户齐，将不利其父母。"文曰："人生受命于天乎？将受命于户邪？"婴默然。文曰："必受命于天，君何忧焉。必受命于户，则可高其户耳，谁能至者！"婴曰："子休矣。"毫无疑问，田文母费尽周折将长大后的田文首次亮相于田婴面前的目的，不外就是希望丈夫能认下这个儿子；揆情度理，直接当事人田文希望田婴相认，而使自己再也用不着藏藏躲躲能名正言顺地成为他的儿子的心情，只能是比其母更为迫切了。据此，谜底

四十七、田文三千客

应顿读为"田（田文）/巴/田（田婴）/成子"。两个"田"字以借代对象的不同，而使本谜格外传神。田巴是齐国将领，仅出现于《史记·魏豹彭越列传》内。田成子即田常，春秋末期齐国国相，事迹主要见于《史记·田敬仲完世家》内。

6. 【谜面】其母引其子，来至薛公府。

    谜目：五言唐诗句　　　　　　　　　　谜底：相携至田家（陈清泉）

    简析：会意正猜。田文之父田婴被齐湣王封于薛，人称其为薛公。谜底为李白《下终南山过斛斯山人宿置酒》诗句。

7. 【谜面】靖郭君终于认下了贱妾所生之儿

    谜目：《史记》人物二　　　　　　　　谜底：田肯、田文子（陈清泉）

    简析：会意正猜。谜底应顿读为"田（田婴）/肯（许可、愿意）/田（田文）/成子（成为儿子）"。田婴号为靖郭君，故"靖郭君"这三字可替代他本人。田肯曾进言贺汉高祖刘邦，仅出现于《史记·高祖本纪》内。田文子即田须无，曾事齐庄公，事迹主要见于《史记·田敬仲完世家》内。

8. 【谜面】若使当时真不举

    谜目：《三国演义》人物三　　　　　　谜底：田氏、何曾、徐盛（陈清泉）

    简析：会意正猜。谜面为南宋学者徐钧《史咏集·孟尝君》诗中的第三句。其全诗为："诞当五月命于天，齐户风谣恐未然。若使当时真不举，吾门安得客三千。"谜底系启动谜面下句"吾门安得客三千"之内涵而得出，也真是的：假如当初孟尝君一生下来就被他母亲扔掉而不要了，田氏哪里会有以后"养客三千"的门庭之盛啊！

9. 【谜面】田婴贪财何以改

    谜目：宋诗目二　　　　　　　　　　　谜底：《子规》《过德清》（尹恺）

    简析：会意正猜。谜面典见《史记·孟尝君列传》内。谜底顿读为"子/规过/德清"后，意为：正是在儿子田文的善意规谏下，其父田婴的品质才会有条件改为以清廉为重。

10. 【谜面】婴乃使主家待宾客

    谜目：四字常言　　　　　　　　　　　谜底：以文会友（杨小湄）

    简析：会意正猜。谜面系总结《史记·孟尝君列传》内这两句原文而得出："于是婴乃礼文，使主家待宾客。""以文会友"本指通过文字来结交朋友。古代文人交往、交友的礼俗。文人相交轻财物而重情谊、才学，故多以诗文相赠答，扬才露己，以表心态。唱酬是通行的方式，即以诗词相酬答。在宴饮等聚会时，更是不可有酒无诗，流行尽觞赋诗之俗。其出处见《论语·颜渊》：君子以文会友，以友辅仁。本谜谜目原标为"《四书》句"，因其断句不全，现改为"四字常言"。入谜后，"文"字别解为孟尝君田文。

11. 【谜面】孟尝君广招门下客

  谜目：美国州名　　　　　　　　　　　　谜底：田纳西（尹业基）

12. 【谜面】孟尝门有三千客

  谜目：美国州名　　　　　　　　　　　　谜底：田纳西（郑百川）

13. 【谜面】孟尝府中众食客，十有其半是能人。

  谜目：古代气象书籍　　　　　　　　　　谜底：《田家五行》（武骝）

四十八、鸡鸣狗盗

与孟尝君同时代的赵国平原君赵胜,也以善养门客而出名。

某日,秦国君主秦昭王听说平原君斩美人以谢跛者之事,在和手下臣子向寿交谈中,嗟叹其贤。向寿说:"依臣之见,赵胜敬贤爱才的程度还远远不及齐国的孟尝君呢!"秦王急问:"孟尝君如何?"向寿回答说:"孟尝君田文自其父田婴存日,即主家政,接待宾客。宾客归之如云,诸侯们因此都敬慕他,纷纷请求田婴以他为世子。等到田文嗣为薛公,投在他门下的宾客越来越多了,他们衣食与孟尝君自己的并无二般。由于供给繁费,孟尝君家里的钱财都快花光了。但凡他手下的门客,人人都认为孟尝君是真心对待自己,从无对其不满的任何微言。相比之下,赵胜却包容嘲笑跛者的美人而不诛,直到门下宾客大半离心散去之际,才斩美人头以谢跛者,这种补救措施是不是太晚了?"秦王搓手道:"寡人怎么才能得以见到孟尝君,与他一块共事啊?"

向寿说:"大王如果真想见孟尝君,何不立即召之?"秦王摇摇头说:"田文是齐国的相国,随便召呼他,他怎么会来?"向寿建议说:"大王若是诚心以子弟为质于齐,以此来邀请孟尝君,齐国相信秦国,就会不敢不遣。大王得到孟尝君,即以他为相,那么齐国自然也会任用大王的子弟为相。秦、齐互相,两国关系必然愈加牢靠,然后共谋其他诸侯国这就不是太难的事了。"秦王闻言十分高兴,当下就以泾阳君为质于齐,并向齐国表达自己企望道:"愿意以泾阳君交换贵国的孟尝君来秦,使寡人一见其面,以慰饥渴之想。"

孟尝君手下的宾客闻知秦国召请之事,大家都劝孟尝君不要率意行事。正好这时苏代适为燕国使臣正在齐国,他对孟尝君意味深长地说:"今天早上,我从外边来,看见土偶人与木偶人互相在交谈。木偶人对土偶人说:'天要下雨的话,你就难保自身了!'土偶人笑道:'我生于泥土,即使毁坏了也不过又归于泥土罢了。你要是遭雨漂流,我不知道你要漂到哪里去呢!'秦,虎狼之国,楚的怀王贵为大国之君，入秦后犹不得返；何况君呢？倘秦国留君不遣，我真不知君之所终在哪里啊？"于是，孟尝君就没有动身去秦国。

匡章言于齐湣王说："秦国委质求见孟尝君，这是亲近我们齐国的行为。孟尝君不往，必然会惹得秦国不高兴。既然这样，再留秦国之质，这更是不信任秦的表现。为今之计，大王不如以礼归泾阳君于秦，然后再使孟尝君聘秦，用以答谢秦国。如是，则秦王必然会听信于孟尝君，而厚待于我们齐国。"湣王以为这番话很对，便对泾阳君说："寡人行将遣送相国田文，行聘于贵国，以候秦王之使唤，岂敢劳烦贵人您在我们齐国为质？"说毕，便备车乘送泾阳君还秦，而使孟尝君行聘于秦。

孟尝君同宾客千余人，车骑百余乘，西入咸阳，谒见秦王。秦王一听孟尝君来到官外，降阶迎之，并亲热地握住他手，道尽了自己平生相慕之意。孟尝君有件白狐裘，毛深二寸，白如纯雪，价值千金，天下无双。为了表示对秦王的尊重，孟尝君以此作为私礼，献于秦王。

秦王穿着此裘入宫，夸于所宠幸的燕姬。燕姬不识货，说道"这种狐裘样式平常亦多见，妾看不出它究竟珍贵在何处？"秦王说："狐非数千岁其色不白。这件白裘，全是取自狐腋下的一片，补缀而成。这是纯白之皮，所以贵重，真无价之珍啊。齐国因是山东大国，才会有此珍服。"当时天气尚暖，秦王脱下狐裘交付与主藏吏，嘱其一定要好好珍藏，以备随时进御。

秦王择日将立孟尝君为丞相。樗里疾忌惮孟尝君被重用，害怕他会夺了自己的相权，便使其客公孙奭游说秦王道："田文是齐国的王族，如在秦国为相，必定会事事先顾齐国而后才是秦国，如此秦国就危险了！"秦王以其言问于樗里疾，樗里疾回答说："公孙奭的话是对的。"秦王说："那就只好打发他回齐国去了。"樗里疾反对说："孟尝君居秦月余，其宾客有千人，他们已经熟知了我们秦国的巨细之事，若遣之归齐，终究会为害秦国，不如杀掉。"秦王惑于其言，暂命将孟尝君幽禁于馆舍。

好在泾阳君上次来齐国时，孟尝君待之甚厚，日具饮食。泾阳君离开齐国时，孟尝君还给他馈赠了数件宝器，为此心中一直常怀感激之情。这个时候，泾阳君闻听秦王之谋后，私下来向孟尝君通报消息。孟尝君惧而问计，泾

四十八、鸡鸣狗盗

阳君说:"幸亏我们大王还没下定最后决心!宫中有位燕姬,最得王心,所言必从。君若携有重器,我为君献于燕姬,求其一言,放君还国,则祸可免除。"

孟尝君以白璧二双,委托泾阳君进于燕姬求解。谁知燕姬却说:"妾不愿得璧,甚爱白狐裘,听说山东大国有之。若有此裘,妾将不惜一言。"泾阳君回报孟尝君。孟尝君叹道:"我只有一件白狐裘,已献秦王了,哪里能够再寻出一件啊?"孟尝君只好遍问宾客,寻求对策。就在众人皆束手莫对之际,忽有最下坐一客,自言道:"我有办法得到狐裘!"孟尝君高兴地追问:"你有何计得裘?"客说:"我能装狗去偷它。"孟尝君笑而遣之。

是夜,这位惯会偷鸡摸狗的宾客果真把自己装束得如同一条真狗,偷偷从洞中潜入秦宫府库里。他发出的狗吠声,竟叫主藏吏以为真是守库狗的声音,从而一点并不起疑。待到伺吏睡熟,那条"狗"取出身边所藏钥匙,打开藏柜,果得白狐裘,遂盗之以出,献于孟尝君。

孟尝君使泾阳君转献白狐裘给燕姬,燕姬大悦。在与秦王夜饮方酣时,便向秦王进言说:"妾听说齐国的孟尝君是天下的大贤!本来就是齐相,并不想来秦,只是因秦国坚请才来到这里。不用他也就罢了,为何还要杀他呢?请来他国之相,又无故杀掉,秦国肯定会背上'戮贤'恶名。妾不得不替大王担心!但恐天下贤士,从今之后将会裹足而避秦国!"

由于枕边风起了作用,很快秦王就在上朝时,即命具车马,给驿券,放孟尝君还齐。孟尝君死里逃生,庆幸之余又发愁道:"我侥幸凭燕姬之一言,才得以脱离虎口,万一秦王中悔,我命还是不保啊。"多亏随行宾客中有善为伪券者,马上为孟尝君改掉券中名姓,然后一同星驰而去。

等到赶至函谷关(今河南灵宝东北),时方夜半,关门下钥已久。孟尝君害怕秦兵追至,急欲出关。但是依照秦国法令,守关的人必须在鸡鸣时分才能开关放行行人。孟尝君与众宾客拥聚关内,心甚惶迫。忽闻鸡鸣声自客队中出,孟尝君不由得感到很惊奇,急揉眼视之:原来又是下客中有一人,能效鸡声以乱真。当下叫了几声后,引得周围百姓家的大公鸡果真跟着全都啼叫起来。关吏以为天已亮了,即起身验券开关。孟尝君之众,这才得以离关向东疾驰而去。过了大约一顿饭的功夫，秦兵真的追到函谷关来了，眼看是撵不上孟尝君一行了，只好悻悻而归。

当初，孟尝君收留有"狗盗"及"鸡鸣"特长的二人做宾客时，几乎所有的宾客都觉得与他俩同列是自己的一种耻辱。这次脱险后，孟尝君感谢二客说："我之所以得脱虎口，全亏了狗盗鸡鸣之力啊！"众宾客自愧无功，除对孟尝君的识人能力深表佩服外，从此再不敢怠慢下坐之客。

本篇内含有的以下灯谜内蕴十分丰富，请大家品赏：

1.【谜面】平原爱才多众宾

谜目：《滕王阁序》句　　　　　　　谜底：胜友如云（郑百川）

简析：会意正猜。典出《史记·平原君虞卿列传》首段：平原君赵胜者，赵之诸公子也。诸子中胜最贤，喜宾客，宾客盖至者数千人。平原君相赵惠文王及孝成王，三去相，三复位，封于东武城。平原君家楼临民家。民家有躄者，槃散行汲。平原君美人居楼上，临见，大笑之。明日，躄者至平原君门，请曰："臣闻君之喜士，士不远千里而至者，以君能贵士而贱妾也。臣不幸有罢癃之病，而君之后宫临而笑臣，臣愿得笑臣者头。"平原君笑应曰："诺。"躄者去，平原君笑曰："观此竖子，乃欲以一笑之故杀吾美人，不亦甚乎！"终不杀。居岁余，宾客门下舍人稍稍引去者过半。平原君怪之，曰："胜所以待诸君者未尝敢失礼，而去者何多也？"门下一人前对曰："以君之不杀笑躄者，以君为爱色而贱士，士即去耳。"于是平原君乃斩笑躄者美人头，自造门进躄者，因谢焉。其后门下乃复稍稍来。胜友：良友。许多良友聚集一处叫"胜友如云"，出于初唐王勃《秋日登洪府滕王阁饯别序》(《滕王阁序》全称《秋日登洪府滕王阁饯别序》，亦名《滕王阁诗序》，骈文名篇)内："十旬休暇，胜友如云。千里逢迎，高朋满座。"入谜后，仅须将其中的"胜"字别解为平原君赵胜这个人即可。

2.【谜面】平原君好士，食客常数千人。

谜目：《滕王阁序》句　　　　　　　谜底：胜友如云（俞象观）

3.【谜面】平原君不斩笑躄者头

谜目：《聊斋志异》篇目二　　　　　谜底：《保住》《美人首》（陈清泉）

四十八、鸡鸣狗盗

4.【谜面】平原君斩笑躄者

　　谜目:《聊斋志异》篇目二　　　　　　谜底:《快刀》《美人首》(徐仲恂)

5.【谜面】乃斩笑躄者头

　　谜目:成语　　　　　　　　　　　　谜底:胜残去杀(闻春桂)

　　简析:会意正猜。谜底道出了美人之死的原因,就是怪那位曾受到她嘲笑的残疾跛客执意要取她命之故所致。当然,素有贤名的赵胜亦其咎难辞,因为在他的眼中:妇女的生存权,亦不过是他玩弄政治权术的一个小小筹码而已。

6.【谜面】孟尝君不愿在秦为官

　　谜目:成语　　　　　　　　　　　　谜底:文人相轻(陈清泉)

7.【谜面】孟尝君客秦,礼有加焉。

　　谜目:成语　　　　　　　　　　　　谜底:文质彬彬(林建发)

　　简析:会意正猜。质:作为保证的人或物,历史上的齐国孟尝君田文客居秦国时正是这种身份。

8.【谜面】门客进宫盗狐服

　　谜目:离合字二　　　　　　　　　　谜底:人犬伏、求裘衣(陈清泉)

　　简析:会意正猜。典出《史记·孟尝君列传》内。

9.【谜面】狗盗

　　谜目:《礼记·曲礼上》句　　　　　　谜底:效犬者(李春湖)

10.【谜面】田文赚开函谷关

　　谜目(1):菜肴名　　　　　　　　　　谜底:叫化鸡(多人)

　　谜目(2):小学课文篇目　　　　　　　谜底:《半夜鸡叫》(佚名)

　　简析:会意正猜。典出《史记·孟尝君列传》这段内:孟尝君得出,即驰去,更封传,变名姓以出关。夜半至函谷关。秦昭王后悔出孟尝君,求之已去,即使人驰传逐之。孟尝君至关,关法鸡鸣而出客,孟尝君恐追至,客之居下坐者有能为鸡鸣,而鸡齐鸣,遂发传出。出如食顷,秦追果至关,已后孟尝君出,乃还。始孟尝君列此二人于宾客,宾客尽羞之,及孟尝君有秦难,卒此二人拔之。自是之后,客皆服。

11.【谜面】夜半孟尝欲出关，佯引鸡鸣赚城闉。
   谜目：《东周列国志》人物四　　　　谜底：子文、要离、陈音、郭开（武骝）

12.【谜面】孟尝君过函谷关
   谜目：《西厢记》句　　　　　　　　谜底：鸡儿早叫（无名氏）

13.【谜面】鸡鸣函谷关
   谜目：千家诗句　　　　　　　　　　谜底：唱彻五更天未晓（张子铭）
   简析：会意正猜。谜底为宋代洪咨夔《直玉堂作》诗句。

14.【谜面】孟尝君叫开函谷
   谜目：《西游记》地名　　　　　　　谜底：鸡鸣关（陈清泉）

15.【谜面】孟尝君夜度函谷
   谜目：《诗经·齐风·鸡鸣》句　　　谜底：匪鸡则鸣（李皋如）
   简析：会意正猜。明代杨慎《丹铅杂录·黄滔律赋》："无名氏作《孟尝君夜度函谷赋》：'叹秦关之百二，难骋狼心；笑齐客之三千，不如鸡口。'亦可喜也。"谜面即撷摘于其内。

16.【谜面】孟尝异技出函谷
   谜目：五言唐诗句　　　　　　　　　谜底：鸡鸣关早开（苏温才）
   简析：会意正猜。谜底为唐太宗李世民《赐房玄龄》诗句。

17.【谜面】孟尝君由陕西出函谷
   谜目：唐代诗人　　　　　　　　　　谜底：郑畋（陈士良）

18.【谜面】把孟尝君送出关
   谜目：七画字　　　　　　　　　　　谜底：这（陈良庆）

19.【谜面】鸡鸣狗盗，遂脱樊笼
   谜目：四字出版用语　　　　　　　　谜底：图文无关（郑志强）

20.【谜面】孟尝计过函谷关
   谜目：《送孟东野序》句　　　　　　谜底：择其善鸣者而假之鸣（武骝）

四十八、鸡鸣狗盗

21. 【谜面】客之居下坐者有能为鸡鸣,而鸡齐鸣,遂发传出。

    谜目(1):电器名　　　　　　　　　　　谜底:声控开关(吴融杭)

    谜目(2):金融产品　　　　　　　　　　谜底:招行一卡通(王寅丑)

22. 【谜面】几似鸡鸣狗盗雄

    谜目:美国州名　　　　　　　　　　　　谜底:田纳西(吴仁泰)

    简析:会意正猜。面句出于明人马世奇《孟尝君养士处》的诗内:"侠气千年大海东,犹将邹鲁薄齐风。即今饱食官厨者,几似鸡鸣狗盗雄?"谜底中,"田"字须别解为孟尝君田文其人,他所收纳的众多宾客(古代主位在"东",宾位在"西")中就包括那些所谓有着"鸡鸣狗盗"般特殊才能的人。

23. 【谜面】孟尝君特鸡鸣狗盗之雄耳

    谜目(1):巴金作品　　　　　　　　　　谜底:《小人小事》(王祥方)

    谜目(2):文学名词　　　　　　　　　　谜底:小品文(佚名)

    谜目(3):成语　　　　　　　　　　　　谜底:文人相轻(苏温才)

    简析:会意正猜。《读孟尝君传》是宋代王安石的驳论文,其全文为:世皆称孟尝君能得士,士以故归之,而卒赖其力以脱于虎豹之秦。嗟乎!孟尝君特鸡鸣狗盗之雄耳,岂足以言得士?不然,擅齐之强,得一士焉,宜可以南面而制秦,尚何取鸡鸣狗盗之力哉?夫鸡鸣狗盗之出其门,此士之所以不至也。面句即出于其文内。在王安石眼里,无疑孟尝君田文所为几近小人。王安石指出孟尝君非将士之人,只不过是鸡鸣狗盗之雄而已,而贤明之士是指治国安邦的人。正因为孟尝君门下尽是一些雕虫小技之士,所以真正的贤明之士是不肯投靠他的,观点很有新意。

24. 【谜面】鸡鸣狗盗之出其门,此士之所以不至也。

    谜目:鲁迅作品篇目　　　　　　　　　　谜底:《文人无文》(佚名)

25. 【谜面】鸡鸣狗盗之出其门

    谜目:美国州名　　　　　　　　　　　　谜底:田纳西(汪炜文)

26. 【谜面】鸡鸣狗盗之徒,莫不宾礼。

    谜目:美国州名　　　　　　　　　　　　谜底:田纳西(张礼鹤)

    简析:会意正猜。谜面为宋代苏轼《六国论》句。

27. 【谜面】鸡鸣狗盗之徒

　　谜目：成语　　　　　　　　　　　　　　谜底：行同禽兽（佚名）

28. 【谜面】鸡鸣狗盗座上宾

　　谜目：成语　　　　　　　　　　　　　　谜底：以文会友（佚名）

29. 【谜面】狗盗鸡鸣不足言

　　谜目：公交车部位（卷帘格）　　　　　　谜底：下客门（白超谦）

　　简析：会意正猜。谜面为明代赵贞吉《春日游华山》诗句。谜底依格顿读为"门客/下"。

30. 【谜面】鸡鸣狗盗甚卑微

　　谜目：公交车部位（卷帘格）　　　　　　谜底：下客门（李军）

31. 【谜面】鸡鸣狗盗之徒

　　谜目：四字公交用语　　　　　　　　　　谜底：此门下客（安建国）

四十九、冯驩市义

话说齐湣王遣孟尝君田文到秦国后，一时如失左右手；加之又害怕他为秦国所用，便深以为忧。待至孟尝君逃归齐国，齐湣王大喜，仍用他为相国。孟尝君因见归附自己的各地宾客更比以前多了，乃将接待他们的客舍细分为三等：上等曰"代舍"，中等曰"幸舍"，下等曰"传舍"。代舍者，言其人可以自代也；上客居之，食肉乘舆。幸舍者，言其人可任用也；中客居之，但食肉不乘舆。传舍者，脱粟之饭，免其饥馁；出入听其自便，下客居之。前番鸡鸣狗盗及伪券有功之人，皆列于代舍。这样一来，仅靠孟尝君作为薛公所收的薛邑岁入，便供养不起那些宾客了，只好出钱行债于薛，岁收利息，以助日用。

一日，有一汉子，状貌修伟，穿着褐色蔽衣，足蹑草鞋，自言姓冯，名驩，齐人，来求见孟尝君。孟尝君揖之与坐，问道："先生下辱敝处，不知可有什么指教我的？"冯驩却回答说："我只是听说您好客，又不择贵贱，故不揣以贫穷之身想投靠在您门下而已。"孟尝君听后，便把冯驩安置在了条件很一般的传舍。

过了十天，孟尝君问传舍长："新来的客人在做什么？"传舍长答曰："冯先生贫甚，身无别物，止存一剑；又无剑囊，以草绳缠着剑把。食毕，动不动就弹其剑而歌曰：'长铗归来兮，食无鱼！'"孟尝君笑着说："这是嫌我让他吃得太简单了。"言讫便将冯驩迁之于幸舍，享受"食鱼肉"的待遇，并使幸舍长继续观察其举动："五日后，来告我。"

过了五日，幸舍长向孟尝君禀报说："冯先生又弹剑唱道：'长铗归来兮，出无车！'"孟尝君惊诧地说："看来他是想当我的上客啊？其人必有过人之处。"又迁冯驩于代舍，再次使代舍长留神他的下一步作为。

冯驩乘车日出夜归，又歌曰："长铗归来兮，无以为家！"代舍长向孟尝君报告了这一切。孟尝君不由蹙额，说："客人何以这般贪得无厌啊？"更使代舍长对其多加留意。说来也怪，自此之后代舍长便再也听不到冯驩弹剑唱歌了。

居一年有余，主家者来告孟尝君："府中钱谷只够一月之需。"孟尝君查贷券，民间所负甚多，乃向左右问道："宾客中有谁能为我到薛地收债？"传舍长进言说："住在上等客舍的食客冯驩先生，虽然没听说他有什么专长，然而其人似忠实可任，过去也曾自请为上客，您何不让他试试？"就这样，孟尝君立请冯驩相见，向他言明了收债之事。冯驩一口答应后，立即乘车至薛，坐于公府。

薛民万户，多有向孟尝君贷款的人，闻知薛公使上客来征息，一时输纳者甚众，总计收得利息钱十万。冯驩将这些钱买下了许多好酒和几只肥牛，并提前告示众人说"凡欠薛公利息钱的人，无论能偿还的或不能偿还的，来日悉会府中查验债券。"

百姓闻有牛酒之犒，全都如期而来。冯驩一一向来者奉以酒食，还出言劝他们尽量吃饱喝好。就在他们大吃大喝之际，冯驩并没闲着，他在旁边将众人的贫富状况借此观察得八九不离十。待至食毕，冯驩及时拿出契据到前面跟众人核对：凡是能够偿还利息的，给他们定一个期限；实在穷得没能力偿还利息的，要回借券，把它悉投火中烧掉。冯驩对众人说："薛公之所以贷钱于民众，是为了让没有钱的人能够借此经营自己的生计，并不是仅为利啊。只因薛公的食客有数千人之多，供养他们的钱经常不足，这才不得已向你们讨要利息。如今，有钱的定了偿还的期限；没钱的，全都焚券蠲免。薛公对于薛人的恩德，不能说不厚啊。"在座之人全都叩头欢呼："薛公真是我们的再生父母！"

早有人将焚券之事报知了孟尝君。孟尝君大怒，使人催召冯驩。冯驩空手来见，孟尝君假意问道："让您辛苦了！债都收齐了吗？"冯驩说："我不但为君收债，更重要的是为君收德！"孟尝君色变，责备说："我为食客三千人俸食不足，这才贷钱于薛，希冀收些余息，以助公费。听说你收了些利息钱后就多具牛酒，与众人狂吃猛喝，还烧掉了许多借据，犹说是'收德'，不知所收何德也？"冯驩对答说："君请息怒，待我向您解说。薛民中负债者颇多，若不具牛酒为欢，众人岂肯全都聚会在一块，这样也就没法了解他们中哪些是有钱的，哪些是无钱的。有钱的人，我都定了还债期限。贫穷的人，你即便跟他讨债十年，也要不到钱；利息越滚越多，逼急了他们就会逃亡。区区之薛，乃是您的世封之地，今焚无用之券，以明君之轻财而爱民。仁义之名，流于无穷，这就是我所谓的为君'收德'啊。"孟尝君虽然心中不以为然，然而债券已经焚烧了，无可奈何中只好强作笑颜，对冯驩揖而谢之。

四十九、冯谖市义

却说秦昭王悔失孟尝君,又见其作用可骇,想道:"此人若用于齐国,终为秦害!"乃广布谣言,流于齐国,言:"孟尝君名高天下,天下知有孟尝君,不知有齐王,不日孟尝君将有代齐之举!"

齐湣王听闻这些后当然相信,遂收孟尝君相印,将其贬归薛地。宾客闻知孟尝君罢相,纷纷散去;只有冯谖在侧,为孟尝君御车同至薛地。还没到薛,薛地百姓扶老携幼相迎,争献酒食,并问起居。面对百姓真心迎接自己的这种场面,孟尝君感动得对冯谖说:"先生所谓为文收德者!我今天算是真正见识了。"冯谖说:"我意还不止于此。倘您能借我以一乘之车,我必然会使您更加见重于齐国,而俸邑益广。"孟尝君满口答应道:"唯先生命!"

过了数日,孟尝君具备好车马及金币,冯谖便驾车西入咸阳。他求见秦昭王后,说道:"士之游说于秦者,皆欲强秦而弱齐;士之游说于齐者,皆欲强齐而弱秦。看来秦国与齐国是势不两雄,谁最后能称雄,谁就会得到天下。"秦王急问道:"先生有何策可使秦国称雄?"冯谖回答说:"大王知道齐国废黜孟尝君的这件事否?"秦王说:"寡人曾经听闻了,但没有全信。"冯谖说:"齐国之所以重于天下者,因为是有孟尝君这样的贤能之人啊,今齐王惑于谗毁,一旦收其相印,以功为罪,孟尝君怨齐必深。如果乘其怀怨之时,而大王趁机收之以为己用,则齐国的内情,他一定会向秦国和盘托出。如此,用以谋齐,齐则可得,岂止是让大王称雄而已!为今之计,大王应急遣使,载重币,偷偷迎孟尝君于薛。时不可失!万一齐王悔悟而又用他,则两国之雌雄就未可定了。"

当时樗里疾刚卒,秦王急欲得贤相,听冯谖如此一说心中大喜,当下即饰良车十乘,带上黄金百镒,命使者以丞相之仪从,去迎孟尝君。冯谖见状又说道:"臣请为大王先行报孟尝君,使之早早束装待发,以免迟滞迎接他赴秦的来使。"

随后冯谖疾驱至齐,顾不上去见孟尝君,而是去先见齐湣王,向他说道:"齐、秦之互为雌雄,这是大王所知的。得人者为雄,失人者为雌。今臣闻道路之言,秦王很高兴孟尝君被废,秘密派遣良车十乘,拿出黄金百镒,要迎孟尝君为相。倘孟尝君西入相秦,不再为齐国打算而反为秦国出谋划策,那齐国就危险了!"湣王色动,问道:"那该如何办呢?"冯谖说:"秦使旦暮且至薛,大王应乘其未至,先行恢复孟尝君相位,再增加其封邑,孟尝君必定会喜而受之。秦虽是强国,但总不至于不告于王,便擅迎人家的相国吧?"湣王说:"言之有理。"然而口虽答应,意未深信,还使人至边境上探其虚实。只见车骑纷纷而至,一问果然是秦使车队。

使者连夜奔告湣王,湣王即命冯谖,持节往迎孟尝君,除恢复其相位外,又增封孟尝君千户。比及秦国使者至薛,闻知孟尝君已复相齐,就只好掉车返回。

孟尝君既复相位,以前离去的那些宾客又投奔他来了。孟尝君对冯谖感慨道:"我一向敬重宾客,从不敢对他们失礼,一日罢相,宾客皆弃我而远去。今幸赖先生之力,得复其位,您说他们还有何面目回来见我?"冯谖不紧不慢地回答说:"夫荣辱盛衰,物之常理。您难道没见过那些赶向市场的人群吗?天一亮,你挤着我,我挤着你,争先恐后抢着先进;可是天黑之后,但凡经过市场的人,看都不看一眼,甩着胳膊便走过去了。这并不是人们喜欢早晨而厌恶傍晚,而是由于所期望得到的东西市中已经没有了。富贵多士,贫贱寡交,这是人之常情。您不能因怨恨宾客在您失去高位时离去一事,现在截断他们奔向您的通路,希望您对待宾客还应该像过去一样。"孟尝君听了这番话,心中豁然开朗,拜谢冯谖说:"我会按先生的教导去做的。"便待客如初。

本篇故事内含有的灯谜较多,请欣赏:

1.【谜面】冯谖初弹铗

谜目(1):十二画字 　　　　　　　　　　谜底:鲍(邱能福)

谜目(2):五言唐诗句 　　　　　　　　　谜底:徒有羡鱼情(佚名)

谜目(3):《孟子·告子上》句二 　　　　　谜底:鱼,我所欲也(张俊德)

简析:会意正猜。典出《史记·孟尝君列传》这段内:初,冯谖闻孟尝君好客,蹑蹻而见之。孟尝君曰:"先生远辱,何以教文也?"冯谖曰:"闻君好士,以贫身归于君。"孟尝君置传舍十日,孟尝君问传舍长曰:"客何所为?"答曰:"冯先生甚贫,犹有一剑耳,又蒯缑。弹其剑而歌曰'长铗归来乎,食无鱼'。"孟尝君迁之幸舍,食有鱼矣。五日,又问传舍长。答曰:"客复弹剑而歌曰'长铗归来乎,出无舆'。"孟尝君迁之代舍,出入乘舆车矣。五日,孟尝君复问传舍长。舍长答曰:"先生又尝弹剑而歌曰'长铗归来乎,无以为家'。"孟尝君不悦。(1)谜谜底拆为"鱼巴(盼望)"二字后,底面关照,浑脱无痕。(2)谜谜底以一个"徒(空)"字,点化出"冯谖初弹铗"时鱼还没有到嘴的事实,起到了"刻画神情,妙语解颐"的

四十九、冯驩市义

意外之功。谜底为孟浩然《临洞庭上张丞相》诗句。

2.【谜面】使人属孟尝君，愿寄食门下。

谜目（1）：五言唐诗句　　　　　　　　　　谜底：邀我至田家（唐景松）

谜目（2）：《幼学琼林·贫富》句　　　　　　谜底：好置田宅（林仲杰）

简析：会意正猜。谜面借《战国策·齐策四·冯谖客孟尝君》句为文。（1）谜谜底为孟浩然《过故人庄》诗句。冯驩或作冯谖。

3.【谜面】使人属孟尝君

谜目：英国科学家名　　　　　　　　　　　谜底：达尔文（林仲杰）

4.【谜面】弹铗而歌

谜目：故事片名　　　　　　　　　　　　　谜底：《剑归》（何志伟）

5.【谜面】冯驩缘何初弹铗

谜目：浏阳特产　　　　　　　　　　　　　谜底：素食菜（李文林）

6.【谜面】长铗归来乎，食无鱼。

谜目：二字称谓二　　　　　　　　　　　　谜底：人质、肉弹（蔡振亮）

7.【谜面】冯驩复弹铗

谜目：四字象棋用语　　　　　　　　　　　谜底：白得一车（闻春桂）

8.【谜面】冯驩三弹铗

谜目（1）：歌曲名　　　　　　　　　　　　谜底：《我想有个家》（邱能福）

谜目（2）：农业名词　　　　　　　　　　　谜底：试验田（李保华）

谜目（3）：香港故事片名　　　　　　　　　谜底：《无间道》（朱林）

谜目（4）：《东周列国志》人物　　　　　　　谜底：陈无宇（王文楷）

谜目（5）：春秋时期楚国大夫　　　　　　　谜底：申无宇（陈清泉）

9.【谜面】曰："长铗归来乎，无以为家。"

谜目：世界名著　　　　　　　　　　　　　谜底：《伊索寓言》（李次高）

简析：会意正猜。《伊索寓言》原书名为《埃索波斯故事集成》，是古希腊、古罗马时代流传的讽喻故事，经后人加工，成为现在流传的《伊索寓言》。它是一部世界上最早的寓言故事集,同时亦是世界文学史上流传最广的寓言故事之一。

10.【谜面】长铗归来乎,无以为家。

  谜目:成语   谜底:问舍求田(来楚庚)

11.【谜面】冯驩何故三弹铗

  谜目:瑞典地名   谜底:斯图尔舍(苏颖)

12.【谜面】冯驩因何三弹铗

  谜目(1):四字俗语   谜底:无家可归(朱旭铭)

  谜目(2):财贸名词   谜底:顾客之家(佚名)

  谜目(3):美国故事片名   谜底:《舍不得的选择》(昌庆锋)

  谜目(4):成语(上楼格)   谜底:无所作为(陈清泉)

简析:会意正猜。(4)谜谜底依格应读为"为无所作"。

13.【谜面】冯驩怨主三弹铗

  谜目:《黄州快哉亭记》句   谜底:无所不快(赵首成)

14.【谜面】冯驩弹铗

  谜目:五言唐诗句   谜底:轻生一剑知(赵首成)

简析:会意正猜。谜面为刘长卿的《送李中丞之襄州》诗句,入谜后转义为"冯驩对自己在生活待遇上被人轻视的不满之态度,是借寄语宝剑相知而发泄出的"。

15.【谜面】冯驩弹铗缘底事

  谜目:同音字五   谜底:欲语鱼舆宇(射天狼)

16.【谜面】弹铗三歌测主人

  谜目:农业名词   谜底:试验田(佚名)

17.【谜面】弹剑作歌奏苦声

  谜目:四字股市用语   谜底:三无概念(吴融杭)

18.【谜面】于是冯驩不复歌

  谜目:黔、粤地名各一   谜底:三都、惠来(武骝)

四十九、冯谖市义

简析：会意正猜。谜面借《战国策·齐策四·冯谖客孟尝君》句而成文。谜底表明：通过弹铗唱歌这种不与人同的表达方式，冯驩所希冀的三项物质要求（鱼舆家）均已落到了实处，这时他不罢手才怪呢。冯驩或作冯谖。

19. 【谜面】孟尝君缺钱

    谜目：鲁迅作品篇目　　　　　　　　　　谜底:《文人无文》（陈清泉）

    简析：会意正猜。典出《史记·孟尝君列传》这段内：孟尝君（田文）时相齐，封万户于薛。其食客三千人，邑入不足以奉客。使人出钱于薛。岁余不入，贷钱者多不能与其息，客奉将不给。旧时铜钱一面铸文字，故称钱一枚为一文，本谜直接引申其义为钱。

20. 【谜面】孟尝君公开做生意

    谜目：四字常言　　　　　　　　　　　谜底：文明经商（陈清泉）

21. 【谜面】冯驩焚券

    谜目（1）：成语　　　　　　　　　　　谜底：望文生义（佚名）

    谜目（2）：出版名词　　　　　　　　　谜底：文责自负（黄河）

    简析：会意正猜。典见《史记·孟尝君列传》内。(1)谜谜底点出了冯驩之所以矫命焚券，乃是希望主子田文能在家乡薛地执行惠民政策从而收取民心。(2)谜谜底别解为：由于焚券之举带来的财政负面影响，所以冯驩才招致田文的指责。

22. 【谜面】矫命以责赐诸民，因烧其券。

    谜目:《报孙会宗书》句　　　　　　　谜底：文质无所底（林仲杰）

    简析：会意正猜。谜面出自《战国策·齐策四·冯谖客孟尝君》这段内:（冯谖）驱而之薛，使吏召诸民当偿者，悉来合券。券遍合，起，矫命以责赐诸民，因烧其券，民称万岁。长驱到齐，晨而求见。孟尝君怪其疾也，衣冠而见之，曰："责毕收乎？来何疾也！"曰："收毕矣。""以何市而反？"冯谖曰："君云'视吾家所寡有者'。臣窃计，君宫中积珍宝，狗马实外厩，美人充下陈。君家所寡有者以义耳！窃以为君市义。"孟尝君曰："市义奈何？"曰："今君有区区之薛，不拊爱子其民，因而贾利之。臣窃矫君命，以责赐诸民，因烧其券，民称万岁。乃臣所以为君市义也。"孟尝君不说，曰："诺，先生休矣！"冯驩，或作冯谖。谜底意为：由于冯驩把薛民手中的借券全烧了，因此还质于孟尝君手中的另外一份借券就因之而失去了存底的意义了。

23.【谜面】因烧其券，民称万岁。
　　谜目（1）：四字出版用语　　　　　　　　谜底：文责自负（赵首成）
　　谜目（2）：五字口语　　　　　　　　　　谜底：不讨人喜欢（赵首成）

24.【谜面】市义奈何
　　谜目：金融名词　　　　　　　　　　　　谜底：债务证券化（潘建华）

25.【谜面】冯驩何为孟尝君市义
　　谜目：唐代名人　　　　　　　　　　　　谜底：薛仁贵（柯国臻）

26.【谜面】冯驩焚券为田文
　　谜目：国际政治名词　　　　　　　　　　谜底：扩张主义（肖名修）

27.【谜面】冯驩焚券为孟尝
　　谜目：成浯　　　　　　　　　　　　　　谜底：望文生义（林伯源）

28.【谜面】冯驩焚券匡市义
　　谜目：四字新词　　　　　　　　　　　　谜底：文化扶贫（谢瑶中）

29.【谜面】冯驩市义于何处
　　谜目：《孟子·公孙丑下》句　　　　　　谜底：当在薛也（林清富）

30.【谜面】薛邑烧其券，民心归孟尝。
　　谜目：冀、新地名各一　　　　　　　　　谜底：尚义、于田（武骝）

31.【谜面】未至百里，民扶老携幼，迎君道中正日。
　　谜目：三国人姓字　　　　　　　　　　　谜底：薛敬文（郑长彦）
　　简析：会意正猜。谜面出自《战国策·齐策四·冯谖客孟尝君》这段内：后期年，齐王谓孟尝君曰："寡人不敢以先王之臣为臣。"孟尝君就国于薛。未至百里，民扶老携幼，迎君道中正日。孟尝君顾谓冯谖："先生所为文市义者，乃今日见之！"冯驩或作冯谖。东吴名臣薛综字敬文。

32.【谜面】民扶老携幼，迎君道中正日
　　谜目（1）：成语（卷帘格）　　　　　　谜底：望文生义（林仲杰）

四十九、冯谖市义

谜目（2）：古文篇目（卷帘格） 谜底：《义田记》（林仲杰）

谜目（3）：唐代名人 谜底：薛怀义（林仲杰）

简析：会意正猜。谜面为《战国策·齐策四·冯谖客孟尝君》句。（1）谜谜底依格读为"义生文（孟尝君田文）望"。（2）谜谜底依格读为"记田（孟尝君田文）义"。

33.【谜面】王召孟尝君而复其相位

谜目：近年国际时事 谜底：野田上台（陈清泉）

简析：会意正猜。谜面出自《史记·孟尝君列传》这段中：齐王惑于秦、楚之毁，以为孟尝君名高其主而擅齐国之权，遂废孟尝君。诸客见孟尝君废，皆去。冯谖曰："借臣车一乘，可以入秦者，必令君重于国而奉邑益广，可乎？"孟尝君乃约车币而遣之。冯谖乃西说秦王曰……秦王大悦，乃遣车十乘黄金百镒以迎孟尝君。冯谖辞以先行，至齐……（齐王）乃使人至境候秦使。秦使车适入齐境，使还驰告之，王召孟尝君而复其相位，而与其故邑之地，又益以千户。秦之使者闻孟尝君复相齐，还车而去矣。事实上，孟尝君田文曾数度下野后又执掌该国国政，谜底正是切入这点而得以成立。

34.【谜面】孟尝因嗔怪背己宾客而拒见之

谜目：出版用语二（蕉心格） 谜底：文责自负、封面（陈清泉）

简析：会意正猜。典见《史记·孟尝君列传》中。谜底依格应顿读为"文／责／负自／封面"。"封面"即不见面。

35.【谜面】高居相位客三千，贬归薛地一冯谖。

谜目：四字股市用语二 谜底：上交量大、深交量小（侯康林）

36.【谜面】孟尝客常有，而情有独钟。

谜目：七言唐诗句 谜底：三千宠爱在一身（郭仁欵）

简析：会意正猜。谜底为白居易《长恨歌》诗句。

37.【谜面】孟尝独钟弹铗客

谜目：七言唐诗句 谜底：三千宠爱在一身（佚名）

五十、乐毅伐齐

乐毅，生卒年不详。中山灵寿（今河北灵寿西北）人，战国后期杰出的军事家，拜燕上将军，受封为昌国（又名昌城。战国齐地，后入燕。在今山东淄博市东南）君，辅佐燕昭王振兴燕国。

乐毅先祖乐羊为魏文侯手下的将领。曾率兵攻取中山，因功被封在灵寿。乐羊死后，葬于灵寿，从此乐氏子孙便世代定居在这里。中山复国后，又被赵武灵王所灭，乐毅也就成了赵国人。

乐毅少年聪颖，喜好兵法，赵国曾有人举荐他出来做官。到了武灵王在沙丘行宫被围困饿死后，他就离开赵国到了魏国。

这时，燕昭王因为子之执政，燕国大乱而被齐国趁机战败一事，心中非常怨恨齐国，不曾一天忘记向齐国报仇雪恨。但燕国是个弱小的国家，地处偏远，国力远不如齐。于是燕昭王降抑自己的身份，礼贤下士，他先礼尊郭隗借以招揽天下贤士。凑巧乐毅为魏昭王出使到了燕国，燕昭王以宾客的礼节厚待了他。乐毅推辞谦让，后来终于向燕昭王敬献了礼物，表示愿意献身做其臣下，燕昭王就任命他为亚卿，他担任这个职务的时间很长。

当时，齐湣王很强大，南边在重丘战胜了楚相唐眛，西边在观津打垮了魏国和赵国，随即又联合韩、赵、魏三国攻打秦国，还曾帮助赵国灭掉中山国，又击破了宋国，扩展了一千多里地的领土。他与秦昭王共同争取帝号以自重，不久他又自行取消了东帝的称号，仍归称王。各诸侯国都打算背离秦国而归服齐国。可是齐湣王自尊自大很是骄横，百姓已不能忍受他的暴政了。

燕昭王认为攻打齐国的机会来了，就向乐毅询问这件事。乐毅回答说："齐国如今仍保留着往昔霸国的余业，土地广阔，人口众多，可不能轻易地单独去攻打它。大王若一定要攻打它，不如联合赵国以及楚国、魏国一块行动。"

这样，燕昭王便派乐毅去与赵惠文王结盟立约，另派别人去联合楚国、魏

五十、乐毅伐齐

国，又让赵国以攻打齐国的好处去诱劝秦国。由于诸侯们认为齐湣王骄横暴虐对各国也是个祸害，都争着跟燕国联合共同讨伐齐国。

乐毅回来汇报了出使情况后，燕昭王就动员了全国的兵力，派乐毅担任上将军，赵惠文王亦把相国大印授给了乐毅。乐毅于是统一指挥着赵、秦、韩、魏、燕五国的军队去攻打齐国。

齐湣王闻报，亲率齐军主力迎于济水（今山东济南西北）之西。两军相遇，乐毅亲临前敌，率五国联军向齐军发起猛攻。齐湣王大败，率残军逃回齐国都城临淄（今山东淄博市临淄区）。乐毅遣还远道参战的各诸侯军队，拟亲率燕军直捣临淄，一举灭齐。谋士剧辛认为燕军不能独立灭齐，反对长驱直入。乐毅则认为齐军精锐已失，国内纷乱，燕弱齐强形势已经逆转，坚持率燕军乘胜追击。

燕国军队在乐毅指挥下单独追击败逃之敌，一直追到齐国都城临淄。齐湣王见临淄孤城难守，就逃跑到莒邑（今山东莒县）并据城固守。乐毅单独留下来带兵巡行占领的地方，齐国各城邑都据城坚守不肯投降。乐毅集中力量攻击临淄，拿下临淄后，把齐国的珍宝财物以及宗庙祭祀的器物全部夺取过来并把它们运到燕国去。燕昭王大喜，亲自赶到济水岸上慰劳军队，奖赏并用酒肉犒劳军队将士，把昌国封给乐毅，封号叫昌国君。燕昭王把在齐国夺取缴获的战利品带回了燕国，而让乐毅继续带兵进攻还没拿下来的齐国城邑。

乐毅留在齐国巡行作战五年，攻下齐国城邑七十多座，都划为郡县归属燕国，只有莒和即墨（今山东平度市东南）没有收服。燕国前所未有的强盛起来。乐毅认为单靠武力，破其城而不能服其心，民心不服，就是全部占领了齐国，也无法巩固。所以他对莒、即墨采取了围而不攻的方针，对已攻占的地区实行减赋税，废苛政，尊重当地风俗习惯，保护齐国的固有文化，优待地方名流等收服人心的政策，欲从根本上瓦解齐国。

公元前279年，燕昭王死去，太子即位，称燕惠王。燕惠王从做太子时就曾对乐毅有所不满，等他即位后，齐国的田单了解到他与乐毅有矛盾，就对燕国施行反间计，造谣说："齐国城邑没有攻下的仅有两座罢了。而所以不及早拿下来的原因，听说是乐毅与燕国新即位的国君有怨仇，乐毅断断续续用兵故意拖延时间姑且留在齐国，准备在齐国称王。齐国所担忧的，只是怕燕国派别的将领来，那仅余的两座城池就保不住了。"

燕惠王本来就已经怀疑乐毅，受到齐国反间计的挑拨后，就派自己的心腹之人骑劫去代替乐毅任将领，并召回乐毅。乐毅心里明白燕惠王派人代替自己是不怀好意的，害怕回国后被杀，便向西去投降了赵国。赵国把观津（今河北武邑县东南）这个地方封给乐毅，封号叫望诸君。赵国对乐毅十分尊重及优宠，其目的是借此来震动和威慑燕国、齐国。

齐国田单后来与骑劫交战，果然设计了一套诡诈之策来迷惑燕军，结果在即墨城下把骑劫的军队打得大败，接着辗转战斗追逐燕军。向北直追到黄河边上，收复了齐国的全部城邑，并且把齐襄王从莒邑迎回都城临淄。

燕惠王很后悔派骑劫代替乐毅，致使燕军惨败而丧失了占领的齐国土地；同时，他又怨恨乐毅改投赵国，恐怕赵国任用乐毅，趁着燕国兵败疲困之机攻打燕国。为此燕惠王就派人去赵国责备乐毅，同时亦向他道歉说："先王把整个燕国委托给将军，将军为燕国战败齐国，替先王报了深仇大恨，天下人没有不震动的，我哪里有一天敢忘记将军的功劳呢！可是，刚巧遇上先王辞世，我本人初即位，是左右人耽误了我。我所以派骑劫代替将军，是因为将军长年在外，风餐露宿，因此召回将军暂且休整一下，也好共商朝政大计。不想将军误听传言，认为跟我有怨隙，就抛弃了燕国而归附赵国。将军这么做，从为自己打算来说固然是无可厚非的，但是又怎么对得住先王待将军的一片深情厚谊呢？"

乐毅慷慨地写下了著名的《报燕惠王书》，书中针对燕惠王的无理指责和虚伪粉饰，表明自己对先王的一片忠心，与先王之间的相知相得，驳斥惠王对自己的种种责难、误解，抒发功败垂成的愤慨；并以伍子胥"善作者不必善成，善始者不必善终"的历史教训，申明自己不为昏主效愚忠，不学冤鬼屈死，故而出走的抗争精神。

燕惠王只好又把乐毅的儿子乐间封为昌国君；而乐毅则从此往来于赵国、燕国之间，与燕国重新交好。燕、赵两国都任用他为客卿，乐毅最后死于赵国。

五十、乐毅伐齐

☯ 读者朋友,您有兴趣欣赏本篇内含有的以下数则灯谜吗?

1. 【谜面】乐毅弃魏

    谜目:词牌名(卷帘格)　　　　　　　　谜底:《燕归来》(佚名)

    简析:会意正猜。典见《史记·乐毅列传》这段内:乐毅贤,好兵,赵人举之。及武灵王有沙丘之乱,乃去赵适魏。闻燕昭王以子之之乱而齐大败燕,燕昭王怨齐,未尝一日而忘报齐也。燕国小,辟远,力不能制,于是屈身下士,先礼郭隗以招贤者。乐毅于是为魏昭王使于燕,燕王以客礼待之。乐毅辞让,遂委质为臣,燕昭王以为亚卿,久之。谜底依格倒读为"来归燕"后,扣合工整。

2. 【谜面】乐毅遂委质为臣

    谜目:汉代美女(卷帘格)　　　　　　　谜底:王昭君(白超谦)

3. 【谜面】诸国协燕伐齐兵

    谜目:成语二　　　　　　　　　　　　谜底:兴师动众、助人为乐(陈清泉)

    简析:会意正猜。谜底通俗易懂,说的是:赵、秦、魏、韩等国兴师动众,受帮助的人当是首倡伐燕的乐毅。谜底中,多音字"乐"应由原音 le 改读为 yuè,当姓使用。

4. 【谜面】约四国共伐湣王

    谜目:军史名词(下楼格)　　　　　　　谜底:齐会战斗(陈清泉)

5. 【谜面】连下齐国七十城

    谜目:词牌名(上楼格)　　　　　　　　谜底:《得胜乐》(陈清泉)

6. 【谜面】齐湣王内部大乱,掠夺其国领土者片刻不闲。

    谜目:毛泽东词句　　　　　　　　　　谜底:分田分地真忙(陈清泉)

    简析:会意正猜。谜底为《清平乐·蒋桂战争》句。齐湣王本名田地,齐宣王之子,田齐政权第六任国君。公元前 301 年即位,在位十七年。

7. 【谜面】畏诛,遂西降赵。

    谜目:七言唐诗　　　　　　　　　　　谜底:自恨身轻不如燕(师卫华)

    简析:会意正猜。谜面出《史记·乐毅列传》这段内:于是燕惠王固已疑乐毅,得齐反间,乃使骑劫代将,而召乐毅。乐毅知燕惠王之不善代之,畏诛,遂西降赵。

谜底为孟迟《长信宫》诗句，入谜后应断读后"自恨身轻，不如燕"。如：到。

8.【谜面】恐伤先王之明，有害足下之义，故遁逃走赵。

谜目：《孟子·离娄上》句　　　　　　　谜底：乐其所以亡者（张超南）

简析：会意正猜。面文系《史记·乐毅列传》内乐毅回复燕惠王书中的原句，这是乐毅在向燕惠王诉说自己之所以弃燕逃亡到赵国的原因，内中自然不乏对惠王的不满情绪。底句出《孟子·离娄上·第八章》这段内：孟子曰："不仁者可与言哉？安其危而利其菑，乐其所以亡者。不仁而可与言，则何亡国败家之有？有孺子歌曰：'沧浪之水清兮，可以濯我缨；沧浪之水浊兮，可以濯我足。'孔子曰：'小子听之！清斯濯缨，浊斯濯足矣。自取之也。'夫人必自侮，然后人侮之；家必自毁，而后人毁之；国必自伐，而后人伐之。《太甲》曰：'天作孽，犹可违；自作孽，不可活。'此之谓也。"入谜后，"乐"字由原音转读 yuè 音，借代为乐毅其人。

9.【谜面】先王过举，擢之乎宾客之中，而立之乎群臣之上。

谜目：音乐名词二　　　　　　　　　　谜底：燕乐、器乐（赵首成）

简析：会意正猜。面文系《战国策·燕策二》中原句。谜底释义为"燕王乐于器重乐毅"。其中，前一个"乐"字转读 lè 音。

五十一、火牛阵

田单，生卒年不详，齐国临淄人。战国后期齐国杰出的军事家。初为小吏，后被拥立为齐将。田单处事用兵以"奇"胜，善用智术。以功封安平君，任国相。

田单的火牛阵，创造了中国军事史上高度发挥主观能动性、以弱胜强的著名战例，堪称战史奇观。司马迁在《史记·田单列传》篇末称赞田单说："兵以正合，以奇胜。善之者，出奇无穷。奇正还相生，如环之无端。夫始如处女，适人开户；后如脱兔，适不及距：其田单之谓邪！"这段话若用白话文来说则是："战争是用正面的军队同敌人交战，用出敌不意的奇兵取胜。会用兵的人能出奇谋而变化无穷；奇正相互转化，就像圆环一样，没有开始，也没有终结。用兵开始时要像柔弱安静的少女，使敌人心存轻忽，大开门户，而毫不防备；然后时机到来，自己就要像狡兔脱逃那样快速进击，使敌人来不及抵挡。这几句话所形容的人，应该正是田单吧！"

田单是齐国田氏王族的远房本家。在齐湣王时，田单担任国都临淄佐理市政的小官，并不被齐王重用。公元前284年，乐毅率领五国联军大举讨伐齐国，以报三十年前齐趁燕国内乱出兵燕地之仇。齐湣王被迫从都城逃跑，不久又退守莒城。

在燕国军队长驱直入征讨齐国之时，田单也离开都城，逃到安平（今山东淄博市临淄区东）。田单让他的同族人把车轴两端的突出部位全部锯下，安上铁箍。不久，燕军攻打安平，城池被攻破，齐国人争路逃亡，都因被撞得轴断车坏，被燕军俘虏。只有田单和同族人因用铁箍包住了车轴的缘故，得以逃脱，向东退守即墨。

这时，燕国军队已经几乎全部降服了齐国大小城市，只有莒和即墨两城未被攻下。燕军听说齐湣王在莒城，就调集军队，全力攻打。楚国派来的援齐将领淖齿时任齐相，就杀死了齐湣王，坚守城池，抗击燕军，燕军几年都不能攻破该城。迫不得已，燕将带兵东行，围攻即墨。

即墨的守城官员出城与燕军交战，战败被杀。即墨城中军民都推举田单当首领，说："安平那一仗，田单和同族人因用铁箍包住车轴才得以安然脱险，可见他很会用兵。"于是，大家就拥立田单为将军，坚守即墨，抗击燕军。

燕昭王去世后，燕惠王继立，他和乐毅有些不和。田单听到这个消息，就派人到燕国去行使反间计。燕惠王中计后，就派大将骑劫去代替乐毅。乐毅被免职后就逃到赵国去了，燕军官兵都为此忿忿不平。

这时，仍在坚守即墨的田单，就命城中军民在吃饭之前一定要祭祀祖先，从而使得众多的飞鸟因争食祭祀的食物，在城上盘旋飞舞。城外的燕军看了，都感到很奇怪。田单便扬言说："这是神仙要下界，来授给我们克敌制胜的玄机。"

田单又对城里人说："一定会有神人来做我的老师。"有一个悟性很高的士兵说："我可以当您的老师吗？"接着就扬长而去。田单连忙站起来，把他拉过来，请他坐在面向东的上座，用侍奉老师的礼节来侍奉他。那个士兵实话实说："我欺骗了您，我真是一点本事也没有。"田单说："请您不要再说了。"就奉他为师。

田单每次发号施令，一定要称是神师的主意。他又扬言说："我最怕的是燕军把俘虏的齐国士兵割去鼻子，放在队伍的前列，再和我们交战，那即墨就必然会被攻克。"燕军听到这话，就照此施行。城里的人看到齐国众多的降兵都被割去了鼻子，人人义愤填膺，全力坚守城池，只怕被敌人捉住。

田单再次派人施行反间计说："我很害怕燕国人挖了我们城外的祖坟，侮辱了我们的祖先，这可真是让人寒心的事。"燕军听说之后，又把齐国人的坟墓全部挖开，并把死尸焚烧殆尽。即墨人从城上看到此情此景，人人痛哭流涕，都请求出城拼杀，愤怒的情绪增长十倍。

田单知道士兵激起了斗志，可以用于作战了，就亲自带着版筑和铁锹参加修建防御工事，和士兵分担辛劳，并把自己的妻妾编在军队里服役，还把全部的食物拿出来犒劳士卒。田单还命令把装备整齐的精锐部队都埋伏起来，只让老弱妇女上城防守，又派使者去和燕军约定投降事宜，燕军官兵都高呼万岁不已。

另外，田单又把民间的黄金收集起来，共得一千镒，让即墨城里有钱有势的人送给燕军，请求说："即墨就要投降了，希望你们进城之后，不要掳掠我们的妻子姬妾，让我们能平安地生活。"骑劫非常高兴，满口答应。燕军由此而更加松懈。

同时，田单特地在城内收集到一千多头牛，叫人做了深红色绸衣给牛穿上，上面画满五颜六色的龙形花纹，把锋利的尖刀绑在牛角上，又把淋了油脂的芦苇

五十一、火牛阵

扎在牛尾上。

待到装束停当,利用一个黑夜,田单派人在城墙上挖开数十个大洞,然后点燃了牛尾巴上的芦苇,驱牛由洞口出去,壮士五千人跟随在牛的后面。牛尾巴一烧着,一千多头牛被烧得牛性子发作起来,朝着燕军兵营方向猛冲过去。齐军的五千名"敢死队"拿着大刀长矛,紧跟着牛群,冲杀上去。城里,无数的老百姓都一起来到城头,拿着铜壶、铜盆,狠命地敲打起来。一时间,一阵震天动地的呐喊声夹杂着鼓声、铜器声,惊醒了燕国人的睡梦。

大伙儿睡眼惺忪,只见火光炫耀,成百上千脑袋上长着尖刀的怪兽,已经冲过来了。许多士兵吓得腿都软了,哪儿还想抵抗呢?别说那一千多头牛角上捆的尖刀扎死了多少人,那五千名敢死队砍死了多少人,就是燕国军队自己乱窜狂奔,被踩死的也不计其数。燕将骑劫坐着战车,想杀出一条活路,哪儿冲得出去,结果被齐兵围住,丢了性命。

齐军乘胜反攻。整个齐国都轰动起来了,那些被燕国占领地方的将士百姓,都纷纷起兵,杀了燕国的守将,迎接田单。田单的军队打到哪儿,哪儿的百姓群起响应,不到几个月工夫就收复了被燕国和秦、赵、韩、魏四国占领的七十多座城池。齐军把齐襄王从莒城迎回临淄,齐国才从几乎亡国的境地中恢复过来。齐襄王封赏田单,号称安平君。

本篇内含有的相关灯谜较多,请大家欣赏:

1. 【谜面】田单因何命宗人截掉突出车轴

   谜目:四字新词　　　　　　　　　　　谜底:短期行为(陈清泉)

   简析:会意正猜。典出《史记·田单列传》首段内:及燕使乐毅伐破齐,齐湣王出奔,已而保莒城。燕师长驱平齐,而田单走安平,令其宗人尽断其车轴末而傅铁笼。已而燕军攻安平,城坏,齐人走,争涂,以轊折车败,为燕所虏,唯田单宗人以铁笼故得脱,东保即墨。谜底意为:之所以截掉突出车轴使其变短,只不过是希望逃走时利于行走而已。

2. 【谜面】燕王以为然,使骑劫代乐毅。

   谜目:旅馆业名词　　　　　　　　　　谜底:单人间(陈清泉)

简析：会意正猜。典出《史记·田单列传》这段内：顷之，燕昭王卒，惠王立，与乐毅有隙。田单闻之，乃纵反间于燕，宣言曰："齐王已死，城之不拔者二耳。乐毅畏诛而不敢归，以伐齐为名，实欲连兵南面而王齐。齐人未附，故且缓攻即墨以待其事。齐人所惧，唯恐他将之来，即墨残矣。"燕王以为然，使骑劫代乐毅。谜底"单人间"三字入谜后，"单人"二字别解为田单其人；"间"字则由原义"房间"（这时"间"读 jiān 音），转义为"挑拨使人不和"（这时"间"读 jiàn 音）。正是由于田单的反间计起到了预期的挑拨作用，燕王才使骑劫去代替乐毅。

3. **【谜面】乐毅去，齐逐燕师。**

谜目：成语　　　　　　　　　　　　　　　谜底：趁火打劫（钱燕林）

简析：会意正猜。乐毅逃亡后，齐国即墨守将田单便用火牛阵打败了乐毅的继任者——燕将骑劫。

4. **【谜面】骑劫代将燕军败**

谜目：四字常言　　　　　　　　　　　　　谜底：乐不可支（陈清泉）

简析：由"骑劫代将燕军败"的严重后果，可知燕军若想继续胜券在握，那么其前提必然就是原来的主将乐毅决不能被更换，这就是谜底"乐不可支"注入新意后得以成立的来历。内中，多音字"乐"应由原音 lè 改读为 yuè，当姓使用。

5. **【谜面】火牛阵**

谜目（1）：戏剧界称谓　　　　　　　　　谜底：丑角（多人）

谜目（2）：英国故事片名　　　　　　　　谜底：《特殊的战争》（陈清泉）

谜目（3）：物理名词　　　　　　　　　　谜底：单摆（佚名）

简析：会意正猜。典出《史记·田单列传》这段内：田单乃收城中得千余牛，为绛缯衣，画以五彩龙文，束兵刃于其角，而灌脂束苇于尾，烧其端。凿城数十穴，夜纵牛，壮士五千人随其后。牛尾热，怒而奔燕军，燕军夜大惊。牛尾炬火光明炫耀，燕军视之皆龙文，所触尽死伤。五千人因衔枚击之，而城中鼓噪从之，老弱皆击铜器为声，声动天地。燕军大骇，败走。齐人遂夷杀其将骑劫。燕军扰乱奔走，齐人追亡逐北，所过城邑皆畔燕而归。田单兵日益多，乘胜，燕日败亡，卒至河上。而齐七十余城皆复为齐。乃迎襄王于莒，入临菑（亦作"临淄"）而听政。襄王封田单，号曰安平君。（1）谜以"牛、丑"相通，照应谜面及谜底。"特"字另有两说：一是指公牛，南朝梁太学博士顾野《玉篇》云：特，牡牛也；一是泛指

五十一、火牛阵

牛,樊卓的《蛮书》为记载南诏史事的史书,其中云:有一家生了一犬,初如小特。(2)谜谜底据此释意为"火牛阵不言而喻,这是一场以牛为主角的特殊战争"。其中,"特"字当牛用后,当起位处全谜中枢的谜眼作用。(3)谜谜底抓住重点,再次突出了火牛阵为田单所摆的这一历史事实。三个谜底虽各抒机杼,然切扣却有异曲同工之妙。

6.【谜面】田单火攻

谜目:十三画字　　　　　　　　　　　　　谜底:解(顾震福)

简析:"解"分为"牛刀角"三部分,恰符"田单火攻"时以牛角所缚短刀为破敌利器的实质。

7.【谜面】十万火牛屯即墨

谜目:保险名词　　　　　　　　　　　　　谜底:保险单据(佚名)

8.【谜面】田单大摆火牛阵

谜目:企管名词　　　　　　　　　　　　　谜底:多角经营(梁军)

简析:会意正猜。每牛生有两角,千头左右的火牛,其角能少吗?当这些火牛怒经燕营时,威力可想而知矣,谜底正是这种成谜思维。

9.【谜面】田单巧布火牛阵

谜目:国际法词语　　　　　　　　　　　　谜底:代理人战争(佚名)

10.田单倚重火牛阵

谜目:故事片名　　　　　　　　　　　　　谜底:《特殊任务》(陈清泉)

11.田单谙熟火牛计

谜目:体育名词　　　　　　　　　　　　　谜底:特奥会(陈清泉)

12.谁人善用火牛阵

谜目:军史名词　　　　　　　　　　　　　谜底:田家会战斗(许友金)

13.田单令部卒以火点燃牛尾

谜目:宋词句　　　　　　　　　　　　　　谜底:八百里分麾下炙(陈清泉)

简析:会意正猜。谜底为南宋辛弃疾《破阵子·为陈同甫赋壮词以寄之》诗句。据《世说新语·汰侈》记载:晋王恺有良牛,名"八百里驳(bó)"。据此,后世诗词多以"八百里"指牛。

14. 即墨门开纵火牛，燕师营里血波流。

谜目：排球术语　　　　　　　　　　　　谜底：单人进攻（徐卫锋）

简析：会意正猜。谜面为唐代胡曾《咏史诗·即墨》诗句。谜底强调出：是田单其人发动了这场进攻战争。

15. 即墨门开纵火牛

谜目（1）：《答苏武书》句　　　　　　谜底：单于临阵（杨炎木）

谜目（2）：军事名词　　　　　　　　　谜底：单兵作战（李振洲）

谜目（3）：电视剧名　　　　　　　　　谜底：《特战先锋》（魏育涛）

16. 田单破燕施妙计

谜目：食品名二　　　　　　　　　　　　谜底：牛排、火烧（陈浩）

17. 驱火牛破燕

谜目：电脑名词　　　　　　　　　　　　谜底：单击（张麟）

18. 火牛出阵

谜目：税务名词　　　　　　　　　　　　谜底：起征点（杜宇澄）

简析：会意正猜。"火牛出阵"前，"而灌脂束苇于尾，烧其端"，谜底紧紧抓住这两句《史记·田单列传》中的原文而做足了文章。"烧、点"可相互扣合。

19. 军中冲出火牛阵

谜目：企管名词　　　　　　　　　　　　谜底：多角经营（张开彭）

20. 火牛入燕垒

谜目（1）：《答苏武书》句　　　　　　谜底：单于临阵（黄庭周）

谜目（2）：排球术语　　　　　　　　　谜底：多点进攻（佚名）

谜目（3）：企管名词　　　　　　　　　谜底：多角经营（郑百川）

简析：会意正猜。谜面为宋代苏轼《云龙山观烧得云字》诗句。

21. 火牛驱动闯燕营

谜目：象棋术语　　　　　　　　　　　　谜底：单兵进攻（蔡纯如）

五十一、火牛阵

22. 齐牛并出大军前

　　谜目：九画字　　　　　　　　　　　　　　　　　谜底：牵（师卫华）

23. 火牛冲破燕三军

　　谜目：戏剧界称谓　　　　　　　　　　　　　　　谜底：丑角大师（眉冷）

24. 火牛奇计古今无

　　谜目（1）：罗马尼亚故事片名　　　　　　　　　谜底：《单独行动》（柯南）

　　谜目（2）：《答苏武书》句　　　　　　　　　　谜底：单于临阵（佚名）

　　简析：会意正猜。谜面为《东周列国志》第九十五回内引诗句。(2)谜谜底中，"单"字由原音chán，转读为dān音后，别解为田单其人。

25. 火牛破敌赖诈计

　　谜目：二字中医用语　　　　　　　　　　　　　　谜底：单方（佚名）

26. 火牛攻燕将

　　谜目：围棋术语　　　　　　　　　　　　　　　　谜底：打劫（陈清泉）

27. 田单驱牛攻燕将

　　谜目：成语　　　　　　　　　　　　　　　　　　谜底：趁火打劫（陈清泉）

28. 火牛破敌杀燕将

　　谜目：成语　　　　　　　　　　　　　　　　　　谜底：在劫难逃（陈清泉）

29. 当时曾见火牛兵

　　谜目：四字体育比赛用语　　　　　　　　　　　　谜底：单点突破（叶春荣）

　　简析：会意正猜。谜面为清代顾炎武《不去·其三》诗句。

30. 火牛克敌计谋成

　　谜目：离合字　　　　　　　　　　　　　　　　　谜底：田心思（佚名）

31. 田单何以退燕兵

　　谜目：《获麟解》句　　　　　　　　　　　　　　谜底：角者吾知其为牛（严宗达）

32. **燕军大骇，败走。**

　　谜目：冠量农药名　　　　　　　　　　谜底：五千克·敌敌畏（林丰来）

　　简析：会意正猜。谜面为《史记·田单列传》原文句。谜底应顿读为"五千/克敌/敌畏"，意为：是五千跟随在火牛屁股后的齐国壮士，战胜了敌人燕军，敌人才为之大骇而逃。

33. **齐人追亡逐北，所过城邑皆畔燕而归。**

　　谜目：成语　　　　　　　　　　　　　谜底：解甲归田（杨志刚）

34. **齐人追亡逐北**

　　谜目：二字围棋术语　　　　　　　　　谜底：劫败（任焕长）

35. **田单复国建奇勋**

　　谜目：四字广告用语　　　　　　　　　谜底：功能齐全（陈清泉）

36. **田单君名传四方**

　　谜目：十六画字　　　　　　　　　　　谜底：壨（佚名）

　　简析："田单"二字舍弃人名本义后，若仅从字面理解：这是将完整的一个"田"字单独散开后而为四个"口"字；"君"可意扣为"王"。这样，四"口"加一"王"，就组成了谜底"壨"。鉴于谜面后三字"传四方"亦可视为四个"口"字，这样本谜谜面就具备了部分双解功能。

37. **夫始如处女，适人开户；后如脱兔，适不及距。**

　　谜目：《水浒全传》人物四　　谜底：时迁、宣赞、田实、武能（陈清泉）

　　简析：会意正猜。谜面系《史记·田单列传》中司马迁专门称赞田单善于用兵的定评之语，谜底系启动其下句"其田单之谓邪"内涵而得之。

五十二、爱国诗人屈原

屈原（前339—前278），战国末期楚国人，杰出的政治家和爱国诗人。名平，字原。楚武王熊通之子屈瑕的后代。丹阳（今湖北秭归）人。

屈原一生经历了楚威王、楚怀王、楚顷襄王三个时期，而主要活动于楚怀王时期。这个时期正是中国即将实现大一统的前夕，"苏秦为纵，张仪为横，横则秦帝，纵则楚王，所在国重，所去国轻。"（刘向《战国策序》）屈原因出身贵族，又明于治乱，娴于辞令，故而早年深受楚怀王的宠信，位为左徒、三闾大夫。屈原为实现楚国的统一大业，对内积极辅佐怀王变法图强，对外坚决主张联齐抗秦，使楚国一度出现了一个国富兵强、威震诸侯的局面。但是由于在内政外交上对有些问题的看法不同，屈原与楚国腐朽贵族集团发生了尖锐的矛盾，受上官大夫等人的嫉妒，屈原后来遭到了群小的诬陷和楚怀王的疏远。

楚怀王十六年（前313），张仪由秦至楚，以重金收买靳尚、子兰、郑袖等人充当内奸，同时以"献商於之地六百里"诱骗怀王，致使齐楚断交。怀王受骗后恼羞成怒，两度向秦出兵，均遭惨败，于是屈原奉命出使齐国重修齐楚旧好。此间张仪又一次由秦至楚，进行瓦解齐楚联盟的活动，使齐楚联盟未能成功。

楚怀王二十五年（前304），楚怀王与秦昭王会盟于黄棘（今河南新野县东北），楚国彻底投入了秦的怀抱。屈原亦被逐出郢都（今湖北省荆州市荆州区西北，即今纪南城），到了汉北。

楚怀王三十年（前299），屈原回到郢都。同年，秦约怀王武关相会，怀王遂被秦扣留，最终客死秦国。楚顷襄王即位后继续实施投降政策，屈原再次被逐出郢都，流放江南，辗转流离于沅、湘二水之间。

楚顷襄王二十一年（前278），秦将白起攻破郢都，屈原悲愤难捱，遂自沉汨罗江，以身殉了自己的政治理想。

屈原的作品计有《离骚》《天问》《九歌》（十一篇）、《九章》（九篇）、《招魂》，凡二十三篇。此外，《卜居》《渔父》等篇是否为屈原所作，学术界尚有争议。

其中，《离骚》是屈原的代表作，也是中国古代文学史上最长的一首浪漫主义的政治抒情诗。《天问》是古今罕见的奇特诗篇，它以问语一连向苍天提出了172个问题，涉及了天文、地理、文学、哲学等许多领域，表现了诗人对传统观念的大胆怀疑和追求真理的科学精神。《九歌》是在民间祭歌的基础上加工而成的一组祭神乐歌，诗中创造了大量神的形象，大多是人神恋歌。

屈原的作品是他坚持"美政"理想，与腐朽的楚国贵族集团进行斗争的实录。他的"美政"理想表现在作品中，就是"举贤而授能兮，循绳墨而不颇"（《离骚》）。所谓"举贤授能"，就是不分贵贱，把真正有才能的人选拔上来治理国家，反对世卿世禄，限制旧贵族对权位的垄断。他还以奴隶傅说、屠夫吕望、商贩宁戚的历史事迹为例，说明了不拘身份选拔人才的合理性。所谓"循绳墨而不颇"，就是修明法度，即法不阿贵，限制旧贵族的种种特权。屈原的"美政"理想反映了他与楚国腐朽贵族集团的尖锐对立，表达了他革除弊政的进步要求，而其最终目的就是要挽救祖国危亡，使楚国走上富强的道路。

与此相关，屈原的作品还深刻揭露了楚国政治的黑暗、楚国贵族集团的腐朽和楚王的昏庸，表现了他坚持"美政"理想、坚持节操，"虽九死其犹未悔"的斗争精神；同时表现了他忧国忧民、爱国爱民、矢志献身祖国的决心。屈原虽遭谗被疏，甚至被流放，但他始终以祖国的兴亡、人民的疾苦为念，希望楚王幡然悔悟，奋发图强，做个中兴之主。他明知忠贞耿直会招致祸患，但却始终"忍而不能舍也"；他明知自己面临着许许多多的危险，在"楚材晋用"的时代完全可以去别国寻求出路，但他却始终不肯离开楚国一步。这一切都表现了他对祖国的无限忠诚及其"可与日月争光"的人格与意志。

屈原是中国文学史上第一位伟大的爱国诗人，是浪漫主义诗人的杰出代表。作为一位杰出的政治家和爱国志士，屈原爱祖国爱人民、坚持真理、宁死不屈的精神和他"可与日月争光"的巍巍人格，千百年来感召和哺育着无数中华儿女，尤其是当国家民族处于危难之际，这种精神的感召作用就更加明显。作为一个伟大的诗人，屈原的出现，不仅标志着中国诗歌进入了一个由集体歌唱到个人独创的新时代，而且他所开创的新诗体——楚辞，突破了《诗经》的表现形式，极大地丰富了诗歌的表现力,为中国古代的诗歌创作开辟了一片新天地。后人也因此将《诗经》与《楚辞》并称为"风骚"。"风骚"是中国诗歌史上现实主义和浪漫主义两大优良传统的源头。同时,以屈原为代表的楚辞还影响到汉赋的形成。

在中国历史上,屈原是一位最受人民景仰和热爱的诗人。据《续齐谐记》和《隋书·地理志》载,屈原于农历五月五投江自尽,中国民间五月五端午节包粽子、赛龙舟的习俗就源于人们对屈原的纪念。1953年,屈原还被列为世界"四大文化名人"之一,受到世界和平理事会和全世界人民的隆重纪念。

本篇内含有的多则灯谜见下:

1.【谜面】名平,楚之同姓也。为楚怀王左徒。博闻强志,明于治乱,娴于辞令。

谜目:四字文牍用语　　　　　　　　　　　　谜底:原始记录(谈谦)

简析:会意正猜。谜面为《史记·屈原贾生列传》内首段介绍屈原生平的原句。

2.【谜面】用屈平

谜目:《论语·颜渊》句　　　　　　　　　　谜底:能使枉者直(罗道源)

简析:本谜弃典而径用谜面字义直扣谜底。"用、使""屈、枉""平、直"这三组词组,在面底中锦屏对立而互为映衬。

3.【谜面】博闻强志,明于治乱,娴于辞令。

谜目:四字对过往忙碌情形描述语　　　　　　谜底:原本事多(陈继耿)

4.【谜面】屈平负匡弼之能

谜目:四字工业用语　　　　　　　　　　　　谜底:原料不足(郑百川)

简析:会意正猜。面句见证于《史记·屈原贾生列传》这几句内:(屈原)入则与王图议国事,以出号令;出则接遇宾客,应对诸侯。王甚任之。谜底意为:屈原的职能是当好楚王的帮手,为其料理好朝政的不足之处。屈原名平。

5.【谜面】上官大夫见而欲夺之,屈平不与。

谜目(1):晋代名人　　　　　　　　　　　　谜底:谢尚(任焕长)

谜目(2):首都名二　　　　　　　　　　　　谜底:杜尚别、罗索(任焕长)

简析:会意正猜。面文出于《史记·屈原贾生列传》这段中:上官大夫与之同列,争宠而心害其能。怀王使屈原造为宪令，屈平属草未定。上官大夫见而欲夺之，屈平不与，因谗之曰："王使屈平为令，众莫不知，每一令出，平伐其功，以为'非我莫能为也'。"王怒而疏屈平。至于上官大夫和靳尚是否为同一个人，向来有两种说法：一说上官大夫即靳尚，刘向《新序·节士》称"楚贵臣上官大夫靳尚"，王逸《离骚经序》亦以上官为氏，名靳尚。而《汉书·古今人表》则以为两人，上官大夫列五等，靳尚列七等。本谜从众采用第一种说法，认定上官大夫和靳尚为同一个人。谢：辞去、拒绝。杜：堵塞,(2)谜谜底中将其引申为"拒绝、禁绝"。晋代镇西将军谢尚，曾在采石修筑城垣，屯驻兵马。谢尚虽是一员武将，却很喜欢音乐，爱好文史。兴趣既广，天资又高，时人视之为儒将。

6.【谜面】楚怀亦已昏

谜目：童鞋品牌　　　　　　　　　　　　　　谜底：笨笨熊（佚名）

简析：会意正猜。谜面为唐代李白《古风·殷后乱天纪》诗句。楚怀即屈原时期的君主楚怀王，姓熊，名槐。

7.【谜面】故忧愁幽思而作《离骚》

谜目：同音四声字　　　　　　　　　　　　谜底：冤原远怨（任焕长）

简析：会意正猜。面文出于《史记·屈原贾生列传》这段中：屈平疾王听之不聪也，谗谄之蔽明也，邪曲之害公也，方正之不容也，故忧愁幽思而作《离骚》。离骚者，犹离忧也。夫天者，人之始也；父母者，人之本也。人穷则反本，故劳苦倦极，未尝不呼天也；疾痛惨怛，未尝不呼父母也。屈平正道直行，竭忠尽智以事其君，谗人间之，可谓穷矣。信而见疑，忠而被谤，能无怨乎？屈平之作《离骚》，盖自怨生也。谜底画龙点睛般地点化出内中"屈平之作离骚，盖自怨生也"二句之精髓，来当谜底"冤原远怨"的实质所在，足显其制作大会意谜手法的娴熟与老到。

8.【谜面】离骚传永恨

谜目：同音四声字　　　　　　　　　　　　谜底：冤原远怨（闻春桂）

简析：会意正猜。谜面为唐代齐己《潇湘二十韵》诗句。

9.【谜面】其文约，其辞微，其志洁，其行廉。

谜目：吉林市名二（卷帘格）　　　　　　　谜底：通化、四平（许友金）

简析：会意正猜。谜面出自《史记·屈原贾生列传》这段内:《国风》好色而不淫，《小雅》怨诽而不乱。若《离骚》者，可谓兼之矣。上称帝喾，下道齐桓，中述汤

五十二、爱国诗人屈原

武，以刺世事。明道德之广崇，治乱之条贯，靡不毕见。其文约，其辞微，其志洁，其行廉，其称文小而其指极大，举类迩而见义远。其志洁，故其称物芳。其行廉，故死而不容自疏。濯淖汙泥之中，蝉蜕于浊秽，以浮游尘埃之外，不获世之滋垢，皭然泥而不滓者也。推此志也，虽与日月争光可也。谜面这四句话意思是：他（屈原）的文章简约，言语含蓄，志向高洁，品行端正；据此，谜底应依格顿读为"平（屈原又叫屈平）/四化/通"。通：指文章合语法，合事理。

10.【谜面】一篇之中，三致意焉。
    谜目：高考新术语　　　　　　　　谜底：平行志愿（任焕长）
    简析：会意正猜。面文出于《史记·屈原贾生列传》这段中：屈平既嫉之，虽放流，眷顾楚国，系心怀王，不忘欲反，冀幸君之一悟，俗之一改也。其存君兴国而欲反覆之，一篇之中三致志焉……令尹子兰闻之大怒，卒使上官大夫短屈原于顷襄王，顷襄王怒而迁之。在一篇作品之中再三致意，这其实是屈平在向楚王表达自己的忠诚志向啊，据此悟出谜底则不难啊。

11.【谜面】虽放流，眷顾楚国，系心怀王。
    谜目（1）：冀、桂地名各一　　　　谜底：平乡、上思（陈清泉）
    谜目（2）：南朝历史名人封号　　　谜底：平望乡君（高建川）
    简析：会意正猜。谜面为《史记·屈原贾生列传》中的原句。乡君，是中国古代命妇的一种封号，是指以乡名为封号的君。南北朝时宋废帝皇后江简圭生母王氏曾受封为"平望乡君"。（1）谜谜底应顿读为"平（屈平，即屈原）/乡（故乡楚国）上（君上，即楚怀王）/思"。

12.【谜面】卒使上官大夫短屈原于顷襄王
    谜目：书法名词　　　　　　　　　谜底：逆入平出（许友金）

13.【谜面】屈子离去带忧容
    谜目：成语　　　　　　　　　　　谜底：平分秋色（吴乐荣）
    简析：会意正猜。屈原名平，"屈子"系后人对屈原的尊称。五色以白为"秋"，可喻颜容衰老。

14.【谜面】子非三闾大夫与？何故至于斯。
    谜目：《红楼梦》诗句　　　　　　谜底：平生遭际实堪伤（林家文）

简析：会意正猜。典见《史记·屈原贾生列传》这段内：屈原至于江滨，被发行吟泽畔。颜色憔悴，形容枯槁。渔父见而问之曰："子非三闾大夫欤？何故而至此？"屈原曰："举世混浊而我独清，众人皆醉而我独醒，是以见放。"渔父曰："夫圣人者，不凝滞于物而能与世推移。举世混浊，何不随其流而扬其波？众人皆醉，何不餔其糟而歠其醨？何故怀瑾握瑜而自令见放为？"屈原曰："吾闻之，新沐者必弹冠，新浴者必振衣，人又谁能以身之察察，受物之汶汶者乎！宁赴常流而葬乎江鱼腹中耳，又安能以皓皓之白而蒙世俗之温蠖乎！"乃作《怀沙》之赋……于是怀石遂自（投）〔沈〕汨罗以死。谜面系屈原《楚辞·渔父》句；其实将其换为《史记·屈原贾生列传》中的"子非三闾大夫欤？何故而至此"，照样可得出相同之谜底。谜底为《红楼梦》第五回中隐寓香菱（即甄英莲）命运的诗句，内中将"平"字别解为屈平（屈原）后，则赖其神化之功盘活了全谜；它好似屈原在向渔父回答询问时的自我感伤语，心与情融处着实令人感动。

15. 【谜面】子非三闾大夫与

    谜目：谢晋电影人物　　　　　　　　　　　谜底：许灵均（闻春桂）

    简析：会意正猜。屈平，字原，通常称为屈原；又自云名正则，字灵均。许灵均为谢晋导演的故事片《牧马人》之男主角。许：认可。

16. 【谜面】屈原曰："举世混浊而我独清，众人皆醉而我独醒，是以见放。"

    谜目：成语　　　　　　　　　　　　　　　谜底：平白无故（方炳良）

17. 【谜面】举世皆浊而我独清

    谜目：法律名词二　　　　　　　　　　　　谜底：原告、自白（任焕长）

18. 【谜面】众人皆醉而我独醒

    谜目：四字外贸用语　　　　　　　　　　　谜底：报复清单（任焕长）

19. 【谜面】宁赴常流而葬乎江鱼腹中耳，又安能以皓皓之白而蒙世俗之温蠖乎！

    谜目：劳动合同法词语三　　　　　　　　　谜底：原则、自愿、终止（任焕长）

20. 【谜面】屈原受谤遭流放

    谜目：《红楼梦》诗句　　　　　　　　　　谜底：平生遭际实堪伤（马啸天）

21. 【谜面】曾唫恒悲兮，永叹慨兮。

    谜目：五字病历用语　　　　　　　　　　　谜底：原有痛经史（林丰来）

简析：会意正猜。面文出自《史记·屈原贾生列传》中屈原所作《怀沙》之赋内，译为白话文则为：我（屈原）怀着恒久的悲痛，长长地发出叹息。

22. 【谜面】疏弃半生投汨罗

　　谜目：天文学名词　　　　　　　　　　　谜底：流星（赵首成）

23. 【谜面】怀王去后去沉湘

　　谜目：动漫片名　　　　　　　　　　　　谜底：《熊出没》（薛道达）

　　简析：谜面出自宋元之际黄公绍的《端午竞渡歌》内。

24. 【谜面】三闾大夫遭苦难

　　谜目：宗教词语　　　　　　　　　　　　谜底：原罪（缪建金）

25. 【谜面】楚人悲屈原，千载意未歇。

　　谜目：成语　　　　　　　　　　　　　　谜底：长平冤气（佚名）

　　简析：谜面为北宋苏轼《屈原塔》诗句。

26. 【谜面】似为屈原陈昔冤

　　谜目：成语（掉首格）　　　　　　　　　谜底：平白无故（佚名）

　　简析：会意正猜。谜面为南宋赵蕃《端午三首·其三》诗句。谜底依格读为"白平（屈原）无故"。

27. 【谜面】万顷重湖悲去国，一江千古属斯人。

　　谜目：成语　　　　　　　　　　　　　　谜底：长平冤气（薛道达）

　　简析：会意正猜。谜面为清代张照《题汨罗屈子祠正厅》对联句。

28. 【谜面】汨罗一大夫，点明天下人。

　　谜目：电视剧名　　　　　　　　　　　　谜底：《潜伏》（张礼鹤）

　　简析：这是一则因底而求面的典型弃典拆拼谜。谜面十字虽系自撰，但措辞不俗、义通而意达，且读来琅琅上口。其中前句的"汨、一大夫"四字，靠剩余的"罗"字字义本身包蕴的连缀作用，将其重新组合后，可得出谜底前字"潜"；后句的"点明（丶）、天下（大）、人（亻）"五字，将其重新巧妙搭配后，可得出谜底后字"伏"。做谜至此，足显作者驾驭文字之功力。

五十三、完璧归赵

蔺相如(前329—前259),今山西柳林孟门人(一说山西古县蔺子坪人;一说河北省保定市曲阳县人,在曲阳县城老街仍有"蔺相如故里"碑刻),战国时期著名的政治家、外交家。先为赵国宦官头目缪贤的家臣,后来官至上卿。根据《史记·廉颇蔺相如列传》所载,他生平最重要的事迹有完璧归赵、渑池之会与负荆请罪这三个事件。这三个事件已被编入现在的小学教科书中,这在许多历史名人中都是少有的先例,他对后世的影响之深可见一斑。

下面叙及的是"完璧归赵"一事:

公元前283年,赵惠文王时,赵国得到楚国的和氏璧。秦昭王听说了这件事,派人给赵王送去了一封信,大意是说秦国很喜欢这块不世之宝,愿意以自己的十五座城池,来与赵国交换和氏璧。

秦国是当时的强国,对于它的这个所谓请求,国力相对较弱的赵惠文王当然不敢有丝毫怠慢,连忙召集老将廉颇及许多大臣商议这事。想把这块宝玉送到秦国去吧,又怕得不到秦国的城池,而白受欺骗;不给吧,又担心秦王会发兵打过来。讨论来讨论去还是拿不定主意,再说即使想物色一个可以派遣去回复秦国的人,一时也没合适人选啊。

这时,宦官头目缪贤向赵王建议说:"我的门客蔺相如可以出使秦国。"赵王问道:"你根据什么就可断定他能担当使臣重任呢?"缪贤回答说:"我曾经犯有罪过,私下想要逃到燕国去。而我的那位门客蔺相如却阻拦我,说:'您凭哪点知道燕王肯定会收留您?'我告诉他,我曾经跟随大王与燕王在边境相会,燕王私下握着我的手说'愿意真心和我交个朋友'。谁知蔺相如对我说:'如今大家都知道赵国强燕国弱,您由于受赵王宠幸,所以燕王才想跟您结交。现在您如果从赵国逃奔到燕国,燕王因为害怕赵国,他不但一定不敢收留您,反而会把您捆绑起来送回赵国的。依我之见您不如袒胸露臂,伏在铡刀上请罪,则可有希望得到赵王

五十三、完璧归赵

赦免。'我听从了他的意见，果然大王您赦免了我。从这事后，我就认定蔺相如是个勇士，而且又有智谋，这次他应该是可以完成出使任务的。"

于是，赵王召见蔺相如，向他问道："秦王打算用十五座城换我的和氏璧，可不可以给他呢？"蔺相如说："秦国强大，赵国弱小，不能不答应他的要求啊。"赵王有些担心说："拿走我的璧，不给我城，怎么办？"蔺相如说："秦王要求用城换璧，假如赵国不答应，那么理亏的是赵国；赵国把璧给秦王了，而秦王却不给赵国城池，则理亏的就是秦国了。权衡这两种情形，宁可答应秦国的请求而让它承担理亏的不是。"赵王又问："你看可以派谁去呢？"蔺相如回答说："大王果真找不到别人，我愿意捧着和氏璧出使秦国。秦国的十五座城池交割给了赵国，我就把璧留在秦国；若是城池不给赵国，我可以保证完整无缺地把和氏璧带回赵国！"赵王对蔺相如很满意，就马上派他带着和氏璧西行去了秦国。

秦王高坐在离宫的章台上接见蔺相如，蔺相如双手捧着和氏璧呈献给秦王。秦王非常高兴，把和氏璧传给陪侍在旁的美人们及臣子们看，他们同声欢呼"万岁"。蔺相如敏锐地看出秦王并没有把十五座城池回报给赵国的意思，便走上前说："这块璧上还有点小瑕疵，请让我指给大王看。"秦王把和氏璧又交到蔺相如手里。

于是，蔺相如紧握和氏璧，后退了几步站住，背靠着庭柱，怒发冲冠，声色俱厉地对秦王说："大王为了得到和氏璧，派人送信给赵王，赵王专门召集所有大臣商议，大家都说：'秦国本来就很贪婪，依仗自己兵力强大，想用空话来骗取和氏璧，所谓补偿给我们赵国的城池恐怕是得不到的！'因此决议不给秦国和氏璧。而我则认为：一般平民之间的交往，尚且诚实而不相欺，何况是堂堂大国之间的交往呢！更何况因为一块玉的缘故惹得强大的秦国不高兴，是不应该的。就这样，赵王才斋戒了五天，派我捧着和氏璧，在秦国朝堂上行过叩拜礼，亲自拜送了国书。这是为什么呢？无非是尊重你们大国的威严并借此来敦睦秦赵两国之间的友好关系啊。可是今天我来到秦国后，大王却在一般的园囿台观里接见我，礼节显得极为傲慢；得到璧玉后又将它传给美人们欣赏，这种乱哄哄的嬉笑场面简直就是戏耍我。我已看大王无意补偿给赵国十五座城池，所以我才又拿回了和氏璧。大王如果一定要逼迫我，我的头现在就与和氏璧同时撞碎在柱子上！"蔺相如高举手中和氏璧，眼睛斜视着柱子，作势欲撞那柱子。

秦王怕蔺相如不顾一切真的撞碎和氏璧，立刻连声道歉，一再请求他不要把和氏璧撞碎，并召唤有关官吏查看地图，摊开地图指点着说要把从这里到那里的十五座城池全部划归给赵国。蔺相如把这一切看入眼中后，估计秦王这一招只不过是做态骗人而已，实际上赵国是根本不能得到任何一座秦国城池的。他就又对秦王说："和氏璧是天下公认的价值连城的瑰宝，赵王因敬畏大王，不敢不献出来。赵王送璧的时候，先斋戒了五天。现在大王也应斋戒五天，在朝堂上备设隆重的九宾大典，我才敢献上和氏璧。"

秦王忖度：在这种情况下，终究不能强夺。就答应斋戒五天，并对蔺相如进行款待。蔺相如暗想：秦王虽然答应斋戒，但归根结底必定会违背信约，不会把城池补偿给赵国。所以蔺相如就让他的随从化妆后穿着粗布衣服，怀揣和氏璧，连夜抄近路逃走，把它送回赵国。

经过五天的斋戒，第六天一大早，秦王就在朝堂备设了九宾大礼的一切礼仪，又派人去请赵国使者蔺相如。蔺相如来到之后，对秦王说："贵国自从秦穆公以来的二十多个国君，找不出一个是信守盟约的。我实在怕受大王您的愚弄而对不起赵国，因此已派从人带着和氏璧回去了。算来，此刻他已经从小路到达赵国了。秦强赵弱，大王您只不过派了一个小小的使臣到赵国，赵王马上就派我捧着和氏璧来了。现今，凭借秦国的强大，如果真的先割十五座城池给赵国，赵国怎敢为保留这块璧玉而得罪大王呢？我亦知道欺骗大王的人，其罪是必须要处死的，就请您对我用汤镬之刑吧！只是我刚才所说的这些话，还希望大王和您的大臣们认真地斟酌斟酌，我虽死而无憾！"

秦王和大臣们面面相觑，被迫发出无可奈何的苦笑声，有的人还恨恨地要把蔺相如立即拿下，加以处治。秦王毕竟老辣，略加思索后，竟摆出一副大度的姿态对群臣说："如今就是杀了蔺相如，终究还是不能得到和氏璧，反而会因此白白地断绝了秦赵两国的友好关系。不如照旧好好招待他，放他回赵国去，难道赵王会因为一块璧的缘故而欺骗秦国吗？"说完这番话，秦王最终还是在朝堂上按照固有礼节接见了蔺相如。等到典礼结束，秦王又送他离去。

蔺相如回国以后，赵王认为他是位不辱使命的出色使节，就任命他做上大夫。此后，秦国没有割让城池给赵国，赵国也就没把和氏璧送给秦国。

五十三、完璧归赵

本篇故事内含有的多则灯谜见下：

1. 【谜面】愿以十五城请易璧

    谜目（1）：《红楼梦》人物二　　　　　　　谜底：秦钟、宝玉（周问屏）

    谜目（2）：《红楼梦》人物二（卷帘格）　　谜底：玉爱、秦显（陈清泉）

    简析：会意正猜。典出《史记·廉颇蔺相如列传》这段内：赵惠文王时，得楚和氏璧。秦昭王闻之，使人遗赵王书，原以十五城请易璧。赵王与大将军廉颇诸大臣谋：欲予秦，秦城恐不可得，徒见欺；欲勿予，即患秦兵之来。计未定，求人可使报秦者，未得。(2)谜谜底依格倒读为"显秦爱玉"后，其意当与（1）谜谜底含义相同。

2. 【谜面】以十五城易之

    谜目：古代小说人物　　　　　　　　　　　谜底：秦怀玉（刘云庵）

    简析：会意正猜。历史上并无秦怀玉此人，他是小说、评书中杜撰出来的人物，系唐朝著名将军秦琼（秦叔宝）之子。秦家起名到秦琼子辈用怀（子）和玉（女），所以杜撰了个秦怀玉。《薛仁贵传奇》里秦怀玉是静罗公主（杜撰人物）的驸马。

3. 【谜面】秦王欲易和氏璧

    谜目：四字银行用语　　　　　　　　　　　谜底：同城交换（李珍）

4. 【谜面】和氏璧何值

    谜目：四字商业用语　　　　　　　　　　　谜底：同城同价（张哲源）

5. 【谜面】论价和氏璧

    谜目：四字银行用语　　　　　　　　　　　谜底：同城交换（郝汉涛）

6. 【谜面】完璧归赵

    谜目：河北地名二、福建地名一　　　　　　谜底：保定、邯郸、连城（杨承业）

    简析：会意正猜。谜底应这么诠释：蔺相如保住的定然是赵国的价值"连城"的宝物——和氏璧。因赵国都城在邯郸，故谜底中以其代表整个赵国。全谜虽通俗易懂，但却不觉其浅。

7. 【谜面】蔺相如完璧归赵

    谜目：《聊斋志异》篇目二　　　　　　　　谜底：《保住》《连城》（辛泽贤）

8. 【谜面】蔺相如不辱使命

    谜目：牙膏名二　　　　　　　　　　　　　谜底：白玉、当归（陈清泉）

9. 【谜面】一举而得和氏璧

    谜目：中成药名　　　　　　　　　　　　　谜底：血宝（佚名）

    简析："而"字亦可视其为"'血'字将其中的'一'字上举而成"，这是离合法门；"和氏璧"扣"宝"，这是会意法门。

10. 【谜面】从者离秦来日聚

    谜目：电视剧名　　　　　　　　　　　　　谜底：《奢香夫人》（李毅）

    简析：谜面所据的典实见《史记·廉颇蔺相如列传》这段内：秦王度之，终不能强夺（和氏璧），遂许斋五日，舍相如广成传。相如度秦王虽斋，决负约不偿城。乃使其从者衣褐，怀其璧，从径道亡，归璧于赵。全谜暗藏机妙。"从、者、秦、日"在谜中是核心字，"离、来、聚"当为抱衬词。首先"从、者"二字踏实，"离秦"即把"秦"字拆离分开，得"二、大、禾"三字素，再加上"日"字"来"相"聚"。然后按照谜目所指定的范围，把以上的字素重新组织："大、者"拼合得"奢"，"禾、日"组成"香"字；剩下的"二、从"，自然并肩而立成"夫人"。本谜虽系自撰谜面，但措辞精炼生动，拆拼极见手法工巧，允为离合手法佳构当之无愧。

11. 【谜面】蔺相如自秦归赵，赵王拜为上卿。

    谜目：宋代诗人名　　　　　　　　　　　　谜底：谢完璧（佚名）

    简析：会意正猜。谢完璧生平事迹仅见下段轶闻中："绿遥山原白满川，子规声里雨如烟。乡村四月闲人少，才了蚕桑又插田。"这是一首脍炙人口的诗篇，其作者一般都认为是南宋四灵之一的翁卷。然就阅读所及，这首诗的作者还有两人：一是范成大，见南宋谢仿得《千家诗》，题为《村居即事》，诗的字句悉同。检《范石湖诗集》，未收此诗，也另无佐证，故难动摇翁卷的著作权。二是谢完璧，见厉鹗《宋诗纪事》卷五十二，注明据《西溪丛语》，题作《村景即事》。入谜后，"谢"字别解后，当"表示感激"用。

12. 【谜面】和氏璧归君自喜

    谜目：汉人冠称谓　　　　　　　　　　　　谜底：赵王·如意（陈清泉）

五十四、负荆请罪

廉颇，生卒年不详，嬴姓，廉氏，名颇，山西太原（一说山西运城，山东德州）人。战国末期赵国的名将，与白起、王翦、李牧并称"战国四大名将"。曾率兵讨伐齐国，取得大胜，夺取了阳晋，赵王封他为上卿。廉颇因为勇猛果敢而闻名于诸侯各国。长平之战前期，他以固守的方式成功抵御了秦国军队。长平之战后，又击退了燕国的入侵，斩杀燕国的栗腹，并令对方割五城求和。晚年时，因不得志，他先后投奔魏国和楚国，去世后葬于寿春（今安徽寿县境内）。

"负荆请罪"的故事出自《史记·廉颇蔺相如列传》内，又被称为"将相和"。至今在河北省邯郸市仍有一处巷子叫"回车巷"，相传这就是当年蔺相如回避廉颇的窄巷。

公元前281年，也就是秦昭王二十六年，秦国派兵攻占了赵国的石城。一年后，再向赵国进攻，杀死了两万多赵国将士。

公元前279年，秦昭王想和赵国讲和，以便集中力量攻击楚国，于是派使者到赵国，约赵惠文王在西河外的渑池（今河南渑池县西）见面，互修友好。

赵惠文王害怕秦国，本想不去。廉颇、蔺相如二人商议说："大王如果不去，就显得我们赵国国势软弱、国君胆怯。"赵王于是前往赴会，相如随行。廉颇送到边境，和赵惠文王分别说："大王此行，估计会期和来回路程，不会超过三十天。如果满了三十天大王还没回来，就请您允许我们立太子为王，以便绝了秦国要挟我们的企图。"赵惠文王同意了这个意见，便去渑池与秦昭王会见。

两国君主聚会后，秦王饮到酒兴酣畅时，说："寡人曾听人说赵王您爱好音乐，现在请您弹瑟吧！"赵王就弹了瑟。秦国的史官上前来写道："某年某月某日，秦王与赵王会饮，令赵王弹瑟。"蔺相如见状上前说："赵王曾经听人说秦王擅长秦地土乐，请让我给秦王您捧上盆缻，以便互相娱乐。"秦王很生气，不肯答应。

于是，蔺相如向前递上瓦缻，并跪下请求秦王演奏。见到秦王不肯击缻，蔺相如说："在这五步之内，大王您信不？我蔺相如要把脖颈里的血溅在大王身上了！"秦王左右的侍从们想要杀相如，蔺相如瞪眼大喝一声，惊得他们个个闪避退后。秦王尽管不高兴，也只好敲了一下缶。相如马上回头招呼赵国史官说："请记一下，某年某月某日，秦王为赵王击缶。"

看到自己一方没占到丝毫便宜，秦国的大臣们不甘心，对蔺相如说："请你们用赵国的十五座城，向秦昭王献礼。"蔺相如坦然一笑说："来而不往非礼也，也请你们献上秦国的国都咸阳城，来表示对赵王的敬意！"就这样，秦王直到酒宴结束，始终也未能压倒赵国而占了上风。加上赵国原来也部署了大批军队来防备秦国，因而秦国也不敢轻举妄动。

回国后，赵王高兴地对众臣宣布说："寡人自从得到蔺相如后，身安如泰山，国重于九鼎。你们谁也比不上他的功劳之大。"言讫，当下就封蔺相如为上卿，位在廉颇之上。

谁知，平昔肚量尚可的廉颇却为这事有些不高兴了，愤愤不平说："我是赵国的将军，平时出生入死，把脑袋掖在怀里和敌人拼命，多次立有攻城野战的大功。而今蔺相如只不过仅靠能说会道，立了点微功，地位却在我之上了。况且相如本来就出身微贱，屈居他下面我难以忍受这种耻辱啊！"他越说越气，最后还扬言说："今后我若遇见那个蔺相如，一定要好好羞辱他一番！"

蔺相如听到这些话后，每逢朝廷聚会，往往托病不肯前往，尽量避免与廉颇见面。蔺相如的门客们为此都认为他是真的害怕廉颇了，因而这种私议声一天到晚在蔺府不绝于耳。

某日，蔺相如出门，碰巧廉颇亦外出。相如远远看到廉颇，就像猫见了老鼠般，马上命令车夫掉转车子回避。于是，蔺相如的门客们就再也忍不住了，大家约好后一起向相如表示说："我们这些人离开亲人来侍奉您，还不就是因为您是当今的大丈夫，其节义足以令人仰慕啊。如今您与廉颇同在一朝为官，况且官位还比他还大，廉将军口出恶言，而您却一再害怕他躲避他，您怕软弱得也太过分了吧。平庸的人尚且为这种没止境的退让感到羞耻，何况是身为将相的人呢！我们这些人虽然没有大出息，但我们也羞于再在您的手下做事了，请让我们就此告辞吧！"

五十四、负荆请罪

"我畏避廉将军这是有缘故的，你们知道后就不会走了！"蔺相如挽留住了众门客后，又问道："你们认为廉将军和秦王相比谁更厉害？"众人同声回答说："廉将军当然比不了秦王。"相如继续说："以秦王的威势，天下谁人不怕？我尚且敢在秦王的当面呵斥他，并羞辱他的群臣。我蔺相如纵然再无能，难道会怕廉将军吗？只是我想到：强大的秦国之所以不敢攻打赵国，不就是因为有我和廉将军尚在呀。目今我若和廉将军两虎相争，势必二人不能共存，无法再为国家竭尽全力，秦国人知道这些后必然会趁隙来进攻我国啊。所以我这样不顾个人尊严地一再忍让，还不就是为了要把国家的急难摆在前面，而把个人的私怨放在后面啊！"门客们闻言，全都对蔺相如赞叹不已，没有一个人再愿弃他而去了。

不久，廉颇听说了蔺相如深明大义的这些话后，当时惭愧得就几乎无地自容了。他马上一把脱掉上衣，袒露出上身，又叫手下人找来几根荆条缚在背上。然后由宾客带引，步行至蔺相如的府门前长跪请罪，并托蔺府门吏向相如转达自己的真诚歉意："愚钝之人往日行为多有粗暴之处，请蔺大人重重责罚！"

蔺相如听到通报后，三步并作两步赶到门口，俯下身子双手挽起廉颇，"老将军这样，折杀相如了！"他接着又扯下廉颇背上的荆条说："快请进府！我正想和你好好交谈一下国是啊。"廉颇泣下，感动地说："蒙君见谅，我很羞愧。从今愿与君结为生死之交，虽刎颈而不敢有变！"相如亦泣下，遂置酒款待廉颇，二人极欢而罢。

本篇内含有的以下多则灯谜情趣盎然，请读者朋友仔细欣赏：

1.【谜面】颇为赵将，以勇气闻于诸侯。

谜目：三字廉政名言　　　　　　　　谜底：廉生威（方炳良）

简析：会意正猜。典出《史记·廉颇蔺相如列传》这段内：廉颇者，赵之良将也。赵惠文王十六年，廉颇为赵将伐齐，大破之，取阳晋，拜为上卿，以勇气闻于诸侯。嘉靖三年，明代无极县知县郭允礼到任头一天，第一桩事就是亲自写下别开生面的《为官铭》，替代上任的"演说"。其铭云："吏不畏吾严而畏吾廉，民不服吾能而服吾公。廉则吏不敢慢，公则民不敢欺，公生明，廉生威。"谜底"廉生威"三字入谜后，应别解为"这是廉颇所产生的威力"。

2. 【谜面】伐齐大破之，又取阳晋，以勇气闻于诸侯。

    谜目（1）：《戒兄子严敦书》句　　　　　　　　谜底：廉公有威（顾霞福）

    谜目（2）：《水浒全传》人物二　　　　　　　　谜底：廉明、武能（陈清泉）

3. 【谜面】寡人窃闻赵王好音，请奏瑟。

    谜目：《三国演义》名句　　　　　　　　　　　谜底：惟使君与操耳（陈瑜）

    简析：会意正猜。谜面句出《史记·廉颇蔺相如列传》这段内：王（赵王）许之，遂与秦王会渑池。秦王饮酒酣，曰："寡人窃闻赵王好音，请奏瑟。"赵王鼓瑟。秦御史前书曰"某年月日，秦王与赵王会饮，令赵王鼓瑟"。蔺相如前曰："赵王窃闻秦王善为秦声，请奉盆缻秦王，以相娱乐。"秦王怒，不许。于是相如前进缻，因跪请秦王。秦王不肯击缻。谜底为《三国演义》第二十一回"曹操煮酒论英雄"一节中曹操称赞刘备语，"使君"即刘备也；入谜后别解其意为：面文之"奏瑟之举"，实出秦王专门指使赵王（君）来操瑟而奏之。"使"字由原名词的一部分，转义为动词后谬解巧妙，"一锤定音"之谜眼功用昭显盎然。

4. 【谜面】于是相如前进缻，因跪请秦王。

    谜目：《三国演义》名句　　　　　　　　　　　谜底：惟使君与操耳（朱振国）

    简析：会意正猜。谜面为《史记·廉颇蔺相如列传》句。与本节前谜不同的是，这时谜底中的"君"字则由赵王转变成秦王了。

5. 【谜面】我见相如，必辱之。

    谜目：四字对情势分析判断语　　　　　　　　　谜底：颇为难说（黄冬妮）

    简析：会意正猜。面文出自《史记·廉颇蔺相如列传》这段内：既罢归国，以相如功大，拜为上卿，位在廉颇之右。廉颇曰："我为赵将，有攻城野战之大功，而蔺相如徒以口舌为劳，而位居我上。且相如素贱人，吾羞，不忍为之下。"宣言曰："我见相如，必辱之。"谜底顿读为"颇（廉颇）/为难/说"后，恰符面义。

6. 【谜面】吾见相如必辱之

    谜目：四字常用语　　　　　　　　　　　　　　谜底：颇不服气（王绵生）

7. 【谜面】蔺卿行道避廉颇

    谜目：象棋术语三　　　　　　　　　　　　　　谜底：照将、上相、让车（陈清泉）

五十四、负荆请罪

简析：会意正猜。谜底应顿读为"照（迎面看见）/将（老将廉颇）上（迎面来了）/相（上卿蔺相如）让（躲避）车"。

8. **【谜面】**蔺相如回车避之

   谜目:《三国演义》名人名句　　　　　　谜底：老将至矣（李皋如）

   简析：会意正猜。本谜谜目原标为"《左传》句"，现改为"《三国演义》名人名句"。《三国演义》第三十四回内，刘备对刘表说过这么一段话："备往常身不离鞍，髀肉皆散；今久不骑，髀里肉生。日月蹉跎，老将至矣，而功业不建，是以悲耳。"谜底就是里边的一句。入谜时，"老将"二字别解为廉颇其人。

9. **【谜面】**蔺相如让道

   谜目：德国剧作　　　　　　谜底：《威廉·退尔》（佚名）

10. **【谜面】**路让廉颇

    谜目：成语　　　　　　谜底：相忍为国（佚名）

    简析：会意正猜。谜底应顿读为"相/忍/为国"。因蔺相如时任相当相国职位的上卿之职，这样谜底中的这个"相"就只能借代为蔺相如了。

11. **【谜面】**吾所以为此者，以先国家之急而后私仇也。

    谜目：中德故事片各一　　　　　　谜底：《真相》《如意》（任焕长）

    简析：会意正猜。《史记·廉颇蔺相如列传》中，有一段蔺相如对门下舍人坦露心迹的原话：夫以秦王之威，而相如廷叱之，辱其群臣，相如虽驽，独畏廉将军哉？顾吾念之，强秦之所以不敢加兵于赵者，徒以吾两人在也。今两虎共斗，其势不俱生。吾所以为此者，以先国家之急而后私仇也。谜面即为其中的一句。谜底当顿读"真/相如/意"。

12. **【谜面】**蔺相如不与较，盖极重之也。

    谜目:《吕氏春秋·孟秋》句　　　　　　谜底：其器廉以深（韩光奎）

13. **【谜面】**相如说及所掌事，语涉当朝老将军。

    谜目:《廉政准则》名词　　　　　　谜底：述职述廉（陈清泉）

14. **【谜面】**负荆请罪

    谜目（1）:《战国策·燕策二》句　　　　　　谜底：夫差弗如是也（张亚谋）

谜目（2）：数学名词　　　　　　　　　　　　谜底：公差（佚名）

谜目（3）：象棋术语二　　　　　　　　　　　谜底：上将、求和（袁先寿）

简析：(1)谜妙在谜面别解为"这是丈夫因对不起老婆，而特意向其请罪"后，引出谜底当如脱口而出之易耳。(2)谜构思情同(1)谜，谜底从侧面道出：既然是向老婆请罪，那就必是老公出差错了（简其意后可为"公差"二字）。(3)谜系由典故正扣谜底，"上将"当指廉颇老将军。

15.【谜面】廉颇负荆请罪

谜目：象棋术语三　　　　　　　　　　　　　谜底：将军、求和、上相（朱允陶）

16.【谜面】负荆请罪拜相府，将军犹悔知错迟。

谜目：五言宋诗句　　　　　　　　　　　　　谜底：颇恨晚登门（陈清泉）

简析：会意正猜。谜底为文天祥《杜架阁·其一》诗句。颇：廉颇。

17.【谜面】老将军，识大体，负荆请罪；将相和，保国家，千秋赞佩。

谜目：四字反腐倡廉术语　　　　　　　　　　谜底：因廉而兴（严宗达）

18.【谜面】负荆

谜目：古代名人　　　　　　　　　　　　　　谜底：谢蔺（古阶平）

简析：会意正猜。谢蔺字希如，陈郡阳夏人，晋太傅谢安之八世孙。

19.【谜面】肉袒负荆

谜目：五字口语　　　　　　　　　　　　　　谜底：不服也得服（范胜雄）

20.【谜面】曰："鄙贱之人，不知将军宽之至此也。"

谜目：《水浒全传》人物二　　　　　　　　　谜底：廉明、蔺仁（陈清泉）

简析：会意正猜。面文为《史记·廉颇蔺相如列传》中，廉颇向蔺相如请罪时当面说出的心里话。当时的上卿职兼将相，故蔺相如在廉颇眼中亦具"将军"身份。

五十五、范雎入秦

范雎（？—前255），字叔，战国魏国芮城（今山西芮城）人，著名政治家、军事谋略家，秦国相国，因封地在应（今河南鲁山县东），所以又称为"应侯"。

范雎本是魏国大夫须贾门客，因被怀疑通齐卖魏，差点被魏国相国魏齐鞭笞致死，后在郑安平的帮助下，易名张禄，潜随秦国使者王稽入秦。

范雎见到秦昭王之后，提出了远交近攻的策略，抨击穰侯魏冉越过韩国和魏国而进攻齐国的做法。他主张将韩、魏作为秦国兼并的主要目标，同时应该与齐国等保持良好关系。范雎被拜为客卿后，他又提醒昭王，秦国的王权太弱，需要加强王权。秦昭王遂于前266年废太后，并将国内四大贵族赶出函谷关外，拜范雎为相。

范雎为人睚眦必报，掌权后先羞辱魏使须贾，之后又迫使魏齐自尽。又举荐郑安平出任秦国大将，王稽出任河东守，以报其恩。

公元前262年，长平之战爆发，秦赵两军对垒三年后，范雎以反间计使赵国启用无实战能力的赵括代廉颇为将，使得白起大破赵军。长平之战后，范雎妒忌白起的军功，借秦昭王之命迫使白起自杀。

此后秦军遭诸侯援军所破，郑安平降赵。公元前255年，王稽也因通敌之罪被诛。范雎因此失去秦昭王的宠信，不得不推举蔡泽代替自己的位置，辞归封地，不久病死。

《史记·范雎蔡泽列传》及《东周列国志》第九十七回中，将范雎易名入秦的经过写得十分详尽及精彩，现将其归纳于下：

范雎早年曾周游列国，希图那里的国君接受自己的主张而有所作为，但没有成功，便回到魏国，打算给魏王任职服务。由于家境贫寒，又没有办法筹集活动资金，范雎就只好先在魏国大夫须贾门下做事。

有一次，须贾为魏昭王出使到齐国办事，范雎也跟着去了。他们在齐国逗留了几个月，也没有什么结果。当时齐襄王得知范雎很有口才，就派专人给范雎送去了十斤黄金以及牛肉美酒之类的礼物，但范雎一再推辞不敢接受。须贾知道了这件事，大为恼火，认为范雎必是把魏国的秘密出卖给齐国了，所以才得到这种馈赠，于是他让范雎收下牛肉美酒之类的食品，而把黄金送回去了。

回到魏国后，须贾心里恼怒嫉恨范雎，就把这件事报告给魏国相国。魏国的相国是魏国公子之一，叫魏齐。魏齐听了后大怒，立命左右近臣用板子、荆条抽打范雎，打得范雎胁折齿断。当时范雎假装死去，魏齐就派人用席子把他卷了卷，扔在厕所里。又让宴饮中喝醉了的宾客，轮番往范雎身上撒尿，故意污辱他，借以惩一警百，好让别人以后不敢再随便泄漏国家的机密。

当时，好在卷在席里的范雎还活着，就对看守偷偷说："您如果放走我，我日后必定重重地谢您。"看守有意放走范雎，就向魏齐请示，把席子里的死人扔掉算了。可巧魏齐喝得酩酊大醉，就顺口答应说："可以吧。"范雎因而得以死里逃生。后来魏齐后悔把范雎当死人扔掉，又派人去搜索范雎。魏国人郑安平听说了这件事，于是就带着范雎一起逃跑了，他们隐藏起来，范雎更改了姓名叫张禄。

公元前271年，秦昭王派使臣王稽出访魏国。郑安平就假装当差役，侍候王稽。王稽问他："魏国有贤能的人士可愿跟我一起到西边去吗？"郑安平回答说："我的乡里有位张禄先生，想求见您，谈谈天下大事。不过，他有仇人，不敢白天出来。"王稽说："夜里你跟他一起来好了。"

郑安平就在夜里带着张禄来拜见王稽。两个人的话还没谈完，王稽就发现范雎是个贤才，便对他说："先生请在三亭冈的南边等着我。"范雎与王稽暗中约好见面时间就离去了。

过了五日，王稽公事完毕后辞别魏王及群臣，驱车回国。经过三亭冈南边时，忽见林中二人趋出，乃是张禄及郑安平。王稽大喜，如获奇珍，与张禄同车共载。一路上饮食安息，必与相共，谈论投机，甚相亲爱。

不一日，已入秦国界内。车至湖关（函谷关西侧的城邑，原河南阌乡县东四十里，后合并于灵宝市），远远望见对面尘头起处，一群车骑自西而来。范雎急问："来者谁人？"王稽认得前驱，回答说："那是秦国相国穰侯去东边巡行视察县邑。"

五十五、范雎入秦

原来穰侯名魏冉，本是宣太后之弟。宣太后芈氏，楚女，乃昭襄王之母。昭襄王即位时，年幼未冠，宣太后临朝决政，用其弟魏冉为国相，封穰侯。次弟芈戎，亦封华阳君，并专国用事。后来昭襄王年长，心畏太后，乃封其弟公子芾为泾阳君，公子悝为高陵君，打算以此举来分芈氏之权。国中谓之为"四贵"，但总不及相国之尊荣。相国每岁时，代其王周行郡国，巡察官吏，省视城池，校阅车马，抚循百姓，此是旧规。今日穰侯东巡，前导威仪，王稽如何不认得。范雎一听是穰侯，便说："我听说穰侯独揽秦国大权，他最讨厌收纳各国的说客，如果这样见面恐怕要加辱于我，我还是暂在车里躲藏一下为好。"

须臾，穰侯果至，王稽连忙下车迎谒，穰侯亦下车与之相见。二人共立于车前，各叙寒温。穰侯又问："关东近来可有何事？"王稽鞠躬回答："无有。"穰侯目视车中说："你该不会带着那般说客一起来吧？此辈徒仗口舌游说人国，只顾博取自身富贵，往往全无实用，起到的作用无非就是扰乱别人的国家罢了。"王稽赶快回答说："臣下不敢。"两人随即告别。

穰侯既东去，范雎从车箱中出，便欲下车趋走。王稽不解说："相国已去，先生还为什么要下车呢？"范雎解说道："我窥穰侯之貌，眼多白而视邪，其人性疑而见事迟。刚才目视车中，其实已经起了疑心。一时虽然未即搜索，我料他很快就会生悔，悔必复来，不如我仍避之为安！"遂呼郑安平同走。

王稽车仗在后，约行十里之程，背后马铃声响，果然有二十骑从东如飞追来，赶上王稽车仗，言道："吾等奉相国之命，恐怕大夫带有游客，为此特地复行查看，大夫勿怪。"言毕，遍索车中，并无所携外国之人，方才转身。王稽叹说："张先生真是智士，我不及他！"乃命催车前进。再行五六里，遇见了张禄、郑安平二人，邀使登车，一同进入秦都咸阳。

本篇内含有以下一些扣合非常有趣的灯谜：

1.【谜面】范雎殆死于谗言之祸

谜目：《左传·桓公十年》句　　　　　　谜底：其以贾害也（陈清泉）

简析：会意正猜。典见《史记·范雎蔡泽列传》第一、第二段内。此谜全凭"贾"字变化之力，将之由原意别解为陷范雎于死地的须贾后，谜底四字虚实相间中扣面浑化而灵通。入谜后，"贾"字借代为须贾其人后，仍读原音"gǔ"。

2.【谜面】相魏齐怒笞击之

谜目：《淮南子》人物　　　　　　　　　　　　谜底：宰折睢（黎国廉）

3.【谜面】匿范叔于安平家

谜目：《诗经》诗篇　　　　　　　　　　　　　谜底：《关雎》（郑桂堂）

4.【谜面】稽问："魏有贤人可与俱西游者乎？"

谜目：《聊斋志异》篇目三（粉颈格）　　谜底：《王成》《爱才》《张诚》（陈清泉）

简析：会意正猜。谜面出自《史记·范雎蔡泽列传》这段内：当此时，秦昭王使谒者王稽于魏。郑安平诈为卒，侍王稽。王稽问："魏有贤人可与俱西游者乎？"郑安平曰："臣里中有张禄先生，欲见君，言天下事。其人有仇，不敢昼见。"王稽曰："夜与俱来。"郑安平夜与张禄见王稽。语未究，王稽知范雎贤，谓曰："先生待我于三亭之南。"与私约而去。谜底依格断读为"王称：'爱才张诚'"后，昭其意为：王稽这话不外是说自己喜爱人才张禄的态度是完全真诚的。"称"取"说、声称"义。

5.【谜面】谓曰："先生待我于三亭之南。"

谜目（1）：《水浒全传》人物二　　　　　　谜底：王定、张顾行（陈清泉）

谜目（2）：桥牌术语二（卷帘格）　　　　　谜底：等张、定约（陈清泉）

简析：谜面为《史记·范雎蔡泽列传》原文句。（1）谜谜底顿读为"王（王稽）定（约定）张（张禄）/顾行"后，意拢面意。（2）谜谜底依格倒读为"约定张（张禄）等"后，更与面意不爽。

6.【谜面】穰侯谓王稽曰："谒君得无与诸侯客子俱来乎？"王稽曰："不敢。"

谜目：《论语·为政》句　　　　　　　　　　谜底：禄在其中矣（杨小湄）

简析：谜面显系改造《史记·范雎蔡泽列传》这段内的相关句子而得出：有顷，穰侯果至，劳王稽，因立车而语曰："关东有何变？"曰："无有。"又谓王稽曰："谒君得无与诸侯客子俱来乎？无益，徒乱人国耳。"王稽曰："不敢。"即别去。谜底关映题面后，从侧面肯定了张禄其实这时确实在车中这一事实。

7.【谜面】穰侯按剑立车前

谜目：《论语·为政》句　　　　　　　　　　谜底：禄在其中矣（陈逸石）

五十五、范雎入秦

8. 【谜面】范雎若不下车走，王稽枉用纳贤心。

    谜目：成语　　　　　　　　　　　　　谜底：无功受禄（陈清泉）

    简析：会意正猜。在范雎与穰侯的斗智过程中，范雎果然技高一筹。谜底表明：范雎若不是及时下车，必为嫉贤妒能的穰侯一个回马枪杀个正着，倘如此王稽岂有后来因进张禄这个人才立下的这件功劳！

9. 【谜面】范雎化名私进秦境时，穰侯怎样才能截获他。

    谜目：鲁迅笔名二　　　　　　　　　　谜底：张禄如、直入（陈清泉）

10. 【谜面】封范雎为应侯

    谜目（1）：《中庸》句　　　　　　　　谜底：爵禄（郑桂堂）

    谜目（2）：成语　　　　　　　　　　　谜底：高官厚禄（陈清泉）

    简析：会意正猜。典见《史记·范雎蔡泽列传》这段内：秦封范雎以应，号为应侯。当是时，秦昭王四十一年（前266）也。

11. 【谜面】虽封应侯而不赏王稽

    谜目：成语（双钩格）　　　　　　　　谜底：无功受禄（陈清泉）

    简析：会意正猜。谜底依格顿读为"受禄／无功"后，表明了接纳张禄的秦廷是完全漠视了王稽对其的引进之功的。

12. 【谜面】乃入言于王曰："非王稽之忠，莫能内臣于函谷关；非大王之贤圣，莫能贵臣。今臣官至于相，爵在列侯，王稽之官尚止于谒者，非其内臣之意也。"

    谜目：《儒林外史》大事　　　　　　　谜底：范进中举（陈清泉）

    简析：会意正猜。谜面括号内话语为《史记·范雎蔡泽列传》中，范雎为报答当年王稽将自己私带入秦的恩情，而向秦昭王举荐王稽时所说出来的。这时，范雎正处在仕途的上进程中，据此谜底顿读为"范／进中／举"后，情趣自出。

五十六、须贾赠袍

范雎做了秦国相国之后，秦国人仍称他叫张禄，而魏国人对此却毫无所知，认为范雎早已死了。

这时，魏昭王已薨，其子魏安釐王即位，闻知秦王新用张禄丞相之谋，欲伐魏国，便派须贾出使秦国。范雎得知须贾到了秦国，便隐蔽了相国的身份改装出行，他穿着破旧的衣服偷空步行到客馆，见到了须贾。

须贾一见范雎，不禁惊愕说："范叔，你原来竟然没死啊？"范雎说："是啊。"须贾笑着说："范叔是来秦国游说的吧？"范雎答道："不是的。我以前得罪了魏国相国，所以才流落逃跑到这里，怎么还敢游说呢！"须贾问道："如今你干些什么事？"范雎答说："我在帮人当佣工。"须贾听了有些怜悯他，便留下范雎一起坐下吃饭，又不无同情地说："范叔怎么竟贫寒到这个样子！"于是就取出了自己一件粗丝袍子送给了他。

须贾又趁便问范雎："秦国的相国张君，你知道他吧！我听说他在秦王那里很得宠，有关天下的大事都由相国张君决定。这次我办的事情成败也都取决于张君。你有没有跟相国张君熟悉的朋友啊？"范雎说："我的主人和他很熟悉，就是我这个仆人也可以去谒见他，现在请让我带您去见张君吧。"须贾有些为难说："我的马病了，车轴也断了，不是大马驷车，我是决然无法出门的。"范雎替须贾解忧说："我愿意替您向我的主人借来大马驷车。"

范雎回去没多久，带来大马驷车，并亲自给须贾驾车，径直驶进了秦国相府。相府里的人看到范雎驾着车子来了，有些认识他的人都回避离开了。须贾见到这般情景，感到很奇怪。

到了相国办公地方的门口，范雎对须贾说："你在这里等等我，我替你先进去向相国张君通报一声。"须贾就在门口等着。他老老实实地拽着马缰绳，等了很长时间不见范雎出来，实在耐不住了便问门卒说："范叔进去很长时间了不出来，这

五十六、须贾赠袍

究竟是怎么回事啊？"门卒说："我们这里没有什么范叔。"须贾说："就是刚才跟我一起乘车进去的那个人。"门卒说："他就是我们相国张君啊。"须贾一听大惊失色，这才知道自己受到了范雎的愚弄。情急之下，就赶紧脱掉上衣光着膀子双膝跪地而行，托门卒向范雎认罪。

于是，范雎派人挂上盛大的帐幕，招来许多侍从，才让须贾上堂来见。须贾见到范雎连叩响头口称死罪，说："我没想到您能靠自己的能力达到这么高的尊位，我不敢再读天下的书，也不敢再参与天下的事了。我犯下了应该烹杀的大罪，把我抛到荒凉野蛮的胡貉地区我也心甘情愿，让我活让我死就只听凭您的决定了！"范雎冷笑说："你先说说！你的罪状有多少？"须贾连忙答道："就是拔下我的头发来数我的罪过，也不够数。"范雎说："其实，你的罪状有三条。从前楚昭王时，申包胥为楚国谋划打退了吴国军队，楚王把楚地的五千户封给他当食邑，申包胥推辞不肯接受，因为他的祖坟安葬在楚国，打退吴军也可保住他的祖坟。现在我的祖坟在魏国，可是你前时却认为我对魏国有外心并暗通齐国，而在魏齐面前说我的坏话，这是你的第一条罪状。当魏齐把我扔到厕所里肆意侮辱我时，你不加制止，这是第二条罪状。更有甚者：当时你喝醉之后，亦往我身上撒尿，你怎么这样狠心啊？这是第三条罪状。但是你之所以能不被处死的原因，就是因为从今天你赠我一件粗丝袍子来看，你多少对我还有点老朋友的依恋之情，所以我就给了你一条生路，饶了你。"言讫，范雎就让须贾离开了相府。随即范雎进宫，把事情的原委报告了秦昭王，决定不接受魏国来使，责令须贾马上回国。

须贾去向范雎辞行，范雎便大摆宴席，请来所有诸侯国的使臣，与他同坐堂上，酒菜饭食摆设得很丰盛。而让须贾坐在堂下，在他面前放了一槽草豆掺拌的饲料，又命令两个受过墨刑的犯人在两旁夹着，像马一样喂他吃饲料。范雎责令他说："回去替我转告魏王，赶快把魏齐的脑袋拿来！不然的话，我就要屠平大梁。"

须贾回到魏国，把情况告诉了魏齐，魏齐大为惊恐，便逃到了赵国，躲藏在平原君赵胜的家里。

春秋战国名人故事灯谜

本篇内含有以下多则相关灯谜：

1.【谜面】绨袍垂爱

谜目：《朱子治家格言》句　　　　　　　　谜底：须加温恤（麦六）

简析：典见《史记·范雎蔡泽列传》这段内：范雎闻之，为微行，敝衣闲步之邸，见须贾。须贾见之而惊曰："范叔固无恙乎！"范雎曰："然。"须贾笑曰："范叔有说于秦邪？"曰："不也。雎前日得过于魏相，故亡逃至此，安敢说乎！"须贾曰："今叔何事？"范雎曰："臣为人庸赁。"须贾意哀之，留与坐饮食，曰："范叔一寒如此哉！"乃取其一绨袍以赐之。谜面出自《幼学琼林·朋友宾主》内这段：分金多与，鲍叔独知管仲之贫；绨袍垂爱，须贾深怜范叔之窘。"须"字由助动词转指须贾其人，是本谜精髓所在。

2.【谜面】尚有绨袍赠，应怜范叔寒。

谜目（1）：《朱子治家格言》句　　　　　谜底：须加温恤（林仲杰）

谜目（2）：服饰行业市招　　　　　　　　谜底：情感暖衣（莫志刚）

谜目（3）：明代名人　　　　　　　　　　谜底：温体仁（叶国泉）

谜目（4）：《诗经》篇目二　　　　　　　谜底：《关雎》《无衣》（周问萍）

简析：这一组同面多目谜的四个谜底均可用会意正猜法门得出。谜面为唐代高适《咏史》诗句。

3.【谜面】尚有绨袍赠

谜目（1）：西汉名人　　　　　　　　　　谜底：贾谊（鲁敬业）

谜目（2）：《礼记·礼运》句　　　　　　谜底：故人情不失（杨春农）

谜目（3）：五言唐诗句　　　　　　　　　谜底：报答在斯须（李平）

谜目（4）：服装名称　　　　　　　　　　谜底：恤衫（苏温才）

谜目（5）：三字常言　　　　　　　　　　谜底：可怜相（佚名）

谜目（6）：同音字四　　　　　　　　　　谜底：以一衣遗（陈清泉）

谜目（7）：同音四声字　　　　　　　　　谜底：衣贻以义（尹恺）

简析：会意正猜。（2）谜谜底出于《礼记·礼运》这段内：何谓四灵？麟凤龟龙，谓之四灵。故龙以为畜，故鱼鲔不淰。凤以为畜，故鸟不獝。麟以为畜，故兽不狱。龟以为畜，故人情不失。(5)谜谜底中，"相"字须别解为秦相范雎其人；(6)谜谜底中，"遗"原读"yí"音，扣底时改读"wèi"音，当"赠与"用。

4. 【谜面】赠绨袍

   谜目：辽宁单字县名一、河南单字县三　　　谜底：义、温、范、睢（赵首成）

   简析：会意正猜。因版本不同，有的《史记·范雎蔡泽列传》亦将"范雎"写作"范睢"。

5. 【谜面】绨袍恋恋

   谜目：西汉名人　　　　　　　　　　　　　谜底：贾谊（张起南）

6. 【谜面】魏使不与范雎在故国谈论交情

   谜目：古文篇目冠作者　　　　　　　　　　谜底：贾谊·《过秦论》（陈清泉）

7. 【谜面】范叔一寒如此哉

   谜目（1）：七言唐诗句　　　　　　　　　谜底：可怜身上衣正单（苏温才）

   谜目（2）：《聊斋志异》篇目二（卷帘格）　谜底：《冷生》《禄数》（赵首成）

   简析：会意正猜。(1)谜谜底为白居易《卖炭翁》诗句。(2)谜谜底依格应读为"数禄生冷"。

8. 【谜面】范叔一寒如此哉！乃取其一绨袍以赐之。

   谜目：三字口语二　　　　　　　　　　　　谜底：不识相、可怜相（任焕长）

9. 【谜面】乃取其一绨袍以赐之

   谜目：成语　　　　　　　　　　　　　　　谜底：布衣之交（陈清泉）

10. 【谜面】绨袍赠范叔

    谜目：成语　　　　　　　　　　　　　　　谜底：布衣之交（钱燕林）

    简析：会意正猜。面句出自清代陈恒庆《谏书稀庵笔记·查三》内。

11. 【谜面】府中望见，有识者皆避匿。

    谜目：鲁迅笔名二　　　　　　　　　　　　谜底：张禄如、直入（陈清泉）

    简析：会意正猜。面句出于《史记·范雎蔡泽列传》这段内：范雎归取大车驷马，为须贾御之，入秦相府。府中望见，有识者皆避匿。须贾怪之。谜底顿读为"张禄/如直/入"后，呼应谜面前文"范雎归取大车驷马，为须贾御之，入秦相府"时旁若无人状，扣合当属落落大方矣。

12.【谜面】须贾大惊，自知见卖。

谜目：《儒林外史》大事（粉底格）　　　　　谜底：范进中举（陈清泉）

简析：会意正猜。面句出于《史记·范雎蔡泽列传》这段内：须贾大惊，自知见卖，乃肉袒膝行，因门下人谢罪。于是范雎盛帷帐，待者甚众，见之。须贾顿首言死罪……范雎曰："汝罪有三耳。昔者楚昭王时而申包胥为楚却吴军，楚王封之以荆五千户，包胥辞不受，为丘墓之寄于荆也。今雎之先人丘墓亦在魏，公前以雎为有外心于齐而恶雎于魏齐，公之罪一也。当魏齐辱我于厕中，公不止，罪二也。更醉而溺我，公其何忍乎？罪三矣。然公之所以得无死者，以绨袍恋恋，有故人之意，故释公。"乃谢罢。谜底依格顿读为"范进/中局"后，表明：在所谓张禄，其实就是秦相范雎进入相府之后，这时傻等在外的须贾才明白了自己早就中了范雎设好的玩弄之局了。

13.【谜面】更醉而溺我，公其何忍乎？

谜目：四字常言（卷帘格）　　　　　　　　谜底：义不行贾（李浩然）

简析：会意正猜。谜面为《史记·范雎蔡泽列传》的原文句子。谜底应依格读为"贾（须贾）行不义"。

14.【谜面】以绨袍恋恋，有故人之意，故释公。

谜目：《红楼梦》人物（秋千格）　　　　　谜底：贾赦（刘明贤）

简析：会意正猜。谜面为《史记·范雎蔡泽列传》的原文句子。谜底应依格读为"赦贾（须贾）"。

15.【谜面】以绨袍恋恋，有故人之意。

谜目：汉代名人二　　　　　　　　　　　　谜底：张衡、贾谊（黄庭周）

16.【谜面】不知天下士，犹作布衣看。

谜目：宋代诗人名　　　　　　　　　　　　谜底：范成大（庄云）

简析：会意正猜。谜面为唐代高适《咏史》句。

17.【谜面】犹作布衣看

谜目：三字俗语　　　　　　　　　　　　　谜底：不识相（张亚谋）

五十七、赵奢与赵括

赵奢，本是赵国征收田租的官吏。有次在收租税的时候，平原君赵胜家不肯缴纳，赵奢依法处置，杀死了平原君家九个当权管事的人。平原君大怒，准备杀死赵奢以示报复。

赵奢不仅不害怕，反而趁机劝说赵胜道："您在赵国是地位崇高的贵公子，现今要是纵容您这样的人家而不遵奉公家的法令，就会使法令削弱。法令要是削弱了，必然就会使国势削弱；国家衰弱了，那么就会招致其他国家出兵来侵犯；其他国家出兵侵犯，赵国的危亡就在旦夕了。到那时，您如何再安享眼下的这种富贵生活呢？反之，以您的地位和尊贵，倘能带头奉公守法，就会使国家上下公平；上下公平了，就能使国家强盛；国家强盛了，赵国的国际地位自然就会稳固。而您呢，身为赵国贵戚，难道还会被天下人轻视吗？"平原君听了这番话后，不仅气全消了，而且还认为赵奢是一位极有远见的贤者，就把他推荐给赵王。赵王任用他掌管全国的赋税，果然赋税均平，民众因而富足，国库因之充盈。

公元前270年，秦国进攻韩国，军队驻扎在阏与（今山西和顺西北）。赵惠文王召见廉颇问道："可以去援救吗？"廉颇回答说："由邯郸至阏与不仅道路远，而且又险峻狭阻，很难援救。"

赵王又召见另一位将军乐乘询问这件事，乐乘的回答和廉颇的话一样。赵王只好召见赵奢来问，赵奢回答说："道远地险路狭，就譬如两只老鼠在洞里打斗，哪个勇猛哪个得胜。"于是，赵王便派赵奢领兵，去救援阏与。

大军离开邯郸三十里，赵奢就在军中下令说："有谁来为军事进谏，就处以死刑！"这时，秦国的军队驻扎在武安西边，秦军击鼓呐喊的练兵之声，把武安城中的屋瓦都震动。赵军中的一个侦察人员请求急速援救武安，赵奢果然立即把他斩首了。

就这样，赵军坚守营垒，停留二十八天不仅没向前推进一步，反而更加积极地又在加筑营垒。就连秦军间谍潜入赵军营地，赵奢先是用饮食好好款待，饭后又送他离去了。间谍回去后把所见情况报告给秦军将军，秦将大喜说："才离开国都三十里军队就不前进了，而且还增修营垒，看来阏与是不会为赵国所有了。"

赵奢遣送秦军间谍后，立即就下令士兵卸下铁甲，快速向阏与进发。经过两天一夜的急行军，就到达了前线。赵奢派一批善射的骑兵，到离阏与五十里的地方扎营。军营刚筑成，秦军就知道了这一情况，亦全副武装倾巢而来。

赵军中有一个叫许历的军士，请求向赵奢陈说自己的对敌之策，赵奢对卫士说："让他进来。"许历说："秦军本没想到赵军会来到这里，现在他们赶来对敌，士气很盛，将军一定要厚集兵力严阵以待。不然的话，必定要失败。"赵奢说："我听从你的话，你下去听候命令吧。"

许历知道自己的进谏行为是有违赵奢先前所下的军令的，就说："现在我请求您依法杀了我吧！"赵奢挥手说："这件事等回到邯郸再说。"许历又请求再提个建议，他说道："能先占据北面山头的就会得胜，后到的必然要失败。"赵奢同意他的看法，马上派出一万人迅速奔上北面山头。

秦兵随后也拥到了，与赵军争夺北山。但由于晚了一步，怎么努力也攻不上去。赵奢居高临下，趁势猛击秦军。阏与守军也出城配合夹击秦军。秦军不能抵挡，死伤逃散过半，大败而归，阏与之围遂解。这时，已是公元前269年了。

赵奢大军凯旋后，赵惠文王赐给赵奢的封号是马服君，并任许历为国尉。从这以后，赵奢与廉颇、蔺相如的职位相同了。

赵奢的儿子叫赵括，从小就爱学习兵法，家传《六韬》《三略》之书，一览而尽。有一次与他的父亲赵奢谈讨战阵布设之道，指天画地，说得有鼻子有眼，就连赵奢也难不倒他的观点。赵括的母亲见到儿子这般聪明，高兴地向丈夫祝贺说："有子如此，可谓将门出将呢！"哪知赵奢蹴然不悦地说："括儿不可为将。将来赵国若不用他，实乃社稷之福啊！"括母不明就里说："括儿尽读父书，论战谈略，自以为天下人没有能比得上他的，你却以为'不可为将'。这是什么原因？"赵奢说："括儿自谓天下莫及，这正是他不可为将的根本原因。战争这件事，随时都与死亡不离。对待战争，你就是战战兢兢，博谘于众，还常常恐怕筹划有所遗虑；而括儿动辄以'容易'二字来看待战争！有朝一日他若得握兵权，必然就会果于自用，而致忠谋良策无蹊而入，因此他的失败是必然的。"

括母将赵奢的这番话告诉赵括，赵括嘿嘿一笑说："这不奇怪！父亲年老了自

五十七、赵奢与赵括

然人就越发胆怯,所以才有这种言论!"过了两年,赵奢病笃,他对赵括专门交代说:"兵凶战危,连古人都对其有所惧戒。你父我为将数年,直至今日才能说方免败衄之辱,死亦瞑目了。知子莫若父,你不具备当将军的条件,切记!切记!我死后不可妄居其位,自坏家门!"赵奢还不放心,又叮嘱括母说:"异日,倘赵王召括儿为将时,你必须以我的遗命推辞掉它。丧师辱国,这绝不是小事!"言讫而终。赵王记念赵奢的功劳,以赵括承袭父亲的马服君之号。

公元前260年,也就是赵孝成王六年,秦国用反间计于赵,赵王信之,命赵括代替坚守长平赵垒的老将廉颇统领赵军。等到赵括所率领的大军就要起程时,他母亲上书给赵王说:"老身请求大王,万万不可以让赵括做将军啊!"赵王不由诧异说:"人家的儿子当大将,当母亲的都很高兴,你却反对,这是为什么?"括母回答说:"当初我嫁到赵家来的时候,赵括的父亲正担任大将军。由他亲自捧着饭食,侍候吃喝的人数以十计;被他认作朋友的,数以百计;大王和王族们赏赐的财物,他全都分给军吏和僚属;从接受军令的当天起,他就不再过问家事。而今天,赵括才做了将军,就立刻摆足架子朝东坐着接见属下,军吏没有一个敢抬头看他的;大王赏赐的金玉布帛,他都带回家妥收起来;还天天访查便宜合适的田地房产,可买的就买下来。大王,您看看他,他哪点还像他父亲?父子二人的心地如此不同,所以老身诚恳希望大王不要派他领兵。"赵王淡淡说:"这事你就别管了,我已经决定了。"括母只好叹口气,无可奈何地说:"大王一定要派他领兵,那么日后一旦他不称职,老身能不受株连吗?"赵孝成王不以为然地笑了一下,答应了括母的请求。

后来,不幸的是喜好"纸上谈兵"的赵括还真被他父亲言中了,"长平之战"中他不光贴上了自己的个人小命,还使赵国因他而丧失了四十万大军,从而差点亡国。

本篇故事内含有以下几则灯谜,请欣赏:

1. 【谜面】其道险远狭,譬之犹两鼠斗于穴中,将勇者胜。

   谜目:《论语·述而》句　　　　　　　　　谜底:奢则不逊(张起南)

   简析:会意正猜。谜面出于《史记·廉颇蔺相如列传》这段内:秦伐韩,军于阏与。王(赵王)召廉颇而问曰:"可救不?"对曰:"道远险狭,难救。"又召乐乘而问焉,乐乘对如廉颇言。又召问赵奢,奢对曰:"其道远险狭,譬之犹两鼠斗于穴中,将勇者胜。"王乃令赵奢将,救之。谜底别解入谜后,高度赞扬了勇气远在名将廉颇等人之上的无名之辈赵奢,有廉颇、乐乘二人的畏难言论来当陪衬,赵奢的这番话语则显得何等豪迈啊!

2.【谜面】**赵国马服君,紧随其军后。**

谜目:《东周列国志》人物　　　　　　　　　　谜底:伍奢(陈清泉)

简析:会意正猜。赵奢因军功后被赵王赐号为马服君。

3.【谜面】**小儿赵括**

谜目:离合字　　　　　　　　　　　　　　　　谜底:大者奢(陈清泉)

简析:会意反猜。谜底中,"奢"别解为赵奢。

4.【谜面】**赵奢遗嘱保家室**

谜目:二字象棋术语二　　　　　　　　　　　　谜底:弃子、将军(张亚谋)

简析:会意正猜。典出《史记·廉颇蔺相如列传》这段内:赵括自少时学兵法,言兵事,以天下莫能当。尝与其父奢言兵事,奢不能难,然不谓善。括母问奢其故,奢曰:"兵,死地也,而括易言之。使赵不将括即已,若必将之,破赵军者必括也。"及括将行,其母上书言于王曰:"括不可使将。"王曰:"何以?"对曰:"始妾事其父,时为将,身所奉饭饮而进食者以十数,所友者以百数,大王及宗室所赏赐者尽以予军吏士大夫,受命之日,不问家事。今括一旦为将,东向而朝,军吏无敢仰视之者,王所赐金帛,归藏于家,而日视便利田宅可买者买之。王以为何如其父?父子异心,愿王勿遣。"王曰:"母置之,吾已决矣。"括母因曰:"王终遣之,即有如不称,妾得无随坐乎?"王许诺。谜底中,"子"别解为赵奢之子赵括。此谜还可将谜目标为"二字古代称谓二"。

5.【谜面】**其母上书言于王曰**

谜目:二字象棋术语二　　　　　　　　　　　　谜底:弃子、将军(赵首成)

6.【谜面】**括母因何请赵王勿用赵括**

谜目:五言唐诗句　　　　　　　　　　　　　　谜底:将老身反累(陈清泉)

简析:会意正猜。谜底为杜甫《梦李白·其二》诗句。谜底顿读为"将/老身反累"后;意为:将赵括任为将军了,那么赵括之母反而就会因他不称职受到拖累了。"老身"可别解为赵括之母的自称语。

7.【谜面】**括母因曰:"王终遣之,即有如不称,妾得无随坐乎!"**

谜目:中药名二　　　　　　　　　　　　　　　谜底:预知子、北当归(于国清)

五十八、长平之战

秦昭王三十七年（前270），秦军越过韩国进攻赵国，被赵将赵奢大败于阏与（今山西和顺西北）。这时，魏人范雎入秦，提出了"远交近攻"的策略。秦昭王根据这个策略，首先攻魏，然后转向韩国。

秦昭王四十五年（前262），秦国大将白起攻打并占领了韩国野王（今河南沁阳），把韩国的上党郡与本土的联系完全截断了。于是，韩国的国君韩桓惠王让上党郡郡守冯亭把上党郡献给秦国，以求秦国息兵。冯亭不愿降秦，他同上党郡的百姓谋划之后，决定把上党郡的十七座城池献给赵国，以便借用赵国的力量抗击秦国。这样，冯亭便派遣使者通报赵国。

赵国的国君赵孝成王和平阳君赵豹商议此事，平阳君主张不接受上党郡，他认为冯亭不将上党交给秦国，是想嫁祸给赵国，接受它带来的灾祸要比得到的好处大得多。

赵孝成王又召见平原君赵胜和赵禹商议，这二人却劝赵孝成王接受冯亭的上党郡，他们说："发动百万大军作战，经年累月的攻打，也攻不下一座城池。如今坐享其成得到十七座城池，这是大利，不能失去这个机会。"赵孝成王说："好。"

赵孝成王又问平原君赵胜："接受上党的土地，秦国必定派武安君白起来进攻，谁能抵挡住他？"平原君回答说："别人难与白起争锋。廉颇勇猛善战、爱惜将士，野战虽不如白起，但是守城完全可以胜任。"

就这样，赵孝成王听从了平原君赵胜的计谋，封冯亭为华阳君，又派平原君去上党接收土地，同时还派廉颇率军驻守长平（今山西省高平市西北），用以防备秦军来攻。

赵国接受上党，必然引起了秦国的不满，秦国决定出兵攻赵。秦昭王四十六年（前261）初，秦昭王派一路军队攻打并占领了韩国的缑氏（今河南省偃师市南）和纶氏（今河南省登封市西南），以威慑韩国。

秦昭王四十七年（前260）初，秦昭王又命令左庶长王龁率领军队攻打并占领了上党。上党的百姓纷纷逃亡到赵国境内,赵国在长平的军队接应了他们。

这年四月,王龁向长平的赵国军队发动了进攻。赵孝成王命令廉颇迎战,廉颇率军对秦军展开进攻……赵军数战不利后,赵国的主将廉颇依托有利地形,命令士兵固守营垒,以逸待劳,疲惫秦军。任凭秦军屡次挑战,赵兵都坚守不出,不去应战。因此,赵孝成王认为廉颇坚壁不出是胆怯的表现,几次派人责备廉颇。

当赵军初战失利时,赵孝成王与楼昌、虞卿等商议,想亲自率领部队与秦军决战。楼昌认为这样做,无济于事,不如派地位高的使臣去秦国议和。而虞卿则认为如果秦国决心攻打赵国,和议难成,不如派遣使者携带珍宝去楚国、魏国活动,使秦国畏惧各国的合纵抗秦,这样和议才有成功的可能。

但是赵孝成王却采纳了楼昌的建议,派郑朱前去秦国议和。虞卿一再劝谏,说:"郑朱入秦,秦王与丞相范雎必定隆重接待,以示天下。楚国、魏国以为赵国已经议和,必定不会出兵救赵。秦国知道各国不救赵国,则议和不能成功,议和不成,赵军必败。"

秦国为了麻痹赵国,防止各国合纵,并争取时间加强军事准备,以便给赵军以严重的打击,果然利用赵国求和的机会,对赵国使者郑朱殷勤接待,有意向各国宣传秦、赵已经和解,借以防止各国出兵救赵。于是赵国的处境很孤立。

范雎又派人携带千金到赵国施行反间计,并到处散布流言说:"其实廉颇很容易对付,秦国最害怕的是马服君赵奢的儿子赵括。"赵孝成王早已恼怒廉颇的军队数次战败,又反感廉颇坚壁不敢战,将秦国的反间计信以为真,不顾蔺相如和赵括母亲的谏阻,派赵括去接替廉颇为主将。

这年七月,赵括统率一部援军来到长平,接替廉颇为主将。他一到任就更换部队将领,改变军中制度,又一改廉颇的作战方针,主动出兵进攻秦军。

秦昭王得知赵括代替廉颇担任主将后,便暗地里调武安君白起为上将军,改命王龁为其副手,并令军中严守秘密,有走漏消息的格杀勿论。

在赵括出兵进攻秦国军队的时候,白起命令秦军佯装战败溃退。赵括不问虚实,就命令赵国的军队乘胜追击,一直追到秦军的营垒,但是赵国的军队无法攻破坚固的秦军营垒。

白起命令一支两万五千人的部队突袭到赵军出击部队的后方,截断赵军的后路。白起接着命令一支五千人的骑兵部队插入赵军与营垒之间,将赵军主力分割成两支孤立的部队,同时还切断了赵军的粮道。白起又派出轻装精兵,向赵军发动多次攻击,赵军数战不利,被迫就地建造壁垒,转为防御,以待救援。

秦昭王得知赵军主力的粮道被截断,就亲自到河内郡(今河南沁阳及附近地区),加封当地百姓爵位各一级,并征调全国十五岁以上的青壮年集中到长平战场,拦截赵国的援军和粮运。

这年九月,赵军主力已经断粮四十六天,士兵们相互残杀为食。又急又恼的赵括被迫将剩余的赵军组织成四支突围部队,轮番冲击了四五次后仍不能突围。后来,赵括亲率精锐部队强行突围,结果被秦军乱箭射死。

赵括一死,赵军因无主将指挥,四十万士兵只好向秦将白起投降。白起说:"赵国士兵反复无常,如果不全部杀掉他们,恐怕再生事端。"于是,白起用欺骗的手段,命令秦国军队将赵国降兵全部活埋,只留下年纪尚小的二百四十名士兵没杀,并将他们放回赵国以示秦国军威。

长平之战的结果是:赵军固然全军覆没,秦军亦死亡过半,即双方伤亡七十五万人左右,因而这次战役成为春秋战国时代一次持续最久、规模最大、最惨烈的战争。长平之战中,秦军前后共歼赵军四十五万人,这就从根本上削弱了当时关东六国中最为强劲的对手——赵国,也给其他关东诸侯国以极大的震慑。这场战争由于秦国取得全胜,由其实行统一的形势已成不可逆转,并从此急转直下。以列国林立、兼并战争频发为时代特征的战国时代行将终结,一个史无前例的中央集权大帝国就要降临了。

本篇故事内含有的下列灯谜内容非常丰富,请大家欣赏:

1.【谜面】秦施反间计,令赵用赵括。

谜目:德国剧作(白头格)　　　　　　谜底:《威廉·退尔》(陈清泉)

简析:会意正猜。典出《史记·廉颇蔺相如列传》这段内:七年(即赵孝成王七年),秦与赵兵相距长平,时赵奢已死,而蔺相如病笃,赵使廉颇将攻秦,秦数败赵军,赵军固壁不战。秦数挑战,廉颇不肯。赵王信秦之间。秦之间言曰:"秦之所恶,独畏马服君赵奢之子赵括为将耳。"赵王因以括为将,代廉颇。蔺相如曰:"王以名使括,若胶柱而鼓瑟耳。括徒能读其父书传,不知合变也。"赵王不听,遂将之。谜底依格读为"畏廉退尔"后，表明：正是由于老将廉颇的威力仍在，才迫使秦国设计去逐退他。

2. 【谜面】守长平，廉颇坚壁。

   谜目：成语 谜底：老成持重（佚名）

3. 【谜面】赵王因以括为将

   谜目：离合音字 谜底：颇挨排（任焕长）

   简析：本谜中，"排"是母字，"颇挨"是两个子字。谜底从侧面道出：由于改任赵括为将，那么原来的将军廉颇顺次轮到的下场就只有被排挤掉了。

4. 【谜面】赵王不用老廉颇

   谜目：二字象棋术语二 谜底：将军、闲着（陈清泉）

5. 【谜面】郿人也，善用兵。

   谜目：历史名词 谜底：白甲军（陈清泉）

   简析：会意正猜。谜面出于《史记·白起王翦列传》这段内：白起者，郿人也，善用兵，事秦昭王。

6. 【谜面】赐爵武安君

   谜目：围棋术语 谜底：白被封（陈汉成）

   简析：会意正猜。典见《史记·白起王翦列传》这段内：其明年,（白起）攻楚，拔郢，烧夷陵，遂东至竟陵。楚王亡去郢，东走徙陈。秦以郢为南郡。白起迁为武安君。

7. 【谜面】公乃秦国武安君

   谜目：二字常用词 谜底：雄起（陈清泉）

8. 【谜面】令军中有敢泄武安君将者斩

   谜目：穴位名二 谜底：正营、隐白（陈清泉）

   简析：会意正猜。典见《史记·白起王翦列传》这段内：赵王既怒廉颇军多失亡，军数败，又反坚壁不敢战，而又闻秦反间之言，因使赵括代廉颇将以击秦。秦闻马服子将，乃阴使武安君白起为上将军，而王龁为尉裨将，令军中有敢泄武安君将者斩。

9. 【谜面】装作怕赵括，此刻却换将。

   谜目：四字新词 谜底：假面时代（陈清泉）

五十八、长平之战

简析：会意正猜。谜底应顿读为"假面时 / 代"。其中，"面"字以民间口语"服软、不硬气"义入谜后，专以呼应谜面"怕"字内涵，顿使全谜尽得词性曲折变态之情趣，亦庄亦谐中昭显活泼灵动之精神。

10.【谜面】秦军易将，不令赵括得知。

  谜目：穴位名   谜底：隐白（陈清泉）

11.【谜面】武安君突现于秦军中，足令赵兵惊骇不已。

  谜目：节气名二   谜底：白露、大寒（陈清泉）

12.【谜面】秦将设谋破赵括

  谜目：成语   谜底：白费心机（陈清泉）

简析：会意正猜。典出《史记·廉颇蔺相如列传》这段内：赵括既代廉颇，悉更约束，易置军吏。秦将白起闻之，纵奇兵，佯败走，而绝其粮道，分断其军为二，士卒离心。四十余日，军饿，赵括出锐卒自搏战，秦军射杀赵括。括军败，数十万之众遂降秦，秦悉坑之。赵前后所亡凡四十五万。

13.【谜面】秦国武安君，击敌靠计谋。

  谜目：税务名词   谜底：起征点（陈清泉）

14.【谜面】白起长平围赵将

  谜目：四字常言   谜底：包括在内（陈清泉）

15.【谜面】长平受困赵括饿

  谜目：三字口语   谜底：白吃饱（陈清泉）

简析：会意反猜。白：白起。

16.【谜面】秦将挥剑斗赵括

  谜目：军事名词   谜底：白刃战（陈清泉）

17.【谜面】长平之战赵括败

  谜目：三字口语   谜底：输不起（陈清泉）

简析：会意反猜。起：白起。

18. 【谜面】乃挟诈而尽坑杀之,遗其小者二百四十人归赵。

    谜目:成语　　　　　　　　　　　　　　　谜底:起死回生(陈清泉)

    简析:谜面出自《史记·白起王翦列传》这段内:括(赵括)军败,卒四十万人降武安君。武安君计曰:"前秦已拔上党,上党民不乐为秦而归赵。赵卒反覆,非尽杀之,恐为乱。"乃挟诈而尽坑杀之,遗其小者二百四十人归赵。前后斩首虏四十五万人。赵人大震。起:长平之战中坑杀赵卒的秦国名将白起。谜面前句可扣出"起死"二字,后句可扣出"回生"二字。

19. 【谜面】独有武安君,杀戮数逾十,死人坑乱掩。

    谜目:离合字三　　　　　　　　　　　　　谜底:一白百、屠尸者、土里埋(陈清泉)

20. 【谜面】谁人长平坑赵卒

    谜目:酒名　　　　　　　　　　　　　　　谜底:白干(多人)

21. 【谜面】矢石无情缘斗胜,可怜降卒有何辜。

    谜目:四字礼貌用语(卷帘格)　　　　　　谜底:对不起你(赵首成)

    简析:会意正猜。谜面出自《东周列国志》第九十八回这段内:是夜,武安君(白起)密传一令于十将:"起更时分,但是秦兵,都要用白布一片裹首。凡首无白布者,即系赵人,当尽杀之。"秦兵奉令,一齐发作。降卒不曾准备,又无器械,束手受戮。其逃出营门者,又有蒙骜、王翦等引军巡逻,获住便砍。四十万军,一夜俱尽。血流淙淙有声,杨谷之水,皆变为丹,至今号为丹水。武安君收赵卒头颅,聚于秦垒之间,谓之头颅山。因以为台,其台崔嵬杰起,亦号白起台。——台下即杨谷也。后来大唐玄宗皇帝巡幸至此,凄然长叹,命三藏高僧,设水陆七昼夜,超度坑卒亡魂,因名其谷曰省冤谷。此是后话,史臣有诗云:"高台百尺尽头颅,何止区区万骨枯!矢石无情缘斗胜,可怜降卒有何辜?"通计长平之战,前后斩虏首共四十五万人,连王龁先前投下降卒,并皆诛戮。止存年少者二百四十人未杀,放归邯郸,使宣扬秦国之威。谜底依格应倒读为"你起(白起)/不对"。

22. 【谜面】武安君驰书报捷

    谜目:《水浒全传》人物二　　　　　　　　谜底:秦明、白胜(尹业基)

23. 【谜面】前后斩首虏四十五万人。赵人大震。

    谜目:离合字　　　　　　　　　　　　　　谜底:心怕白(陈清泉)

五十九、冤死杜邮

白起（？—前257），郿（今陕西省眉县常兴镇白家村）人，芈姓，白氏，名起，楚太子建之子白公胜之后，故又称公孙起。战国时期秦国名将，号称"人屠"，为秦昭王征战六国，曾在伊阙之战大破魏韩联军，攻陷楚国国都郢城，长平之战重创赵国主力，功勋赫赫，是继中国历史上自孙武、吴起之后又一个杰出的军事家、统帅。与廉颇、李牧、王翦并称为战国四大名将，位列战国四大名将之首。

就是这位一生领兵作战无数次，共歼灭六国军队一百余万人的秦国名将，最后却没有死在自己毕生为之奋斗的战场上，反而因将相失和而被秦王赐死。《东周列国志》第九十九回"武安君含冤死杜邮"这节内，将这一经过记叙得十分详尽生动，现将经过修改的原文引录于下：

话说赵孝成王初时接得赵括捷报，心中大喜，后来又听说赵军被困于长平，正商议要遣兵救援。忽报："赵括已死，赵军四十余万，尽降于秦，被武安君白起一夜坑杀，只放了二百四十人回来。"赵王大惊，群臣无不悚惧。国中子哭其父，父哭其子，兄哭其弟，弟哭其兄，祖哭其孙，妻哭其夫，沿街满市，号痛之声不绝于耳。这时唯有赵括之母不哭，她说："自赵括为将之时，老妾就不把他当成活人了。"赵王因为括母有前言，不但没有计较她，反而赐了一些粟帛来安慰她。赵王又派人向廉颇表示了歉意。

赵国正在惊惶之际，边吏又来报告："秦兵现已攻下上党，十七城全都降了秦国。如今白起亲率大军前进，声言要围邯郸。"赵王忙问群臣："谁能制止秦兵前进？"群臣都不回应。平原君赵胜回到家中，遍问宾客，宾客也无一人回答。恰巧苏代（纵横家苏秦的族弟）这时正客居在平原君家中，他自告奋勇说："你若让我苏代前往秦都咸阳，必能止秦兵不攻赵。"平原君将这话报知赵王，赵王大出金币，资助苏代入秦。

苏代往见应侯范雎（时为秦国丞相），范雎揖之上坐，问道："先生为什么事情而来？"苏代说："我是专程为你而来的。"范雎曰："请先生明白教我？"苏代反问："武安君白起是否已经杀了赵国统帅赵括？"范雎回应："是杀了。"苏代又问："如今是不是还要包围邯郸？"范雎继续应答："正是。"苏代说："武安君用兵如神，身为秦将，攻夺他国七十余城，斩首近百万，虽伊尹、吕望之功，也比不过他。今又举兵而围邯郸，赵国必将灭亡！赵国若亡，则秦国定成帝业。秦成帝业，则武安君为佐命之第一功臣，其重要性就好比伊尹之于商朝，吕望之于周朝。你虽向来地位尊贵，亦不能不居武安君其下啊！"范雎非常惊愕，急问苏代："你说我该怎么办才好？"苏代给他出主意说："你不如应允韩、赵两国割地求和的要求。这样除割地之功归于你外，又可顺便解除了武安君的兵权，君之相位，就可安于泰山了！"范雎大喜。

明日上朝，范雎即对秦王说："秦兵在外日久，已经十分劳苦，应该适当休息了。不如使人晓谕韩、赵，使其割地来向我国求和。"秦王允说："这事相国自己看着办吧。"于是，范雎又大出金帛，以赠苏代之行，使他前去游说韩、赵。韩、赵二王害怕秦国，全都任从苏代筹划。韩国答应割垣雍（今河南原阳县西北）一城，赵国答应割让六座城池，各自遣使求和于秦。秦王初时还嫌韩国割一城太少，使者说："上党十七县，原本都是韩国之物啊！"秦王笑笑，也不嫌一城太少了，他随之下令，立命武安君白起罢兵班师。

白起连战皆胜，正要进围邯郸，忽闻班师之诏，知道这是出于范雎之谋，心中极为愤恨，自此白起与范雎有隙。白起曾宣言不讳地对大众说："自长平之败，邯郸城中，一夜十惊，当时若乘胜攻击，不过一月便可拔下此城。可惜啊！应侯不知时势，主张班师，才致失去了这个难得机会！"

秦王知道这话后，大悔说："白起既然知道邯郸可以攻下，为何不早点奏知？"便命白起重新为将，打算攻伐赵国。白起正巧有病不能成行，秦王便只好改命王陵为大将。王陵率军十万，包围了赵都邯郸城。赵王起用老将廉颇抵御王陵。廉颇除了严守城池外，又以自家财物招募死士，经常在夜里缒城而出袭击秦营，因此王陵的兵士屡吃败仗。

这时白起的病已经好了，秦王欲使他去替代王陵，白起奏报秦王说："邯郸城实在不易攻破！前次赵军大败之后，城里百姓震恐不宁，当时我军若趁机攻城，一定会按期破城。如今二年多了，赵国的伤痛已经有所恢复，廉颇又是员老将，也不像赵括那样好对付。另外，其他几国才见秦国刚与赵国讲和，却又背约来攻，都会以为秦国是绝不可信，必将合纵来救赵国，臣因此看不到秦国一定能赢！"

秦王强迫白起成行，白起只是固辞不行。秦王一时没有办法，就叫范雎替自

五十九、冤死杜邮

已去请白起。白起本来就对范雎阻挠自己建功这事积怨很深，一见他来连忙称病。秦王问范雎说："白起是否真有病了？"范雎说："病的真假虽不好说，但他不肯为将的态度已很坚决了。"秦王发怒说："白起还真以为秦国别无其他良将了，必须用他不成？当年的长平胜仗，最初领兵的大将是王龁，王龁难道不如白起吗？"就又增兵十万，命王龁带领前去换下王陵。王陵归国后就被秦王免了官。

王龁紧紧围住邯郸，过了五个月还是不能攻克。白起知道这事后，忍不住对自己门客发泄说："我早就说过邯郸易守难攻，大王不听我的话，如今又能怎么样？"门客中有与范雎门客关系好的人，把白起这话泄漏了出去。范雎将这些话禀报给了秦王，惹得秦王性子一发，就非要用白起来当这个进攻赵国的大将。哪知白起不仅不听命，反而干脆就说自己病很重。

秦王大怒，马上削掉了白起的武安君爵位及封地，贬为士卒，迁往阴密（今甘肃省灵台县百里镇），立刻出咸阳城中，不许暂停。白起不由感叹说："范蠡有言：ّ狡兔死，走狗烹。'我为秦国攻下诸侯七十座城，所以应该被烹啊！"于是出咸阳西门，到了杜邮（今陕西咸阳东北处）暂歇，以待行李。

范雎又向秦王报告说："白起这次离开咸阳，心里是很不服气，大有怨言，他托病非真，恐怕是要去其他国家来祸害秦国。"秦王脸色一沉，当下就派使者赶往杜邮，将自己所赐之剑交给白起，命他立即自裁。白起接旨后持剑在手，激愤地说："我到底做错了什么得罪了老天？竟落到这般下场！"良久又说："我原本就该死！长平之战，赵卒四十多万来降，我骗了他们，一夜之间将其全部坑杀。赵卒何罪？我遭这个报应不冤啊！"于是自刭而死。——时当秦昭王五十年（前257）十一月，周赧王之五十八年。秦人以白起死非其罪，无不可怜他，往往为他立祠。

拿今天的观点来看：无论你有所谓的多少条理由，屠杀手无寸铁的战俘，都是永远不能被原谅的反人类罪行。即便在当时，白起死后，东方六国闻讯，诸侯皆酌酒相贺，庆幸白起之死。

◰ 本篇内含有以下多则灯谜：

1. 【谜面】长平战败后，赵王说起秦国武安君，面颜即现骇怕。

   谜目：党史名词二　　　　　　　　谜底：北上宣言、白色恐怖（陈清泉）

简析：会意正猜。谜面为自撰句。《史记·白起王翦列传》内，仅用言简意赅的"赵人大震"四字，来形容赵国人对白起坑杀四十万赵卒这事的后怕程度；虽然没有再细写内中所有赵人的最高统治者——赵王的具体表情，但揆情度理后就可以想象出：只要一说到这个杀人不眨眼的"人屠"——秦国武安君白起的名字来，赵王保准就会吓得马上面容变色。谜底应断读为"北（战败），上（赵王）宣言白（武安君白起），色（面色）恐怖"。

2.【谜面】今赵亡，秦王王。

谜目：五字出租车计价用语　　　　　　　　谜底：起步三公里（王醒宇）

简析：面底承启关系。谜面出自《史记·白起王翦列传》这段内：四十八年十月，秦复定上党郡。秦分军为二：王龁攻皮牢，拔之；司马梗定太原。韩、赵恐，使苏代厚币说秦相应侯曰："武安君擒马服子乎？"曰："然。"又曰："即围邯郸乎？"曰："然。""赵亡则秦王王矣，武安君为三公。武安君所为秦战胜攻取者七十余城，南定鄢、郢、汉中，北擒赵括之军，虽周、召、吕望之功不益于此矣。今赵亡，秦王王，则武安君必为三公，君能为之下乎？虽无欲为之下，固不得已矣。秦尝攻韩，围邢丘，困上党，上党之民皆反为赵，天下不乐为秦民之日久矣。今亡赵，北地入燕，东地入齐，南地入韩、魏，则君之所得民亡几何人。故不如因而割之，无以为武安君功也。"于是应侯言于秦王曰："秦兵劳，请许韩、赵之割地以和，且休士卒。"王听之，割韩垣雍、赵六城以和。正月，皆罢兵。武安君闻之，由是与应侯有隙。谜面连同其下句"则武安君必为三公"的完整意思是"赵国一亡，秦就可以称帝，那么这时武安君白起亦就可因战功必然被封为三公了"，据此谜底当顿读为"起（白起）/步（步入）/三公/里（行列之中）"。

3.【谜面】无以为武安君功也

谜目：环保名词　　　　　　　　　　　　　谜底：禁白战（方龙铭）

简析：会意正猜。谜面为《史记·白起王翦列传》原文句，其上句为"故不如因而割之"。这两句苏代向应侯进谗的话之弦外音，乃是让应侯禁止骁勇善战的白起再去建立战功，以免其地位超越自己。

4.【谜面】武安君含冤死杜邮

谜目（1）：十二画字　　　　　　　　　　　谜底：皖（陈清泉）

谜目（2）：集邮名词　　　　　　　　　　　谜底：折白（陈清泉）

五十九、冤死杜邮

谜目（3）：鲁迅笔名二   谜底：白道、及锋（陈清泉）

谜目（4）：《三国演义》人物三   谜底：范疆、干休、白寿（陈清泉）

简析：谜面借《东周列国志》第九十九回回目前句成文，典见《史记·白起王翦列传》这段中：秦王使王龁代陵将，八九月围邯郸，不能拔。楚使春申君及魏公子将兵数十万攻秦军，秦军多失亡。武安君（白起）言曰："秦不听臣计，今如何矣！"秦王闻之，怒，强起武安君，武安君遂称病笃。应侯（秦相范雎）请之，不起。于是免武安君为士伍，迁之阴密。武安君病，未能行。居三月，诸侯攻秦军急，秦军数却，使者日至。秦王乃使人遣白起，不得留咸阳中。武安君既行，出咸阳西门十里，至杜邮。秦昭王与应侯群臣议曰："白起之迁，其意尚怏怏不服，有余言。"秦王乃使使者赐之剑，自裁。武安君引剑将自刭，曰："我何罪于天而至此哉？"良久，曰："我固当死。长平之战，赵卒降者数十万人，我诈而尽坑之，是足以死。"遂自杀。(4)谜谜底应顿读为"范疆干，休白寿"，表明"正是由于秦相范雎的不断强势干预，这才要了白起的老命"。"疆"通"强"。

5. 【谜面】秦王乃使使者赐之剑

谜目：《国语·晋语八》句   谜底：起也将亡（马啸天）

简析：会意正猜。谜底"起也将亡"的"起"原指春秋时晋国的韩起（韩宣子），入谜后别解为白起。

6. 【谜面】杜邮之赐

谜目：鲁迅作品篇目   谜底：《起死》（陈良庆）

简析：会意正猜。面句典出北宋李纲《靖康传信录·卷下》："公坚卧不起，谗者益得以行其说，上且怒，将有杜邮之赐，奈何？"

7. 【谜面】杜邮饮剑

谜目：十字俗语   谜底：白刀子进去，红刀子出来（章春民）

8. 【谜面】自古功成祸亦侵，武安冤向杜邮深。

谜目：四字象棋用语   谜底：白得一卒（赵首成）

简析：会意正猜。面句出自唐代胡曾《咏史诗·杜邮》内。白：武安君白起。

9. 【谜面】曰："我固当死。长平之战，赵卒降者数十万人，我诈而尽坑之，是足以死。"

谜目（1）：四字西方社会学用语   谜底：白领犯罪（陈清泉）

谜目（2）：法律名词三　　　　　　　谜底：起诉、自首、犯罪行为（陈清泉）

10.【谜面】杜邮自刎日，被坑赵卒尸早腐。

谜目：多字成语　　　　　　　谜底：起死人，肉白骨（陈清泉）

11.【谜面】坑杀赵卒四十万，将军青史留恶名。

谜目：变质食品　　　　　　　谜底：坏蛋白（张俊德）

12.【谜面】然不能救患于应侯

谜目：四字象棋用语　　　　　谜底：白得一卒（吴乐荣）

简析：会意正猜。谜面出自《史记·白起王翦列传》中"太史公曰"内：鄙语云"尺有所短，寸有所长"。白起料敌合变，出奇无穷，声震天下，然不能救患于应侯。拿白话文来说，就是司马迁认为：白起虽有过人的军事才能，替秦国打出大片江山，却不能替秦国固守天下，甚至连自己也保全不了，终于没逃出对手范雎所造成的灭顶之灾。

13.【谜面】料敌合变，出奇无穷，声震天下。

谜目：《水浒全传》人物四　　谜底：时迁、宣赞、武能、白胜（陈清泉）

简析：会意正猜。面句摘自司马迁称赞白起武功盖世的原话内。

14.【谜面】窃以武安君威灵振古，术略超时，播千载之英风，当六雄之鲸敌。

谜目（1）：四字生活用语　　　谜底：起名头大（贺阳）

谜目（2）：成语（掉尾格）　　谜底：肃然起敬（陈昌年）

谜目（3）：戏曲名词二　　　　谜底：道白、起霸（徐卫锋）

简析：会意正猜。白起卓越的军事才能被历朝历代所称颂，司马迁除在《史记·白起王翦列传》中对他给予了极高评价（白起料敌合变，出奇无穷，声震天下）；又于《敕修武安君白公庙记》中，再次评价白起："窃以武安君威灵振古，术略超时，播千载之英风，当六雄之鲸敌。"（1）谜谜目原标为"四字初为人父母头痛事"，谜底应顿读为"起（武安君白起）/名头/大"。（2）谜谜底应依格读为"肃然敬起（武安君白起）"。（3）谜谜底应顿读为"道/白起/霸"。

六十、毛遂自荐

毛遂，战国时薛国（今山东省滕州市官桥镇、张汪镇）人，另说河北省邯郸人，身为赵公子平原君赵胜的门客，居平原君处三年未得展露锋芒。公元前257年，他自荐出使楚国，促成楚、赵合纵，声威大振，并获得了"三寸不烂之舌，强于百万之师"的美誉。

《史记·平原君虞卿列传》及《东周列国志》第九十九回中，就将"毛遂自荐"这段故事的始末写得非常详尽，现综述如下：

秦昭王四十九年（前258），秦王又发精兵五万，令郑安平为将，前去协助王龁，一定要攻下赵国国都邯郸方肯罢休。

赵王听闻秦王增兵来攻，非常害怕，分遣各路使者向其他国家求救。平原君赵胜向赵王说："魏国信陵君是我的姻亲，我和他一向关系很好，因此魏国肯定会来救我们。楚国固然很大，但离我们较远，我们应当推举楚国为盟主，订立合纵盟约来联兵抗秦，还是我亲自去楚国说服楚王吧！"平原君又说："假使能通过客气的谈判取得成功，那就最好不过了。如果谈判不能取得成功，那么也要挟制楚王在大庭广众之下把盟约确定下来，一定要确定了合纵盟约我才能回国。与我同去的文武兼备之士不必到外面去寻找，从我门下的三千食客中选取就足够了。"

谁知三千余人内，文者不武，武者不文。选来选去，结果只选得一十九人，硬是凑不足二十之数。一见剩下的人没有可供再挑选的了，平原君感慨说："想我赵胜养士数十年了，怎么得到一个人才竟如此之难啊？"这时，下客中有个叫毛遂的人，径自走到前面来，向平原君自我推荐说："现在还少一个人，希望你就拿我充个数一起去吧。"平原君问他："先生寄附在我的门下到现在有几年啦？"毛遂回答说："整整三年了。"平原君说："有才能的贤士生活在世上，就如同锥子放在口袋里，它的锋尖立即就会显露出来。如今先生寄附在我的门下已三年了，我的左右近臣们从没称赞过你，我也从没听说过你，可见这是先生没有什么专长啊。先生不能去，先生留下来！"毛遂说："就算是今天我请求你，你试着把我放在口袋里吧！假使我早就被放在口袋里，是会整个锥锋都穿露出来的，不只是露出一点锋尖就罢了的。"平原君被说服了，于是同意让毛遂一同去楚国。

即日辞了赵王，望陈都（这时楚国已迁都至陈，也就是今天的河南省周口市淮阳区）进发。一路上，那十九个先前入选的人互使眼色示意，暗暗嘲笑毛遂，只是没有发出声音来。等到毛遂到达楚国，跟那十九个人谈论、争议天下局势，十九个人这才个个佩服他。平原君与楚王谈判订立合纵盟约的事，再三陈述利害关系，从早晨就谈判，直到中午还没决定下来，那十九个人就鼓动毛遂说："先生登堂。"于是毛遂紧握剑柄，一路小跑地登阶到了殿堂上，张口便对平原君说："谈合纵不是'利'就是'害'，只两句话罢了。现在从早晨就谈合纵，到了中午还决定不下来，这是什么缘故？"楚王见毛遂登上堂，就对平原君说："这个人是干什么的？"平原君回答说："这是我的随从家臣。"楚王厉声呵斥道："怎么还不给我下去！我是跟你的主人谈判，你来干什么？"毛遂紧握剑柄走向前去说："大王敢呵斥我，不过是依仗楚国人多势众。现在我与你相距只有十步，十步之内大王是依仗不了楚国的人多势众的，大王的性命就控制在我的手中。我的主人就在面前，当着他的面你为什么这样呵斥我？况且我听说商汤曾凭着七十里方圆的地方统治了天下，周文王凭着百里大小的土地使天下诸侯臣服，难道是因为他们的士兵数量众多吗？实际上是由于他们善于掌握形势而完全发挥了自己的威力。如今楚国领土纵横五千里，士兵百万，这是争王称霸所凭借的大好资本呀。本来凭着楚国如此强大，天下谁也不能挡住它的威势。秦国的白起，不过是一竖子而已，他带着几万人的部队，来跟楚国交战，第一战就攻克了你们的别都鄢（今湖北宜城东南）、都城郢（今湖北江陵西北），第二战烧毁了夷陵（今湖北宜昌），第三战便使大王的先祖受到极大凌辱。这是楚国百世不解的怨仇，连赵王都感羞耻，可是大王却不觉得羞愧！大王要搞清楚，合纵盟约是为了楚国，不是为了赵国。在我的主人面前，而大王这样呵斥我究竟要做什么？"听了毛遂这番义正词严的数说，楚王立即改变态度说:"是,是,先生说的对极了,寡人愿以整个楚国跟赵国订立合纵盟约。"毛遂进一步逼问:"合纵盟约算是确定了吗?"楚王回答说:"确定了。"于是毛遂用带着命令式的口吻对楚王的左右近臣说:"把鸡、狗、马的血取来。"毛遂双手捧着铜盘跪下把它进献到楚王面前说:"大王应先歃血以表示确定合纵盟约的诚意,下一个是我的主人,再下一个是我。"就这样,在楚国的殿堂上确定了合纵盟约。这时,毛遂左手托起一盘血,右手招呼那十九个人说:"各位在堂下也一块儿来参与歃血吧!各位虽然平庸,但总算是依赖别人的力量完成了自己的任务啊。"

确定了合纵盟约,楚王当下就命春申君黄歇率领八万楚国兵马去救赵国。平原君回到赵国后,感慨万分地说:"从此,我不敢再观察、识别人才了。我观察、识别过的人才多说上千,少说几百,自认为不会遗漏天下的贤能之士,现在竟然把毛先生给漏下了。毛先生一到楚国,就使赵国的地位比九鼎大吕的传国之宝还尊贵。毛先生凭着他那一张能言善辩的嘴,竟比百万大军的威力还要强大!"平原君恭恭敬敬地把毛遂尊为了上等宾客。

本篇内含有以下多则灯谜:

1.【谜面】毛遂自荐

谜目(1):成语　　　　　　　　　　　谜底:推己及人(云石)

谜目(2):十三画字　　　　　　　　　谜底:衙(孙荣)

谜目(3):地理名词　　　　　　　　　谜底:冀中平原(闻春桂)

简析:典见《史记·平原君虞卿列传》这段中:秦之围邯郸,赵使平原君(赵胜)求救,合从于楚,约与食客门下有勇力文武备具者二十人偕。平原君曰:"使文能取胜,则善矣。文不能取胜,则歃血于华屋之下,必得定从而还。士不外索,取于食客门下足矣。"得十九人,余无可取者,无以满二十人。门下有毛遂者,前,自赞于平原君曰:"遂闻君将合从于楚,约与食客门下二十人偕,不外索。今少一人,愿君即以遂备员而行矣。"平原君曰:"先生处胜之门下几年于此矣?"毛遂曰:"三年于此矣。"平原君曰:"夫贤士之处世也,譬若锥之处囊中,其末立见。今先生处胜之门下三年于此矣,左右未有所称诵,胜未有所闻,是先生无所有也。先生不能，先生留。"毛遂曰："臣乃今日请处囊中耳。使遂早得处囊中，乃颖脱而出，非特其末见而已。"平原君竟与毛遂偕。十九人相与目笑之而未废也。毛遂比至楚，与十九人论议，十九人皆服。（1）谜谜底原意为：用自己的心意推想别人的心意，即要体谅别人；入谜后却解为：这是毛遂将自己推举给了赵胜这人。（2）谜谜底"衙"字拆开后为"吾行"，恰如以毛遂口吻在说"我自己就行"。（3）谜谜底意为：毛遂自荐的目的，就是迫切希望自己能中赵胜的意。赵胜爵位为平原君，故可以"平原"二字代指其本人。

2. 【谜面】赴楚求救挑随员，赵选仅得十九人。

   谜目：成语三　　　　　　　　谜底：一毛不拔、一念之差、不可胜数（邱茂文）

   简析：会意正猜。谜底三珠集锦，一线贯通，与面文表里关映，极显熨贴。其中，"毛、胜"二字分别别解为毛遂、赵胜本人；念："廿"的大写。

3. 【谜面】得十九人，余无可取者。

   谜目：成语　　　　　　　　　谜底：一毛不拔（张起南）

4. 【谜面】取于门下食客，无以满二十人。

   谜目：《留侯论》句二，不连　　谜底：遂舍之，不可胜数（林仲杰）

5. 【谜面】平原君选客，面前站者尚缺毛遂。

   谜目：《聊斋志异》人物　　　　谜底：陈十九（陈清泉）

6. 【谜面】赵胜选士未足额，休罢去，当天有人来凑数。

   谜目：故事片名　　　　　　　谜底：《一九四二》（陈清泉）

   简析：谜面虽系自撰句，但文通理顺。前句"赵胜选士未足额"即原定二十人内尚缺一人，故可得谜底前二字"十九"；谜面中间句"休罢去"即"罢"字去（休）"去"，余谜底第三字"四"；谜面后句"当天有人来凑数"即从"天"字中去掉凑数之"人"，这时谜底最后一字"二"自当出矣。

7. 【谜面】今少一人，愿君即以遂备员而行矣。

   谜目：古代状元名二　　　　　谜底：毛自知、余中（任焕长）

   简析：会意正猜。谜面为《史记·平原君虞卿列传》句。毛自知是贺州市绝无仅有的古代状元，富川朝东镇秀峰村人，生于宋孝宗淳熙四年（1177）。余中，宜兴

（宜城）人，字正道，一字行老。宋神宗熙宁六年（1073）癸丑科状元。支持王安石变法，官历太常丞、大理评事、国子监修撰、经义局检讨、太常寺少卿等职。

8.【谜面】愿君即以遂备员而行矣

    谜目：六字地理用语　　　　　　　　　　　谜底：冀东平原一带（高建川）

    简析：会意正猜。谜面为《史记·平原君虞卿列传》句。谜底应顿读为"冀/东平原/一带"。冀：希望；"东平原"三字可别解为"毛遂的东家（主人）乃是平原君"。

9.【谜面】譬若锥之处囊中

    谜目：加拿大市名　　　　　　　　　　　　谜底：蒙特利尔（赵首成）

10.【谜面】左右未有所称诵，胜未有所闻。

    谜目：《桃花源记》句　　　　　　　　　　谜底：遂与外人间隔（卢山夫）

11.【谜面】毛遂自荐为哪般

    谜目：《笑傲江湖》人物冠称谓　　　　　　谜底：教主·任我行（许友金）

12.【谜面】臣乃今日请处囊中耳

    谜目（1）：经济术语　　　　　　　　　　谜底：毛收入（李平）

    谜目（2）：茶名冠规格　　　　　　　　　谜底：袋装·毛尖（孙国光）

    谜目（3）：国名　　　　　　　　　　　　谜底：毛里求斯（赵首成）

13.【谜面】遂今日请处囊中

    谜目：毛笔别名　　　　　　　　　　　　　谜底：毛锥子（郑永禧）

14.【谜面】使遂早得处囊中，乃颖脱而出。

    谜目（1）：茶名　　　　　　　　　　　　谜底：毛尖（多人）

    谜目（2）：二字财贸用语　　　　　　　　谜底：毛利（陈清泉）

15.【谜面】使遂早得处囊中

    谜目：四字娱乐用语　　　　　　　　　　　谜底：一脱出名（张宏福）

16.【谜面】处囊便当脱颖

    谜目：民族曾用名、民族名各一　　　　　　谜底：毛难、藏（佚名）

简析：会意正猜。谜面为《幼学琼林·武职》句。谜底中，毛：毛遂；多音字"藏"，由原音 zàng 改读 cáng 音。毛南族原名毛难族。

17. 【谜面】若处囊中，当颖脱而出。

    谜目：明代将领　　　　　　　　　　　　　　　谜底：毛锐（任焕长）

18. 【谜面】假使毛遂处袋中

    谜目：西藏地名二　　　　　　　　　　　　　　谜底：扎囊、当雄（陈清泉）

19. 【谜面】毛遂囊中脱颖秋

    谜目：教育名词　　　　　　　　　　　　　　　谜底：尖子生（陈清泉）

    简析：会意正猜。谜面为柳亚子《闻伯渠抵渝遥寄两律·其二》诗句。

20. 【谜面】毛遂终教颖脱锥

    谜目：教育名词　　　　　　　　　　　　　　　谜底：尖子生（吴新民）

21. 【谜面】锥处囊中相士谁

    谜目：《三国演义》人物连字　　　　　　　　　谜底：何进·遂高（赵首成）

    简析：会意体问答式谜。谜面为清末陈三立《次韵再答王义门》诗句。

22. 【谜面】平原君允其充数后，同行者皆相与目笑之而未废也。

    谜目：成语二　　　　　　　　　　　　　　　　谜底：以一当十、九牛一毛（陈清泉）

    简析：会意正猜。面句自《史记·平原君虞卿列传》内这两句（平原君竟与毛遂偕。十九人相与目笑之而未废也）演衍而出。据此可见：当时与毛遂同行的那十九个人，无论是谁，内心都是自认为自己的本领是要比毛遂牛皮得很多的，所以才相互挤眉弄眼地讥嘲毛遂，而不屑于与毛遂直接搭话。谜底断读为"以一当，十九牛一毛"后，分别意会谜面前、后两句。

23. 【谜面】与十九人议论，十九人皆服。

    谜目：中药名二　　　　　　　　　　　　　　　谜底：甘遂、白术（陈清泉）

    简析：会意正猜。谜面为《史记·平原君虞卿列传》句。谜底意为：经过与同行十九人的交谈，他们终于从不服到完全服，甘心认可了毛遂的雄辩口才。

六十、毛遂自荐

24.【谜面】今十步之内,王不得恃楚国之众也。

谜目(1):《文宣王及其弟子赞》诗句　　　　谜底:遂能制命(闻春桂)

谜目(2):《西厢记》句　　　　　　　　　　谜底:便遂杀人心(林仲杰)

谜目(3):豫、甘地名各一(粉颈格)　　　　谜底:遂平、武威(陈清泉)

简析:会意正猜。面出《史记·平原君虞卿列传》这段内:楚王叱(毛遂)曰:"胡不下!吾乃与而君言,汝何为者也!"毛遂按剑而前曰:"王之所以叱遂者,以楚国之众也。今十步之内,王不得恃楚国之众也,王之命县于遂手……合从者为楚,非为赵也。吾君在前,叱者何也?"楚王曰:"唯唯,诚若先生之言,谨奉社稷而以从。"毛遂曰:"从定乎?"楚王曰:"定矣。"……毛遂左手持盘血而右手招十九人曰:"公相与歃此血于堂下。公等录录,所谓因人成事者也。"《文宣王及其弟子赞》是宋高宗赵构的代表作品之一。(1)谜谜底系启谜面下句"王之命县('县'通'悬')于遂手"意而得出,表明由于近距离接触,毛遂随时都有条件可要了楚王老命。(2)谜谜底点出:此时此地,便是能说出谜面之语的毛遂起了杀楚王的心。(3)谜谜底依格后顿读为"遂/凭武/威",可解释为:毛遂是凭借武力来震慑楚王。

25.【谜面】此人定是平原君门下

谜目:国际连锁品牌　　　　　　　　　　　谜底:必胜客(潘建华)

26.【谜面】命悬客手,楚王曰:"唯唯。"

谜目:法律名词　　　　　　　　　　　　　谜底:杀人未遂罪(陈清泉)

27.【谜面】楚王唯唯

谜目:四字壁帖用语　　　　　　　　　　　谜底:诸事顺遂(张起南)

28.【谜面】公等录录,所谓因人成事者也。

谜目:《祭十二郎文》句　　　　　　　　　谜底:则遂取以来(林仲杰)

29.【谜面】赵胜责己未知人

谜目:三字口语二　　　　　　　　　　　　谜底:有毛病,不自觉(陈清泉)

简析:会意正猜。典见《史记·平原君虞卿列传》这段中:平原君已定从而归,归至于赵,曰:"胜不敢复相士。胜相士多者千人,寡者百数,自以为不失天下之士,今乃于毛先生而失之也。毛先生一至楚,而使赵重于九鼎大吕。毛先生以三

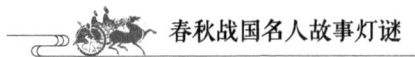

寸之舌,强于百万之师。胜不敢复相士。"遂以为上客。谜底应断读为"有毛(毛遂),病不自(赵胜自己)觉"。

30.【谜面】胜相士多者千人,寡者百数,今乃于先生而失之。

谜目:成语　　　　　　　　　　　　　谜底:一毛不拔(许宗岳)

31.【谜面】遂以为上客

谜目:《三国演义》人物二　　　　　　谜底:毛氏、高升(陈清泉)

32.【谜面】平原君定从于楚,食客十九人,了然于身无寸功,徒左右给使令而已。

谜目:五言唐诗句(卷帘格)　　　　　谜底:胜事空自知(况周颐)

简析:会意正猜。谜底为王维《终南别业》诗句,依格倒读为"知自空事胜"后,好似仿照那十九名食客的口吻,在对主子赵胜表示因白吃干饭而产生的愧疚之意。

六十一、礼敬侯嬴

魏无忌（？—前243），魏昭王少子，安釐王的异母弟，战国时期魏国著名的军事家、政治家。因安釐王元年（前276）被封于信陵（今河南宁陵县），所以后世皆称其为信陵君。与楚国春申君黄歇、齐国孟尝君田文、赵国平原君赵胜并称"战国四君子"，亦称"战国四公子"。

魏无忌处于魏国走向衰落之时，他效仿孟尝君田文、平原君赵胜的辅政方法，延揽食客，养士数千人，自成势力。他礼贤下士、急人之困，曾在军事上两度击败秦军，分别挽救了赵国和魏国危局。但屡遭魏安釐王猜忌而未能予以重任。公元前243年，信陵君因伤于酒色而死，十八年后魏国被秦所灭。

魏公子的为人仁爱宽厚，士人无论有无才能或才能大小，他都谦恭有礼地同他们交往，从来不敢因为自己尊贵而轻慢士人。因此，方圆几千里的士人都争相归附于他，招来食客三千人。当时，诸侯各国因公子贤德，宾客众多，连续十几年不敢动兵谋犯魏国。

有一次，魏无忌正跟魏王下棋，北边边境传来警报，说是"赵国发兵进犯，将要进入边界了"。魏王马上放下棋子，想要召集大臣们商议对策。魏无忌劝阻魏王说："这只不过是赵王外出打猎罢了，不是进犯边境。"又接着跟魏王下棋，仿佛没发生过这事一般。可是魏王还是惊恐不已，全无心思下棋。

过了不久，又从北边传来消息，说是："赵王打猎路过而已，不是进犯边境。"魏王听后很惊讶，问道："公子是怎样知道的？"魏无忌答道："我的食客中，有个人能深入宫里探听到赵王的秘密。赵王有什么行动，他就会立即报告我，我因此知道这件事。"从此以后，魏王因畏惧魏无忌的贤能，便不敢把国家大事交给他负责处理。

关于魏无忌礼贤下士的故事虽然不少，但其中最有名的当属《史记·魏公子列传》内记载的以下"礼敬侯嬴"一事：

当时魏国有个隐士，叫侯嬴，已经七十岁了，因家贫，在国都大梁（今河南开封市）的夷门当了一个守门小吏。魏无忌听说此人后，前往拜访，并想馈赠一份厚礼，但侯嬴死活不肯接受，并说："我几十年来修养品德，坚持操守，终不能因我看门贫困的缘故而接受公子的财礼。"魏无忌于是就大摆酒席，大会宾客。等到大家都来齐，坐定之后，魏无忌就带着车马以及随从人员，空出车上的左边尊位，亲自到东城门去迎接侯嬴。

侯嬴整理了一下破旧的衣帽，就径直上了车子，坐在公子空出的尊贵座位上，丝毫没有谦让的意思。原来他是想借此观察一下魏无忌的态度，可是魏无忌手握马缰绳更加恭敬。侯嬴又对魏无忌说："我有个朋友在街市的屠宰场，望能委屈一下公子的车马载我去拜访他。"魏无忌立即驾车前往街市，侯嬴下车去见他的朋友朱亥，他斜乜着眼观看公子，故意久久地站在那里，同他的朋友聊天，同时暗暗地观察公子脸色。但见魏无忌不仅没有一丝不快，面色反而比先前更加和悦。

此时，酒席上，魏国的将军、丞相、宗室大臣以及高朋贵宾坐满堂上，正等着魏无忌回来举杯开宴；街市上的人们都好奇地来观看魏无忌手握缰绳替侯嬴驾车的样子，为此魏无忌的随从没有一个不暗地里责骂侯嬴的。侯嬴看到魏无忌面色始终不变，这才告别了朱亥上了车。

回到家里，魏无忌领着侯嬴坐到上席，并向全体宾客一一恭敬地介绍了侯嬴，满堂宾客不由得都十分惊异。大家酒兴正浓时，魏无忌站起来，走到侯嬴面前举杯向他祝寿。侯嬴趁机对魏无忌说："今天我侯嬴为难公子您，也够别人瞧的了！我只是个东门抱门闩、守城门的人，可是公子委屈车马，亲自在大庭广众之下迎接我。照理说，我本不该再去拜访朋友，而公子竟屈尊陪我拜访他。可我也想成就公子的名声，这才故意让公子车马久久地停在街市中，借拜访朋友来试探公子，结果公子愈加谦恭。街市上的人都认为我是小人，而认为公子是高尚的人，能礼贤下士啊！"

在这次宴会散了后，侯嬴便成了魏无忌的上宾。

本篇含有以下多则灯谜，您愿意一睹其妙吗！

1.【谜面】诸侯以公子贤，多客，不敢加兵谋魏十余年。

    谜目：成语   谜底：肆无忌惮（侯名）

六十一、礼敬侯嬴

简析：会意正猜。谜面出自《史记·魏公子列传》前两段内：魏公子无忌者，魏昭王少子而魏安釐王异母弟也。昭王薨，安釐王即位，封公子为信陵君。是时范雎亡魏相秦，以怨魏齐故，秦兵围大梁，破魏华阳下军，走芒卯。魏王及公子患之。公子为人仁而下士，士无贤不肖皆谦而礼交之，不敢以其富贵骄士。士以此方数千里争往归之，致食客三千人。当是时，诸侯以公子贤，多客，不敢加兵谋魏十余年。谜底顿读为"肆／无忌／惮"后；其意当为：诸侯们若想对魏国任意而为的话，那么信陵君魏无忌必定将会成为他们的畏惧对象。

2.【谜面】信陵君与夷门监

谜目：《桃花扇》人物冠称谓　　　　谜底：公子·侯生（顾震福）

简析：会意正猜。关于魏公子——信陵君无忌折节与隐士侯嬴（又称为"侯生"）的交往过程，《史记·魏公子列传》这段刻画得甚为感人：魏有隐士曰侯嬴，年七十，家贫，为大梁夷门监者。公子闻之，往请，欲厚遗之。不肯受，曰："臣修身洁行数十年，终不以监门困故而受公子财。"公子于是乃置酒大会宾客。坐定，公子从车骑，虚左，自迎夷门侯生。侯生摄敝衣冠，直上载公子上坐，不让，欲以观公子。公子执辔愈恭。侯生又谓公子曰："臣有客在市屠中，愿枉车骑过之。"公子引车入市，侯生下见其客朱亥，俾倪，故久立与其客语，微察公子。公子颜色愈和。当是时，魏将相宗室宾客满堂，待公子举酒。市人皆观公子执辔，从骑皆窃骂侯生。侯生视公子色终不变，乃谢客就车。至家，公子引侯生坐上坐，遍赞宾客，宾客皆惊。酒酣，公子起，为寿侯生前。《桃花扇》是清初作家孔尚任经十余年苦心创作，三易其稿写出的一部传奇剧本。男主角侯方域人称其为侯生。

3.【谜面】公子闻之，往请，欲厚遗之。不肯受，曰："臣修身洁行数十年，终不以监门困故而受公子财。"

谜目：《三国演义》人物三　　　　谜底：魏延、侯选、成廉（陈清泉）

简析：会意正猜。面文为《史记·魏公子列传》句。谜底中，"魏、侯"二字分别别解为信陵君魏无忌、侯嬴二人。

4.【谜面】曰："臣修身洁行数十年，终不以监门困故而受公子财。"

谜目：《水浒全传》人物三　　　　谜底：侯蒙、施恩、廉明（陈清泉）

5.【谜面】看见信陵君，没啥了不起。

谜目：《倚天屠龙记》人物二　　　　谜底：张无忌、何足道（陈清泉）

6.【谜面】信陵君一直在等待夷门监者

谜目：西汉爵位名　　　　　　　　　　　谜底：魏其侯（陈清泉）

简析：信陵君可在底中扣为"魏"；夷门监者为侯生，"一直（丨）"加于"侯"为"候"，"候、等待"二词意通；"其"为虚词，当助谜活。汉武帝时，窦婴曾被封为魏其侯。

7.【谜面】信陵君恭立屠市边

谜目：成语　　　　　　　　　　　　　　谜底：肆无忌惮（陈清泉）

简析：会意正猜。谜底应顿读为"肆/无忌（信陵君魏无忌）/惮"。此处"肆"字应别解为铺子、商店，对应谜面中的"屠市"之氛围；惮：怕、畏惧，对应谜面"恭立"之内涵。

8.【谜面】市人皆观公子执辔

谜目：《倚天屠龙记》人物二　　　　　　谜底：张无忌、谢逊（任焕长）

9.【谜面】从骑皆窃骂侯生

谜目：《昭明文选》句　　　　　　　　　谜底：下多抱关之怨（杨小湄）

简析：会意正猜。面文为《史记·魏公子列传》句。信陵君的从骑当然是他的下属，故"从骑、下"这二词在面、底遥相呼应。至于"抱关之怨"四字，缘何可以理解为信陵君下属窃骂侯生的怨詈之言呢？解铃还得系铃人，这可从侯生在席上对信陵君坦露心迹的一番话语中寻到答案：今日嬴之为公子亦足矣。嬴乃夷门抱关者也，而公子亲枉车骑，自迎嬴于众人广坐之中，不宜有所过，今公子故过之。然嬴欲就公子之名，故久立公子车骑市中，过客以观公子，公子愈恭。市人皆以嬴为小人，而以公子为长者能下士也。原来侯生的职业就是东门抱门闩的守门人，所以据此将"抱关"二字引申为侯生其人，实是本谜得以成立的机枢所在。全谜因此而神韵毕具、妙趣横生。

10.【谜面】久立公子车骑市中，过客以观公子，公子色愈恭。

谜目：《中庸》句　　　　　　　　　　　谜底：小人而为无忌惮也（徐钟恟）

11.【谜面】公子为嬴停驷马，执辔愈恭意愈下。

谜目：《中庸》句　　　　　　　　　　　谜底：小人而为无忌惮也（闻春桂）

简析：会意正猜。谜面为唐代王维《夷门歌》诗句。"小人"特指地位低贱的侯嬴其人。惮：敬畏。

六十二、窃符救赵

　　魏安釐王二十年（前 257），秦昭王已经在长平大败赵国军队，接着进兵围攻邯郸。魏国信陵君魏无忌的姐姐是赵惠文王弟弟平原君赵胜的夫人，因此多次派人给魏安釐王和魏无忌送信，向魏国请求救兵。魏王派将军晋鄙带领十万之众的部队去救赵国。

　　秦昭王得知这个消息后就派使臣告诫魏王说："寡人就要攻下赵国了，这只是早晚的事，诸侯中有谁敢救赵国的，拿下赵国后，一定调兵先攻打它。"魏王很害怕，就派人通知晋鄙停止进军，把军队驻守在了邺（今河北临漳西南）这个地方。名义上是救赵国，实际上是采取脚踩两只船的策略来观望形势的发展。

　　平原君使臣的车子连续不断地到魏国来，频频告急，责备魏无忌说："我赵胜之所以自愿依托魏国并跟魏国联姻结亲，就是因为公子的道义高尚，能热心帮助别人摆脱危难。如今邯郸危在旦夕，早晚就要被迫投降秦国了，可是魏国救兵至今不来，公子能帮助别人摆脱危难的高义又表现在哪里！再说公子即使不把我赵胜看在眼里，抛弃我让我投降秦国，难道就不可怜你的姐姐吗？"

　　魏无忌为这件事忧虑万分，除自己屡次请求魏王赶快出兵外，又让宾客辩士们千方百计地劝说魏王。魏王由于害怕秦国，始终不肯听从公子的意见。魏无忌估计征得魏王同意出兵终究不可能了，绝不能自己活着而坐视赵国灭亡，于是请宾客们凑集了战车一百多辆，打算带着宾客赶到战场上去同秦军拼一死活，与赵国共存亡。

　　魏无忌带着车队走过东门时，见到了侯嬴，便把自己准备去同秦军拼死搏斗的打算全都告诉了他。然后向侯嬴诀别准备上路，侯嬴只是说了句："公子努力向前吧！老臣我不能随同您去了。"

　　魏无忌走了几里路，心里很不痛快，不由得自言自语说："我对待侯先生算是够周到的了，天下无人不晓。如今我将要赴难而死，不想侯先生竟没有一言半语来送我,我难道有对不起他的地方吗?"于是又赶着车子返回来,想向侯嬴问个明白。

侯嬴一见魏无忌便笑着说:"我料定公子会回来的。"又接着说:"公子好客爱士,闻名天下。如今有了危难,想不出别的办法,而准备去和秦军玩命,这就像把肉扔给饥饿的老虎一样,又有什么用处呢?如果这样的话,还用我们这些宾客干什么呢?公子待我情深意厚,公子要去前方了,可是我却不送行,因此我知道公子会因憾恨而返回的。"

于是,魏无忌向侯嬴行再拜礼,进而询问对策。侯嬴先支开旁人,然后悄悄地告诉魏无忌说:"我听说晋鄙的兵符经常放在魏王的卧室内,在魏王的所有妻妾中就数如姬最受宠爱,因而出入魏王的卧室很随便,只要她愿意,是有条件偷出兵符来的。我还听说如姬的父亲被人杀死后,如姬报仇雪恨的心志积蓄了三年之久,从魏王以下,群臣左右都想为如姬报仇,但没能如愿。为此,如姬曾对公子哭诉过,公子派门客斩了那个仇人的头,恭敬地献给了如姬。如姬一直想要报答公子,即使牺牲生命亦在所不惜啊,只是还没找到机会罢了。假使公子这次果真开口请求如姬帮忙,如姬必定答应,那么就能得到虎符而夺了晋鄙的军权。如此则北边可救赵国,西边能抵御秦国,这可是春秋五霸的功业啊。"

魏无忌高兴地听从了侯嬴的计策,马上掉转车头去请求如姬帮忙。如姬果然盗出了晋鄙的兵符,并把它交给了魏无忌。魏无忌要出发了,侯嬴说:"将帅在外作战时,有果断处置军务的权力,国君的命令有可以不接受,以便有利于国家。我只担心公子到地方后即使两符相合,验明无误,可是晋鄙仍不交给公子兵权,反而要以此来请示魏王,那么事情就危险了。好在我的朋友——屠夫朱亥可以跟您一起前往,这个人是个大力士。如果晋鄙听从,那是再好不过了;如果他不听从,可以让朱亥击杀他。"

魏无忌听了这番话后,便哭了。侯嬴见状便问道:"公子难道怕死吗?为什么哭呢?"魏无忌回答说:"晋鄙是魏国勇猛强悍、富有经验的老将,我去他那里恐怕他不会听从命令,这样就必定要杀死他。因此我难过地哭了,哪里是怕死呢?"

接着魏无忌去请求朱亥一同前往军中,朱亥笑着说:"我只是个市场上操刀杀生的屠夫,可是公子竟多次亲自登门访问我,我之所以不回拜答谢您,是因为我

六十二、窃符救赵

认为小礼小节没什么用处。如今公子有了急难，这就是我为公子杀身效命的时候了。"说罢就与魏无忌一起上路了。

魏无忌又去向侯嬴辞行，侯嬴说："我本来应当随您一起去，可是我毕竟年老了，心有余而力不足啊。请允许我计算您行程的日期，您到达晋鄙军中的那一天，我会面向北方刎颈而死，来表达我为公子送行的一片忠心。"当时魏无忌以为这只不过是侯嬴随便说说，因此没太在意，便上路出发了。

到了邺城，魏无忌拿出兵符假传魏王命令，要代替晋鄙担任全军主将。晋鄙合了兵符，验证无误，但还是怀疑这件事，就举手指着军队一边给他看一边说："如今我统帅着十万之众的大军，驻扎在边境上，这可是关系到国家命运的重任。今天公子独自坐着轻便的车子来要代替我，这究竟是怎么回事呢？"晋鄙正要拒绝接受命令，不防这时朱亥取出藏在衣袖里的四十斤铁椎，一椎击死了晋鄙。魏无忌就这样统帅了晋鄙的军队。

魏无忌立即整顿全军，他向军中下令说："父子都在军中服役的，父亲可以回家；兄弟同在军中服役的，哥哥可以回家；没有兄弟的独生子，可以回家去奉养双亲。"然后魏无忌率领着经过选拔得到的八万精兵，到前线去全力攻击秦军。秦军解围撤离而去，于是邯郸得救，保住了赵国。

赵王和平原君赵胜亲自到邯郸郊界来迎接魏无忌，平原君还替魏无忌背着盛满箭支的囊袋走在前面引路。赵王连着两次拜谢说："自古以来的贤人，没有一个比得上公子的。"此时，平原君不敢再拿自己跟别人相比了。魏无忌与侯嬴诀别之后，在到达邺城军营的那一天，侯嬴果然面向北方自杀了。

魏王恼怒魏无忌盗出了他的兵符，假传君令击杀了晋鄙，这一点魏无忌自己也是心知肚明的。所以在打退秦军拯救赵国之后，他就让别人带着魏国的大部队返回魏国去了，而自己和门客们就长期留住在了赵国。

故事讲完了，现在请欣赏本篇内含有的以下灯谜：

1.【谜面】平原君火急求信陵

  谜目：秦腔名　　　　　　　　　　　谜底：《赵飞搬兵》（李珍）

简析：会意正猜。谜底中，"赵"字须别解为平原君赵胜其人。

2.【谜面】救赵全仗信陵君

谜目：同音四声字　　　　　　　　　　　谜底：危围委魏（黄宜耀）

3.【谜面】无忌不敢忤逆妻

谜目：宋代词人名二　　　　　　　　　　谜底：魏顺之、魏夫人（朱必捷）

4.【谜面】公子从其計，请如姬。

谜目：《三国演义》人物二　　　　　　　谜底：魏延、王美人（陈清泉）

简析：会意正猜。谜面为《史记·魏公子列传》这段内的句子：侯生（侯嬴）乃屏人间语，曰："嬴闻晋鄙之兵符常在王卧内，而如姬最幸，出入王卧内，力能窃之。嬴闻如姬父为人所杀，如姬资之三年，王以下欲求报其父仇，莫能得。如姬为公子泣，公子使客斩其仇头，敬进如姬。如姬之欲为公子死，无所辞，顾未有路耳。公子诚一开口请如姬，如姬必许诺，则得虎符夺晋鄙军，北救赵而西却秦，此五霸之伐也。"公子从其计，请如姬。如姬果盗晋鄙兵符与公子。谜底顿读为"魏／延／王美人"后，意为：魏无忌所请的人乃是魏王的美人儿（如姬）。

5.【谜面】信陵君欲请谁入袭杀晋鄙

谜目：《三国演义》人物二　　　　　　　谜底：魏延、朱治（陈清泉）

简析：会意正猜。谜底应顿读为"魏（信陵君魏无忌）／延朱（朱亥）／治"。

6.【谜面】夷门监者挑屠者，主理袭杀晋鄙事。

谜目：《三国演义》人物三（蕉心格）　　谜底：侯选、管亥、陈武（陈清泉）

简析：会意正猜。谜底依格应读为"侯选亥，管陈武"。侯：侯生，侯生这时是大梁的夷门监者；亥：屠者朱亥。

7.【谜面】力士动粗袭晋鄙，是谁出的这主意。

谜目：《水浒全传》人物二　　　　　　　谜底：朱武、侯参谋（陈清泉）

8.【谜面】往恐不听，必当杀之，是以泣耳。

谜目：近代史名词　　　　　　　　　　　谜底：辛亥革命（赖兴）

简析：会意正猜。谜面出于《史记·魏公子列传》中魏无忌话语之内，其前文为"晋鄙嚄唶宿将"。同室相残，情何以堪？魏无忌之所以悲泣，实是出于自己的下步

六十二、窃符救赵

举动乃是要被迫起用朱亥来革除晋鄙之命啊。仅从"辛"取"悲痛"义这点来看，本谜作者化腐朽为神奇、易梗阻为畅通的制谜功力当令人信服。

9. 【谜面】是真豪杰就敢承担打击后果，于是公子乃请朱亥效命。

　　谜目：外表名二　　　　　　　　　　谜底：英纳格、劳力士（陈清泉）

　　简析：会意正猜。谜底将公子无忌定位为英雄人物后，点出他决意采取暴力手段整治晋鄙后，有劳的就是力士朱亥这人了。

10. 【谜面】朱亥

　　谜目：故事片名二　　　　　　　　　谜底：《红孩子》《潜影》（苏温才）

　　简析："朱、红"相通，这是意扣。"孩子"二字借"潜影"功效（即"去掉"）"子"字后，仅余"亥"这是拆损字体法门。

11. 【谜面】魏无忌以兵符夺鄙军

　　谜目：叠诗韵目四　　　　　　　　　谜底：印、信、进、晋（郑永禧）

　　简析：会意正猜。"印、信、进、晋"四字均为诗韵去声韵目"十二震"中的字，连之则别解为"把兵符送交晋鄙"。

12. 【谜面】朱亥铁椎击杀谁

　　谜目：《聊斋志异》篇目二　　　　　谜底：武夷、晋人（陈清泉）

13. 【谜面】能袖铁椎四十斤

　　谜目：八画字　　　　　　　　　　　谜底：劾（刘以焜）

六十三、奇货可居

吕不韦早先是阳翟（今河南省禹县）的大商人，他往来各地，以低价买进，高价卖出，所以积累起千金的家产。

秦昭王四十年（前267），秦国的太子去世了，两年后秦昭王把他的第二个儿子安国君立为了太子，安国君有二十多个儿子。

安国君有一位非常宠爱的妃子，立她为正夫人，称之为华阳夫人。华阳夫人没有儿子。安国君有个排行居中的儿子名叫子楚，子楚的母亲叫夏姬，一向不受宠爱，因此子楚作为秦国的人质被派到赵国了。由于秦国经常攻打赵国，赵国对子楚也就不以礼相待。

子楚是秦王庶出的孙子，在赵国当人质，他乘的车马和日常的财用都不富足，生活困窘，很不得意。吕不韦到赵国国都邯郸去做生意，见到子楚后非常怜爱，说："子楚就像一件奇货，可以囤积居奇，以待高价售出。"于是吕不韦就前去拜访子楚，对他游说道："我能光大你的门庭。"子楚笑着说："你姑且先光大自己的门庭，然后再来光大我的门庭吧！"吕不韦并不理会这个软钉子，继续说："你是不知道的，我的门庭要等待你的门庭光大了才能光大。"子楚心里当然知道吕不韦所言之意，就拉他坐在一起深谈。

吕不韦说："秦王已经老了，安国君被立为太子。我私下听说安国君十分宠爱华阳夫人，华阳夫人没有儿子，能够选立太子的只有华阳夫人而已。现在你的兄弟有二十多人，你又排行中间，并不受到宠幸，长期被留在诸侯国当人质，即使是秦王死去，安国君继位为王，你也不要指望能同你长兄和早晚都在秦王身边的其他兄弟们争夺太子之位啊！"子楚说："是这样，但该怎么办呢？"吕不韦说："你很贫穷，又客居在此，也拿不出什么来献给亲戚，结交宾客。我吕不韦虽然不富有，但很愿意立即拿出千金来，为你西去秦国游说，侍奉安国君和华阳夫人，让他们立你为嫡嗣。"听完这番话后，子楚激动得叩头拜谢说："如果先生的计划

六十三、奇货可居

实现了,我愿意分秦国的土地与您共享。"

吕不韦于是拿出五百金送给子楚,作为他日常生活和交结宾客之用;又拿出五百金购买珍奇玩物,自己带着西去秦国游说。一到秦国,吕不韦就先拜见华阳夫人的姐姐,同时把带来的东西统统献给华阳夫人。他装作不经意的样子,在闲聊时顺便谈及子楚如何如何聪明贤能,所结交的诸侯宾客又遍及天下,还常常说"子楚把夫人看得像天一样,日夜哭泣,思念太子和夫人"。不言而喻,夫人听到这些自是非常高兴。

吕不韦乘机又让华阳夫人的姐姐游说华阳夫人说:"我听说用美色来侍奉别人的人,一旦色衰,宠爱也就随之减少。现今夫人您侍奉太子,甚被宠爱,却没有儿子,何不趁这时早一点在太子的儿子中结交一个有才能而孝顺的人,立他为嫡嗣,而又像亲生儿子一样对待他。如此,除丈夫在世时您受到尊重外,即使丈夫百年之后,自己立的儿子继位为王,最终也不会失势,这就是人们所说的一言而能得到万世之利的事情啊。不在容貌美丽之时树立根本,假使等到容貌衰竭,宠爱失去后,虽然想和太子说上一句话,还有可能吗?现在子楚贤能,而自己也知道排行居中,按次序是不能被立为继承人的,而他的生母又不受宠爱,自己就会主动依附于夫人。夫人若真能在此时提拔他为继承人,那么夫人您一生在秦国都会受到尊宠的。"

华阳夫人认为这话讲得极有道理,就挑了一个自认为合适的时候,委婉地对太子谈到在赵国做人质的子楚非常有才能,来往的人都称赞他。说着说着华阳夫人流下了眼泪:"妾有幸能填充后宫,但非常遗憾的是没有儿子,希望您能立子楚为嫡嗣,以便我日后有个依靠。"安国君答应了,就和夫人刻下玉符,决定立子楚为继承人。安国君和华阳夫人都送了好多礼物给子楚,并请吕不韦当他的老师,因此子楚的名声在诸侯中越来越大。

吕不韦选取了一名非常漂亮而又善于跳舞的邯郸女子一起同居,直到她怀了孕。子楚有一次和吕不韦一起饮酒,看到此女后非常喜欢,就站起身来向吕不韦祝酒,请求把此女赐给他。吕不韦很生气,但转念一想,已经为子楚破费了大量家产,为的是借以钓取奇货,于是就献出了这个女子。此女隐瞒了自己怀孕在身的真相,到了生产期限,生下一个儿子名政,也就是后来大名鼎鼎的秦始皇。子楚就立此女为夫人。

公元前257年，秦昭王派王龁围攻邯郸，城中情况非常紧急，赵国想杀死为质于赵的子楚。子楚就和吕不韦密谋，拿出六百斤金子送给监视自己的赵国官吏，得以脱身，逃到秦军大营，这才顺利回国。赵国又想杀子楚的妻子和他的三岁儿子，由于母子俩早就被人隐藏了起来，因此竟得双双活命。

公元前251年，在位五十六年的秦昭王去世了，太子安国君继位为王，华阳夫人为王后，子楚为太子。赵国为了改善同秦国的关系，也护送子楚的夫人和儿子赵政回到了秦国。

安国君在秦王宝座上屁股还没坐稳，便于一年之后去世了，谥号为孝文王。太子子楚继位，他就是庄襄王。庄襄王尊奉为母的华阳王后为华阳太后，生母夏姬被尊称为夏太后。庄襄王元年（前249），任命吕不韦为丞相，封为文信侯，并将河南洛阳的十万户作为他的食邑。

庄襄王即位三年之后死去，时年仅一十三岁的太子赵政继立为秦王。秦王尊奉吕不韦为相国，称他为仅次于父亲的"仲父"。秦王年纪还小，太后常常和吕不韦私通。吕不韦家有奴仆万人。

本篇内含有以下多则可供读者欣赏的灯谜：

1.【谜面】曰："此奇货可居。"

  谜目（1）：四字新词 　　　　　　　　谜底：以人为本（陈清泉）

  谜目（2）：欧美系列电影名　　　　　　谜底：《非常人贩》（任焕长）

  谜目（3）：《水浒全传》人物、绰号各一　谜底：吕方、神算子（陈清泉）

  谜目（4）：劳动合同法词语二（卷帘格）谜底：当事人、异议（任焕长）

  谜目（5）：斯里兰卡、加拿大地名各一　谜底：贾夫纳、蒙特利尔（陈清泉）

  谜目（6）：《东周列国志》人物四　　　谜底：吕省、贾君、子之、无亏（任焕长）

  简析：会意正猜。面句语出《史记·吕不韦列传》中这段内：吕不韦者，阳翟大贾人也。往来贩贱卖贵，家累千金……子楚，秦诸庶孽孙，质于诸侯，车乘进用不饶，居处困，不得意。吕不韦贾邯郸，见而怜之，曰"此奇货可居"。这组一面多目谜的几个谜底均可由正面融会面意而得，且因相互益彰，而使全谜内涵容量不

六十三、奇货可居

可谓不大。(1)谜谜底直奔主旨,道出吕不韦是以子楚这人当作自己这桩政治买卖的本钱的。(2)谜谜底进而点出吕不韦并非一般商贩,因为他这个"人贩子"的生意筹码非同常人,而是身份贵为秦国公子的特殊人物。(3)谜谜底中,吕:吕不韦;"子"为古代男子的美称或尊称,此处将其实指为秦国公子子楚。(4)谜谜底依格当断读为"议:'异人事当'"。"曰、议"二字遥相呼应于面、底;当:合宜、恰当。异人与子楚为同一个人,为了博得出生于楚国的华阳夫人的欢心,原为人质的异人在吕不韦的授意下,改名为子楚。(5)谜谜底顿读为"贾/夫纳蒙/特利尔";意即:商贾(gǔ)吕不韦这人之所以要将子楚当奇货屯藏起来,原来他是特别看重子楚这个潜力股所潜在的巨大利益啊。"夫、尔"这两个语助虚词,参于谜底其他五个实词中后,可使全谜尽脱呆滞之气。(6)谜谜底断读为"吕省贾君子,之无亏"后;直指要害道:贼精的吕不韦是早就悟到拍卖包装后的秦国公子子楚的这笔政治交易,自己是完全不会吃亏的。多音字"贾"转读gǔ音,当"作买卖"用后,使其在谜底连缀中所起的突出作用不容小视。

2. 【谜面】奇货可居

谜目(1):《留侯论》句　　　　　　　　谜底:有隐君子者(苏温才)

谜目(2):《书经·商书·说命下》句　　谜底:专美有商(佚名)

3. 【谜面】以异人为奇货可居

谜目:春秋时期名人　　　　　　　　　谜底:王孙贾(谢庚三)

4. 【谜面】不韦倾资为异人

谜目:中药名三　　　　　　　　　　　谜底:金银花、使君子、当归(郑祚昌)

简析:会意正猜。谜底意为:钱能通神!金子银子的大把花费,才使安国君新立的嫡子(子楚),如愿从赵国回归到了秦国。

5. 【谜面】吕不韦挥金结异人

谜目:《爱莲说》句　　　　　　　　　谜底:花之君子者也(苏温才)

6. 【谜面】入见华阳夫人,求立为后,许之。

谜目:《孟子·滕文公上》　　　　　　谜底:世子自楚反(徐仲恂)

简析:会意正猜。谜底道出:由于吕不韦的私下活动以及安国君宠妃华阳夫人所进的美言,本来根本就没资格能当太子安国君嫡嗣的楚这个人,被惊天逆转般地、如愿以偿地获得了安国君嫡嗣的政治地位。异人（？—前247）即秦庄襄王，后改名楚（又称子楚），战国时期秦国君主，秦孝文王之子，秦王嬴政（秦始皇）之父。关于异人改名为"楚"的出处，可见《战国策·秦策五》有关记载：异人至，不韦使楚服而见。王后悦其状，高其知，曰："吾楚人也。"而自子之，乃变其名曰"楚"。

7.【谜面】吕不韦计献赵姬

谜目：四字计划生育用语　　　　　　　　　　　　谜底：生育政策（佚名）

简析：会意正猜。与《史记·吕不韦列传》中这段描写（吕不韦取邯郸诸姬绝好善舞者与居，知有身。子楚从不韦饮，见而说之，因起为寿，请之。吕不韦怒，念业已破家为子楚，欲以钓奇，乃遂献其姬。姬自匿有身，至大期时，生子政。子楚遂立姬为夫人）完全不同，《东周列国志》第九十九回中却说赵姬是工于心计的吕不韦主动塞给子楚的，其有关文字为：再说不韦向取下邯郸美女，号为赵姬，善于歌舞，知其怀娠两月，心生一计，想道："王孙异人回国，必有继立之分。若以此姬献之，倘然生得一男，是我嫡血。此男承嗣为王，嬴氏的天下，便是吕氏接代，也不枉了我破家做下这番生意。"因请异人和公孙乾来家饮酒……赵姬敬酒已毕，舒开长袖，即在氍毹上舞一个大垂手小垂手。体若游龙，袖如素蜺，宛转似羽毛之从风，轻盈与尘雾相乱。喜得公孙乾和异人目乱心迷，神摇魂荡，口中赞叹不已……次日，不韦到公孙乾处，谢夜来简慢之罪。公孙乾曰："正欲与王孙一同造府，拜谢高情，何反劳枉驾？"少顷，异人亦到，彼此交谢。不韦曰："蒙殿下不嫌小妾丑陋，取侍巾栉，某与小妾再三言之，已勉从尊命矣。今日良辰，即当送至寓所陪伴。"异人曰："先生高义，粉骨难报！"公孙乾曰："既有此良姻，某当为媒。"遂命左右备下喜筵。不韦辞去，至晚，以温车载赵姬与异人成亲。谜底中，"政"字别解为赵政（嬴政），他就是赵姬后来给子楚生下的那位儿子。

8.【谜面】知邯郸姬有身，因献于异人。

谜目：《论语·子路》句　　　　　　　　　　　　谜底：授之有政（姚洪金）

9.【谜面】不韦娶邯郸姬，有娠，献于楚。

谜目：《左传·襄公三十年》句　　　　　　　　　谜底：子产为政（徐仲恂）

10.【谜面】缘母嫁子楚，嬴政出身易。

谜目：生物学名词二　　　　　　　　　　　　　　谜底：变异、人种（佚名）

六十三、奇货可居

11.【谜面】庄襄既没，吕即代嬴。

谜目：《史记·项羽本纪》句　　　　　　　谜底：亡秦必楚也（薛宜兴）

简析：会意正猜。本谜谜底以调侃、讥讽的口吻认定：自庄襄王子楚（子楚又名"楚"）一死，由于吕不韦的私生子嬴政（也就是后来的秦始皇）继位为王，其实嬴姓秦国也就必然由此而正式灭亡了。

12.【谜面】秦始皇即位

谜目：《诗经·商颂·长发》句（卷帘格）　　谜底：帝立子生商（聂得盦）

简析：会意正猜。谜底依格倒读为"商生子立帝"。其中，"商"字应别解为吕不韦，吕不韦从政前是位非常有钱的大商人。

13.【谜面】始皇姓嬴，实吕相私子。

谜目：四字管理用语　　　　　　　　　　　谜底：政出多门（郑百川）

14.【谜面】始皇与吕不韦貌相似否

谜目：《尚书·周书·泰誓上》句　　　　　　谜底：观政于商（李皋如）

六十四、一字千金

"一字千金"是典出战国后期的一个成语,其释义为"损一字,赏予千金。称赞文辞精妙,不可更改。形容说的话或写的字的价值很高"。溯其源头,这个人们至今仍使用率很高的成语,在《史记·吕不韦列传》中是这样记叙其来历的:当是时,魏有信陵君,楚有春申君,赵有平原君,齐有孟尝君,皆下士喜宾客以相倾。吕不韦以秦之强,羞不如,亦招致士,厚遇之,至食客三千人。是时诸侯多辩士,如荀卿之徒,著书布天下。吕不韦乃使其客人人著所闻,集论以为八览、六论、十二纪,二十余万言。以为备天地万物古今之事,号曰"吕氏春秋"。布咸阳市门,悬千金其上,延诸侯游士宾客有能增损一字者予千金。

若将《史记·吕不韦列传》里的这段话译为白话文,其内容当大致如下:

战国后期,贵族养士风气很盛。魏国有信陵君,楚国有春申君,赵国有平原君,齐国有孟尝君,被世人并称为"四公子"。他们都礼贤下士,结交宾客,名扬四海,而且相互之间都热衷于要在面子上争个高低上下。

然而,通过一系列的政治投机,已由一个商人摇身一变,成为一人之下、万人之上的显赫人物的吕不韦,认为秦国如此强大,而自己又是堂堂秦国的丞相、秦王的仲父,当然不应该被所谓的"四公子"比下去。所以性好附庸风雅的他,大量招致文人学士,给予他们各种优厚的待遇。最多时,投奔在他门下的食客竟然超过三千人。

各诸侯国有许多才辩之士,像荀卿那班人,还自己著书立说,流行天下。吕不韦受此启发,亦想传名后世,就命他的食客各自将所见所闻记下,综合在一起成为八览、六论、十二纪,共二十多万字。吕不韦认为自己所揽编的这些文字已经包括了天地万物古往今来的事理,所以称它为《吕氏春秋》。

得意之余,吕不韦又将《吕氏春秋》的内容刊布在咸阳的城门上,同时还在上面悬挂千金。吕不韦遍请诸侯各国的游士宾客都来观看自己的大作,并放言说

六十四、一字千金

"若有人能增删一字，就给予一千金的奖励"。钱不扎手，哪位士子不想将其揽入己怀啊？但是不知是《吕氏春秋》实在写得太精彩了，抑或是大家都不敢在自我感觉良好的丞相大人面前显摆自己的缘故？《吕氏春秋》从早到晚，连着在城门上公布了三天，最后也没有一个人能够改动一字。

《吕氏春秋》是先秦时期重要的巨著，公元前239年左右完成，当时正是秦国统一六国的前夕。毫无疑问，《吕氏春秋》的问世，是吕不韦执政期间所做的一件大事。在先秦诸子著作中，《吕氏春秋》被列为杂家，其实这个"杂"不是杂乱无章，而是兼收并蓄，博采众家之长，用自己的主导思想将其贯穿。这部书以黄老思想为中心，"兼儒墨，合名法"（《汉书·艺文志》），提倡在君主集权下实行无为而治，顺其自然，无为而无不为。用这一思想治理国家对于缓和社会矛盾，使百姓获得休养生息，恢复经济发展非常有利。

吕不韦编著《吕氏春秋》的本意，在某种意义上是将它视为自己的治国纲领，他还想凭其给即将亲政的秦王嬴政提供执政的借鉴。可惜，由于吕不韦个人的过失，使嬴政对这部书弃而不用，没有发挥应有的作用。《吕氏春秋》的价值，是逐渐被后人领悟的，现在它当之无愧地是了解战国诸子思想的重要资料之一。

本篇内含有以下几则灯谜：

1. 【谜面】布咸阳市门，悬千金其上，延诸侯游士宾客有能增损一字者予千金。

    谜目（1）：四字教育新词　　　　　　谜底：高价择校（王祥方）

    谜目（2）：冠姓二字古代称谓　　　　谜底：吕·秀才（走马襄阳）

    简析：会意正猜。谜面为《史记·吕不韦列传》中的原文句子。(1)谜谜底中，多音字"校"应由原音 xiào 改读为 jiào，当动词"查对、订正"用。一字做活一谜，于此乃见其功不小矣。(2)谜谜底意为："市门悬书"这种所谓千金征字的美举，套用如今时髦话来说，只不过是吕不韦炫耀自己才华的一种作秀把戏而已。

2. 【谜面】遣门客著书，号《吕氏春秋》。

    谜目：《礼记·曲礼上》句（只履格）　　谜底：临文不讳（顾震福）

简析：会意正猜。本谜谜底依格应读为"临文不韦"。不韦：《吕氏春秋》的编著者吕不韦。

3. **【谜面】布咸阳市门，悬千金其上。**

  谜目：用语二　　　　　　　　　　　　　　谜底：高价图书、精品（刘旭）

4. **【谜面】金悬咸阳市**

  谜目：四字教育新词　　　　　　　　　　　谜底：高价择校（汪德亨）

5. **【谜面】金悬秦市**

  谜目：《三国演义》人物二　　　　　　　　谜底：吕布、文聘（汪德亨）

  简析：会意正猜。谜面为唐代卢照邻《同崔少监作双槿树赋（并序）》文句。

6. **【谜面】一字千金布咸阳**

  谜目：春秋时期人物　　　　　　　　　　　谜底：晏子（叶曙光）

  简析："千金"可扣"女"，"阳、日"通用，这是会意；一个"字"字可分拆为"宀、子"这两部分。然后，将"女、日、宀"三部分重组可得"晏"字。

7. **【谜面】有能增损一字者予千金**

  谜目：四字教育新词　　　　　　　　　　　谜底：高价择校（林清富）

8. **【谜面】一字千金**

  谜目（1）：骊珠格　　　　　　　　　　　谜底：成语·不刊之论（陈连苏）

  谜目（2）：二字常用词　　　　　　　　　谜底：名贵（佚名）

  谜目（3）：《幼学琼林·婚姻》句　　　　谜底：婚姻论财（李梦熊）

  谜目（4）：电视剧名　　　　　　　　　　谜底：《嫁个有钱人》（李金伦）

  谜目（5）：《西厢记》句　　　　　　　　谜底：撇下赔钱物（张亚谟）

  谜目（6）：四字新词（双钩格）　　　　　谜底：多元文化（方炳良）

  谜目（7）：《留侯论》句　　　　　　　　谜底：是匹夫之刚也（佚名）

  谜目（8）：文化名词　　　　　　　　　　谜底：特价书（佚名）

  谜目（9）：四字出版用语　　　　　　　　谜底：稿酬优惠（佚名）

  谜目（10）：《幼学琼林·鸟兽》句　　　谜底：穷人无归（陈祖舜）

| 谜目（11）：故事片名 | 谜底：《出嫁女》（佚名） |
| 谜目（12）：曲艺词语二 | 谜底：变文，数来宝（佚名） |

简析：(1)谜谜底可会意正猜而得之。刊：修改。(2)谜至（12）谜均系谜面弃典的无效用典谜，它们的共同特点是仅用谜面"一字千金"本身这四字的自身含义来引发谜底。如："字"或"一字"多取"旧时女子许嫁"义，有时还取"人的别名"这一释义用，另外还可直接将其视为"文字"；"千金"或"金"常当"金钱、钱物"，有时径以"千金"这一口语直扣为"女子"。

9.【谜面】不韦大作添光彩

  谜目：南宋将领名   谜底：吕文焕（陈清泉）

六十五、放逐仲父

秦王政越来越大了，但他的生母赵姬虽已贵为太后，却一直淫乱不止。吕不韦唯恐事情败露，灾祸降临在自己头上，就暗地寻求了一个性功能特别突出的人嫪毐作为门客，并想法让赵太后知道了嫪毐的能耐。太后不听便罢，一听还果真想要私下拥有他。

吕不韦做事很周密，在进献嫪毐前，假装让人告发他犯下了该受宫刑的罪。吕不韦又暗中对赵太后说："你可以让嫪毐假装受了宫刑，如此一来他进宫后，你就可以在供职宦中的人员中得到他。"赵太后就偷偷地送给主持宫刑的官吏许多东西，假装处罚嫪毐，拔掉了他的胡须假充宦官，就这样嫪毐才得以侍奉了太后。

从此，太后暗里经常和嫪毐通奸，并且还特别喜爱他。后来太后怀孕在身，恐怕别人知道，假称算卦卜吉，需要换一个环境来躲避一下，就迁移到雍地的官殿中居住。

嫪毐一直跟着赵太后，得到的赏赐非常丰厚，而太后凡事也都由嫪毐决定。嫪毐的仆人有数千人，希望做官而自愿成为嫪毐门客的，也有上千人。

秦王政九年（前238），有人向秦王告发嫪毐实际并不是宦官，常常和赵太后淫乱私通，并生下两个儿子，都把他们隐藏起来了。告发者还向秦王揭露说："嫪毐曾和太后密谋说'若是秦王死去，就让我们的儿子继立为王'。"于是秦王命法官严查此事，直到把事情真相全部弄清为止。查来查去，这件事情就牵连到了相国吕不韦。这年九月，秦王下令把嫪毐家三族人众全部杀死，又杀了太后所生的两个儿子，并把赵太后迁到雍地居住。

秦王本想杀掉相国吕不韦，但因他侍奉先王有很大功劳，还有很多宾客辩士为他说情，所以秦王不忍心处罚吕不韦。

秦王政十年（前237）十月，秦王免去了吕不韦的相国职务。等到齐人茅焦劝说秦王，秦王这才到雍地去迎接赵太后，使她又回到了咸阳。但对吕不韦，秦

六十五、放逐仲父

王非但不能完全释怀，还将他遣出了京城，让他前往河南的封地。

又过了一年多，各诸侯国的宾客使者络绎不绝，前来问候吕不韦。秦王恐怕吕不韦发动叛乱，就写信给他说："你对秦国有何功劳？秦国封你在河南，食邑十万户。你与秦王有何血缘关系？而号称仲父。你与家属都一概迁到蜀地去居住吧！"一看到秦王完全翻脸，吕不韦联想到自己眼下的形势，不由得害怕日后被杀，就喝下酖酒自杀而死了。秦王所痛恨的吕不韦、嫪毐都已死去，就让迁徙到蜀地的嫪毐门客全回到了京城。

本篇内含有以下数则灯谜：

1.【谜面】吕不韦专秦

谜目：宋人别称　　　　　　　　　　　　　　谜底：文信国（郑永禧）

简析：会意正猜。谜底中，以"文信"二字代指吕不韦，这是缘于他被秦国封为了文信侯。因南宋丞相文天祥曾被封为信国公，所以又可称他为文信国。

2.【谜面】车裂假父，囊扑二弟。

谜目：三字称谓　　　　　　　　　　　　　　谜底：政治家（林仲杰）

简析：会意正猜。对于秦王处死"假父"嫪毐一事，《史记·吕不韦列传》中写得极为简略：九月，夷嫪毐三族，杀太后所生两子，而遂迁太后于雍。谜面两语出自《资治通鉴·秦始皇帝九年》内：(秦王嬴政)下令曰："敢以太后事谏者，戮而杀之，断其四肢，积于阙下！"死者二十七人。齐客茅焦上谒请谏。王使谓之曰："若不见夫积阙下者邪？"对曰："臣闻天有二十八宿，今死者二十七人，臣之来固欲满其数耳。臣非畏死者也！"使者走入白之。茅焦邑子同食者，尽负其衣物而逃。王大怒曰："是人也，故来犯吾，趣召镬烹之，是安得积阙下哉！"王按剑而坐，口正沫出。使者召之入，茅焦徐行至前，再拜谒起，称曰："臣闻有生者不讳死，有国者不讳亡；讳死者不可以得生，讳亡者不可以得存。死生存亡，圣主所欲急闻也，陛下欲闻之乎？"王曰："何谓也？"茅焦曰："陛下有狂悖之行，不自知邪？车裂假父，囊扑二弟，迁母于雍，残戮谏士，桀、纣之行不至于是矣。今天下闻之，尽瓦解，无响秦者，臣窃为陛下危之！臣言已矣！"乃解衣伏质。王下殿，手自接之曰："先生起就衣，今愿受事！"乃爵之上卿。王自驾，虚左方，往迎太后，归于咸阳，复为母子如初。谜底仅将秦王嬴政"车裂假父，囊扑二弟"这两件巩固政权的非常之举,归纳入了其整治后院的家庭私事范畴。

3. 【谜面】下令曰:"敢以太后事谏者,戮而杀之,断其四肢,积于阙下!"
   谜目:法律名词二　　　　　　　　　谜底:政治犯、上诉(陈清泉)

4. 【谜面】榜曰:"有以太后事来谏者,视此!"
   谜目:法律名词二　　　　　　　　　谜底:政治犯、上诉(任焕长)
   简析:会意正猜。谜面借《东周列国志》第一百四回中原句为文。

5. 【谜面】始皇迁太后于雍,而谏死者二十七人,论旨谓徒取杀身之祸。
   谜目:《西厢记》句　　　　　　　　谜底:管甚么拘束亲娘(佚名)

6. 【谜面】天使先生开寡人之茅塞,寡人敢不敬听。
   谜目:新闻名词二　　　　　　　　　谜底:焦点报道、时政要闻(赵首成)
   简析:会意正猜。谜面出于《东周列国志》第一百五回这段内:(茅焦)乃起立解衣趋镬,秦王急走下殿,左手扶住茅焦,右手麾左右曰:"去汤镬!"茅焦曰:"大王已悬榜拒谏,不烹臣,无以立信。"秦王复命左右收起榜文。又命内侍与茅焦穿衣,延之坐,谢曰:"前谏者,但数寡人之罪,未尝明悉存亡之计。天使先生开寡人之茅塞,寡人敢不敬听!"茅焦再拜进曰:"大王既俯听臣言,请速备驾,往迎太后;阙下死尸,皆忠臣骨血,乞赐收葬!"秦王即命司里,收取二十七人之尸,各具棺椁,同葬于龙首山,表曰"会忠墓"。是日秦王亲自发驾,往迎太后,即令茅焦御车,望雍州进发。谜底中,"焦"字别解为茅焦,"政"字别解为秦王嬴政。

7. 【谜面】放逐仲父吕不韦
   谜目:罗马尼亚故事片名　　　　　　谜底:《政权真理》(陈清泉)

8. 【谜面】吕不韦封侯,人皆以为止增笑耳。
   谜目:《兰亭集序》句二,不连　谜底:亦将有感于斯文,信可乐也(任焕长)
   简析:会意正猜。谜底顿读为"亦将/有感于/斯文信/可乐也"。吕不韦被封为文信侯。

六十六、客死寿春

公元前251年,也就是赵孝成王十五年,赵国的北邻燕国乘人之危,采纳国相栗腹的计谋,说是"赵国的壮丁全都死在长平了,他们的遗孤尚未成人,这时候正是讨伐它的最好时机"。燕王便发兵攻赵。赵王派廉颇领兵反击,在鄗城(今河北柏乡县北)大败燕军,杀死栗腹,于是包围燕国都城。燕国割让五座城请求讲和,赵王才答应停战。赵王把尉文封给廉颇,封号是信平君,让他任代理相国。

廉颇在长平被免职回家,失掉权势的时候,原来的门客都离开他了。等到又被任用为将军,门客又重新回来了。廉颇说:"先生们都请回吧!"门客们说:"唉!老将军您的见解怎么这般落后?天下之人都是按市场交易的方法进行结交,您有权势,我们就跟随着您,您没有权势了,我们就离开。这本是很普通的道理,有什么可抱怨的呢?"

又过了六年,赵国派廉颇进攻魏国的繁阳,把它攻克了。不久,赵孝成王去世,太子悼襄王即位,派乐乘接替廉颇。廉颇大怒,攻打乐乘,乐乘逃跑了。廉颇于是也就逃奔到魏国的国都大梁(今河南开封市)。第二年,赵国便以李牧为将进攻燕国,攻下了武遂、方城。

廉颇在大梁住了很长时间,魏国对他不能信任重用。赵国由于屡次被秦兵围困,赵王就想重新起用廉颇为将,廉颇也想再被赵国任用。于是,赵王派了个使者去探望廉颇,看看他还能不能被自己任用。谁知,廉颇的仇人郭开私下用重金贿赂使者,让他回来后专说廉颇的坏话。

赵国使臣见到廉颇之后,廉颇当着他的面一顿饭吃了一斗米、十斤肉,又披上铁甲,骑上战马,将自己的武艺认真演示了一番。这一切动作,不外就是想告示使者:自己虽老尚很强健,完全有能力供赵王任用。

一心想在自己有生之年报效祖国的廉颇老将军,却不幸地没有得到这个最后的机会,因为赵国使者回去向赵王报告时,却是这么颠倒黑白的:"廉将军虽然已老，饭量还很不错，可是陪我坐着时，不大一会儿就拉了三次屎。"就这样，赵王便认为廉颇真老了，就不再把他召回了。

当时的另一大国楚国听说廉颇在魏国不被重用，就暗中派人去迎接他。廉颇虽然做了楚国的将军，并没有立有战功，他说："我好想指挥赵国的士兵啊！"廉颇最终死在了寿春（今安徽寿县境内）。

本篇故事蕴含有以下多则发人深省的灯谜：

1.【谜面】击，大破燕军于鄗，杀栗腹，遂围燕，燕割五城请和，乃听之。

谜目：德国剧作　　　　　　　　　　谜底:《威廉·退尔》（陈清泉）

简析：谜面出于《史记·廉颇蔺相如列传》这段内：自邯郸围解五年，而燕用栗腹之谋，曰"赵壮者尽于长平，其孤未壮"，举兵击赵。赵使廉颇将，击，大破燕军于鄗，杀栗腹，遂围燕。燕割五城请和，乃听之。赵以尉文封廉颇为信平君，为假相国。谜底正面会意面文后，完全肯定了素著威名的老将廉颇仍能杀退敌军的巨大作用。

2.【谜面】赵国厚禄供养信平君

谜目：四字新词　　　　　　　　　　谜底：高薪养廉（陈清泉）

3.【谜面】报国未曾三遗矢

谜目（1）：四字新词　　　　　　　　谜底：廉洁奉公（陈清泉）

谜目（2）：广东版《新三字经》句　　　谜底：廉洁者（陈清泉）

简析：会意正猜。典见《史记·廉颇蔺相如列传》这段内：赵孝成王卒，子悼襄王立，使乐乘代廉颇。廉颇怒，攻乐乘，乐乘走。廉颇遂奔魏之大梁……廉颇居梁久之，魏不能信用。赵以数困于秦兵，赵王思复得廉颇，廉颇亦思复用于赵。赵王使使者视廉颇尚可用否。廉颇之仇郭开多与使者金，令毁之。赵使者既见廉颇，廉颇为之一饭斗米，肉十斤，被甲上马，以示尚可用。赵使还报王曰："廉将军虽老，尚善饭，然与臣坐，顷之三遗矢矣。"赵王以为老，遂不召。两个谜底中的"廉"字均别解为廉颇其人；并借此表明：因"一饭三遗矢"之说，本是别人对廉颇的污蔑之词，而"遗矢"又可视为不洁行为，所以一心思欲报国的廉颇本人自身并非不讲卫生，反而应是非常干净的。

六十六、客死寿春

4. 【谜面】赵王惑其言,遣内侍唐玖以貂裘名甲一副,良马四匹劳问,因而察之。

   谜目:宋元官职名(卷帘格)　　　　　　　　谜底:廉访使(陈清泉)

   简析:会意正猜。关于赵王使使者探视廉颇尚可用否这件事,《东周列国志》第一百五回中将其阐叙得远较《史记》详实:赵王聚群臣共议,众皆曰:"昔年惟廉颇能御秦兵,庞氏、乐氏亦称良将,今庞煖已死,而乐氏亦无人矣,惟廉颇尚在魏国,何不召之?"郭开与廉颇有仇,恐其复用,乃谮于赵王曰:"廉将军年近七旬,筋力衰矣,况前有乐乘之隙,若召而不用,益增怨望。大王姑使人觇视,倘其未衰,召之未晚。"赵王惑其言,遣内侍唐玖以貂裘名甲一副,良马四匹劳问,因而察之。郭开密邀唐玖至家,具酒相饯,出黄金二十镒为寿。唐玖讶其太厚,自谦无功,不敢受。郭开曰:"有一事相烦,必受此金,方敢启齿。"玖乃收其金,问:"郭大夫有何见谕?"郭开曰:"廉将军与某素不相能,足下此去,倘彼筋力衰颓,自不必言;万一尚壮,亦求足下增添几句,只说老迈不堪,赵王必不复召,此即足下之厚意也。"唐玖领令,竟往魏国,见了廉颇,致赵王之命,廉颇问曰:"秦兵今犯赵乎?"唐玖曰:"将军何以料之?"廉颇曰:"某在魏数年,赵王无一字相及,今忽有名甲、良马之赐,必有用某之处,是以知之。"唐玖曰:"将军不恨赵王耶?"廉颇曰:"某方日夜思用赵人,况敢恨赵王也?"乃留唐玖同食,故意在他面前施逞精神,一饭斗米俱尽,啖肉十余斤,狼吐虎咽,吃了一饱。因披赵王所赐之甲,一跃上马,驰骤如飞。复于马上舞长戟数回,乃跳下马,谓唐玖曰:"某何如少年时?烦多多拜上赵王,尚欲以余年报效。"唐玖明明看见廉颇精神强壮,奈私受了郭开贿赂,回到邯郸,谓赵王曰:"廉将军虽然年老,尚能食肉善饭,然有脾疾,与臣同坐,须臾间,遗矢三次矣。"赵王叹曰:"战斗时岂堪遗矢?廉颇果老矣!"遂不复召。本谜谜面即借这段文章内的数句为文。谜底依格当倒读为"使访廉"。廉:廉颇。

5. 【谜面】郭开多与赵使者金,令毁之。

   谜目:《孟子·离娄下》句　　　　　　　　谜底:取伤廉(张起南)

6. 【谜面】赵国老将探唐玖

   谜目:宋元官职名　　　　　　　　　　　　谜底:廉访使(陈清泉)

7. 【谜面】某方日夜思用赵人,况敢恨赵王也?

   谜目:《五柳先生传》句　　　　　　　　　谜底:颇示己志(黄绪勃)

8. 【谜面】为之一饭斗米,肉十斤,被甲上马,以示尚可用。

   谜目:《水浒全传》人物四　　　　　　　　谜底:廉明、武能、张保、赵鼎(陈清泉)

简析：会意正猜。谜面摘自《史记·廉颇蔺相如列传》内。通过饭后的刻意武功表演，廉颇向赵使显摆的正是自己虽老但完全可以承担起保卫赵国社稷的作战能力；谜底四珠连串后表露的恰是此意，但若一气呵成，不见丝毫斧凿硬伤，允为多珠集锦佳谜当不为过。

9.【谜面】廉颇一顿饭

谜目：十画字　　　　　　　　　　　　　谜底：料（范耀辰）

简析：这条谜的亮点，全在"料"字东西拆开后可得"斗米"二字，这正是廉老将军的饭量具体数值。

10.【谜面】被甲上马，以示可用。

谜目：牙牌数　　　　　　　　　　　　　谜底：颇有昂藏气（张起南）

11.【谜面】烦多多拜上赵王，尚欲以余年报效。

谜目：《五柳先生传》　　　　　　　　　谜底：颇示己志（邓德源）

简析：会意正猜。谜面借《东周列国志》第一百五回中廉颇语，不光是向赵国使者，而且是向所有后世读者，坦陈了老将军急于报效故国的自己志向，故是谜传播原典极显以情动人之特点。

12.【谜面】廉将军虽老，尚善饭，然与臣坐，顷之三遗矢矣。

谜目：四字环保新词　　　　　　　　　　谜底：节能减排（李文林）

简析：谜面为《史记·廉颇蔺相如列传》原文句。有意思的是谜底从反面假设出：如果廉将军饭量变得小于一顿斗米，那么他排便的次数亦就随次减少到不足三次了。

13.【谜面】尚善饭，然与臣坐，顷之三遗矢矣。

谜目：天文学名词二　　　　　　　　　　谜底：食既、离解（任焕长）

简析：会意正猜。谜面为《史记·廉颇蔺相如列传》原文句。谜底应顿读为"食/既离/解"。

14.【谜面】然与臣坐，顷之三遗矢矣。

谜目（1）：四字常言　　　　　　　　　　谜底：客随主便（陈清泉）

谜目（2）：五字不良生活行为（上楼格）　谜底：老吃方便面（陈清泉）

谜目（3）：反腐倡廉术语二（掉尾格）　　谜底：伪证、廉明（高建川）

简析：会意正猜。谜面为《史记·廉颇蔺相如列传》中赵国使者语，其上文为

六十六、客死寿春

"廉将军虽老，尚善饭"。(1)谜谜底中，鉴于赵国使者是奉命去魏国探望廉颇将军的，所以其身份为"客"；无疑廉颇的身份自然就只能是"主"了。便：排泄屎尿，本谜中专指为"解大便"。(2)谜谜底依格读为"面老吃方便"后；赵使编造的诬陷之词其意当释为：在其与老将军廉颇会面时，老将军几乎是还没吃完，就急急忙忙寻厕所连拉大便达三次。内中，以"老"代指廉颇老将军言简意赅且无歧义。(3)谜谜底依格顿读为"伪/证明/廉（廉颇）"。

15. 【谜面】顷之三遗矢矣

    谜目：离合字　　　　　　　　　　　　　　谜底：人更便（高桑季）

16. 【谜面】廉颇已自三遗矢

    谜目：七字公益广告语　　　　　　　　　　谜底：方便不是一点点（吴融杭）

    简析：会意正猜。谜面为清代赵翼《军事将蒇余归有日矣诗以志喜》诗句。

17. 【谜面】何当老态三遗矢

    谜目：德国剧作　　　　　　　　　　　　　谜底：《威廉·退尔》（俞涌）

    简析：会意正猜。谜面为清代赵翼《吴门晤范洽园编修》诗句。

18. 【谜面】一饭三遗矢

    谜目（1）：三字媒体用语　　　　　　　　　谜底：大解密（如是我闻）

    谜目（2）：四字食品包装说明用语　　　　　谜底：食用方便（卢清利）

    谜目（3）：德国剧作（掉首格）　　　　　　谜底：《威廉·退尔》（章镳）

    谜目（4）：五言唐诗句　　　　　　　　　　谜底：将老病缠身（张郁庭）

    谜目（5）：五字东北方言　　　　　　　　　谜底：大拉乎吃的（李创龙）

    谜目（6）：食品卫生法用语二　　　　　　　谜底：食品、污秽不洁（陈清泉）

    简析：会意正猜。深究本谜，言词分寸中你不得不佩服赵国使者因贪贿而毁掉廉颇将军的心机之深，他没有公开去说廉颇的任何坏话，甚而还以同情的口吻，通过貌似不经意的议论"吃喝拉撒"这等与主题完全无关的絮语，就达到了卑陋目的。感谢太史公，他的生花之笔让我辈良民至今都不敢对赵国使者这类软刀子杀人的政界小人，有丝毫放松警惕之心啊。"好汉不提当年勇！"(3)谜谜底依格读为"廉威退尔"后，表明廉将军今非昔比矣。(4)谜谜底为杜甫《与严二郎奉礼别》诗句，应断读为"将（老将廉颇）老，病（拉稀）缠身"。(6)谜谜底则多少带有一点灰色幽默了,"一饭三遗矢"这种连吃带拉的生态状况,加在任何人头上都是污秽不堪的不卫生现象;即便是曾经贵为赵国元戎的廉颇老将军,于情于理亦概莫能外。

19.【谜面】昔日猛将,一饭三矢。
　　谜目:四字含外人名相貌评语　　　　　　谜底:威廉颇老(朱洁恋)

20.【谜面】廉颇老饭三遗矢
　　谜目:电脑病毒名　　　　　　　　　　　谜底:迈拉(武骝)

21.【谜面】三遗矢
　　谜目:四字古今书信用语　　　　　　　　谜底:便示一二(陈清泉)

22.【谜面】一饭未了,已三遗矢矣。
　　谜目:七字俗语　　　　　　　　　　　　谜底:吃小亏得大便宜(柯国臻)

23.【谜面】省悟廉颇一饭情
　　谜目:京剧名　　　　　　　　　　　　　谜底:《苏三起解》(赵首成)

24.【谜面】一饭未曾三遗矢
　　谜目:五言唐诗句　　　　　　　　　　　谜底:颇得清净理(陈清泉)
　　简析:会意正猜。谜底为丘为《寻西山隐者不遇》句。

25.【谜面】廉颇老矣,尚能饭否。
　　谜目:四字军事用语　　　　　　　　　　谜底:一连三排(闻春桂)
　　简析:面底问答式谜。谜面为宋代辛弃疾《永遇乐·京口北固亭怀古》诗句,其来历得之于本节引用的《史记·廉颇蔺相如列传》中这段话:赵使还报赵曰:"廉将军虽老,尚善饭,然与臣坐,顷之三遗矢矣。""排"可视为"排便"之"排",对应"遗矢"二字。

26.【谜面】赵王叹曰:"战斗时岂堪遗矢?廉颇果老矣!"遂不复招。
　　谜目(1):故事片名　　　　　　　　　　谜底:《杜拉拉升职记》(陈清泉)
　　谜目(2):反腐倡廉名词　　　　　　　　谜底:职务便利(陈清泉)
　　简析:会意正猜。谜面借《东周列国志》第一百五回内的原句为文。(1)谜谜底中,"拉拉"二字对应"遗矢",特别有趣。记:标识,显然赵王是以"三遗矢"这件事来衡量廉颇的现有战斗力的。(2)谜谜底口吻若戏谑语,意为:廉颇欲得职务,

六十六、客死寿春

务必要先擦清自己屁股使大便一次性顺畅,而不能三次四次地将大便拉个不停。

27.【谜面】赵王终不招廉颇

谜目:二字象棋术语二　　　　　　　　　　谜底:老将、闲着(陈清泉)

28.【谜面】老成名将说廉颇,遗矢谗言奈若何?

谜目:故事片名　　　　　　　　　　　　　谜底:《杜拉拉升职记》(陈清泉)

简析:会意正猜。谜面为《东周列国志》第一百五回内感叹赵国名将廉颇的引诗句。

29.【谜面】郭开何事取金多

谜目(1):四字新词　　　　　　　　　　　谜底:为政清廉(陈清泉)

谜目(2):德国剧作　　　　　　　　　　　谜底:《威廉·退尔》(柯国臻)

简析:谜面为《东周列国志》第一百五回内引诗句。(1)谜谜底别解原意后,释为"这是赵国内奸郭开由于收了秦王嬴政的贿金,变相起到了替他清除本国名将廉颇的作用",从而准确地回答了谜面设问。(2)谜谜底更进一层地道出了郭开之所以自甘沦为内鬼的原因,乃是他心中原本就十分畏惧一向忠心为国的廉颇,不敢与他同朝为官,这才用邪计使赵王替自己逐退了他。

30.【谜面】谁阻赵王用廉颇

谜目:四字常言　　　　　　　　　　　　　谜底:开脱责任(陈清泉)

31.【谜面】进说阻用老廉颇

谜目:四字人事用语　　　　　　　　　　　谜底:开除公职(陈清泉)

32.【谜面】老将饭否遭人嘲,郭开受金无谁讥。

谜目:五字新词　　　　　　　　　　　　　谜底:笑廉不笑贪(陈清泉)

简析:会意正猜。此谜以底材新意而吸引猜者眼球,谜面乃为其量身定制的自撰句,文字虽朴实无华,但能切中时弊,莫将其全做文章游戏耳!

33.【谜面】一饭斗米肉十斤,老将英勇受人敬;背赵卖国人唾弃,郭开受贿三千金。

谜目:廉政文化教育主题　　　　　　　　　谜底:以廉为荣,以贪为耻(陈清泉)

34.【谜面】楚闻颇在魏,阴使人迎之。

谜目:《礼记·月令·季秋之月》句　　　　　谜底:其器廉以深(张超南)

简析：会意正猜。谜面出于《史记·廉颇蔺相如列传》这段内：楚闻廉颇在魏，阴使人迎之。廉颇一为楚将，无功，曰："我思用赵人。"廉颇猝死于寿春。

35.【谜面】廉颇一为楚将，无功。

谜目：《水浒全传》人物四　　　　谜底：赵能、张用、武能、毕胜（陈清泉）

简析：会意反猜。谜面为《史记·廉颇蔺相如列传》句，谜底据面文反其意而假定出：倘若赵国能将廉颇召回并加以任用，那么在军事方面廉颇肯定是会以胜利而告终的。

36.【谜面】曰："我思用赵人。"

谜目：《水浒全传》人物四　　　　谜底：廉明、白胜、任原、老军（陈清泉）

简析：谜底系顺承谜面上文"廉颇一为楚将，无功"含义而得出，断读为"廉明白：胜任原老军"后；意即：廉颇十分清楚，自己若想再次取胜而建功，先决条件就得要任用原来那部分老军队。当然这部分老军队应是在与强秦长期对峙中锻炼出来的能征惯战的赵国兵将，而绝非自己看不上眼的楚国兵将。"老军"这两个字，首次出现于《水浒全传》第十回这段中：到第六日，只见管营叫唤林冲到点视厅上，说道："你来这里许多时，柴大官人面皮，不曾抬举的你。此间东门外十五里有座大军草场，每月但是纳草纳料的，有些常例钱取觅。原是一个老军看管，如今我抬举你去替那老军来守天王堂，你在那里寻几贯盘缠。你可和差拨便去那里交割。"林冲应道："小人便去。"

37.【谜面】廉颇猝死于寿春

谜目：称谓二　　　　谜底：老将、老外（陈清泉）

简析：会意正猜。谜面为《史记·廉颇蔺相如列传》句。谜底中，"老将"实指为廉颇；"老外"别解为"老死于外国"，"老"为"'死'的讳称"。寿春时为楚国国都。

38.【谜面】廉颇本赵人，至死难归国。

谜目：称谓二　　　　谜底：老将、老外（陈清泉）

39.【谜面】廉颇本豪杰，异国终老死。

谜目：滇、鲁地名各一　　　　谜底：楚雄、寿光（陈清泉）

简析：会意正猜。谜底顿读为"楚/雄/寿光"后，通过一个"雄"字的别解，将赵国老将廉颇视为了"英雄豪杰"。楚：楚国。

六十七、自取其祸

黄歇（前314—前238），楚国江夏人，原籍楚国属国黄国（今河南省潢川县）。战国时期楚国公室大臣，是著名的政治家。与魏国信陵君魏无忌、赵国平原君赵胜、齐国孟尝君田文并称为"战国四公子"。

黄歇游学博闻，善辩。楚考烈王元年（前262），以黄歇为相，封为春申君，赐淮北地十二县。公元前238年，楚考烈王病逝，黄歇前去奔丧，李园令人埋伏于棘门之内，杀死了他本人及其全家。又据《越绝书》表明，春申君黄歇是在楚幽王之时为幽王所杀。

按说黄歇为相后，长期执掌楚国朝政达二十五年之久，应该是位政治经验十分丰富的人物。可是刚愎自用的他却自取其祸，在楚国宫廷内争中，最后栽在了素被自己不屑一顾的小人之手。其事可详见《史记·春申君列传》内，详细经过是这样的：

楚考烈王没有儿子，黄歇一直为这件事发愁，于是就寻找宜于生育儿子的妇女进献给楚王。虽然进献了不少，却始终没生下一个儿子。

这时，赵国人李园想把他的妹妹进献给楚王，又听说楚王没有生育儿子的能力，恐怕时间一久失去宠幸。所以工于心计的李园便寻找到一个机会，先求作为春申君的门下食客侍奉他。

不久李园请假回家，又故意延误了返回的时间。回来后他去拜见黄歇，黄歇问他迟到的原因，他回答说："齐王派使臣来求娶我的妹妹，由于我跟那个使臣耽于饮酒，所以延误了返回的时间。"黄歇闻言急问道："订婚礼物送来了吗？"李园回答说："还没有。"黄歇又问道："可否让我看看令妹？"李园很干脆地说："可以。"就这样李园把他的妹妹如愿进献给了黄歇，并立即得到了黄歇的宠幸。

后来李园知道了他的妹妹怀了身孕，就同他妹妹周详地合谋了一番。某晚，李园的妹妹精心侍奉完黄歇后，趁着机会劝他说："楚王对您的尊重与信任，即便是他的亲兄弟也比不上啊。如今您任楚国相国已经二十多年，可是楚王却没有儿子，那么楚王百年之后，将有可能改立兄弟。可以想象楚国改立新君以后，也就必定会使原来自己所亲信的人显贵起来，您又怎么能长久地得到宠信呢？不仅如此，您身处尊位执掌政事多年，对楚王的兄弟们难免有许多失礼的地方，楚王的兄弟果真立为国君，殃祸将落在您的身上，还怎么能保住您的相印和江东封地呢？现今贱妾我自知已经怀上身孕了，可是别人谁也不知道。贱妾得到您的宠幸时间不算长，如果凭您的尊贵地位把我进献给楚王，楚王必定宠幸我。如果我能仰赖上天的保佑生个儿子，这就等于是您的儿子做了楚王，整个楚国会因此而全为您所有，这时又有谁能降临不测的大罪于您身上啊？"黄歇认为这番话说得太对太及时了，就把李园的妹妹立即送到府外，严密地安排在一个住所后，便向楚王称说要进献李园的妹妹。

楚王把李园的妹妹召进宫后很是宠幸她，不久生下了个儿子，立为太子，又把李园妹妹封为王后。楚王没忘掉李园，对他亦是大加重用，于是李园就从此得以过问楚国政事。

当李园已经使他妹妹顺利进宫，立为王后，生的儿子立为太子后，可以说原定的一切预定目标都实现了。下一步他便害怕黄歇说漏秘密，就暗中豢养了一批亡命之徒，打算杀死黄歇来灭口。不知什么原因？李园的保密工作做得并不是太好，这件事在国都就还真有好些人都知道了。

公元前238年，楚考烈王病重。黄歇的门客中，有一位对他很忠心的名叫朱英，这时便对黄歇说："世上有毋望之福，又有毋望之祸。如今您居处在这生死无常的世上，奉事喜怒无常的君主，怎么能没有毋望之人当帮手呢？"

黄歇遂问："什么叫毋望之福？"朱英回答说："您任楚国相国二十多年了，虽然名分上您居于相位，可是实际上就是楚王。现在楚王病重，早晚就会死去。一旦楚王死去，您就必然是辅佐年幼国君的人，因而可代幼君掌握国政，如同伊尹、周公一样，等君王长大再把大权交给他，这种情形不就是相当于您南面称王而据有楚国吗？这就是我所说的毋望之福。"

黄歇又问："什么叫毋望之祸？"朱英答道："您知道吗？李园因不得执掌国政而怨恨您如同仇敌。目下他虽没有机会杀您，暗中豢养刺客的时间已很久了。只要楚王一死，李园必定会抢先入宫夺权，并要杀掉您灭口。这就是我所说的毋望之祸。"

黄歇接着问道："那么谁是可当我帮手的毋望之人呢？"朱英直说道："我就

六十七、自取其祸

是！请您先安排我做就近服侍楚王的郎中，楚王一死，李园必定抢先入宫，这时我就可以替您杀掉李园。"

谁知黄歇听了朱英忠告后，摇摇头不以为然道："先生还是放弃这种打算吧！李园是一个柔弱的人，加之我一向待他又很好，他无论如何是做不出这种事情来的啊。"朱英知道自己的谏言不被采用，恐怕祸患殃及自身，就只好先行逃离这是非之地了。

这之后过了十七天，楚考烈王去世，李园果然抢先入宫，并在棘门埋伏下刺客。大大咧咧的春申君刚进入棘门，李园豢养的刺客就突然从两侧跳出，很快就刺杀了黄歇，还斩下他的人头，并扔到了棘门外边。李园随即又派吏卒把黄歇的满门家人全部杀光。而李园的妹妹因最初得宠于黄歇才怀孕，后又入宫得宠于楚考烈王后，所生的那个儿子便被立为了新楚王，这就是楚幽王。

本篇内含有的灯谜是：

1. **【谜面】原尝春陵四公子，珠履三千分鼎食。**

   谜目：四字网络用语　　　　　　　　　　谜底：热门博客（闻春桂）

   简析：会意正猜。谜面为宋代方回《送赵无己之临川》诗句。"原尝春陵四公子"即战国时赵国平原君、齐国孟尝君、楚国春申君、魏国信陵君这四位公子。此四人以倾天下之财力，广招人数众多的门客而著称于世。谜底中的"热门"二字应别解为"豪门"，"热"字可喻"有权势"或"权势炙手"。

2. **【谜面】春申君大然之，乃出李园女弟谨舍。**

   谜目：《三国演义》人物三　　　　　　　谜底：黄氏、乐进、王美人（陈清泉）

   简析：会意正猜。谜面为《史记·春申君列传》中的原文句子。谜底应顿读为"黄氏（春申君黄歇）/乐进（高兴进贡给）王（楚考烈王）/美人（李园之妹）"。透过现象看本质，就凭黄歇很乐意将自己私下睡过的女人送给楚王这一点，就足以表明他本人早就萌有觊觎楚国江山的大野心，据此将他归于伪君子行列当不无道理。入谜时，多音字"乐"由原音 yuè 改读 lè 音。

3. **【谜面】进亲妹与春申君，后献于楚王，因而得宠。**

   谜目：牡丹品种　　　　　　　　　　　　谜底：李园红（潘灏）

4. **【谜面】投效春申君，终生无二心。**

   谜目：三国人物冠称谓　　　　　　　　　谜底：老将·黄忠（陈清泉）

5. 【谜面】阴养死士,欲杀春申君以灭口。

　　谜目:《三国演义》人物三　　　　　谜底:李氏、何曾、黄忠(陈清泉)

　　简析:会意正猜。谜面为《史记·春申君列传》中的原文句子。谜底无情地道出:一向标榜毕生忠于春申君黄歇的李园,通过背后欲下的毒手,证明了自己何曾对黄歇有过一丝忠诚之意啊!

6. 【谜面】春申颓俗人多憎

　　谜目:五言唐诗句　　　　　　　　谜底:世情恶衰歇(李皋如)

　　简析:会意正猜。谜底为唐代杜甫《佳人》句,入谜后应顿读为"世情/恶/衰歇"。歇:春申君黄歇。

7. 【谜面】将春申君请至己旁,点清其有"毋望之祸"。

　　谜目:《封神演义》人物四　　　　　朱招、黄明、李定、恶来(陈清泉)

　　简析:会意正猜。《史记·春申君列传》中有这么一段原话,提及朱英为黄歇所点明的"毋望之祸":朱英谓春申君曰:"世有毋望之福,又有毋望之祸。今君处毋望之世,事毋望之主,安可以无毋望之人乎?"……春申君曰:"何谓毋望之祸?"曰:"李园不治国而君之仇也,不为兵而养死士之日久矣,楚王卒,李园必先入据权而杀君以灭口。此所谓毋望之祸也。"谜底简而言之,在朱英看来:表面恭顺的李园一定会对黄歇作恶于日后,这是不以黄歇意志为转移的事。

8. 【谜面】弱人也,仆又善之,且又何至于此。

　　谜目(1):《水浒全传》人物二　　　谜底:黄信、李忠(陈清泉)

　　谜目(2):古龙武侠小说　　　　　　谜底:小李飞刀(陈清泉)

　　简析:会意正猜。谜面出于《史记·春申君列传》中黄歇并不怀疑李园忠诚的一段原话中。两个谜底构思均非常工巧,与谜面深得回互之旨。(2)谜谜底表明:春申君的确是小看了李园的政治能量,对他即将实施于己的如同天外飞来般的刀兵之祸,完全是一种麻痹的放任态度。

9. 【谜面】楚宫藏死士,诛杀春申君。

　　谜目:《三国演义》人物五　　谜底:李伏、于禁、陈袭、黄氏、干休(陈清泉)

　　简析:会意正猜。谜面虽系自撰句,言词简略中却将典实概括有致。谜底五珠连锁后照应面意绰绰有余,应断读为"李(李园)伏于禁(宫禁)陈袭(使用突袭方式),黄氏(春申君黄歇)干(躯干)休(完了)"。

六十八、李牧之死

李牧（？—前229），嬴姓，李氏，名牧，柏仁（今河北隆尧）人。战国时期的赵国军事家，与白起、王翦、廉颇并称"战国四大名将"。

李牧仕赵后，最初是赵国北部边境的良将，长期驻守代地雁门郡，防备匈奴。他有权根据需要设置官吏，防地内城市的租税都送入李牧的幕府，作为军队的经费。他每天都要宰杀几头牛犒赏士兵，教士兵练习射箭及骑马。他还重视烽火台等警报设施，增设间谍人数，并对战士待遇优厚，又出规章说："匈奴如果入侵，要赶快收拢人马退入营垒固守，有胆敢去捕捉敌人的斩首。"

匈奴每次入侵，烽火传来警报，李牧立即收拢人马退入营垒固守，不敢出战。像这样过了好几年，人马物资也没有什么大损失。可是匈奴却认为李牧是个胆小鬼，就连赵国守边的官兵也认为自己的主将实质是怯战的。赵王责备李牧，李牧依然如故。赵王发怒，把他召回，派别人代他领兵。

此后一年多里，匈奴每次来侵犯，赵军就出兵交战。但结果却是屡次失利，损失伤亡很多，边境上无法耕田、放牧。赵王只好再请李牧出仕。李牧闭门不出，坚持说有病。赵王就一再强使李牧出来，让他领兵。李牧和赵王讲条件说："大王一定要用我，我还是要像以前那样做，才敢奉命。"赵王答应了他的要求。

李牧回到边境，还按照原来的章程。匈奴好几年都一无所获，但又始终认为李牧胆怯。边境的官兵每天都得到赏赐，可是却无用武之地，人人都希望能有机会打上一仗才好。于是李牧就准备了精选的战车一千三百辆，精选的战马一万三千匹，敢于冲锋陷阵的勇士五万人，善射的士兵十万人，全部组织起来训练作战。同时放出大批百姓，任意地四处畜牧，一时满山遍野都是牧人及牲畜。

匈奴小股人马入侵，李牧就假装失败，故意把几千人丢弃给匈奴。单于听到这种情况，就率领大批人马入侵。李牧布下许多奇兵，张开左右两翼包抄反击敌军，大败匈奴，杀死十多万人马。灭了襜褴，打败了东胡，收降了林胡，单于逃跑。此后十多年，匈奴不敢接近赵国边境城镇。

公元前243年，赵王派李牧进攻燕国，攻下燕国的武遂（今河北保定市徐水区西北的遂城镇）、方城（今河北固安南）。

公元前236年，赵国悼襄王逝世，赵王迁即位。公元前234年，秦国大将桓齮攻取赵的平阳（今河北磁县东南），杀赵将扈辄，并斩杀赵军十万。次年，桓齮又乘胜进击，率军东出上党，越太行山自北路深入赵国后方，攻占了宜安（今河北藁城西南）等地，进攻赵的后方，直向邯郸进军，形势十分危急。赵王迁从代地雁门调回李牧，任命其为大将军，率所部南下，指挥赵军反击秦军。

李牧率边防军主力与邯郸派出的赵军会合后，在宜安附近与秦军对峙。他认为秦军连续获胜，士气甚高，如仓促迎战，势难取胜。遂采取筑垒固守，避免决战，俟敌疲惫，伺机反攻的方针，拒不出战。

桓齮认为，过去廉颇以坚垒拒王龁，今天李牧亦用此计；秦军远出，不利持久。他率主力进攻肥（今河北晋州西），企图诱使赵军往援，俟其脱离营垒后，将其击歼于运动之中。李牧洞悉敌情，不为所动。当赵将赵葱建议救援守肥赵军时，他说"敌攻而我救，是致于人"，乃"兵家所忌"。

秦军主力去肥后，营中留守兵力薄弱；又由于多日来赵军采取守势，拒不出战，秦军习以为常，疏于戒备。李牧遂乘机一举袭占秦军大营，俘获全部留守秦军及辎重。李牧判断桓齮必将回救，遂部署一部兵力由正面阻击敌人，将主力配置于两翼。当正面赵军与撤回秦军接触时，立即指挥两翼赵军实施钳攻。经激烈战斗，大破秦军。赵王迁以李牧有却秦之功，曰："牧乃吾之白起也！"因此封他为武安君，食邑万户。

公元前232年，秦王嬴政再次派秦军入侵赵国。秦军兵分两路攻赵，以一部兵力由邺（今河北临漳西南）北上，准备渡漳水向邯郸进迫，袭扰赵都邯郸；秦军主力由上党出井陉（今河北井陉西北），企图捆邯郸之背，将赵拦腰截断。

秦军进到番吾（今河北平山县南），因李牧率军抗击，兼之邯郸之南有漳水及赵长城为依托，秦军难以迅速突破。李牧遂决心采取南守北攻，集中兵力各个击破的方针。他部署司马尚在邯郸南据守长城一线，自率主力北进，反击远程来

六十八、李牧之死

犯的秦军。

两军在番吾附近相遇。李牧督军猛攻，秦军受阻大败。李牧即回师邯郸，与司马尚合军攻击南路秦军。秦南路军知北路军已被击退后，料难获胜，稍一接触，即撤军退走。李牧击破秦军的同时，还为赵国南拒了韩、魏两国。

公元前229年，赵国由于连年战争，再加北部代地地震，大面积饥荒，国力已相当衰弱。秦王嬴政乘机派大将王翦亲自率主力直下井陉，杨端和率河内兵卒，共领兵几十万进围赵都邯郸。赵王任命李牧为大将军，司马尚为副将，倾全军抵抗入侵秦军。

王翦知道李牧不除，秦军就在战场上不能速胜，遂禀告秦王，再行反间计。秦王派奸细潜入赵国都城邯郸，用重金收买了那个诬陷过廉颇的赵王迁的近臣郭开，让郭开散布流言蜚语，说什么"李牧、司马尚勾结秦军，准备背叛赵国"。

昏聩的赵王迁一听到这些谣言，不加调查证实，立即委派宗室赵葱和投奔过来的齐人颜聚去取代李牧和司马尚。一直信守"将在外，君命有所不受"，重视独立行事权的李牧接到这道命令后，为社稷和军民计而不从，赵王暗中布置圈套捕获李牧并斩杀了他，司马尚则被废弃不用。

赵国临战却亲佞臣诛无辜忠诚良将，只过了三个月，到了公元前228年，王翦乘势急攻，大败赵军，平定东阳地区（约今河北邢台地区），赵葱战死，颜聚逃亡。秦军攻下邯郸后，俘赵王迁及颜聚。赵国公子嘉逃往代（今河北蔚县东北）称王。

公元前222年，秦灭代，俘虏公子嘉，赵国最终灭亡。

综上所述，武安君李牧是战国末年（秦统一全国的前二十年内）东方六国中，唯一一位能够抗衡强大的秦国军队的杰出将领。他深得士兵和人民的爱戴，有着崇高的威望。在一系列的作战中，他屡次重创敌军而未尝败，显示了高超的军事指挥艺术。尤其是赵破匈奴之战和肥之战，前者是中国战争史中以步兵大兵团全歼骑兵大兵团的典型战例，后者则是围歼战的范例。他的无辜被害，使赵国自毁长城，也使后人扼腕叹恨。

春秋战国名人故事灯谜

本篇内含有的灯谜见下：

1.【谜面】赵国武安君，荒郊来厮杀。

谜目：历史事件　　　　　　　　　　　　谜底：牧野之战（陈清泉）

简析：会意正猜。谜典见《史记·廉颇蔺相如传》这段内：李牧者，赵之北边良将也。常居代雁门，备匈奴……匈奴数岁无所得，终以为怯。边士日得赏赐而不用，皆愿一战。于是乃具选车得千三百乘，选骑得万三千匹，百金之士五万人，彀者十万人，悉勒习战。大纵畜牧，人民满野。匈奴小入，详北不胜，以数千人委之。单于闻之，大率众来入。李牧多为奇陈，张左右翼击之，大破杀匈奴十余万骑。灭襜褴，破东胡，降林胡，单于奔走。其后十余岁，匈奴不敢近赵边城。李牧后因却秦之功被赵王封为了武安君，故"武安君、牧"二词通用于本谜面、谜底，皆当李牧本人看待。

2.【谜面】赵国代郡守将，不止步骑赢了匈奴。

谜目：《三国演义》人物二　　　　　　　　谜底：李胜、胡车儿（陈清泉）

3.【谜面】其后十余岁，匈奴不敢近赵边城。

谜目（1）：《西厢记》句　　　　　　　　谜底：拘管他胡行乱走（陈清泉）

谜目（2）：《三国演义》人物二（掉尾格）　　谜底：胡才、李服（陈清泉）

简析：会意正猜。谜面为《史记·廉颇蔺相如传》中的句子。两个谜底中，"胡"字释义为"中国古代对北方和西方各族的泛称"后，均当实指为匈奴。（2）谜谜底应依格顿读为"胡/才服/李（李牧）"。才：方、始。

4.【谜面】赵国何军破林胡

谜目：冠姓二字称谓　　　　　　　　　　谜底：李·牧师（郑志强）

5.【谜面】赵秦两国皆有武安君

谜目：唐代诗人名　　　　　　　　　　　谜底：李白（陈清泉）

简析：会意正猜。秦国名将白起曾因战功赫赫而被秦王封为了武安君，事在李牧被赵王封为武安君之前，典见《史记·白起王翦列传》这段内：其明年，(白起)攻楚，拔郢，烧夷陵，遂东至竟陵。楚王亡去郢，东走徙陈。秦以郢为南郡。白起迁为武安君。

六十八、李牧之死

6. 【谜面】赵葱捕杀武安君

谜目：二字称谓二（掉首格） 谜底：屠夫、牧人（陈清泉）

简析：会意正猜。相比廉颇被迫客死在外的凄凉晚景，赵国战国后期另一良将——武安君李牧的下场就更悲惨得令人不忍卒读，《史记·廉颇蔺相如列传》这段如此写道：赵王迁七年，秦使王翦攻赵，赵使李牧、司马尚御之。秦多与赵王宠臣郭开金，为反间，言李牧、司马尚欲反。赵王乃使赵葱及齐将颜聚代李牧。李牧不受命，赵使人微捕得李牧，斩之。废司马尚。后三月，王翦因急击赵，大破杀赵葱，虏赵王迁及其将颜聚，遂灭赵。谜底依格应读为"夫屠牧人"。内中，前缀词"夫"作语助，极富声韵之美，可为全谜提神不少。

7. 【谜面】乃遣力士急捕李牧，得于旅人之家。

谜目：历史名词（粉颈格） 谜底：葱岭守捉（陈清泉）

简析：会意正猜。关于李牧被害的情节，冯梦龙老先生在《东周列国志》第一百六回内将其衍说得十分详尽。谜面即见于其内的这段原文中：李牧叹曰："吾尝恨乐毅、廉颇为赵将不终，不意今日乃及自己！"又曰："赵葱不堪代将，吾不可以将印授之。"乃悬印于幕中，中夜微服遁去，欲往魏国。赵葱感郭开举荐之恩，又怒李牧不肯授印，乃遣力士急捕李牧。得于旅人之家，乘其醉，缚而斩之，以其首来献。可怜李牧一时名将，为郭开所害，岂不冤哉？史臣有诗云：却秦守代著威名，大厦全凭一木撑。何事郭开贪外市，致令一旦坏长城！谜底应依格读为"葱（赵葱）令守捉"。守：靠近。唐开元中在故喝盘陀（今新疆塔什库尔干塔吉克自治县一带）置葱岭守捉，为安西戍所。地当中西交通要道所经。

8. 【谜面】赵国武安君，岂愿沦为信平君第二。

谜目：《三国演义》人物四 谜底：李意、何曾、甘宁、成廉（陈清泉）

简析：会意正猜。赵国武安君是李牧，信平君是廉颇，其来历前文已叙及，本谜不赘述。谜底顿读为"李/意何曾/甘宁成廉"后，用"何曾"二字反问，将李牧不甘像廉颇那样被逼而走的愤懑心态宣泄得淋漓尽致。

9. 【谜面】赵军新帅一到职，冤杀前任武安君。

谜目：山东名吃（赤颈格） 谜底：大葱蘸酱（陈清泉）

简析：会意正猜。谜底依格应顿读为"达/葱/斩将"。其中，"葱"字可别解为代替武安君李牧成为赵军新统帅的草包将军赵葱其人；"将"字即指良将李牧。"大葱蘸酱"本系非常难成谜的谜材，借助"格助谜活"的特有功效，制成此谜专供读者欣赏亦属极为不易。谜意一经了悟，则情趣自生。

10.【谜面】却秦守代著威名，大厦全凭一木撑。

　　谜目：《水浒全传》人物五　　谜底：宣赞、李固、武能、张保、赵鼎（陈清泉）

11.【谜面】颇牧不用，王迁囚房。

　　谜目：《红楼梦》人物二　　　　谜底：赵国基、终了（陈清泉）

　　简析：会意正猜。谜面借《东周列国志》第一百八回感叹赵国自取灭亡的引诗句为文。"终了"见《红楼梦》第二十九回中，张道士被皇帝封为"终了真人"。

12.【谜面】只因不用武安君，王迁终归成囚房。

　　谜目：冠姓二字称谓三　　谜底：赵·主持，李·牧师，方·保安（陈清泉）

　　简析：会意正猜。谜底借面文反证出：赵国国君赵王迁只有完全依靠战无不胜的李牧军队，才能保全自己及国家。李牧生前曾被赵王封为武安君。

六十九、王翦灭楚

王翦,生卒年不详,战国时期秦国名将,关中频阳东乡(今陕西富平东北)人。他是继白起之后,秦国不可多得的军事家。杰出的军事指挥才能使其与白起、李牧、廉颇并列为战国四大名将。

王翦与其子王贲在辅助秦始皇统一六国的战争中立有大功,除韩之外,其余五国均为王翦父子所灭。王翦一生征战无数。他智而不暴、勇而多谋,在当时杀戮无度的战国时代显得极为可贵。

王翦少年时就喜好兵法,后来奉事秦始皇。秦王政十一年(前236),王翦带兵攻打赵国的阏与(今山西和顺西北),不仅攻陷了它,还一连拿下九座城邑。

秦王政十八年(前229),王翦领兵攻打赵国。一年多就攻取了赵国,赵王投降。赵国各地全部被平定后,秦王将其设置为郡。

第二年,燕国派荆轲到秦国谋杀秦王,秦王派王翦攻打燕国。燕王喜逃往辽东,王翦于是平定了燕国都城——蓟(今北京市区内西南)胜利而回。秦王派王翦儿子王贲攻击楚国,楚兵战败。秦国又掉过头来再击魏国,魏王投降,最后平定了魏国各地。至此,秦始皇已经灭掉了韩、赵、魏三国,还赶跑了燕王喜,同时多次战败楚军。

秦国将领李信,年轻气盛,英勇威武,曾带着几千士兵把燕太子丹追击到衍水(今辽宁太子河),最后打败了燕军,捉到太子丹,秦王因此认为李信贤明又勇敢。一天,秦王问李信:"我打算攻取楚国,你作为一名将军估计调用多少人才够?"李信很自信地回答说:"最多不过二十万人。"秦王又问王翦,王翦回答说:"非得六十万人不可。"秦王笑笑,说:"王将军是老喽,要不为何这般胆怯呀!李将军真是果断勇敢啊,他的话是对的。"

秦王于是就派李信及蒙恬带兵二十万向南进军攻打楚国。王翦的话不被采用,就推托有病,回到频阳家乡养老。

秦军攻楚起初进展非常顺利,一时捷报频传。先是李信攻打平舆(今河南平舆北），蒙恬攻打寝邑（今安徽临泉），均是大败楚军。李信接着又攻陷鄢、郢两地，遂马不停蹄地带领部队向西前进，要与蒙恬在城父（今河南襄城西南）会师。其实这个时候，楚军正在尾随他们，紧跟了三天三夜而不停息。结果当然是楚军大败了李信的军队，攻进两个军营，杀死了七个都尉，秦军大败而逃。

秦王听到这个消息，大为震怒，亲自驱车奔往频阳，一见到王翦就连忙道歉说："寡人由于没有听从老将军您的良言，李信果然使秦军蒙受了耻辱。现在听说楚军一天天向西逼进，老将军虽然染病，难道忍心在这个时刻抛弃寡人吗！"王翦谢辞说："老臣病弱疲乏，昏聩无能，希望大王另择良将。"秦王再次表示歉意说："好啦，老将军不要再说什么了！"王翦说："大王如果不得已而非要用我的话，非六十万人不可！"秦始皇满口答应说："寡人愿一切听从老将军的谋划。"

王翦率领着六十万伐楚大军出发了，秦王亲自到灞上送行。王翦临出发时，请求赐予许多良田、美宅、园林、池苑等。秦王说："将军尽管上路好了，何必担忧家里日子不好过呢？"王翦说："替大王带兵，即使有功劳也终究难以得到封侯赐爵，所以趁着大王特别器重我的时候，我也得及时请求大王赐予园池来给子孙后代置份家产吧。"秦始皇听了，不由得哈哈大笑起来。

王翦出发后到了函谷关（今河南灵宝东北），又连续五次派使者回朝廷请求赐予良田。有人说："将军的请求，也太过分了吧！"王翦摇摇头，说："你看问题的眼光完全不对！大王性情粗暴，而且一向对人多疑，现在他把全国的士兵都征调一空来归我指挥，我不用多多请求赏赐田宅给子孙们置份家产的方法，来让他相信我仅仅只是一位贪恋自家小利的庸人，并进而对我完全放心外，难道还会有其他好办法能让大王不认为我别有图谋吗？"

楚王得知王翦增兵而来，就竭尽国中兵力来对抗秦军。王翦抵达战场后并不急于进攻，反而采取守势，构筑了坚固的营垒。楚军屡次挑战，秦军始终坚守不出。王翦让士兵们天天休息洗浴，供给上等饭食抚慰他们，自己亦与士兵同饮同食。

过了好长时间，王翦派人去探听士兵们在玩什么游戏？派去的人回来禀报说："正在玩投掷重石与跳远的比赛。"王翦于是说："士兵们可以派用了。"楚军屡次挑战，见秦军不肯应战，就领兵向东去了。王翦趁机发兵追击楚军，他专门挑出

六十九、王翦灭楚

些身强力壮的将士实施猛攻任务,很快就大败了楚军。追到蕲(今安徽宿州市蕲县镇)南后,斩杀了楚国的将军项燕,楚军终于全部溃散了。秦军继续乘胜追击,占领并平定了很多楚国城邑。一年后,俘虏了楚王负刍,并把平定后的楚国各地改为了郡县。

秦军又乘势向南,征伐百越国王。与此同时,王翦的儿子王贲,与李信一块平定了燕国和齐国各地。

秦王政二十六年(前 221),秦国兼并了所有的诸侯国,统一了天下。这期间,就数王翦老将军和蒙氏家族的功劳最多,所以他们的名声就流传到了后世。

本篇内含有的以下几则灯谜意味深长,请欣赏:

1.【谜面】王翦

谜目:《左传·僖公十五年》句　　　　　　谜底:唯君裁之(俞象观)

简析:《史记·白起王翦列传》中是这样叙述谜面二字的:王翦者,频阳东乡人也。少而好兵,事秦始皇。始皇十一年,翦将攻赵阏与,破之,拔九城。十八年,翦将攻赵。岁余,遂拔赵,赵王降,尽定赵地为郡。明年,燕使荆轲为贼于秦,秦王使王翦攻燕。燕王喜走辽东,翦遂定燕蓟而还。秦使翦子王贲击荆,荆兵败。还击魏,魏王降,遂定魏地。谜底弃面典,而径以其字义入谜:"王、君""翦、裁"辞义互通;又赖虚词"唯、之"相助,极见浑化灵通。

2.【谜面】嬴政择将平荆楚,翦信各言需兵几十万。

谜目:《水浒全传》人物二　　　　　　谜底:王定六、李小二(陈清泉)

简析:会意正猜。典出《史记·白起王翦列传》内。谜底直接回答了谜面之设问,即王翦一口咬定非要六个十万之众不可,而李信的需要却不足两个十万之数。

3.【谜面】非六十万人不可

谜目:《诗经·鲁颂·閟宫》句　　　　　　谜底:实始翦商(张超南)

简析:谜面为《史记·白起王翦列传》内王翦所说的原话。谜底显系会意正猜而得出,意为:执意要六十万人,这是王翦开始和秦始皇讨价还价。注意!仅一个"始"字不能以偏概全而扣秦始皇(当时为秦王)。

4.【谜面】今空秦甲士而专委于我，我不多请田宅为子孙业以自坚，顾令秦王坐而疑我邪。

谜目：新词语二　　　　　　　　谜底：维稳政策、公有土地私有化（陈清泉）

简析：会意正猜。谜面出于《史记·白起王翦列传》内王翦回答别人的原话中。谜底断读为"维稳政（秦王嬴政）策，公有土地私有化"后，照应面意缝灭天衣且吐属自如。王翦为稳住嬴政，而被迫采取无节制的将国家公有之田宅（"田宅"可归属于土地范畴内）化为己有的自污清白之策，其良苦用心至今仍令人喟叹不已。"维"在本谜中，作语助，用于谜底句首后，虽无实际含义，但使全谜顿脱呆滞之意而尽得灵通之趣。

5.【谜面】李信岂足为大将乎

谜目（1）：《诗经·召南·甘棠》句　　　谜底：勿翦勿拜（韩光奎）

谜目（2）：《三国演义》人物二　　　　谜底：张当、王真（陈清泉）

简析：两个谜底均系会意反猜而得出，在否定了夸下海口的李信小子后，看来配当灭楚大将的只有王翦一人了，这才是当时的真情啊。

6.【谜面】嬴政为灭楚国，空秦国甲士而专委于谁。

谜目：冠姓清代军职二　　　　　谜底：王·将军，全·都统（陈清泉）

7.【谜面】白起、王翦，俱善用兵。

谜目：甘、冀地名各一　　　　　谜底：两当、武强（陈清泉）

简析：会意正猜。唐代司马贞撰《史记索隐》，于《史记》纪、传、世家、书、表之篇末皆有述赞。面句即出《史记索隐·述赞》内：白起、王翦，俱善用兵。递为秦将，拔齐破荆。赵任马服，长平遂坑。楚陷李信，霸上（即灞上）卒行。贲、离继出，三代无名。

七十、李斯叹鼠

李斯（？—前208），姓李，名斯，字通古（其实应该是氏李名斯，先秦的男子称氏而不称姓，女子才称姓，贱民没有姓氏只有名）。战国末年楚国上蔡（今河南上蔡西南）人。秦朝著名的政治家、文学家和书法家，协助秦始皇统一天下。后为秦朝丞相，参与制定了法律，统一车轨、文字、度量衡制度。秦始皇死后与赵高立少子胡亥为二世皇帝，为赵高所忌，腰斩于市。

李斯年轻时做过郡里掌管文书的小吏，司马迁在《史记·李斯列传》中记载了对他一生产生了重大影响的所谓这样一件小事：李斯每逢去上厕所，总是看到那些原本正在里边偷吃大便的老鼠，只要一遇到人或狗走进厕所，保准都会吓得赶快逃走。但是他在公家米仓里看到的老鼠却完全是另外一种四平八稳的景况了：这些老鼠们吃的是囤积的粟米，一只只都是吃得又大又肥；它们住在大屋子之下，悠哉游哉地在米堆中嬉戏交配，根本不用担心人或狗来惊扰。于是，李斯便不由得发出了这样的喟叹："一个人有没有出息，完全就和这些老鼠一样，是由自己所处的环境决定的。"李斯还进而认为：人无所谓能干不能干，每个人的先天才智本来就差不多，富贵与贫贱，全看自己是否能抓住机会和选择环境。

在战国末期士人都想争名逐利的大环境影响之下，不择手段的李斯更是想干出一番大事业。就这样为了达到飞黄腾达的目的，李斯毫不犹豫地辞去了得之不易的小吏职务，由楚国到齐国求学。李斯拜荀子为师，当时荀子的思想很接近法家的主张，也是研究如何治理国家的学问，即所谓的"帝王之术"。李斯学成之后，估量家乡的楚王是不值得侍奉的；既然关东六国国势都已衰弱，自己当然就没有为其建功立业的兴趣。经过对各国情况的仔细分析和比较后，李斯终于下定了决心，这番要去秦国，去寻求自己的发展天地。

临行之前，李斯向老师荀子辞行说："我听说一个人倘若遇到机会，千万不可松懈错过。如今各诸侯国都在争取时机，希望成就国家大业，所以游说之士很容易因被重用而掌握这些国家的实权。我听说秦王早就想吞并各国，称帝治理天下，这正是平民出身的政治活动家和游说之士奔走四方、施展抱负的好时机啊。我认为地位卑贱的人，如果不想着通过自己的努力去千方百计地求取功名富贵，就如同禽兽一般；只想等有现成的肉张嘴去吃，这才是白长了一副人的模样啊！所以一个人最大的耻辱莫过于卑贱，最大的悲哀莫过于贫穷。长期处于卑贱的地位和贫困的环境之中，却还要非难社会，厌恶功名利禄，标榜自己与世无争，这不是士子们的真正意愿，所以我就要到西方去游说秦王了。"

本篇故事内含有以下多则灯谜，请欣赏：

1.【谜面】李斯去国

谜目：《红楼梦》人物　　　　　　　　　　　　谜底：秦可卿（王能父）

简析：会意正猜。谜典出自《史记·李斯列传》这段原文中：李斯者，楚上蔡人也。年少时，为郡小吏，见吏舍厕中鼠食不洁，近人犬，数惊恐之。斯入仓，观仓中鼠，食积粟，居大庑之下，不见人犬之忧。于是李斯乃叹曰："人之贤不肖譬如鼠矣，在所自处耳！"乃从荀卿学帝王之术。学已成，度楚王不足事，而六国皆弱，无可为建功者，欲西入秦。辞于荀卿曰："斯闻得时无怠，今万乘方争时，游者主事。今秦王欲吞天下，称帝而治，此布衣驰骛之时而游说者之秋也。处卑贱之位而计不为者，此禽鹿视肉，人面而能强行者耳。故诟莫大于卑贱，而悲莫甚于穷困。久处卑贱之位，困苦之地，非世而恶利，自托于无为，此非士之情也。故斯将西说秦王矣。"至秦，会庄襄王卒，李斯乃求为秦相文信侯吕不韦舍人。不韦贤之，任以为郎……秦王乃拜斯为长史，听其计，阴遣谋士赍持金玉以游说诸侯。诸侯名士可下以财者，厚遗结之，不肯者，利剑刺之。离其君臣之计，秦王乃使其良将随其后。秦王拜斯为客卿。谜底表明，善于投机的李斯来到秦国后是可以取得卿相之类的高官的。

2.【谜面】见吏舍厕中鼠食不洁，近人犬，数惊恐之。

谜目：二字观棋贬语二　　　　　　　　　　　　谜底：臭子、乱走（陈清泉）

简析：会意正猜。谜面为《史记·李斯列传》中的句子。毋庸讳言，这是一则当下时髦的因底造目谜，但因该"目"造的比较合理，且为生活常见现象，"底"并不僻况能成句，故较之一些常见的词性呆滞谜，反而愈见其形神之生动。"子、鼠"

七十、李斯叹鼠

可以互相扣合。

3. 【谜面】观仓中鼠，食积粟，居大庑之下，不见人犬之忧。

　　谜目：冠姓二字称谓二　　　　　　　谜底：张·公子，安·处长（陈清泉）

　　简析：会意正猜。谜面为《史记·李斯列传》中的句子。谜底应顿读为"张/公子/安处/长"。多音字"长"虽然仍读原音，但其义却由"长官"转为了"生长、发育"，这是这条平正之作吸引读者的亮点所在。

4. 【谜面】观仓中鼠，居大庑之下。

　　谜目：西汉人姓字　　　　　　　　　谜底：张子房（陈清泉）

5. 【谜面】于是李斯乃叹曰："人之贤不肖譬如鼠矣，在所自处耳！"乃从荀卿学帝王之术。

　　谜目：电视剧二　　　　　　　　　　谜底：《瞧这两家子》《抉择》（薛道达）

6. 【谜面】李斯有仓鼠之叹，乃求为官。

　　谜目：五言唐诗句　　　　　　　　　谜底：感子故意长（田洪亮）

　　简析：会意正猜。谜底为杜甫《赠卫八处士》诗句，应顿读为"感子/故/意长"。"子、鼠"在面、底中互通。

7. 【谜面】如何壮士怀，但慕仓中鼠。

　　谜目（1）：匈牙利、德国音乐家名各一　　谜底：李斯特、巴赫（叶国泉）

　　谜目（2）：《三国演义》人物二　　　　　谜底：李意、许子远（陈清泉）

　　简析：谜面为明代顾炎武《有叹》诗句。（1）谜谜底中，"斯"字别解为李斯。谜底顿读为"李斯/特/巴赫"后，意即：深慕仓鼠所处环境的李斯，其心情是特别希望自己能尽早显赫于世的。（2）谜谜底则相对含蓄一点，仅仅点明：貌似壮士的李斯是将急于改变自身环境的心意，寄许于那些本为常人所不屑的仓鼠（子）身上的。

8. 【谜面】乃从荀卿学帝王之术。学已成。

　　谜目：新疆地名　　　　　　　　　　谜底：博尔通古（陈清泉）

　　简析：谜面为《史记·李斯列传》中形容李斯学业有成而知识渊博的原文句子。李斯字通古。

9. 【谜面】度楚王不足事，而六国皆弱，无可为建功者，欲西入秦。

　　谜目：美国故事片名　　　　　　　　　　　　谜底：《斯巴达人》（陈汉成）

10. 【谜面】今秦王欲吞天下

　　谜目：四字外交用语　　　　　　　　　　　　谜底：六国政要（郑晖）

　　简析：会意正猜。谜面为《史记·李斯列传》中的句子。政：秦王嬴政。

11. 【谜面】故诟莫大于卑贱，而悲莫甚于穷困。久处卑贱之位，困苦之地，非世而恶利，自托于无为，此非士之情也。

　　谜目（1）：古代希腊城邦名　　　　　　　　谜底：斯巴达（陈清泉）

　　谜目（2）：匈牙利、德国音乐家名各一　　　谜底：李斯特、巴赫（李文升）

　　简析：会意正猜。面句为《史记·李斯列传》中，李斯即将离别楚国时对老师荀卿坦露的真心之语，从中强烈地反映出了李斯急于改变自己穷贱地位，特别想一步登天马上就能显赫于世的那种躁动心态。两个谜底虽含义相同，但（2）谜谜底因其中的"特"当"尤其"用后，能更好地反衬出李斯巴望自己早日咸鱼翻身的迫切程度，所以略胜一筹。

七十一、李斯上书

　　李斯到了秦国之后，正赶上秦庄襄王去世，李斯就请求充当秦相国文信侯吕不韦的舍人。好在吕不韦很赏识他的才干，立即任命他为郎官。这样就使得李斯有了游说的机会，于是李斯便对秦王嬴政进言说："平庸的人往往失去时机，而成就大功业的人就在于他能利用机会并且能下狠心。从前秦穆公虽称霸天下，但最终却没有东进吞并山东诸国，这是什么原因呢？原因就在于那时诸侯的人数还多，周朝的德望也没有衰落，因此五霸交替兴起，相继推尊周朝。自从秦孝公以来，周朝卑弱衰微，诸侯之间互相兼并，函谷关以东地区化为六国，秦国乘胜奴役诸侯已经六代。如今诸侯服从秦国，就如同郡县服从朝廷一样。以秦国的强大，大王的贤明，就像扫除灶上的灰尘一样，足以扫平诸侯，成就帝业，使天下统一，这可是万世难逢的一个最好时机啊。倘若现在懈怠而不抓紧此事的话，等到诸侯再强盛起来，又订立合纵的盟约，虽然大王您再怎么像黄帝一样的贤明，也不能吞并它们了。"

　　于是，秦王就任命李斯为长史，听从了他的计谋，暗中派遣谋士带着金玉珍宝去各国游说。对各国知名之士能收买的，就多送礼物加以收买；不能收买的，就用利剑把他们暗杀掉。不用多说，这些软硬兼施的两种做法，都是李斯所献的离间诸侯国君臣关系的手段。紧接着这些举措之后，秦王就会马上派良将去攻打这些内部已经产生了裂隙的各国。秦王任命李斯为客卿。

　　恰在此时韩国人郑国以修筑渠道为名，来到秦国做间谍，不久即被发觉。秦国的王族和大臣们趁机都对秦王说："从各诸侯国来奉事大王的人，大多都是为他们的国君游说，以便离间秦国而已。为此，臣等请求大王把客居秦国的这些外籍人士全部驱逐出境！"李斯自然也在计划好的要驱逐的客卿之列，可是生性不愿自动认输的李斯并没有像其他人一样，只顾着赶紧灰溜溜地离开秦国，他在上路前夕还抓紧时间给秦王上了一封奏章，这就是足以影响秦国历史进程的《谏逐客书》。

　　《谏逐客书》的全文内容翻译为白话文如下：

听说官员们议论要驱逐客卿，我私下认为这是错误的。从前秦穆公招揽贤才，从西戎找到由余，从东边楚国的宛地得到了百里奚，从宋国迎来了蹇叔，从晋国招来了丕豹、公孙支（即本书前文中的"公孙枝"）。这五个贤人都不生在秦国，而秦穆公重用他们，吞并了二十多个国家，从而才得以在西戎称霸。秦孝公采用商鞅的新法，移风易俗，人民因此殷实兴盛，国家因此富足强大，百姓们愿意为国家效力，其他国家也诚心归顺，这才先后击败了楚国、魏国的军队，攻取了千里土地，至今举国上下仍是政治安定，物力强盛。秦惠王用了张仪的计策，攻取了三川地区，向西又吞并了巴、蜀，向北占领了上郡，向南攻占了汉中，囊括九夷，控制鄢、郢，在东面占据了险要的成皋，割取了肥沃的土地，并进一步瓦解了六国的合纵联盟，使他们争着向西奉侍秦国，功业一直延续到了今天。秦昭王得范雎，废黜穰侯，驱逐华阳君，使公室强大，杜绝了私门权贵的势力，像蚕吃桑叶一般，逐渐吞并诸侯的土地，终于使秦国奠定了统一天下大业的基础。

这四位君主，都是依靠了别国客卿的力量。由此看来，客卿有哪一点对不起秦国呢？假使这四位君主拒绝客卿而不接受他们，疏远士人而不重用，这就使秦国既无富足之实，又无强大之名。

大王您罗致昆山的美玉，宫中有随侯之珠及和氏之璧，衣饰上缀着光如明月的宝珠，身上佩带着太阿宝剑，乘坐的是名贵的纤离马，树立的是以翠凤羽毛为饰的旗子，陈设的是蒙着灵鼍之皮的好鼓。这些宝贵之物，有哪一种原是秦国所产的？而您却很喜欢它们，这是为什么呢？

如果非要秦国土生土长的用器及人物才许可采用，那么这种夜光宝玉，决不会成为秦廷的装饰；犀角、象牙雕成的器物，也不会成为您的玩好之物；郑、卫二地能歌善舞的女子，也不会填满您的后宫；北方的名骥良马，决不会充实到您的马房；江南的金锡不会为您所用，西蜀的丹青也不会作为彩饰。

如果用以装点后宫、广充侍妾、爽心快意、悦耳养目的所有这些宝贝，都是非秦国生长、生产的不可使用的话，那么点缀有珠宝的簪子、耳上的玉坠、丝织的衣服、锦绣的装饰，就都不会进献到陛下面前；那些娇艳妖冶的赵国时尚佳丽，也就无由立于陛下的身旁。

那些敲击瓦器，拍髀弹筝，呜呀呀呀地歌唱，能快人耳目的，确实是秦国的地

七十一、李斯上书

道音乐；那些郑、卫桑间的歌声，《韶虞》《武象》等乐曲，可算是外国的音乐了。如今大王您却抛弃了秦国地道的敲击瓦器的音乐，而取用郑、卫淫靡悦耳之音，不要秦筝而要《韶虞》，这是为什么呢？难道不是因为外国音乐可以快意，可以满足耳目官能的需要吗？可陛下对用人却不是这样，不问是否可用？不管是非曲直？凡不是秦国的就要离开，凡是客卿都要驱逐。这样做就说明，陛下所看重的，只在珠玉声色方面；而所轻视的，却是人民士众。这不是能用来驾驭天下，制服诸侯的方法啊！

我听说田地广就粮食多，国家大就人口众，武器精良将士就骁勇。因此，泰山（即太山）不拒绝泥土，所以能成就它的高大；江河湖海不舍弃细流，所以能成就它的深邃；有志建立王业的人不嫌弃民众，所以能彰明他的德行。因此，土地不分东西南北，百姓不论本国外国，那样便会一年四季富裕美好，天地鬼神降赐福运，这就是五帝、三王无可匹敌的缘故。抛弃百姓使之去帮助敌国，拒绝宾客使之去事奉诸侯，使天下的贤士退却而不敢西进，裹足止步不入秦国，这就叫作"借武器给敌寇，送粮食给盗贼"啊。物品中不出产在秦国，而宝贵的却很多；贤士中不出生于秦，愿意效忠的亦很多。如今驱逐宾客来资助敌国，减损百姓来充实对手，在内部削弱自己而在外面又和诸侯结下怨恨，这样下去，要使国家没有危险，则是绝对不可能的啊。

好在秦王嬴政是位知错就改的绝顶聪明之人，他马上下令废除逐客令，并恢复了李斯的官职，继续采用了李斯的计谋。不久，又将李斯的官职升到了廷尉。从李斯入秦算起，二十多年后，也就是公元前221年，善用外来人才的嬴政终于统一了天下。

《谏逐客书》先叙述了秦自穆公以来皆以客致强的历史，说明秦若无客的辅助则未必强大的道理；然后列举各种女乐珠玉虽非秦地所产却被喜爱的事实作比，说明秦王不应该重物而轻人。文章立意高深，始终围绕"大一统"的目标，从秦王统一天下的高度立论，正反论证，利害并举，说明用客卿强国的重要性。理足词胜，雄辩滔滔，《谏逐客书》不愧是一篇脍炙人口的名文。

后人对《谏逐客书》的历史评价一向颇高。刘勰在《文心雕龙·论说》中称："李斯之止逐客，并顺情入机，动言中务，虽批逆鳞，而功成计合，此上书之善说也。"鲁迅对其更是推崇备至，因而在《汉文学史纲要》中评论说："秦之文章，李斯一人而已。"

> 本篇内含有以下多则颇具哲理的灯谜：

1. 【谜面】秦王乃除逐客之令

   谜目（1）：民族二　　　　　　　　　　　谜底：独龙、纳西（陈清泉）

   谜目（2）：《孟子·万章上》句　　　　　　谜底：信斯言也（费源）

   谜目（3）：六字谚语　　　　　　　　　　谜底：识斯文，重斯文（柯国臻）

   简析：会意正猜。谜面出于《史记·李斯列传》这段内：会韩人郑国来间秦，以作注溉渠，已而觉。秦宗室大臣皆言秦王曰："诸侯人来事秦者，大抵为其主游间于秦耳，请一切逐客。"李斯议亦在逐中。斯乃上书曰……秦王乃除逐客之令，复李斯官，卒用其计谋。官至廷尉。二十余年，竟并天下，尊主为皇帝，以斯为丞相。谜底道出了"秦王乃除逐客之令"的原因，原来缘于他接受了李斯的信件内容。封建时代，龙是帝王的象征，故（1）谜底中，"龙"实指为秦王嬴政其人。(2)、(3) 两谜中的三个"斯"字均别解为李斯其人。

2. 【谜面】始皇若下逐客令

   谜目：棋局名　　　　　　　　　　　　　谜底：士卒星散（黄继钊）

   简析：谜面与谜底为因果关系。谜底应顿读为"士/卒/星散"。士：古代介于卿大夫和庶民之间的一个社会阶层，本谜特指其为包括李斯在内的那些在秦国为官的客籍人。"卒"同"猝"，当"突然"用。

3. 【谜面】上秦始皇《谏逐客书》

   谜目：《论语·里仁》句　　　　　　　　　谜底：斯疏矣（张康圭）

4. 【谜面】嬴政取消逐客令

   谜目：《红楼梦》人物　　　　　　　　　　谜底：秦可卿（马啸天）

5. 【谜面】秦王不再逐客卿

   谜目：四字常言　　　　　　　　　　　　谜底：举止斯文（陈清泉）

6. 【谜面】秦王纳谏废逐客

   谜目：物理名词　　　　　　　　　　　　谜底：盖斯定理（陈清泉）

7. 【谜面】纳《谏逐客书》

   谜目：《论语·尧曰》句　　　　　　　　　谜底：斯可以从政矣（李皋如）

七十一、李斯上书

8.【谜面】昔穆公求士，西取由余于戎，东得百里奚于宛，迎蹇叔于宋，来丕豹、公孙支于晋。

谜目（1）：骊珠格　　　　　　　　　　　谜底：誉称·上网高手（李忠芳）

谜目（2）：《聊斋志异》篇目四

谜底：《王者》《爱才》《五通》《外国人》（丁玉枚）

简析：会意正猜。谜面出自李斯《谏逐客书》内，其下文为"此五子者，不产于秦，而穆公用之，并国二十，遂霸西戎"。不用多说，这些话显然是李斯借赞誉秦王嬴政的老先人——秦穆公是位专门接纳贤士高人的开明之君，来给嬴政专灌洋米汤的，铺垫后以便好下后边的说辞，当然从中即可引出（1）谜谜底。（2）谜谜底应断读为"王者（秦穆公）爱才，五通外国人"。"五"字实指由余、百里奚、蹇叔、丕豹、公孙支这五位本非秦国人的外国人。

9.【谜面】向使四君却客而不内，疏士而不用。

谜目：甘、黑、冀地名各一　　　　　　　谜底：秦安、富裕、武强（尹恺）

简析：谜面为李斯《谏逐客书》内原句。其中的"四君"系指秦国历史上以用人见长的四位贤明君主——秦穆公、秦孝公、秦惠王、秦昭王。此谜体裁虽属会意，但法门却用反击，谜底的一个"安"字反问有力，将秦国若闭关锁国会带来的恶果（民不富裕、武不能强）醒目地点化了出来。

10.【谜面】使天下之士退而不敢西向

谜目：宋代词人姓字　　　　　　　　　　谜底：秦少游（赵首成）

简析：会意正猜。谜面为李斯《谏逐客书》内的原句。

11.【谜面】鲁迅赞誉《谏逐客书》

谜目：秦末起义军将领名三（蕉心格）　　谜底：周文、秦嘉、李良（陈清泉）

简析：会意正猜。鲁迅原名周樟寿，后改名周树人。"秦之文章，李斯一人而已。"这是鲁迅先生评价秦代文章时认为李斯最优的美誉之词，谜底依格读为"周（周树人）文嘉秦（秦代）李（李斯）良"后，与之意韵相通。

七十二、韩非被害

　　韩非生于周赧王三十五年（约前280），卒于秦王嬴政十四年（前233），韩非是战国七雄中韩国的一位公子，战国末期韩国都城新郑（今河南省新郑市）人。韩非原为韩国贵族，后为秦始皇赏识，但遭到李斯等嫉妒，最终下狱被毒而死。

　　韩非师从荀子，是中国古代著名的道家、思想家，法家思想的集大成者和代表人物，后世称"韩子"或"韩非子"。

　　《韩非子》是韩非主要著作的辑录，共有文章五十五篇，十余万字。里面的文章，风格严峻峭刻，干练犀利，同时保存了丰富的寓言故事，在先秦诸子散文中独树一帜。《韩非子》表现了韩非极为重视唯物主义与效益主义思想，积极倡导君主专制主义理论，目的是为专制君主提供富国强兵的霸道思想。《韩非子》主张君主集权，提出重赏罚，重农战，反对儒、墨"法先王"（效法古代君王对国家的管理），主张变法改革。《史记·老子韩非列传》载：秦王见《孤愤》《五蠹》之书，曰："嗟乎，寡人得见此人与之游，死不恨矣！"可知当时秦王的重视。《韩非子》也是间接补遗史书，对中国先秦时期史料不足的参考是重要来源之一，著作中许多当代民间传说和寓言故事也成为成语典故的出处。

　　司马迁在其巨著《史记·老子韩非列传》中，对韩非记叙得较为详尽，现择其要者以白话文的形式列于下文：

　　韩非，是韩国的贵族子弟。他爱好刑名法术学问，他学说的理论基础来源于黄帝和老子。韩非有口吃的缺陷，不善于讲话，却擅长于著书立说。他和李斯都是荀卿的学生，李斯自认为学识比不上韩非。

　　韩非看到韩国渐渐衰弱下去，屡次上书规劝韩王，但韩王没有采纳他的意见。当时韩非痛恨国君治理国家不致力于修明法制，不能凭借君王掌握的权势来驾驭臣子，不能使国家富强、兵力强大，也不能好好地寻求及任用贤能之士，反而任用夸夸其谈、对国家有害的游说之士，并且让他们的地位高于讲求功利实效的人。

七十二、韩非被害

韩非认为儒家常常用经典文献扰乱国家法度，而游侠之士又凭借着武力违犯国家禁令。国家太平时，君主就宠信那些徒有虚名的人；形势危急时，就使用那些披甲戴盔的武士。现在国家供养的人并不是所要用的，而所要用的人又不是所供养的。他悲叹廉洁正直的人不被邪曲奸枉之臣所容，他考察了古往今来的得失变化，所以写了《孤愤》《五蠹》《内外储》《说林》《说难》等十余万字的著作。

然而韩非知道"游说之道"甚难，所以写成的《说难》一书甚为完备，但是自己没条件实践，他最终还是死在了秦国，不能逃脱游说带来的祸难。

有人把韩非的著作传到了秦国，秦王嬴政见到《孤愤》《五蠹》这些书，极为感叹地说："哎呀！我要是能见到这个人并且能和他交往，就是死也不算遗憾了。"李斯说："这是韩非撰写的书。"

秦王因此立即攻打韩国。起初韩王不重用韩非，等到情势吃紧，才派遣韩非出使秦国。秦王很喜欢韩非，但还没有等到被信用，李斯、姚贾就嫉妒他，在秦王面前诋毁他说："韩非，是韩国贵族子弟。现在大王要吞并各国，韩非到头来终究是要帮助韩国而不帮助秦国的，这是人之常情啊。如今大王不任用他，在秦国留的时间长了，再放他回去，这是给自己留下的祸根啊。不如给他加个罪名，依法处死他。"秦王认为他俩说得对，就下令司法官吏给韩非定罪。

李斯派人给韩非送去了毒药，叫他自杀。韩非想要当面向秦王陈述是非，又不能见到他。后来秦王后悔了，派人去赦免韩非，可惜韩非已经死了。

司马迁在《史记·老子韩非列传》篇末还总结说：老子推崇的"道"，虚无，顺应自然，以无所作为来适应各种变化，所以，他的很多措辞微妙不易理解。庄子宣演道德，纵意推论，其学说的要点归本于自然无为的道理。申子（申不害）勤奋自勉，推行于循名责实。韩子把法度作为规范行为的绳墨，决断事情，明辨是非，用法严酷苛刻，绝少施恩。这一切都根源于道德的理论，而老子的思想理论就深邃旷远了。

本篇内仅含有以下六则灯谜：

1.【谜面】韩子因《孤愤》而见杀

  谜目：《论语·公冶长》句　　　　　　　　谜底：非其罪也（董全泉）

简析：会意正猜。韩子系后人对韩非的尊称。

2.【谜面】非为人口吃，不能道说，而善著书。

谜目：《史记》人物二　　　　　　　　　　谜底：韩谈、夫差（陈清泉）

简析：会意正猜。谜面为《史记·老子韩非列传》中的句子。韩谈见于《史记·李斯列传》内，为秦王子婴所倚重的宦官；夫差为吴王，其事主要见于《史记·吴太伯世家》内。谜底中，"夫"为文言虚词；多音字"差"应读 chà 音，当"不好"用。

3.【谜面】曰："嗟乎，寡人得见此人与之游，死不恨矣！"

谜目：二字称谓冠国名　　　　　　　　　谜底：中非·政要（陈清泉）

简析：会意正猜。谜面为《史记·老子韩非列传》中的句子。非：韩非；政：秦王嬴政。

4.【谜面】俱事荀卿，却从中作梗，使秦王不信用韩非。

谜目：国名（粉腿格）　　　　　　　　　谜底：斯里兰卡（陈清泉）

简析：会意正猜。谜底依格读为"斯里拦卡"后，道出正是由于老同学李斯其人于秦廷里的暗地阻拦，韩非不但得不到叶公好龙般的秦王任用，反而最后死于非命。李斯为什么要构陷韩非呢？《史记·老子韩非列传》中仅曲笔显出了这是李斯的嫉妒心在作怪；但更重要的是：李斯提出灭六国一统天下的通天大计，而首要目标就是要先灭掉韩国，但身为韩国公子的韩非与李斯政见相左（韩非主张存韩灭赵），妨碍秦国统一大计。可以想象：急于统一天下的秦王嬴政从骨子里当然是赞成李斯的主张，在他眼里不管是谁，一旦妨碍到自己的统一步伐，那他就必然是自己的绊脚石了，这大概就是他与李斯、姚贾一拍即合而联手致死韩非的根本原因吧！

5.【谜面】进言秦王毁韩子，并不只是自挑头。

谜目：离合字二　　　　　　　　　　　　谜底：告非靠，他人也（陈清泉）

简析：会意正猜。谜面虽系自撰句，却可将李斯伙同姚贾在背后毁败韩非的卑劣行为笼概无遗。谜底顿读为"告非，靠他人也"后，"他人"可视为姚贾。

6.【谜面】秦王后悔之，使人赦之。

谜目（1）：《留侯论》句　　　　　　　　谜底：当韩之亡（陈清泉）

谜目（2）：《张震讲故事》篇目　　　　　谜底：《非死不可》（周昕）

简析：会意正猜。谜面为《史记·老子韩非列传》中的句子，其下文为"非已死矣"。

七十三、易水送别

地处北方的燕国虽然跻身于战国七雄之列，但是素来国力较弱。别说压根就不是兵力强大的秦国对手，就是对付南邻的赵国，也经常被它打得狼狈不堪。当初燕王为了讨好秦国，曾将太子丹交给秦国做人质。秦国压根就没将太子丹看在眼里，所以他在秦期间并没有受到应有的善待。

太子丹见秦王嬴政决心兼并列国，又夺去了燕国的土地，就于公元前232年偷偷地逃回燕国。他恨透了秦国，一心要替燕国报仇。但他既不操练兵马，也不打算联络诸侯共同抗秦，却错误地把燕国的命运押在了刺客身上。为此，他把家产全都拿了出来，千方百计地想找到一位能刺秦王的人。

荆轲是卫国人，他的祖先是齐国人，后来迁移到卫国，卫国人称呼他庆卿。到燕国后，燕国人称呼他荆卿。

荆轲到燕国以后，喜欢上一个以宰狗为业的屠夫和擅长击筑的高渐离。荆轲特别好饮酒，天天和那个宰狗的屠夫及高渐离在燕市上喝酒。喝得似醉非醉以后，高渐离击筑，荆轲就和着节拍在街市上唱歌，相互娱乐，不一会儿又相互哭泣，完全是一副旁若无人的样子。

荆轲虽说混迹在酒徒中，他的为人却深沉稳重，而且喜欢读书。当年他游历诸侯各国时，结交的都是当地的贤士豪杰及德高望重的人。来到燕国后，燕国的隐士——田光先生也很客气地对待他，因为他知道荆轲不是平庸的人。

荆轲就是田光介绍给急于行刺秦王的太子丹的，起初荆轲推辞说："行刺秦王，这是国家的头等大事，我的才能低劣，恐怕不能胜任。"太子丹上前以头叩地，坚决请求荆轲不要推托，而后荆轲便答应了。当时太子就尊奉荆卿为上卿，请他住进上等的地方。太子天天到荆轲的住所拜望，供给精美的饮食，时不时地还献上奇珍异物，车马美女任荆轲随心所欲，以便满足他的心意。

秦王政十九年（前228），秦王派大将王翦攻赵，杀掉赵将赵葱，攻陷赵国都城邯郸，俘虏了赵王迁。王翦随即引兵北上，驻扎在中山（今河北省定州）后，摆出了一副随时准备向燕国进攻的架势。

太子丹害怕了，见很长一段时间内荆轲仍没有行动的表示，于是请求荆轲说："秦国军队早晚之间就要横渡易水（易水也称易河，位于河北省易县境内），那时即使我想要长久地侍奉您，怎么能办得到呢！"荆轲说："太子就是不说，我也要请求行动了。现在到秦国去，没有让秦王相信我的东西，那么秦王就不可以接近。请恕我直言！那位叛秦投燕的樊於期将军，秦王对其恨之入骨，曾悬赏黄金千斤、封邑万户来购买他的脑袋。倘若果真能得到樊将军的脑袋和燕国最富庶的地方督亢的地图，进献给秦王，秦王一高兴准定会接见我，这样我才能够有机会报效您。"太子说："樊将军到了穷途末路才来投奔我，我不忍心为自己私利而伤害这位长者的心，希望您考虑别的办法吧！"

荆轲明白太子不忍心，于是就私下去见樊於期说："秦国对待将军可以说是太残酷了，父母、家族都被杀光。如今听说用黄金千斤、封邑万户，购买将军的首级，您打算怎么办呢？"樊於期仰望苍天，叹息流泪说："我每每想到这些，就痛入骨髓，却想不出办法来！"荆轲说："眼下有个办法可以解除燕国的祸患，洗雪将军的仇恨，你认为怎么样？"樊於期凑向前说："什么办法？"荆轲说："希望得到将军的首级献给秦王，秦王一定会高兴地召见我，我左手抓住他的衣袖，右手用匕首直刺他的胸膛，那么不但将军的仇恨可以洗雪，而且燕国被欺凌的耻辱亦可涤除了。将军是否有这个心意呢？"

樊於期不听则已，一听立即脱掉一边衣袖，露出臂膀，一只手紧紧握住另一只手腕，走近荆轲说："这正是我日日夜夜切齿碎心，一直想报而无法去报的仇恨啊，不意今天才听到您的教诲！"言讫自刎而亡。

太子丹听到这个消息，驾车奔驰前往，趴在樊於期尸体上痛哭，极其悲哀。由于人已经死了，谁也无法能使他复活，只得把樊於期的首级装到匣子里密封起来。

于是，太子丹便花费大气力搜寻天下最锋利的匕首。找来找去，找到赵国人徐夫人的匕首。太子丹花了百金买下它，让工匠用毒水淬它，用人试验，只要见一丝儿血，没有不立刻死的。

七十三、易水送别

太子丹接着就准备行装，打算尽早送荆轲出发。燕国有位勇士叫秦舞阳，十三岁上就杀人，别人都不敢正面对着看他。太子丹为了万无一失，就派秦舞阳做荆轲的助手。

这时荆轲还在等待一个人，想同他一道出发。那个人住得很远，还没赶到，荆轲便先替那个人准备好了行装。又过了些日子，荆轲还没有出发，太子丹认为他拖延时间，怀疑他反悔，就再次催请说："时间很紧迫了，难道荆卿还有其他打算吗？请允许我派遣秦舞阳先行！"荆轲大怒，斥责太子丹说："太子这样做是什么意思？只顾去而不顾完成使命回来，那是没出息的小子才干的事情！况且这是只拿一把匕首，进入祸福难测的强暴秦国啊，岂是儿戏！我所以暂留的原因，是等待另一位朋友同去。眼下太子认为我拖延了时间，那我就就此告辞起程算了！"

于是，太子丹草就国书，将督亢地图及樊将军之首俱付荆轲。并以秦舞阳为副使，与荆轲同行赴秦。临到出发那一天，太子丹与知道这件事的人，全都白衣白帽，送荆轲至易水旁边，设宴饯行。高渐离听说荆轲入秦，也提着一个豚肩及斗酒赶来相送，荆轲介绍高渐离与太子丹相见，随后入席同坐。

酒行数巡，高渐离击筑，荆轲和而歌之，为变徵之声。歌曰："风萧萧兮易水寒，壮士一去兮不复还！"声甚哀惨，宾客及随从之人，无不涕泣，有如临丧。荆轲仰面呵气，直冲霄汉，又慷慨为羽声，歌曰："探虎穴兮入蛟宫，仰天嘘气兮成白虹！"其声激烈雄壮，座中众人莫不瞋目奋厉，有如临敌。太子丹捧卮奉酒，跪着进于荆轲。荆轲仰脖一饮而尽后，起身牵着秦舞阳之臂，腾跃上车，催鞭疾驰，竟始终连头都不回顾一下。太子丹登于高阜，一直目送到完全不见荆轲踪影而止，神情凄然如有所失，最后只好带泪而返。

以下多则灯谜与本篇内容密切相关：

1.【谜面】樊於期以死谢太子

谜目：《聊斋志异》篇目三　　　　　　谜底：《头滚》《果报》《王者》（佚名）

简析：会意正猜。典见《史记·刺客列传》内：荆轲知太子不忍，乃遂私见樊於期曰……荆轲曰："愿得将军之首以献秦王，秦王必喜而见臣，臣左手把其袖，右手揕其胸，然则将军之仇报而燕见陵之愧除矣。将军岂有意乎？"樊於期偏袒扼掔而进曰："此臣之日夜切齿腐心也，乃今得闻教！"遂自刭。太子闻之，驰往，伏尸而哭，极哀。既已不可奈何，乃遂盛樊於期首函封之。谜底中，将"王者"二字别解为燕王喜的太子，虽稍有瑕疵，但亦无碍此类大会意谜并非以字字实扣而成立之主旨。

2.【谜面】轻借樊将军之头，何日可能还也？

谜目：股市用语二　　　　　　　　　　　谜底：交割、回报太差（陈清泉）

简析：会意正猜。谜面借用《聊斋志异·聂政》原句后，对悲剧人物荆轲语寓贬讽之意。

3.【谜面】年十三，杀人，人不敢忤视。

谜目（1）：豫、甘地名各一　　　　　　　谜底：舞阳、武威（陈清泉）

谜目（2）:《三国演义》人物四（摘领格）

　　　　　　　　　　　　　　　　　谜底：秦庆童、陈武、周群、张节（陈清泉）

简析：会意正猜。谜面为《史记·刺客列传》中描述燕国勇士秦舞阳的几句原话。（2）谜谜底依格断读为"秦童陈武，周群张节"后；可理解为：秦舞阳滥用武力杀人时，他旁边的围观群众吓得谁都不敢再去多瞧他一眼。由于秦舞阳年仅十三岁，还是个儿童，故本谜将其命以"秦童"二字。

4.【谜面】燕太子初遣荆轲

谜目：文学名词　　　　　　　　　　　　谜底：新派武侠（李平）

简析：会意正猜。典见《史记·刺客列传》内这段：顷之,(荆轲)未发，太子迟之，疑其改悔，乃复请曰："日已尽矣，荆卿岂有意哉？丹请得先遣秦舞阳。"荆轲怒，叱太子曰："何太子之遣？往而不返者，竖子也！且提一匕首入不测之彊秦，仆所以留者，待吾客与俱。今太子迟之，请辞决矣！"遂发。太子及宾客知其事者，皆白衣冠以送之。至易水之上，既祖，取道，高渐离击筑，荆轲和而歌，为变徵之声，士皆垂泪涕泣。又前而为歌曰："风萧萧兮易水寒，壮士一去兮不复还！"复为羽声慷慨，士皆瞋目，发尽上指冠。于是荆轲就车而去，终已不顾。谜底中，将"武侠"二字别解为承担了刺杀秦王任务的荆轲其人。

5.【谜面】前去刺秦别易水

谜目：台风名　　　　　　　　　　　　　谜底：泰利（林丰来）

七十三、易水送别

6.【谜面】风萧萧兮易水寒,壮士一去兮不复还!

谜目(1):文体形式　　　　　　　　　　　谜底:歌诀(罗捷)

谜目(2):反腐倡廉术语　　　　　　　　　谜底:行政处分(张践)

谜目(3):唐诗篇目三　　　谜底:《燕歌行》《剑客》《远别离》(陈清泉)

简析:会意正猜。谜面为《史记·刺客列传》中原句。(2)谜谜底顿读为"行/政处分"后;意为:壮士荆轲此行乃是为了去处置秦王嬴政。

7.【谜面】风萧萧兮易水寒

谜目(1):三字烹饪用语　　　　　　　　　谜底:过冷河(梁浩然)

谜目(2):离合字二　　　　　　　　　　　谜底:志士心、走之不还(谢婵兴)

谜目(3):汽车品牌名四　　　　　　谜底:勇士、远行、里程、冷溪(张红卫)

8.【谜面】壮士一去兮不复还

谜目(1):四画字　　　　　　　　　　　　谜底:爿(佚名)

谜目(2):骊珠格　　　　　　　　　　　　谜底:刺客·要离(火山)

简析:谜面为《史记·刺客列传》中原句。(1)谜显系增损法门制成。"壮"字之繁体字为"壯","壯"字之"士一去兮不复还"即从"壯"字内减去"士"字,这样就得出谜底"爿"。(2)谜底是纯用正面会意法门得之。无疑,荆轲身兼"壮士"及"刺客"双重身份。

9.【谜面】此地别燕丹,壮士发冲冠。

谜目:《东周列国志》人物三　　　　　　谜底:要离、毛遂、高竖(武骝)

简析:会意正猜。谜面为唐代诗人骆宾王的《易水送别》诗句,其中的"壮士"显然是指负有刺杀秦王重任的荆轲其人。

10.【谜面】复为羽声慷慨

谜目:饮料名　　　　　　　　　　　　　谜底:高乐高(郑志强)

简析:会意正猜。谜面句出《史记·刺客列传》内。谜底"高乐高"三字均别解。第一个"高"字可别解为高渐离本人;"乐"字取"音乐"义后,由原音改读yuè音;第二个"高"字应取"声音激越"义。

11.【谜面】易水方自别,英胆长流芳。

谜目:二胡名曲　　　　　　　　　　　　谜底:《二泉映月》(白超谦)

简析：谜面显系自撰句，但其拆拼字素手法之娴熟，则深得增损离合谜之要旨。谜面两句十字，靠"长流芳"三字自动抵销"方"及"'英'字内的草字头（艹）"后，仅剩"易水自别、央胆"六字。这时，先将"自"字"别"开为"白、一"两部分；又将"胆"字拆散为"月、日、一"三部分。这般运作后，最后再"易""水"字于其中，并加上"央"字。经过巧妙的这一番重组后，"二泉映月"四字自可跃入读者眼帘来当谜底。

12.【谜面】悲筑慷慨送荆轲，渐离孤身肩酒至。

谜目：八字俗语　　　　　　　　谜底：打击别人，抬高自己（陈继耿）

简析：因荆轲好友高渐离亦参与了"易水送别"的盛会，并亲自击筑为荆轲一壮行色，所以才让本谜作者得以显示遣词造句之才华，从而撰出了本谜面来意拢谜底。谜面两句当分扣谜底前、后各四字。无疑，"打击别人"中的"人"实为荆轲其人，"抬高自己"中的"高"应是高渐离。

13.【谜面】此地送荆轲，处处过客泪。

谜目：古书名二　　　　　　　　谜底：《周易》《水经注》（佚名）

七十四、荆轲刺秦

秦王政二十年（前227），燕国使臣荆轲从燕国出发前往秦国。

一到秦国都城咸阳，荆轲就将价值千金的礼物，厚赠给秦王宠幸的臣子中庶子蒙嘉。蒙嘉替荆轲先在秦王面前说："燕王确实因大王的威严，震慑得心惊胆战，所以不敢妄自出动军队抗拒大王的将士，现今情愿全国上下做秦国的臣子，得以排列在附庸秦国的诸侯国行列中，像郡县一样来对大王纳贡应差，以便能够奉守先王的宗庙。因为心里畏惧，燕王不敢亲自前来陈述，这才特地砍下樊於期的首级并献上燕国督亢地区的地图，装在匣里封好。燕王还在朝廷上举行了拜送仪式，派出使臣来把这种情况禀明大王，敬请大王指示。"

秦王听到这个消息，非常高兴，就穿上了礼服，安排了外交上极为隆重的九宾仪式，在咸阳宫召见燕国的使者。荆轲捧着樊於期的首级，秦舞阳捧着地图匣子，按照正、副使的次序一前一后前进。

谁知，才走到殿前台阶下，秦舞阳脸色突变，害怕得全身发抖。秦国大臣们都感到奇怪，荆轲回头朝秦舞阳笑笑，上前谢罪说："北方藩属蛮夷之地的粗野之人，从来没有见过天子，因此才心惊胆战。希望大王开恩，对他稍加宽容，这样好让他能够在大王面前尽到使臣的责任。"秦王对荆轲说："递上秦舞阳所捧的地图！"

荆轲便取过地图呈了上去，秦王展开地图认真来看，图卷展到尽头，匕首露了出来。荆轲趁机左手抓住秦王的衣袖，右手拿匕首直刺其胸。还未及身，秦王大惊，奋身而起，袖子就挣断了。因那时是五月初天气，所穿罗縠单衣，故易撕裂。秦王座旁设有屏风，长八尺，秦王急切间越它而过，竟将屏风撞倒。荆轲手持匕首在后紧追，秦王始终不能脱身，只得被迫绕柱而走。

原来秦法规定：群臣侍从殿上者，不许持有尺寸之兵；诸郎中宿卫之官，虽然可以执有兵器，也只能拿着武器都依序守卫在殿外，没有皇帝的命令，谁也不敢擅自进殿。现今仓促变起，来不及传唤下边的侍卫人员，因此荆轲才有机会能够追赶秦王。群臣一时没有用来攻击荆轲的武器，只能赤手空拳和荆轲搏击。哪知荆轲极其勇猛，凡是靠近他的人辄被击倒。

这时，有名叫夏无且的侍从医官，亦以药囊投击荆轲，荆轲奋臂一挥，药囊俱碎。虽然荆轲占着上风，群臣没奈他何，却因不时要分心对付众人，所以秦王东奔西走，不曾被荆轲追及拿住。秦王所佩宝剑，名"鹿卢"，长八尺。秦王在逃跑过程中，几次欲拔剑反击荆轲，但因剑长，一时无法从鞘中拔出。有个小内侍赵高急得高声大喊："大王何不背剑而拔之？"秦王闻言省悟，依其言，把剑推在背后，前边便短，容易拔出。秦王本就有力，不弱于荆轲，匕首尺余，止可近刺，剑长八尺，可以远击。秦王得剑在手，其胆便壮，遂直前来砍杀荆轲。一剑下去，先砍断了荆轲的左腿。

荆轲扑身倒于左边铜柱之旁，不能起立，只好举起匕首以掷秦王。秦王闪开，那匕首从秦王耳边飞过，直刺入右边铜柱之中，火光迸出。秦王又连挥数剑，荆轲以手接剑，三指俱落，连被八创。荆轲自知大事不能成功了，就倚在柱子上大笑，张开两腿像簸箕一样坐在地上，索性破口大骂说："今天便宜你这个秦王了！我本来是想仿效曹沫故事活捉你，迫使你订立归还诸侯们土地的契约回报太子。不意事情没成，反被你逃脱，这难道是天意吗？你恃强逞暴，吞并诸侯，享国岂能长久！"侍卫们冲上前来，刀剑齐下杀死了荆轲。秦舞阳在殿下，知荆轲动手，才要动作，却被郎中等众人击杀。

秦王心颤目眩，呆坐半日，神色方才稍定。往视荆轲，荆轲双目圆睁，好像还活着一样，怒气勃勃。秦王不由大惧，立命取荆轲、秦舞阳之尸，及樊於期之首，同焚于市中。燕国从者并皆枭首，分悬国门。

秦王大发雷霆，增派军队前往赵国，命令王翦的军队去攻打燕国，十月就攻克了燕都蓟城，燕王喜、太子丹等率领着全部精锐部队向东退守辽东。秦将李信紧紧地追击燕王，燕王闻李信兵至，遣使求救于代王嘉。代王嘉就写信给燕王喜说："秦军之所以追击燕军特别急迫，是因为太子丹的缘故。现在您如果杀掉太子丹，把他的人头献给秦王，一定会得到秦王宽恕，而社稷或许也可侥幸得到祭祀。"

七十四、荆轲刺秦

燕王喜犹豫未决，太子丹害怕被杀，就与手下宾客，自行逃匿于桃花岛。李信屯兵首山，使人持书数说太子丹之罪。燕王畏惧李信，佯召太子丹商议国是，以酒先灌醉他，缢杀后割下了首级。燕王喜哭之欲绝，没办法只得将太子丹首级函送李信军中谢罪，李信这才班师回秦。此后五年（前222），秦将王贲攻辽东，俘虏了燕王喜，秦国终于正式灭掉了燕国。

公元前221年，秦王吞并了天下，定称号为"皇帝"。紧接着秦国全力追击太子丹、荆轲的门客党徒，他们便都四散潜逃了。高渐离更名改姓给人家当帮佣，隐藏在宋子（今河北赵县北）这个地方。时间长了，高渐离觉得很劳累。不过，但凡听到主人家堂上有客人击筑，高渐离立即来了精神，走来走去舍不得离开，还常常情不自禁地张口评说道："这里击得好，那里击得不好。"

有人把高渐离的话告诉那家主人，说："那个佣工竟然懂得音乐，私下经常说是道非。"那家主人便叫高渐离到堂前击筑，一曲下来，满座宾客都说他击得好，赏给他酒喝。高渐离考虑到如果继续隐姓埋名，担惊受怕地躲藏下去总归没有尽头，便退下堂来，把自己的筑和衣裳从行装匣子里拿出来，改装整容来到堂前。满座宾客眼睛为之一亮，大吃一惊后离开座位，竞相与平等的礼节接待他，把他尊为了上宾。请他击筑唱歌，宾客们听了，没有不被感动得流着泪而离去的。

从此，宋子城里的人轮流请高渐离去做客，这消息被秦始皇听到了。秦始皇诏令他进见，有认识他的人，就说："这是荆轲的朋友高渐离啊。"秦始皇怜惜他擅长击筑的特长，特别开恩赦免了他的死罪，但又不放心地薰瞎了他的双眼，让他击筑时看不到旁边的别人。

由于高渐离的击筑技艺实在太高了，没有一次不被夸好的，就这样他渐渐地更加接近秦始皇了。高渐离认为替荆轲报仇的机会来了，就把一块铅熔化后放进筑中，等到进宫靠近秦始皇时，他就奋力举筑来扑打秦始皇，可惜没有击中。盛怒中的秦始皇杀死高渐离后，终其一生不敢再接近从前东方六国的人了。

春秋战国名人故事灯谜

☞ 本篇内含有以下多则颇有意境的灯谜：

1. 【谜面】奉樊於期首级以刺秦王

   谜目：四字刑事用语　　　　　　　　　　　　谜底：带头行凶（陈汉成）

2. 【谜面】荆轲刺秦藏匕首

   谜目：故事片名二　　　　　　　　　　　　　谜底：《小刀会》《秘密图纸》（陈清泉）

3. 【谜面】欲刺秦王而伪献督亢地图

   谜目：国名连地名　　　　　　　　　　　　　谜底：加拿大·蒙特利尔（陈清泉）

   简析：会意正猜。谜底中，"加拿大"三字别解后应这般理解：荆轲行刺的目标，乃是为了执拿大恶秦始皇。

4. 【谜面】匕首卷进督亢图

   谜目：书法名词二　　　　　　　　　　　　　谜底：藏锋、入纸（陈清泉）

5. 【谜面】荆轲伪献督亢

   谜目：成语　　　　　　　　　　　　　　　　谜底：唯利是图（陈清泉）

6. 【谜面】至陛，秦舞阳色变振恐。

   谜目：军史名词　　　　　　　　　　　　　　谜底：入朝作战（杨肃志）

   简析：会意正猜。谜面为《史记·刺客列传》句。"战"通"颤"。

7. 【谜面】图穷而匕首见

   谜目（1）：《孟子·梁惠王上》　　　　　　　谜底：以刃为政（薛宜兴）

   谜目（2）：四字旧贬义词　　　　　　　　　　谜底：把持朝政（佚名）

   谜目（3）：《二十四诗品》句　　　　　　　　谜底：壮士拂剑（谢述心）

   谜目（4）：通假字　　　　　　　　　　　　　谜底：兑通锐（许友金）

   谜目（5）：汽车品牌（粉颈格）　　　　　　　谜底：斯柯达明锐（魏育涛）

   简析：会意正猜。谜面出于《史记·刺客列传》这段中：轲（荆轲）既取图奏之秦王，发图，图穷而匕首见。因左手把秦王之袖，而右手持匕首揕之。未至身，秦王惊，自引而起，袖绝。拔剑，剑长，操其室。时惶急，剑坚，故不可立拔。荆轲逐秦王，秦王环柱而走。群臣皆愕，卒起不意，尽失其度。而秦法，群臣侍殿上者不得持尺寸之兵；诸郎中执兵皆陈殿下，非有诏召不得上。方急时，不及召下兵，以故荆轲乃逐秦王。而卒惶急，无以击轲，而以手共搏之。是时侍医夏无且以其所奉药囊提荆轲也。秦王方环柱走，卒惶急，不知所为，左右乃曰："王负剑！"负剑，遂拔以击荆轲，断其左股。荆轲废，乃引其匕首以掷秦王，不中，中桐柱。秦王复击轲，轲被八创。(1)谜谜底中，政：秦王嬴政；(2)谜谜底意为：荆轲手握匕首把，刺向是朝着嬴政的。(4)谜谜底内蕴为：荆轲献图时，他给秦王兑现的其实不是图，而是径直而入的锐利匕锋。(5)谜谜底应断读为"斯轲（这个荆轲）/达/明锐"。

8. 【谜面】发图，图穷而匕首见。

   谜目：2011年新词　　　　　　　　　　　　谜底：杀手画展（庄云）

9. 【谜面】图穷匕首现

   谜目：成语　　　　　　　　　　　　　　　谜底：锋芒毕露（多人）

10. 【谜面】壮士图穷而匕见

    谜目：五画字　　　　　　　　　　　　　　谜底：北（佚名）

11. 【谜面】图穷匕见

    谜目：《聊斋志异》篇目三　　　　　　　　谜底：《画皮》《霍生》《快刀》（柯国臻）

12. 【谜面】匕首见

    谜目：《尚书·商书·太甲》句　　　　　　谜底：图惟厥终（漱石生）

13. 【谜面】荆轲刺秦

    谜目：机械名词六　　谜底：主视图、展开、滚刀、切削、误差、导销（于国清）
    简析：会意正猜。这是一则成功的短面长底运典谜。谜底六词一脉相连，断读为"主（秦王嬴政）视图，展开滚刀，切削误，差导销"后，若袖珍小说般有板有眼地向读者娓娓道出了秦王嬴政看图时刀随图出之险景，只是由于荆轲行刺时的一些具体细节之失误，这才导致了预期结果没有出现啊。全谜面、底呼应丝丝入扣，情景交融中出神入化，相信读者必不嫌谜底之长矣。

14. 【谜面】荆轲刺秦王

    谜目：工业名词二　　　　　　　　　　　　谜底：视图、进刀（蔡和平）

15.【谜面】而右手持匕首揕之

　　谜目：六字球类术语　　　　　　　　谜底：前锋快速插上（叶春荣）

16.【谜面】轲逐秦王，秦王环柱而走。

　　谜目：《礼记·王制》句二　　　　　谜底：唯其所之，不及以政（张超南）

17.【谜面】秦王复击轲，轲被八创。

　　谜目：四字称谓　　　　　　　　　　谜底：政治刺客（佚名）

18.【谜面】荆轲嬴政各以利器相见

　　谜目：中美故事片名各一　　　　　　谜底：《小刀会》《王者之剑》（陈清泉）

19.【谜面】图穷匕见终一死

　　谜目：古龙小说人物　　　　　　　　谜底：荆无命（陈勇新）

简析：会意正猜。荆无命是古龙武侠小说《多情剑客无情剑》中的重要角色。

20.【谜面】家丈人召使前击筑，一座称善。

　　谜目：饮料名　　　　　　　　　　　谜底：高乐高（赵首成）

简析：会意正猜。谜面句出《史记·刺客列传》这段内：高渐离变名姓为人庸保，匿作于宋子。久之，作苦，闻其家堂上客击筑，彷徨不能去。每出言曰："彼有善有不善。"从者以告其主，曰："彼庸乃知音，窃言是非。"家丈人召使前击筑，一坐称善，赐酒。而高渐离念久隐畏约无穷时，乃退，出其装匣中筑与其善衣，更容貌而前。举坐客皆惊，下与抗礼，以为上客。使击筑而歌，客无不流涕而去者。因"一座称善"四字是大家对高渐离的音乐天赋的高度称赞之辞，故可知谜底"高乐高"三字字字别解。内中，第一个"高"字可别解为高渐离本人；"乐"字应由原音改读 yuè 音；第二个"高"字当"高明、高超"用。

21.【谜面】彼庸乃知音

　　谜目：当代作家　　　　　　　　　　谜底：高晓声（佚名）

22.【谜面】使击筑而歌，客无不流涕而去者。

　　谜目：四字艺术用语　　　　　　　　谜底：高调悲剧（师卫华）

七十四、荆轲刺秦

23. **【谜面】**乃以铅置筑中,复进得近,举筑扑秦皇帝。

    谜目:四字法律用语二　　　　　　谜底:高压政策、重点打击(陈清泉)

    简析:会意正猜。谜面摘自《史记·刺客列传》这段内:秦始皇召见,人有识者,乃曰:"高渐离也。"秦皇帝惜其善击筑,重赦之,乃矐其目。使击筑,未尝不称善。稍益近之,高渐离乃以铅置筑中,复进得近,举筑扑秦皇帝,不中。于是遂诛高渐离,终身不复近诸侯之人。谜底顿读为"高压政策/重点/打击"后,可诠释为:高渐离拿定居高临下制服对手的主意后,是以比一般没灌铅的筑更重些的特制之筑,来打击秦始皇嬴政的。

24. **【谜面】**乃以铅置筑中,复进得近,举筑扑秦皇帝,不中。

    谜目:四字气象用语　　　　　　　谜底:高空图上(陈清泉)

25. **【谜面】**渐离执意击嬴政

    谜目:粤、藏、冀地名各一(脱靴格)　谜底:高要、定结、秦皇岛(陈清泉)

    简析:会意正猜。谜底依格读为"高要定结秦皇"。"结"取"结束、完了"义。

七十五、统一六国

秦始皇嬴政（前259—前210），出生于赵国国都邯郸，秦庄襄王之子。十三岁继承王位，三十九岁称皇帝，在位三十七年。中国历史上著名的政治家、战略家、改革家，首位完成华夏大一统的铁腕政治人物。建立首个多民族的中央集权国家，曾采用三皇之"皇"、五帝之"帝"构成"皇帝"的称号，是古今中外第一个称皇帝的封建王朝君主。

秦始皇在中央创建皇帝制度，以三公九卿管理国家大事。地方上废除分封制，代以郡县制，同时又书同文，车同轨，统一度量衡。对外北击匈奴，南征百越，修筑万里长城，修筑灵渠，沟通水系。他把中国推向了大一统时代，为建立专制主义中央集权制度开创了新局面，对中国和世界历史产生了深远影响，奠定中国两千余年政治制度基本格局，他被明代思想家李贽誉为"千古一帝"。

纵观秦始皇一生作为，其最辉煌者莫过于"统一六国"这件大事，其具体时间及过程是：

秦王政十七年（前230），秦国将领内史腾率秦军灭韩国，俘韩王安，韩亡。所得韩地置颍川郡。

秦王政十九年（前228），秦国将领王翦攻入赵国国都邯郸，赵王迁被迫降秦，赵破，置邯郸郡、钜鹿郡、太原郡。赵公子嘉率宗族百人逃亡到代地。

秦王政二十年（前227），燕太子丹派荆轲、秦舞阳刺杀秦王未遂，秦王立即派王翦领兵攻燕。

秦王政二十一年（前226），王翦攻破燕都蓟，燕王喜退守辽东，杀太子丹以求和。

秦王政二十二年（前225），秦军王翦之子王贲率领十万大军攻打魏国，包围魏都大梁，引黄河鸿沟水灌大梁。三个月后，大梁城破，魏王假投降，魏亡。

同年，王翦率领六十万大军攻打楚国，屯兵练武，坚壁不战，以逸待劳。

七十五、统一六国

秦王政二十三年（前224），王翦率领六十万大军渡过淮水，围攻楚国都城寿春。

秦王政二十四年（前223），楚军斗志涣散、粮草不足，遂从前线撤军。王翦乘机追击，消灭楚军主力，占领楚都寿春，俘虏楚王负刍。楚人复立昌平君为王。王翦又率军渡过长江，平定了江南，置会稽郡，楚亡。

秦王政二十五年（前222），王贲攻下辽东，俘燕王喜；接着攻下代地，俘赵代王嘉。燕、赵彻底灭亡，秦始皇于代地设置雁门郡。

秦王政二十六年（前221），王贲率军南下攻打齐国，齐王建不战而降，齐亡。

至此，秦王嬴政仅用十年时间就统一了六国，结束了长期的诸侯割据局面，建立了一个以咸阳为首都的幅员辽阔的国家。

现借用《东周列国志》第一百八回"兼六国混一舆图　号始皇建立郡县"的原文内容，来完结《春秋战国名人故事灯谜》一书：

时秦王政之二十六年也。时六国悉并于秦，天下一统。秦王以六国曾并称王号，其名不尊；欲改称帝，昔年亦曾有东西二帝之议，不足以传后世，威四夷；乃采上古君号，惟三皇五帝，功德在三王之上，惟秦德兼三皇，功迈五帝，遂兼二号称"皇帝"。追尊其父庄襄王为太上皇。又以为周公作谥法，子得议父，臣得议君，为非礼；今后除谥法不用："朕为始皇帝，后世以数计之，二世，三世，以至于百千万世，传之无穷。"天子自称曰"朕"；臣下奏事称"陛下"。召良工琢和氏之璧为传国玺，其文曰"受命于天，既寿永昌"。

又推终始五德之传，以为周得火德，惟水能灭火，秦应水德之运，衣服旌旗皆尚黑。水数六，故器物尺寸，俱用六数。以十月朔为正月，朝贺皆于是月。"正""政"音同，皇帝御讳不可犯，改"正"字音为"征"。征者，非吉祥之事，然出自始皇之意，人不敢言。

尉缭见始皇意气盈满，纷更不休，私叹曰："秦虽得天下，而元气衰矣！其能永乎？"与弟子王敖一夕遁去，不知所往。始皇问群臣曰："尉缭弃朕而去，何也？"群臣皆曰："尉缭佐陛下定四海，功最大，亦望裂土分封，如周之太公、周公。今陛下尊号已定，而论功之典不行，彼失意，是以去耳。"始皇曰："周室分茅之制，尚可行乎？"群臣皆曰："燕、齐、楚、代，地远难周，不置王无以镇之。"李斯议曰："周封国数百，同姓为多，其后子孙，自相争杀无已。今陛下混一海内，皆为郡县，虽有功臣，厚其禄俸，无尺土一民之擅，绝兵革之原，岂非久安长治之术哉？"始皇从其议，乃分天下为三十六郡。那三十六郡：

内史郡、汉中郡、北地郡、陇西郡、上郡、太原郡、河东郡、上党郡、云中郡、雁门郡、代郡、三川郡、邯郸郡、南阳郡、颖川郡、齐郡（即琅琊郡）、薛郡（即泗水郡）、东郡、辽西郡、辽东郡、上谷郡、渔阳郡、钜鹿郡、右北平郡、九江郡、会稽郡、鄣郡、闽中郡、南海郡、象郡、桂林郡、巴郡、蜀郡、黔中郡、南郡、长沙郡。

是时北边有胡患，故渔阳、上谷等郡，辖地最少，设戍镇守。南方水乡安靖，故九江、会稽等郡，辖地最多。皆出李斯调度。每郡置守尉一人，监御史一人。收天下甲兵，聚于咸阳销之，铸金人十二，每人重千石，置宫庭中，以应"临洮长人"之瑞。徙天下豪富于咸阳，共二十万户。又于咸阳北坂，仿六国宫室，建造离宫六所。又作阿房之宫。

进李斯为丞相，赵高为郎中令。诸将帅有功者，如王贲、蒙武等，各封万户，其他或数千户，俱准其所入之赋，官为给之。于是焚书坑儒，游巡无度，筑"万里长城"以拒胡，百姓嗷嗷，不得聊生。及二世，暴虐更甚，而陈胜、吴广之徒，群起而亡之矣。

史臣有《列国歌》曰：

东迁强国齐郑最，荆楚渐横开桓文，
楚庄宋襄和秦穆，迭为王霸得专征。
晋襄景悼称世霸，平哀齐景思代兴。
晋楚两衰吴越进，阖闾勾践何纵横？
春秋诸国难尽数，几派源流略可寻。
鲁卫晋燕曹郑蔡，与吴姬姓同宗盟。
齐由吕尚宋商裔，禹后杞越颛顼荆。
秦亦颛裔陈祖舜，许始太岳各有生。
及交战国七雄起，韩赵魏氏晋三分。
魏与韩皆周同姓，赵先造父同嬴秦。

七十五、统一六国

齐吕改田即陈后，黄歇代楚熊暗倾。

宋亡于齐鲁入楚，吴越交胜总归荆。

周鼎既迁合从散，六国相随渐属秦。

髯仙读《列国志》，有诗云：

卜世虽然八百年，半由人事半由天。

绵延过历缘忠厚，陵替随波为倒颠。

六国媚秦甘北面，二周失祀恨东迁。

总观千古兴亡局，尽在朝中用佞贤。

以下为本篇内含有的多则灯谜：

1.【谜面】说什么周室统，晋国裂，春秋霸；确只见苏张辩，公子争，诸雄灭。

谜目：诗词口诀二　　　　　　　　谜底：一三五不论，二四六分明（林敏）

简析：谜底中提到的六个数字均可意会谜面而得出，其所依历史事实不外为"周室统一，赵魏韩三家分晋，春秋五霸，苏秦张仪两说客，战国四大公子（孟尝君田文、平原君赵胜、信陵君魏无忌、春申君黄歇），战国六雄为秦攻灭"等。

2.【谜面】秦始皇兼并六国

谜目：通假字　　　　　　　　　　谜底：嬴通赢（苏温才）

3.【谜面】始皇上承余烈

谜目：《书经·周王建国》句　　　谜底：政由旧（郑永禧）

简析：会意正猜。贾谊的《过秦论》中曾这样描述道：及至始皇，奋六世之余烈，振长策而御宇内，吞二周而亡诸侯，履至尊而制六合，执敲扑而鞭笞天下，威震四海。

4.【谜面】六王毕，四海一。

谜目（1）：四字外交用语　　　　谜底：政治大国（黄彭生）

谜目（2）：四字考试用语　　　　谜底：政治七分（陈振凡）

谜目（3）：央视栏目　　　　　　谜底：《九州方圆》（李平）

谜目（4）：股票名称　　　　　　谜底：广州国光（陈清泉）

谜目（5）：苹果品种　　　　　　谜底：小国光（江更生）

谜目（6）：宋代名人　　　　　　谜底：秦会之（郑百川）

谜目（7）：古代机构名　　　　　　　　　　　　谜底：通政司（钱燕林）

谜目（8）：机构名　　　　　　　　　　　　　　谜底：全国政协（郑百川）

谜目（9）：歌曲连作者　　　　　　　　　　　　谜底：《外面的世界》·齐秦（多人）

谜目（10）：《红楼梦》人物二　　　　　　　　谜底：秦邦业、大了（马啸天）

谜目（11）：成语二　　　　　　　　　　　　　谜底：各自为政，兼而有之（陈清泉）

谜目（12）：年号三　　　　　　　　　　　　　谜底：正始、皇统、大业（金瓯）

简析：谜面为唐代诗人杜牧《阿房宫赋》句。十二个谜底均可用会意正猜法门而得出，互为补充中，将谜面意境彰显得面面俱到，了无丝毫遗漏之处。秦桧，字会之，中国历史上十大奸臣之一，因以"莫须有"的罪名处死岳飞而遗臭万年。

5. 【谜面】六王毕

　　谜目：《孟子·公孙丑下》句　　　　　　　谜底：止于嬴（山傭）

　　简析：谜面为唐代诗人杜牧《阿房宫赋》句，与谜底为承启关系。"嬴秦"可指秦国或秦王朝。秦为嬴姓，故称"嬴秦"。

6. 【谜面】秦王扫六合，虎视何雄哉。

　　谜目（1）：四字食品连锁店　　　　　　　谜底：帝伟罗邦（朱建）

　　谜目（2）：网络游戏二　　　　　　　　　谜底：霸业、傲世（王跃钢）

　　简析：会意正猜。谜面为唐代诗人李白的《古风·秦王扫六合》诗句。

7. 【谜面】秦王扫六合，所遇无敌手。

　　谜目：通假字　　　　　　　　　　　　　　谜底：嬴通赢（佚名）

8. 【谜面】秦王扫六合

　　谜目（1）：三字教育用语　　　　　　　　谜底：上清华（徐凌）

　　谜目（2）：四字新词　　　　　　　　　　谜底：跨国兼并（张宏福）

　　谜目（3）：四字称谓　　　　　　　　　　谜底：外国政要（王长兴）

　　谜目（4）：历史词语　　　　　　　　　　谜底：政令统一（佚名）

　　谜目（5）：外国职务冠国名　　　　　　　谜底：土耳其·总统（佚名）

　　谜目（6）：艺术品冠量　　　　　　　　　谜底：一个·中国结（佚名）

　　谜目（7）：称谓、职务各一　　　　　　　谜底：政要、总统（余春全）

七十五、统一六国

简析：会意正猜。谜面为唐代诗人李白的《古风·秦王扫六合》诗的第一句。(1)谜谜底中，"上"取"皇上"义，实指扫平六国的秦始皇（当年的秦王）嬴政其人；古代汉族自称华夏，我国因称中华，省称"华"，所以本谜中将"华"对应谜面之"六合"。

9. 【谜面】嬴秦氏，始兼并。

  谜目：《水浒全传》人物　　　　　　　　　谜底：王定六（苏旭东）

  简析：会意正猜。谜面为《三字经》句。

10. 【谜面】今名号不更，无以称成功，传后世。

  谜目：《水浒全传》人物　　　　　　　　　谜底：王定六（黎国廉）

  简析：谜面出自《史记·秦始皇本纪》这段内："秦初并天下，令丞相、御史曰：'异日韩王纳地效玺，请为藩臣，已而倍约，与赵、魏合从畔秦，故兴兵诛之，虏其王。寡人以为善，庶几息兵革。赵王使其相李牧来约盟，故归其质子。已而倍盟，反我太原，故兴兵诛之，得其王。赵公子嘉乃自立为代王，故举兵击灭之。魏王始约服入秦，已而与韩、赵谋袭秦，秦兵吏诛，遂破之。荆王献青阳以西，已而畔约，击我南郡，故发兵诛，得其王，遂定其荆地。燕王昏乱，其太子丹乃阴令荆轲为贼，兵吏诛，灭其国。齐王用后胜计，绝秦使，欲为乱，兵吏诛，虏其王，平齐地。寡人以眇眇之身，兴兵诛暴乱，赖宗庙之灵，六王咸伏其辜，天下大定。今名号不更，无以称成功，传后世。其议帝号。"谜底承其上文内涵而得之，其中的"六"字，别解后特指为"韩、赵、魏、楚（荆）、燕、齐"这六个在秦统一战争中为秦王嬴政先后所灭的国家。

11. 【谜面】朕为始皇帝，后世以计数，二世三世至于万世，传之无穷。

  谜目（1）：时政新词　　　　　　　　　谜底：政治交接（洪寿仁）

  谜目（2）：桂、甘、晋地名各一　　　谜底：上思、秦安、长治（陈清泉）

  谜目（3）：国际名词三　　谜底：国家元首、政要、家族式统治（陈清泉）

  简析：谜面出于《史记·秦始皇本纪》这段内：丞相绾、御史大夫劫、廷尉斯等皆曰："昔者五帝地方千里，其外侯服夷服诸侯或朝或否，天子不能制。今陛下兴义兵，诛残贼，平定天下，海内为郡县，法令由一统，自上古以来未尝有，五帝所不及。臣等谨与博士议曰：'古有天皇，有地皇，有泰皇，泰皇最贵。'臣等昧死上尊号，王为'泰皇'。命为'制'，令为'诏'，天子自称曰'朕'。"王曰："去'泰'，著'皇'，采上古'帝'位号，号曰'皇帝'。他如议。"制曰："可。"

追尊庄襄王为太上皇。制曰："朕闻太古有号毋谥，中古有号，死而以行为谥。如此，则子议父，臣议君也，甚无谓，朕弗取焉。自今已来，除谥法。朕为始皇帝。后世以计数，二世三世至于万世，传之无穷。"三个谜底均系正面会意谜面而得出。历史是公正无情的，与秦始皇企图将家天下以"后世以计数，二世三世至于万世，传之无穷"的贪婪愿望相比，具有讽刺意义的是：在他身死之后，其霸业仅至二世而灭。(3)谜谜底断读为"国家元首政，要家族式统治"后尤显厚重。以现代名词"国家元首"来扣合"始皇"二字耐人品味。

12.【谜面】秦始皇

谜目（1）:《孟子·万章下》句　　　　　　谜底：天子一位（章祖泰）

谜目（2）:《史记·管晏列传》句　　　　　谜底：其为政也（柯国臻）

13.【谜面】二世三世至于万世，传之无穷。

谜目：食品商标名　　　　　　　　　　　谜底：久久王（林清富）

14.【谜面】二世三世，传之无穷。

谜目：《尚书·梓材》句　　　　　　　　谜底：欲至于万年（袁薇生）

15.【谜面】则递三世可至万世而为君

谜目：电视剧名　　　　　　　　　　　　谜底：《王保长后传》（王祥方）

简析：会意正猜。谜面为唐代诗人杜牧《阿房宫赋》句。

16.【谜面】二世而亡，何其剧与。

谜目：书名二　　　　　　　　　　　　　谜底：《安图的后代》《三辈儿》（柯国臻）

简析：会意正猜。谜面为西汉扬雄《剧秦美新》文句。

17.【谜面】分天下以为三十六郡

谜目：学科二（掉尾格）　　　　　　　　谜底：政治、地理（陈清泉）

简析：会意正猜。谜面出于《史记·秦始皇本纪》这段内：分天下以为三十六郡，郡置守、尉、监。更名民曰"黔首"。大酺。收天下兵，聚之咸阳，销以为钟鐻，金人十二，重各千石，置廷宫中。一法度衡石丈尺。车同轨。书同文字。地东至海暨朝鲜，西至临洮、羌中，南至北向户，北据河为塞，并阴山至辽东。徙天下豪富于咸阳十二万户。诸庙及章台、上林皆在渭南。秦每破诸侯，写仿其官室，作之咸阳北阪上，

七十五、统一六国

南临渭,自雍门以东至泾、渭,殿屋复道周阁相属。所得诸侯美人钟鼓,以充入之。本谜谜底依格应读为"政治理地"。政:秦始皇嬴政。"地"即对应谜面之"三十六郡"。

18. 【谜面】废封建,立郡县。

    谜目:四字社科词汇　　　　　　　　　　谜底:政治领域(张志有)

19. 【谜面】收天下之兵,聚之咸阳,销锋镝,铸以为金人十二。

    谜目:四字储蓄用语　　　　　　　　　　谜底:利息转存(王祥方)

    简析:会意正猜。谜面为西汉贾谊《过秦论》句。

20. 【谜面】聚之咸阳,销锋镝。

    谜目:青铜器名词　　　　　　　　　　　谜底:以铜为兵(叶曙光)

21. 【谜面】聚天下兵刃尽铸金人。

    谜目:四字商业用语　　　　　　　　　　谜底:薄利多销(柯国臻)

22. 【谜面】始皇下令息干戈

    谜目:国际名词　　　　　　　　　　　　谜底:政治休战(陈清泉)

23. 【谜面】书同文,车同轨。

    谜目:社会学名词　　　　　　　　　　　谜底:政教合一(吴融杭)

24. 【谜面】六王毕,四海一,书同文,车同轨。

    谜目:四字反腐倡廉术语　　　　　　　　谜底:为政之德(严宗达)

    简析:会意正猜。因秦始皇嬴政统一中国后的"书同文,车同轨"等举措,客观上对当时的人民有利,故可将其视为他的"恩德"。

25. 【谜面】秦始皇修驰道

    谜目:四字常言　　　　　　　　　　　　谜底:政治路线(陈清泉)

    简析:会意正猜。典出《史记·秦始皇本纪》此段内:二十七年,始皇巡陇西、北地,出鸡头山,过回中焉。作信宫渭南,已更命信宫为极庙,象天极。自极庙道通郦山,作甘泉前殿。筑甬道,自咸阳属之。是岁,赐爵一级。治驰道。

26. 【谜面】始皇下旨修驰道

    谜目:四字行政用语　　　　　　　　　　谜底:政令畅通(吴青松)

附录 谜格简介

谜格即是灯谜的格律，也叫格式，亦是构成灯谜的一种特殊形式。原来在灯谜的创作过程中，制谜者通过设"格"这一做法，使一些本来无法入谜的题材转化成谜材，起到了"格助谜活"的有益作用。在灯谜发展史上，谜格的出现对拓宽谜路及丰富谜学理论毕竟功不可没。遗憾之处是，流传下来见诸谜籍的400多种谜格过于繁冗杂乱，许多并无实际运用价值。经过今人的认真筛选，至今常用者仅20多种而已。

现将本书中使用到的22种谜格名称，按照在书中出现的先后顺序列于下方，并对其规定加以简单介绍：

1. 掉尾格：谜底为三字以上，须将后两字互换位置，才能扣合谜面。

2. 白头格：谜底为两字以上，须将首字读作谐音字，才能扣合谜面。

3. 卷帘格：谜底为三字以上，须将谜底倒读后，才能扣合谜面。

4. 粉底格：谜底为两字以上，须将末字读作谐音字，才能扣合谜面。

5. 蕉心格：谜底为四字以上的双数，须将中间两字互换位置，才能扣合谜面。

6. 骊珠格：谜面上不标谜目，只标谜格。其谜目已隐藏于谜底之中，猜时应先会意射出谜目，再射出从属于该谜目的谜底其他部分，使该谜目与谜底其他部分浑然一体有机地结合起来，从而和谜面题意相扣合。

7. 秋千格：谜底只限定为二字，须将谜底倒读后，才能扣合谜面。

8. 折胫格：谜底应四字以上，须将倒数第二字略去，用其余的字来扣合谜面。

9. 脱帽格：谜底应三字以上，须将首字略去，用其余的字来扣合谜面。

10. 摘领格：谜底应四字以上，须将第二字略去，用其余的字来扣合谜面。

11. 双钩格：谜底只限定为四字，须将前两字和后两字互换位置，才能扣合谜面。

12. 双尾格：谜底应二字以上，须将末字重复出现一次后，再与其余的字连读，才能扣合谜面。其中，重复的两字应作不同义解。

13. 移珠格：谜底应四字以上，须将其中一字向左或向右做间隔两字以上的移动来扣合谜面。不能和邻字互移，以免与掉头格、掉尾格、蕉心格相混淆。

14. 重头格：谜底应二字以上，须将首字重复出现一次后，再与其余的字连读，才能扣合谜面。其中，重复的两字应作不同义解。

15. 粉颈格：谜底应四字以上，须将第二字谐读，才能扣合谜面。

16. 粉腿格：谜底应四字以上，须将倒数第二字谐读，才能扣合谜面。

17. 掉首格：谜底应三字以上，须将前两字互换位置，才能扣合谜面。

18. 下楼格：谜底应三字以上，须将首字移至最后面，才能扣合谜面。

19. 脱靴格：谜底不得少于三字，须将末字略去，用其余的字来扣合谜面。

20. 上楼格：谜底应三字以上，须将末字移至最前面，才能扣合谜面。

21. 只履格：谜底应两字以上，末字必须是左右结构的合体字。猜时须删去末字的左边或右边（剩下单边故名只履），将前面的字与末字所剩半边连起来读才能扣合谜面。

22. 赤颈格：谜底应四字以上，除第二字正读外，其余的字必须用谐音的字代替，才能扣合谜面。